Há muito tempo,
em uma galáxia muito,
muito distante...

ARRS™

This translation published by arrangement with LucasBooks,
an imprint of Ballantine Books, a division of Random House LLC

Tradução publicada mediante acordo com
LucasBooks, um selo editorial da Ballantine
Books, uma divisão da Random House LLC

Tradução para a língua portuguesa
© Antonio Tibau, 2014 (IV)
© Alexandre Matias, 2014 (V)
© Érika Lessa e Peterso Rissatti, 2014 (VI)

Visite o site oficial de Star Wars
www.starwars.com

Diretor Editorial
Christiano Menezes

Diretor de Novos Negócios
Chico de Assis

Diretor de Planejamento
Marcel Souto Maior

Diretor Comercial
Gilberto Capelo

Diretora de Estratégia Editorial
Raquel Moritz

Gerente de Marca
Arthur Moraes

Gerente Editorial
Marcia Heloisa

Editor
Bruno Dorigatti

Capa e Projeto Gráfico
Retina 78

Coordenador de Diagramação
Sergio Chaves

Revisão
Marlon Magno
Retina Conteúdo

Finalização
Sandro Tagliamento

Marketing Estratégico
Ag. Mandíbula

Impressão e Acabamento
Gráfica Geográfica

DADOS INTERNACIONAIS DE CATALOGAÇÃO NA PUBLICAÇÃO (CIP)
Angélica Ilacqua CRB-8/7057

Lucas, George
Star wars : Dark Edition / George Lucas, Donald F. Glut, James Kahn; tradução de Antonio Tibau (IV - Uma nova esperança), Alexandre Matias (V - O Império Contra-Ataca), Peterso Rissatti (VI - O Retorno de Jedi). – Rio de Janeiro : DarkSide Books, 2019.
528 p. : 16 x 23cm

ISBN: 978-85-9454-089-8

1. Ficção Científica 2. Literatura americana
I. Título II. Glut, Donald F. III. Kahn, James IV. Tibau, Antonio V. Matias, Alexandre VI. Rissatti, Peterso

14-0219 CDD 813.54

Índices para catálogo sistemático:
1. Literatura americana – ficção científica.

[2019, 2025]
Todos os direitos desta edição reservados à
DarkSide® *Entretenimento* LTDA.
Rua General Roca, 935/504 – Tijuca
20521-071 – Rio de Janeiro – RJ – Brasil
www.darksidebooks.com

GEORGE LUCAS

STAR WARS™

A TRILOGIA

IV

UMA NOVA ESPERANÇA

V

O IMPÉRIO CONTRA-ATACA

VI

O RETORNO DE JEDI

DARKSIDE

IV STAR WARS™

UMA NOVA ESPERANÇA

IV

INTRODUÇÃO

Em dezembro de 1976, a Ballantine Books publicava um romance em brochura chamado *Star Wars: From the Adventures of Luke Skywalker*. O livro foi escrito, sob encomenda, pelo ghost-writer Alan Dean Foster, a partir do meu roteiro do filme. A pintura da capa era uma das primeiras peças de referência conceitual feitas por Ralph McQuarrie. Em corpo pequeno, no verso do livro, estava a frase: "Em breve, um filme espetacular da Twentieth Century Fox".

O primeiro contato do mundo com *Star Wars* aconteceu sem grande alarde e a primeira edição do romance vendeu modestamente. Foi somente com a versão oficial "casada" que o livro vendeu milhões de cópias e quebrou recordes, exatamente como o filme estava se saindo nos cinemas. De certa maneira, o livro original teve uma performance igual à que eu esperava que o filme tivesse - respeitável, certamente nada que viesse a pôr o mundo de pernas para o ar, mas que, com sorte, me permitisse continuar contando as histórias da saga. Felizmente, *Star Wars* excedeu minhas expectativas.

Enquanto esta edição especial do romance original de *Star Wars* está sendo impressa, mais uma vez estou imerso na redação de novos episódios da saga. Ela me traz uma sensação de déjà vu, porque o esboço da nova trilogia de *prequels* está contida nas duas primeiras páginas deste livro. Eu suponho estar fechando um ciclo ao retornar ao princípio e começar de novo.

George Lucas
para a edição especial de
Star Wars IV - A New Hope, 1986

PRÓLOGO

Outra galáxia, outros tempos.

A Velha República era a República lendária, maior do que a distância ou o tempo. Não há necessidade de dizer onde ela se localizava, ou de onde ela veio, bastava apenas saber que... ela era *a* República.

Uma vez, sob o comando astuto do Senado e a proteção dos Cavaleiros Jedi, a República prosperou e cresceu. Mas, como costuma acontecer quando a riqueza e o poder ultrapassam o admirável e alcançam o impressionante, eis que surgem os malignos que possuem ganância em igual proporção.

Assim aconteceu com a República no seu auge. Como a maior das árvores, capaz de resistir a qualquer ataque externo, a República apodreceu por dentro, ainda que o perigo não fosse visível por fora.

Ajudado e encorajado por impacientes membros do governo, famintos por poder, e por gigantescos órgãos de comércio, o ambicioso senador Palpatine conseguiu ser eleito Presidente da República. Ele prometeu reunir os desafetos entre o povo e restaurar a glória inesquecível da República.

Uma vez protegido em seu escritório, proclamou-se Imperador, afastando-se da ralé. Em pouco tempo, ele era controlado pelos mesmos assistentes e bajuladores que indicara até o alto escalão, e o clamor do povo por justiça não chegava aos seus ouvidos.

Usando traição e fraude para exterminar os Cavaleiros Jedi, guardiões da justiça na galáxia, os comandantes imperiais e os burocratas se prepararam para instituir um reinado de terror entre os mundos desencorajados da galáxia. Muitos usaram as forças imperiais e o nome do cada vez mais isolado Imperador para ampliar suas ambições pessoais.

Mas um pequeno número de sistemas se rebelou contra esses novos ataques. Declarando-se contrários à Nova Ordem, eles começaram a grande batalha para restaurar a Velha República.

Desde o começo, eles foram amplamente superados em número por sistemas mantidos escravos pelo Imperador. Naqueles primeiros dias sombrios, parecia certo que a chama brilhante da resistência se extinguiria antes que ela pudesse lançar a luz da nova verdade através de uma galáxia e povos abatidos...

Da Primeira Saga
Diário dos Whills

"Estavam no lugar errado, na hora errada.
É natural que se transformassem em heróis."
Leia Organa de Alderaan, senadora

STAR WARS

UMA NOVA ESPERANÇA

I

Era um vasto globo brilhante, e ele lançava no espaço uma luz topázio tremulante – mas não era um sol. Assim, o planeta tinha enganado homens por muito tempo. Somente após se aproximarem da órbita ao redor dele é que seus descobridores perceberam que esse era um mundo em um sistema binário e não um terceiro sol.

A princípio, parecia certo que nada poderia existir em tal planeta, muito menos humanos. Ainda assim, ambas as gigantescas estrelas G1 e G2 orbitavam num centro comum com uma regularidade peculiar, e Tatooine dava voltas ao redor delas, longe o suficiente para permitir o desenvolvimento de um clima estável, ainda que admiravelmente quente. Em sua maior parte, aquele era um mundo desértico e seco, cujo inusitado brilho estelar amarelado era resultado da dupla luz solar atingindo areias e planícies ricas em sódio. A mesma luz solar repentinamente brilhou na fina pele de uma figura metálica caindo de maneira insana rumo à atmosfera.

O curso errático em que o cruzador galáctico viajava era intencional, não o produto de avarias, mas de um desejo desesperado de evitá-las. Longos feixes de energia intensa deslizavam perto de sua fuselagem, uma tempestade multicolorida de destruição como um cardume de rêmoras lutando para se fixar num relutante hospedeiro maior.

Um desses raios inquisitivos de sondagem conseguiu alcançar a nave fugitiva, atingindo seu principal painel solar. Fragmentos preciosos de metal e plástico irromperam no espaço enquanto a extremidade do painel se desintegrava. A embarcação pareceu estremecer.

A fonte desses múltiplos feixes de energia repentinamente surgiu no horizonte – um desajeitado destróier imperial, sua gigantesca silhueta eriçada como um cacto devido a dúzias de plataformas para armas pesadas. A luz cessou de ser disparada daqueles espinhos, agora que o destróier se aproximava. Explosões intermitentes e clarões podiam ser vistos naqueles pontos da nave menor que haviam sido atingidos. No frio absoluto do espaço, o destróier aninhava-se sobre a sua presa ferida.

Outra explosão distante balançou a nave – mas ela certamente não pareceu distante para R2-D2 ou para C-3PO. O golpe fez com que eles rolassem pelo corredor estreito como se fossem pequenas peças de um velho motor.

Olhando para esses dois, você acabaria supondo que o mais alto deles, a máquina de aparência humana, C-3PO, seria o mestre e o robô atarracado de três pernas, R2-D2, um inferior. Mas ainda que C-3PO provavelmente torcesse o nariz para desdenhar de tal sugestão, eles eram na verdade iguais em tudo, exceto na tagarelice. Nesse quesito, C-3PO era claramente – e necessariamente – o superior.

Mais uma explosão chacoalhou o corredor, lançando C-3PO no chão. Seu companheiro nanico saiu-se melhor, devido ao baixo centro de gravidade de seu corpo atarracado e cilíndrico, bem distribuído em pernas grossas com esteiras.

R2 observou C-3PO, que se apoiava contra uma parede do corredor. Luzes piscavam de forma enigmática em volta de um único olho mecânico à medida que o robô menor estudava o estado abatido de seu amigo. Uma pátina de metal e poeira fibrosa cobria o acabamento de bronze tradicionalmente lustroso e havia alguns amassados visíveis – tudo resultado da surra que a nave rebelde na qual eles viajavam estava sofrendo.

Acompanhando o último ataque, havia um ruído grave persistente, que mesmo a mais alta explosão não conseguira encobrir. Então, sem razão aparente, o tremor cessou de forma abrupta e os únicos sons no outrora deserto corredor vieram de assustadores estalidos dos relés e dos circuitos avariados. Explosões começaram a ecoar pela nave outra vez, mas estavam bem distantes do corredor.

C-3PO girou sua cabeça humanoide para um lado. Os ouvidos metálicos escutavam intensamente. A imitação de uma pose humana era totalmente desnecessária - os sensores auditivos de C-3PO eram totalmente omnidirecionais -, mas o esguio robô havia sido programado para se misturar perfeitamente entre companhias humanas. Essa programação se estendia inclusive à imitação de gestos humanos.

"Ouviu isso?", ele perguntou retoricamente ao seu paciente companheiro, referindo-se à pancada. "Eles desligaram o reator principal e a propulsão." Sua voz estava cheia de descrença e preocupação, como a de qualquer humano. Uma palma metálica esfregou com tristeza a marca de um cinza sem graça na sua lateral, onde um pedaço quebrado da fuselagem caíra, arranhando o acabamento de bronze. C-3PO era uma máquina melindrosa e aquelas coisas o incomodavam.

"Loucura, é uma loucura." Ele sacudiu a cabeça bem devagar. "Desta vez seremos destruídos com certeza."

R2 não comentou imediatamente. Com seu torso de barril inclinado para trás, suas poderosas pernas firmes no assoalho, o robô de um metro de altura encontrava-se absorto em estudar o teto da nave. Ainda que ele não tivesse uma cabeça para inclinar, R2 de alguma maneira conseguia passar a impressão de estar escutando atentamente. Uma série de bipes e chiados curtos surgiu de seu alto-falante. Até para o mais sensível dos ouvidos humanos, aquilo não passaria de estática, mas para C-3PO os ruídos formavam palavras claras e puras, como um idioma comum.

"Sim, eu acho que eles precisaram desligar o motor", C-3PO admitiu, "mas o que nós vamos fazer agora? Não podemos entrar na atmosfera com nosso principal painel estabilizador destruído. Não consigo acreditar que vamos simplesmente nos entregar."

Um pequeno bando de humanos armados surgiu repentinamente, empunhando seus rifles em prontidão. Seus rostos estavam tão vincados de preocupação quanto seus uniformes e eles carregavam a aura de homens preparados para morrer.

C-3PO observou silenciosamente, até eles desaparecerem numa curva distante no corredor, e então olhou de volta para R2. O robô menor não havia saído de sua posição de ouvinte. O olhar de C-3PO subiu de direção ainda que ele soubesse que os sentidos de R2 eram ligeiramente mais aguçados que os seus.

"O que é isso, R2?" Uma rápida explosão de bipes foi a resposta que recebeu. Mais um instante e não haveria necessidade para sensores altamente sensíveis. Por um ou dois minutos extras, o corredor permaneceu num silêncio mortal. Então, pôde-se escutar um leve *arranha, arranha*, como um gato na porta, de algum lugar lá em cima. Aquele estranho barulho era produzido por passos pesados e o movimento de equipamentos volumosos sobre o casco da nave.

Quando diversas explosões abafadas puderam ser ouvidas, C-3PO murmurou: "Eles nos invadiram. Desta vez o capitão não escapa". Virando-se, ele espiou R2. "Acho que devíamos..."

O estardalhaço do metal fatigado tomou conta de tudo antes que ele conseguisse terminar e o final do corredor foi iluminado por um flash ultravioleta ofuscante. Num daqueles cantos, o pequeno grupo armado que passara por eles minutos antes havia encontrado os invasores da nave.

C-3PO virou seu rosto e os fotorreceptores delicados, bem a tempo de evitar os fragmentos de metal que voaram pelo corredor. Lá no outro canto, um grande vão apareceu no teto e formas reflexivas, como grandes vigas de metal, começaram a cair no chão do corredor. Os dois robôs sabiam que nenhuma máquina poderia competir com a fluidez com que aquelas formas se moviam e instantaneamente assumiram posição de combate. Os recém-chegados eram humanos em armaduras, não seres mecânicos.

Um deles olhou diretamente para C-3PO – não, não para ele, pensou desesperadamente o robô em pânico, mas além dele. O sujeito ergueu seu grande rifle com suas mãos metálicas – tarde demais. Um raio de luz intensa acertou sua cabeça, fazendo voar pedaços de armadura, osso e carne em todas as direções.

Metade da tropa imperial invasora se virou e começou a devolver o ataque pelo corredor – mirando além dos dois robôs.

"Rápido, por aqui!", ordenou C-3PO, na esperança de fugir dos imperiais. R2 o seguiu. Deram apenas alguns poucos passos quando viram mais adiante os tripulantes rebeldes em posição, atirando no corredor. Em segundos, a passagem estava repleta de fumaça e raios de energia vindos de ambos os lados.

Raios vermelhos, verdes e azuis ricocheteavam nas seções polidas das paredes e do chão e deixavam extensos cortes nas superfícies metálicas. Gritos de humanos feridos e morrendo – um som peculiarmente não robótico, pensou C-3PO – ecoaram de forma estridente sobre a destruição inorgânica.

Um raio atingiu o chão perto do pé do robô ao mesmo tempo que outro destroçou a parede atrás dele, expondo circuitos brilhantes e fileiras de conduítes. A força da explosão dupla derrubou C-3PO sobre os cabos rompidos, onde havia uma dúzia de correntes distintas, que o transformaram num brinquedo idiota e retorcido.

Sensações estranhas percorreram seu sistema nervoso metálico. Não causavam dor, apenas confusão. Cada vez que ele se mexia e tentava se livrar, uma nova rachadura surgia enquanto um pedaço de seus componentes se quebrava. O barulho e os relâmpagos feitos pelos humanos permaneceram constantes ao seu redor enquanto a batalha continuava, feroz.

A fumaça começou a tomar o corredor. R2-D2 apressou-se na tentativa de livrar seu amigo. O pequeno robô demonstrava uma indiferença fleumática às energias vorazes que tomavam conta da passagem. Foi construído tão baixo que a maior parte dos raios passava sobre ele, de qualquer maneira.

"*Socorro!*", gritou C-3PO, repentinamente assustado com uma nova mensagem de seu sensor interno. "Acho que tem algo derretendo. Solte minha perna esquerda – o problema é perto do servomotor pélvico." Como de costume, seu tom mudou abruptamente, da súplica à ordem.

"Isso é tudo culpa sua!", ele gritou irado. "Quem mandou eu confiar na lógica de um assistente termocapsular caseiro nanico? Não sei por que você insistiu que deixássemos nossas estações designadas para vir até esta porcaria de corredor de acesso. Não que isso faça alguma diferença agora. A nave inteira deve est..." R2-D2 o interrompeu no meio do discurso, com alguns chiados e bipes raivosos da sua própria parte, ainda que ele continuasse a cortar e a puxar com precisão o emaranhado de fios de alta voltagem.

"Ah, então é assim?", C-3PO respondeu com escárnio. "Pois o mesmo vale para você, seu pequen...!"

Uma explosão excepcionalmente violenta sacudiu a passagem, abafando o que ele dissera. Um fedor de componentes carbonizados, capaz de queimar os pulmões, tomou conta do lugar, deixando tudo às escuras.

Dois metros de altura. Bípede. Um manto negro o seguia, seu rosto eternamente mascarado respirava por uma tela preta metálica bizarra, ainda que funcional – um Lorde Negro dos Sith era uma presença aterrorizante, intimidando com seus passos largos pelos corredores da nave rebelde.

O medo caminhava junto com todos os Lordes Negros. A nuvem de maldade que emanava deste em particular era intensa o suficiente para fazer as tropas imperiais recuarem, ameaçadora o suficiente para deixar a tropa imperial nervosa, murmurando entre si. Os outrora determinados membros da força rebelde pararam de lutar e correram em pânico ao avistarem a armadura negra – armadura que, negra como era, não se aproximava da escuridão dos pensamentos que vagavam pela mente daquele que a vestia.

Um propósito, um pensamento – uma obsessão dominava aquela mente. Ela queimava o cérebro de Darth Vader enquanto ele passava por mais um corredor da nave avariada. Ali, a fumaça começava a baixar, ainda que os sons de lutas distantes continuassem a ressoar pela fuselagem. A batalha havia terminado e seguido para outros cantos.

Apenas um robô fora deixado livre após a passagem do Lorde Negro. C-3PO finalmente havia se livrado do último cabo que o imobilizara. Em algum lugar além dele, era possível ouvir gritos humanos vindos de onde as implacáveis tropas imperiais varriam os últimos remanescentes da resistência rebelde.

C-3PO olhou para baixo e viu apenas o assoalho destruído. Enquanto olhava ao redor, sua voz enchia-se de preocupação. "R2-D2, cadê você?" A fumaça pareceu baixar um pouco mais. C-3PO se viu encarando o corredor.

R2-D2, pelo jeito, estava lá. Mas ele não olhava na direção de C-3PO. Na verdade, o pequeno robô parecia estar congelado numa atitude de atenção. Inclinando-se sobre ele havia – era difícil, até mesmo para os fotorreceptores eletrônicos de C-3PO, penetrar a fumaça ácida – uma figura humana. Era jovem, esguia e, por obscuros padrões estéticos humanos, refletiu C-3PO, de uma beleza relaxante. Uma mão pequenina parecia se mover sobre a parte frontal do torso de R2.

C-3PO partiu na direção deles enquanto a névoa se tornava mais densa novamente. Mas quando chegou ao fim do corredor apenas R2 estava lá, esperando. C-3PO espiou além dele, confuso. Robôs estavam sujeitos a ocasionais alucinações eletrônicas – mas por que ele imaginaria um humano?

Ele deu de ombros... Bem, por que não? Especialmente levando em consideração as circunstâncias estranhas da última hora e a alta dose de corrente elétrica que ele absorvera recentemente. Não deveria se surpreender com nada que seus concatenados circuitos internos invocassem.

"Onde você esteve?", C-3PO finalmente perguntou. "Escondido, eu suponho." Ele decidiu não mencionar o quem-sabe-humano. Se havia sido uma alucinação, ele não daria a R2 a satisfação de saber o quanto os eventos recentes danificaram seus circuitos lógicos.

"Eles vão voltar por esse caminho", disse, acenando para o corredor e sem dar tempo para o pequeno autômato responder, "e procurar por sobreviventes humanos. O que nós vamos fazer? Não vão confiar em duas máquinas que pertenciam aos rebeldes e que não sabem nada que eles queiram ouvir. Seremos mandados às minas de condimentos em Kessel ou desmontados para dar peças de reposição a outros robôs, desprezíveis. Isso é, se não nos considerarem parte de uma armadilha e decidirem nos explodir logo de uma vez. Se não corrermos..." Mas R2 já havia se virado e marchava apressado de volta ao corredor.

"Espere, aonde você vai? Você não escutou nada do que eu disse?" Proferindo obscenidades em diversos idiomas, alguns puramente mecânicos, C-3PO saltitou atrás de seu amigo. A unidade R2, pensou, sabe ser um bocado teimosa quando bem entende.

Do lado de fora do centro de controle do cruzador galáctico, o corredor estava abarrotado com prisioneiros de cara fechada, reunidos pelas tropas. Alguns caíam no chão, feridos, outros estavam morrendo. Vários oficiais foram separados de seus homens e permaneceram juntos em um pequeno grupo, lançando olhares hostis e ameaças à silenciosa aglomeração de tropas imperiais que os mantinha sob controle.

Como se obedecessem a uma ordem, todos – tanto os das tropas imperiais quanto os rebeldes – fizeram silêncio enquanto um enorme vulto surgiu de trás de uma curva. Dois daqueles oficiais rebeldes, firmes e obstinados, começaram a tremer. Parando em frente a um deles, o vulto gigantesco se aproximou sem dizer uma palavra. Uma enorme mão se fechou em volta do pescoço do oficial e o ergueu do chão. Os olhos do comandante rebelde se arregalaram, mas ele continuou em silêncio.

Um oficial do Império, o capacete caído para trás revelando uma cicatriz recente, onde um feixe de energia penetrara a armadura, saiu da sala de controle sacudindo a cabeça. "Nada, senhor. O sistema de armazenamento de dados foi completamente apagado."

Darth Vader assentiu com um gesto quase imperceptível. A máscara impenetrável se virou para o oficial que ele estava torturando. Os dedos revestidos de metal se contraíram. O prisioneiro desesperadamente tentou soltá-los, mas sem sucesso.

"Onde está a informação que vocês interceptaram?", Vader esbravejou ameaçadoramente. "O que vocês fizeram com as fitas de dados?"

"Nós... não interceptamos... nenhuma informação", esperneou o oficial suspenso, mal conseguindo respirar. De algum lugar bem no fundo de sua alma, ele desenterrou um grito de indignação. "Esta é uma... embarcação do Conselho... Você não viu nossas... insígnias do lado de fora? Estamos numa... missão... diplomática."

"Ao inferno com sua missão!", rosnou Vader. "Onde estão as fitas?!" Ele apertou com mais força, a ameaça de seu pulso ficou nítida.

Quando finalmente respondeu, a voz do oficial não passava de um mero suspiro. "Só quem sabe... é o comandante."

"Esta nave carrega o brasão do Sistema Alderaan", Vader rosnou novamente, aproximando sua máscara respiratória de gárgula. "Algum membro da família real a bordo? Quem você está conduzindo?" Os dedos espessos continuaram a se fechar e a luta do oficial se tornou mais desesperada. Suas últimas palavras saíram abafadas e engasgadas demais para serem compreendidas.

Vader não estava satisfeito. Ainda que sua vítima estivesse inerte, com um motivo terrível, inquestionável, sua mão continuou se fechando, produzindo um horripilante estalo de ossos quebrados. Então, deixando escapar um chiado ofegante, Vader finalmente jogou o corpo desfalecido do oficial contra uma parede. Vários soldados imperiais se abaixaram para evitar serem atingidos por aquele projétil medonho.

O gigantesco ser virou-se inesperadamente e os oficiais do Império foram engolidos por aquele olhar esculpido de forma tão sinistra. "Desmontem esta nave inteira, peça por peça, componente por componente, até acharem essas fitas. Quanto aos passageiros, se houver algum, eu os quero vivos." Ele parou por um momento e então completou: "*Rápido!*"

Oficiais e soldados quase tropeçaram uns nos outros em sua pressa de sair – não necessariamente para cumprir as ordens de Vader, mas simplesmente para se afastar daquela presença malévola.

R2-D2 finalmente chegou a um impasse em um corredor vazio, desprovido de fumaça e de sinais de batalha. Um C-3PO confuso e preocupado parou atrás dele.

"Você nos fez atravessar meia nave, e para quê...?" Ele interrompeu, observando com descrença quando o robô nanico ergueu a garra de um de seus membros e rompeu o selo da escotilha de uma nave salva-vidas. Imediatamente, uma luz vermelha de alerta foi acionada e um alarme grave soou pelo corredor.

C-3PO olhou descontrolado para todas as direções, mas a passagem continuou vazia. Quando ele olhou para trás, R2 já procurava um espaço dentro daquela apertada cápsula de fuga. Ela era larga apenas o suficiente para acomodar alguns humanos e não fora projetada para acomodar seres mecânicos. R2 encontrou certa dificuldade para se entender dentro daquele compartimento estranho.

"Ei", disse um alarmado C-3PO, repreendendo o outro. "Você não tem permissão para entrar aí. Ela é de uso restrito dos humanos. A gente pode tentar convencer os imperiais de que não recebemos programação rebelde e que somos valiosos demais para sermos quebrados, mas se alguém o vir aí dentro nós não teremos nenhuma chance. Saia daí."

R2 encontrou um jeito de encaixar seu corpo em frente ao reduzido painel de controle. Ele ergueu ligeiramente seu corpo e soltou uma sequência de bipes e assobios em alto volume, direcionados ao seu relutante companheiro.

C-3PO ouviu. Ele não podia franzir a testa, mas ele achou o jeito certo de dar essa impressão. "Missão... que missão? Do que você está falando? Até parece que não sobrou mais nenhum terminal de lógica integrado no seu cérebro. Não... chega de aventuras. Eu vou me arriscar com os imperiais – e *não vou* entrar aí."

Um zunido furioso veio da unidade R2.

"Não *me* chame de filósofo barato", devolveu C-3PO, "sua lata de graxa metida à besta e acima do peso!"

C-3PO planejava uma réplica adicional quando uma explosão derrubou uma parede no corredor. Pó e pedaços de metal varreram a passagem estreita, seguidos instantaneamente por uma série de explosões secundárias. Chamas famintas começaram a saltar pelo buraco exposto da parede, refletindo nas placas da epiderme polida de C-3PO.

Murmurando o equivalente eletrônico a despachar sua alma ao desconhecido, o robô magricelo pulou para dentro da cápsula de emergência. "Vou me arrepender", ele murmurou um pouco mais alto, enquanto R2 ativou a porta de segurança atrás dele. O robô menor girou uma série de chaves, abriu uma tampa e pressionou três botões numa determinada sequência. Com o trovão de explosões, a cápsula salva-vidas foi ejetada do cruzador em avarias.

Quando a notícia de que o último bolsão de resistência na nave rebelde havia sido desmantelado, o capitão do destróier imperial pôde relaxar consideravelmente. Ele ouvia com prazer os relatórios sobre a embarcação capturada quando um de seus oficiais de artilharia o chamou. Indo até a posição deste, o capitão olhou a tela circular e viu um minúsculo ponto se afastando em direção ao planeta selvagem abaixo.

"Lá se vai mais uma cápsula, senhor. Instruções?" A mão do oficial pairava sobre uma bateria computadorizada.

Despreocupadamente, confiando no poder de fogo e no controle total sob seu comando, o capitão estudou os dados de monitoramento da cápsula. Todos em branco.

"Não atire, tenente Hija. Os instrumentos não detectaram formas de vida a bordo. O mecanismo de ignição da cápsula deve ter entrado em curto-circuito ou recebeu uma instrução falsa. Não desperdice munição." Ele se virou para ouvir com satisfação os relatórios sobre os homens e o material capturados que vinham da nave rebelde.

• • •

Clarões dos painéis em chamas e dos circuitos em erupção refletiam descontroladamente na armadura do líder da tropa de choque enquanto ele inspecionava a passagem à sua frente. Estava pronto para se virar e ordenar que os homens o seguissem quando ele percebeu um movimento periférico. Parecia ser algo se agachando de volta numa alcova pequena e escura. Empunhando sua pistola, ele se mexeu cautelosamente e espiou dentro do nicho.

Um vulto pequeno, assustado, de trajes brancos esvoaçantes, agarrou-se à parede do recanto e encarou o homem. Ele agora podia ver que estava diante de uma jovem mulher e sua descrição física batia com aquela pessoa na qual o Lorde Negro estava mais interessado. O trooper sorriu dentro de seu capacete. Que sorte. Ele seria recompensado.

Dentro de sua armadura, sua cabeça se moveu sutilmente, direcionando sua voz ao pequeno microfone. "Ela está aqui", disse, chamando os homens que o seguiam. "Usem o raio paralisad..."

Ele jamais terminaria a frase, assim como nunca receberia a tão esperada homenagem. Uma vez que ele mudou seu foco da garota para o comunicador, o tremor dela desapareceu numa velocidade surpreendente. A pistola de raios que segurava atrás das costas ficou à mostra assim que ela correu para fora de seu esconderijo.

O primeiro trooper que tivera o azar de encontrá-la, sua cabeça era uma massa de ossos e metal derretido. O mesmo destino teve o segundo homem de armadura que vinha correndo logo atrás. Então um raio de energia verde atingiu a lateral do corpo dela, que desabou instantaneamente no chão, ainda empunhando a pistola com sua mão pequenina.

Vultos enclausurados em metal se juntaram ao seu redor. Um deles, o que carregava a insígnia de suboficial, se ajoelhou e virou-a de frente. Ele analisou o corpo paralisado com olhos experientes.

"Ela vai ficar bem", finalmente declarou, olhando para seus subordinados. "Avisem Lorde Vader."

C-3PO fixou seu olhar, hipnotizado, para fora da pequena janela na proa da minúscula cápsula de emergência enquanto o incandescente olho amarelo de Tatooine começava a engolir os dois. Em algum lugar atrás deles, ele sabia, a espaçonave avariada e o destróier imperial tornavam-se imperceptíveis.

Isso era uma boa notícia para ele. Se pousassem perto de uma cidade civilizada, ele procuraria um emprego elegante numa atmosfera mais pacífica, algo que se ajustaria melhor ao seu status e ao seu treinamento. Esses últimos meses o presentearam com excitação e imprevisibilidade demais para uma simples máquina.

Entretanto, a manipulação aparentemente aleatória dos controles da cápsula por R2 não prometiam nada parecido com um pouso tranquilo. C-3PO observava seu companheiro atarracado com preocupação.

"Tem certeza que você sabe pilotar esta nave?"

R2 respondeu com um assobio evasivo, que não serviu nem um pouco para aliviar a mente turbulenta do robô mais alto.

II

Segundo um ditado da época dos colonos, você ficaria cego mais rápido se encarasse intensamente as planícies ressecadas de Tatooine do que se olhasse diretamente para seus dois gigantescos sóis, tão poderoso era o clarão penetrante refletido de seus desertos sem fim. Apesar do clarão, a vida podia existir – e de fato existia – nas planícies formadas pelo leito de um mar há muito evaporado. Uma coisa tornou a vida possível: a reintrodução da água.

Para propósitos humanos, entretanto, a água de Tatooine era acessível apenas de modo marginal. A atmosfera produzia sua umidade com relutância. Ela precisava ser atraída para deixar o céu azul escuro – atraída, coagida, puxada do alto até a superfície ressecada.

Dois vultos preocupados em obter tal umidade estavam parados sobre uma pequena elevação em uma dessas planícies inóspitas. Um deles era rígido e metálico – um vaporizador enterrado com firmeza na areia e em rochas mais profundas. O outro vulto, ao seu lado, era um tanto mais cheio de vida, ainda que não menos queimado de sol.

Luke Skywalker contava com o dobro da idade do vaporizador de dez anos, só que com muito menos vigor. Naquele momento, ele insultava um controlador de válvula teimoso daquele aparelho temperamental. De tempos em tempos, ele recorria a batidas nada sutis em vez de usar a ferramenta apropriada. Nenhum dos métodos funcionava muito bem. Luke tinha certeza de que os lubrificantes usados nos vaporizadores saíam de seus recipientes para atrair areia, acenando sedutoramente para pequenas partículas abrasivas com um brilho besuntado. Ele limpou o suor de sua testa e se inclinou por um momento. A coisa mais atraente sobre aquele jovem era seu nome. Uma brisa suave puxava seus cabelos desgrenhados e sua túnica larga de trabalho enquanto ele observava o aparelho. Besteira ficar irritado, confabulou. É apenas uma máquina sem inteligência.

Enquanto Luke reavaliava sua situação, um terceiro vulto apareceu por trás do vaporizador e marchou todo desajeitado até a seção danificada. Apenas três dos seis braços do robô modelo Treadwell estavam funcionando, e eles estavam mais desgastados do que as botas que Luke calçava. A máquina cambaleava aos trancos.

Luke observou com tristeza e inclinou sua cabeça para estudar o céu. Ainda sem sinais de nuvens – e ele sabia que não haveria nenhuma, a menos que fosse capaz de consertar o vaporizador. Estava prestes a tentar mais uma vez quando um clarão breve, porém intenso, chamou sua atenção. Rapidamente, ele sacou, de seu cinturão de utilidades, macrobinóculos cuidadosamente limpos e focou as lentes em direção ao céu.

Por longos momentos ele observou, desejando que pudesse ter um telescópio de verdade em vez de aqueles binóculos. Enquanto olhava, o vaporizador, o calor e as tarefas pendentes do dia foram deixados de lado. Encaixando os binóculos de volta no cinto, Luke se virou e correu em direção ao landspeeder. A meio caminho do veículo, ele se lembrou de chamar o robô.

"Rápido", gritou, impaciente. "O que você tá esperando? Vem logo."

O droide de manutenção Treadwell partiu em sua direção, hesitou e então começou a girar em círculos, soltando fumaça por todos os cantos. Luke gritou novas instruções e finalmente desistiu, com repulsa, quando percebeu que seria necessário mais do que palavras para motivar o Treadwell novamente.

Por um instante, Luke hesitou em abandonar a máquina – mas, ele se convenceu, os componentes vitais dela estavam obviamente queimados. Então pulou dentro do landspeeder, fazendo o flutuador por repulsão, consertado recentemente, se inclinar perigosamente para um lado, até equalizar a distribuição de peso deslizando para trás dos controles. Mantendo sua altitude ligeiramente acima do solo arenoso, o transporte de cargas leves se manteve como um barco num mar turbulento. Luke acelerou o motor, que chiou em protesto, e a areia irrompeu por abaixo do flutuador enquanto ele dirigia a nave para a distante cidade de Anchorhead.

Atrás dele, um pequeno foco de fumaça preta vinda do robô em chamas continuou a subir pela atmosfera limpa do deserto. Ele não estaria mais lá quando Luke retornasse. Havia coletores de metal, assim como de carne, na vastidão de Tatooine.

Estruturas de metal e pedra desbotadas pelos sóis gêmeos Tatoo I e II se aglomeravam, tanto por companhia como por proteção. Elas formavam o elo da disseminada comunidade agrícola de Anchorhead.

As ruas empoeiradas e sem pavimentação estavam quietas, desertas naquela hora. Moscas de areia zuniam preguiçosamente nas frestas dos telhados das casas de pedra. Um cão latiu, distante – o único sinal de vida até que uma velha senhora apareceu e atravessou a rua. Seu xale solar metálico estava bem colado ao redor do corpo.

Algo a fez olhar para cima, com seus olhos cansados observando de longe. O som logo aumentou de volume à medida que aquela forma retangular e brilhante se aproximava rugindo. Seus olhos se arregalaram quando o veículo veio em sua direção, sem sinais de que sairia do caminho. Ela precisou se apressar para sair da frente.

Arfando e erguendo um punho fechado depois que o landspeeder passou, ela gritou: "Pra que tanta pressa, moleques!"

Luke pode tê-la visto, mas certamente não a ouviu. De qualquer forma, sua atenção estava em outro lugar. Ele parou atrás de uma estação de concreto pequena, mas comprida. Várias hastes e bobinas se projetavam de cima e dos lados da estação. Ondas da areia implacável de Tatooine quebravam numa espuma amarela esmaecida contra as paredes do prédio. Ninguém se preocupava em limpar a areia dali. Não havia por quê. Amanhã ela estaria de volta.

Luke escancarou a porta da frente e gritou: "Ei!"

Um jovem maltrapilho, usando macacão de mecânico, estava esparramado numa cadeira atrás do balcão de controle da estação. O protetor solar impedia sua pele de queimar. A pele da garota em seu colo havia sido igualmente protegida e havia muito mais área protegida à mostra. De alguma forma, até mesmo o suor ressecado ficava bem nela.

"Oi, pessoal!", Luke gritou novamente, já que não recebera uma resposta nem de longe calorosa da primeira vez. Ele correu até a sala de instrumentos no fim da estação, enquanto o mecânico, meio grogue de sono, passou a mão no rosto e murmurou: "Cara, eu estou ouvindo coisas?"

A garota em seu colo se alongou sensualmente, suas roupas desgastadas repuxando em várias direções intrigantes. Sua voz saiu casualmente grave. "Oh", ela bocejou, "foi só o Minhoca fazendo das suas."

Deak e Windy olharam por cima da mesa de sinuca computadorizada na hora em que Luke irrompeu na sala. Vestiam-se de forma bem parecida com Luke, ainda que suas roupas caíssem melhor e fossem um pouco menos surradas.

Os três jovens contrastavam bastante com o jogador forte e bonitão do outro lado da mesa. Desde seu cabelo cuidadosamente cortado até seu uniforme feito sob medida, ele se destacava como uma papoula oriental num mar de aveia. Atrás dos três humanos, um leve ruído constante vinha de onde um robô de reparos trabalhava pacientemente numa peça de equipamento quebrada da estação.

"Vocês aí, ajeitem-se", gritou Luke, animado. Então ele notou o homem mais velho usando o uniforme. Após trocarem olhares de surpresa, os dois se reconheceram.

"Biggs!"

O homem franziu o rosto. "Oi, Luke." Eles então se abraçaram calorosamente.

Luke finalmente se afastou, admirando o uniforme do outro. "Não sabia que você tinha voltado. Quando você chegou?"

A confiança na voz do outro resvalava nos limites da arrogância, sem chegar a tanto. "Faz pouco tempo. Eu queria fazer uma surpresa, seu malandro." Ele apontou para a sala. "Achei que você estaria aqui com esses outros dois dorminhocos." Deak e Windy sorriram. "Eu certamente não esperava que você estivesse trabalhando." Ele riu, um riso a que poucas pessoas conseguiam resistir.

"Apesar da Academia, você continua o mesmo", comentou Luke. "Mas não é um pouco cedo para você voltar?" Seu rosto demonstrava preocupação. "Ei, o que foi, não conseguiu se graduar?"

Havia algo de evasivo na maneira como Biggs respondia, olhando ligeiramente para os lados. "Claro que sim. Semana passada fui designado para servir a bordo do cargueiro Rand Ecliptic. Imediato Biggs Darklighter, a seu serviço." Ele fez uma saudação exacerbada, um tanto séria, um tanto cômica, e então franziu novamente o rosto, daquele seu jeito um tanto desagradável, um tanto solícito.

"Eu só vim para dizer adeus a todos vocês, seus caipiras." Todos riram, até Luke se lembrar o que o levou até lá com tanta pressa.

"Eu quase me esqueço", ele disse, ficando animado novamente, "tem uma batalha acontecendo aqui mesmo, em nosso sistema. Venham ver."

Deak olhou desapontado. "Você e suas batalhas épicas, Luke. Você não cansa de sonhar com elas não? Esquece isso."

"Esquecer isso... Caramba, eu tô falando sério. É uma batalha de verdade."

Com palavras e gestos ele conseguiu persuadir os ocupantes da estação a saírem sob a forte luz solar. Camie, em particular, parecia chateada.

"É melhor que seja verdade, Luke", ela o advertiu, tapando a claridade sobre seus olhos.

Luke já tinha sacado seus macrobinóculos e estava rastreando o céu. Só levou um momento para fixar um determinado ponto. "Eu avisei", ele insistiu. "Lá estão eles."

Biggs foi até ele e tomou os binóculos. Um pequeno ajuste foi o suficiente para que Biggs distinguisse os pontos prateados sobre o fundo azul escuro.

"Isso aí não é uma batalha, malandrinho", ele determinou, abaixando os binóculos e falando com seu amigo gentilmente. "São apenas duas naves. Estão paradas. Tudo bem, provavelmente é uma barcaça alimentando um cargueiro, já que Tatooine não tem uma estação orbital."

"Estavam atirando... mais cedo", Luke completou. Seu entusiasmo inicial estava começando a enfraquecer sob a humilhante declaração de seu amigo mais velho.

Camie retirou os binóculos das mãos de Biggs, batendo de leve com eles numa pilastra. Luke puxou os binóculos com cuidado, para uma rápida inspeção. "Mais calma com isso aí."

"Não se preocupe, Minhoca", ela zombou. Luke deu um passo em direção a ela, mas parou quando o mecânico corpulento se meteu entre os dois e advertiu o amigo com um sorriso. Luke achou melhor esquecer o incidente.

"Eu já falei, Luke", disse o mecânico, com o ar de cansaço de quem repete a mesma história sem obter resultados, "a rebelião está muito longe daqui. Eu duvido que o Império lutaria para manter este sistema. Acredite em mim, Tatooine é um grande pedaço de nada."

Sua plateia começou a se desfazer, voltando para a estação, antes que Luke conseguisse murmurar uma resposta. Fixer passou o braço em volta de Camie e os dois saíram, segurando o riso pela incapacidade de Luke. Até Deak e Windy estavam murmurando coisas sobre ele, Luke estava certo disso.

Ele os seguiu, mas não sem uma última olhada para cima e para os dois pontos distantes. De uma coisa tinha certeza: ele tinha visto clarões entre as duas naves. E não foram causados pelo reflexo dos sóis de Tatooine no metal.

A amarra que prendia as mãos da garota em suas costas era primitiva e eficaz. A atenção constante que os troopers altamente armados lhe dirigiam parecia ser desnecessária para uma fêmea tão pequena, exceto pelo fato de que suas vidas dependiam de que ela fosse entregue com segurança.

Quando ela diminuiu seus passos, entretanto, ficou aparente que seus captores não se importavam em maltratá-la um pouco. Um dos sujeitos de armadura empurrou suas costas com brutalidade e ela quase caiu. Virando-se para trás, dirigiu um olhar de ódio ao soldado. Mas ela não saberia dizer se isso causou algum efeito, já que o rosto do homem estava completamente escondido sob o capacete.

O corredor no qual eles então emergiram ainda estava coberto pela fumaça que cercava a cavidade aberta através do casco da nave. Uma ponte de acesso havia sido posicionada ali, e um círculo de luz surgiu no final do túnel, iluminando o caminho entre a nave rebelde e o destróier. Uma sombra cobriu a princesa enquanto ela se virava para inspecionar a ponte, deixando-a assustada, apesar de seu costumeiro autocontrole.

O ameaçador Darth Vader sobrepunha-se a ela, com olhos vermelhos brilhando por trás da terrível máscara respiratória. Um músculo contraído em seu rosto – fora isso, a garota não expressou reações. Tampouco demonstrou qualquer hesitação em sua voz.

"Darth Vader... Eu deveria saber. Só você seria tão audacioso – e tão estúpido. Bem, o Senado Imperial não deixará por menos. Quando souberem que você atacou uma missão diplomá..."

"Senadora Leia Organa", Vader falou calmamente, porém alto o suficiente para encerrar os protestos. Seu prazer em encontrá-la ficou evidente na maneira como ele saboreava cada sílaba.

"Não tente me enganar, sua alteza", ele continuou de forma ameaçadora. "Você não está em nenhuma missão de caridade desta vez. Você atravessou um sistema restrito, ignorando diversos avisos e desrespeitando completamente as ordens para retornar – até chegar a um ponto em que isso não importava."

O enorme crânio de metal se aproximou. "Sei que inúmeras mensagens foram recebidas por esta embarcação, transmitidas por espiões deste sistema. Quando rastreamos essas mensagens de volta até os indivíduos que as transmitiram eles cometeram a tola atitude de se matar antes que pudessem ser interrogados. Quero saber o que aconteceu com as informações que eles lhe enviaram."

Nem as palavras de Vader nem sua presença ameaçadora pareciam surtir qualquer efeito na garota. "Não sei a respeito do que você está tagarelando", ela retrucou, desviando seu olhar. "Sou um membro do Senado em missão diplomática para..."

"Para se juntar à Aliança Rebelde", declarou Vader, incriminando-a. "Você também é uma traidora." Seu rosto se virou para um oficial próximo. "Leve-a."

Ela conseguiu acertá-lo com uma cusparada, que chiou ao atingir a armadura ainda quente pela batalha. Vader limpou silenciosamente aquela ofensa, observando-a com interesse enquanto ela marchava pelo túnel de acesso até o destróier.

Um soldado alto e esguio, usando a insígnia de comandante imperial, atraiu a atenção de Vader ao se aproximar. "É um risco mantê-la prisioneira", ele se aventurou, tomando conta da sua escolta até o destróier. "Se a notícia se espalhar, o Senado não vai ficar de braços cruzados. Além de gerar a compaixão dos rebeldes." O comandante olhou para cima, encarou a face ilegível de metal e então concluiu, de um jeito impetuoso: "Ela deveria ser destruída imediatamente".

"Não. Meu primeiro dever é localizar sua fortaleza escondida", Vader respondeu calmamente. "Todos os espiões rebeldes foram eliminados – por nossas mãos ou por suas próprias. Portanto, ela agora é a minha única pista para descobrir sua localização. Pretendo fazer pleno uso dela. Se necessário, eu a usarei – mas *vou* descobrir a localização da base rebelde."

O comandante selou os lábios e acenou levemente com a cabeça, talvez demonstrando alguma simpatia, enquanto comentava sobre a mulher. "Ela morre antes de lhe dar qualquer informação." A resposta de Vader foi gélida em sua indiferença. "Eu cuido disso." Ele refletiu por um instante e então se foi. "Mande um pedido de socorro de longo alcance. Informe que a nave da senadora não conseguiu evitar uma inesperada colisão com um meteorito. Leituras indicam que os escudos de força foram sobrecarregados e a nave foi perfurada, deixando escapar noventa e cinco por cento de sua atmosfera. Informe ao pai dela e ao Senado que todos a bordo estão mortos."

Uma fileira de soldados visivelmente cansados marchou propositadamente em direção a seu comandante e ao Lorde Negro. Vader os observou com expectativa.

“Os dados da fita em questão não estão dentro da nave. Não há informação valiosa nos bancos de dados da nave e não há evidência de terem sido apagados”, o oficial encarregado recitou mecanicamente. “E também nenhuma transmissão foi enviada desde que fizemos contato. Uma cápsula salva-vidas defeituosa foi ejetada durante a batalha, mas na mesma hora confirmamos que não havia formas de vida a bordo.”

Vader ficou pensativo. “Pode *ter sido* um defeito”, refletiu, “mas as fitas também poderiam estar na cápsula. Fitas não são formas de vida. De qualquer maneira, se um nativo as encontrasse jamais desconfiaria de sua importância e provavelmente apagaria as fitas para poder usá-las. Porém...”

“Mande um destacamento buscar as fitas ou pelo menos ter certeza de que elas não estão dentro da cápsula”, Vader finalmente ordenou ao comandante e ao atento oficial. “Seja o mais sutil possível; não há por que chamar atenção, mesmo nesse mundinho esquecido e miserável.”

Enquanto o oficial e suas tropas partiam, Vader virou-se de volta para o comandante. “Destrua esta nave – não deixe sobrar nenhum pedaço. E quanto à cápsula, eu não posso me arriscar com a hipótese de ser uma simples avaria nos sistemas. Os dados que ela talvez contenha podem ser devastadores. Certifique-se pessoalmente, comandante. Se essas fitas de dados existirem, elas devem ser recuperadas ou destruídas a qualquer custo.” Ele então incluiu, satisfeito: “Com essa tarefa cumprida e a senadora em nossas mãos, acabamos de vez com essa rebelião absurda”.

“Tudo será feito exatamente como o senhor ordena, Lorde Vader”, reconheceu o comandante. Os dois entraram no túnel de acesso ao destróier.

“Que lugar mais esquecido é este!?”

C-3PO se virou cuidadosamente para olhar a cápsula semienterrada na areia. Seu giroscópio interno ainda permanecia desestabilizado, devido ao pouso forçado. Pouso! A simples menção da palavra era um elogio indevido a seu estúpido companheiro.

Por outro lado, ele achava que devia agradecer por estarem inteiros, ainda que – meditou enquanto estudava a paisagem estéril – não tivesse certeza de que estariam melhor agora do que se permanecessem no cruzador capturado. Grandes maciços de pedra dominavam o horizonte. Olhando nas outras direções, não se via nada além de intermináveis séries de dunas como longos dentes amarelados se estendendo por quilômetros de distância. O oceano de areia se misturava ao brilho do céu até ser impossível distinguir onde terminava um e começava o outro.

Uma tênue nuvem de minúsculas partículas de poeira subiu atrás dos dois robôs enquanto eles marchavam para longe da cápsula. Aquele veículo, uma vez cumprida sua missão, era completamente inútil. Nenhum dos robôs havia sido projetado para locomoção pedestre naquele tipo de terreno e eles estavam lutando para caminhar naquela superfície instável.

"Parece que fomos feitos para sofrer", C-3PO queixou-se em autopiedade. "É uma existência desgraçada." Alguma coisa dentro de sua perna produziu um chiado e ele estremeceu. "Preciso descansar antes que eu desabe. Minhas partes internas ainda não se recuperaram daquele desastre imprudente que você chamou de pouso."

Ele parou, mas R2-D2 não. O pequeno autômato realizou uma curva fechada e agora se arrastava devagar, mas com firmeza, em direção aos pés do maciço mais próximo.

"Ei", gritou C-3PO. R2 ignorou o chamado e continuou marchando. "Aonde você pensa que vai?"

Agora R2 parou, emitindo uma sequência de explicações eletrônicas enquanto C-3PO andava, exaustivamente, até ele.

"Bem, eu não vou para lá", C-3PO declarou quando R2 concluiu sua explicação. "É muito rochoso." Ele apontou para a direção em que estiveram andando, longe dos penhascos. "Por aqui é muito mais fácil." Uma mão metálica acenou depreciativamente para os maciços. "O que faz você pensar que existem acampamentos por ali, hein?"

Um longo assobio saiu das profundezas de R2.

"Não me venha com respostas técnicas", avisou C-3PO. "Eu estou farto de suas decisões."

R2 deu um bipe.

"Está bem, pode ir", C-3PO anunciou com prepotência. "Você será engolido pela areia em menos de um dia, seu monte de sucata míope." Ele deu um empurrão insolente em R2-D2, fazendo-o cair numa duna pequena. Enquanto ele lutava para se levantar novamente, C-3PO partiu em direção ao horizonte ofuscante, espiando por cima dos ombros. "Nem ouse me seguir clamando por ajuda", advertiu, "porque eu não vou ajudar."

Abaixo da crista da duna, R2-D2 conseguiu se endireitar. Ele parou rapidamente para limpar seu olho eletrônico com um braço auxiliar.

Então produziu um guincho robótico que era quase, ainda que não exatamente, uma expressão humana de raiva. Zumbindo baixinho para si mesmo, R2 se virou e marchou em direção aos cumes de arenito como se nada houvesse acontecido.

Muitas horas depois, um exausto C-3PO, com o termostato interno sobrecarregado e beirando perigosamente um colapso térmico, lutava no topo daquela que ele esperava ser a última duna gigantesca. Ao redor, pilares e escoras de cálcio esmaecido, ossos de alguma fera enorme, formavam uma paisagem nada promissora. Alcançando a crista da duna, C-3PO espiou à sua frente, com ansiedade. No lugar da tão esperada e esverdeada civilização humana, viu apenas inúmeras dunas, idênticas em forma e em promessas como aquela em que ele se encontrava. A mais distante de todas subia ainda mais alto do que a que ele superava naquele instante.

C-3PO virou-se e olhou de volta para o agora tão distante platô, que começava a se tornar indistinto com a distância e distorção pelo calor. "Seu pequeno imbecil defeituoso", ele murmurou, ainda incapaz de admitir a si mesmo que talvez, quem sabe, R2 poderia estar certo. "É tudo culpa sua. Você me enganou para que eu fosse por aqui, mas você não vai se sair muito melhor."

Ele também não, se não continuasse. Então deu um passo para a frente e ouviu uma articulação da perna ranger de forma estranha. Sentou-se e começou a tirar areia de suas juntas.

Poderia continuar em seu trajeto atual, disse a si mesmo. Ou poderia aceitar o erro que cometera e tentar alcançar R2-D2 novamente. Nenhuma das perspectivas o agradava muito.

Mas havia uma terceira opção. Ele poderia sentar ali, brilhando sob a luz dos sóis, até que suas juntas travassem, seus circuitos superaquecessem e os raios ultravioleta queimassem seus fotorreceptores. Ele se tornaria outro monumento do poder destrutivo dos dois sóis de Tatooine, como o organismo colossal que ele recém-encontrara.

Seus receptores já começavam a falhar, pensou. Parecia que tinha visto algo se movendo ao longe. Distorção de calor, provavelmente. Não, definitivamente era um reflexo metálico, e se movia na sua direção. Suas esperanças elevaram-se. Ignorando as advertências de sua perna danificada, ele se levantou e começou a acenar freneticamente.

Aquilo era, ele conseguia ver agora, definitivamente um veículo, ainda que de um tipo desconhecido. Mas era um veículo e isso implicava inteligência e tecnologia.

Em seu estado de excitação, ele negligenciou considerar a possibilidade de aquele veículo não ser de origem humana.

"Aí eu desliguei o motor, interrompi a pós-combustão dos propulsores e despenquei na cola do Deak", Luke terminou a história, sacudindo os braços freneticamente. Ele e Biggs conversavam na sombra, do lado de fora da estação. Sons metálicos vinham de algum lugar lá dentro, onde Fixer finalmente se unira a seu robô assistente no concerto de peças.

"Estava tão perto dele", continuou Luke, entusiasmado, "pensei que ia acabar fritando meu equipamento. E, no final das contas, eu estraguei o skyhopper pra valer." Aquela lembrança inspirou uma testa franzida.

"Tio Owen ficou uma fera. Ele me pôs de castigo pelo resto da estação." A depressão de Luke foi passageira. A memória de suas façanhas acabou com a vergonha.

"Você tinha que estar lá, Biggs!"

"Você devia ir com mais calma", aconselhou o amigo. "Você pode ser o melhor piloto deste lado de Mos Eisley, Luke, mas esses pequenos skyhoppers são muito perigosos. Eles se movem rápido demais para uma nave troposférica – mais rápido do que precisam, na verdade. Continue brincando de jóquei desse jeito e qualquer dia desses 'cabum'!" Com o punho fechado, ele golpeou a palma aberta da outra mão. "Você não vai passar de um pontinho preto na parede de um cânion."

"Olha quem fala", retrucou Luke. "Só porque já esteve em meia dúzia de espaçonaves grandes e automáticas você resolveu falar que nem o meu tio. As cidades fizeram de você um molenga." Ele simulou dar um soco em Biggs, que bloqueou o movimento sem problemas, insinuando um contra-ataque.

A arrogância tranquila de Biggs se dissolveu em algo mais caloroso. "Senti saudades, garoto."

Luke olhou para o lado, meio sem jeito. "As coisas aqui não foram mais as mesmas depois que você partiu também, Biggs. Tudo ficou tão..." – Luke buscou encontrar a palavra certa e encerrou a frase como pôde – "...tão *quieto*." Seu olhar viajava pelas ruas desertas e arenosas de Anchorhead. "Tudo sempre foi muito quieto, na verdade."

Biggs ficou em silêncio, pensando. Ele deu uma olhada ao redor. Os dois estavam a sós. Todo o mundo voltara para a temperatura relativamente mais agradável da estação. Enquanto Biggs se inclinou, Luke percebeu um tom solene a que não estava acostumado na voz de seu amigo.

"Luke, não voltei só para dizer adeus, nem para me gabar na frente de todo o mundo só porque eu terminei a Academia." Mais uma vez, ele pareceu hesitar, cheio de dúvidas. Então deixou escapar o que tinha para falar, rápido bastante para que não tivesse tempo de se arrepender. "Mas eu preciso contar para alguém. E não posso contar para os meus pais."

Luke encarou Biggs boquiaberto. "Contar o quê? Do que você está falando?"

"Estou falando do que todo o mundo está comentando na Academia – e em outros lugares, Luke. Papo sério. Eu fiz umas amizades novas, gente de fora do sistema. E nós concordamos sobre o jeito como certas coisas estão evoluindo e..." – ele baixou a voz, como se conspirasse – "...quando alcançarmos um dos sistemas periféricos vamos abandonar a nave e nos unir à Aliança."

Luke encarou novamente seu amigo, tentando enxergar Biggs – o brincalhão, despreocupado, imaturo Biggs – como um patriota ardendo com o fervor rebelde.

"Você vai se juntar à rebelião?", ele começou. "Você tá de brincadeira. Como assim?"

"Fala baixo, pode ser?", aconselhou o homem mais alto, espiando furtivamente a estação de energia. "Que boca de sapo você tem!"

"Desculpa", Luke sussurrou rapidamente. "Estou quieto – olha só como eu fico quieto. Você mal consegue me ouvir..."

Biggs o interrompeu e continuou. "Um amigo meu da Academia tem um amigo em Bestine que pode nos arranjar um encontro com uma unidade armada dos rebeldes."

"Um amigo de um ami... Você está louco", decretou Luke, com convicção, certo de que seu amigo havia pirado. "Você pode vagar para sempre tentando achar um posto autêntico da rebelião. A maioria é apenas mito. Esse 'amigo de um amigo' pode muito bem ser um agente imperial. Você acabaria em Kessel ou em algum lugar pior. Se os postos rebeldes fossem tão fáceis de achar, o Império já os teria varrido do mapa há anos."

"Eu sei que é um risco", Biggs admitiu, relutante. "Se eu não entrar em contato com eles, então..." Uma luz peculiar surgiu nos olhos de Biggs, um misto de maturidade recém-encontrada com... algo mais. "Então eu farei o que puder, por conta própria."

Ele encarou intensamente o seu amigo. "Luke, eu não vou esperar ser convocado para servir ao Império. Apesar do que você deve ouvir nos canais oficiais de informação, a rebelião está crescendo, se ampliando. E eu quero estar do lado certo – o lado em que acredito." Sua voz se alterou de modo desagradável e Luke refletiu sobre o que acabara de ver com os olhos de sua mente.

"Você deve ter ouvido algumas das histórias que eu ouvi, Luke, escutado sobre os mesmos ultrajes que eu escutei. O Império pode ter sido grande e inspirador algum dia, mas as pessoas no poder hoje..." Ele balançou a cabeça com ênfase. "É tudo podre, Luke, podre."

"E eu não posso fazer droga nenhuma", Luke murmurou morosamente. "Estou preso aqui." Ele chutou a areia constante de Anchorhead.

"Eu pensei que você fosse entrar na Academia em breve", observou Biggs. "Se entrar, você vai ter a chance de sair deste monte de areia."

Luke bufou ironicamente. "Acho que não. Eu tive que cancelar meu alistamento." Ele olhou para o outro lado, incapaz de encarar o olhar incrédulo de seu amigo. "Eu precisei. O Povo da Areia não tem nos dado descanso, desde que você foi embora, Biggs. Eles chegaram a atacar os limites de Anchorhead."

Biggs balançou a cabeça, recusando a desculpa. "Seu tio pode manter uma colônia inteira afastada com uma pistola."

"Em casa, é claro", concordou Luke, "mas o tio Owen instalou diversos vaporizadores para a fazenda finalmente começar a dar lucro. Ele não pode tomar conta da propriedade inteira sozinho e diz que precisa de mim por mais uma estação. Eu não posso abandoná-lo agora."

Biggs suspirou com tristeza. "Sinto muito, Luke. Algum dia você vai ter que aprender a separar o que parece ser importante daquilo que realmente é importante." Ele indicou o cenário ao redor.

"Do que serve todo o esforço do seu tio se ele for tomado pelo Império? Ouvi que estão começando a imperializar o comércio em todos os sistemas distantes. Não vai demorar muito até que seu tio e todo o mundo em Tatooine sejam locatários escravizados pela glória suprema do Império."

"Isso jamais aconteceria aqui", Luke alegou com uma confiança que ele não sentia de verdade. "Você mesmo disse... o Império não se importa com este pedaço de rocha."

"As coisas mudam, Luke. Apenas a ameaça da rebelião consegue evitar que muitos no poder façam coisas inimagináveis. Se essa ameaça for completamente removida – bem, há duas coisas que os homens nunca parecem satisfazer: sua curiosidade e sua ganância. E não há muita coisa atiçando a curiosidade dos altos burocratas imperiais."

Ambos permaneceram em silêncio. Um redemoinho de areia atravessou a rua em silenciosa majestade, colidindo com uma parede e mandando rajadas recém-criadas em todas as direções.

"Eu queria ir com você", Luke finalmente murmurou. Ele olhou para cima. "Você vai ficar um tempo?"

"Não. Para falar a verdade, eu parto de manhã para me juntar ao Ecliptic."

"Então eu acho... que não vou te ver de novo."

"Um dia, talvez", declarou Biggs. Ele se animou, abrindo aquele sorriso encantador. "Vou ficar de olho em você, campeão. Tente não se arrebentar nas paredes dos cânions enquanto isso."

"Eu vou para a Academia na próxima estação", insistiu Luke, mais para encorajar a si mesmo do que convencer Biggs. "E depois, quem sabe para onde eu vou?" Ele parecia determinado. "Não vou ser selecionado para a Frota Estelar, é claro. Tome cuidado. Você... sempre será meu melhor amigo." Não havia necessidade de um aperto de mão. Os dois haviam passado desse ponto há muito tempo.

"Adeus, então, Luke", Biggs disse simplesmente. Ele se virou e reentrou na estação de força.

Luke o viu desaparecer pela porta, os seus próprios pensamentos estavam caóticos e frenéticos como uma das espontâneas tempestades de areia de Tatooine.

• • •

Existem diversos recursos extraordinários próprios da superfície de Tatooine. O de maior destaque eram as misteriosas brumas que emergiam regularmente do chão, em pontos onde as areias do deserto se lançavam contra penhascos e maciços de pedra.

Neblina num deserto escaldante parecia tão fora de contexto quanto um cacto numa geleira, mas ela existia mesmo assim. Meteorologistas e geólogos discutiam suas origens entre si, murmurando teorias difíceis de acreditar sobre água suspensa em veios de arenito por baixo da areia, e sobre reações químicas incompreensíveis que faziam a água brotar quando o chão resfriava, para depois retornar ao subsolo com o duplo nascer do sol. Tudo era muito estranho e muito real.

Nem a bruma nem os lamentos alienígenas dos habitantes noturnos do deserto preocupavam R2-D2 enquanto ele subia cautelosamente o riacho pedregoso, buscando o caminho mais fácil até o topo do maciço. Seus calços quadrados e largos produziam ruídos altos sob a luz da noite, quando a areia debaixo dos seus pés gradualmente deu lugar ao cascalho.

Por um momento, ele parou. Parecia ter detectado um barulho à sua frente – como metal sobre a rocha em vez de rocha sobre a rocha. O som não se repetiu, entretanto, e ele rapidamente retornou à sua lenta ascensão.

Riacho acima, muito alto para ser vista lá de baixo, uma pedrinha se soltou da parede. A minúscula figura que acidentalmente desalojou a pedrinha se retraiu nas sombras como se fosse um camundongo. Dois pontinhos brilhantes de luz apareciam debaixo de camadas dobradas de uma capa marrom, a um metro da borda do cânion.

Apenas a reação do confiante robô indicou a presença do raio estridente quando este o acertou. Por um momento, R2-D2 brilhou assustadoramente na luz diminuta. Ouviu-se um breve chiado eletrônico. O suporte triplo perdeu o equilíbrio e o pequeno autômato caiu de costas, as luzes na sua frente piscando erraticamente devido aos efeitos do raio paralisante.

Três arremedos de homem correram de trás de pedregulhos ocultos. Seus movimentos eram mais característicos de roedores do que de humanos e eles eram um pouco mais altos do que R2. Quando viram que um único disparo de energia imobilizara o robô, eles guardaram suas armas peculiares. Ainda assim, eles se aproximaram cuidadosamente da máquina imóvel, com a trepidação da covardia atávica.

Seus mantos estavam cobertos por uma grossa camada de pó e areia. Pupilas doentias vermelho-amareladas brilhavam como olhos de gato dentro das profundezas dos capuzes, enquanto estudavam seu prisioneiro. Os jawas conversavam em coaxos guturais e arremedos de discursos humanos. Se, como alguns antropólogos supuseram, eles alguma vez foram humanos, há muito degeneraram para algo que se assemelhasse à raça humana.

Diversos outros jawas apareceram. Juntos, eles conseguiram, alternando puxões e empurrões, levar o robô para baixo.

No fundo do cânion – como uma monstruosa fera pré-histórica – havia um rastreador do deserto, tão enorme quanto seus donos e pilotos eram pequenos. Com dezenas de metros de altura, o veículo se estendia sobre o chão em múltiplos pisos que eram mais altos do que um homem alto. Sua epiderme metálica estava amassada e furada por enfrentar incontáveis tempestades de areia.

Ao chegarem até o rastreador, os jawas voltaram a tagarelar. R2-D2 podia ouvi-los, mas não conseguia compreender o que diziam. Ele não precisava se sentir envergonhado por isso. Se quisessem, apenas jawas conseguiam entender outros jawas, uma vez que eles empregavam uma linguagem aleatoriamente variável que enlouquecia os linguistas.

Um deles removeu um pequeno disco de uma algibeira e o anexou ao corpo da unidade R2. Um tubo largo projetou-se de um dos lados do gigantesco veículo. Eles rolaram R2-D2 até lá e depois se afastaram. Houve um breve gemido, como um aspirador de pó ligado, e o pequeno robô foi sugado para dentro dos intestinos do rastreador, exatamente como uma ervilha num canudo. Completada essa parte do trabalho, os jawas se engajaram numa nova rodada de cochichos, seguindo o que eles haviam lançado dentro do rastreador através de tubos e escadas, exatamente iguais a uma ninhada de camundongos retornando às suas tocas.

Sem grandes delicadezas, o tubo de sucção depositou R2 num pequeno cubículo. Além de diversas pilhas de equipamentos quebrados e sucatas em geral, pouco mais de uma dezena de robôs, de diferentes formatos e tamanhos, povoavam a cela. Uns poucos estavam entretidos em conversas eletrônicas. Outros vagavam sem rumo. Mas, quando R2 virou-se na câmara, uma voz exclamou com surpresa:

"R2-D2! É você, é você!", gritou um animado C-3PO de dentro das sombras. Ele caminhou até a unidade de reparo, ainda imobilizada, e a abraçou de um modo pouco mecânico. Percebendo o pequeno disco anexado ao corpo de R2, C-3PO voltou seu olhar, pensativo, para o próprio tórax, onde um aparato semelhante também fora colocado.

Engrenagens gigantescas, pessimamente lubrificadas, começaram a se mover. Com um ronco e um rangido, o monstruoso rastreador fez a volta e avançou com uma inexorável resignação rumo à noite do deserto.

III

A lustrosa mesa de reuniões era tão inflexível e sem vida como o humor dos oito senadores imperiais e oficiais distribuídos ao seu redor. Soldados imperiais montavam guarda na entrada da câmara, iluminada friamente por esparsas lâmpadas sobre a mesa e as paredes. Um dos mais jovens entre os oito estava declamando. Ele demonstrava a atitude de alguém que alcançara o topo em pouco tempo, utilizando métodos que não deveriam ser examinados tão de perto. O general Tagge tinha um gênio um tanto distorcido, mas foi apenas uma parte desta sua capacidade que o fez ascender até sua elevada posição. Outros talentos daninhos se mostraram igualmente eficientes.

Ainda que seu uniforme estivesse impecável e seu corpo tão limpo como o de todos os demais naquela sala, nenhum dos sete remanescentes gostaria de tocá-lo. Certa viscosidade o envolvia de forma repulsiva, sensação que era mais deduzida do que palpável. Apesar disso, muitos o respeitavam. Ou o temiam.

"Eu lhe digo, ele foi longe demais desta vez", o general insistiu com veemência. "Este Lorde Sith imposto a nós pela insistência do Imperador será nossa ruína. Até que a Estação Bélica esteja totalmente operacional, iremos permanecer vulneráveis."

"Parece que alguns de vocês ainda não perceberam o quanto a Aliança Rebelde está bem equipada e organizada. Suas naves são excelentes; seus pilotos, ainda melhores. E eles são movidos por algo mais poderoso do que simples motores: seu fanatismo perverso, reacionário. Eles são mais perigosos do que a maioria de vocês consegue perceber."

Um oficial mais antigo, com cicatrizes tão profundas em seu rosto que até a melhor das cirurgias cosméticas não conseguiria eliminá-las por completo, ajeitou-se nervosamente em sua cadeira. "Perigosos para sua Frota Estelar, general Tagge, mas não para esta Estação Bélica." Um olhar enrugado saltou de homem após homem, escrutinando todos na mesa. "Pois eu acredito que Lorde Vader sabe muito bem o que está fazendo. A rebelião continuará apenas enquanto esses covardes tiverem um santuário, um local onde seus pilotos possam descansar e consertar suas máquinas."

Tagge opôs-se. "Sinto discordar de você, Romodi. Penso que a construção desta base tem mais a ver com a sede pessoal por poder e reconhecimento do governador Tarkin do que com qualquer estratégia militar justificável. Dentro do Senado, os rebeldes continuarão a receber mais apoio enquanto..."

Os sons de uma porta deslizante se abrindo e dos guardas atraindo a atenção silenciaram o general. Ele virou o pescoço, assim como todos os demais.

Dois indivíduos, tão diferentes na aparência como eram semelhantes em seus objetivos, entraram na câmara. O mais próximo de Tagge era um homem magro, de rosto triangular, com o cabelo e a silhueta roubados de uma velha vassoura e a expressão de um tubarão tranquilo. O grande Moff Tarkin, governador de inúmeros territórios imperiais distantes, parecia um nanico ao lado do largo e imponente Lorde Darth Vader.

Tagge, subjugado mas não intimidado, lentamente retornou ao seu assento enquanto Tarkin assumiu seu lugar na cabeceira da mesa de reunião. Vader permaneceu próximo, uma presença dominante atrás da cadeira do governador. Por um minuto, Tarkin encarou diretamente Tagge e então desviou o olhar, como se não houvesse visto nada. Tagge fumegou, mas permaneceu em silêncio.

Enquanto o olhar de Tarkin dava voltas pela mesa, um sorriso fino como uma lâmina permanecia congelado em suas feições. "O Senado Imperial não irá mais nos importunar, cavalheiros. Acabo de receber a notícia de que o Imperador dissolveu permanentemente aquele órgão desmoralizado."

Uma onda de espanto varreu os presentes. "Os remanescentes da Velha República", continuou Tarkin, "finalmente foram varridos."

"Isso é impossível", interrompeu Tagge. "Como o Imperador vai manter o controle da burocracia?"

"A representação do Senado não foi formalmente abolida, entenda bem", explicou Tarkin. "Ela foi simplesmente suplantada", ele sorriu um pouco mais, "por motivos de emergência. Os governadores regionais agora terão controle direto e liberdade para administrar seus territórios. Isso quer dizer que a presença imperial poderá finalmente ser levada para os confins oscilantes do Império. A partir de agora, o medo vai manter na linha os potenciais governos traidores. O medo da Frota Imperial – e o medo desta Estação Bélica."

"E quanto à rebelião existente?", Tagge quis saber.

"Se os rebeldes de algum modo tiverem acesso às plantas completas desta estação, é remotamente possível que eles consigam encontrar um ponto fraco, suscetível a ataques." O sorriso de Tarkin ganhou um toque malicioso. "É claro, nós todos sabemos como essa informação vital está cuidadosamente protegida. Ela não poderia cair em mãos rebeldes."

"Essas informações técnicas a que você se refere de maneira tão dissimulada", rosnou Darth Vader, possesso, "retornarão em breve às nossas mãos. Se..."

Tarkin interrompeu o Lorde Negro, algo que mais ninguém naquela mesa teria a audácia de fazer. "Não é importante. Qualquer ataque dos rebeldes contra esta estação seria um gesto suicida - suicida e inútil -, independentemente de qualquer informação que eles possam ter obtido. Depois de muitos anos de construção secreta", ele declarou com evidente prazer, "esta estação se tornou a força decisiva nesta parte do universo. Eventos nesta região da galáxia não serão mais determinados pelo destino, por decretos ou por qualquer outro agente. Eles serão decididos por esta estação!"

Um gesto sutil da enorme luva metálica e um dos copos cheios sobre a mesa tombou em resposta. Com um leve tom de repreensão em sua voz, o Lorde Negro continuou: "Não fique orgulhoso demais com este terror tecnológico que você criou, Tarkin. A habilidade de destruir uma cidade, um mundo, um sistema inteiro ainda é insignificante quando comparada à Força".

"A 'Força'", zombou Tagge. "Não tente *nos* assustar com seus velhos feitiços, Lorde Vader. Sua infeliz devoção a essa mitologia arcaica não o ajudou a encontrar as fitas roubadas, nem o muniu com clarividência suficiente para localizar a fortaleza escondida dos rebeldes. Chega a ser curioso qu..."

Os olhos de Tagge se arregalaram abruptamente e suas mãos se fecharam sobre sua garganta enquanto ele ia adquirindo um tom desconcertantemente roxo.

"Eu acho", Vader tomou a liberdade de falar, suavemente, "preocupante a sua falta de fé."

"Chega", cortou Tarkin, nervoso. "Vader, deixe-o em paz. Essas brigas internas não nos levam a lugar algum."

Vader deu de ombros, como se aquilo não lhe dissesse respeito. Tagge desabou sobre sua cadeira, esfregando a garganta, seu olhar assustado fixo no gigante de preto.

"Lorde Vader irá nos providenciar a localização da fortaleza rebelde até que nossa estação esteja em pleno funcionamento", declarou Tarkin. "Então prosseguiremos para a destruição total do esconderijo, esmagando essa rebelião patética com um único golpe."

"Como o Imperador desejar", completou Vader, sem disfarçar o sarcasmo, "assim será feito."

Se algum dos poderosos homens sentados em volta da mesa chegou a considerar questionável aquele tom desrespeitoso, bastaria um olhar de Tagge para dissuadi-lo de reclamar.

A prisão escurecida exalava óleo rançoso e lubrificantes vencidos, uma autêntica câmara mortuária metálica. C-3PO suportava a atmosfera desconfortável da melhor maneira possível. Era uma batalha constante evitar ser jogado na parede ou em cima de um colega mecânico a cada inesperada sacudida.

Para conservar a energia – e também para evitar o fluxo constante de reclamações de seu companheiro mais alto –, R2-D2 desligou todas as suas funções externas. Ele repousava inerte junto a uma pilha de peças secundárias, majestosamente indiferentes ao momento e ao seu destino.

"Isso não vai acabar nunca?", resmungava C-3PO, enquanto outro solavanco violento sacudiu duramente os prisioneiros. Ele já havia formulado e descartado meia centena de finais terríveis. Estava certo apenas de que seu eventual desligamento seria pior do que qualquer coisa que ele pudesse imaginar.

Então, como que sem avisar, algo mais impactante do que a mais abrupta das colisões aconteceu. O chiado do rastreador do deserto se calou e o veículo estacionou – quase como se respondesse aos questionamentos de C-3PO. Um zumbido nervoso emergiu daquelas criaturas mecânicas que ainda mantinham no semblante a senciência enquanto especulavam sobre sua localização atual e sobre seus destinos prováveis.

Pelo menos C-3PO já não ignorava quem o havia capturado e quais eram suas motivações aparentes. Os prisioneiros locais lhe explicaram a natureza dos mecânicos errantes e "quase humanos", os jawas. Viajando dentro de suas gigantescas fortalezas-residências móveis, eles escrutinavam as mais inóspitas regiões de Tatooine à procura de minerais valiosos

– e de maquinário aproveitável. Nunca foram vistos fora de seus mantos protetores e das máscaras antiareia, então ninguém sabia exatamente como eles eram. Mas tinham a reputação de extraordinariamente feios. C-3PO não precisou que o convencessem.

Inclinando-se sobre seu ainda imóvel companheiro, começou a sacudir o corpo rotundo de R2-D2. Sensores epidérmicos foram acionados e as luzes frontais do pequeno robô iniciaram uma sequência de despertar.

"Acorde, acorde", insistiu C-3PO. "Acabamos de parar." Assim como outros tantos robôs com imaginação fértil que ali estavam, seus olhos cautelosamente percorriam as paredes metálicas, esperando que um painel secreto deslizasse a qualquer momento e que um gigantesco braço mecânico viesse sondá-lo e revirá-lo.

"Sem dúvida, estamos perdidos", ele recitou tristemente enquanto R2 se endireitava, retornando à ativação completa. "Você acha que eles vão nos derreter?" Ele permaneceu em silêncio por vários minutos e então completou: "É essa espera que acaba comigo".

Abruptamente, a parede oposta da câmara deslizou e a claridade ofuscante das manhãs de Tatooine correu sobre eles. Os sensíveis fotorreceptores de C-3PO se ajustaram imediatamente, fechando a tempo de evitar danos sérios.

Vários dos repugnantes jawas invadiram agilmente a câmara, ainda vestidos com os mesmos trapos imundos que C-3PO havia observado anteriormente. Empunhando armas de um design desconhecido, eles incitaram as máquinas. Algumas, C-3PO notou, com um soluço imaginário, nem chegaram a se mexer.

Ignorando os que permaneciam imóveis, os jawas tocaram feito gado aqueles ainda capazes de sair de lá andando, incluindo R2 e C-3PO. Ambos fizeram parte de uma fila irregular de máquinas.

Protegendo seus olhos contra a claridade, C-3PO viu que cinco deles foram arrumados junto ao gigantesco rastreador do deserto. Ideias de fuga não passavam por sua cabeça. Tal conceito era completamente estranho a uma máquina. Quanto mais inteligente era um robô, mais repugnante e impensável era a ideia. Além do mais, se ele tentasse escapar, os sensores internos detectariam o crítico defeito lógico e derreteriam cada circuito em seu cérebro.

Em vez disso, ele estudou as pequenas abóbadas e os vaporizadores que indicavam a presença de uma grande propriedade humana subterrânea. Ainda que ele não estivesse familiarizado com aquele tipo de construção, todos os sinais apontavam para uma modesta, se não isolada, habitação. Devaneios sobre ser desmembrado ou servir de escravo em minas sob altas temperaturas lentamente foram desaparecendo. Seu ânimo elevou-se na mesma velocidade.

"Talvez não seja tão ruim assim", ele murmurou, cheio de esperanças. "Se pudermos convencer esse verme bípede a nos deixar aqui, poderemos voltar ao ajuizado serviço humano novamente, em vez de sermos derretidos como ferro-velho."

A única resposta de R2 foi um chiado evasivo. Ambos permaneceram em silêncio enquanto os jawas começaram a dar voltas ao redor deles, tentando ajeitar uma máquina com uma coluna terrivelmente torta e esconder uns amassados e arranhões com água e terra.

Enquanto dois deles se agitavam, trabalhando com a pele coberta de areia, C-3PO se esforçou para reprimir uma expressão de nojo. Uma de suas muitas funções análogas aos humanos era a habilidade de reagir naturalmente a odores ofensivos. Aparentemente, a higiene era algo desconhecido pelos jawas. Mas ele tinha certeza de que não era uma boa ideia deixar isso tão claro na frente deles.

Pequenos insetos circulavam em nuvens próximos ao rosto dos jawas, que os ignoravam. Aparentemente, as pequenas pragas eram entendidas como uma espécie de apêndice, como um braço ou uma perna extra.

C-3PO estava tão concentrado em sua observação que não notou os dois sujeitos que vinham até eles do local onde estava a mais larga das abóbadas. R2 precisou cutucá-lo antes que ele olhasse para cima.

O primeiro homem possuía um ar severo e de fadiga semiperpétua, de alguém que há tantos anos brigava com aquele meio ambiente hostil e que se acostumara ao constante açoite da areia em seu rosto. Seus cabelos grisalhos estavam congelados em redemoinhos embaraçados como estalactites de calcário. A poeira congelara seu rosto, suas roupas, mãos e pensamentos. Mas o corpo, se não o espírito, ainda era forte.

Nanico, se comparado ao porte de lutador de seu tio, Luke caminhava de ombros encolhidos sobre a sombra do primeiro. Sua atitude atual era mais de abatimento do que de cansaço. Ele alimentava grandes sonhos, mas nenhum deles tinha relação com a lavoura. A maioria tinha a ver com sua vida e com o compromisso feito a seu melhor amigo, que recentemente viajara além do céu azul para se engajar numa carreira mais difícil, ainda que mais gratificante.

O humano mais alto parou em frente às máquinas e iniciou um diálogo particularmente esganiçado com o jawa responsável. Quando eles assim queriam, era possível entender os jawas.

Luke ficou por perto, ouvindo com indiferença. Então, seguiu atrás de seu tio assim que este começou a inspecionar as cinco máquinas, parando apenas para resmungar uma ou duas palavrinhas ocasionais a seu sobrinho. Era difícil prestar atenção, ainda que ele soubesse que deveria estar aprendendo.

"Luke – oi, Luke!", uma voz chamou.

Dando as costas para a conversa, que consistia no líder jawa exaltando as virtudes inigualáveis de todas as cinco máquinas e seu tio respondendo com escárnio, Luke andou até a beirada do pátio subterrâneo e espiou lá para baixo.

Uma mulher robusta com a expressão de um pardal deslocado ocupava-se trabalhando entre plantas decorativas. Ela olhou para cima e o viu. "Luke, vá lá e diga ao Owen que se ele comprar um tradutor é bom que ele fale bocce."

Virando-se, Luke olhou sobre o ombro e estudou a coleção de exaustas máquinas maltrapilhas. "Parece que não temos muita escolha", ele respondeu de volta à mulher, "mas eu vou lembrá-lo assim mesmo."

Ela assentiu e ele se voltou para perto do tio.

Aparentemente, Owen Lars já havia tomado uma decisão, tendo escolhido um pequeno robô semiagrícola. Este tinha um formato muito similar ao de R2-D2, exceto que seus múltiplos braços subsidiários tinham acessórios com diferentes funções. Ao ouvir a ordem, ele saiu da fila e seguiu oscilando atrás de Owen e do temporariamente subjugado jawa.

Procedendo até o fim da fila, os olhos do fazendeiro foram se fechando enquanto ele se concentrava no acabamento de bronze, desgastado pela areia mas ainda brilhante, do esbelto humanoide, C-3PO.

"Aposto que sei o que você faz", ele resmungou para o robô. "Você entende de etiqueta e de protocolos?"

"Se entendo de protocolos?", ecoou C-3PO, enquanto o fazendeiro o observava de cima a baixo. C-3PO estava determinado a embaraçar o jawa quando o assunto era vender suas habilidades. "Se entendo de protocolos? Claro, é minha função principal. Também sou versado em..."

"Não preciso de um droide protocolar", o fazendeiro o cortou secamente.

"Não posso culpá-lo, senhor", C-3PO concordou prontamente. "Não poderia estar mais de acordo. Acaso não seria isso um luxo supérfluo num clima como este? Para alguém com seus interesses, senhor, um droide protocolar não passaria de um desperdício de dinheiro. Não, senhor – versatilidade é o meu nome do meio. C-V-3PO – o V é de versatilidade – a seu dispor. Eu fui programado com mais de trinta funções secundárias que não requerem mais do qu..."

"Eu preciso", interrompeu o fazendeiro, demonstrando um colossal desrespeito pelas ainda não enumeradas funções secundárias de C-3PO, "de um droide que saiba algo sobre a linguagem binária de vaporizadores-umidificadores de programação independente."

"Vaporizadores! Estamos ambos com sorte", respondeu C-3PO. "Minha primeira atribuição pós-primária era a programação binária de elevadores de carga. Muito similares em construção e em função de memória aos seus vaporizadores. Você até poderia dizer que..."

Luke deu um tapinha no ombro de seu tio e sussurrou algo em seu ouvido. Seu tio assentiu e então olhou mais uma vez para o atencioso C-3PO.

"Você fala bocce?"

"Claro que sim, senhor", respondeu C-3PO, confiante em uma mudança com uma resposta totalmente honesta. "É como uma segunda língua para mim. Sou tão fluente em bocce com..."

O fazendeiro parecia determinado a nunca permitir que ele terminasse uma frase. "Cale-se." Owen Lars olhou para o jawa. "Vou levar esse também."

"Calando-me, senhor", respondeu rapidamente C-3PO, com dificuldades em esconder sua alegria ao ser selecionado.

"Leve-os até a garagem, Luke", instruiu seu tio. "Quero que você limpe os dois até a hora do jantar."

Luke olhou seu tio de soslaio. "Mas eu ia até a estação Tosche buscar uns novos conversores de energia e..."

"Não minta pra mim, Luke", seu tio advertiu severamente. "Não me importo que perca tempo com seus amigos desocupados, mas apenas depois que terminar suas tarefas. Agora vamos – e lembre-se: antes do jantar."

Desanimado, Luke dirigiu suas palavras ríspidas a C-3PO e ao pequeno robô agrícola. Ele sabia que não adiantava discutir com seu tio.

"Vocês dois, sigam-me." Partiram então para a garagem enquanto Owen começou uma negociação de preços com o jawa.

Outros jawas levavam as três máquinas restantes de volta ao rastreador do deserto quando algo soltou um bipe quase patético. Luke se virou para ver uma unidade R2 sair da formação e se dirigir até ele. O robô foi interrompido imediatamente por um jawa manuseando um controle remoto que ativou o disco anexado na placa frontal da máquina.

Luke estudou o droide rebelde com curiosidade. C-3PO começou a dizer algo, mas considerou as circunstâncias e pensou melhor a respeito. Então permaneceu em silêncio, olhando fixamente adiante.

Um minuto depois, algo emitiu um pio estridente ali perto. Olhando para baixo, Luke viu que uma placa da cabeça mecânica do droide agrícola havia estourado. Lá de dentro, ouvia-se um som de moagem. Um segundo depois, componentes internos da máquina despencavam no chão arenoso.

Inclinando-se para ver melhor, Luke espiou dentro da máquina expectorante. Ele gritou: "Tio Owen! O servomotor central desta unidade cultivadora está queimado. Veja..." Ele se aproximou, tentando ajeitar o aparelho, saltando longe quando este começou a soltar faíscas. O odor do isolamento retorcido e de circuitos corroídos preencheu o ar limpo do deserto com uma sugestiva pungência de morte mecânica.

Owen Lars encarou o nervoso jawa. "Que tipo de porcaria é essa que você está tentando empurrar pra gente?"

O jawa respondeu gritando, indignado, simultaneamente dando uns precavidos passos para trás, afastando-se do enorme humano. Estava nervoso, pois o homem encontrava-se entre ele e a segurança tranquilizadora do rastreador.

Enquanto isso, R2-D2 escapulira do grupo de máquinas conduzido de volta à fortaleza móvel. O que foi bastante simples, uma vez que todos os jawas estavam atentos à discussão entre seu líder e o tio de Luke.

Carente de desenvoltura para gesticular, R2-D2 subitamente deixou escapar um assobio agudo e então se calou, quando ficou aparente que ele havia conquistado a atenção de C-3PO.

Dando um tapinha gentil no ombro de Luke, o esguio droide conspirou sussurrando em seu ouvido. "Se me permite dizer, meu jovem senhor, aquela unidade R2 é uma verdadeira pechincha. Está em ótimas condições. Não acredito que essas criaturas tenham ideia de como ele está em boa forma. Não deixe que a areia e a poeira o enganem."

Luke, afinal, tinha o hábito de tomar decisões rápidas – para o bem ou para o mal. "Tio Owen", ele chamou.

Interrompendo a discussão sem se descuidar do jawa, seu tio espiou rapidamente para ele. Luke apontou para R2-D2. "Não queremos criar problemas. Por que não trocamos esse" – indicou o droide agrícola avariado – "por aquele?"

O homem mais velho estudou a unidade R2 profissionalmente e então considerou os jawas. Ainda que fossem inerentemente covardes, esses pequenos catadores do deserto *podiam* se exaltar. O rastreador do deserto poderia esmagar sua propriedade – sob o risco de incitar a comunidade humana à vingança letal.

Encarando a situação desvantajosa para ambos os lados se ele pressionasse demais, Owen voltou a discutir para manter as aparências antes de concordar rispidamente. O líder jawa consentiu a troca com relutância e ambos se sentiram aliviados por terem conseguido evitar as hostilidades. Enquanto o jawa curvou-se, choramingando com sua ganância impaciente, Owen pagou o que lhe devia.

Enquanto isso, Luke conduzia os dois robôs através de uma abertura no chão ressecado. Segundos depois, estavam descendo uma rampa que era mantida livre da areia por repelentes eletrostáticos.

"Nunca se esqueça disso", C-3PO sussurrou para R2, inclinando-se sobre a máquina nanica. "Por que eu arrisco meu pescoço por você, quando tudo o que você me traz são problemas, é algo que vai além de minha capacidade de compreensão."

A passagem se alargava numa garagem decente, repleta de ferramentas e seções de maquinário agrícola. Em sua maioria, pareciam bem desgastadas pelo uso, algumas a ponto de sucumbir. Mas a iluminação tranquilizava ambos os droides e havia um clima reconfortante de lar naquela câmara que nenhum deles experimentava há muito tempo. Perto do centro da garagem havia um tanque largo e o aroma que emanava dele fez os principais sensores olfativos de C-3PO vibrarem.

Luke franziu a testa ao notar a reação do robô. "Sim, é um tanque lubrificante." Ele encarou o comprido robô de bronze com olhares avaliadores. "E pelo jeito você poderia ficar submerso nele por uma semana. Mas é um luxo que não podemos bancar, então você vai ficar aí apenas uma tarde." Então Luke voltou sua atenção a R2-D2, andando até ele e abrindo um painel que protegia diversos aferidores.

"E quanto a você", ele continuou, soltando um assobio, "não sei como ainda está andando. O que não me espanta, conhecendo a relutância dos jawas em gastar qualquer erg fração que eles acham que não precisam. É hora de recarregar suas baterias." Ele apontou para uma enorme estação de energia.

R2-D2 seguiu o comando de Luke, então soltou um bipe e bamboleou até o aparato retangular. Achando o cabo apropriado, ele automaticamente deslizou um painel e plugou os três pinos em sua fronte.

C-3PO andou sobre a larga cisterna, que quase transbordava com um óleo de limpeza aromático. Soltando um suspiro extraordinariamente humano, ele se deixou afundar lentamente dentro do tanque.

"Vocês dois se comportem", Luke os advertiu enquanto se dirigia ao pequeno skyhopper de dois lugares – uma pequena mas poderosa nave suborbital – que repousava na seção de hangar da garagem-oficina. "Tenho muitas coisas para fazer."

Infelizmente, as energias de Luke continuavam focadas no seu encontro de despedida com Biggs, então levou horas até que ele terminasse suas tarefas. Pensando na partida do amigo, Luke passava a mão com carinho sobre o estabilizador amassado da nave – o estabilizador que ele amassou quando pilotava seu caça estelar TIE imaginário por entre caminhos e curvas tortuosas de um cânion estreito. Foi ali que uma saliência na parede o atingiu com a mesma eficiência de um raio de energia.

Abruptamente, algo explodiu dentro dele. Com uma violência atípica, Luke jogou uma parafusadeira elétrica em cima de uma mesa de trabalho. "Não é justo!", esbravejou sozinho. Seu tom de voz diminuiu, desconsolado. "Biggs está certo. Eu nunca vou sair daqui. Enquanto ele está lá planejando a rebelião contra o Império eu estou aqui, preso numa droga de fazenda."

"Perdão, senhor?"

Luke se virou, assustado, mas era apenas o droide mais alto, C-3PO. O contraste era incrível comparado com a primeira vez que Luke vira o robô. A liga de bronze brilhava sob as luzes da garagem, totalmente limpa da sujeira pelos óleos lubrificantes.

"Há alguma coisa que eu possa fazer para ajudá-lo?", perguntou C-3PO, solícito.

Luke observou a máquina e um pouco de sua raiva desapareceu. Não fazia sentido gritar em segredo para um robô.

"Eu duvido", ele respondeu, "a menos que você possa controlar o tempo e acelerar a colheita. Ou então me teletransportar para fora, para bem longe deste monte de areia, longe do cabresto do meu tio Owen."

Sarcasmo era algo difícil para um robô detectar, mesmo para um extremamente sofisticado, e C-3PO considerou a pergunta objetivamente antes de responder: "Acho que não sou capaz, mestre. Sou apenas um droide de terceiro grau e não possuo muitos conhecimentos sobre física transatômica". De repente, os acontecimentos dos últimos dois dias voltaram à tona em sua cabeça, todos de uma só vez. "A propósito, jovem mestre", continuou C-3PO, enquanto olhava ao seu redor com uma visão renovada, "eu não tenho certeza de em qual planeta estou."

Luke soltou uma risada sarcástica e assumiu uma pose debochada. "Se há um centro brilhante neste universo, você está no seu mundo mais afastado."

"Sim, mestre Luke."

O jovem sacudiu sua cabeça, irritado. "Pare de me chamar de mestre, é apenas Luke. E este mundo se chama Tatooine."

C-3PO assentiu delicadamente. "Obrigado, mestre Lu... digo, Luke. Eu sou C-3PO, especializado em relações humanas." Ele apontou casualmente com o polegar metálico para a estação de recarga. "Esse é meu colega R2-D2."

"Prazer em conhecê-lo, C-3PO", Luke respondeu numa boa. "E você também, R2." Andando pela garagem, ele checou um indicador no painel frontal da máquina menor e emitiu um esgar de satisfação. Enquanto soltava o plugue do carregador, ele viu algo que o fez franzir o rosto e se aproximar.

"Algo errado, Luke?", indagou C-3PO.

Luke foi até um painel de ferramentas próximo e escolheu uma aparelho com diversos eixos. "Não sei ainda, C-3PO."

De volta ao recarregador, Luke se curvou sobre R2 e começou a raspar vários amassados no topo do pequeno droide com uma chave cromada. Às vezes ele se esquivava de pequenos pedaços de ferrugem atirados no ar.

C-3PO observava, interessado, Luke trabalhando. "Tem vários pedaços estranhos de carbono aí que eu nunca vi antes. Parece que vocês passaram por umas poucas e boas."

"Realmente, senhor", C-3PO admitiu, esquecendo-se de evitar o tratamento formal. Dessa vez, Luke estava absorto demais para corrigi-lo.

"Às vezes, eu me surpreendo por estarmos em tão boas condições." Ele adicionou um comentário solto, ainda tímido pela impulsividade da pergunta de Luke: "Você sabe, no meio dessa rebelião".

Apesar de sua cautela, pareceu a C-3PO que ele deixara algo importante escapar, já que os olhos de Luke brilharam quase como os de um jawa. "Você sabe de alguma coisa sobre a rebelião contra o Império?", ele quis saber.

"De certa forma", C-3PO confessou, relutante. "A rebelião foi responsável por nos trazer até aqui. Somos refugiados, sabe?" Ele não disse mais nada.

Não que Luke parecesse se importar. "*Refugiados*? Então eu vi *mesmo* uma batalha espacial!" Ele disparou a falar: "Diga-me onde vocês estiveram? Em quantos encontros? Como a rebelião está se saindo? O Império os leva a sério? Você viu muitas naves destruídas?"

"Um pouco mais devagar, por favor, senhor", apelou C-3PO. "Você confundiu nosso status. Somos testemunhas inocentes. Nosso envolvimento com a rebelião foi o mais casual possível."

"Quanto às batalhas, estivemos em várias, eu acho. É difícil ter certeza quando não se está diretamente em contato com as máquinas de guerra." Ele deu de ombros. "Além do mais, não há muito que dizer. Lembre-se, mestre, sou pouco mais do que um intérprete adornado e não sou muito bom em contar histórias ou relatar fatos. Sou ainda menos proficiente em embelezá-los. Sou uma máquina bastante literal."

Luke se virou, desapontado, e voltou a limpar R2-D2. Novas raspagens se tornaram complicadas demais para que ele se distraísse. Um pequeno fragmento de metal estava alojado entre duas barras de conduítes que normalmente formariam uma conexão. Deixando de lado a ferramenta delicada, Luke a trocou por um instrumento maior.

"Ora, ora, meu amiguinho", ele murmurou, "você tem um treco emperrado bem aqui." Enquanto empurrava e espreitava, Luke dirigiu parte de sua atenção a C-3PO. "Vocês estavam num cargueiro estelar ou era um..."

O metal saiu com um estampido poderoso e o coice derrubou Luke no chão. Ao se levantar, ele começou a praguejar – e então ficou totalmente imóvel.

A fronte da unidade R2 começou a brilhar, emitindo uma imagem tridimensional de menos de um terço de metro quadrado, mas precisamente definida. O retrato formado dentro da caixa era tão primoroso que em poucos instantes Luke percebeu que estava sem ar – porque ele se esquecera de respirar.

Apesar do foco aparente, a imagem piscava e tremia, como se fosse gravada e armazenada com pressa. Luke observou as cores estranhas sendo projetadas na prosaica atmosfera da garagem e começou a formular uma pergunta. Mas ela nunca foi terminada. Os lábios da figura se moveram e a garota falou – ou, ainda, pareceu falar. Luke sabia que a projeção estava sendo gerada em algum lugar dentro do corpo robusto de R2-D2.

"Você precisa me ajudar, Obi-Wan Kenobi. Você é minha última esperança", a voz implorava com rouquidão. Um estampido de estática dissolveu o rosto momentaneamente. Então ele se formou novamente, e uma vez mais a voz repetiu: "Obi-Wan Kenobi, você é minha última esperança".

Com um ruído eletrônico, o holograma continuou. Luke sentou-se e permaneceu totalmente estático por um bom tempo, considerando o que assistira. Ele então finalmente piscou e dirigiu-se à unidade R2:

"Do que se trata, R2-D2?"

O droide atarracado virou-se ligeiramente, a imagem cúbica virando-se com ele, e soltou um bipe que soou vagamente como se uma ovelha respondesse à pergunta.

C-3PO parecia tão perplexo quanto Luke. "O que é isso?", ele indagou com firmeza, apontando para o retrato falante e depois para Luke. "Fizeram-lhe uma pergunta. O quê e quem é essa, e como você está originando a imagem – e por quê?"

R2-D2 gerou um bipe de surpresa, como se somente agora tivesse notado o holograma. Seguiu-se, então, uma cadeia assobiada de informação.

C-3PO digeriu a informação, tentou franzir o rosto, não conseguiu e se esforçou para transmitir sua própria confusão através do tom da sua voz. "Ele insiste que não é nada, senhor. Apenas um defeito – dados antigos. Uma fita que deveria ter sido deletada mas se perdeu. Ele insiste que deixemos para lá."

Isso era como pedir a Luke que ignorasse uma provisão de Durindfires em que ele tropeçasse no meio do deserto. "Quem é ela?", intimou, enquanto admirava em êxtase o holograma. "Ela é linda."

"Eu realmente não sei quem ela é", confessou C-3PO com honestidade. "Acredito que possa ter sido passageira em nossa última viagem. Pelo que me lembro, ela era uma personagem com alguma importância. Isso deve ter algo a ver com o fato de que nosso capitão era um adido da..."

Luke o interrompeu, saboreando o jeito com que os lábios sensuais formavam e reformavam o fragmento de frase. "Não tem mais nada na gravação? Ela parece incompleta." Levantando-se, Luke foi até a unidade R2.

O robô andou para trás e produziu apitos de tamanha preocupação que Luke hesitou e desistiu de procurar os controles internos.

C-3PO estava em choque. "Comporte-se, R2", ele finalmente repreendeu o companheiro. "Você vai nos colocar em encrenca." Ele teve visões com ambos sendo tachados de imprestáveis e enviados de volta aos jawas, o que o deixou estarrecido.

"Está tudo bem – ele é o nosso mestre agora." C-3PO indicou Luke. "Pode confiar nele. Eu sinto que ele só nos quer bem."

R2-D2 pareceu hesitar, incerto. Então ele emitiu uma longa complexidade de assobios e bipes para seu amigo.

"Então?", Luke quis logo saber.

C-3PO fez uma pausa antes de responder. "Ele diz que é propriedade de certo Obi-Wan Kenobi, um residente deste mundo. Desta exata região, na verdade. A sentença fragmentada que escutamos é parte de uma mensagem privada, destinada a essa pessoa."

C-3PO sacudiu a cabeça, lentamente. "Francamente, senhor, eu não sei do que ele está falando. Nosso último mestre foi o capitão Colton. Nunca ouvi R2 mencionar um mestre anterior. Estou certo de nunca ter ouvido falar em Obi-Wan Kenobi. Mas com tudo o que passamos", concluiu desculpando-se, "receio que seus circuitos lógicos estejam um tanto embaralhados. Às vezes, ele sabe agir de forma excêntrica." Enquanto Luke avaliava essas novidades, C-3PO aproveitou a oportunidade para lançar um olhar furioso de reprovação a R2.

"Obi-Wan Kenobi", Luke recitou, pensativo. Sua expressão clareou repentinamente. "Espera... será que ele está se referindo ao velho Ben Kenobi?"

"Perdão", C-3PO engasgou, admirado além da conta, "mas você realmente conhece essa pessoa?"

"Não exatamente", ele admitiu, num tom de voz um pouco mais baixo. "Eu não conheço ninguém chamado Obi-Wan – mas o velho Ben mora lá na beirada oeste do Mar de Dunas. Ele é tipo um personagem local – um ermitão. O tio Owen e alguns fazendeiros dizem que ele é um feiticeiro."

"Ele aparece de vez em quando para fazer umas trocas. Só que eu quase nunca converso com ele. Meu tio geralmente o expulsa daqui." Ele fez uma pausa e olhou novamente para o pequeno robô. "Mas eu nunca ouvi falar que o velho Ben tivesse um droide de qualquer tipo. Pelo menos nenhum que me dissessem."

O olhar de Luke foi irresistivelmente atraído de volta para o holograma. "Nem imagino quem é ela. Deve ser importante – especialmente se o que você acabou de me dizer for verdade, C-3PO. Ela parece estar com grandes problemas. Talvez a mensagem *seja* importante. Devíamos ouvir o resto."

Ele alcançou novamente os controles internos de R2 e o robô recuou mais uma vez, rangendo como um tagarela.

"Ele diz que há uma trava que restringe os circuitos de seus componentes automotivadores", traduziu C-3PO. "Ele sugere que se você retirar o parafuso talvez consiga repetir a mensagem inteira", concluiu C-3PO, com certa dúvida. Quando Luke continuou encarando o holograma, C-3PO continuou, um pouco mais alto: "*Senhor!*"

Luke sacudiu a cabeça. "O quê... Ah, sim." E ele considerou o pedido. Então se mexeu e foi espiar o painel aberto. Dessa vez, R2 não recuou.

"Estou vendo, eu acho. Bem, creio que você é pequeno demais para fugir se eu retirar isto aqui. Fico pensando por que alguém mandaria uma mensagem para o velho Ben?"

Escolhendo a ferramenta adequada, Luke alcançou o circuito exposto e retirou a trava de restrição. O primeiro resultado notável dessa ação foi que o retrato desapareceu.

Luke recuou. "Pronto." Houve uma pausa desconfortável durante a qual o holograma não deu sinais de retorno. "Aonde ela foi?" – Luke finalmente perguntou. "Traga ela de volta. Passe a mensagem inteira, R2-D2."

Um som inocente de bipe saiu de dentro do robô. C-3PO parecia constrangido e nervoso enquanto traduzia. "Ele disse: 'Que mensagem?'"

A atenção de C-3PO se voltou com fúria para seu companheiro. "Que mensagem? Você sabe que mensagem! Aquela da qual você só nos mostrou um fragmento. Aquela que você está carregando aí dentro de suas entranhas enferrujadas, sua lata-velha teimosa!"

R2 sentou-se e assobiou calmamente para si mesmo.

"Sinto muito, senhor", disse C-3PO lentamente, "mas ele apresenta sinais de ter desenvolvido uma palpitação alarmante em seu módulo de obediência-racional. Talvez se nós..."

Uma voz vinda do corredor o interrompeu. "Luke... Ei, Luke, venha jantar!"

Luke hesitou, então se levantou e deu as costas para o pequeno e intrigante droide. "Ok", ele gritou, "eu já vou, tia Beru!" Ele abaixou a voz enquanto falava com C-3PO. "Veja o que você pode fazer. Eu volto logo." Atirando sobre a bancada a trava que ele acabara de remover, saiu apressado da câmara.

Assim que o humano se foi, C-3PO deu um solavanco no seu companheiro mais baixo. "É melhor você exibir essa gravação inteira para ele", grunhiu, com um aceno sugestivo para partes de máquinas desmembradas em cima da bancada de trabalho. "Caso contrário, ele pode muito bem pegar aquela ferramenta e continuar escavando até retirar a mensagem de você. Ele pode não ser muito cuidadoso com suas peças se achar que você está deliberadamente escondendo algo."

Um bipe queixoso saiu de R2.

"Não", respondeu C-3PO, "eu acho que ele não gosta nem um pouco de você."

Um segundo bipe falhou em conseguir alterar o tom severo na voz do robô mais alto. "Não, eu também não gosto de você."

IV

A tia de Luke, Beru, enchia uma jarra com um líquido azul tirado de um recipiente refrigerado. Atrás dela, na área de jantar, um burburinho contínuo de conversa alcançava a cozinha.

Ela suspirou, com tristeza. As discussões nas horas de refeição entre seu marido e Luke se tornavam cada vez mais amargas à medida que a impaciência do garoto o levava a caminhos outros que não eram a fazenda. Caminhos pelos quais Owen, um apático homem da roça, como nenhum outro, não tinha a menor simpatia.

Devolvendo o recipiente à geladeira, ela colocou a jarra numa bandeja e se apressou para a sala de jantar. Beru não era uma mulher brilhante, mas possuía uma compreensão instintiva de sua importância naquela casa. Ela funcionava como os bastonetes de um reator nuclear. Enquanto estivesse presente, Owen e Luke continuariam a gerar muito calor, mas se ela se afastasse por muito tempo - *bum*!

Unidades condensadoras montadas no fundo de cada prato mantinham a comida na sala de jantar tão quentinha quanto ela havia preparado. Imediatamente, os dois homens diminuíram o tom de suas vozes para um mais civilizado e mudaram de assunto. Beru fingiu não perceber a mudança.

"Acho que a unidade R2 deve ter sido roubada, tio Owen", Luke foi dizendo, como se aquele fosse o tema da conversa o tempo todo.

Seu tio pegou a jarra de leite, murmurando sua resposta com a boca cheia de comida. "Os jawas têm uma tendência a recolher qualquer coisa que não esteja amarrada, Luke, mas lembre-se: basicamente, eles têm medo da própria sombra. Para recorrer ao roubo propriamente dito eles precisariam considerar as consequências de serem perseguidos e punidos. Teoricamente, não seriam capazes de pensar assim. O que o faz pensar que o droide foi roubado?"

"Primeiro, ele está em muito bom estado para ser descartado. Ele gerou a gravação de um holograma enquanto eu o limpava...", Luke tentou esconder seu deslize. E continuou, sem parar: "Mas isso não é importante. Eu acho que ele é roubado porque afirma ser propriedade de alguém chamado Obi-Wan Kenobi".

Talvez tenha sido algo na comida, quem sabe no leite, que fez o tio de Luke engasgar. Claro, poderia ter sido uma expressão de desgosto, que era o jeito que Owen usava para indicar sua opinião sobre um determinado personagem. De qualquer maneira, ele continuou comendo sem olhar para o sobrinho.

Luke fingiu que a demonstração física de descontentamento nunca acontecera. "Eu acho", ele continuou, determinado, "que ele se referia ao velho Ben. O primeiro nome é diferente, mas o sobrenome é idêntico."

Como seu tio permaneceu em silêncio, Luke o indagou diretamente: "*Você* sabe de quem ele está falando, tio Owen?"

Surpreendentemente, seu tio parecia desconfortável, não furioso. "Não é nada", ele resmungou, ainda sem procurar os olhos de Luke. "Um nome de outra época." Ele se contorceu de nervoso em sua cadeira. "Um nome que só traz problemas."

Luke se recusou a aceitar a advertência implícita e o pressionou. "É algum parente do velho Ben, então? Não sabia que ele tinha família."

"Fique longe daquele velho feiticeiro, entendeu?", explodiu seu tio, curiosamente substituindo a razão pela ameaça.

"Owen..." Tia Beru começou sua interjeição com todo o cuidado, mas o fazendeiro a cortou logo de cara.

"Escute, isso é importante, Beru." Ele se voltou novamente ao sobrinho. "Eu já falei a respeito de Kenobi. Ele é um velho maluco; é perigoso e cheio de truques. Melhor ficar bem longe dele."

O olhar suplicante de Beru conseguiu que ele abaixasse um pouco o tom. "Aquele droide não tem nada a ver com ele. Não poderia", ele resmungou, em parte para si mesmo. "Gravação, hein? Bem, amanhã eu quero que você leve essa unidade até Anchorhead para formatar sua memória."

Bufando, Owen se envergou com determinação para sua refeição inacabada. "Isso vai dar um fim nessa tolice. Eu não me importo de onde aquela máquina pensa que veio. Eu paguei muitos créditos por ela e agora ela nos pertence."

"Mas digamos que *pertencesse* à outra pessoa", ponderou Luke. "E se esse Obi-Wan aparecer procurando por seu droide?"

A lembrança desencadeou uma expressão entre a tristeza e o escárnio no rosto de seu tio. "Não vai. Eu não acredito que esse homem ainda exista. Ele morreu na mesma época que o seu pai." Uma garfada de comida quente foi jogada para dentro. "Agora esqueça."

"Então era *mesmo* alguém de verdade", murmurou Luke, olhando para seu prato. E completou, devagar: "Ele conhecia o meu pai?"

"Eu disse pra esquecer", cortou Owen. "Sua única preocupação no que diz respeito a esses dois droides é prepará-los para o trabalho, amanhã. Lembre-se, investimos o resto de nossas economias neles. Eu nem os compraria se a colheita não estivesse tão próxima." Ele balançou uma colher, apontada para o sobrinho. "De manhã, eu quero que você os leve para trabalhar com as unidades de irrigação no monte sul."

"Quer saber", Luke divagou, "acho que esses droides vão dar certo no trabalho. Na verdade, eu..." Ele hesitou, lançando um olhar furtivo a seu tio. "Estava pensando em nosso acordo sobre eu ficar por mais uma estação."

Sem que seu tio reagisse, Luke se apressou antes que perdesse a coragem: "Se der tudo certo com esses novos droides, eu quero apresentar um requerimento para entrar na Academia no ano que vem".

Owen fez uma careta, tentando esconder na comida o seu desgosto. "Você quer dizer: apresentar um requerimento *no ano que vem – depois* da colheita."

"Você já tem muitos droides agora, e todos em boas condições. Eles vão durar."

"Droides, claro", seu tio concordou, "mas droides não substituem um homem, Luke. Você sabe disso. Na colheita, é quando eu mais preciso de você. Só mais uma estação depois desta." Ele olhou para o outro lado e a raiva havia desaparecido.

Luke brincou com sua comida, sem comer, sem dizer nada.

"Escute", seu tio lhe disse, "pela primeira vez nós temos a chance de fazer dinheiro de verdade. Vamos ganhar o bastante para contratar mão de obra para a próxima vez. Droides não – pessoas. E aí você pode ir para a Academia." Ele se enrolou com as palavras, desacostumado como era a implorar. "Eu preciso de você aqui, Luke. Você entende, não é?"

"É mais um ano", seu sobrinho contestou com mau humor. "Mais um *ano*."

Quantas vezes ele ouvira aquilo antes? Quantas vezes eles repetiram aquela mesma cantilena com o mesmo resultado?

Convencido mais uma vez de que Luke se aproximara do seu jeito de pensar, Owen ignorou a contestação. "Vai passar mais rápido do que você imagina."

Luke se levantou num ímpeto, empurrando seu prato de comida praticamente cheio para o lado. "Foi o que você disse ano passado, quando o Biggs se foi." Ele se virou e saiu correndo da sala.

"Aonde você vai, Luke?", sua tia gritou, preocupada com ele.

A resposta de Luke foi fria, amarga. "Pelo jeito, a lugar nenhum." Então ele completou, em consideração à sensibilidade de sua tia: "Eu tenho que acabar de limpar esses droides se eles precisam estar prontos para o trabalho amanhã".

O silêncio pairava no ar da sala de jantar depois da partida de Luke. Marido e esposa comeram mecanicamente. Por fim, tia Beru parou de empurrar a comida em seu prato, olhou para cima e assinalou, com seriedade: "Owen, você não pode mantê-lo aqui para sempre. A maioria dos seus amigos se foi, as pessoas com quem ele cresceu. A Academia significa muito para ele".

Com indiferença, seu marido respondeu: "Eu vou compensá-lo ano que vem. Prometo. Vamos ganhar dinheiro – quem sabe, no ano seguinte".

"Luke simplesmente não é um fazendeiro, Owen", ela continuou, firme. "E nunca será, não importa o quanto você insista." Ela sacudiu a cabeça, lentamente. "Ele carrega muito do pai dentro de si."

Pela primeira vez naquela noite, Owen Lars parecia pensativo e também preocupado enquanto observava o caminho que Luke traçara. "É disso que eu tenho medo", ele sussurrou.

Luke havia subido. Ele permaneceu na areia, observando o duplo poente à medida que os sóis gêmeos de Tatooine, um após o outro, mergulhavam atrás da distante linha de dunas. Lentamente, as luzes esmoreceram e as areias viraram ouro, depois assumiram uma cor flamejante e, por fim, um vermelho-alaranjado, antes que o avançar da noite colocasse as cores para dormir até um novo dia. Em breve, pela primeira vez, surgiriam plantas comestíveis da areia. Essa antiga terra devastada testemunharia uma erupção de verde.

O pensamento deveria trazer à tona o arrepio da antecipação em Luke. Ele deveria estar tão inundado de emoção quanto seu tio ficava sempre que descrevia a colheita seguinte. Mas, em vez disso, Luke não sentiu nada além de uma enorme vazio indiferente. Nem mesmo a probabilidade de ganhar muito dinheiro pela primeira vez em sua vida o excitava. Gastar dinheiro em Anchorhead – ou em qualquer outro lugar de Tatooine – com o quê, para ser sincero?

Parte dele, uma parte cada vez maior, estava ficando mais impaciente com sua insatisfação, o que não era um sentimento incomum para jovens da sua idade. Mas, por razões que Luke não compreendia, isso era muito mais forte nele do que em qualquer um de seus amigos.

Enquanto a noite fria se arrastava sobre a areia e subia por suas pernas, ele espanou sua calça e desceu até a garagem. Talvez trabalhar nos droides servisse para enterrar um pouco mais fundo o remorso que sentia em sua alma. Uma rápida inspeção na câmara e ele não notou nenhum movimento. Nenhuma das duas novas máquinas estava à vista. Franzindo um pouco a testa, Luke pegou uma pequena caixa de controle do seu bolso e ativou um par de chaves.

Um ruído grave veio da caixa. A chamada acionou o maior dos dois robôs, C-3PO. Na verdade, ele deu um grito de surpresa e saltou de trás do skyhopper.

Luke foi até ele, claramente intrigado. "O que você estava fazendo escondido aí atrás?"

O robô passou tropeçando em volta da proa da nave e sua atitude era de desespero. Então ocorreu a Luke que, apesar de ter ativado seu comando, a unidade R2 ainda não se apresentara.

A razão de sua ausência – ou algo relacionado a ela – veio à tona por parte de C-3PO. "Não foi minha culpa", o robô suplicou freneticamente. "Por favor, não me desative! Eu o mandei ficar, mas ele está com defeito. Deve ser um mau funcionamento. Alguma coisa ferveu seus circuitos lógicos. Ele ficou tagarelando sobre uma tal missão, mestre. Coisas assim nem deveriam fazer parte das unidades de teorias intelectuais de alguém tão básico quanto a unidade R2 e..."

"Quer dizer...?" Luke começou a bocejar.

"Sim, senhor... ele se foi."

"E fui eu que removi seu anexo de restrição", Luke murmurou devagar. Ele já podia ver a cara do seu tio. Suas últimas economias foram investidas nesses droides, como ele mesmo dissera.

Luke saiu correndo da garagem, indagando-se sobre as razões, inexistentes, que teriam feito a unidade R2 alucinar. C-3PO o seguia de perto.

De um pequeno morro que formava o ponto mais alto da propriedade, Luke tinha uma visão panorâmica do deserto à sua volta. Retirando seus preciosos macrobinóculos, ele varreu o horizonte, que escurecia rapidamente, à procura de algo pequeno, metálico, com três pernas e com uma cabeça mecânica totalmente fora de si.

C-3PO se esforçou para subir na areia até chegar ao lado de Luke. "Essa unidade R2 sempre foi sinônimo de encrenca", ele rugiu. "Droides astromecânicos estão se tornando iconoclastas demais até mesmo para mim, às vezes."

Os binóculos finalmente abaixaram e Luke comentou o óbvio: "Bem, ele sumiu". Luke chutou furiosamente o chão. "Droga – como eu pude ser tão estúpido, caindo naquele truque e retirando a sua trava! Tio Owen vai me matar."

"Perdoe-me, senhor", ousou um esperançoso C-3PO, com visões de jawas dançando em sua cabeça, "mas não podemos ir atrás dele?"

Luke se virou. Ele cuidadosamente examinou a muralha de escuridão que avançava em direção a eles. "Não à noite. É muito perigoso, por causa dos assaltantes. Não me preocupo com os jawas, mas o Povo da Areia... Não, não à noite. Teremos que esperar até amanhã para tentar encontrá-lo."

Um grito emergiu da casa, lá embaixo. "Luke – Luke, você já terminou com esses droides? Eu vou desligar a luz."

"Tá bom!", respondeu Luke, evitando a pergunta. "Vou descer em poucos minutos, tio Owen!" Virando-se, ele deu uma última olhada no horizonte desaparecido. "Rapaz, eu tô ferrado!", ele murmurou. "Esse droidezinho só vai me arrumar problema."

"Ah, ele é ótimo nisso, senhor", C-3PO confirmou com um tom de ironia. Luke lançou um olhar furioso em sua direção e, juntos, eles se viraram e desceram até a garagem.

"Luke... Luke!" Ainda esfregando o sono para fora de seus olhos, Owen espiou de um lado ao outro, estalando o pescoço. "Onde esse garoto foi vadiar agora?", especulou em voz alta, na falta de resposta. Não havia sinal de movimentação na propriedade e ele já tinha checado a parte em cima.

"Luke!", ele berrou novamente. *Luke, Luke, Luke...* o nome o provocava, ecoando de volta nas paredes da casa. Perdendo a paciência, ele se arrastou de volta para a cozinha, onde Beru preparava o café da manhã.

"Você viu o Luke?", ele perguntou tão gentilmente quanto foi capaz.

Ela o espiou rapidamente e então voltou a cozinhar. "Sim. Ele disse que tinha algumas coisas para fazer antes de ir ao monte sul, hoje de manhã, então saiu mais cedo."

"Antes do café?" Owen franziu o rosto, preocupado. "Não é do seu feitio. Ele levou os novos droides com ele?"

"Acho que sim. Eu me lembro de ter visto pelo menos um deles com o Luke."

"Bem", Owen meditou, incomodado mas sem nenhum motivo concreto para praguejar, "é bom que conserte as unidades daquele monte até o meio-dia ou ele vai ver só."

Um rosto protegido por um suave metal branco emergiu da cápsula salva-vidas meio enterrada na areia, que agora formava a espinha dorsal de uma duna ligeiramente mais alta que suas vizinhas. A voz tinha um tom eficiente, porém cansado.

"Nada", murmurou o trooper que inspecionara o local a seus diversos companheiros. "Nenhuma fita, nenhum sinal de habitação."

Poderosas pistolas foram abaixadas com a informação de que a cápsula estava abandonada. Um dos homens de armadura se virou, chamando um oficial que aguardava a certa distância. "Esta é certamente a cápsula que escapou da nave rebelde, senhor, mas não há nada a bordo."

"E ainda assim ela pousou intacta", o oficial murmurou para si. "Ela *poderia* ter pousado em modo automático, mas, se realmente fosse um defeito, então ele não seria acionado." Algo ali não fazia sentido.

"É por isso que não há nada a bordo e nenhum sinal de vida, senhor", uma voz declarou.

O oficial se virou e deu vários passos até onde outro trooper estava ajoelhado na areia. Este segurava um objeto para a inspeção do oficial. O objeto brilhava no sol.

"Blindagem de droide", o oficial observou, após uma rápida olhada no fragmento de metal. Superior e subalterno trocaram olhares. Seus olhos então se voltaram para os grandes maciços ao norte.

Cascalho e areia fina formavam um nevoeiro arenoso por baixo dos repulsores barulhentos do landspeeder conforme a nave voava, bem baixo, através do terreno ondulado de Tatooine. Às vezes, a nave sacudia um pouco quando encontrava um buraco ou uma inclinação e retornava a seu caminho suave, já que seu piloto compensava a mudança no terreno.

Luke se inclinava para trás no banco, dando-se ao raro luxo de poder relaxar enquanto C-3PO habilmente dirigia a poderosa nave terrestre em volta de dunas e de agrupamentos de rochas. "Você pilota um landspeeder muito bem, para uma máquina", admirou.

"Obrigado, senhor", respondeu um agradecido C-3PO, seus olhos fixos na paisagem à sua frente. "Eu não menti ao seu tio quando disse que versatilidade era o meu nome do meio. Na verdade, algumas vezes eu fui chamado para realizar funções inesperadas em circunstâncias que teriam assustado meus projetistas."

Algo sibilou atrás deles e então sibilou novamente.

Luke franziu o rosto e levantou a capota do speeder. Uns poucos momentos fuçando o motor foram suficientes para eliminar o latido metálico.

"Melhorou?", ele gritou.

C-3PO sinalizou que o ajuste fora satisfatório. Luke voltou à cabine e fechou a capota sobre eles novamente. Em silêncio, ajeitou o cabelo que o vento jogara em cima dos seus olhos e voltou sua atenção novamente ao deserto seco à sua frente.

"O velho Kenobi mora em algum lugar por aqui. Ainda que ninguém saiba exatamente onde. Não vejo como o R2 poderia chegar tão longe assim, tão rápido." Sua expressão era de desânimo. "Devemos ter passado por ele nas dunas lá atrás. Ele pode estar em qualquer lugar por aí. E o tio Owen deve estar se perguntando por que eu ainda não liguei pra ele do monte sul."

C-3PO pensou por um momento, então tomou coragem: "Ajudaria, senhor, se eu lhe disser que foi minha culpa?"

Luke pareceu brilhar com a sugestão. "Claro... ele precisa de você duas vezes mais, agora. Ele, provavelmente, só vai desativá-lo por um dia ou dois, ou apagar parcialmente a sua memória."

Desativar? Apagar memória? C-3PO continuou imediatamente: "Pensando bem, senhor, R2 ainda estaria conosco se você não tivesse retirado seu módulo de restrição".

Mas algo mais importante do que definir a responsabilidade pelo desaparecimento do pequeno robô passava pela cabeça de Luke naquele momento. "Espere um pouco", ele aconselhou C-3PO enquanto olhava fixamente para o painel de instrumentos. "Tem algo logo ali, no escâner de metais. Não consigo distinguir o formato nesta distância, mas, a julgar pelo tamanho, bem que *poderia* ser nosso droide fujão. Acelera."

O landspeeder se lançou adiante, com C-3PO pisando no acelerador, mas seus ocupantes não tinham a menor ideia de que outros olhos os observavam enquanto a nave aumentava a velocidade.

Esses olhos não eram orgânicos, mas também não eram totalmente mecânicos. Ninguém sabia dizer ao certo, porque ninguém jamais estudou tão intimamente os nômades tusken – conhecidos menos formalmente pelos fazendeiros de Tatooine apenas como o Povo da Areia.

Os tuskens não permitiam que se aproximassem deles, desencorajando potenciais observadores por métodos que eram tão eficientes quanto selvagens. Uns poucos xenólogos concluíram que eles deveriam ser parentes dos jawas. Outros, em menor número, criaram a hipótese de que os jawas seriam na verdade a forma amadurecida do Povo da Areia, mas essa teoria foi descartada pela maioria dos cientistas sérios.

Ambas as raças usavam roupas apertadas para protegê-las da dose gêmea de radiação solar, mas a maior parte das comparações terminava aí. No lugar de pesados mantos de lã que os jawas vestiam, o Povo da Areia se enrolava como múmias em intermináveis farrapos, bandagens e restos de tecido.

Enquanto os jawas tinham medo de tudo, um tusken não temia quase nada. O Povo da Areia era mais alto, forte e muito mais agressivo. Felizmente, para os colonos humanos de Tatooine, eles não eram muito numerosos e escolheram seguir uma existência nômade em algumas das regiões mais desoladas do planeta. Contatos entre humanos e tuskens, portanto, eram infrequentes e alarmantes, e eles não matavam mais do que um punhado de humanos por ano. Como a população humana reivindicara sua cota de tuskens, nem sempre com razão, uma paz meio que existia entre os dois – desde que nenhum lado saísse ganhando.

Um deles sentia que a condição instável havia mudado temporariamente a seu favor e ele estava a ponto de aproveitar enquanto mirava com seu rifle o landspeeder. Mas seu companheiro segurou a arma e a jogou no chão antes que ele pudesse atirar. Isso desencadeou uma discussão violenta entre os dois. E, enquanto vociferavam opiniões numa língua que consistia basicamente em consoantes, o landspeeder acelerava.

Talvez porque o speeder saíra de alcance ou porque o segundo tusken convencera o outro, os dois interromperam a discussão e desceram do cume onde estavam. Lá embaixo, os dois banthas fungavam e se remexiam enquanto esperavam a aproximação de seus mestres. Cada um era largo como um pequeno dinossauro, com olhos brilhantes e uma pele comprida e espessa. Os animais chiavam com ansiedade quando os dois homens da areia chegaram e montaram as criaturas pisando em seus joelhos e depois alcançando a sela.

Com um chute, os banthas se levantaram. Movendo-se devagar mas dando passadas enormes, as duas criaturas de chifres gigantescos desceram a acidentada costa íngreme, instigados por seus ansiosos e igualmente ultrajantes condutores.

"É ele, é ele mesmo", Luke declarou com uma mistura de raiva e satisfação, quando avistou o minúsculo trípede. O speeder inclinou-se e desceu até o chão de um enorme cânion de arenito. Luke apanhou seu rifle no banco de trás e o apoiou sobre o ombro. "Dê a volta pela frente, C-3PO", instruiu.

"Com prazer, mestre."

A unidade R2 obviamente notou a aproximação deles, mas não tentou escapar; de qualquer forma, dificilmente conseguiria correr do landspeeder. R2 simplesmente parou assim que os detectou e esperou até que a nave manobrasse num arco suave. C-3PO fez uma parada brusca, levantando uma nuvem baixa de areia à direita do pequeno robô. Então o ronco do motor do landspeeder diminuiu de tom para um ronco preguiçoso enquanto C-3PO o pôs no modo de estacionamento. Um último suspiro e a máquina parou completamente.

Depois de terminar uma vistoria cautelosa no cânion, Luke guiou seu companheiro na superfície de cascalho até R2-D2. "Aonde você pensa que está indo?", ele indagou com veemência.

Um assobio fraco surgiu do apologético robô, mas foi C-3PO, e não o obstinado andarilho, quem desandou a falar.

"Mestre Luke é o seu legítimo proprietário, R2. Como você pôde fugir dele dessa maneira? Agora que ele te encontrou, vamos parar com esse papo de 'Obi-Wan Kenobi'. Não quero saber de onde você tirou isso – nem daquele holograma melodramático."

R2 começou a bipar em protesto, mas a indignação de C-3PO era grande demais para permitir desculpas. "E não fale comigo sobre sua missão. Que baboseira! Você tem sorte de o mestre Luke não explodi-lo em um milhão de pedacinhos aqui e agora."

"Sem muita chance", Luke admitiu, um pouco sobrecarregado pela vingança casual de C-3PO. "Vamos – está ficando tarde." Ele olhou os sóis emergentes. "Eu só espero chegar antes de o tio Owen perder a cabeça."

"Se não se importar", sugeriu C-3PO, aparentemente sem a intenção de deixar que R2 se safasse tão facilmente, "acho que você devia desativar o pequeno fugitivo até que consiga levá-lo de volta para a garagem."

"Não. Ele não vai tentar nada." Luke observou o pequeno e barulhento droide com firmeza. "Espero que ele tenha aprendido sua lição. Não há por qu..."

Sem aviso, a unidade R2 caiu no chão – algo nem tão inesperado, considerando a debilidade dos mecanismos amortecedores em suas três pernas grossas. Seu corpo cilíndrico tremia e girava enquanto ele emitia uma frenética sinfonia de assobios, sibilos e exclamações eletrônicas.

Luke estava cansado, não alarmado. "O que foi? O que há de errado com ele desta vez?" Ele começava a ver como a paciência de C-3PO podia ser tão curta. Ele mesmo estava a ponto de perder a sua com esse instrumento atrapalhado.

Sem dúvida, a unidade R2 adquirira o holograma da garota por acidente e então o usou para convencê-lo a remover seu módulo de restrição. C-3PO provavelmente demonstrava a atitude correta. Ainda assim, uma vez que Luke realinhasse os circuitos e limpasse os acoplamentos lógicos, aquela seria uma ótima unidade agrícola. Só que... se esse fosse o caso, então por que C-3PO olhava para os lados com tanta ansiedade?

"Essa não, senhor. R2 afirma que existem diversas criaturas de uma espécie desconhecida se aproximando via sudeste."

Aquela *poderia* ser mais uma tentativa do R2 para distraí-lo, mas Luke não tinha como arriscar. Imediatamente, ele sacou o rifle de seu ombro e ativou a célula de energia. Examinou o horizonte na direção indicada e não viu nada. Mas, é claro, o Povo da Areia era perito na arte de parecer invisível.

Luke então percebeu o quão longe eles estavam, quanto chão o landspeeder percorrera naquela manhã. "Eu nunca me afastei tanto da fazenda até essas bandas antes", ele informou a C-3PO. "Tem umas coisas absurdamente estranhas vivendo por aqui. Nem todas elas já foram classificadas. É melhor encarar qualquer coisa como perigosa antes de determinar o contrário. Claro, se for algo totalmente novo..."

Sua curiosidade estava aguçada. De qualquer forma, aquilo era provavelmente apenas outro estratagema de R2-D2. "Vamos dar uma olhada", ele decidiu.

Movendo-se cautelosamente para a frente e mantendo seu rifle preparado, ele guiou C-3PO até a crista de uma duna próxima. Ao mesmo tempo, ele se preocupou em não perder R2 de vista.

Uma vez lá no alto, ele deitou e trocou seu rifle pelos macrobinóculos. Abaixo, outro cânion se abria frente a eles, subindo numa parede esculpida pelo vento, cor de ocre e de ferrugem. Varrendo com os binóculos o chão do cânion, ele encontrou duas figuras acorrentadas. Banthas – e sem seus condutores!

"O que você disse, mestre?", arquejou C-3PO, se esforçando para chegar até Luke. Seus membros locomotores não foram projetados para tais escaladas e subidas ao ar livre.

"Banthas, com certeza", Luke sussurrou sobre o ombro, desconsiderando, graças à excitação do momento, que C-3PO poderia não saber a diferença entre um bantha e um panda.

Ele olhou de volta através das lentes, acertando o foco com cuidado. "Espere... é o Povo da Areia, sem dúvida. Estou vendo um deles."

Algo escuro bloqueou sua visão. Por um momento, ele pensou que uma rocha poderia ter rolado à sua frente. Irritado, ele abaixou os binóculos e se esticou para mover o objeto para o lado. Sua mão tocou algo que parecia um metal suave.

Era uma perna enfaixada, tão grossa quanto as duas de Luke juntas. Alarmado, ele olhou para cima... e para cima. A enorme figura que o encarava lá do alto não era um jawa. Aparentemente, ela havia emergido da areia.

C-3PO deu um passo em falso para trás e perdeu o chão. Enquanto seu giroscópio chiava em protesto, o robô rolava de costas. Paralisado, Luke ouviu baques e um chacoalhar cada vez mais distantes à medida que C-3PO quicava duna abaixo.

Passado o momento de confronto, o tusken soltou um terrível rosnado de fúria e prazer, e arremeteu seu pesado gaderffii. A clava de ponta dupla poderia rachar o crânio de Luke em dois, exceto que este havia jogado seu rifle num ato mais instintivo do que calculado. A arma desviou o golpe, mas aquela seria a única vez. Feito da carcaça canibalizada de um cargueiro, a enorme clava estilhaçou o tambor e produziu confetes metálicos das delicadas partes internas do rifle.

Luke rolou para trás e se viu novamente à beira de uma queda íngreme. Seu perseguidor lentamente foi em seu encalço, com a arma erguida acima de sua cabeça coberta de retalhos. Ele soltou uma risada macabra, abafada – o efeito de distorção criado pela grelha do filtro de areia deixava o som ainda menos humano.

Luke tentou pensar em sua situação com objetividade, da maneira que ele fora instruído a fazer na escola de sobrevivência. O problema era que sua boca estava seca, suas mãos tremiam e ele estava paralisado pelo terror. Com o perseguidor à sua frente e uma queda provavelmente fatal às suas costas, algo diferente passou pela sua cabeça e ele fez a opção menos dolorosa: desmaiou.

Nenhum dos tuskens percebera R2-D2 enquanto o pequenino robô forçou sua entrada numa pequena alcova nas rochas, perto do landspeeder. Um deles carregava o corpo inerte de Luke. Ele jogou o jovem inconsciente num monte ao lado do speeder e então se uniu a seus companheiros enquanto estes se aglomeravam feito moscas sobre a nave.

Suprimentos e peças sobressalentes foram atiradas em todas as direções. Às vezes, a pilhagem era interrompida enquanto vários deles se esquivavam ou brigavam por um determinado item.

Inesperadamente, a distribuição do conteúdo do landspeeder cessou e com uma velocidade assustadora os tuskens se tornaram parte da paisagem do deserto, olhando para todos os lados.

Uma brisa perdida vagava distraidamente cânion abaixo. Lá longe, a oeste, alguma coisa uivou. O zumbido crescente ricocheteou nas paredes do cânion, produzindo uma escala musical digna de uma medusa.

O Povo da Areia permaneceu a postos por mais um instante. Então começaram a soltar grunhidos e berros de pavor enquanto fugiam do landspeeder claramente visível.

O uivo arrepiante soou novamente, mais próximo dessa vez. Agora o Povo da Areia estava a meio caminho dos seus banthas, que da mesma forma mugiam tensos e forçavam suas correntes.

Ainda que o som não significasse nada para R2-D2, o pequeno droide tentou se apertar e entrar ainda mais fundo em sua quase caverna. O uivo se aproximava. A julgar pela reação do Povo da Areia, algo monstruoso, além da imaginação, tinha que estar por trás daquele grito apavorante. Algo monstruoso e de instintos assassinos que poderia não ter a sensibilidade de distinguir seres orgânicos comestíveis de máquinas não comestíveis.

Não era possível perceber nem mesmo a poeira que os nômades tuskens levantaram ao passar por lá minutos antes, quando desmembravam o interior do landspeeder. R2-D2 desligou todas as suas funções, exceto as vitais, tentando minimizar som e luzes à medida que um ruído arrastado gradualmente se tornava audível. Caminhando até o landspeeder, a criatura apareceu sobre o topo da duna mais próxima...

V

Ele era alto, mas nem de perto monstruoso. R2 franziu o rosto internamente, enquanto ligava o circuito ocular e reativava suas entranhas.

O mostro parecia-se muito com um homem velho. Estava coberto por um manto surrado e uma túnica esvoaçante, presa por uns poucos cordões, bolsas e instrumentos irreconhecíveis. R2 analisou os vestígios do humano, mas não detectou nenhum sinal de que um pesadelo ambulante o seguisse. Ele tampouco parecia amedrontado. Na verdade, pensou R2, ele parecia um tanto satisfeito.

Era impossível dizer onde aquela vestimenta estranha terminava e a sua pele começava. Aquela fisionomia envelhecida se misturava com a roupa surrada pela areia e sua barba parecia ser uma extensão das fibras que cobriam seu dorso.

Indícios de climas extremos além daquele do deserto, de frio e de umidade em excesso, foram talhados naquele rosto encarquilhado. Um nariz em forma de bico, como uma pedra pontuda, projetava-se de uma pele repleta de rugas e cicatrizes. Os olhos que margeavam o nariz eram de um celeste líquido-cristalino. O homem sorria debaixo da areia e da barba, apertando os olhos com a visão da quieta figura amarrotada, jogada ao lado do landspeeder.

Convencido de que o Povo da Areia fora vítima de um tipo de ilusão auditiva – convenientemente ignorando o fato de que ele também teria passado por ela – e, portanto, seguro de que o estranho não tinha intenção de machucar Luke, R2 mudou ligeiramente de posição, tentando obter um ponto de vista mais favorável. O som produzido por uma minúscula pedrinha que ele deslocou era quase imperceptível para seus sensores eletrônicos, mas o homem girou como se ouvisse um berro. Ele encarou exatamente a alcova de R2, ainda sorrindo com gentileza.

"Oi, você aí", disse numa voz grave, surpreendentemente carinhosa. "Venha aqui, meu amiguinho. Não precisa ter medo."

Havia algo franco e tranquilizador naquela voz. De qualquer maneira, associar-se com um humano desconhecido era preferível a permanecer isolado no deserto. Bamboleando sob a luz do sol, R2 caminhou até onde Luke se esparramava. O corpo de barril do robô se inclinou para a frente enquanto ele examinava o amigo caído. Assobios e bipes de preocupação saíram de dentro dele.

Aproximando-se, o velho se ajoelhou ao lado de Luke e se esticou para tocar sua testa e suas têmporas. Logo, o jovem inconsciente se agitava e murmurava como um sonâmbulo.

"Não se preocupe", o homem disse a R2, "ele vai ficar bem."

Como que confirmando essa opinião, Luke piscou, olhou para cima cheio de dúvidas e murmurou: "O que houve?"

"Descanse, meu filho", instruiu o homem enquanto este sentava-se sobre os calcanhares. "Você teve um dia e tanto." Mais uma vez, o sorriso infantil. "Você tem muita sorte de a sua cabeça ainda estar colada no resto do corpo."

Luke olhou ao redor, seu olhar voltou a repousar no rosto ancião que pairava acima dele. O reconhecimento fez maravilhas por sua condição.

"Ben... é claro que é você!" Uma repentina lembrança o fez olhar em volta com temor. Mas não havia sinais do Povo do Areia. Lentamente, ele ajeitou seu corpo e sentou-se. "Ben Kenobi... estou feliz em te ver!"

Levantando-se, o velho supervisionou o solo do cânion e a parede de pedra logo acima. Um pé brincava com a areia. "As terras de Jundland não devem ser atravessadas sem o equipamento apropriado. É o viajante desorientado que provoca a hospitalidade tusken." Seu olhar se voltou para seu paciente. "Diga-me, meu jovem, o que o traz até este grande nada?"

Luke apontou para R2-D2. "Esse droide. Achava que ele tinha enlouquecido ao declarar que estava procurando por um antigo mestre. Agora eu já não sei. Nunca vi tanta devoção num droide – desorientado ou não. Ele parece tão determinado... Ele conseguiu até me passar a perna."

Luke olhou mais para cima. "Ele garante que é propriedade de alguém chamado Obi-Wan Kenobi." Luke observou com cuidado, mas o homem não demonstrou reação. "É algum parente seu? Meu tio acha que era alguém de verdade. Ou será apenas um pedaço sem importância de informação truncada a que seu banco de dados primário de execução teve acesso?"

Uma careta introspectiva fez desenhos incríveis naquele rosto erodido pela areia. Kenobi parecia ponderar a pergunta, coçando sem parar sua barba desalinhada. "Obi-Wan Kenobi!", ele recitou. "Obi-Wan...

eis um nome que eu não escutava há muito tempo. Há muito tempo. Que curioso."

"Meu tio disse que ele morreu", Luke informou com presteza.

"Ah, ele não morreu", Kenobi o corrigiu imediatamente. "Ainda não, ainda não."

Luke levantou-se, entusiasmado, esquecendo de vez as lembranças sobre os tuskens. "Então você o conhece?"

Um sorriso de perversa jovialidade rasgou aquela colagem de pele rugosa e barba. "Mas é claro que eu o conheço: ele sou eu. Assim como você deve ter suspeitado, Luke. Eu não atendo pelo nome de *Obi-Wan*, entretanto, desde antes de você nascer."

"Então", Luke ensaiou, apontando para R2-D2, "esse droide pertence mesmo a você, como ele diz."

"Essa é a parte curiosa", confessou um Kenobi claramente confuso, a respeito do silencioso robô. "Eu não consigo me lembrar de possuir um droide, muito menos uma moderna unidade R2. Muito interessante, muito interessante."

Algo atraiu o olhar do velho homem até a borda dos despenhadeiros mais próximos. "É melhor nós fazermos uso do seu landspeeder. O Povo da Areia se assusta facilmente, mas eles logo voltarão em maior número. Um landspeeder não é algo para se jogar fora e, afinal de contas, eles não são jawas."

Colocando ambas as mãos sobre sua boca de um modo peculiar, Kenobi inspirou profundamente e deixou sair um uivo sobrenatural que fez Luke tremer. "Isso deve manter os retardatários correndo um pouco mais", o velho concluiu com satisfação.

"É o chamado de um dragão krayt!" Luke engasgou, maravilhado. "Como você fez isso?"

"Eu lhe mostro um dia desses, filho. Não é muito difícil. Requer apenas a atitude certa, um par de cordas vocais bem gastas e muito vento. Agora, se você fosse um burocrata imperial, eu poderia ensiná-lo agora mesmo, mas você não é." Ele espiou a borda dos penhascos novamente. "E eu não acho que esta seja a hora certa nem este o lugar ideal."

"Não vou discordar." Luke esfregou a nuca. "Vamos nessa."

Foi quando R2 soltou um bipe patético e rodopiou. Luke não sabia interpretar o guincho eletrônico, mas ele logo compreendeu a razão. "C-3PO", Luke exclamou, preocupado. R2 já se afastara o mais rápido possível do landspeeder. "Venha, Ben."

O pequeno robô os guiou até a beirada de um largo fosso de areia. Ele parou ali, apontando para baixo e apitando, pesarosamente. Luke viu para onde R2 apontava, e então desceu cuidadosamente o declive enquanto Kenobi o seguia sem esforço.

C-3PO estava caído na areia, na base do declive em que rolara. Sua lataria estava amassada e bastante danificada. Um braço jazia quebrado e torcido a poucos metros de distância.

"*C-3PO!*", gritou Luke. Não houve resposta. Sacudir o droide não serviu para ativar nada. Abrindo a placa nas costas do robô, Luke acionou uma chave escondida, ligando e desligando diversas vezes seguidas. Um ruído grave começou, parou, começou de novo, e então se limitou a um ronronar normal.

Usando seu braço remanescente, C-3PO rolou para um lado e se sentou. "Onde estou?", ele murmurou, enquanto seus fotorreceptores continuavam a clarear. Então ele reconheceu Luke. "Ah, sinto muito, senhor. Devo ter dado um passo em falso."

"Você tem sorte que seus circuitos principais ainda estão operacionais", Luke o informou. Ele olhou significativamente para o topo do monte. "Você consegue levantar? Temos que sair daqui antes que o Povo da Areia retorne."

Servomotores chiaram em protesto até C-3PO desistir. "Acho que não vou conseguir. Vá, mestre Luke. Você não deve se arriscar por minha conta. Estou acabado."

"Não, não está", retrucou Luke, inexplicavelmente afetado por sua máquina recém-encontrada. Mas é claro, C-3PO não era o típico aparelho incomunicável, agrofuncional com o qual Luke estava acostumado a lidar. "Que papo é esse?"

"Lógica", informou C-3PO.

Luke balançou a cabeça com raiva. "Derrotismo."

Com a ajuda de Luke e Ben Kenobi, o surrado droide de alguma maneira conseguiu se pôr de pé. O pequeno R2 olhava tudo da borda do fosso.

Hesitando num determinado ponto da subida, Kenobi farejou o ar, suspeitoso. "Rápido, filho. Eles estão voltando."

Tentando simultaneamente observar as rochas ao redor e ouvir os passos, Luke lutou para arrastar C-3PO daquele fosso.

A decoração da caverna escondida de Ben Kenobi era espartana, mas sem parecer desconfortável. Da maneira como refletia os gostos ecleticamente peculiares do seu dono não serviria para muitos. A área de estar irradiava uma aura de pouco conforto, com mais ênfase dada ao conforto mental do que àqueles requeridos pelo desajeitado corpo humano.

Eles foram bem-sucedidos em deixar o cânion antes que os tuskens voltassem em maior número. Sob a instrução de Kenobi, Luke deixou uma trilha tão confusa que nem mesmo um jawa hipernasal conseguiria segui-la.

Luke perdeu várias horas ignorando as tentações da caverna de Kenobi. Ele permaneceu no canto que estava equipado como um oficina compacta, porém completa, consertando o braço arrancado de C-3PO.

Felizmente, os fusíveis de sobrecarga automática funcionaram, selando nervos e gânglios eletrônicos sem permitir danos reais. O conserto foi uma mera questão de reposicionar o membro no ombro e depois ativar a autovedação. Tivesse o braço quebrado no meio do "osso" e não numa articulação, tais reparos seriam impossíveis fora da fábrica.

Enquanto Luke se mantinha ocupado, a atenção de Kenobi estava concentrada em R2-D2. O droide atarracado sentou passivamente no chão fresco da caverna enquanto o velho vasculhava suas entranhas metálicas. Finalmente, o homem sentou-se com um "humpf!" de satisfação e fechou os painéis abertos na cabeça circular do robô. "Agora vamos ver se descobrimos o que você é, meu amiguinho, e de onde você veio."

Luke de fato estava quase terminando e as palavras de Kenobi foram suficientes para afastá-lo da área de reparo. "Vi parte da mensagem", ele começou, "e eu..."

Uma vez mais o retrato arrebatador estava sendo projetado no espaço vazio em frente ao pequeno robô. Luke desmontou, extasiado com a beldade enigmática, novamente.

"Sim, acho que agora foi", Kenobi murmurou contemplativo.

A imagem continuava a piscar, indicando uma fita preparada às pressas. Mas ela estava em melhores condições e com uma melhor definição, notou Luke, admirado. Uma coisa era certa: Kenobi era hábil em assuntos mais específicos do que coletar objetos descartados no deserto.

"General Obi-Wan Kenobi", disse a voz melíflua, "eu me apresento em nome da família mundial de Alderaan e da Aliança para Restaurar a República. Eu atrapalho a sua reclusão a pedido do meu pai, Bail Organa, vice-rei e primeiro-ministro do Conselho do Sistema Alderaan."

Kenobi absorveu essa declaração extraordinária enquanto os olhos de Luke saltavam a ponto de quase cair de seu rosto.

"Anos atrás, general", a voz continuou, "você serviu à Velha República nas Guerras Clônicas. Agora, o meu pai implora por sua ajuda novamente, em nosso momento mais desesperador. Ele gostaria de tê-lo ao seu lado em Alderaan. Você *precisa* encontrá-lo."

"Eu sinto por não poder estar presente para transmitir o pedido de meu pai pessoalmente. Minha missão para encontrá-lo em pessoa falhou. Por isso, fui forçada a recorrer a este método secundário de comunicação."

"Há informação vital para a sobrevivência da Aliança armazenada na mente deste droide D2. Meu pai saberá como reavê-la. Eu imploro que você leve esta unidade com segurança até Alderaan."

Ela fez uma pausa e, quando continuou, suas palavras estavam mais apressadas e menos adornadas com formalidades. "Você *precisa* me ajudar, Obi-Wan Kenobi. Você é minha última esperança. Eu serei capturada pelos agentes do Império. Não lhes contarei nada. Tudo o que precisa ser entendido está protegido nas células de memória deste droide. Não nos abandone, Obi-Wan Kenobi. Não *me* abandone."

Uma pequena nuvem de estática tridimensional substituiu o retrato delicado e depois desapareceu por completo. R2-D2 olhou com expectativas para Kenobi.

Os pensamentos de Luke estavam densos como um poço repleto de petróleo. Com desprendimento, suas ideias e seus olhos se viraram para a estabilidade daquele sujeito quieto sentado ali perto.

O velho. O feiticeiro maluco. O mendigo do deserto e "figuraça", como era conhecido por seu tio e por todo o mundo desde que Luke conseguia se lembrar.

Se a mensagem ansiosa, de tirar o fôlego, que aquela mulher desconhecida que acabara de falar, flutuando no ar fresco da caverna, afetou Kenobi de alguma maneira, este não deixou transparecer. Ao contrário, ele se encostou em uma parede de pedra e cofiou a barba, pensativo, pitando morosamente um cachimbo de água de um formato estranho, feito de cromo manchado.

Luke visualizou aquele simples porém adorável retrato. "Ela é tão... tão..." Suas origens camponesas não o proveram com as palavras necessárias. De repente, algo na mensagem o fez encarar o ancião com certa desconfiança. "General Kenobi, você lutou nas Guerras Clônicas? Mas... isso foi há tanto tempo."

"Hum, sim", concordou Kenobi, tão casualmente quanto ele discutiria uma receita de ensopado de shang. "Acho que tem um tempinho. Eu era um Cavaleiro Jedi." Ele então completou, olhando o jovem com atenção: "Como o seu pai".

"Um Cavaleiro Jedi", repetiu Luke. Então ele pareceu confuso. "Mas meu pai não lutou nas Guerras Clônicas. Ele não era um cavaleiro – apenas um navegador num cargueiro espacial."

O sorriso de Kenobi cobriu a boquilha do charuto. "Ou assim disse o seu tio." Sua atenção repentinamente estava em outro lugar. "Owen Lars não concordava com as ideias, as opiniões nem com a filosofia de vida do seu pai. Ele acreditava que seu pai deveria ter permanecido em Tatooine e não ter se envolvido com..." Novamente, aquele movimento de indiferença com os ombros. "Bem, ele achava que seu pai deveria ter permanecido aqui e trabalhado na fazenda."

Luke não disse nada. Seu corpo ficava mais tenso à medida que o velho relatava pedaços e peças de uma história pessoal que Luke só vira através das distorções de seu tio.

"Owen sempre teve medo que a vida de aventuras do seu pai o influenciasse e o tirasse de Anchorhead." Ele sacudiu a cabeça com calma, arrependido da lembrança. "Receio que seu pai não tinha muito de fazendeiro."

Luke se virou. Ele voltou a limpar as últimas partículas de areia da couraça protetora de C-3PO. "Eu queria ter conhecido ele", sussurrou, finalmente.

"Ele foi o melhor piloto que já conheci", continuou Kenobi, "e um guerreiro inteligente. A Força... o instinto era forte nele." Por um breve segundo, Kenobi realmente pareceu velho. "Ele também foi um bom amigo."

Prontamente, a centelha juvenil retornou àqueles olhos penetrantes junto com o humor natural do ancião. "Ouvi dizer que você também é um ótimo piloto. Pilotar e navegar não são hereditários, mas um bom número de certas coisas que podem ser combinadas para criar um bom piloto de caças é. Coisas como aquelas que você deve ter herdado. Ainda assim, até mesmo um pato precisa ser ensinado a nadar."

"O que é um pato?", Luke perguntou, curioso.

"Esqueça. De várias formas, você é muito parecido com seu pai." Seu olhar descaradamente avaliador deixava Luke nervoso. "Você cresceu bastante desde a última vez que o vi."

Sem ter uma resposta para isso, Luke esperou em silêncio enquanto Kenobi afundava em contemplação. Depois de um tempo, o velho se agitou, claramente tendo alcançado uma importante decisão.

"Tudo isso me fez lembrar", declarou, com uma casualidade enganadora, "de que eu tenho algo aqui para você." Ele se levantou e andou até um baú robusto, antiquado, e começou a vasculhar. Todo tipo de itens intrigantes era removido e jogado para o canto, apenas para ser colocado de volta no baú. Uns poucos itens Luke reconheceu. Como Kenobi claramente procurava algo importante, ele se absteve de indagar sobre os curiosos apetrechos.

"Quando você estivesse crescido o suficiente", disse Kenobi, "seu pai queria que recebesse algo... se eu conseguir encontrar o maldito aparelho. Tentei dá-lo a você uma vez, mas seu tio não permitiu. Ele achava que você teria umas ideias loucas e acabaria seguindo o velho Obi-Wan numa cruzada idealista."

"Veja bem, Luke, é aí que seu pai e seu tio Owen discordavam. Lars não é um homem que deixa o idealismo interferir nos negócios, enquanto seu pai nem ao menos achava que a discussão valia a pena. Suas decisões a esse respeito aconteciam como sua maneira de pilotar – por instinto."

Luke assentiu. Ele terminou de retirar o último cascalho e procurou um componente que faltava para encaixar na placa torácica de C-3PO. Localizando o módulo de restrição, ele se preparou para encaixar a trava de volta no lugar certo. C-3PO observou o processo e estava a ponto de estremecer a qualquer instante.

Luke encarou aqueles fotorreceptores de metal e plástico por um bom tempo. Então ele deixou o módulo sobre a bancada de trabalho e fechou o droide. C-3PO não disse nada.

Um murmúrio veio de trás deles e Luke se virou para ver um animado Kenobi se aproximando. Ele entregou a Luke um pequeno aparelho, de aparência inócua, que o jovem admirou com interesse.

O aparelho consistia basicamente numa empunhadura curta, grossa, com um par de pequenos interruptores ao alcance da mão. Sobre esse pequeno cilindro, havia um disco de metal circular um pouco mais largo em diâmetro do que sua palma aberta. Alguns componentes desconhecidos e brilhantes encontravam-se incrustados tanto na empunhadura quanto no disco, incluindo o que parecia ser a menor célula de energia que Luke já vira. O lado reverso do disco era polido com a clareza de um espelho. Mas era a célula de energia que intrigava Luke mais do que tudo. Seja lá o que fosse aquela coisa, ela exigia uma grande quantidade de energia, de acordo com a classificação da célula.

Apesar da afirmação de que aquilo pertencera a seu pai, o dispositivo parecia recém-manufaturado. Kenobi certamente o guardara com carinho. Só uns poucos arranhões na empunhadura acusavam o uso anterior.

"Mestre?", disse a voz familiar que Luke não ouvia há algum tempo.

"Que foi?" Luke estava absorvido com sua verificação.

"Se o senhor não for precisar de mim", declarou C-3PO, "acho que vou me desligar por uns instantes. Ajudará os nervos da armadura a se reconectarem e preciso realizar uma autolimpeza de qualquer maneira."

"Claro, vá em frente", Luke disse, distraidamente, voltando ao estudo do seu fascinante o-que-quer-que-fosse-aquilo. Atrás dele, C-3PO ficou quieto, o brilho desvanecendo temporariamente de seus olhos. Luke percebeu que Kenobi o olhava com interesse. "O que é isso?", ele finalmente perguntou, incapaz, apesar de seus esforços, de identificar o aparelho.

"O sabre de luz de seu pai", Kenobi lhe disse. "Durante uma época, eles eram amplamente usados. Ainda são, em certos cantões do universo."

Luke examinou os controles da empunhadura. Em uma das tentativas, apertou um botão de cor brilhante perto do pomo espelhado. Instantaneamente, o disco projetou um raio de luz azul-esbranquiçado, tão largo quanto seu polegar. Era denso a ponto de ser opaco e um pouco maior do que um metro de comprimento. Ele não desbotava, pelo contrário – permanecia tão brilhante quanto intenso na ponta e da mesma forma na base do disco. Estranhamente, Luke não sentiu calor emanando dele, ainda que estivesse com muita apreensão em tocá-lo. Sabia o que um sabre de luz podia fazer, ainda que nunca tivesse visto um antes. Ele podia atravessar a parede de pedra da caverna de Kenobi – ou um ser humano.

"Essa era a arma convencional de um Cavaleiro Jedi", explicou Kenobi. "Nem tão desajeitada ou aleatória quanto uma pistola de raios. Ela exigia mais habilidade do que simplesmente mira. Uma arma elegante. E também um símbolo. Qualquer um pode usar uma pistola ou um cortador de fusão – mas saber usar *de verdade* um sabre de luz era sinal de que alguém era acima da média." Ele andava de um lado para o outro na caverna enquanto falava.

"Por mais de mil gerações, Luke, os Cavaleiros Jedi foram a mais poderosa, a mais respeitada força da galáxia. Eles serviram como guardiões e fiadores da paz e da justiça na Velha República."

Já que Luke se esqueceu de perguntar o que houve com os Jedi desde então, Kenobi olhou para ele e encontrou o jovem com o olhar perdido, tendo absorvido nada ou quase nada das instruções do mais velho. Alguns teriam censurado Luke por não prestar atenção. Kenobi não. Mais sensível que a maioria, ele esperou pacientemente até que o silêncio se tornasse pesado demais sobre Luke, que voltou a falar.

"Como...?", ele perguntou, devagar. "Como foi que o meu pai morreu?"

Kenobi hesitou e Luke sentiu que o velho não tinha vontade de conversar sobre esse assunto em particular. Ao contrário de Owen Lars, entretanto, Kenobi era incapaz de se refugiar numa mentira confortável.

"Ele foi traído e morto", Kenobi declarou solenemente, "por um Jedi muito jovem, chamado Darth Vader." Ele não estava olhando para Luke. "Um menino que eu treinava. Um de meus mais brilhantes discípulos... um de meus maiores erros."

Kenobi voltou a caminhar. "Vader usou o treinamento que eu lhe dei e a Força dentro dele para o mal, para ajudar o corrupto Imperador. Com os Cavaleiros Jedi dispersos, desorganizados ou mortos, foram poucos os que se opuseram a Vader. Hoje estão extintos."

Uma expressão indecifrável passou pelo rosto de Kenobi. "De várias formas, eles eram bons demais, leais demais para seu próprio bem. Confiavam demais na estabilidade da República e não conseguiram perceber que, apesar do corpo estar saudável, a cabeça ficava cada vez mais fraca e enferma, deixando espaço para a manipulação de pessoas como o Imperador."

"Se ao menos eu soubesse quem era o verdadeiro Vader. Às vezes, tenho a impressão de que ele está se preparando para uma abominação incompreensível. Esse é o destino de alguém que controla a Força e é consumido pelo seu lado negro."

Luke franziu o rosto, confuso. "Uma 'Força'? Esta é a segunda vez que você menciona uma 'Força'."

Kenobi assentiu. "Às vezes, esqueço na presença de quem estou tagarelando. Digamos simplesmente que a Força é algo com que um Jedi precisa lidar. Ainda que nunca tenha sido devidamente explicada, cientistas teorizaram que se trata de um campo de energia gerado por todos os seres vivos. Os homens primitivos suspeitavam de sua existência, ainda que permanecessem ignorantes do seu potencial por milênios."

"Apenas certos indivíduos conseguiram reconhecer a Força como ela realmente é. Eles eram tachados impiedosamente: charlatães, enganadores, místicos – ou de coisas piores. Um número ainda menor conseguia usar a Força. Como geralmente contavam apenas com um controle primitivo de tal energia, a Força costumava ser poderosa demais para eles. Recebiam de seus companheiros a incompreensão – ou coisas piores."

Kenobi fez um gesto largo, erguendo bem os dois braços. "A Força está em torno de cada um de nós. Alguns acreditam que ela comanda nossas ações, não o contrário. O conhecimento da Força e a sabedoria para manipulá-la concediam ao Jedi seu poder especial."

Os braços se abaixaram e Kenobi encarou Luke até o jovem começar a se sentir incomodado. Quando voltou a falar, ele usou um tom de voz tão cheio de vida e juventude que Luke se assustou. "Você também precisa aprender os caminhos da Força, Luke – se vai me acompanhar até Alderaan."

"Alderaan!" Luke pulou da cadeira da oficina, confuso. "Eu não vou pra Alderaan. Eu nem sei onde fica Alderaan." Vaporizadores, droides, colheita – repentinamente sentiu-se mais seguro com o que lhe era familiar e aquela mobília e os artefatos alienígenas, até então intrigantes, pareciam cada vez mais assustadores. Ele girava a cabeça sem parar, na tentativa de evitar o olhar penetrante de Ben Kenobi... o velho Ben... o louco Ben... general Obi-Wan...

"Eu preciso voltar pra casa", ele se viu murmurando. "É tarde. Pra mim chega." A lembrança lhe veio à cabeça e ele apontou para o imóvel R2-D2. "Você pode ficar com o droide. Pelo jeito, é o que ele quer. Vou pensar numa história para contar ao meu tio – eu espero", ele completou, sentindo-se desamparado.

"Preciso de sua ajuda, Luke", Kenobi explicou, num tom de voz um tanto triste, um tanto frio. "Estou ficando velho demais para essas coisas. Não tenho a confiança de conseguir sozinho. Esta missão é muito importante." Ele acenou em direção a R2-D2. "Você ouviu, você viu a mensagem."

"Mas... eu não posso me envolver nessas coisas", Luke protestou. "Eu tenho trabalho a fazer; temos uma colheita à nossa espera – ainda que o tio Owen pudesse abrir a mão e contratar ajudantes extras. Quer dizer, um pelo menos. Mas não há nada que eu possa fazer. Além do mais, é uma viagem e tanto. Isso tudo não me diz respeito."

"Parece o seu tio falando", Kenobi observou sem rancor.

"Ah! Meu tio Owen... Como eu vou explicar isso tudo pra ele?"

O velho reprimiu um sorriso, consciente de que o destino de Luke já havia sido determinado. Havia sido determinado cinco minutos antes de ele saber como seu pai morrera. Fora ordenado antes disso, quando ele ouviu a mensagem completa. Seu destino se estabelecera na ordem natural das coisas na primeira vez que ele viu o retrato suplicante da bela senadora Organa, estranhamente projetado pelo pequeno droide. Não, pensou Kenobi. É provável que seu destino tenha sido determinado antes mesmo de o garoto nascer. Não que Ben acreditasse em predestinação, mas ele acreditava em hereditariedade – e na Força.

"Lembre-se, Luke, o sofrimento de um homem é o sofrimento de todos. As distâncias são irrelevantes para a injustiça. Se não é interrompido a tempo, por fim o mal cresce a ponto de engolir todos os homens – aqueles que se opuseram e aqueles que o ignoraram, não importa."

"Acho", Luke confessou, com nervosismo, "que eu *poderia* levá-lo até Anchorhead. Lá você pode arrumar um transporte para Mos Eisley ou sei lá pra onde você quer ir."

"Muito bem", concordou Kenobi. "Já é um começo. Então, você deve fazer aquilo que sentir que é o *certo*."

Luke se virou, dessa vez completamente confuso. "Ok. Não estou me sentindo muito bem..."

O buraco era mortalmente sombrio, com o mínimo de iluminação. Quase não dava para ver as paredes pretas de metal e o enorme pé-direito que distanciava o teto do chão. A cela fora projetada para aumentar os sentimentos de desamparo do prisioneiro – e ela cumpria bem seu objetivo, a ponto de deixar sua única ocupante bastante tensa quando um ruído surgiu de um canto da câmara. A porta de metal que começou a se mover era tão espessa quanto seu corpo – como se eles temessem, a prisioneira divagou, ironicamente, que ela fosse capaz de arrombar com as próprias mãos qualquer porta um pouquinho menos resistente que aquela.

Esticando-se para ver o lado de fora, a garota observou diversos guardas imperiais a postos no corredor. Desafiando-os com o olhar, Leia Organa recuou até o fundo da cela.

Sua expressão determinada desabou assim que uma monstruosa figura sombria entrou na sala, andando tão calmamente como se deslizasse sobre trilhos. A presença de Vader esmagou seu ânimo tão intensamente quanto um elefante esmagaria uma casca de ovo. Aquele vilão era seguido por um prepotente senhor de idade, apenas um pouco menos assustador, apesar de sua minúscula estatura, se comparada à do Lorde Negro.

Darth Vader fez um gesto para alguém lá fora. Algo que zunia feito uma enorme colmeia se aproximou, passando pela porta. Leia perdeu o ar ao ver aquele globo escuro de metal. Ele flutuava com repulsores independentes e possuía uma verdadeira miscelânea de braços metálicos, cada um deles comportando delicados instrumentos.

Leia observou a geringonça com pavor. Ela ouvira rumores sobre essas máquinas, mas nunca acreditara de verdade que os técnicos do Império seriam capazes de construir tamanha monstruosidade. Incorporados a sua memória desalmada estavam todas as barbaridades e cada tipo de maus-tratos conhecido pela humanidade – e por diversas raças alienígenas.

Vader e Tarkin permaneceram ali em silêncio, dando a ela tempo de sobra para estudar seu pesadelo flutuante. O governador, em particular, não se iludia a ponto de pensar que a mera presença do aparelho pudesse apavorar a prisioneira o suficiente para fazê-la entregar todas as informações que ele precisava. Não que, refletiu, a sessão subsequente viesse a ser especialmente desagradável. Sempre se ganhava um pouco de esclarecimento e sabedoria naquele tipo de encontro e a senadora prometia ser uma interrogada das mais interessantes.

Depois de um intervalo apropriado, ele acionou a máquina. “Agora, senadora Organa, princesa Organa, nós iremos discutir a localização da principal base rebelde.”

A máquina se moveu lentamente até ela, navegando sob um zunido crescente. A esfera bloqueava a visão de Vader, do governador, do resto da cela... da luz...

Sons abafados penetraram as paredes da cela e da porta espessa, chegando ao hall mais à frente. Pouco se ouvia no quieto e pacífico corredor além da câmara lacrada. Ainda assim, os guardas parados exatamente do lado de fora conseguiram arrumar desculpas para se distanciarem da porta, pelo menos até o ponto onde aqueles sons modulados de uma forma tão sinistra não pudessem mais ser ouvidos.

VI

"Olhe ali, Luke", ordenou Kenobi, apontando para o sudoeste. O landspeeder continuou sua corrida sobre o chão de cascalho do deserto. "Fumaça, eu imagino."

Luke espiou na direção indicada. "Não vejo nada, senhor."

"Vamos passar por ali, de qualquer forma. Alguém pode estar em apuros."

Luke virou o speeder. Muito depois, os sinais de fumaça que Kenobi havia detectado, sabe-se lá como, tornarem-se visíveis também para ele.

Ultrapassando uma pequena elevação, o speeder desceu por uma suave colina até um cânion largo e raso que estava repleto de formas carbonizadas, algumas inorgânicas, outras não. No centro dessa carnificina, e parecendo mais uma baleia de metal encalhada, jaziam os destroços de um rastreador do deserto dos jawa.

Luke parou o speeder. Kenobi o seguiu sobre a areia. Juntos eles começaram a examinar os restos da destruição.

Diversas depressões sutis na areia chamaram atenção de Luke. Andando um pouco mais rápido, ele se aproximou delas e as observou por um instante, antes de chamar Kenobi.

"Foi o Povo da Areia, na certa. Aqui tem pegadas de bantha..." Luke percebeu o brilho de um metal enterrado na areia. "E aqui está a peça de um daquelas clavas duplas que eles usam." Luke balançou a cabeça, confuso. "Mas eu nunca ouvi falar de um tusken atacando algo tão grande." Ele se reclinou, observando a carcaça imensa do rastreador do deserto.

Kenobi havia passado por ele. Estava examinando as enormes pegadas na areia. "E não atacaram", ele declarou, casualmente, "mas alguém quis dar a impressão – a nós e a quem quer que passasse por aqui – de que foram eles sim." Luke se aproximou.

"Não entendi, senhor."

"Observe com cuidado esses rastros", o velho ordenou, apontando para baixo e em outras direções. "Percebeu algo de estranho neles?" Luke sacudiu a cabeça. "Aqueles que passaram por aqui cavalgaram os banthas aos pares. O Povo da Areia sempre cavalga com um bantha atrás do outro, numa única fila, para esconder o tamanho de sua frota dos observadores distantes."

Deixando Luke aturdido nas trilhas paralelas de pegadas, Kenobi voltou sua atenção para o rastreador do deserto. Ele apontou os locais onde os raios das armas individuais explodiram portais, pisos e vigas de apoio. "Veja a precisão dessa artilharia. O Povo da Areia não é tão hábil. Na verdade, ninguém em Tatooine é capaz de atirar e destruir com tanta eficiência." Virando-se, ele examinou o horizonte. Uma dessas falésias próximas escondia um segredo – e uma ameaça. "Apenas tropas imperiais conseguiriam atacar um rastreador do deserto com tamanha frieza e precisão."

Luke se deslocara até um dos corpos, pequeno e retorcido, e o virou com um pontapé. Seu rosto se contorceu de náusea ao ver o que restava da pobre criatura.

"Esses são os mesmos jawas que nos venderam R2-D2 e C-3PO. Eu reconheço o manto deste aqui. Por que tropas imperiais sairiam massacrando jawas e o Povo da Areia? Eles devem ter matado alguns nômades para conseguir os banthas." Sua mente trabalhava furiosamente e ele sentiu uma tensão fora do comum quando olhou de volta para o landspeeder, passando a vista rapidamente pelos cadáveres dos jawas em decomposição.

"Mas... se eles perseguiram os droides até os jawas, primeiro eles precisavam saber pra quem eles foram vendidos. Isso os levaria até..." Luke correu desesperadamente até o landspeeder.

"Luke, espere... espere, Luke!", gritou Kenobi. "É perigoso demais. Você não...!"

Luke não ouviu nada além do ronco em seus ouvidos, não sentiu nada além das chamas em seu coração. Saltou no speeder e quase simultaneamente apertou o acelerador ao máximo. Numa explosão de areia e cascalho, ele deixou Kenobi e os dois robôs para trás, em meio a corpos fumegantes, emoldurados pela carcaça do rastreador.

A fumaça que Luke viu enquanto se aproximava da propriedade era de uma consistência diferente daquela que emergia da máquina jawa. Ele mal se lembrou de desligar o motor do landspeeder enquanto abria a capota da cabine e saltava para fora. Fumaça escura saía dos buracos no solo.

Esses buracos foram seu lar, o único que ele conheceu. Agora pareciam até gargantas de pequenos vulcões. Diversas vezes ele tentou penetrar as entradas da superfície que davam acesso ao complexo subterrâneo. Diversas vezes o calor ainda intenso o trouxe de volta, tossindo e engasgando.

Enfraquecido, ele se viu tropeçando para fora, seus olhos lacrimejando – e não apenas por causa da fumaça. Meio ofuscado, ele cambaleou até a entrada da garagem. Ela também ardia. Mas talvez eles tenham conseguido escapar no outro landspeeder.

"Tia Beru... Tio Owen!" Era difícil distinguir qualquer coisa naquele nevoeiro que fazia arder os olhos. Duas silhuetas fumegantes surgiram no fim do túnel, quase imperceptíveis entre as lágrimas e a névoa. Quase se pareciam com... Ele focou com mais firmeza, esfregando com fúria os olhos que não estavam cooperando.

Não.

Ele começou a girar, caindo de bruços, enterrando o rosto na areia para não enxergar novamente.

A sólida tela tridimensional preenchia uma parede da enorme câmara, do chão ao teto. Ela mostrava um milhão de sistemas estelares. Uma pequena porção da galáxia, mas ainda assim uma amostra impressionante quando exibida daquela maneira.

Abaixo, bem abaixo, o contorno gigantesco de Darth Vader permanecia acompanhado de um lado pelo governador Tarkin e do outro pelo almirante Motti e pelo general Tagge, seus antagonismos particulares esquecidos devido à excelência daquele momento.

"O check-out está completo", informou Motti. "Todos os sistemas estão operacionais." Ele se virou para os outros. "Qual deve ser nosso próximo destino?"

Vader pareceu não ter escutado e murmurava baixinho, meio que para si mesmo: "Ela tem uma dose de autocontrole surpreendente. Sua resistência ao interrogador é notável". Ele abaixou a cabeça para olhar Tarkin. "Vamos levar algum tempo para extrair dela qualquer informação útil."

"Eu sempre considerei os métodos sugeridos por você um tanto excêntricos, Vader."

"Eles são eficientes", o Lorde Negro argumentou com calma. "Entretanto, com o objetivo de acelerar o processo, estou aberto às suas sugestões."

Tarkin parecia pensativo. "Uma teimosia assim pode ser contornada aplicando ameaças a outros além da pessoa envolvida."

"Como assim?"

"Eu só acho que está na hora de demonstrarmos do que nossa estação é realmente capaz. E podemos demonstrar de maneira duplamente proveitosa." Ele instruiu o atento Motti: "Mande seus programadores mudarem o curso para o Sistema Alderaan".

O orgulho de Kenobi não o impediu de enrolar um velho pano sobre o nariz e a boca para filtrar uma parte do fedor pútrido que vinha da fogueira. Ainda que possuíssem aparatos sensoriais de olfato, R2-D2 e C-3PO não precisavam desse filtro. Mesmo C-3PO, que fora equipado para distinguir aromas, podia ser artificialmente seletivo quando assim desejasse.

Trabalhando juntos, os dois droides ajudaram Kenobi a jogar o último dos corpos sobre a pira ardente e então se afastaram e observaram os mortos continuarem a queimar. Claro que os coletores do deserto seriam igualmente eficientes em retirar toda a carne dos destroços carbonizados do rastreador, mas Kenobi mantinha valores que a maioria dos homens modernos julgaria arcaicos. Ele não entregaria ninguém aos roedores de ossos e aos vermes do cascalho, nem mesmo a um jawa imundo.

Com um ruído crescente, Kenobi se afastou do resíduo fedorento e viu o landspeeder se aproximando, agora viajando numa velocidade sensata, bem diferente de quando ele se fora. O veículo diminuiu a marcha e pairou ali perto, mas sem demonstrar sinais de vida.

Gesticulando para que os dois robôs o seguissem, Ben partiu rumo à nave. A capota se abriu, revelando Luke sentado sem ação no banco do piloto. Ele não respondeu ao olhar inquisitivo de Kenobi. Isso já era o suficiente para dizer ao velho o que havia acontecido.

"Eu compartilho a sua tristeza, Luke", ele finalmente tomou coragem de dizer, suavemente. "Não havia nada que você pudesse ter feito. Se estivesse lá, também estaria morto e os droides cairiam nas mãos dos imperiais. Nem mesmo a Força..."

"Dane-se a Força!" Luke rosnou com repentina violência. Ele então se virou e encarou Kenobi. Havia traços de um alguém muito mais velho em seu rosto.

"Eu o levarei até o espaçoporto em Mos Eisley, Ben. Eu quero ir com você – para Alderaan. Já não me resta mais nada aqui." Seus olhos se viraram sobre o deserto, para focar em algo além da areia, das rochas e das paredes dos cânions. "Eu quero aprender a ser um Jedi, como o meu pai. Eu quero..." Ele fez uma pausa, as palavras reviravam em sua garganta como troncos numa enchente.

Kenobi entrou na cabine, apoiou a mão gentilmente sobre o ombro do jovem e então foi para a frente, dando espaço para os dois robôs. "Farei tudo para que você consiga aquilo que deseja, Luke. Por ora, vamos a Mos Eisley."

Luke assentiu e fechou a capota. O landspeeder partiu rumo ao sudoeste, deixando para trás o ainda crepitante rastreador do deserto, a pira funerária dos jawas e a única vida que Luke conhecera.

Estacionando o speeder próximo a uma falésia de arenito, Luke e Ben andaram até a borda e espiaram os pequenos solavancos regulares lá embaixo, emergindo na planície banhada pelo sol. A colagem aleatória de concreto barato, pedra e estruturas de plastoide se expandia como aros de uma roda a partir de um ponto central de distribuição de água e de energia.

A cidade era consideravelmente maior do que aparentava, sendo uma grande parte dela subterrânea. Semelhantes a crateras de bomba àquela distância, as depressões espirais das estações de lançamento pontuavam a paisagem da cidade.

Um vendaval varria o solo cansado. Ele lançava areia nos pés e pernas de Luke enquanto este ajeitava seus óculos protetores.

"Chegamos", murmurou Kenobi, indicando a inexpressiva coleção de prédios. "Espaçoporto de Mos Eisley – o lugar ideal para nos espalharmos enquanto procuramos uma passagem para fora do planeta. Não há lugar em toda a Tatooine em que exista tanta vilania e desonra. O Império nos procura, então devemos tomar muito cuidado, Luke. A população de Mos Eisley nos servirá como disfarce."

Luke tinha um olhar determinado. "Estou pronto para o que for, Obi-Wan."

"Imagino se você compreende o que isso pode significar, Luke", pensou Kenobi. Mas ele apenas assentiu com a cabeça enquanto o guiava de volta ao landspeeder.

Ao contrário de Anchorhead, havia muita gente andando sob o calor do dia em Mos Eisley. Construída desde o início com um perfil comercial, até mesmo o mais velho dos prédios da cidade fora projetado para proteger o público dos sóis gêmeos. Eles pareciam primitivos do lado de fora, e muitos realmente eram. Mas não era incomum que as paredes e os arcos de pedra antiga mascarassem paredes duplas de aço, com refrigeração circulando livremente entre elas.

Luke manobrava o landspeeder nos subúrbios da cidade quando algumas figuras reluzentes e compridas apareceram do nada e começaram a fechar um círculo a sua volta. Em um instante de pânico, ele considerou sair em disparada entre pedestres e outros veículos. Um pulso firme sobre seu braço o conteve e, ao mesmo tempo, o acalmou. Ele viu Kenobi sorrindo, prevenindo-o.

Eles então continuaram numa velocidade normal de cruzeiro dentro da cidade, Luke esperando que as tropas imperiais estivessem se dirigindo a algum outro lugar. Não tivera tanta chance. Um dos troopers ergueu sua mão. Luke não teve alternativa. Enquanto parava o speeder, percebeu a atenção que estavam recebendo dos transeuntes curiosos. Pior ainda: o trooper não parecia prestar atenção em Kenobi ou nele mesmo, mas nos dois robôs imóveis, sentados no banco traseiro do speeder.

"Há quanto tempo você tem esses droides?", bradou o trooper que erguera a mão. Formalidades haviam sido dispensadas, pelo jeito.

Sem expressar reação por um segundo, Luke finalmente respondeu: "Três ou quatro estações, eu acho".

"Estão à venda, se você tiver interesse – e o preço é justo", completou Kenobi, dando a maravilhosa impressão de ser um trapaceiro do deserto tentando passar a perna em imperiais ignorantes para garantir uns trocados.

O trooper no comando não se dignou a responder. Entretinha-se com uma revista minuciosa na lataria inferior do veículo.

"Vocês vieram do sul?", ele perguntou.

"Não... não", Luke respondeu imediatamente, "nós moramos no oeste, perto do distrito de Bestine."

"Bestine?", murmurou o trooper, dando voltas para observar a frente do speeder. Luke se obrigou a olhar reto. Enfim, o indivíduo de armadura concluiu sua revista. Ameaçadoramente, ele se aproximou de Luke e ordenou: "Deixe-me ver sua identificação".

Certamente o homem percebera seu pavor e nervosismo, Luke pensou. Sua recente resolução de estar pronto para qualquer coisa havia se desintegrado sob o olhar fixo daquele soldado. Ele sabia o que aconteceria se olhassem sua identificação, com o endereço de sua propriedade e os nomes de seus parentes mais próximos. Sentiu um zumbido dentro da cabeça; ele estava prestes a desmaiar.

Kenobi se inclinou e conversou calmamente com o trooper. "Você não precisa ver a identificação dele", o velho informou ao imperial numa voz extremamente peculiar.

Com o olhar vazio, o oficial respondeu, como se fosse óbvio: "Eu não preciso ver sua identificação". Sua reação foi a oposta de Kenobi – sua voz estava normal, mas sua expressão era peculiar.

"Estes não são os droides que vocês estão procurando", Kenobi lhe disse amigavelmente.

"Esses não são os droides que nós estamos procurando."

"Ele está liberado."

"O senhor está liberado", o oficial com a máscara metálica informou a Luke.

A expressão de alívio que se espalhou pelo rosto de Luke deve ter sido tão comprometedora quanto seu nervosismo prévio, mas o imperial a ignorou.

"Mexa-se", sussurrou Kenobi.

"Mexa-se", o oficial instruiu Luke.

Sem saber se deveria saudar, acenar ou agradecer ao homem, Luke pressionou o acelerador. O landspeeder partiu, deixando para trás o círculo da tropa. Enquanto se preparava para fazer uma curva, Luke arriscou uma espiada para trás. O oficial que o revistara parecia discutir com seus camaradas, ainda que àquela distância Luke não pudesse ter certeza.

Ele espiou seu acompanhante e começou a dizer algo. Kenobi apenas sacudiu a cabeça lentamente e sorriu. Engolindo sua curiosidade, Luke se concentrou em guiar o speeder através das ruas cada vez mais estreitas.

Kenobi parecia ter ideia de onde estavam indo. Luke estudou as estruturas e os igualmente decadentes indivíduos que passeavam por ali. Eles tinham entrado na parte mais antiga de Mos Eisley e, consequentemente, aquela onde os velhos delitos floresciam com maior intensidade.

Kenobi apontou e Luke parou o landspeeder em frente ao que parecia ser uma das casamatas originais do espaçoporto. O prédio fora convertido numa cantina cuja clientela era sugerida pela diversa natureza dos transportes estacionados do lado de fora. Alguns deles Luke reconhecia, sobre outros tinha apenas ouvido falar. A cantina mesmo, ele sabia pelo design do prédio, devia ser parcialmente subterrânea.

Enquanto a empoeirada mas ainda reluzente nave era estacionada, um jawa se materializou do nada e começou a passar suas mãos gananciosas sobre as laterais metálicas. Luke se inclinou e vociferou algo ríspido para o pequeno sub-humano, que saiu em disparada.

"Eu não tolero esses jawas", murmurou C-3PO com um sublime desdém. "Criaturas repugnantes."

A cabeça de Luke ainda estava ocupada demais com sua penosa fuga para comentar os sentimentos de C-3PO. "Eu não entendi como nós passamos por aquela tropa. Achei que a gente tava perdido."

"A Força está na mente, Luke, e às vezes pode ser usada para influenciar os outros. É uma poderosa aliada. Mas, à medida que você aprende um pouco mais sobre a Força, descobre que isso também pode ser perigoso."

Acenando sem realmente entender, Luke indicou a cantina precária, mas obviamente popular. "Você acha mesmo que vamos encontrar um piloto aqui capaz de nos levar até Alderaan?"

Kenobi estava descendo do landspeeder. "A maioria dos bons pilotos autônomos de cargueiros frequenta este lugar, ainda que muitos ganhem o suficiente para ir a lugares melhores. Eles podem falar abertamente aqui. Você já deveria saber como separar a habilidade da aparência, Luke." O rapaz olhou os farrapos do velho outra vez e se sentiu envergonhado. "Mas tome cuidado. Este lugar pode ser perigoso."

Luke se viu apertando os olhos à medida que eles entravam na cantina. Seu interior era mais escuro do que ele gostaria. Talvez os habitués do lugar não estivessem acostumados com a luz diurna ou não queriam ser vistos claramente. Não ocorreu a Luke que a combinação do interior sombrio com a intensa iluminação da entrada permitia a quem estivesse lá dentro enxergar os visitantes antes que estes pudessem enxergar quem estivesse lá dentro.

Dentro da cantina, Luke se impressionou com a variedade de criaturas que frequentava o lugar. Havia ciclopes e criaturas com mil olhos, criaturas com pelo e algumas com peles que pareciam enrugar e mudar de consistência, de acordo com suas emoções em determinado momento.

Pairava próximo ao balcão um enorme insetoide que Luke imaginara ser apenas uma sombra assustadora. Ele contrastava com duas das mais altas mulheres que Luke havia visto. Elas estavam entre os seres de aparência mais normal dentre aquela ultrajante assembleia de humanos misturados livremente com parceiros de outras espécies. Tentáculos, garras e mãos seguravam utensílios para bebidas de diversos formatos e tamanhos. As conversas formavam uma balbúrdia permanente de idiomas humanos e alienígenas.

Aproximando-se, Kenobi apontou para os fundos do bar. Um pequeno grupo de humanos mal-encarados descansava ali, bebendo, rindo e contando histórias de origens duvidosas.

"Corellianos - piratas, provavelmente."

"Eu achei que estávamos procurando por um piloto de cargueiro autônomo com sua própria nave para alugar", Luke sussurrou de volta.

"E estamos, jovem Luke, e estamos", concordou Kenobi. "Deve haver naquele grupo um ou dois pilotos adequados para nossas necessidades. Só que, na terminologia corelliana, a distinção entre quem possui qual carga tende a ficar um tanto nebulosa de tempos em tempos. Espere aqui."

Luke assentiu e observou Kenobi atravessar a multidão. As suspeitas dos corellianos desapareceram assim que ele começou a conversar.

Algo agarrou o ombro de Luke e girou seu corpo.

"Ei." Olhando ao redor e lutando para se recompor, ele se viu de frente com um humano gigantesco e malvestido. Luke viu pelas roupas do homem que ele deveria ser o barman ou ainda o dono da cantina.

"Não aceitamos clientes desse tipo por aqui", rosnou o grandalhão.

"Quê?" Luke respondeu sem entender. Ele ainda não tinha se recuperado de sua imersão na cultura de dezenas e dezenas de espécies. Era bem diferente da sala de sinuca lá na estação de energia de Anchorhead. "Seus droides", o barman explicou, impacientemente, gesticulando com seu enorme polegar. Luke espiou na direção indicada e viu R2 e C-3PO quietos em um canto. "Eles vão ter que esperar lá fora. Não são bem-vindos. Aqui eu só tenho o que servir para orgânicos, não para" - ele concluiu com uma expressão de desgosto - "mecânicos."

Luke não gostava da ideia de expulsar C-3PO e R2, mas não sabia de que outra maneira resolver o impasse. O barman não parecia ser do tipo que aceitaria um argumento racional. Quando olhou em volta, à procura do velho Ben, Luke viu que ele estava imerso numa conversa com um dos corellianos.

Enquanto isso, a discussão chamara atenção de diversos tipos especialmente grotescos que se encontravam dentro do alcance auditivo. Todos encaravam Luke de um modo claramente hostil.

"Sim, é claro", disse Luke, percebendo que não era a hora nem o local para discutir sobre direitos robóticos. "Desculpa." Ele olhou para C-3PO. "É melhor vocês esperarem perto do speeder. Não queremos causar problemas aqui."

"Eu concordo plenamente com o senhor", disse C-3PO, seus olhos passeando por Luke, pelo barman e encontrando olhares nada amigáveis no balcão. "Não sinto a necessidade de lubrificantes no momento, de qualquer maneira." Com R2 bamboleando ao seu lado, o robô apertou o passo em direção à saída.

Isso encerrou o assunto com o barman, mas Luke agora se viu objeto de atenções indesejadas. Ele imediatamente tomou consciência de seu isolamento e sentiu como se, pelo menos por um segundo, todos os olhos do lugar o encarassem e que aquelas criaturas, humanas ou não, teciam comentários a seu respeito quando ele não estava vendo.

Tentando manter um ar calmo de confiança, Luke voltou seu olhar para o velho Ben e foi até ele quando viu com quem o velho estava falando. O corelliano se fora. Em seu lugar, Kenobi conversava com um antropoide gigantesco que exibia uma boca cheia de dentes quando sorria.

Luke tinha ouvido falar dos wookiees, mas nunca imaginou que veria algum, muito menos que se encontraria com um deles. Apesar de seu rosto engraçado, quase simiesco, a aparência do wookiee não era nada gentil. Apenas os grandes olhos, de um amarelo brilhante, suavizavam seu jeitão pavoroso. O tronco enorme era coberto por um pelo grosso e macio, de cor castanho-avermelhada. Sobreposta a tiracolo, levava um par de cartucheiras cromadas que carregavam projéteis letais desconhecidos por Luke. Além disso os wookiees não usavam muito mais para cobrir o corpo.

Não que alguém fosse rir do modo da criatura se vestir, Luke sabia. Ele viu que os outros alienígenas do bar contornavam ou circulavam ao redor daquele ser imenso sem nunca se aproximarem demais. Todos, menos o velho Ben – Ben que conversava com o wookiee em seu próprio idioma, batendo boca e uivando como um nativo.

Durante a conversa, o velho chegou a apontar na direção de Luke. Assim que o enorme antropoide encarou Luke diretamente, ele deixou escapar uma pavorosa gargalhada uivante.

Descontente com o papel que ele evidentemente representava na discussão, Luke se virou e fingiu ignorar a conversa. Poderia estar sendo injusto com a criatura, mas ele duvidava que tal gargalhada de contorcer o corpo pudesse significar algo gentil.

Por nada nesse mundo Luke conseguia entender o que Ben poderia querer com o monstro ou por que Ben perdia seu tempo numa conversa gutural com ele e não com os então desaparecidos corellianos. Luke, afinal, se sentou e bebericou seu drinque em total silêncio, seus olhos escrutinando a multidão, na esperança de encontrar outro olhar que não lhe fosse agressivo.

De repente, algo o empurrou por trás, tão violentamente que ele quase caiu. Ele se virou com raiva, mas sua fúria se transformou em perplexidade. Luke se viu confrontado por uma enorme monstruosidade quadrada, de olhos múltiplos e origem indeterminada.

“Negola dewaghi wooldugger?”, balbuciou a aparição num tom desafiador.

Luke nunca tinha visto nada parecido; ele desconhecia tanto aquela espécie como sua linguagem. O blá-blá-blá poderia ser um convite para um duelo, o pedido de um drinque ou uma proposta de casamento. Apesar de sua ignorância, entretanto, Luke podia dizer pelo jeito como a criatura balbuciava, oscilando sobre os suportes que lhe serviam de pernas, que ela havia entornado o bastante de sabe-se-lá-o-quê para dentro, algo que ela deveria considerar um agradável inebriante.

Sem saber o que mais fazer, Luke tentou voltar ao seu próprio drinque, enquanto esforçava-se para ignorar a criatura. Ao fazer isso, a coisa – um cruzamento entre uma capivara e um pequeno babuíno – saltou para ficar de pé (ou de cócoras) perto do tremulante multiolhos. Um pequeno humano, de aparência carcomida, também se aproximou, passando um braço amigável em volta daquela coisa, que não parava de fungar.

“Ele não gosta de você”, o baixinho informou a Luke, numa voz surpreendentemente grave.

“Eu sinto muito”, admitiu Luke, desejando, no fundo do seu coração, estar em outro lugar.

“Eu também não gosto”, o sorridente nanico falou com uma negatividade fraterna.

"Eu disse que sentia muito."

Fosse pela conversa que estivesse travando com o roedor ou quem sabe pela overdose de birita, o fato é que aquele condomínio de globos oculares indóceis estava claramente ficando agitado. A criatura se inclinou para a frente, quase esbarrando em Luke, e vomitou uma cascata de sons ininteligíveis sobre ele. Luke sentiu o peso dos olhos de uma multidão, enquanto o monstro se enervava cada vez mais.

"'Sinto muito'", o pequeno humano zombou, igual e nitidamente ébrio. "Você está fazendo pouco da gente? É melhor tomar cuidado. Nós somos procurados." Ele apontou para seus amigos embriagados. "Fui sentenciado à morte em doze sistemas diferentes."

"Estou na minha, ok?", murmurou Luke.

O baixinho sorria de ponta a ponta. "Você está é morto."

Nessa hora, o roedor deixou escapar um grunhido altíssimo. Poderia ser um sinal ou um aviso, porque todos os clientes do balcão, humanos ou não, se afastaram imediatamente, deixando um clarão em volta de Luke e de seus antagonistas.

Tentando remediar a situação, Luke ensaiou um sorriso amarelo, que rapidamente desapareceu quando viu que os três carregavam armas de mão. Além de não ter como se defender sozinho dos três, ele não tinha ideia do que duas daqueles coisas de aparência letal eram capazes de fazer.

"Este guri aqui não vale o esforço", disse uma voz tranquila. Luke olhou pra cima, assustado. Ele não ouvira Kenobi se aproximando. "Vamos, deixem-me pagar uma bebida para vocês."

Como resposta, o monstro corpulento rangeu os dentes. Um braço surgiu de seu corpo, acertando um desavisado Luke na têmpora. Ele foi rodopiando pelo salão, derrubando mesas e quebrando uma enorme jarra, repleta de um líquido fedorento.

A multidão recuou ainda mais, uns poucos grunhidos e rosnados de advertência foram ouvidos enquanto a monstruosidade bêbada puxou uma pistola de aparência sinistra de sua cartucheira. A criatura pôs-se a sacudir a arma na direção de Kenobi.

Aquilo tirou o então neutro barman de sua inércia. Ele veio em disparada, dando uma volta desajeitada ao redor do balcão, sacudindo suas mãos freneticamente, mas ainda tomando o cuidado de ficar fora do alcance.

"Nada de pistolas, nada de pistolas! Não no meu bar!"

O roedor o ameaçou, rangendo os dentes, enquanto o multiolhos armado emitiu um rosnado de advertência.

Na fração de segundo em que a arma e a atenção do seu dono se afastaram dele, o velho agarrou um disco que trazia pendurado. O humano baixinho começou a gritar quando uma afiada luz azul-esbranquiçada apareceu na penumbra da cantina.

Ele não continuou a gritar – o berro se transformou num piscar de olhos. Ao terminar de piscar, o homem se viu de bruços sobre o balcão, gemendo e choramingando enquanto olhava o cotoco em que seu braço se transformara.

Entre o começo de seu grito e a última piscada, o roedor foi cortado precisamente ao meio, com suas metades desabando em direções opostas. O gigante multiocular ainda permaneceu encarando, confuso, o velho humano, que até então estava imóvel, e o brilhante sabre de luz que ele manejava sobre a cabeça de uma maneira tão peculiar. A pistola de cromo da criatura disparou uma vez, abrindo um buraco no chão. Então seu tronco se abriu tão cirurgicamente como o corpo do roedor, suas duas seções cauterizadas caindo em lados opostos e repousando, imóveis no chão de pedra fria.

Só então uma sugestão de suspiro escapou de Kenobi; só então seu corpo pareceu relaxar. Abaixando o sabre de luz, ele o girou cuidadosamente para cima, num reflexo de saudação que terminou com a arma desativada descansando inocuamente em sua cintura.

Esse último movimento quebrou o silêncio absoluto que envolvera o ambiente. Conversas foram retomadas, assim como o movimento dos corpos nas cadeiras, o arrastar das canecas e tulipas e outros apetrechos para bebidas sobre o tampo das mesas. O barman e diversos assistentes apareceram para levar os corpos disformes para fora, enquanto o humano mutilado desaparecera em silêncio na multidão, carregando o cotoco de seu braço armado e se considerando um sortudo.

Ao que tudo indicava, a cantina retornara ao seus status anterior, com uma pequena exceção: Ben Kenobi ganhara um espaço respeitável no balcão.

Luke mal conseguiu ouvir a conversa que recomeçara. Ele ainda tremia pela rapidez da luta e pelas habilidades inimagináveis do velho. Sua cabeça esfriou e ele se reaproximou de Kenobi, entreouvindo frases soltas e trechos de conversa à sua volta. Grande parte do falatório era em admiração à limpeza da luta e seu caráter decisivo.

"Você se machucou, Luke", Kenobi observou com solicitude.

Luke sentiu a contusão onde a criatura o acertara. "Eu..." - ele começou a dizer, mas Ben o cortou. Como se nada tivesse acontecido, ele indicou a grande massa cabeluda que se aproximava, abrindo caminho com os ombros na multidão.

"Este é Chewbacca", ele explicou quando o antropoide se juntou a eles no balcão. "Ele é o imediato de um cargueiro que pode atender às nossas necessidades. Ele irá nos levar até o capitão - o proprietário da nave."

"Por aqui", o wookiee grunhiu - ou melhor, Luke julgou ter pelo menos ouvido algo parecido a isto. De qualquer maneira, o gesto de siga-me da enorme criatura era inconfundível. Eles se dirigiram cada vez mais para o fundo do bar. O wookiee abria caminho na multidão como uma tempestade de cascalho abriria pequenos cânions.

Lá fora, em frente à cantina, C-3PO girava de um lado para o outro, nervoso, perto do landspeeder. Aparentemente indiferente, R2-D2 engajava-se numa animada conversa eletrônica com uma unidade R2, de um vermelho brilhante, que pertencia a outro cliente da cantina.

"Por que estão demorando tanto? Eles foram contratar uma nave - não uma frota."

Abruptamente, C-3PO parou, acenando para que R2 se calasse. Dois troopers imperiais surgiram. Eles foram recebidos por um humano mal-ajambrado que saíra quase que simultaneamente das profundezas da cantina.

"Não estou gostando nada disso", o droide mais alto murmurou.

Luke se apropriou do drinque de alguém na bandeja do garçom enquanto eles abriam caminho até os fundos da cantina. Ele deu um grande gole com o ar vertiginoso de alguém que se sente sob a proteção divina. Não estava tão protegido assim, mas na companhia de Kenobi e do gigantesco wookiee ele começou a se sentir confiante de que ninguém no bar o atacaria, nem mesmo com um olhar enfezado.

Numa cabine nos fundos, eles encontraram um jovem em forma, talvez uns cinco anos mais velho que Luke, talvez uns doze, era difícil dizer. Ele demonstrava a abertura dos totalmente confiantes - ou terrivelmente imprudentes. Com a chegada do grupo, o homem mandou a meretriz humanoide que estivera se contorcendo no seu colo se afastar com um sussurrar que deixou um enorme, se não inumano, sorriso no rosto da fêmea.

Chewbacca, o wookiee, rosnou alguma coisa para o homem e ele assentiu em resposta, encarando os recém-chegados com satisfação.

"Você é bastante hábil com esse sabre, coroa. Não é sempre que se vê esse tipo de esgrima por essas bandas do Império." Ele deu uma prodigiosa talagada daquilo que enchia sua caneca. "Sou Han Solo, capitão da Millennium Falcon." E ele prontamente passou a agir como um negociante. "Chewie me disse que vocês estão procurando uma passagem para o Sistema Alderaan?"

"Isso mesmo, filho. Se a nave for ligeira", Kenobi lhe disse. Solo não se importou com o "filho".

"Ligeira? Vão me dizer que vocês *nunca* ouviram falar da Millennium Falcon?"

Kenobi pareceu divertir-se. "E eu deveria?"

"É a nave que fez o percurso de Kessel em menos de doze parsecs!", respondeu Solo, indignado. "Eu superei naves imperiais estelares e cruzadores corellianos. Acho que ela é ligeira o suficiente pra você, coroa." Sua raiva retrocedeu rapidamente. "Qual é a carga?"

"Passageiros, apenas. Eu, o garoto e dois droides – sem perguntas."

"Sem perguntas." Solo observou sua caneca e finalmente ergueu o olhar. "É um problema local?"

"Digamos simplesmente que queremos evitar envolvimentos imperiais", Kenobi respondeu sem grandes problemas.

"Hoje em dia isso pode ser difícil. Vou ter que cobrar um extra." Ele fez uma conta de cabeça. "Ao todo, uns dez mil. Adiantados." Ele complementou, com um sorriso: "E nada de perguntas".

Luke ficou boquiaberto com o piloto. "Dez mil! Dá quase pra comprar nossa própria nave com isso."

Solo deu de ombros. "Talvez você consiga, talvez não. De qualquer maneira, você saberia pilotar?"

"Pode apostar que sei", devolveu Luke, levantando-se. "Eu não sou um mau piloto. Eu não..."

Mais uma vez o pulso firme sobre seu braço. "Não temos tanto assim conosco", explicou Kenobi. "Mas podemos lhe pagar dois mil agora, mais quinze mil quando chegarmos a Alderaan."

Solo se inclinou para a frente, desconfiado. "Quinze... Você realmente vai conseguir essa grana toda?"

"Eu prometo – do próprio governo de Alderaan. Na pior das hipóteses, você terá ganhado um valor honesto: dois mil."

Mas Solo não pareceu ouvir a última parte. "Dezessete mil... está bem, eu me arrisco. Vocês conseguiram uma nave. Sobre evitar envolvimentos imperiais, é melhor vocês se mandarem daqui ou nem a Millennium Falcon poderá ajudá-los." Ele acenou em direção à entrada da cantina e completou prontamente: "Hangar noventa e quatro, ao nascer do dia".

Quatro troopers imperiais. Seus olhos vasculharam a mesa, a cabine, o balcão, mal entraram na cantina. Houve um burburinho por parte da multidão, mas assim que um dos patrulheiros altamente armados começou a procurar os resmungões o ambiente entrou num silêncio sepulcral.

Aproximando-se do balcão, o oficial no comando fez ao barman um par de perguntas simples. O grandalhão hesitou por um momento e então apontou para um canto perto dos fundos do salão. E, ao fazer isso, seus olhos se arregalaram. Os do oficial não eram visíveis.

A cabine para o qual ele apontara estava vazia.

VII

Luke e Ben escondiam R2-D2 no banco de trás do speeder enquanto C-3PO vigiava possíveis patrulheiros adicionais.

"Se a nave de Solo for tão rápida quanto seu ego, tudo dará certo", o velho observou, satisfeito.

"Certo, mas dois mil – e outros quinze quando chegarmos a Alderaan!"

"Não são os quinze mil que me preocupam; são os dois primeiros", explicou Kenobi. "Temo que você precise vender seu speeder."

Luke deixou seus olhos passearem por todo o landspeeder, mas ele não encontrou mais a emoção que o veículo já lhe despertara – ela se foi com outras coisas que não valiam a pena pensar no momento.

"Está bem", ele assegurou a Kenobi, com indiferença. "Não acho que vá precisar dele novamente."

Do vantajoso ponto de vista em outra cabine, Solo e Chewbacca assistiram aos imperiais vasculharem o bar. Dois deles encararam o correlliano por um bom tempo. Chewbacca rosnou e os dois soldados voltaram a se mexer.

Solo sorriu ironicamente, voltando-se para seu parceiro. "Chewie, esse frete pode salvar nosso pescoço. Dezessete mil!" Ele sacudiu a cabeça, entusiasmado. "Esses dois devem estar mesmo desesperados. Eu só imagino por que estão sendo procurados. Mas eu concordo, sem perguntas. Eles estão pagando o bastante por isso. Vamos nessa – a Falcon não vai se arrumar sozinha."

"De partida, Solo?"

O corelliano não identificou a voz, que saiu daquele jeito através de um tradutor eletrônico. Mas era impossível não reconhecer o autor da frase e a arma que ele mantinha encostada nas costelas de Solo.

A criatura era mais ou menos da altura de um humano, bípede, mas sua cabeça era algo saído de um delírio causado por um estômago irritado. Tinha olhos enormes e entediados, como bulbos num rosto verde-ervilha. Uma cordilheira de pequenos espinhos coroava seu crânio, enquanto as narinas e a boca se assemelhavam ao focinho de uma anta.

"Pra falar a verdade", Solo respondeu devagar, "eu estava justamente indo encontrar o seu patrão. Pode dizer ao Jabba que consegui o dinheiro que devia."

"Foi o que você disse ontem – e na semana passada – e na semana antes dessa. É tarde demais, Solo. Eu não vou voltar para Jabba com outra de suas historinhas."

"Mas eu realmente consegui o dinheiro desta vez!", protestou Solo.

"Ótimo. Entregue para mim, por favor."

Solo sentou-se devagar. Os asseclas de Jabba eram conhecidos pelo nervosismo dos seus dedos nos gatilhos. O alienígena sentou-se em frente a ele, o bocal da pequena e feiosa pistola nunca se afastando do tórax de Solo.

"Eu não estou com a grana aqui. Diz pro Jabba..."

"Tarde demais, eu acho. Jabba prefere ficar com a sua nave."

"Sobre o meu cadáver", Solo respondeu, áspero.

O alienígena não se impressionou. "Já que insiste. Você vai comigo até lá fora ou eu devo terminar meu trabalho aqui mesmo?"

"Eu não acho que eles vão gostar de novas mortes por aqui", Solo comentou.

Algo que poderia ter sido uma risada veio do tradutor da criatura. "Eles nem notariam. Levante-se, Solo. Eu esperei muito tempo por este momento. Você me envergonhou na frente de Jabba com suas desculpas esfarrapadas pela última vez."

"Acho que você está certo."

Luz e som tomaram conta do pequeno canto do bar e quando eles sumiram tudo o que restou do oleoso alienígena foi uma poça fumegante e pegajosa sobre o chão de pedra.

Solo tirou a mão e a pistola fumegante que estava segurando debaixo da mesa, atraindo olhares assombrados de vários clientes da cantina e sons de aprovação dos mais bem informados. Eles sabiam que a criatura cometera um erro fatal ao dar a Solo a chance de esconder suas mãos.

"Vai precisar de muito mais da sua espécie pra me liquidar. Jabba, o hutt, sempre foi um pão-duro na hora de contratar mão de obra."

Deixando a cabine, Solo atirou ao barman um punhado de moedas enquanto ele e Chewbacca saíam dali. "Desculpas pela bagunça. Sempre fui um péssimo anfitrião."

Troopers fortemente armados se apressaram pelo beco estreito, encarando de tempos em tempos os sombrios ambulantes que expunham mercadorias exóticas em suas pequenas barracas imundas. Nas regiões centrais de Mos Eisley as paredes são altas e estreitas, transformando vielas em túneis.

Ninguém olhou com raiva novamente para eles; ninguém gritou impropérios ou disse obscenidades. Essas figuras armadas moviam-se com a autoridade do Império, suas armas eram ostensivamente exibidas e ativadas. À sua volta, homens, não humanos e mecânicos acocoravam-se junto ao lixo. Entre acúmulos de imundície, eles trocavam informações e concluíam negócios de legalidade duvidosa.

Um vento quente gemia pelo corredor e os troopers fecharam sua formação. Ordem e disciplina mascaravam o medo daqueles quarteirões claustrofóbicos.

Um deles parou para inspecionar uma porta, só para descobrir que ela havia sido trancada e blindada. Um humano cambaleante e coberto de areia que estava ali perto fez um discurso um tanto enfurecido ao patrulheiro. Sem dar muita importância, o soldado apenas encarou o enlouquecido humano antes de continuar pelo beco para se encontrar novamente com seus companheiros.

Assim que eles todos se foram, a porta deslizou um pouco para o lado e um rosto metálico espiou pela fresta. Debaixo da perna de C-3PO, um atarracado barril tentava enxergar alguma coisa.

"Eu preferia ir com o mestre Luke a ficar aqui com você. Mas ordens são ordens. Não sei exatamente qual é o problema, mas tenho certeza de que a culpa é sua."

R2 respondeu com uma quase impossibilidade: uma gargalhada bipada.

"Feche essa matraca", advertiu a máquina de maior estatura.

O número de velhos landspeeders e outros transportes no lote empoeirado que ainda eram capazes de se locomover podia ser contado nos dedos de uma só mão. Mas não era com isso que Luke e Ben estavam preocupados enquanto barganhavam com o proprietário, comprido e ligeiramente insetoide. Eles não estavam ali para comprar e sim para vender.

Nenhum dos transeuntes destinou um olhar curioso sequer aos pechinchadores. Transações similares, em que o assunto não importava a mais ninguém a não ser os envolvidos, aconteciam umas quinhentas vezes por dia em Mos Eisley.

Por fim, apelos e ameaças pararam de ser trocados. Como se entregasse frascos com seus próprio sangue, o proprietário finalizou a venda passando um pequeno número de chapas de metal para Luke. Luke e o insetoide despediram-se formalmente e então se separaram, cada um convencido de que tinha se saído melhor na negociação do que a outra parte.

"Ele disse que era o melhor que podia fazer. Desde que lançaram o XP-38, esses aqui não são mais procurados", suspirou Luke.

"Não perca as esperanças", Kenobi o repreendeu. "O que você conseguiu será suficiente. Eu tenho o bastante para cobrir a diferença."

Deixando a rua principal, eles entraram numa viela e passaram por um pequeno robô pastor guiando um grupo de criaturas que se assemelhavam a tamanduás raquíticos. Enquanto viravam a esquina, Luke se esticou para vislumbrar, desolado, seu velho landspeeder – o último elo com sua antiga vida. Já não havia mais tempo para olhar para trás.

Algo pequeno e escuro, que poderia ser humano debaixo de todos aqueles farrapos, deu um passo para fora das sombras enquanto eles se afastavam da esquina. Aquilo continuou a observá-los até eles desaparecerem numa viela.

A entrada do hangar da pequena espaçonave em forma de disco estava completamente cercada por meia dúzia de homens e alienígenas, sendo que estes eram, sem dúvida, os mais grotescos. Um grande tubo ambulante de músculo e sebo coroado com um crânio desalinhado supervisionava com satisfação o semicírculo de assassinos armados. Afastando-se do grupo, ele gritou em direção à nave:

"Apareça, Solo! Você está cercado."

"Se é verdade, então você está olhando pro lado errado", disse uma voz tranquila.

Jabba, o hutt, saltou – por si só uma visão notável. Seus lacaios também se viraram – para ver Han Solo e Chewbacca em pé, atrás deles.

"Viu só, Jabba? Eu estava esperando por você."

"Eu tinha certeza que sim", o hutt admitiu, aliviado e ao mesmo tempo alarmado já que Solo e o grandalhão wookiee estavam desarmados, aparentemente.

"Não sou do tipo que foge", disse Solo.

"Fugir? Fugir do quê?", respondeu Jabba. A ausência de armas visíveis incomodava mais a Jabba do que ele gostaria de admitir a si mesmo. Havia algo estranho ali e seria melhor evitar movimentos precipitados até descobrir o que havia de errado.

"Han, meu garoto, às vezes você me desaponta. Eu só gostaria de saber por que você ainda não me pagou... como deveria, faz tempo. E por que você teve que apagar o pobre Greedo daquela maneira? Depois de tudo o que eu e você passamos juntos."

Solo esboçou um sorriso. "Vai se ferrar, Jabba. Você não carrega sentimentos suficientes no seu corpo para acolher uma bactéria órfã. E quanto a Greedo, você mandou ele me matar."

"Por quê?" Jabba protestou com surpresa. "Por que eu faria isso, Han? Você é o melhor contrabandista do mercado. Você é valioso demais para ser eliminado. Greedo estava apenas transmitindo minha compreensível preocupação com os seis atrasos. Ele não ia matar você."

"Eu acho que ele achava que ia. Da próxima vez, não mande um desses imbecis. Se você tiver algo para me dizer, venha me ver pessoalmente."

Jabba sacudiu a cabeça e sua papada tremeu – ecos preguiçosos e carnudos demonstrando um arrependimento simulado. "Han, Han, se ao menos você não tivesse se livrado daquele carregamento de temperos! Percebe... eu não posso abrir exceções. Onde eu estaria se cada piloto que faz frete para mim jogasse fora sua carga ao primeiro sinal de uma nave imperial? E então simplesmente aparecesse de bolsos vazios quando eu exigisse uma compensação? Não se faz negócio assim. Eu posso ser generoso e clemente – mas não a ponto de pedir falência."

"Quer saber? Mesmo eu sou abordado algumas vezes, Jabba. Você acha que eu joguei aqueles temperos porque enjoei do cheiro? Eu queria entregá-los tanto quanto você queria recebê-los. Mas eu não tive escolha." Novamente aquele sorriso irônico. "Como você diz, eu sou valioso demais para ser eliminado. Mas eu tenho um frete agora e vou poder te pagar. Com juros. Eu só preciso de mais tempo. Posso dar mil de entrada e o restante em três semanas."

O ser asqueroso parecia considerar a proposta, então dirigiu suas palavras seguintes não a Solo, mas a seus capangas. "Abaixem suas armas." Seu olhar e um sorriso predatório se voltaram ao cauteloso corelliano.

"Han, meu garoto, só estou fazendo isso porque você é o melhor e eu ainda vou precisar de você. Então, graças à grandeza da minha alma e ao meu coração piedoso – e pelos juros de, digamos, vinte por cento –, eu lhe concedo um pouco mais de tempo." A voz quase se rachou de constrangimento. "Mas esta é a última vez. Se você me desapontar de novo, se você esmagar minha generosidade com suas galhofas, eu ponho sua cabeça a prêmio, uma recompensa tão grande que você não conseguirá se aproximar de um sistema civilizado pelo resto de sua vida, porque em cada um deles seu nome e seu rosto serão conhecidos por homens que terão prazer em arrancar suas entranhas por um décimo do que eu lhes prometi."

"Fico feliz em ver que ambos queremos o meu bem", Solo respondeu amigavelmente, enquanto ele e Chewbacca passavam pelos olhares dos capangas armados do hutt. "Não se preocupe, Jabba, eu vou te pagar. Mas não por que você me ameaçou. Vou te pagar por que... será um prazer."

"Eles começaram a vasculhar o espaçoporto central", declarou o comandante após correr um pouco e ter que manter o passo acelerado para acompanhar os passos largos de Darth Vader. O Lorde Negro estava absorto em seus pensamentos enquanto atravessava um dos corredores da Estação Bélica, seguido por diversos assessores.

"Os relatórios estão começando a chegar", continuou o comandante. "É apenas uma questão de tempo até encontrarmos esses droides."

"Mande mais homens se for preciso. Não se preocupe com o protesto do governador planetário – eu preciso achar esses droides. A esperança que essas informações sejam usadas contra nós é o pilar da resistência da princesa contra as sondas mentais."

"Eu compreendo, Lorde Vader. Até lá, nós devemos continuar perdendo tempo com os planos inúteis do governador Tarkin para fazê-la falar."

"Aqui está, hangar noventa e quatro", Luke disse a Kenobi e aos robôs que haviam se reunido a eles, "e aquele é o Chewbacca. Ele parece animado."

Realmente, o grande wookiee acenava sobre as cabeças da multidão, e grasnava algo enquanto se dirigia até eles. Aumentando o passo, nenhum dos quatro percebeu a pequena figura de trajes escuros que os seguia desde o lote de transportes usados.

A criatura passou pelo portão e retirou um pequeno transmissor de uma bolsa escondida em uma das muitas dobras de suas vestes. O transmissor parecia ser novo e moderno demais em contraste com seu decrépito proprietário; ainda assim, seu manipulador falava no aparelho com total segurança.

O hangar noventa e quatro, Luke percebeu, não era muito diferente de tantos outros compartimentos espalhados em Mos Eisley que recebiam, por eufemismo, o nome de hangar. Consistia basicamente de uma entrada com rampa e um enorme fosso escavado no chão rochoso. Servia como uma área de proteção para isolar os efeitos do sistema antigravitacional básico que permitia à espaçonave ultrapassar o campo atmosférico do planeta.

A matemática da direção espacial era simples o bastante, até mesmo para Luke. O motor antigravidade operava apenas quando havia atmosfera suficiente para ser empurrada – como naquele planeta –, enquanto o motor para supravelocidades só funcionava quando a nave se encontrava sem gravidade. Daí a necessidade do sistema duplo de motores em qualquer nave interplanetária.

O fosso que formava o hangar noventa e quatro havia sido escavado de qualquer maneira e sua manutenção era precária, como na maioria dos hangares em Mos Eisley. Suas laterais estavam desmoronadas, ao contrário daquelas plataformas perfeitamente projetadas que existiam em mundos mais populosos. Luke sentiu ser aquele um lugar perfeito para a espaçonave a que Chewbacca os estava levando.

A elipse detonada, que mal poderia ser rotulada como uma nave, parecia ter sido colada com fragmentos e componentes descartados como sucata por outras embarcações. Era incrível, meditou Luke, como aquela coisa continuava de pé. Tentar imaginar esse veículo como uma espaçonave decente provavelmente o deixaria num colapso histérico – mas isso era o de menos. Pensar em viajar naquilo até Alderaan era patético.

"Que lata-velha", ele finalmente murmurou, incapaz de esconder seus sentimentos por mais tempo. Eles estavam subindo a rampa em direção à entrada da nave. "Essa coisa não duraria no hiperespaço."

Kenobi não comentou, apenas apontou em direção à entrada, de onde um sujeito vinha encontrá-los.

Ou Solo tinha uma capacidade auditiva superdesenvolvida, ou então ele estava acostumado com a reação que a Millennium Falcon produzia em possíveis passageiros. "Ela pode não parecer grande coisa", confessou, enquanto se aproximava deles, "mas é pau pra toda obra. Eu mesmo fiz umas modificações especiais nela. Além de pilotar, também gosto de funilaria. Ela consegue ultrapassar em ponto-cinco a velocidade da luz."

Luke coçou a cabeça enquanto tentava reavaliar a nave de acordo com as declarações de seu proprietário. Ou o corelliano era o maior mentiroso do universo, ou aquela embarcação tinha os seus segredos. Luke refletiu um pouco mais sobre o conselho que Ben fizera de não confiar em impressões superficiais e decidiu julgar a nave e seu piloto apenas após vê-los em ação.

Chewbacca tinha permanecido atrás deles na entrada do hangar. Ele agora subia correndo a rampa, como um redemoinho cabeludo, e tagarelava sem parar, falando com Solo. O piloto prestou atenção com tranquilidade, acenando de tempos em tempos, e depois bradou uma resposta curta. O wookiee disparou nave adentro, parando apenas para apressar os outros.

"Parece que vamos ter que sair um pouquinho antes do previsto", Solo explicou criptologicamente, "então, se vocês subirem logo, nós poderemos decolar."

Luke estava prestes a fazer umas perguntas, mas Kenobi já o empurrava rampa acima.

Lá dentro, Luke estava ligeiramente chocado ao ver o espaçoso Chewbacca se contorcendo para caber na cadeira de piloto que, apesar das modificações, ainda estava sobrecarregada com aquele volume enorme. O wookiee acionou diversos interruptores com dedos grandes demais para a tarefa. Aquelas patas gigantescas se moviam com surpreendente leveza sobre os controles.

Ouviu-se um ruído baixo vindo de algum lugar dentro da nave, onde os motores foram ativados. Luke e Ben apertaram os cintos em suas poltronas, localizadas na passagem principal.

Fora do hangar, um focinho comprido se projetava para fora das dobras escurecidas de tecido e, em algum lugar, enterrados de cada lado da tromba proeminente, olhos observavam com atenção. Eles se viraram, junto com o resto da cabeça, quando um esquadrão de oito troopers alcançou o lugar. Não foi nenhum espanto o fato de os patrulheiros terem ido diretamente até aquela figura enigmática, que sussurrou algo para o líder dos troopers apontando para o hangar.

A informação deve ter sido tentadora. Deixando suas armas preparadas para disparar, a tropa investiu em massa contra a entrada do hangar.

Um brilho reluzente no metal em movimento atraiu o olhar de Solo no momento que a primeira leva da tropa se fez aparente. Solo pensou que eles não estariam ali para jogar conversa fora. Suas suspeitas foram confirmadas antes que ele pudesse abrir a boca para protestar contra a invasão, já que vários soldados ajoelharam-se e abriram fogo contra ele. Solo voltou agachado para dentro da nave, virando-se para gritar:

"Chewie – escudos defletores, rápido! Tira a gente daqui!"

Um rugido gutural concordou com suas ordens.

Sacando sua pistola, Solo, relativamente protegido pela escotilha, conseguiu acertar algumas rajadas. Vendo que sua presa não estava despreparada nem paralisada, os patrulheiros expostos se abaixaram, procurando abrigo.

O ruído grave do motor se transformou em lamúrias – e então num uivo ensurdecedor quando Solo pressionou o botão de lançamento. A porta da escotilha se fechou num baque.

À medida que os soldados em retirada corriam para a entrada do hangar, o chão começou a tremer. Eles deram de cara com um segundo esquadrão, que acabara de chegar em resposta ao chamado de emergência. Um dos soldados, gesticulando descontroladamente, tentava explicar ao recém-chegado oficial o que acabara de acontecer no hangar.

Assim que o ofegante trooper terminou, o oficial sacou um comunicador compacto e gritou: "Convés aéreo... eles estão tentando escapar! Mande tudo o que você tiver atrás dessa nave".

Por toda Mos Eisley, alarmes começaram a soar, espalhando-se a partir do hangar noventa e quatro em círculos concêntricos de atenção.

Diversos soldados que vasculhavam um beco reagiram ao alarme ouvido na cidade ao mesmo tempo que viram o pequeno cargueiro graciosamente ganhando o céu azul sobre Mos Eisley. A nave foi encolhendo até ficar do tamanho da cabeça de um alfinete, antes que qualquer um deles pensasse em apontar uma arma.

Luke e Ben já soltavam os cintos de aceleração quando Solo passou por eles, em direção à cabine, caminhando tranquilo, com os braços e pernas soltos, a própria imagem de um piloto espacial experiente. Uma vez na cabine, ele não apenas se sentou, mas se jogou sobre a poltrona do piloto e imediatamente começou a checar leituras e medidores. No assento ao lado, Chewbacca rosnava e grunhia como um motor desregulado. Ele parou de estudar seus próprios instrumentos por tempo suficiente para apontar um dedo gigante sobre o monitor do radar.

Solo deu uma rápida espiada, então se virou irritado para o próprio painel. "Eu sei, eu sei... parecem dois, talvez três cruzadores. Alguém certamente odeia nossos passageiros. Parece que pegamos uma batata quente desta vez. Tente mantê-los afastados até eu conseguir terminar a programação do salto para o hiperespaço. Module os defletores para a máxima proteção."

Com essas instruções, ele parou de conversar com o gigantesco wookiee, enquanto suas mãos voavam sobre os terminais de dados do computador. Solo não se virou nem quando uma pequena forma cilíndrica apareceu na porta, atrás dele. R2-D2 emitiu comentários em forma de bipes e depois se mandou.

Os rastreadores traseiros mostravam o maligno olho esverdeado de Tatooine se encolhendo rapidamente. Mas não rápido o suficiente para eliminar os três pontos de luz que indicavam a presença de naves bélicas imperiais.

Ainda que Solo tivesse ignorado R2, ele se virou para verificar a entrada de seus passageiros humanos. "Temos mais duas, vindas de ângulos diferentes", ele lhes disse, escrutinando os impiedosos aparelhos. "Vão tentar nos cercar antes de saltarmos. Cinco naves... O que vocês dois fizeram para atrair esse tipo de companhia?"

"Você não consegue ultrapassá-los?", Luke perguntou sarcasticamente, ignorando a pergunta do piloto. "Pensei ter escutado você dizer que esta coisa aqui era rápida."

"Cala a boca, garoto, ou você vai ter que voltar pra casa flutuando. São muitos deles, pra início de conversa. Mas estaremos a salvo assim que conseguirmos saltar para o hiperespaço." Ele sorriu intencionalmente. "Ninguém consegue rastrear com precisão uma nave acima da velocidade da luz. Além disso, eu conheço uns truques para despistar quem ficar na nossa cola. Vocês podiam ter me contado que eram tão populares."

"Por quê?", Luke perguntou em desafio. "Para você nos recusar?"

"Não necessariamente", o corelliano respondeu, dispensando morder a isca. "Mas com certeza o preço da passagem seria outro."

Luke tinha uma resposta na ponta da língua. Mas ela sumiu quando ele ergueu os braços para se proteger de um clarão avermelhado que deu ao espaço escuro do lado de fora da escotilha o aspecto temporário da superfície de um sol. Kenobi, Solo e mesmo Chewbacca fizeram o mesmo, já que a proximidade da explosão por pouco não destruiu a blindagem fototrópica.

"Agora é que a situação fica interessante", murmurou Solo.

"Quanto tempo até o salto?", Kenobi quis saber, aparentemente sem duvidar em momento algum que eles conseguiriam escapar.

"Ainda estamos dentro da influência gravitacional de Tatooine", foi a resposta fria. "Vai levar alguns minutos antes que o navegador computadorizado possa compensar e efetuar um salto preciso. Eu poderia contornar suas decisões, mas o hipermotor provavelmente se desintegraria sozinho. Isso me deixaria conduzindo uma grande quantidade de sucata metálica, além de vocês quatro."

"Alguns minutos", Luke deixou escapar, olhando os monitores. "Na velocidade que eles estão se aproximando..."

"Viajar pelo hiperespaço não é como fazer a colheita, rapaz. Você já tentou calcular um salto no hiperespaço?" Luke teve que sacudir a cabeça. "Não é uma tarefa qualquer. Imagina se a gente se apressa e acaba passando através de uma estrela ou outro amigável fenômeno espacial, como um buraco negro? Isso seria o fim da nossa viagem."

Novas explosões continuaram a iluminar a nave, apesar do esforço de Chewbacca em escapar delas. No monitor de Solo, uma luz vermelha de alerta começou a piscar, exigindo atenção.

"O que foi isso?", perguntou Luke, assustado.

"Perdemos um escudo defletor", Solo informou, com a expressão de um homem prestes a ter um dente extraído. "Melhor ir lá pra trás e apertar os cintos. Estamos quase prontos pra fazer o salto. A coisa pode ficar feia a qualquer momento."

De volta à área dos passageiros, C-3PO já se encontrava apertado em seu assento por braços metálicos mais resistentes do que qualquer cinto de aceleração. R2 se balançava para a frente e para trás, ainda em estado de choque devido aos raios de energia cada vez mais poderosos que atingiam os defletores da nave.

"Esta viagem era realmente necessária?", murmurou em desespero o robô mais alto. "Eu tinha esquecido o quanto odeio viagens espaciais." Ele se calou quando Luke e Ben apareceram e apertaram os cintos de seus assentos.

Estranhamente, Luke pensava em um cachorro que ele teve, quando algo imensamente poderoso atingiu o casco da nave com a força de um anjo caído.

• • •

O almirante Motti entrou na silenciosa sala de reuniões, seu rosto marcado pelas luzes lineares das paredes. Seu olhar foi até o local onde o governador Tarkin examinava um monitor curvo, e ele fez um rápido aceno. Apesar da evidência de uma planeta representado por uma pequena gema esverdeada que aparecera na tela, ele formalmente anunciou: "Entramos no Sistema Alderaan. Aguardamos a sua ordem".

Um sinal da porta e Tarkin fez um gesto falsamente gentil para o almirante. "Espere mais um momento, Motti."

A porta deslizou para o lado e Leia Organa entrou, escoltada por dois guardas armados, seguida por Darth Vader.

"Eu sou...", iniciou Tarkin.

"Sei quem você é", ela cuspiu, "governador Tarkin. Deveria ter imaginado o senhor segurando a coleira de Darth Vader. Achei ter reconhecido seu fedor peculiar quando fui trazida a bordo."

"Absolutamente encantado", Tarkin declarou de uma maneira que sugeria que ele estava tudo menos encantado. "Você não imagina como foi difícil para mim assinar sua ordem de execução." Sua expressão mudou para o escárnio. "Claro, se você tivesse cooperado em nossa diligência, as coisas poderiam ter sido diferentes. Lorde Vader me informou sobre a sua resistência aos nossos métodos tradicionais de investigação..."

"Tortura, você quis dizer", ela respondeu, com um trêmulo gracejo.

"Não vamos discutir semântica", sorriu Tarkin.

"Estou surpresa por você ter tido a coragem de assumir a responsabilidade pessoalmente."

Tarkin suspirou, relutante. "Sou um homem dedicado e os prazeres a que me reservo são poucos. Um deles é que, antes de sua execução, devo convidá-la para uma pequena cerimônia. Ela irá atestar o status operacional desta Estação Bélica e, ao mesmo tempo, inaugurar uma nova era da supremacia técnica imperial. Nossa estação é o elo final da nova corrente que une milhões de sistemas do Império Galáctico de uma vez por todas. Sua mísera Aliança não representará mais uma preocupação. Depois da demonstração de hoje, ninguém ousará se opor a um decreto imperial, nem mesmo o Senado."

Organa olhou para ele com desprezo. "Força não manterá o Império unido. Força nunca manteve nada unido por muito tempo. Quanto mais você apertar o pulso, mais sistemas escorrerão pelos seus dedos. Você é um tolo, governador. Homens tolos geralmente se engasgam em suas próprias ilusões."

Tarkin sorriu um sorriso com a cara da morte, seu rosto uma caveira carcomida. "Será interessante ver qual o método que Lorde Vader tem em mente para você. Estou certo que estará à sua altura – e à dele."

"Mas, antes de você nos deixar, devemos demonstrar o poder desta estação de uma vez por todas, sem discussões. De certa maneira, você determinou a escolha do alvo da nossa demonstração. Já que se mostrou relutante em nos fornecer a localização do esconderijo rebelde, eu considerei que seria apropriado selecionarmos como alvo alternativo o seu planeta natal, Alderaan."

"Não! Você não pode! Alderaan é um mundo pacífico, não tem forças armadas. Você não pode..."

Os olhos de Tarkin brilharam. "Você prefere outro alvo? Um alvo militar, talvez? Podemos chegar a um acordo... diga o nome do sistema." Ele intencionalmente demonstrou sua indiferença. "Estou cansado de seus artifícios. Pela última vez, onde fica a principal base rebelde?"

Uma voz anunciou por um alto-falante escondido que eles se aproximavam do campo antigravitacional de Alderaan – mais ou menos seis diâmetros planetários. Isso foi o suficiente para obter tudo aquilo que os instrumentos infernais de Vader não conseguiram.

"Dantooine", ela sussurrou, olhando para o chão. Sua presunção e sua atitude desafiadora desapareceram por completo. "Eles estão em Dantooine."

Tarkin deixou escapar um grande suspiro, como prova de satisfação, e então se virou para o sujeito de preto ao seu lado. "Está vendo, Lorde Vader? Ela sabe ser razoável. Só é preciso elaborar corretamente a pergunta para extrair a resposta desejada." Ele dirigiu sua atenção aos outros oficiais. "Depois que concluirmos nosso pequeno teste aqui, devemos nos apressar para chegar em Dantooine. Podem proceder com a operação, cavalheiros."

Levou alguns segundos para que as palavras de Tarkin, pronunciadas tão casualmente, fizessem sentido. "*O quê?*", soltou Organa, por fim.

"Dantooine", explicou Tarkin, examinando seus dedos, "é distante demais dos centros povoados do Império para servir de demonstração. Você precisa entender que para espalhar rapidamente os relatos do nosso poder de fogo pelo Império precisamos de um mundo com uma localização mais central. Mas não tema. Nós iremos lidar com os seus amigos rebeldes o mais rápido possível."

"Mas você disse...", Organa começou a protestar.

"As únicas palavras que importam são as últimas a serem ditas", Tarkin a interrompeu. "Nós prosseguiremos com a destruição de Alderaan como planejado. Aí, então, você terá o prazer de assistir conosco à obliteração dessa rebelião inútil do centro de Dantooine."

Ele acenou para os dois soldados que a escoltavam. "Levem-na até o nível de observação principal e" – ele sorriu – "assegurem-se para que a visão dela não seja obstruída."

VIII

Solo estava ocupado checando as leituras dos medidores no painel. De vez em quando, ele passava uma pequena caixa sobre vários sensores, estudava os resultados e gargalhava com prazer.

"Pode parar de se preocupar com seus amigos imperiais", ele disse a Luke e a Ben. "Não conseguirão mais nos encontrar. Exatamente como eu disse."

Kenobi poderia ter respondido com um breve aceno, mas estava ocupado explicando algo a Luke.

"Não me agradeçam todos de uma vez", resmungou Solo, um tanto ofendido. "De qualquer forma, o computador calcula nossa chegada à órbita de Alderaan em zero-dois-zero-zero. Receio que, depois desta pequena aventura, eu precise forjar um novo registro."

Ele retornou à sua inspeção, passando em frente a uma pequena mesa circular. O topo estava coberto com pequenos quadrados iluminados por baixo e havia um monitor de computador de cada lado da mesa. Diversos quadrados projetavam pequenas figuras tridimensionais sobre o tampo.

Chewbacca parecia um corcunda, arqueado sobre um dos lados da mesa, seu queixo apoiado sobre mãos gigantescas. Seus grandes olhos brilhando, seus bigodes enrolados para cima – ele dava todos os sinais de estar se divertindo.

Pelo menos até R2-D2 alcançar seu monitor com uma garra metálica. Uma das figuras atravessou o tabuleiro até um quadrado próximo, parando ali mesmo.

Uma expressão de surpresa, depois de ódio, se formou no rosto do wookiee enquanto ele estudava a nova configuração. Espiando todos os cantos da mesa, ele deixou escapar uma correnteza de urros sobre a máquina inofensiva. R2 só podia responder na forma de bipes, mas C-3PO logo intercedeu em favor de seu companheiro menos eloquente e começou a discutir com o brutamontes antropoide.

"Ele executou um movimento válido. Berrar não ajudará em nada."

Atraído pela comoção, Solo olhou por cima dos ombros, franzindo um pouco o rosto. "Deixe ele reclamar. Afinal, seu amigo está ganhando. Mas não é uma boa ideia irritar um wookiee."

"Eu entendo sua opinião, senhor", C-3PO respondeu, "mas há um princípio em jogo. Existem certas regras que qualquer criatura sensível precisa seguir. Se alguém faz concessões por qualquer motivo, incluindo a intimidação, então esse alguém está abolindo seu direito de ser chamado de inteligente."

"Espero que se lembre disso", Solo advertiu, "quando Chewbacca estiver arrancando os seus braços, e os do seu amiguinho também."

"Entretanto", C-3PO continuou sem perder o ritmo, "ser ganancioso ou tirar vantagem de alguém numa posição inferior é um claro sinal de um mal esportista."

O comentário arrancou um bipe ultrajado de R2 e logo os dois robôs estavam engajados numa violenta discussão eletrônica, enquanto Chewbacca continuou rosnando para ambos, em turnos, acenando ocasionalmente para eles através das peças translúcidas que esperavam pacientemente sobre o tabuleiro.

Alheio à confusão, Luke permanecia paralisado no meio da nave. Ele segurava seu sabre de luz, ativado, sobre a cabeça. Um ruído grave veio do velho instrumento quando Luke atacou e defendeu sob o olhar professoral de Ben Kenobi. Como Han Solo expiava de tempos em tempos os estranhos movimentos de Luke, seus feitos insuficientes eram polvilhados de presunção.

"Não, Luke, seus ataques devem ser fluidos, não tão automáticos", instruiu Kenobi. "Lembre-se, a Força é onipresente. Ela o envolve ao mesmo tempo que é irradiada por você. Um guerreiro Jedi sente a Força como se pudesse tocá-la de verdade."

"É um campo de energia, então?", perguntou Luke.

"É um campo de energia e é algo mais", continuou Kenobi, de forma quase mística. "Uma aura que ao mesmo tempo controla e obedece. Ela é o vazio que consegue produzir milagres." Ele parecia pensativo por um momento.

"Nem mesmo os cientistas Jedi foram capazes de definir a Força com precisão. Possivelmente, ninguém será. Às vezes, existe tanta magia quanto ciência nas explicações sobre a Força. Mas também, o que é um mago se não um teórico posto à prova? Pronto, vamos tentar de novo."

O velho estava avaliando o peso de um globo prateado, mais ou menos do tamanho do pulso de um homem. Ele estava coberto de antenas, algumas delicadas como as de uma mariposa. Ele a jogou na direção de Luke e ficou observando a esfera flutuar a uns poucos metros do rosto do garoto.

Luke se preparou enquanto a bola o circulava lentamente, até encontrá-la de volta numa nova posição. Abruptamente, ela executou uma estocada relâmpago, parando a cerca de um metro de distância. Luke não sucumbiu diante da finta e a esfera logo se afastou.

Mexendo-se devagar para o lado, na tentativa de se esquivar dos sensores frontais da esfera, Luke puxou o sabre de volta, preparando um golpe. Ao fazer o movimento, a esfera foi mais rápida e alcançou as *suas* costas. Um feixe de luz vermelha saltou de uma das antenas e acertou Luke na parte de trás da coxa, derrubando o rapaz no chão bem na hora que ele tentava manobrar seu sabre – tarde demais.

Esfregando o machucado que formigava em sua perna dormente, Luke tentou ignorar o acesso de riso que Solo não conseguiu controlar. "Religiões esotéricas e armas arcaicas não são páreo para uma boa arma de raios", zombou o piloto.

"Você não acredita na Força?", perguntou Luke, se esforçando para se levantar. O efeito de dormência do raio passou rápido.

"Eu estive em todos os cantos desta galáxia", o piloto se vangloriou, "e vi muitas coisas estranhas – o suficiente para saber que não pode existir essa tal de 'Força'. O bastante para não acreditar que possa existir alguma coisa controlando nossas ações. *Eu* faço meu destino – e não um campo de energia meio místico." Ele apontou para Kenobi. "Eu não o seguiria tão cegamente, se fosse você. Ele é um homem esperto, cheio de truques baratos e trapaças. Ele pode usar você para seus próprio proveito."

Kenobi apenas sorriu gentilmente, então se virou para encarar Luke. "Sugiro que você tente de novo", disse suavemente. "Tente separar suas ações do seu controle consciente. Não tente focar em nada concreto, visual ou mentalmente. Você precisa deixar a mente fluir, fluir; só aí conseguirá fazer uso da Força. Você precisa entrar num estado que lhe permita agir de acordo com o que sente e não de acordo com pensamentos premeditados. Você precisa parar de cogitar – relaxe, pare de pensar... permita-se ficar livre... livre..."

A voz do ancião se tornou um zumbido entorpecente. Quando ele terminou, o bulbo de cromo disparou contra Luke. Tonto pelo tom hipnótico, Luke não percebeu o ataque. Ele certamente não conseguia enxergar muito claramente. Mas quando a bola se aproximou, ele girou com uma velocidade surpreendente, o sabre desenhando um arco ascendente, de uma maneira bem peculiar. O raio vermelho que o globo emitiu foi tranquilamente desviado para o lado. Seu ruído constante cessou, e a bola quicou no chão, sem vontade própria.

Piscando como se acordasse de uma soneca, Luke encarou a máquina inerte com total perplexidade.

"Viu só? Você consegue", disse Kenobi. "Existem limites para qualquer coisa que possa ser ensinada. Você precisa aprender a aceitar a Força quando quiser, para então aprender a controlá-la conscientemente."

Afastando-se, Kenobi pegou um grande capacete atrás de um armário e voltou até Luke. Então enterrou o capacete sobre a cabeça dele, de maneira a bloquear totalmente a visão do rapaz.

"Não vejo nada", murmurou Luke, girando o corpo e obrigando Kenobi a sair do alcance de seu sabre perigosamente oscilante. "Como vou conseguir lutar?"

"Com a Força", o velho Ben explicou. "Você não 'viu' de verdade o projétil quando ele tentou atingir suas pernas da última vez, mas mesmo assim desviou seu raio. Tente deixar aquela sensação fluir dentro de você novamente."

"*Não* consigo", reclamou Luke. "Vai me acertar de novo."

"Permita-se confiar em *você mesmo*", insistiu Kenobi, ainda sem soar muito convincente para Luke. "É a única maneira de ter certeza de que você está contando apenas com a Força."

Notando que o cético corelliano se virara para assistir, Kenobi hesitou momentaneamente. Não faria bem a Luke ouvir a gargalhada confiante do piloto cada vez que ele cometesse um erro. Mas mimar o jovem também não, e eles estavam correndo contra o tempo. Era preciso atirá-lo no abismo, na esperança de que ele conseguisse voar. Ben o instruiu com firmeza.

Agachando-se para pegar o globo cromado, ele acionou um controle lateral. Então, lançou o aparelho para cima, que descreveu um arco em direção a Luke. Freando no meio do caminho, a bola despencou como uma pedra rumo ao chão. Luke girou o sabre para acertá-la. Mesmo sendo uma tentativa louvável, não foi suficientemente rápida. Outra vez, a pequena antena brilhou. Dessa vez, a agulha escarlate acertou Luke bem no fundo de suas calças. Não foi um golpe devastador, mas Luke se sentiu devastado; e ele gritou de dor enquanto girava, tentando acertar seu algoz invisível.

"Relaxe!", o velho Ben ordenou. "Liberte-se. Você está tentando usar seus olhos e ouvidos. Pare de premeditar e use o restante de sua mente."

Assim, o jovem parou, gingando suavemente. O perseguidor continuava atrás dele. Mudando de direção, novamente, ele mergulhou e atirou.

No mesmo instante, o sabre de luz girou livremente, tão preciso como estranho em seu movimento, e desviou o tiro. Dessa vez, a bola não caiu imóvel no chão. Ela se afastou uns três metros e permaneceu lá, flutuando.

Ciente de que o zumbido do robô não incomodava mais seus ouvidos, um cauteloso Luke deu uma vacilante espiada. Suor e cansaço competiam pelo espaço no seu rosto.

"Consegui...?"

"Eu disse que você conseguiria", Kenobi o informou com gosto. "Assim que começar a confiar no seu eu interior nada poderá detê-lo. Eu disse que você tinha muito do seu pai."

"Eu chamo isso de sorte", Solo resmungou enquanto concluía a leitura dos aparelhos.

"Minha experiência me diz que não existe essa história de sorte, meu jovem amigo – apenas um enorme conjunto de atitudes favoráveis que fazem os acontecimentos penderem para o nosso lado."

"Chame como quiser", o corelliano bufou com indiferença, "mas vencer uma máquina é uma coisa. Vencer uma ameaça de carne e osso é outra."

Enquanto Han falava, uma luz sinalizadora se acendeu no canto oposto. Chewbacca percebeu o alarme e chamou por ele.

Solo espiou o painel e então informou os passageiros: "Estamos chegando em Alderaan. Vamos reduzir os propulsores e em breve voltaremos a viajar abaixo da velocidade da luz. Vamos, Chewie".

Deixando a mesa de jogo, o wookiee seguiu seu parceiro em direção à cabine. Luke viu quando saíram, mas sua mente não se encontrava na iminente chegada à Alderaan. Algo queimava dentro de dele, algo que parecia germinar e amadurecer em sua cabeça à medida que ele tentava lidar com a ideia.

"Sabe", ele murmurou, "eu senti mesmo alguma coisa. Eu quase pude 'ver' a silhueta do robô." Ele apontou para o aparelho flutuante atrás dele.

A voz de Kenobi saiu solene ao respondê-lo: "Luke, você deu o primeiro passo rumo a um universo gigantesco".

Dezenas de instrumentos ruidosos davam à cabine dos pilotos do cargueiro um ar de colmeia. Solo e Chewbacca observavam fixamente o mais vital desses instrumentos.

"Pronto... Prepare-se, Chewie." Solo ajustou diversos compensadores manuais. "Pronto para sair do hiperespaço... pronto... Chewie, reduzir!"

O wookiee girou algo no console à sua frente. Ao mesmo tempo, Solo puxou uma alavanca comparativamente maior. Imediatamente, os longos feixes de luz estelar distorcidos pelo efeito doppler diminuíram até o tamanho de hífens, depois o de tradicionais pontos de fogo. Um indicador no console indicava zero.

Pedaços gigantescos de pedra brilhante apareceram do nada, por pouco rompendo a barreira dos escudos da nave. O fluxo estremeceu a Millennium Falcon violentamente.

"Mas o quê...?" Solo murmurou completamente perplexo. Do seu lado, Chewbacca não ofereceu nenhum comentário e continuou desligando chaves de diversos controles e ativando outros. Graças apenas ao fato de o cauteloso Solo sempre emergir do hiperespaço com seus escudos de energia ligados – no caso de um dos seus muitos inimigos estar esperando por ele –, o cargueiro conseguiu se salvar da destruição instantânea.

Luke batalhou para manter o equilíbrio enquanto se dirigia à cabine do piloto. "O que houve?"

"Voltamos ao espaço normal", informou Solo, "mas saímos no meio da pior tempestade de asteroides que eu já vi. Não aparece em nenhum dos nossos mapas." Ele verificou atentamente diversos indicadores. "Segundo nosso atlas galáctico, estamos na posição correta. Só está faltando uma coisa: Alderaan."

"Faltando? Mas – isso não faz sentido!"

"Não vou discordar de você", respondeu o corelliano, inflexível, "mas tome cuidado." Ele apontou para a escotilha. "Eu chequei três vezes as coordenadas e não há nada de errado com o computador. Deveríamos estar às margens do perímetro de Alderaan. O brilho do planeta deveria estar iluminando a cabine, mas... não há nada lá. Nada além de detritos." Ele fez uma pausa. "A julgar pelo nível de energia lá fora, e pela quantidade de resíduos sólidos, eu diria que Alderaan... explodiu. Completamente."

"Destruído", Luke sussurrou, assombrado com o espectro sugerido por um desastre impensável. "Mas... como?"

"O Império", declarou uma voz com firmeza. Ben Kenobi fora atrás de Luke e sua atenção estava no vazio à frente, assim como no significado por trás daquilo.

"Não." Solo balançava a cabeça lentamente. De sua própria maneira, mesmo ele estava abismado com a enormidade sugerida pelo ancião. Que uma empreitada humana pudesse ser responsável por aniquilar uma população inteira, um planeta inteiro...

"Não... nem a Frota Imperial inteira seria capaz. Seriam necessárias umas mil naves armadas com um poder de fogo maior do que jamais se viu."

"Será que não devemos sair daqui", murmurou Luke, tentando ver além das bordas da escotilha. "Se foi mesmo o Império..."

"Não sei o que aconteceu aqui", Solo praguejou, furioso, "mas vou dizer uma coisa. O Império não..."

Alarmes abafados começaram a zunir a todo volume, acompanhados de luzes que piscavam em sincronia no painel de controle. Solo se virou para os aparelhos em questão.

"Outra nave", ele anunciou. "Ainda não consegui identificar de que tipo."

"Um sobrevivente, talvez – alguém que pode saber o que aconteceu", Luke propôs com otimismo.

As palavras seguintes de Ben Kenobi despedaçaram mais do que esse otimismo. "É um caça imperial."

Chewbacca vociferou. Uma gigantesca flor de destruição desabrochou do outro lado da escotilha, empurrando o cargueiro com violência. Uma pequena bola de asa dupla passou correndo pela janela da cabine.

"Fomos seguidos!", gritou Luke.

"Desde Tatooine? Não pode ser", opôs-se um descrente Solo. "Não no hiperespaço."

Kenobi estudava a configuração no monitor de rastreamento. "Você está certo, Solo. É um caça estelar TIE, de curto alcance."

"Mas de onde ele veio?", o corelliano quis saber. "Não existem bases imperiais aqui perto. Esse não foi o trabalho de um caça."

"Você o viu passar."

"Eu sei. Parecia um TIE – mas e quanto à base?"

"Ele está fugindo em grande velocidade", comentou Luke, estudando o monitor. "Não interessa pra onde ele está indo, se ele nos identificar teremos muitos problemas."

"Não se eu puder evitar", declarou Solo. "Chewie, vamos calar a boca desse cara. Atrás dele."

"É melhor deixá-lo pra lá", propôs Kenobi, pensativo. "Ele já está quase fora de alcance."

"Não por muito tempo."

Vários minutos se passaram durante os quais a cabine permaneceu em tenso silêncio. Todos os olhos estavam voltados para o monitor de rastreamento e para a escotilha.

A princípio, o caça imperial tentou um rota de fuga complexa, sem sucesso. O cargueiro surpreendentemente manobrável permaneceu colado em sua traseira, vencendo aos poucos a distância entre eles. Vendo que não conseguiria despistar seus perseguidores, o piloto do caça obviamente acelerou até não poder mais.

Mais à frente, uma estrela entre uma multidão delas se tornou mais brilhante. Luke franziu o rosto. Eles estavam voando rápido, mas nem de perto na velocidade necessária para fazer qualquer corpo celestial brilhar daquela maneira. Algo ali não fazia sentido.

"É impossível para um caça tão pequeno chegar na imensidão do espaço sozinho", observou Solo.

"Deve ter se perdido, fazia parte de um comboio ou algo assim", Luke teorizou.

O comentário de Solo foi animador. "Bem, ele não vai ficar aqui por muito tempo para nos dedurar. Nós o alcançaremos em um ou dois minutos."

A estrela à frente continuou a clarear. Seu brilho evidentemente vinha de dentro. Ela ganhava uma silhueta circular.

"Ele está se dirigindo para aquela lua", murmurou Luke.

"O Império deve ter um posto avançado ali", admitiu Solo. "Ainda que, de acordo com o atlas, Alderaan não tivesse luas." Ele deu de ombros. "Topografia galáctica nunca foi o meu forte. Só me interesso em mundos e luas que abriguem clientes. Mas eu acho que consigo pegá-lo antes de chegar lá; ele já está quase ao nosso alcance."

Estavam cada vez mais próximos. Crateras e montanhas tornavam-se gradualmente visíveis, ainda que houvesse algo terrivelmente estranho sobre elas. As crateras eram muito regulares em seu formato, e as montanhas não eram muito elevadas, com improváveis cânions e vales retos e regulares. Nada tão inconstante como a ação vulcânica poderia ter formado aqueles traços.

"Isso não é uma lua", Kenobi suspirou calmamente. "É uma estação espacial."

"É grande demais pra ser uma estação espacial", discordou Solo. "Olha só o tamanho! Não pode ser artificial – não pode!"

"Estou com um terrível pressentimento", foi o comentário de Luke.

Então, o geralmente tão calmo Kenobi se pôs a berrar. "Vire a nave! Vamos dar o fora daqui!"

"Sim, eu acho que você tem razão, velhote. Reversão total, Chewie."

O wookiee começou a ajustar os controles e o cargueiro deu a impressão de frear, desenhando um arco numa curva bem aberta. O pequeno caça saltou instantaneamente em direção à monstruosa estação até ser engolido por seu volume arrasador.

Chewbacca grunhiu algo para Solo, enquanto a nave era sacudida e arrastada por forças invisíveis.

"Ativar força auxiliar!", ordenou Solo.

Os monitores começaram a protestar e, um a um, todos os equipamentos no painel de controle enlouqueceram em sequência. Por mais que tentasse, Solo não conseguia impedir a superfície da gigantesca estação de se aproximar, se aproximar – até cobrir todo o céu sobre eles.

Luke vislumbrou com pavor instalações secundárias grandes como montanhas e uma antena parabólica maior do que a cidade de Mos Eisley. "Por que ainda estamos indo pra lá?"

"Tarde demais", sussurrou Kenobi. Uma espiada de Solo confirmou suas preocupações.

"Estamos sendo puxados por um raio trator – o mais forte que eu já vi. Está nos arrastando", murmurou o piloto.

"Não podemos fazer nada?", perguntou Luke, sentindo-se inacreditavelmente desamparado.

Solo estudou os sensores sobrecarregados e sacudiu a cabeça. "Não contra esse tipo de força. Estou a pleno vapor aqui, garoto, e não consigo alterar uma fração sequer do nosso curso. É inútil. Se eu não desligar, os motores vão derreter. Mas se pensam que vão me aspirar feito pó eles que se preparem!"

Ele se levantou do assento do piloto, mas foi contido por uma mão envelhecida, porém poderosa, sobre seu ombro. Uma expressão preocupada figurava no rosto do ancião – mas também uma sugestão de algo um tanto menos fúnebre.

"Quando não se pode vencer uma batalha – bem, meu rapaz, sempre existem alternativas à batalha..."

O tamanho real da Estação Bélica se tornava aparente à medida que o cargueiro era puxado mais e mais para perto. Cercando o equador da estação, havia uma cordilheira artificial de montanhas metálicas, plataformas de embarque que se estendiam por aproximadamente dois quilômetros acima da superfície.

Sendo agora pouco mais do que um minúsculo grão contra o gigantesco volume cinzento da estação, a Millennium Falcon era sugada em direção a uma dessas pseudocápsulas de aço para finalmente ser tragada por ela. Um lago de metal fechava a entrada e o cargueiro desapareceu como se nunca tivesse existido.

Vader vislumbrava o conglomerado desorganizado de estrelas presentes no mapa da sala de conferências enquanto Tarkin e o almirante Motti confabulavam ali perto. Curiosamente, o uso inaugural da máquina de destruição mais poderosa jamais construída praticamente não alterou em nada o mapa, no qual ela mesma representava apenas uma fração minúscula dessa seção de uma galáxia de tamanho modesto.

Seria necessário ampliar uma micropartícula desse mapa para revelar uma sutil redução de massa espacial, causada pelo desaparecimento de Alderaan. Alderaan, com suas inúmeras cidades, fazendas, fábricas e vilas – e traidores, Vader fez questão de lembrar.

Apesar dos seus avanços e de intrincados métodos tecnológicos de destruição, as ações da humanidade permaneciam imperceptíveis para um indiferente universo de tamanho incomensurável. Se os planos mais audaciosos de Vader se concretizassem, isso mudaria.

Ele estava ciente de que apesar da inteligência e do poderio daqueles homens que continuavam tagarelando às suas costas, eles jamais alcançariam as vastidões e os mistérios do universo. Tarkin e Motti eram talentosos e ambiciosos, mas só viam as coisas a partir da insignificância da escala humana. Era uma pena, pensava Vader, que eles não possuíssem um escopo para igualar suas habilidades.

Ainda assim, nenhum deles era um Lorde Negro. Portanto, não havia por que se esperar muito deles. No momento, os dois eram úteis, e perigosos, mas algum dia, assim como Alderaan, deveriam ser varridos do mapa. Por enquanto, ele não podia se dar ao luxo de ignorá-los. E mesmo que preferisse a companhia de iguais ele precisava admitir relutantemente que, àquela altura, ele *não* tinha iguais.

No entanto, Vader se virou para eles, insinuando-se em sua conversa. "Os sistemas de defesa de Alderaan, apesar dos protestos da senadora, eram tão fortes quanto qualquer outro no Império. Devo concluir que nossa demonstração foi tão impressionante quanto minuciosa."

Tarkin assentiu. "O Senado está sendo informado de nossa ação neste exato momento. Logo estaremos prontos para anunciar o extermínio da própria Aliança, assim que liquidarmos sua mais importante base militar. Agora que sua principal fonte de provisões, Alderaan, foi eliminada, o resto desses sistemas com inclinações separatistas entrará na linha o mais rápido possível, vocês verão."

Tarkin se virou para atender um oficial imperial que entrara na câmara. "Sim, o que é, Cass?"

O desafortunado oficial tinha a expressão de um camundongo escolhido para colocar o guizo no pescoço do gato. "Governador, os batedores avançados alcançaram e circum-navegaram Dantooine. Eles encontraram os indícios de uma base rebelde... que estimaram estar abandonada há algum tempo. Anos, possivelmente. Estão procedendo uma busca extensa no restante do sistema."

Tarkin enervou-se, o sangue deixou seu rosto escuro como uma romã. "Ela mentiu! Ela mentiu para nós!"

Ninguém conseguia ver, mas ao que parece Vader sorriu por trás da máscara. "Então estamos quites na primeira troca de 'verdades'. Eu disse que ela jamais trairia a rebelião – a menos que sua confissão pudesse de alguma maneira nos destruir durante o processo."

"Acabe com ela imediatamente!" O governador mal conseguia formar as palavras.

"Acalme-se, Tarkin", aconselhou Vader. "Quer jogar fora nosso único elo com a verdadeira base rebelde, sem mais nem menos? Ela ainda pode ser muito valiosa."

"Argh! Você mesmo acabou de dizer, Vader: não vamos conseguir *nada* com ela. Eu vou achar a fortaleza secreta mesmo que precise destruir cada sistema estelar neste setor. Eu..."

Um breve porém intrusivo sinal o interrompeu.

"Sim, o que é?", ele inquiriu, furioso.

Uma voz informava de um alto-falante escondido: "Senhores, nós capturamos um pequeno cargueiro que entrava nos destroços de Alderaan. Uma rápida checagem mostra indícios de que ela, aparentemente, se trata da mesma nave que escapou da quarentena em Mos Eisley, no Sistema Tatooine, e entrou no hiperespaço antes que o bloqueio imperial conseguisse cercá-la".

Tarkin parecia confuso. "Mos Eisley? Tatooine? Que história é essa? Do que se trata, Vader?"

"Significa, Tarkin, que o último dos nossos problemas em aberto está prestes a ser eliminado. Aparentemente, alguém recebeu as fitas de dados perdidas, aprendeu como transcrevê-las e estava tentando retorná-las. Talvez consigamos facilitar seu encontro com a senadora."

Tarkin começou a dizer algo, hesitou, então acenou em compreensão. "Que conveniente. Eu deixo esse assunto em suas mãos, Vader."

O Lorde Negro curvou-se brevemente, um gesto que Tarkin reconheceu como uma saudação vazia. Ele então se virou e saiu da sala, deixando Motti perplexo sem saber a quem acompanhar.

O cargueiro repousava quieto no hangar da gigantesca plataforma. Trinta soldados imperiais aguardavam a espaçonave na rampa de acesso. Eles ficaram em posição de sentido quando Vader e um comandante chegaram. Vader parou na base da rampa, estudando o veículo, enquanto um oficial e diversos soldados se aproximavam.

"Não responderam aos nossos insistentes sinais, senhor, então nós ativamos a rampa do lado de fora. Não fizemos contato com ninguém a bordo, tanto pelo rádio quanto pessoalmente", reportou o oficial.

"Mande seus homens entrarem", ordenou Vader.

Virando-se, o oficial passou o comando a um suboficial, que bradou as ordens. Um grupo de soldados altamente armados subiu a rampa e entrou pelo compartimento de carga. Eles avançaram com uma cautela apreciável.

Lá dentro, dois homens cobriram um terceiro que avançava. Andando em grupos de três, eles rapidamente se espalharam pela nave. Corredores gemiam sob coturnos de metal e as portas deslizavam lateralmente, de bom grado, sempre que acionadas.

"Vazio", o sargento no comando finalmente declarou, surpreso. "Verifiquem a cabine do piloto."

Diversos troopers foram até lá e abriram o portal, apenas para descobrir a poltrona tão vaga quanto o resto do cargueiro. Os controles foram desativados e todos os sistemas, desligados. Apenas uma luz no painel piscava sem parar. O sargento foi até lá, reconhecendo a origem da luz, e ativou os controles apropriados. Uma impressão surgiu numa tela próxima. Ele a observou atentamente, então se virou para transmitir a informação a seu superior, que esperava na escotilha principal.

Este prestou atenção em tudo com cuidado antes de voltar e chamar Vader e o comandante. "Não há ninguém a bordo; a nave está completamente deserta, senhores. De acordo com o diário de bordo, a tripulação abandonou a nave logo após a decolagem e então programou o piloto automático para Alderaan."

"Possivelmente, uma isca", o comandante ousou pronunciar. "Então eles devem continuar em Tatooine!"

"Possivelmente", admitiu Vader, com relutância.

"Várias cápsulas de fuga foram ejetadas", continuou o oficial.

"Você encontrou algum droide a bordo?", perguntou Vader.

"Não, senhor - nada. Se havia algum, deve ter abandonado a nave junto com a tripulação orgânica."

Vader hesitou antes de responder. Quando o fez, a incerteza em sua voz era evidente. "Isso não faz sentido. Mande uma equipe de rastreamento totalmente equipada a bordo. Eu quero cada centímetro dessa nave verificada. Faça isso o mais rápido possível." Assim, ele se virou e abandonou o hangar, perseguido pelo sentimento enervante de que eles estavam deixando escapar algo de importância vital.

O restante dos soldados reunidos foi dispensado pelo oficial. A bordo do cargueiro, uma última figura solitária cessou de examinar o espaço abaixo dos consoles da cabine e correu para se juntar a seus camaradas. Estava ansioso para cair fora daquela nave fantasma e voltar ao conforto do quartel. Sua pisada forte ecoou pelo cargueiro vazio mais uma vez.

Abaixo, o som abafado do oficial dando suas últimas ordens foi ficando fraco até sumir, deixando o interior no mais completo silêncio. Um leve tremor num pedaço do solo era o único movimento a bordo.

Inesperadamente, o tremor virou uma agitação. Dois painéis de metal saltaram para cima, seguidos por um par de cabeças com os cabelos despenteados. Han Solo e Luke olharam rapidamente em volta e então conseguiram relaxar um pouco quando ficou claro que a nave se encontrava tão vazia como silenciosa.

"Que sorte você ter construído esses compartimentos", comentou Luke.

Solo não estava tão confiante. "Onde você pensa que eu transporto meus contrabandos – no compartimento de carga? Eu admito que nunca esperei contrabandear a mim mesmo." Ele congelou ao ouvir um som repentino, mas era apenas mais um dos painéis deslizando para um lado.

"Isso é ridículo. Não vai funcionar. Mesmo que eu consiga decolar e passar pelo portão fechado" – ele apontou com um polegar para o alto – "nunca conseguiremos passar pelo raio trator."

Outro painel se abriu, revelando o rosto de um velho travesso. "Deixe isso comigo."

"Temia que você dissesse algo assim", murmurou Solo. "Você é um tolo, velhote."

Kenobi sorriu para ele. "O que isso diz a respeito do homem que aceita ser contratado por um tolo?"

Solo murmurou algo bem baixinho, enquanto eles saíam de dentro dos compartimentos. Chewbacca resfolegava enquanto se contorcia bastante para sair dali.

Dois técnicos chegaram na base da rampa. Eles se reportaram aos dois soldados entediados que ali montavam guarda.

"A nave é toda de vocês", disse um dos troopers. "Se os scanners encontrarem alguma coisa, avisem-nos imediatamente."

Os homens concordaram e depois bufaram para subir com seus pesados equipamentos pela rampa. Logo que eles desapareceram lá dentro, um estampido pôde ser escutado. Ambos os guardas giraram nos calcanhares e então ouviram uma voz chamar: "Ei, vocês aí embaixo. Podem nos dar uma mãozinha com isto aqui?"

O trooper olhou para o companheiro, que deu de ombros. Ambos subiram a rampa, reclamando da ineficiência dos simples técnicos. Um segundo estampido reverberou, só que não havia mais ninguém para escutá-lo.

Mas a ausência de dois troopers *foi* notada logo em seguida. Um oficial do pórtico, passando pela janela de um pequeno posto de comando perto da entrada do cargueiro, deu uma olhada, franzindo o rosto quando não viu sinal dos guardas. Preocupado mas não alarmado, ele foi até um comunicador e falou, enquanto continuava encarando a nave:

"THX-1138, por que você não está no seu posto? THX-1138, está na escuta?"

A resposta do fone foi pura estática.

"THX-1138, por que você não responde?" O oficial começava a se alarmar quando um sujeito de armadura desceu a rampa e acenou em sua direção. Apontando para o local em seu capacete que cobria sua orelha direita, o sujeito deu uns tapinhas para indicar que o comunicador interno não estava funcionando.

Sacudindo a cabeça em reprovação, o oficial do posto deu um olhar aborrecido para seu atarefado assistente ao sair em direção à porta. "Assuma aqui. Temos mais um transmissor defeituoso. Vou ver o que posso fazer." Ele ativou a porta, deu um passo adiante, quando ela se abriu deslizando para o lado – e caiu para trás em estado de choque.

Uma torre de pelos interditava o acesso. Chewbacca se inclinou para a frente e, soltando um uivo de estilhaçar os ossos, achatou o entorpecido oficial com um golpe do seu punho, largo como uma frigideira.

O assistente já estava de pé e com a mão no coldre quando um fino raio de energia o atravessou, perfurando seu coração. Solo levantou a placa facial do seu capacete de trooper e voltou a abaixá-la enquanto seguia o wookiee para dentro da sala. Kenobi e os droides se apertaram atrás dele, com Luke, também vestido com a armadura de um azarado soldado imperial, tomando conta da retaguarda.

Luke olhava ao redor com nervosismo, enquanto fechava a porta atrás deles. "Entre os uivos dele e os seus disparos em tudo o que estiver ao seu alcance, é um milagre que a estação inteira ainda não saiba que estamos aqui."

"Que venham logo", pediu Solo, irracionalmente entusiasmado com o sucesso momentâneo. "Prefiro uma luta direta do que ficar me escondendo pelos cantos."

"Talvez você esteja com pressa pra morrer", Luke retrucou, "mas eu não. Se ainda estamos vivos é porque conseguimos nos esconder."

O corelliano olhou Luke furiosamente, mas não disse nada.

Eles observavam Kenobi operar um terminal de computador incrivelmente complexo com a facilidade e a confiança de alguém experiente em lidar com máquinas tão intrincadas. Uma tela se acendeu rapidamente, apresentando um mapa com as seções da Estação Bélica. O velho se inclinou para a frente, escrutinando o monitor cuidadosamente.

Enquanto isso, C-3PO e R2 estavam às voltas com outro painel igualmente complicado. R2 repentinamente congelou e começou a apitar loucamente por causa de algo que ele encontrara. Solo e Luke, esquecendo suas desavenças temporárias a respeito de táticas, correram até o local onde os robôs se encontravam. Chewbacca estava ocupado levantando o oficial do posto de comando pelos tornozelos.

"Conecte-o", sugeriu Kenobi, olhando de longe o terminal onde estivera fazendo suas leituras. "Ele deverá ser capaz de baixar informações da rede interna de toda a estação. Vejamos se ele consegue encontrar a localização da unidade de força do raio trator."

"Por que simplesmente não desconectamos o raio daqui, senhor?", Luke quis saber.

Foi Solo quem respondeu com escárnio: "Boa, aí eles podem religar o raio assim que a gente decolar novamente, é isso?"

Luke parecia cabisbaixo. "Ah. Eu não pensei nisso."

"Temos que destruir a fonte de energia do raio se quisermos escapar com sucesso, Luke", o velho Ben alertou gentilmente, enquanto R2 conectava uma garra de seu braço na entrada do computador que ele descobrira. Imediatamente, a galáxia de luzes ganhou vida no painel à sua frente e a sala foi coberta com o ruído constante de máquinas trabalhando em alta velocidade.

Vários minutos se passaram enquanto o pequeno droide sugava informações como uma esponja de metal. O ruído diminuiu e ele voltou a se comunicar com eles com pequenos bipes.

"Ele encontrou, senhor!", anunciou C-3PO, excitadíssimo.

"O raio trator está acoplado aos reatores principais em sete coordenadas. A maioria das informações pertinentes é restrita, mas ele tentará abrir a informação crucial no monitor."

Kenobi voltou sua atenção da tela grande do monitor para um pequeno medidor próximo a R2. Os dados começaram a correr rápido demais para que Luke percebesse, mas aparentemente Kenobi conseguiu criar um jeito de entender aquelas informações truncadas. "Acho que nenhum de vocês, rapazes, poderá me ajudar com isso", ele contou. "Eu devo ir sozinho."

"Por mim, tudo bem", Solo rebateu de pronto. "Eu já fiz muito mais do que o combinado nesta viagem. Mas acho que para desligar de vez esse raio trator você vai precisar de muito mais do que seus truques de mágica, velhote."

Luke não desistiria tão facilmente. "Quero ir com você."

"Não seja impaciente, jovem Luke. Isso requer habilidades que você ainda não controla. Fique e tome conta dos droides, e espere pelo meu sinal. Eles precisam ser entregues às forças rebeldes ou muitos outros mundos encontrarão o mesmo destino que Alderaan. Confie na Força, Luke – e espere."

Com uma última espiada no fluxo de informação do monitor, Kenobi ajustou o sabre de luz em sua cintura. Saindo pela porta, ele olhou uma vez para a esquerda, uma vez para a direita e desapareceu por um longo e iluminado corredor.

Assim que ele se foi, Chewbacca rosnou e Solo assentiu. "Disse tudo, Chewie!" Ele se virou para Luke. "De onde você desenterrou esse fóssil?"

"Ben Kenobi – *general* Kenobi – é um grande homem", Luke protestou nobremente.

"Um grande encrenqueiro, isso sim", bufou Solo. "'General' uma ova! Ele não vai nos tirar daqui."

"Você tem alguma ideia melhor?", Luke o desafiou.

"Qualquer coisa é melhor do que apenas esperar que eles venham nos pegar aqui. Se nós..."

Uma saraivada histérica de silvos e pios veio do computador. Luke correu até R2-D2. O pequeno droide não parava de pular com suas perninhas atarracadas.

"O que foi agora?", Luke perguntou a C-3PO.

O robô mais alto também parecia confuso. "Receio não ter entendido, senhor. Ele disse 'Eu a encontrei' e segue repetindo 'Ela está aqui, ela está aqui'."

"Quem? Quem ele encontrou?"

R2 girou seu rosto metálico, piscou para Luke e assobiou enlouquecidamente.

"Princesa Leia", C-3PO anunciou após ouvir com atenção. "Senadora Organa – elas aparentemente são uma pessoa só. Creio que ela seja o mesmo indivíduo que estava na mensagem que R2 carregava."

Aquele retrato tridimensional de beleza indescritível tomou conta dos pensamentos de Luke novamente. "A princesa? Ela está aqui?"

Atraído pela comoção, Solo andou até lá. "Princesa? Como assim?"

"Onde? Onde ela está?", Luke perguntou já sem fôlego, ignorando Solo completamente.

R2 assobiava e C-3PO traduzia: "Nível cinco, bloco de detenção AA-23. De acordo com a informação, ela foi sentenciada a uma morte lenta".

"Não! Precisamos ajudá-la."

"O que vocês três estão tagarelando?", quis saber um Han Solo exasperado.

"É a garota que programou a mensagem no R2-D2", Luke explicou com pressa, "a mensagem que tentávamos devolver em Alderaan. Nós precisamos ajudá-la."

"Espere um minuto", advertiu Solo. "Isso está indo rápido demais para mim. Não vá bancando o espertinho. Quando disse que não tinha uma ideia melhor eu falei sério. O velho disse para esperar aqui. Eu não gosto, mas não vou me aventurar no labirinto que é este lugar."

"Mas Ben não sabia que ela estava aqui", Luke meio que implorou, meio que discutiu. "Tenho certeza que se ele soubesse mudaria os planos." A ansiedade transformou-se em reflexão. "Agora, se pudermos bolar um jeito de encontrar a cela..."

Solo sacudiu a cabeça e deu um passo para trás. "Hã, hã – eu não vou pra nenhum bloco de detenção imperial."

"Se não fizermos nada, eles vão executá-la. Um minuto atrás você disse que não queria ficar sentado aqui, esperando ser preso. Agora quer ficar. Como é que vai ser, Han?"

O corelliano parecia preocupado – e confuso. "Invadir uma área de detenção não é o que eu tinha em mente. Vamos acabar lá de qualquer jeito – por que a pressa?"

"Mas eles vão matá-la!"

"Antes ela do que eu."

"Cadê seu cavalheirismo, Han?"

Solo considerou. "Pelo que me lembro, eu o troquei por um chrysopaz de dez quilates e três garrafas de um bom conhaque há uns cinco anos."

"Eu a vi", Luke persistia, desesperadamente. "Ela é linda."

"A vida também é."

"Ela é uma senadora rica e poderosa", Luke pressionou, torcendo que um apelo aos instintos básicos de Solo seria mais eficaz. "Se conseguirmos salvá-la, a recompensa seria bem substancial."

"Rica... hein?" Então Solo desdenhou: "Espera aí... recompensa de quem? Do governo de Alderaan?" Ele fez um gesto como se estivesse varrendo o espaço onde Alderaan costumava orbitar.

Luke concluiu, furioso: "Se ela é mantida prisioneira aqui e foi sentenciada à morte quer dizer que deve representar um perigo para quem quer que tenha destruído Alderaan, para quem quer que tenha construído esta estação. Pode apostar que tem alguma relação com o reinado de repressão que o Império está instituindo".

"Vou lhe dizer quem vai pagar o resgate dela e de toda informação que ela detém, Han: o Senado, a Aliança Rebelde e todos aqueles que faziam negócios com Alderaan. Ela pode ser a única sobrevivente do seu mundo, a única herdeira de toda a riqueza de um sistema inteiro! A recompensa pode ser maior do que você imagina."

"Não sei... É, pode ser uma boa recompensa." Han olhou para Chewbacca, que grunhiu uma resposta concisa. Solo deu de ombros, convencido pelo wookiee gigantesco. "Tá bom, vamos tentar. Mas é melhor que essa recompensa seja pra valer. Qual é o seu plano, garoto?"

Luke foi pego de supresa. Suas energias, até agora, estavam concentradas em persuadir Solo e Chewbacca, e conseguir a ajuda deles na tentativa de resgate. Etapa vencida, agora Luke percebeu que não tinha a menor ideia de como proceder. Tinha se acostumado com o velho Ben e Han Solo dando ordens. O próximo passo era com ele.

Seus olhos foram atraídos por diversos discos metálicos pendurados pelo cinturão da armadura de Han Solo. "Me dá essas algemas e diz pro Chewbacca vir até aqui."

Solo passou para Luke aquelas algemas bastante finas mas super-resistentes e retransmitiu o pedido a Chewbacca. O wookiee arrastou-se até Luke e ficou esperando.

"Eu vou pôr as algemas em você" – disse Luke, andando por trás do wookiee – "e então..."

Chewbacca deixou escapar um som grave de sua garganta e Luke, receoso, deu um salto. "Então..." – ele começou de novo – "Han vai pôr essas algemas em você..." Ele entregou a corrente para Solo, acanhado pelos enormes olhos brilhantes do antropoide sobre ele.

Han Solo se divertiu com a cena e disse quando eles começaram a andar: "Não se preocupe, Chewie. Acho que eu sei o que ele está planejando".

As algemas mal cabiam em volta dos pulsos gigantes. Apesar de o seu parceiro parecer confiante com o plano, o wookiee demonstrava um olhar preocupado quando a porta foi ativada.

"Luke, senhor." Luke olhou para C-3PO. "Perdoe-me por perguntar, mas... o que R2 e eu faremos se nos descobrirem aqui em sua ausência?"

"Torcer pra que eles não estejam armados", respondeu Solo.

O tom de C-3PO indicou que ele não achara a resposta engraçada. "Isso não foi muito animador."

Solo e Luke estavam absortos demais em sua próxima expedição para se preocuparem muito com o robô. Eles ajustaram seus capacetes. Então, com Chewbacca demonstrando uma expressão abatida um tanto verdadeira, saíram pelo corredor de onde Ben Kenobi desaparecera.

IX

Enquanto se aprofundavam nas entranhas da gigantesca estação, eles acharam cada vez mais difícil manter um ar casual de indiferença. Felizmente, aqueles que deveriam perceber o nervosismo da parte dos dois troopers armados achavam que aquela era uma reação natural, considerando seu enorme e perigoso prisioneiro wookiee. Chewbacca também tornava impossível aos dois jovens passarem despercebidos como gostariam.

Quanto mais eles andavam, mais intenso ficava o trânsito. Outros soldados, burocratas, técnicos e mecânicos passavam em volta deles. Concentrados em suas próprias tarefas, ignoravam o trio completamente, e apenas alguns dos humanos destinavam ao wookiee um olhar indiscreto. A expressão rabugenta de Chewbacca e a aparente confiança de sua escolta tranquilizavam os curiosos.

Por fim, eles chegaram a um amplo conjunto de elevadores. Luke suspirou aliviado. O transporte controlado por computador deveria ser capaz de levá-los a qualquer lugar da estação, em resposta a um comando verbal.

Houve um momento de tensão quando um oficial de baixa patente correu para entrar a bordo. Solo o impediu com um gesto ríspido e o outro, sem protestar em voz alta, foi esperar o próximo elevador chegar.

Luke estudou o painel de operações e então, ao mesmo tempo, tentou soar bem informado e importante enquanto falava ao microfone. Em vez disso, sua voz soou nervosa e assustada, mas o elevador era um mecanismo de resposta automática, não programado para distinguir as emoções vocalizadas. Então a porta se fechou e eles prosseguiram no seu caminho. Depois do que lhes pareceu horas, mas na verdade foram apenas minutos, a porta se abriu e eles entraram na zona de segurança.

Teria sido um sonho para Luke descobrir algo como as velhas celas gradeadas, do tipo que usavam em cidades de Tatooine, feito Mos Eisley. Só que eles viam apenas rampas estreitas contornando um duto de ventilação sem fundo. Aquelas calçadas, em diversos níveis, corriam paralelas a paredes de curvatura suave, onde ficavam as celas dos prisioneiros. Guardas alertas e portais de energia estavam por todos os lados.

Ciente de que se permanecessem parados por muito tempo maior seria a chance de alguém se aproximar com perguntas inconvenientes, Luke procurava freneticamente um plano de ação.

"Isso não vai funcionar", sussurrou Solo, inclinando-se em sua direção.

"Por que você não disse antes?", devolveu com frustração um amedrontado Luke.

"Eu acho que eu disse. Eu..."

"Shhhh!"

Solo calou a boca enquanto o maior temor de Luke se concretizava. Um oficial alto, sisudo, se aproximou deles. Franzindo a testa, ele examinou Chewbacca, que permanecia em silêncio.

"Aonde vocês dois estão indo com essa... coisa?"

Chewbacca rosnou com o desaforo e Solo o silenciou com um golpe nas costelas. Em pânico, Luke se viu respondendo quase instintivamente: "Prisioneiro transferido do bloco TS-138".

O oficial parecia confuso. "Não fui notificado. Precisarei verificar."

Virando-se, o homem andou até um pequeno console ali perto e começou a averiguar. Luke e Han examinaram rapidamente a situação, seus olhares foram dos alarmes para os portais de energia, e dos fotossensores remotos aos três outros guardas a postos no local.

Solo acenou para Luke, que abriu as algemas de Chewbacca. Então ele sussurrou algo para o wookiee. Um uivo ensurdecedor fez o corredor tremer, enquanto Chewbacca erguia os braços, arrancando o rifle das mãos de Solo.

"Cuidado!", gritou Solo, aparentemente aterrorizado. "Ele se soltou. Vai nos rasgar em dois!"

Tanto ele quanto Luke haviam se afastado do furioso wookiee, sacado suas pistolas e estavam atirando nele. A reação deles foi excelente;

seu entusiasmo, indiscutível; mas sua pontaria, execrável. Nenhum disparo sequer passou perto do wookiee. Eles, na verdade, acertaram câmeras, controles de fluxo de energia, além dos três guardas confusos.

Nesse ponto, passou pela cabeça do oficial encarregado que a mira abominável daqueles dois soldados era de uma eficiência um tanto seletiva. Ele se preparava para esmurrar o alarme central quando um raio da pistola de Luke o atingiu na barriga e ele caiu sem dizer uma palavra.

Solo correu até o comunicador, de onde saíam gritos indagando o que estava acontecendo. Ignorando a enxurrada de ameaças e indagações alternadas, ele verificou a leitura do painel mais próximo. "Temos que descobrir qual é a cela dessa sua princesinha. Deve haver uma dúzia de níveis e... aqui está! Cela 2.187. Ande logo – Chewie e eu lhe daremos cobertura."

Luke assentiu uma vez e já corria pelo estreito corredor.

Após apontar uma posição onde o wookiee poderia cobrir os elevadores, Solo respirou fundo e respondeu aos chamados incessantes que vinham do comunicador.

"Está tudo sob controle", ele disse no microfone, soando razoavelmente oficial. "Situação normalizada."

"Não é o que está parecendo", a voz devolveu, num tom bastante sério. "O que aconteceu?"

"Hã... Bem, um dos guardas passou por um probleminha com a sua arma", gaguejou Solo, seu "oficialês" temporário se transformou em nervosismo puro. "Sem problemas – estamos todos bem, obrigado. E você?"

"Estamos mandando um pelotão", a voz anunciou repentinamente.

Han podia quase farejar a suspeita que vinha do outro lado. O que poderia dizer? Ele era bem mais eloquente no uso da pistola.

"Negativo... negativo. Temos um vazamento de energia. Precisamos de uns minutinhos para lacrá-lo. É um senhor vazamento... muito perigoso."

"Probleminha com a arma, vazamento de energia... quem está falando? Qual é seu número operad..."

Apontando a pistola para os painéis, Solo explodiu em pedaços o equipamento de comunicação. "A conversa estava sem graça", ele murmurou. Virando-se, ele gritou na direção do corredor: "Anda logo, Luke. A gente vai ter companhia em breve".

Luke ouviu, mas estava ocupado correndo de cela em cela, estudando os números que brilhavam sobre cada pórtico. A cela 2.187, aparentemente, não existia. Só que ela existia sim e ele a encontrou quando já estava quase desistindo e partindo para um nível inferior de corredores.

Por um longo momento, ele examinou a parede convexa de metal, sem maçanetas ou fechaduras. Maximizando o poderio de sua pistola e torcendo para ela não derreter em suas mãos, ele abriu fogo contra a porta. Quando a arma tornou-se quente demais para segurar, ele a trocou de mão. Ao fazer isso, a fumaça teve tempo de baixar e ele viu, com alguma surpresa, que a porta havia cedido.

Espiando através da fumaça, com um olhar de incompreensão estampado no rosto, havia uma jovem mulher, cujo retrato R2-D2 projetara na sua garagem em Tatooine, aparentemente séculos atrás.

Ela era ainda mais bonita do que sua imagem, Luke teve certeza, enquanto olhava atordoado para ela. "Você é ainda... mais bonita... do que eu..."

O olhar confuso e incerto dela foi substituído primeiro por perplexidade e finalmente por impaciência. "Você não é baixinho demais para ser um stormtrooper?", ela finalmente comentou.

"O quê? Ah... o uniforme." Ele removeu o capacete, readquirindo um pouco de compostura. "Eu vim resgatá-la. Sou Luke Skywalker."

"Como?", ela disse, educadamente.

"Eu disse: eu vim resgatá-la. Ben Kenobi está comigo. Nós estamos com seus droides..."

A incerteza foi substituída instantaneamente por esperança ao ouvir a menção do nome do velho. "Ben Kenobi!" Ela procurou ao redor de Luke, ignorando-o enquanto procurava pelo Jedi. "Onde está ele? Obi-Wan!"

O governador Tarkin observou Darth Vader andar rapidamente de um lado para o outro na outrora vazia sala de reunião. Finalmente, o Lorde Negro parou, olhando ao redor, como se um enorme sino que somente ele pudesse ouvir ressoasse em algum lugar nas proximidades.

"Ele está aqui", declarou Vader, sem demonstrar emoção.

Tarkin parecia confuso. "Obi-Wan Kenobi? Isso é impossível. De onde você tirou isso?"

"Uma perturbação na Força, de tal maneira que eu só senti na presença do meu velho mestre. É inconfundível."

"Certamente... ele certamente já morreu."

Vader hesitou, sua certeza repentinamente desaparecera. "Talvez... já se foi. Foi apenas uma sensação passageira."

"Os Jedi estão extintos", declarou Tarkin categoricamente. "Sua chama se extinguiu décadas atrás. Você, meu amigo, é tudo o que sobrou deles."

Um sinal do comunicador pedia gentilmente para ser atendido. "Sim?", Tarkin respondeu.

"Temos um alerta de emergência no bloco de detenção AA-23."

"A princesa!", berrou Tarkin, saltando da cadeira. Vader virou-se, tentando olhar através das paredes.

"Eu sabia – Obi-Wan *está* aqui. Eu não poderia me confundir com uma perturbação tão poderosa na Força."

"Ponha todas as seções em alerta", Tarkin ordenou pelo comunicador. Então ele fixou seu olhar em Vader. "Se você estiver certo, não podemos permitir que ele escape."

"Escapar talvez não seja a intenção de Obi-Wan Kenobi", Vader replicou, lutando para controlar suas emoções. "Ele é o último dos Jedi – e o maior de todos. O perigo que ele representa não pode ser subestimado – e, ainda assim, apenas eu posso enfrentá-lo." Vader virou a cabeça para confrontar o olhar fixo de Tarkin. "Sozinho."

Luke e Leia fugiam pelo corredor quando uma série de explosões ofuscou o caminho à sua frente. Diversos troopers tentaram subir pelo elevador, apenas para serem rechaçados, um após o outro, por Chewbacca. Desprezando os elevadores, eles haviam aberto um buraco na parede. A abertura era grande demais para Solo e o wookiee cobrirem totalmente. Em grupos de dois e três, os soldados imperiais conseguiam atravessar rumo ao bloco de detenção.

Recuando pelo corredor, Han e Chewbacca encontraram Luke e a princesa. "Não podemos seguir por ali!", disse Solo, com o rosto vermelho de excitação e ansiedade.

"Parece que vocês conseguiram bloquear nossa única rota de fuga", Leia concordou imediatamente. "Esta é uma área de detenção, entende? Elas não são construídas com múltiplas saídas."

Respirando de forma ofegante, Solo se virou para olhá-la de cima a baixo. "Clamo por seu perdão, alteza", ele disse, com sarcasmo, "mas prefere voltar à sua cela?" Ela desviou o olhar, seu rosto impassível.

"Tem que ter outra saída", sussurrou Luke, sacando um pequeno transmissor do cinto e ajustando cuidadosamente a frequência: "*C-3PO... C-3PO!*"

Uma voz familiar respondeu com uma velocidade gratificante. "Sim, senhor?"

"Estamos cercados. Existe *alguma* saída alternativa da área de detenção – qualquer uma?"

A estática tomava o pequeno transmissor, enquanto Solo e Chewbacca mantinham as tropas imperiais engarrafadas na outra ponta do corredor.

"O que foi que... Não entendi."

De volta ao pequeno posto de comando, R2-D2 bipava e assobiava freneticamente enquanto C-3PO ajustava os controles, tentando achar a sintonia fina daquela péssima transmissão. "Eu disse: todos os sistemas estão cientes de sua presença, senhor. O portão principal parece ser o único caminho de entrada ou saída das celas." Ele consultou alguns instrumentos e a visão das áreas próximas mudou totalmente. "Todas as informações extras na sua seção estão restritas."

Alguém começou a bater na porta do posto – a princípio com calma, mas, como ninguém lá dentro respondeu, as batidas se tornaram mais insistentes.

"Ah, não!", C-3PO gemeu.

A fumaça no corredor das celas estava tão intensa que tornou-se difícil para Solo e Chewbacca escolher seus alvos. Isso era um golpe de sorte, já que os imperiais estavam em número muito maior e a fumaça também os deixava igualmente ofuscados.

De tempos em tempos, um dos soldados tentava se aproximar, apenas para permanecer exposto enquanto penetrava na fumaça. Sob a mira precisa dos dois contrabandistas, ele rapidamente se juntava à pilha crescente de soldados imóveis caídos no chão da rampa.

Raios de energia continuavam a ricochetear sem direção pelas paredes, enquanto Luke se aproximava de Solo.

"Não há outra saída", ele gritou sobre o alarido ensurdecedor do fogo concentrado.

"Bem, eles estão nos encurralando. E agora?"

"Belo resgate", uma voz irritada reclamava por trás deles. Ambos se viraram para ver uma princesa completamente aborrecida que os observava com um olhar real de desaprovação. "Quando vocês chegaram, não pensaram num plano para sair daqui?"

Solo apontou para Luke. "Ele é o gênio, queridinha."

Luke conseguiu dirigir-lhe um sorriso envergonhado e encolheu os ombros sem saber o que fazer. Ele se voltou para ajudar no combate, mas antes que conseguisse a princesa tomou a pistola de sua mão.

"Ei!"

Luke olhou enquanto ela andava junto à parede, localizando uma pequena grade nas proximidades. Ela apontou a pistola e atirou.

Solo a olhou com descrença. "O que você pensa que está fazendo?"

"Pelo jeito, eu é que preciso salvar a pele de vocês. Entre no compartimento de lixo, novato!"

Enquanto os outros olhavam curiosos, ela saltou em pé na abertura e desapareceu. Chewbacca trovejou ameaçadoramente, mas Solo sacudiu a cabeça devagar.

"Não, Chewie, eu não quero que você a rasgue em pedacinhos. Eu ainda não sei qual é a dela. Ou estou começando a gostar dela, ou eu mesmo vou matá-la." O wookiee rosnou mais alguma coisa e Solo gritou de volta: "Vai logo, seu idiota peludo! Não me interessa se você tem cheiro de rosas. Não é hora de bancar o refinado pra cima de mim".

Empurrando o relutante wookiee para dentro da pequena abertura, Solo ajudou a despachar o grandalhão pelo duto. Assim que ele desapareceu, o corelliano o seguiu. Luke disparou uma última série de raios, mais interessado em aumentar a cortina de fumaça do que em acertar alguma coisa, e escorregou pelo duto, sumindo dali.

Sem querer incorrer em perdas adicionais naquele espaço tão confinado, os soldados que os perseguiam fizeram uma pausa momentânea, esperando a chegada de reforços e de armas mais poderosas. Além disso, eles tinham cercado suas presas e, apesar de sua dedicação, nenhum deles estava ansioso para morrer desnecessariamente.

A câmara em que Luke se jogara estava na penumbra. Não que a luz fosse necessária para discernir seu conteúdo. Luke sentiu a podridão muito antes de despencar sobre ela. Sem adornos, exceto por pontos de iluminação dissimulados, o compartimento de lixo estava com pelo menos um quarto de sua capacidade coberto de uma lama viscosa. Boa parte já alcançava um estado de decomposição suficiente para encrespar o nariz de Luke.

Solo foi tropeçando pelas paredes do lugar, escorregando e afundando até os joelhos em sua caminhada incerta a fim de localizar uma saída. Tudo que ele encontrou foi uma pequena e espessa escotilha que o fez grunhir enquanto se esforçava tentando abri-la. A escotilha se recusou a ceder.

"O duto de lixo foi uma ótima ideia", ele disse à princesa, ironicamente, limpando o suor de sua testa. "Que cheiro incrível que você descobriu. Infelizmente, não conseguiremos voar daqui flutuando em células de odor e parece que não existe saída. A menos que eu consiga abrir esta escotilha."

Dando um passo para trás, ele sacou sua pistola e atirou. O raio imediatamente saiu uivando ao redor da sala, enquanto todos procuraram se proteger no lixo. Uma última espiada e o raio por pouco não explode sobre eles.

Com uma aparência menos respeitável naquele momento, Leia foi a primeira a emergir da cobertura pungente. "Abaixe essa coisa", ela ordenou a Solo, "ou você vai acabar nos matando."

"Sim, vossa excelência", Solo murmurou numa súplica sarcástica. Ele não moveu um músculo para guardar a pistola e deu um passo atrás para olhar de volta o duto acima deles. "Não vai demorar muito até eles descobrirem o que aconteceu conosco. Tínhamos tudo sob controle – até você nos trazer aqui."

"Tudo sob controle, claro", ela retrucou, removendo detritos dos seus cabelos e ombros. "Ah, bem, podia ser pior..."

Como se respondesse, um horrível gemido penetrante tomou conta do compartimento. Parecia vir de algum lugar embaixo deles. Chewbacca também deixou escapar um uivo aterrorizado e se encostou numa parede. Luke sacou a sua pistola e fixou o olhar em pequenos montes de detritos, mas não viu nada.

"O que foi isso?", perguntou Solo.

"Não sei ao certo." Luke de repente saltou, olhando para baixo e para trás. "Alguma coisa acaba de passar por mim, eu acho. Cuidado..."

Com uma surpreendente rapidez, Luke desapareceu sob o lixo.

"Pegaram Luke!", a princesa gritou. "Puxaram ele por baixo!" Solo procurava freneticamente algo no que atirar.

Tão abruptamente quanto desaparecera, Luke reapareceu – bem como uma parte de algo mais: um grosso e esbranquiçado tentáculo estava enroscado em seu pescoço.

"Atire, atire!", gritou Luke.

"Atirar? Eu nem consigo ver em quê", protestou Solo.

Mais uma vez, Luke foi sugado para baixo por alguma coisa que estava ligada àquele apêndice macabro. Solo procurava em vão pela superfície multicolorida.

Ouviu-se um estrondo distante de máquinas pesadas e as paredes opostas da câmara se aproximaram uns poucos centímetros. O estrondo cessou e tudo ficou quieto novamente. Luke reapareceu, inesperadamente, perto de Solo, engatinhando para se livrar do entulho sufocante, esfregando o pescoço machucado.

"O que aconteceu com a coisa?", indagou Leia, olhando cautelosamente para o lixo imóvel.

Luke parecia realmente confuso. "Eu não sei. A coisa me agarrou – e depois eu estava livre. A coisa me largou e desapareceu. Talvez eu não fedesse o suficiente pra ela."

"Tenho um mau pressentimento sobre isso", murmurou Solo.

Novamente, o estrondo distante tomou conta do lugar; novamente as paredes começaram sua marcha para o centro. Mas, dessa vez, nem o som nem o movimento demonstraram qualquer sinal de pausa.

"Não fiquem aí parados de boca aberta!", a princesa ordenou. "Procurem algo para escorar as paredes."

Mesmo com as grossas estacas e antigas vigas de metal que Chewbacca manejava, eles não conseguiram achar nada capaz de retardar o avanço das paredes. Parecia até que os objetos mais resistentes que eles encontravam para escorar as paredes eram aqueles que se rompiam mais facilmente.

Luke puxou seu comunicador, tentando simultaneamente falar e fazer as paredes recuarem. "C-3PO... Responda, C-3PO!" Uma pausa decente não produziu resposta alguma, fazendo Luke olhar com preocupação para seus companheiros.

"Não sei por que ele não responde." Ele tentou novamente: "C-3PO, responda. Você me escuta?"

• • •

"C-3PO", a voz abafada continuava a chamar, "responda, C-3PO." Era a voz de Luke e ela surgia baixinha entre os zumbidos do pequeno comunicador manual sobre o console de computador. Salvo o apelo intermitente, o posto de comando permanecia em silêncio.

Uma tremenda explosão encobriu os apelos abafados. Ela arremessou a porta do posto pelos ares, mandando fragmentos de metal para todos os lados. Vários deles acertaram o comunicador, que saiu voando pelo chão e cortando a voz de Luke no meio da transmissão.

No despertar do pequeno cataclismo, quatro troopers armados e a postos entraram. Estudos iniciais indicaram que o posto estava deserto – até que uma assustada voz diminuta, vinda de um dos enormes gabinetes de suprimento nos fundos do posto de comando, foi ouvida.

"Socorro, socorro! Deixem-nos sair!"

Vários troopers se inclinaram para inspecionar os corpos imóveis do oficial do posto e de seu assistente enquanto outros abriam o gabinete barulhento. Saíram lá de dentro dois robôs, um alto e humanoide, o outro puramente mecânico e trípede. O mais alto deles dava a impressão de estar meio desequilibrado pelo medo.

"Eles são loucos, eu lhes digo, loucos!" Ele gesticulava em direção à porta. "Acho que disseram algo sobre irem até o nível da prisão. Acabaram de sair. Se vocês correrem, poderão alcançá-los. Por ali, por ali!"

Dois dos troopers se juntaram àqueles que esperavam no corredor e partiram. Isso deixou dois guardas para vigiar o posto. Eles ignoraram totalmente os robôs e se puseram a discutir o que deveria ter acontecido ali.

"Tanta excitação sobrecarregou os circuitos do meu companheiro, aqui", C-3PO explicou cuidadosamente. "Se vocês não se importam, eu gostaria de levá-lo até a manutenção."

"*Hummm?*" Um dos guardas olhou para cima com indiferença e fez que sim para o robô. C-3PO e R2 se apressaram porta afora sem olhar para trás. Enquanto fugiam, ocorreu ao guarda que o mais alto dos dois droides era de um tipo que ele nunca vira antes. Mas ele deixou para lá. Isso não era uma surpresa numa estação daquele tamanho.

"Essa foi por pouco", C-3PO murmurou enquanto eles se precipitavam por um corredor vazio. "Agora precisamos encontrar outro terminal de informações e conectar você novamente ou tudo estará perdido."

A lixeira estava impiedosamente menor, as paredes de metal se fechavam com uma precisão impassível. Peças maiores de refugo apresentavam um concerto de estalos e estouros que aumentavam próximo do final num crescendo estrondoso.

Chewbacca lamentou aos prantos enquanto usava sua força e seu peso incríveis na tentativa de frear uma das paredes, parecendo uma versão peluda do mito de Tântalo aproximando-se de seu clímax final.

"Uma coisa é certa", Solo comentou com tristeza. "Vamos todos ficar bem magros. Isso pode se tornar uma receita popular de emagrecimento. O único problema é que ela é definitiva."

Luke parou para respirar, sacudindo o inocente comunicador com raiva. "O que pode ter acontecido com C-3PO?"

"Tente a escotilha de novo", Leia aconselhou. "É nossa única esperança."

Solo protegeu os olhos e atirou. O raio ineficaz ricocheteou zombeteiro pela câmara cada vez mais estreita.

A plataforma de serviço estava desocupada, aparentemente todos haviam sido atraídos pela comoção longe dali. Depois de uma cautelosa inspeção na sala, C-3PO acenou para que R2 o seguisse. Juntos, eles começaram uma busca apressada num dos muitos painéis de serviços. R2 soltou um bipe e C-3PO correu até lá. Ele esperou impacientemente que a unidade menor plugasse seu braço receptivo com cuidado na interface.

Uma correnteza eletrônica furiosa emanou de maneira indisciplinada pela grade do pequeno droide. C-3PO fez movimentos de alerta.

"Espere um minuto. Devagar!" Os sons desaceleraram como se rastejassem. "Assim está melhor. Onde eles estão? Eles o quê? Ah, não! Eles só sairão de lá como líquido!"

Menos de um metro de vida era o que restava aos prisioneiros ocupantes do compactador de lixo. Leia e Solo foram forçados a se virar de lado e acabaram um de cara para o outro. Pela primeira vez, a arrogância sumira do rosto da princesa. Esticando o braço, ela pegou a mão de Solo, apertando-a convulsivamente enquanto sentia o primeiro toque das paredes que se fechavam.

Luke caíra e estava deitado de lado, lutando para manter sua cabeça acima do lodo crescente. Ele quase se sufocou com um pouco daquela imundície comprimida quando seu comunicador começou a soar, implorando atenção.

"C-3PO!"

"Você está aí, senhor?", perguntou o droide. "Tivemos alguns probleminhas. Você não acreditaria que..."

"Cala a boca, C-3PO!", gritou Luke. "E desligue todas as unidades compactadoras de lixo no bloco de detenção, ou imediatamente abaixo. Você ouviu? Desligue as unidades..."

Instantes depois, C-3PO segurou sua cabeça, que doía com os gritos e uivos terríveis que vieram do comunicador.

"Não, desligue *todas* elas!", ele implorou a R2. "Rápido! Vamos, escute só, eles estão morrendo, R2! Eu amaldiçoo este meu corpo metálico. Eu não fui rápido o bastante. Foi minha culpa. Meu pobre mestre – todos eles... não, não, *não*!"

Os gritos e berros, entretanto, continuaram muito além do que parecia ser um intervalo razoável. Na verdade, eram gritos de alívio. As paredes da câmara se moviam automaticamente na direção contrária após o desligamento por R2.

"R2, C-3PO", Luke berrou pelo comunicador, "tudo bem, estamos bem! Ouviram? Estamos bem – vocês conseguiram."

Limpando com repugnância o lodo pegajoso, ele andou o mais rápido possível até a escotilha. Abaixando-se, ele retirou o acúmulo de detritos e leu o número de identificação.

"Abra a escotilha de pressão e manutenção da unidade 366-117891."

"Sim, senhor", confirmou C-3PO.

Aquelas devem ter sido as palavras mais felizes que Luke jamais escutara.

X

Revestido com cabos de energia e conduítes de circuitos que emergiam das profundezas e desapareciam nos céus, a vala de serviço aparentava ter centenas de quilômetros de profundidade. A estreita passarela que corria por um dos lados parecia uma linha de costura engomada na superfície de um oceano brilhante. Ela mal dava espaço para a travessia de um único homem.

Um homem se esgueirava por aquela fina passarela; seu olhar procurava algo à sua frente, em vez de se preocupar com o incrível abismo de metal lá embaixo. Os estalos vindos de enormes aparelhos ressoavam como leviatãs capturados na vastidão do espaço aberto, incansáveis e sempre atentos.

Dois cabos grossos se uniam abaixo de um painel sobreposto. Estava trancado, mas depois de inspecionar cuidadosamente as laterais, o topo e o fundo Ben Kenobi apertou a tampa do painel de uma determinada maneira que esta saltou para o lado. Um terminal de computador com luzes piscando revelou-se.

Com igual cuidado, ele realizou diversos ajustes no terminal. Suas ações foram recompensadas quando várias luzes no aparelho mudaram de vermelho para azul.

Sem aviso, uma porta secundária que encontrava-se fechada às suas costas se abriu. Fechando apressadamente a tampa do painel, o velho se aprofundou nas sombras. Um destacamento de troopers apareceu no portal e o oficial encarregado se aproximou a poucos metros da figura imóvel.

"Vigiem esta área até que o alerta seja cancelado."

Enquanto eles começaram a dispersar, Kenobi se tornou parte da escuridão.

• • •

Chewbacca rosnou e bufou, e por pouco não conseguiu passar seu tronco pela escotilha, mesmo com a ajuda de Luke e Solo. Cumprida a tarefa, Luke se virou para fazer um balanço do ambiente.

O chão do corredor no qual eles emergiram estava coberto de pó. Dava a impressão de não ter sido usado desde que a estação fora construída. Provavelmente, era apenas um corredor de acesso para a manutenção. Ele não tinha ideia de onde estavam.

Algo atingiu a parede atrás deles com baque violento e Luke gritou para que todos tomassem cuidado enquanto um membro gelatinoso e comprido encontrava seu caminho pela escotilha e vasculhava o espaço do corredor. Solo mirou sua pistola enquanto Leia tentava ultrapassar o semiparalisado Chewbacca.

"Alguém tire esse carpete ambulante da minha frente." De repente, ela percebeu o que Solo estava a ponto de fazer. "Não, espere! Vão nos escutar!"

Solo a ignorou e atirou na escotilha. O raio de energia foi premiado com um rugido distante ao mesmo tempo que uma avalanche de lixo e explosivos soterrava a criatura na câmara do outro lado da escotilha.

Amplificada pelo corredor estreito, os sons continuaram a reverberar por diversos minutos. Luke sacudiu a cabeça em desagrado, percebendo que alguém como Solo, que falava a língua das armas, nem sempre agia de modo sensato. Até agora ele enxergara o corelliano de baixo para cima. Mas a atitude inútil de atirar na escotilha trouxe ambos pela primeira vez, de acordo com o julgamento de Luke, ao mesmo nível.

Entretanto, as ações da princesa foram ainda mais surpreendentes do que as de Solo. "Escute", ela começou, olhando para o piloto, "eu não sei de onde você veio, mas eu estou agradecida." Quase como um adendo, ela espiou Luke mais uma vez e completou: "A vocês dois". Sua atenção se voltou a Han Solo. "Mas, por ora, vocês vão fazer o que eu mandar."

Solo bocejou na cara dela. Desta vez, o sorriso presunçoso não se desenhou. "Olhe, sua altezíssima", ele balbuciou, enfim, "vamos deixar uma coisa bem clara. Eu só aceito ordens de uma pessoa – eu mesmo."

"É um milagre que ainda esteja vivo", ela devolveu na hora. Uma rápida olhada pelo corredor e ela partiu com determinação para o lado contrário.

Solo olhou para Luke, começou a dizer alguma coisa, hesitou e simplesmente balançou a cabeça lentamente. "Nenhuma recompensa vale isso. Não sei se existe crédito suficiente no universo que me pague para aturar *essa aí*... Ei, espera!"

Leia já virava uma esquina mais à frente e eles tiveram que correr para alcançar a princesa.

A meia dúzia de homens de guarda na entrada do vão de energia tinha mais interesse em discutir o curioso distúrbio no bloco de detenção do que em prestar atenção em sua enfadonha tarefa. Estavam tão entretidos especulando as causas do problema que nem perceberam o excêntrico fantasma atrás deles. A figura se movia entre as sombras, como uma doninha fuçando à noite. O fantasma estacava quando um dos soldados dava o menor sinal de se virar em sua direção e voltava a se mover logo em seguida, como se flutuasse no ar.

Muitos minutos depois, um dos troopers franziu a testa por baixo do capacete, virando-se para onde ele pensara ter sentido um movimento, perto da abertura para a passagem principal. Não havia nada ali além de algo indefinível que o fantasmagórico Kenobi deixara para trás. Altamente desconfortável, ainda que compreensivelmente incapaz de confessar suas alucinações, o trooper voltou-se para as conversas mais prosaicas com seus companheiros.

Alguém finalmente descobriu os dois guardas inconscientes, atados dentro de armários de serviço, a bordo do cargueiro capturado. Ambos permaneciam inconscientes, apesar de todos os esforços para acordá-los.

Sob o comando de diversos oficiais irados, os troopers carregaram seus dois camaradas despidos pela rampa até o posto hospitalar mais próximo. No caminho, eles passaram por duas figuras escondidas atrás de uma pequena fresta no painel de serviço. C-3PO e R2-D2 seguiram despercebidos, apesar de estarem muito próximos do hangar.

Assim que as tropas passaram, R2 terminou de remover a placa que cobria a interface e conectou o sensor em seu braço na abertura. Luzes começaram a piscar freneticamente sobre o seu rosto e fumaça saiu de diversas junções do pequeno droide antes que C-3PO conseguisse soltar seu braço.

Imediatamente, a fumaça desapareceu e as luzes aleatórias voltaram à normalidade. R2 emitiu uns poucos bipes murchos, bem-sucedido em sua imitação de um humano que esperava beber um copo de vinho suave mas, desavisado, acabou servindo-se de grandes goles de aguardente.

"Bem, da próxima vez, veja onde você enfia seus sensores", C-3PO repreendeu seu companheiro. "Você poderia ter fritado seus circuitos." Ele espiou a interface. "Isso é uma tomada, seu estúpido, não um terminal de informação."

R2 assobiou uma desculpa lamuriosa. Juntos, eles caçaram uma conexão apropriada.

Luke, Solo, Chewbacca e a princesa chegaram ao fim de um corredor vazio. O lugar terminava em uma grande janela de frente para um hangar. Da janela, eles tinham uma visão arrebatadora do cargueiro lá embaixo.

Sacando seu comunicador e olhando em volta com um nervosismo crescente, Luke falou ao microfone. "C-3PO... está me ouvindo?"

Fez-se uma pausa assustadora e então: "Na escuta, senhor. Tivemos que abandonar o local em torno do posto de comando".

"Vocês estão a salvo?"

"Por enquanto, embora eu não esteja otimista em relação à minha velhice. Estamos no hangar principal, em frente à nave."

Luke olhou pela janela, surpreso. "Não consigo vê-los daqui - devemos estar em cima de vocês. Aguentem firme. Vamos nos encontrar com vocês assim que for possível." Ele desligou, sorrindo ao se lembrar da referência de C-3PO à "sua velhice". Às vezes, aquele droide era mais humano que muitas pessoas.

"Imagino se o velho conseguiu derrubar o raio trator", murmurava Solo, enquanto examinava o cenário no andar de baixo. Havia mais ou menos uma dúzia de troopers entrando e saindo do cargueiro sem parar. "Voltar à nave vai ser como voar entre os Cinco Anéis de Fornax."

Leia Organa se virou tempo suficiente para se surpreender com a visão da nave de Solo. "Vocês vieram pra cá naquela sucata? São mais corajosos do que eu pensava."

Ao mesmo tempo enaltecido e insultado, Solo não sabia ao certo como reagir. Ele decidiu respondê-la com um olhar furioso enquanto voltaram pelo corredor, com Chewbacca cobrindo a retaguarda.

Virando a esquina, os três humanos chegaram a uma parada forçada. Como também chegaram os vinte troopers imperiais que marchavam em sua direção. Reagindo como de costume - ou seja, sem pensar -, Solo sacou sua pistola e atirou no pelotão, gritando e uivando em diversos idiomas, a plenos pulmões.

Assustados pelo assalto totalmente inesperado, e presumindo erroneamente que seu agressor sabia o que estava fazendo, os troopers começaram a recuar. Os muitos disparos da pistola do corelliano iniciaram o pânico completo. Fileiras e colunas foram desfeitas, e os troopers fugiram pela passagem.

Embevecido de sua proeza, Solo continuou a perseguição, voltando-se para gritar para Luke: "Vai pra nave. Eu tomo conta desses caras!"

"Você ficou maluco?", Luke gritou de volta. "Aonde você pensa que vai?"

Mas Solo já havia feito a curva no corredor e não ouviu. Não que isso fizesse alguma diferença.

Perturbado com o desaparecimento de seu parceiro, Chewbacca soltou um uivo poderoso, se não incerto, e disparou atrás dele. Isso deixou Luke e Leia sozinhos no corredor vazio.

"Acho que peguei demais no pé do seu amigo", ela confessou, com relutância. "Ele é mesmo corajoso."

"Ele é mesmo um idiota!", replicou um Luke furioso. "Não vai adiantar nada se ele acabar morto." Alarmes abafados começaram a soar vindos da plataforma lá embaixo.

"Chega", Luke grunhiu com desgosto. "Vamos nessa." Juntos eles correram, à procura de um jeito de descer até o nível do hangar.

Solo continuou sua rota de ataque, correndo a toda velocidade pelo longo corredor, gritando e brandindo sua pistola. Às vezes, ele acertava um disparo cujo efeito era mais valioso psicológica do que taticamente.

Metade da tropa já havia se espalhado por várias subpassagens e corredores nos andares inferiores. Os dez troopers que ele continuou perseguindo ainda corriam dele, revidando um ou outro disparo. Eles então chegaram a um beco e foram obrigados a confrontar seus oponentes.

Vendo que os dez pararam, Solo também diminuiu o ritmo. Aos poucos, ele foi desacelerando, até parar completamente. Por fim, o correlliano e os imperiais se observaram em silêncio. A maioria dos troopers focava não em Han Solo, mas além dele.

Foi quando passou pela cabeça de Solo que ele estava bastante sozinho e o mesmo pensamento começava a se infiltrar nas mentes dos guardas que ele confrontava. O constrangimento rapidamente deu lugar à ira. Rifles e pistolas foram apontados. Solo deu um passo atrás, fez um disparo e então se virou e voltou a correr feito um louco.

Chewbacca ouviu o silvo e o estouro das armas de energia enquanto se arrastava pelo corredor. Havia algo estranho: o som delas parecia estar cada vez mais próximo, e não o contrário.

Ele pensava no que deveria fazer quando Solo apareceu dobrando a esquina e quase o atropelando. Vendo dez troopers atrás deles, o wookiee decidiu deixar suas indagações para um momento menos confuso. Ele se virou e seguiu Solo pelo corredor.

Luke agarrou a princesa e a puxou para um canto. Ela estava a ponto de dar uma resposta furiosa à atitude grosseira dele quando o som de pés marchando a fez encolher de volta para a escuridão, junto a Luke.

Um esquadrão de soldados passou por eles, respondendo ao alarme que continuava a soar ininterruptamente. Luke olhou para fora de seu esconderijo e tentou manter a calma. "Nossa única chance de alcançar a nave é pelo outro lado do hangar. Eles já sabem que tem alguém aqui." Ele se precipitou pelo corredor, acenando para que ela o seguisse.

Dois guardas apareceram no final da passagem, pararam e apontaram para os dois. Luke e Leia deram meia-volta e começaram a correr por onde tinham vindo. Um esquadrão mais numeroso cercou o lado oposto e veio correndo na direção deles.

Totalmente encurralados, eles procuraram freneticamente uma saída alternativa. Foi quando Leia avistou um corredor de tamanho reduzido.

Luke atirou no soldado mais próximo e seguiu Leia em sua corrida pela estreita passagem. Parecia ser um corredor de manutenção. Naquele caminho apertado, a perseguição reverberava de uma maneira ensurdecedora. Pelo menos a quantidade de disparos dos troopers era minimizada pela falta de espaço.

Uma espessa porta deslizante apareceu adiante. Do outro lado dela, a iluminação era muito fraca, aumentando as esperanças de Luke. Se eles conseguissem travar a porta deslizante, mesmo que por alguns instantes, e se escondessem por ali, talvez tivessem a chance de despistar seus algozes imediatos.

Mas a porta deslizante permaneceu aberta, sem nenhuma intenção de fechar automaticamente. Luke estava prestes a soltar um grito de triunfo quando o chão à sua frente desapareceu repentinamente. As pontas dos pés já não pisavam em mais nada. Ele se debateu para recuperar o equilíbrio, a tempo de frear antes de cair da borda da passarela retrátil e receber o impacto da princesa que vinha correndo logo atrás.

A passarela fora reduzida a um trampolim que desafiava o vazio. Uma corrente de ar fresco acariciou o rosto de Luke enquanto ele estudava as paredes que subiam até alturas infindáveis e mergulhavam em profundezas abismais. O vão de serviço era empregado na circulação e reciclagem da atmosfera da estação.

Naquele momento, Luke estava assustado e preocupado demais para ficar furioso com a princesa que quase o empurrara. Além disso, outros perigos requeriam sua atenção. Um disparo de energia explodiu sobre suas cabeças, fazendo voar pequenos pedaços de metal.

"Acho que fizemos uma curva errada", ele murmurou, atirando de volta nos soldados que avançavam e iluminando o corredor estreito atrás deles com destruição.

Uma porta deslizante aberta apareceu do outro lado do abismo. Parecia estar a um ano-luz de distância. Tateando o umbral da passagem, Leia localizou um interruptor, que ela acionou imediatamente. A porta atrás deles se fechou com um estrondo retumbante. Pelo menos isso bloqueou os disparos dos soldados que se aproximavam mais a cada instante. E também deixou os dois fugitivos se equilibrando precariamente num pequeno espaço da passarela, que não devia chegar a um metro quadrado. Se aquela curta parte da passarela por acaso fosse recolhida para dentro da parede eles veriam mais do interior da Estação Bélica do que poderiam desejar.

Acenando para que a princesa andasse o máximo possível para o lado, Luke protegeu seus olhos e mirou a pistola para os controles da porta deslizante. Uma breve explosão de energia derreteu os controles que se fundiram com a parede. Então ele observou a vasta cavidade que bloqueava o seu caminho até o portal do lado oposto. Este acenava convidativo, um pequeno retângulo amarelo de liberdade.

O suave ruído do ar circulando abaixo deles era o único som perceptível até Luke comentar: "Esta é uma porta blindada, mas não vai segurá-los por muito tempo".

"Precisamos atravessar de algum jeito", Leia concordou, examinando mais uma vez a moldura metálica da porta. "Ache os controles da ponte estendida."

A procura desesperada não deu em nada, enquanto sons incessantes de aríete e de maçarico vinham de trás da porta emperrada. Um pequeno ponto branco, que aparecera no centro do metal, começou a aumentar de tamanho e a soltar fumaça.

"Eles estão vindo!", alertou Luke.

A princesa virou-se cuidadosamente, ficando de frente para o vão. "Esta deve ser uma ponte de via única, com controles apenas do outro lado."

Esticando-se em direção ao painel que continha os controles inalcançáveis, a mão de Luke agarrou algo na altura de sua cintura. Um olhar frustrado para baixo revelou o motivo – e gerou uma ideia aparentemente insana.

O cabo em espiral era fino e de aparência frágil, mas fora produzido com fins militares e deveria sustentar facilmente o peso de Chewbacca, por exemplo. Certamente aguentaria Leia e ele. Livrando o cabo de sua cintura, ele mediu seu comprimento, comparando-o com a largura do abismo. O cabo atravessaria, com folga, a distância.

"E agora?", a princesa inquiriu, curiosa.

Luke não respondeu. Ele removeu uma pequena porém pesada fonte de alimentação do cinto de sua armadura e amarrou uma ponta do cabo ao redor dela. Após verificar se o laço estava seguro, ele se aproximou da beirada da plataforma até onde sua coragem permitia.

Girando a extremidade mais pesada em círculos cada vez maiores, ele atirou o cabo. A ponta atingiu um afloramento de conduítes cilíndricos no outro lado e caiu no vão. Com uma paciência forçada, Luke puxou a linha solta de volta, e se preparou para mais uma tentativa.

Mais uma vez, a ponta mais pesada orbitou em grandes círculos e novamente voou por cima do vão. Durante a tentativa, ele podia sentir o calor crescente às suas costas vindo do metal derretido da porta.

Dessa vez, a ponta mais pesada do cabo se enroscou em alguns canos que corriam no teto do outro lado e, após várias voltas, a ponta escorregou por uma fresta entre os tubos e ficou presa. Inclinando-se para trás, Luke puxou o cabo usando todo o seu peso. O cabo continuava firme.

Enroscando a outra ponta da linha diversas vezes ao redor de sua cintura e do seu braço direito, com o braço esquerdo ele puxou a princesa. A porta atrás deles estava totalmente esbranquiçada e metal líquido corria de suas laterais.

Algo quente e agradável tocou os lábios de Luke, despertando todos os nervos em seu corpo. Ele olhou com surpresa para a princesa, sua boca ainda formigando com o beijo.

"Pra dar sorte", ela murmurou, com um breve e quase tímido sorriso, enquanto passava seus braços em volta dele. "Vamos precisar."

Pousando sua mão direita sobre a esquerda, Luke agarrou o cabo com toda a força possível, respirou fundo e saltou sobre o abismo. Se ele errasse o cálculo do salto em apenas um grau, eles errariam a porta aberta e dariam de cara na parede de metal do outro lado. E se isso acontecesse ele não tinha esperanças de continuar segurando a corda.

Antes que se desse conta, Luke havia completado aquela travessia, assustadora como uma parada cardíaca. Num instante, ele estava do outro lado, apoiando seus joelhos para assegurar-se de que não tinham caído no fosso. Leia soltou-se com um timing perfeito. Ela rolou para a frente, atravessando a escotilha aberta e ficando de pé enquanto Luke lutava para se desenrolar do cabo.

Um gemido distante se transformou num assobio alto, depois num estrondo na hora em que a porta do outro lado cedeu e despencou para dentro das profundezas, desaparecendo. Se ela chegou a tocar o fundo, Luke não conseguiu ouvir.

Uns poucos disparos acertaram a parede. Luke apontou sua própria arma na direção dos troopers e devolveu os disparos, mesmo enquanto Leia o puxava para dentro da passagem.

Uma vez lá dentro, ele ativou uma chave. A porta se fechou com força. Eles não teriam que se preocupar com tiros na retaguarda por um bom tempo. Em compensação, Luke não tinha a menor ideia de onde estavam e ele se perguntou o que teria acontecido com Han Solo e Chewbacca.

Solo e seu parceiro wookiee despistaram uma boa parte de seus perseguidores. Mesmo assim, parecia que sempre que eles se livravam de alguns soldados outros tantos apareciam para substituí-los.

Mais à frente, uma série de portas automáticas começava a se fechar.

"Corre, Chewie!", insistiu Solo.

Chewbacca rosnou uma vez, bufando como uma máquina desgastada. Apesar de sua força descomunal, o wookiee não fora criado para corridas de longa distância. Não fosse sua passada gigantesca, ele não seria capaz de acompanhar o ritmo do ágil corelliano. Chewbacca deixou um punhado de pelos numa das portas, mas ambos conseguiram deslizar por baixo das cinco portas antes que elas se fechassem.

"Isso deve detê-los por um tempo", Solo comemorou com gosto. O wookiee rugiu alguma coisa para ele, mas seu parceiro nitidamente esbanjava confiança.

"Claro que eu consigo encontrar a nave – corellianos não se perdem." Um novo rugido, ligeiramente acusatório desta vez. Solo deu de ombros. "Tocneppil não conta; ele não era corelliano. Além do mais, eu estava bêbado."

Ben Kenobi abaixou-se nas sombras de uma passagem estreita, confundindo-se com o metal das paredes enquanto um esquadrão de troopers passou correndo por ele. Esperando para ter certeza de que todos haviam passado, checou o corredor à sua frente antes de seguir por ele. Mas Kenobi não percebeu a silhueta negra que encobria a luz mais adiante.

Kenobi evitara uma patrulha atrás da outra, cumprindo lentamente seu caminho de volta ao hangar que abrigava o cargueiro. Mais duas esquinas e ele chegaria lá. O que ele faria quando chegasse dependeria do quão imperceptíveis fossem seus passos.

Que o jovem Luke, bem como o aventureiro corelliano e seu parceiro, além dos dois robôs haviam se envolvido em situações que eram o oposto de se tirar uma soneca silenciosa ele já suspeitava, por toda a atividade que ele pudera observar enquanto regressava do fosso de energia. Certamente aquelas tropas não estavam ali apenas para encontrá-lo!

Mas algo diferente o incomodava, a julgar pelas referências que ele ouviu por alto a respeito de certa prisioneira importante que conseguira escapar. Essa descoberta o deixou intrigado, até ele se lembrar da natureza irrequieta, tanto de Luke como de Han Solo. Sem sombra de dúvida eles estavam envolvidos de alguma maneira.

Ben sentiu algo logo à frente e diminui o passo, cautelosamente. Havia algo de familiar naquela sensação, um odor mental do qual ele se lembrava, mas não conseguia dizer de onde.

Então a figura surgiu na sua frente, bloqueando a entrada do hangar, a uns cinco metros de distância. A silhueta e o tamanho do sujeito completaram o quebra-cabeças momentâneo. A maturidade que Kenobi sentia naquele indivíduo havia de ser a responsável por sua confusão temporária. Sua mão se aproximou naturalmente do punho do seu sabre desativado.

"Eu esperei muito tempo por isto, Obi-Wan Kenobi", Darth Vader entoou solenemente. "Nos reencontramos, finalmente. O círculo se fechou." Kenobi sentiu a satisfação por trás daquela máscara hedionda. "A presença que eu senti mais cedo só poderia ser você."

Kenobi avaliou o ser imenso que bloqueava sua fuga e assentiu calmamente, dando a impressão de estar mais curioso do que impressionado: "Você ainda tem muito o que aprender".

"Você já foi meu professor", admitiu Vader, "e eu aprendi muito. Mas a época do aprendizado já acabou faz tempo e agora eu sou o mestre."

A lógica que constituía o elo perdido em seu brilhante pupilo continuava ausente como antes. Não haveria espaço para um debate, Kenobi já sabia. Sacando seu sabre, ele assumiu a posição de guarda de um guerreiro, um movimento realizado com a leveza e a elegância de um bailarino.

Mais abrutalhado, Vader imitou o movimento. Vários minutos de imobilidade se seguiram, visto que os dois homens permaneceram encarando um ao outro, como se esperassem um sinal adequado, ainda que não dito.

Kenobi piscou uma vez, sacudiu a cabeça e tentou limpar seus olhos, que começavam a lacrimejar um pouco. Suor cobria sua testa e suas pálpebras estremeceram novamente.

"Seus poderes são fracos", Vader comentou friamente. "Velho, você nunca deveria ter voltado. Só conseguirá uma partida menos pacífica do que você deve ter sonhado."

"Você só consegue sentir uma parte da Força, Darth", Kenobi murmurou com a segurança de quem encara a morte como uma mera sensação, como dormir ou fazer amor ou segurar uma vela. "Como sempre, você percebe a realidade da Força da mesma forma que um talher percebe o sabor da comida."

Executando um movimento de uma rapidez incrível para alguém tão velho, Kenobi arremeteu contra o gigantesco adversário. Vader bloqueou a estocada com igual velocidade e aplicou um contra-ataque que Kenobi quase não conseguiu evitar. Mais uma esquiva e Kenobi atacou novamente, aproveitando a oportunidade para dar a volta ao redor do colossal Lorde Negro.

Eles continuaram a trocar golpes, com o ancião agora de costas para o hangar. Logo seu sabre e o de Vader ficaram travados, a interação dos dois campos de energia produzindo um rutilar violento de luzes. Um zumbido baixo emanava das unidades de força constante enquanto cada sabre procurava se impor sobre o outro.

C-3PO espiou em volta da entrada do hangar, preocupado em contar o número de troopers que cercavam o cargueiro vazio.

"Onde eles se meteram? Ai, ai."

Ele se abaixou, sumindo de vista quando um guarda olhou na sua direção. Uma segunda tentativa, mais cautelosa, se revelou mais gratificante. O robô conseguiu ver Han Solo e Chewbacca colados à parede de um túnel do outro lado da plataforma.

Solo também parecia desnorteado com o número de guardas. Ele murmurou: "Nós não acabamos de sair dessa festa?"

Chewbacca rosnou e ambos deram meia-volta. Eles então relaxaram e abaixaram suas armas ao avistarem Luke e a princesa.

"Por que demoraram tanto?", Solo disse em tom de brincadeira.

"Nós esbarramos", Leia explicou, ofegante, "em velhos conhecidos."

Luke olhava o cargueiro. "Tudo certo com a nave?"

"A princípio, sim", foi a análise de Solo. "Pelo jeito eles não desmontaram nada nem mexeram nos motores. Entrar nela é que vai ser o problema."

De repente, Leia apontou para um dos túneis opostos. "Vejam!"

Iluminados pelas faíscas dos campos de energia em contato, Ben Kenobi e Darth Vader estavam de costas para a plataforma. A luta também atraiu a atenção de outros. Todos os guardas se moveram para melhor acompanhar o grandioso conflito.

"É a nossa chance", Solo observou, correndo na frente.

Todos os sete vigias da nave se apressaram na direção dos combatentes para ajudar o Lorde Negro. C-3PO mal conseguiu se esconder quando os soldados passaram por ele. Voltando-se para o esconderijo, ele gritou para seu amigo:

"Desconecte-se, estamos de partida." Assim que R2-D2 retraiu o sensor, liberando seu braço da interface, os dois droides passaram a contornar lentamente a área de lançamento.

Kenobi ouviu o barulho se aproximando e espiou rapidamente em direção ao hangar. Uma tropa dirigiu-se até ele, deixando claro que não havia para onde correr.

Imediatamente, Vader aproveitou-se da distração momentânea para erguer seu sabre e atacar. Kenobi, de alguma maneira, conseguiu desviar o golpe violento, bloqueando o sabre do oponente ao mesmo tempo que completava um círculo com o seu.

"Você ainda é ágil, mas está enfraquecido. Prepare-se para conhecer a Força, Obi-Wan."

Kenobi calculou a distância cada vez menor entre ele e a tropa, e lançou um olhar de piedade sobre Vader. "Esta é uma luta que você não pode vencer, Darth. Seu poder amadureceu muito desde que o ensinei, mas eu também evoluí bastante desde que seguimos caminhos diferentes. Se a minha lâmina acertar seu alvo, você deixará de existir. Mas se você me acertar, só conseguirá me deixar mais poderoso. Escute minhas palavras."

"Suas filosofias não me confundem mais, velho", Vader desdenhou com um rosnado. "Eu sou o mestre agora."

Mais uma vez ele avançou numa estocada, simulando um ataque, e então cortou o ar com seu sabre num arco descendente mortal. O golpe acertou o alvo em cheio, cortando o ancião ao meio. Fez-se um breve clarão e o manto de Kenobi tremulou até o chão, caindo em duas metades.

Mas Ben Kenobi não estava lá. Desconfiando de algum truque, Vader remexeu os pedaços do manto com o sabre. Não havia sinais do velho. Ele desaparecera como se nunca tivesse existido.

Os guardas diminuíram sua aproximação e se juntaram a Vader para examinar o local onde Kenobi estava há poucos segundos. Muitos deles murmuravam e mesmo a impressionante presença do Lorde Sith não foi capaz de afastar o medo que alguns deles sentiam.

Uma vez que os guardas haviam corrido em direção ao túnel, Solo e os outros foram para a nave espacial – até que Luke viu Kenobi ser cortado em dois. Instantaneamente, ele mudou de rumo, indo atrás dos guardas.

"Ben!", ele gritou, disparando furiosamente em direção à tropa. Solo o amaldiçoou, mas disparou em apoio a Luke.

Um dos raios de energia acertou o mecanismo da porta de segurança do túnel. A trava de emergência se rompeu e a pesada porta despencou até o chão. Tanto os guardas como Vader conseguiram se esquivar da porta – os guardas saltaram para dentro do hangar e Vader para o lado oposto.

Solo deu meia-volta e correu até a entrada da nave, mas parou quando viu Luke correndo até os guardas.

"Tarde demais!", Leia gritou para ele. "Acabou."

"Não!" Luke meio que gritou, meio que soluçou.

Uma voz conhecida, ainda que diferente, soprou em seus ouvidos – a voz de Ben. "Luke... escute!", foi tudo o que ela disse.

Desnorteado, Luke se virou para procurar a fonte daquele conselho. Só encontrou Leia, acenando para ele, enquanto ela seguia R2 e C-3PO rampa acima.

"Venha! Não temos tempo a perder."

Hesitando, sua mente ainda confusa com aquela voz imaginária (seria mesmo imaginária?), Luke mirou e derrubou vários soldados antes de também dar as costas e recuar até o cargueiro.

XI

Confuso, Luke cambaleou até a frente da nave. Ele mal notou o som dos disparos de energia que, fracos demais para penetrar os escudos da nave, explodiam inofensivamente do lado de fora. Sua própria segurança não lhe importava muito. Com olhos turvos, ele observava Chewbacca e Solo ajustarem os controles.

"Espero que o coroa tenha conseguido desativar o raio trator", disse o corelliano, "ou este será um passeio muito rápido."

Ignorando o comentário, Luke retornou à área de carga e se atirou em uma poltrona, sua cabeça caindo sobre suas mãos. Leia Organa o vislumbrou silenciosamente por um momento, então removeu seu manto. Aproximando-se, ela cobriu os ombros dele com o tecido.

"Você não poderia ter feito nada", ela sussurrou num tom de voz reconfortante. "Foi tudo muito rápido."

"Não acredito que ele se foi", foi a resposta de Luke, sua voz um rascunho de suspiro. "Não acredito."

Solo acionou uma alavanca, nervoso com o que estava à sua frente. Mas a porta gigantesca do hangar fora construída para responder à aproximação de qualquer veículo. O item de segurança serviu para facilitar sua fuga. O cargueiro deslizou pelas portas que ainda se abriam e ganhou o espaço.

"Nada", Solo respirou aliviado, estudando diversas leituras com profunda satisfação. "Nem mesmo um erg de atração. Ele conseguiu."

Chewbacca rosnou algo e a atenção do piloto se voltou para outra série de medições. "Certo, Chewie. Eu esqueci, por um instante, que existem outras maneiras de nos persuadir para que voltemos." Seus dentes apareceram sob um sorriso determinado. "Mas eles só nos levarão de volta para aquela tumba voadora se for em pedaços. Assuma o controle."

Ele girou a poltrona e saiu correndo da cabine de piloto. "Vem comigo, garoto", ele gritou para Luke. "Ainda não estamos a salvo."

Luke não respondia, não se mexia e Leia voltou-se para Solo com cara de poucos amigos. "Deixe-o em paz. Você não percebe o que o velho significava pra ele?"

Uma explosão abalou a nave, quase jogando Solo no chão.

"E daí? O coroa se entregou para nos dar uma chance de escapar. Você quer desperdiçá-la, Luke? Você acha que Kenobi se entregou à toa?"

Luke levantou a cabeça e fitou o corelliano com olhos vagos. Não, nem tão vagos assim... Havia um brilho antigo e desagradável no fundo deles. Sem uma palavra, ele atirou o manto longe e seguiu Solo.

Respondendo com um sorriso de confiança, Solo apontou para uma passagem estreita. Luke olhou para a direção indicada, sorriu sem convicção e correu até lá enquanto Solo seguia até uma passagem do lado oposto.

Luke se viu numa bolha giratória, que se projetava de um dos lados da nave. Um tubo comprido, de aparência estranha, cujo propósito foi reconhecido imediatamente, prolongava-se do cume daquele hemisfério transparente. Luke se ajeitou na cadeira e fez um breve estudo dos controles. Ativador aqui, gatilho ali... ele havia disparado aquelas armas milhares de vezes antes – em seus sonhos.

Adiante, Chewbacca e Leia procuravam reconhecer no espaço lá fora os caças que vinham em sua direção, representados por linhas vermelhas em diversos monitores. De repente, Chewbacca soltou um rugido gutural e puxou alguns controles, enquanto Leia deixava um grito escapar.

"Lá vêm eles."

O campo estelar circundava Luke quando um caça imperial TIE avançou em sua direção e depois o contornou, desaparecendo mais à frente. Dentro da minúscula cabine, o piloto franziu a testa enquanto o supostamente abatido cargueiro sumia de seu alcance. Ajustando seus próprios controles, ele desenhou uma elipse com o objetivo de interceptar o curso da nave fugitiva.

Solo disparou em outro caça e seu piloto por pouco não fundiu os motores na tentativa de desviar dos raios de energia. Ele conseguiu fazer uma manobra por baixo do cargueiro que o levou até o outro lado da nave. Enquanto ele abaixava o para-sol para proteger seus olhos do brilho, Luke abria fogo contra o caça.

Chewbacca alternava sua atenção entre os instrumentos e as telas do radar e Leia se esforçava para separar estrelas distantes de assassinos próximos.

Dois caças mergulharam simultaneamente sobre o cargueiro, tentando alinhar suas armas naquela nave inesperadamente flexível. Solo atirou nos globos descendentes e Luke fez o mesmo, com um atraso de um segundo. Ambos dispararam na espaçonave e ambos erraram.

"Eles são muito rápidos", Luke gritou em seu comunicador.

Outro raio inimigo acertou a dianteira do cargueiro e por pouco não foi desviado pelos escudos defletores. A cabine trepidou violentamente e os monitores chiaram em reação à quantidade de energia que eles precisavam despender para realizar suas tarefas.

Chewbacca murmurou algo para Leia e ela murmurou uma resposta como se quase o tivesse entendido.

Outro caça soltou uma bateria sobre o cargueiro, só que desta vez um disparo atravessou um escudo sobrecarregado e conseguiu acertar a lateral da nave. Ainda que parcialmente desviado, o raio ainda carregava energia suficiente para explodir um grande painel de controle na passagem principal, fazendo chover fagulhas e fumaça em todas as direções. R2-D2 partiu com determinação para o inferno em miniatura, enquanto a nave balançava loucamente, atirando o menos estável C-3PO dentro de um armário repleto de componentes computadorizados.

Uma luz de alarme começou a piscar, implorando por atenção na cabine do piloto. Chewbacca resmungou algo para Leia que o encarou preocupada, desejando ser fluente na língua dos wookiees.

Então um caça flutuou sob o cargueiro danificado, bem à vista de Luke. Movendo sua boca em silêncio, Luke disparou contra ele. O incrivelmente ágil e pequeno veículo conseguiu escapar de seu alcance, mas ao passar por baixo de Solo este instantaneamente abriu um fogo constante em sua direção. Na mesma hora, o caça irrompeu num clarão incrível de luzes multicoloridas, jogando um bilhão de pedacinhos de metal superaquecido em todas as seções do cosmos.

Solo virou-se e fez um aceno vitorioso para Luke, que o jovem fez questão de devolver com alegria. Eles então voltaram suas armas para outro caça que caía sobre o casco do cargueiro, atirando num transmissor em forma de prato.

No meio da passagem principal, chamas furiosas cercavam uma máquina atarracada e cilíndrica. Um spray de partículas brancas saía da cabeça de R2-D2. Onde o spray tocava, o fogo se retraía.

Luke tentou relaxar, interagir com sua arma como se ela fosse uma extensão de si mesmo. Quase sem tomar conhecimento, ele atirava num caça em retirada. Quando ele piscou, foi para ver os fragmentos em chamas da nave inimiga formando uma bola perfeita de luz do lado externo da torre. Era sua vez de girar e abrir um sorriso de triunfo para o corelliano.

Na cabine, Leia prestava atenção às informações embaralhadas das leituras computadorizadas, enquanto procurava no céu por naves adicionais. Ela projetou sua voz num microfone aberto.

"Ainda tem mais dois deles lá fora. Parece que perdemos nossos monitores laterais e o escudo defletor de estibordo."

"Não se preocupe", Solo disse, tão esperançoso quanto confiante, "ela vai aguentar." Ele suplicou às paredes: "Tá ouvindo, nave? Aguenta firme! Chewie, tente mantê-lo a bombordo. Se nós..."

Ele foi forçado a se calar quando um TIE se materializou do nada, disparando uma batelada de raios. A nave surgiu do outro lado e Luke se viu atirando sem parar, ignorando o poder de fogo do adversário. No último instante, antes que o caça saísse de seu alcance, ele ajeitou minimamente o cano de sua arma, seu dedo apertando compulsivamente o gatilho. O caça imperial se transformou em uma nuvem de poeira fosforescente em rápida expansão. O outro caça aparentemente considerou mínimas as suas chances, pois deu meia-volta e recuou em velocidade máxima.

"Conseguimos!", Leia gritou, virando-se para dar um abraço inesperado no wookiee. Ele rosnou para ela – bem suavemente.

Darth Vader entrou a passos largos na sala de controle, onde o governador Tarkin observava um gigantesco monitor. A tela brilhante mostrava um mar de estrelas, mas não era a vista espetacular que absorvia os pensamentos do governador no momento. Ele mal percebeu quando Vader entrou.

"Eles fugiram?", perguntou o Lorde Negro.

"Eles acabam de completar o salto para o hiperespaço. Sem dúvida, devem estar celebrando o sucesso de sua ousadia neste exato instante." Agora Tarkin se virou para encarar Vader, com um leve tom de advertência em sua voz.

"Estou me arriscando demais e por insistência sua, Vader. É melhor que seu plano funcione. Tem certeza de que o localizador está seguro a bordo daquela nave?"

Vader exalava confiança por baixo de sua negra e reflexiva máscara. "Não há o que temer. Este dia sempre será lembrado. Ele já foi testemunha da extinção definitiva dos Jedi. Logo, ele verá o fim da Aliança e da rebelião."

Solo mudou de lugar com Chewbacca. O wookiee agradecia pela oportunidade de largar os controles. Quando o corelliano deu uma volta para inspecionar a extensão dos danos, uma Leia totalmente determinada passou por ele no corredor.

"O que você acha, coração?", interrogou Solo, satisfeito consigo mesmo. "Nada mal para um resgate de última hora. Sabe, às vezes eu mesmo me surpreendo."

"Isso não parece ser muito difícil", ela concordou imediatamente. "O que interessa não é a minha segurança, mas o fato de a informação guardada no droide R-2 permanecer intacta."

"O que aquele droide carrega de tão importante, afinal de contas?"

Leia admirou o chão de estrelas à sua frente. "Esquemas técnicos da Estação Bélica. Eu só espero que encontrem alguma fraqueza quando analisarem as plantas. Até lá, até que a estação seja destruída, nós devemos persistir. Esta guerra ainda não acabou."

"Acabou pra mim", o piloto argumentou. "Não entrei nessa pela revolução. Tenho interesse em economia, não em política. Negócios são feitos em qualquer regime. E eu não estou nessa por você, princesa. Eu espero ser bem pago por arriscar minha nave e minha pele."

"Não se preocupe com a recompensa", ela assegurou, com um tom de tristeza, afastando-se dele. "Se é dinheiro que você ama... é dinheiro que você receberá."

Ao deixar a cabine, ela viu Luke se aproximando e lhe disse: "Seu amigo é um mercenário. Imagino se ele realmente se importa com alguma coisa – ou com alguém".

Luke ficou olhando para Leia até ela desaparecer na área de carga e, por fim, sussurrou: "*Eu* me importo... *eu* me importo". Então ele foi até a cabine e se sentou na poltrona que Chewbacca acabara de liberar.

"O que você acha dela, Han?"

Solo nem hesitou: "Não acho nada".

Luke provavelmente não esperava que sua resposta fosse audível, mas Solo escutou quando ele murmurou "Que bom" mesmo assim.

"Se bem que", Solo ousou divagar, "ela é muito talentosa, pra combinar com a insolência. Não sei... Você acha possível que uma princesa e um cara como eu..."

"Não", cortou Luke imediatamente. Ele virou a cabeça e olhou para o outro lado.

O ciúme do rapaz fez Solo sorrir, incerto se em sua cabeça ele fizera o comentário para fisgar o amigo inocente – ou se era apenas a verdade.

Yavin não era um mundo habitável. O gigante gasoso era recortado por formações de nuvens de grande altitude. Aqui e ali a atmosfera cintilante era moldada por tempestades ciclônicas compostas de ventos de seiscentos quilômetros por hora que sugavam gases ferventes da troposfera. Era um mundo de uma beleza duradoura e de morte rápida para aqueles que tentavam penetrar sua cortina de gases e chegar em seu comparativamente pequeno núcleo feito de líquidos congelados.

Várias das inúmeras luas do gigantesco planeta, entretanto, também eram do tamanho de planetas. Delas, três conseguiam abrigar vidas humanoides. Particularmente convidativo era o satélite designado pelos descobridores do sistema como o de número quatro. Ele brilhava como uma esmeralda no colar de luas de Yavin, rico em fauna e flora. Mas ele não era listado entre os mundos que abrigavam assentamentos humanos. Yavin estava localizado longe demais das regiões colonizadas da galáxia.

Talvez um desses motivos, ou ambos, ou ainda uma combinação de motivos ainda desconhecidos tenha feito a raça que há muito emergira das selvas do satélite quatro desaparecer muito antes que o primeiro explorador humano pisasse naquele mundo diminuto. Pouco se sabia sobre eles, exceto que deixaram um número significativo de monumentos e que foram uma das muitas raças que sonharam em conquistar as estrelas apenas para ver seus desejos fracassarem.

Agora, tudo o que restava eram montes formados por antigas construções cobertas pela floresta. Mas, ainda que tenham desaparecido, seus artefatos e seu mundo ainda continuavam servindo a um importante propósito.

Gritos estranhos e uivos quase imperceptíveis surgiam de cada árvore e de cada arbusto; pios e rosnados e murmúrios exóticos brotavam de criaturas satisfeitas em permanecer escondidas na densa vegetação. Sempre que a manhã surgia sobre a quarta lua, anunciando um de seus longos dias, um coral selvagem de urros e de gritos estranhamente modulados ressoava através da névoa espessa.

Sons ainda mais estranhos surgiam continuamente de um lugar em particular. Ali ficava o mais impressionante dos edifícios que uma raça desaparecida erguera em direção aos céus. Era um templo, uma estrutura piramidal rústica tão colossal que parecia impossível que ela pudesse ter sido construída sem a ajuda de técnicas modernas de construção gravitônicas. Ainda assim, todas as evidências apontavam apenas para máquinas simples, tecnologia manual – e, talvez, dispositivos alienígenas ha muito desconhecidos.

Enquanto a ciência dos habitantes dessa lua os levou a um beco sem saída no que dizia respeito a viagens interplanetárias, eles chegaram a realizar várias descobertas que, de certa forma, superavam realizações imperiais similares – uma delas envolvendo o método ainda inexplicável com que cortavam e transportavam imensos blocos de pedra da crosta da lua.

Desses monstruosos blocos de rocha sólida, o enorme templo fora construído. A floresta havia encoberto até mesmo seu altíssimo cume, vestindo o templo de abundantes tons de verde e marrom. Apenas nas proximidades da base, na frente do templo, a floresta abrira caminho, revelando uma entrada longa e escura, cortada por seus construtores e alargada para atender às necessidades dos atuais ocupantes do prédio.

Uma minúscula máquina, com laterais metálicas e de matiz prateado, destoando do verde onipresente, apareceu na floresta. Ela zumbia como um besouro gordo, enquanto levava sua parcela de passageiros em direção à entrada do templo. Atravessando uma clareira de tamanho considerável, ela logo foi engolida pela bocarra escura na frente da estrutura gigantesca, deixando a selva novamente sob as patas, garras, rugidos e pios de feras invisíveis.

Os construtores originais jamais reconheceriam o interior de seu templo. Metal amassado substituía a rocha e painéis serviam de divisória no lugar de madeira. Eles tampouco seriam capazes de ver as camadas enterradas que eles haviam escavado na rocha, camadas que continham hangares sobre hangares, conectados por poderosos elevadores.

Um landspeeder fez uma parada gradual dentro do templo, cujo primeiro nível era o mais alto entre os hangares repletos de espaçonaves. Seu motor morreu obedientemente enquanto o veículo era estacionado. Um grupo ruidoso de humanos esperando ali perto interrompeu sua conversa e correu em direção à nave.

Felizmente, Leia Organa rapidamente saltou do speeder, caso contrário o homem que chegara lá primeiro poderia tê-la arrancado do carro, tão grande era seu prazer ao vê-la. Ele se conteve, dando-lhe um abraço apertado enquanto seus companheiros a saudavam de várias formas.

"Você está bem! Temíamos pela sua vida." Ele se recompôs, deu um passo para trás e executou uma saudação formal. "Quando soubemos de Alderaan, ficamos com medo que você tivesse... desaparecido com o resto da população."

"Isso tudo são águas passadas, comandante Willard", ela disse. "Temos que viver pelo futuro. Alderaan e seu povo se foram." Sua voz tornara-se fria, assustadora em alguém de aparência tão delicada. "Devemos garantir que isso não aconteça novamente."

"Não temos tempo para lamentos, comandante", ela continuou enfática. "A Estação Bélica certamente nos rastreou até aqui."

Solo começou a protestar, mas ela calou a boca dele usando a lógica e um olhar firme.

"Essa é a única explicação por nossa fuga ter sido tão fácil. Eles só mandaram quatro caças imperiais TIE atrás de nós. Eles poderiam facilmente ter lançado uma centena."

Solo não tinha uma resposta, mas continuava a fumegar silenciosamente. Então Leia apontou para R2-D2.

"Vocês devem usar a informação armazenada neste droide R2 para traçar um plano de ataque. É nossa única esperança. A estação é mais poderosa do que qualquer um suspeitava." Seu tom de voz diminuiu. "Se os dados não revelarem um ponto fraco, não conseguiremos pará-los."

Luke foi então presenteado com uma visão única em sua experiência, única para a maioria dos homens. Vários técnicos rebeldes se aproximaram de R2-D2, posicionaram-se em volta dele e gentilmente o levaram em seus braços. Essa foi a primeira e provavelmente a última vez que ele veria um robô ser carregado com tanto respeito por humanos.

Em teoria, nenhuma arma conseguiria penetrar a rocha excepcionalmente sólida do templo antigo, mas Luke tinha visto os destroços remanescentes de Alderaan e sabia que, para aqueles a bordo da Estação Bélica, a lua inteira representava simplesmente mais um problema abstrato de conversão de massa em energia.

O pequenino R2-D2 descansava confortavelmente num lugar de honra. Seu corpo estava conectado a computadores por tantos fios que mais pareciam uma cabeleira metálica. Num conjunto de telas e instrumentos de leitura próximo, a informação técnica gravada na fita submicroscópica dentro do cérebro do robô estava sendo exibida. Horas e mais horas – diagramas, gráficos, estatísticas.

A princípio, o fluxo de material foi lentamente digerido por mentes cibernéticas mais sofisticadas. Então, as informações mais críticas foram entregues a analistas humanos para uma avaliação detalhada.

Enquanto isso, C-3PO permaneceu ao lado de R2-D2, maravilhado com a quantidade complexa de dados que foram armazenados na mente de um droide tão simples.

A sala de instruções principal estava localizada nas entranhas do templo. O enorme auditório de pé-direito baixo estava tomado por uma plataforma com gigantescas telas eletrônicas em sua extremidade. Pilotos, navegadores e algumas unidades R2 lotavam os assentos. Impacientes e sentindo-se deslocados, Han Solo e Chewbacca estavam o mais longe possível do palco e de sua assembleia de oficiais e senadores. Solo vasculhou a multidão procurando por Luke. Apesar de alguns apelos ao bom senso, o louco do garoto havia se alistado como piloto. Han Solo não viu Luke, mas reconheceu a princesa, que conversava sobriamente com um velho cheio de condecorações.

Quando um respeitável cavalheiro com muitas mortes em sua alma andou até o púlpito na lateral do telão, Solo prestou atenção nele, bem como fizeram todos os demais no auditório. Assim que o silêncio esperado tomou conta da multidão, o general Jan Dodonna ajustou o pequeno microfone de lapela e indicou o pequeno grupo sentado perto dele.

"Vocês conhecem essas pessoas", ele entoou com um poder sereno. "São senadores e generais de mundos que nos deram apoio, aberta ou secretamente. Eles se juntaram a nós neste que poderá ser o momento decisivo." Ele deixou seu olhar alcançar muitos na multidão e nenhum que recebeu esta graça permaneceu indiferente.

"A Estação Bélica Imperial que vocês todos já ouviram falar está se aproximando e se encontra perto de Yavin e do seu sol. Isso ainda nos dá um pouco de tempo, mas ela precisa ser detida - de uma vez por todas - antes que alcance esta lua, antes que traga seu poder de fogo para nos destruir, como ela fez com Alderaan." Um murmúrio correu pela plateia após a menção daquele mundo, eliminado de maneira tão insensível.

"A estação", prosseguiu Dodonna, "é fortemente protegida e acumula mais poder de fogo do que metade da Frota Imperial. Mas suas defesas foram projetadas para repelir ataques de larga escala, naves de assalto de grande porte. Um pequeno caça, de um ou dois homens, deverá ser capaz de contornar seus campos defensivos."

Um homem magro e atlético, que lembrava uma versão mais velha de Han Solo, se levantou. Dodonna percebeu sua presença. "O que foi, Líder Vermelho?"

O homem apontou para o telão, que exibia uma simulação computadorizada da Estação Bélica. "Desculpe-me por perguntar, senhor, mas o que nossos *humildes* caças poderiam fazer contra *aquilo*?"

Dodonna considerou. "Bem, o Império não acha que um caça com um piloto represente perigo para nada além de uma pequena nave, como um TIE, ou eles teriam providenciado campos de força mais próximos. Aparentemente, estão convencidos de que seu armamento defensivo consiga afastar ataques ligeiros."

"Porém, uma análise das plantas fornecidas pela princesa Leia revelou o que acreditamos ser um ponto fraco no projeto da estação. Uma nave grande não conseguiria se aproximar dele, mas talvez um caça X-wing ou um Y-wing consiga."

"Trata-se de um pequena porta de exaustão térmica. Seu tamanho despista sua importância, já que ela aparenta ser parte de um eixo desprotegido que corre diretamente até o reator central que abastece a estação. Como serve de chaminé para eliminar o calor no caso de um superaquecimento do reator, sua função seria inutilizada por um campo de força. Um disparo direto poderia iniciar uma reação em cadeia que destruiria a estação."

Murmúrios de descrença percorreram o auditório. Quanto mais experiente era o piloto maior sua descrença.

"Eu não disse que sua missão seria fácil", advertiu Dodonna. Ele apontou para o telão. "Vocês devem manobrar até esse eixo, nivelar entre essas paredes e sobrevoar a superfície – até este ponto. O alvo só tem dois metros. Precisaremos de um disparo perfeito, de exatos noventa graus, para acertar a sistematização do reator. E apenas um disparo direto conseguirá dar início à reação completa."

"Eu disse que a porta de exaustão não era blindada. Entretanto, ela está protegida por escudos antienergia, ou seja, nada de raios de energia. Vocês terão que usar torpedos de próton."

Uns poucos pilotos riram, sem achar graça. Um deles era um piloto de caças adolescente, sentado perto de Luke, que carregava o nome improvável de Wedge Antilles. R2-D2 também estava lá, sentado perto de outra unidade R2 que emitira um longo silvo de desespero.

"Um alvo de dois metros em velocidade máxima, ainda por cima com um torpedo", rosnou Antilles. "Isso é impossível até mesmo para um computador."

"Não é impossível", protestou Luke. "Eu costumava acertar ratazanas do deserto com meu T-16, lá em casa. Elas não são muito maiores do que dois metros."

"É mesmo?", observou ironicamente o jovem desinformado. "Então me diga: quando você saía pra caçar seu bichinho por acaso havia uma centena de outras – como você disse? – 'ratazanas' armadas com rifles de energia disparando em você?" Luke fez que não com a cabeça.

"Com todo aquele poder de fogo da estação voltado para nós, vai ser um pouquinho mais difícil que tiro ao alvo no curral, confie em mim."

Como se confirmasse o pessimismo de Antilles, Dodonna indicou uma linha de luzes na planta da estação. "Prestem bastante atenção nesses assentamentos. Existe uma enorme concentração de artilharia nos eixos latitudinais, assim como baterias antiaéreas por todo o globo da estação."

"Além disso, seus geradores de campo de força provavelmente irão criar muita estática, especialmente em volta desse vão. Eu calculo que a navegação neste setor será abaixo de ponto-três." A afirmação produziu mais murmúrios e uns poucos gemidos na assembleia.

"Lembrem-se", o general prosseguiu, "vocês devem conseguir um disparo direto. O esquadrão Amarelo cobrirá o Vermelho durante a primeira onda. O Verde cobrirá o Azul na segunda. Perguntas?"

Um zumbido abafado encheu o auditório. Um homem se levantou, esguio e bonito – até demais, ao que parecia, para estar preparado para arriscar sua vida por algo tão abstrato como a liberdade.

"E se as duas ondas falharem? O que faremos depois?"

Dodonna esboçou um sorriso. "Então não haverá um 'depois'." O homem assentiu lentamente, como era o esperado, e se sentou. "Mais alguém?" Silêncio, agora prenhe de expectativas.

"Então embarquem em suas naves – e que a Força esteja com vocês."

As fileiras de homens, mulheres e máquinas se levantaram e seguiram rumo às saídas.

Elevadores zuniam apressados, içando sem parar máquinas mortais das profundezas até a área de lançamento no hangar primário do templo, enquanto Luke, C-3PO e R2-D2 andavam em direção à entrada.

Nem as agitadas equipes de solo, nem os pilotos fazendo a checagem final, nem mesmo as enormes faíscas expelidas dos poderosos motores a jato conseguiram atrair a atenção de Luke naquele momento. Sua atenção fora capturada pelas atividades de dois personagens bem mais familiares.

Solo e Chewbacca carregavam uma pilha de pequenas arcas num landspeeder blindado. Eles estavam completamente absortos com a tarefa, ignorando os preparativos que aconteciam à sua volta.

Solo olhou para cima rapidamente e viu Luke e os robôs se aproximarem, e então voltou à sua tarefa. Luke apenas olhou, com tristeza. Emoções conflitantes se reviravam confusas no seu íntimo. Solo era arrogante, imprudente, intolerante e convencido. Ele também era extraordinariamente corajoso, sábio e infalivelmente divertido. A combinação perfeita para um amigo estranho – mas, ainda assim, um amigo.

"Conseguiu sua recompensa", Luke finalmente observou, indicando as arcas. Solo fez que sim. "E você está partindo, então?"

"É isso aí, garoto. Eu tenho velhas dívidas pra pagar. Mesmo que não tivesse, não acho que seria tolo o bastante para permanecer por aqui." Ele avaliou Luke. "Você está em boa forma, garoto. Por que não vem com a gente? Eu arrumo trabalho pra você."

O brilho mercenário nos olhos de Solo só deixou Luke mais furioso. "Por que você não olha ao redor e vê se enxerga algo além de você mesmo, só pra variar? Você sabe o que está pra acontecer aqui, contra o que eles estão lutando. Eles poderiam contar com um bom piloto. Mas você está virando as costas pra eles."

Solo não parecia estar chateado com o comentário de Luke. "Do que adianta uma boa recompensa se você não viver para gastá-la? Atacar aquela Estação Bélica não é a minha ideia de coragem – está mais para suicídio."

"Claro... Cuide-se, Han", Luke respondeu com tranquilidade, já de saída. "Mas eu acho que isso você sabe muito bem como fazer, não é?" Ele partiu de volta às profundezas do hangar, escoltado pelos dois droides.

Solo partiu atrás dele, hesitou e então gritou: "Ei, Luke... que a Força esteja com você". Luke olhou para trás e viu Solo piscar. Ele acenou – mais ou menos. E então deixou-se engolir pelas máquinas e mecanismos em movimento.

Solo voltou ao trabalho, ergueu uma arca – e parou, quando percebeu que Chewbacca o encarava.

"Tá olhando o quê, coisa feia? Eu sei o que estou fazendo. De volta ao trabalho!"

Lentamente, ainda olhando seu parceiro, o wookiee retornou à tarefa de carregar as pesadas caixas.

Pensamentos tristes sobre Solo desapareceram quando Luke viu a pequenina figura parada ao lado de sua nave – a nave que haviam lhe concedido.

"Tem certeza de que é isso o que você quer?", perguntou a princesa Leia. "Pode ser uma recompensa mortal."

Os olhos de Luke refletiam o brilho da odiosa máquina de metal. "Quero isso mais do que tudo."

"Então, qual é o problema?"

Luke olhou de volta para ela e deu de ombros. "É o Han. Eu pensei que ele mudaria de ideia. Pensei que iria conosco."

"Um homem deve seguir seu próprio caminho", ela disse, falando agora como uma senadora. "Ninguém pode escolher por ele. As prioridades de Han Solo são diferentes das suas. Gostaria que não fosse assim, mas dentro do meu coração eu não consigo culpá-lo." Ela ficou na pontinha dos pés, deu-lhe um beijo rápido, quase envergonhado, e se afastou. "Que a Força esteja com você."

"Eu só queria", Luke murmurou para si enquanto partia em direção à nave, "que Ben estivesse aqui."

Tão intensos eram seus pensamentos sobre Kenobi, a princesa e Han que ele não percebeu o sujeito alto que tocou seu braço. Ele se virou, mas sua fúria inicial desapareceu instantaneamente ao reconhecer quem era.

"Luke!", exclamou o sujeito ligeiramente mais velho que ele. "Não acredito! Como você chegou aqui? Você vai lutar conosco?"

"Biggs!" Luke abraçou carinhosamente seu amigo. "Mas é claro que eu vou estar lá com você!" Seu sorriso se desfez um pouco. "Já não tenho mais escolha." Então ele se animou novamente. "Escute, eu tenho umas histórias pra contar..."

As gargalhadas e algazarras que os dois fizeram contrastavam com a solenidade com que os outros homens e mulheres do hangar agiam. A comoção atraiu a atenção de um veterano de guerra, conhecido pelos pilotos mais jovens apenas como Líder Azul.

Seu rosto se franziu de curiosidade enquanto ele se aproximava dos dois rapazes. Era um rosto queimado pelo mesmo fogo que ardia em seus olhos, um brilho aceso não pelo fervor revolucionário, mas por anos vivendo e testemunhando injustiças demais. Por trás daquela visão paternal, um demônio indomável lutava para escapar. Em breve, muito em breve, ele poderia libertá-lo.

Agora, ele se interessara por aqueles dois jovens que em poucas horas provavelmente não passariam de partículas de carne congelada flutuando sobre Yavin. Um deles o Líder Azul reconheceu.

"Você não é Luke Skywalker? Você foi designado para pilotar um Incom T-65?"

"Senhor", Biggs disse antes que seu amigo conseguisse responder, "Luke é o melhor piloto de áreas remotas da galáxia."

O veterano deu um tapinha nas costas de Luke para tranquilizá-lo enquanto observava sua nave. "É para sentir orgulho. Eu mesmo tenho mais de mil horas de voo num skyhopper Incom." Ele fez uma pausa antes de continuar.

"Conheci seu pai quando ele era apenas um garoto, Luke. Ele era um grande piloto. Você vai se sair bem. Se tiver metade da pontaria de seu pai, você fará um ótimo trabalho."

"Obrigado, senhor. Vou tentar."

"Não há muita diferença, em termos de controle, entre um X-wing T-65", o Líder Azul completou, "e um skyhopper." Seu sorriso se tornou um tanto cruel. "Exceto que levam cargas de natureza um tanto diferentes."

Ele os deixou e se apressou em direção à sua própria nave. Luke tinha centenas de perguntas, mas não havia tempo para fazer nenhuma.

"Preciso embarcar em minha nave, Luke. Escute, você me conta suas histórias quando voltarmos. Certo?"

"Certo. Eu disse a você que um dia chegava até aqui, Biggs."

"Você disse." Seu amigo se dirigia a um grupo de caças, ajustando seu uniforme de voo. "Vai ser como nos velhos tempos, Luke. Somos dois cometas que ninguém consegue parar!"

Luke sorriu. Eles costumavam usar esse grito de guerra quando pilotavam naves estelares feitas de dunas de areia e troncos caídos de árvores nas ruas de Anchorhead... anos e anos atrás.

Uma vez mais, Luke se virou para sua nave, admirando sua aparência mortal. Apesar das afirmações do Líder Azul, ele precisava admitir que o caça não se parecia muito com um Incom skyhooper. R2-D2 fora acoplado no encaixe atrás da cabine do piloto. Uma figura desamparada de metal olhava a operação lá de baixo e parecia nervosa.

"Segure firme", C-3PO alertava o robô menor. "Você precisa voltar. Se você não voltar, com quem eu vou ter que gritar?" Para C-3PO, essa pergunta sintetizava uma explosão avassaladora de emoções.

R2 soltou um bipe confiante para seu amigo, enquanto Luke entrava na cabine. Mais longe no hangar, ele viu o Líder Azul já acomodado em seu assento e sinalizando para sua equipe de solo. Mais um rugido foi adicionado ao estrondo monstruoso que tomava conta da área do hangar, enquanto as naves, uma após a outra, ativavam seus motores. Naquele retângulo anexado ao templo, o trovejar era incessante.

Ajeitando-se no assento, Luke estudou os vários controles enquanto os assistentes de solo começavam a conectá-lo à nave via cabos e cordões umbilicais. Sua confiança aumentava consideravelmente. A instrumentação fora necessariamente simplificada e, como o Líder Azul havia indicado, aquele aparelho se parecia muito com seu velho skyhopper.

Algo cutucou seu capacete. Luke olhou para a esquerda e viu o chefe da equipe se inclinando perto. Ele teve que gritar para ser ouvido debaixo daquela sinfonia de múltiplos motores. "Esta sua unidade R2 parece um tanto velha de guerra. Quer trocar por uma nova?"

Luke espiou brevemente o droide antes de responder. R2-D2 parecia uma peça permanente do caça.

"De jeito nenhum. Esse droide e eu já passamos por poucas e boas. Tudo certo aí, R2?" O droide respondeu com um bipe confiante.

Enquanto o chefe se afastava, Luke começou a checagem final de todos os instrumentos. Lentamente, passou por sua cabeça o que ele e os outros estavam prestes a tentar. Não que seus sentimentos pessoais pudessem superar sua decisão de lutar com eles. Ele já não era um indivíduo, funcionando apenas para satisfazer suas necessidades pessoais. Havia algo que o ligava a todos os outros homens e mulheres naquele hangar.

Ao seu redor, cenas dispersas de adeus foram tomando conta – algumas bastante sérias, outras de brincadeira, com toda a emoção verdadeira do momento mascarada pela eficiência. Luke virou o rosto quando viu um piloto se despedir de uma mecânica, possivelmente uma irmã ou esposa, ou apenas uma amiga, com um beijo carinhoso.

Ele se perguntava quantos deles teriam contas a acertar com o Império. Algo estalou em seu capacete. Como resposta, ele tocou uma pequena alavanca. A nave começou a se mover adiante, devagar, mas ganhando velocidade, partindo pela boca escancarada do templo.

XII

Leia Organa sentou-se em silêncio em frente ao enorme telão que exibia imagens de Yavin e suas luas. Um grande ponto vermelho se movia constantemente em direção ao quarto desses satélites. Dodonna e muitos outros comandantes de solo da Aliança esperavam atrás dele, com olhos também aplicados sobre o telão. Minúsculos pontos verdes começaram a aparecer ao redor da quarta lua, aglutinando-se em pequenas nuvens, feito mosquitos de cor esmeralda.

Dodonna pôs a mão sobre o ombro de Leia. Foi reconfortante. "O vermelho representa o progresso da Estação Bélica, que avança pelo Sistema Yavin."

"Todas as nossas naves estão a postos", declarou um comandante mais atrás.

Um único homem permanecia sozinho na guarita cilíndrica, localizada no topo de uma torre esguia como um florete. Vigiando através de binóculos eletrônicos, ele era o único representante visível da vasta tecnologia enterrada no purgatório verde abaixo.

Gritos abafados, rugidos e rosnados primitivos emergiam das copas das árvores mais altas. Alguns eram assustadores, outros nem tanto, mas nenhum deles era capaz de demonstrar força como as quatro naves prateadas que entraram no campo de visão da sentinela. Mantendo uma formação cerrada, elas se lançaram em explosões pelo ar úmido e desapareceram em questão de segundos, dentro da névoa matinal que encobria o céu. Os ecos do som sacudiram as árvores instantes depois, numa tentativa inútil de alcançar os motores que os produziram.

Lentamente assumindo formações de ataque que combinavam naves X-wings e Y-wings, os vários caças partiram da lua, ultrapassando a atmosfera oceânica do gigante Yavin para encontrarem seu verdugo tecnológico.

O homem que observara os gestos entre Biggs e Luke abaixava agora o para-sol de seu visor e ajustava sua mira semiautomática, enquanto checava as naves de ambos os lados da sua.

"Pilotos Azuis", ele falou em seu comunicador, "aqui é o Líder Azul. Ajustem seus seletores e preparem-se. Alvo se aproximando em um ponto-três..."

À frente, a esfera, que mais se parecia com uma das luas de Yavin – mas não era –, começou a brilhar com uma intensidade crescente. Ela reluzia com um brilho metálico totalmente diferente de qualquer satélite natural. Enquanto ele observava a gigantesca Estação Bélica contornar Yavin, os pensamentos do Líder Azul viajavam de volta ao passado. Percorriam lembranças de inúmeras injustiças, de inocentes que eram levados a interrogatórios para depois desaparecerem – todas as perversidades manifestadas por um governo imperial cada vez mais corrupto e indiferente. Todos esses horrores e agonias estavam concentrados, ampliados, representados pelo rotundo e solitário aparato tecnológico ao qual eles se aproximavam.

"Chegamos, rapazes", ele disse ao microfone. "Azul Dois, você está muito distante. Aproxime-se, Wedge."

O jovem piloto que Luke encontrara na sala de instruções do templo olhou para estibordo, depois para seus instrumentos. Ele executou um pequeno ajuste enquanto franzia o rosto. "Desculpe, chefe. Meu navegador parece estar ligeiramente descalibrado. Terei que pilotar no manual."

"Entendido, Azul Dois. Tome cuidado. Todas as naves, preparar ativação do modo de ataque S."

Um após o outro, Luke e Biggs, Wedge e os outros membros da esquadrilha de assalto Azul responderam: "Pronto..."

"Ativar", ordenou o Líder Azul, quando John D. e Porkins indicaram estar prontos.

As asas duplas dos X-wings se abriram. Cada caça agora exibia quatro asas, com armamentos e motores quádruplos ativados para um máximo poder de fogo e de precisão nas manobras.

À frente, a Estação Imperial continuava a crescer. Os detalhes da superfície se tornaram visíveis e cada piloto reconhecia as plataformas de lançamento, as antenas de comunicação e outras montanhas e cânions feitos pelo homem.

Enquanto se aproximava daquela ameaçadora esfera preta pela segunda vez, a respiração de Luke se acelerava. Máquinas de monitoramento vital detectaram a mudança respiratória e compensaram a emissão de oxigênio.

Algo começou a chacoalhar sua nave, quase como se ele estivesse novamente num skyhopper, lutando com os ventos imprevisíveis de Tatooine. Ele passou por um momento de incerteza, até que a voz reconfortante do Líder Azul soou em seus ouvidos.

"Estamos passando pelos campos de força deles. Segurem-se. Travar controles de flutuação e ligar seus próprios campos protetores, força dupla."

O chacoalhar continuou, piorado. Sem saber como compensar, Luke fez exatamente o que deveria: manteve-se calmo e seguiu as ordens. Então a turbulência se foi e a paz gelidamente mortal do espaço retornou.

"Pronto, passamos pelo campo de força", informou o Líder Azul com bastante calma. "Mantenham os canais em silêncio até estarmos sobre eles. Eles não parecem esperar muita resistência."

Ainda que metade da enorme estação permanecesse nas sombras, eles agora estavam perto o suficiente para que Luke conseguisse discernir luzes individuais em sua superfície. Uma nave capaz de ter fases como uma lua... novamente ele ficou maravilhado ante a engenhosidade e o esforço necessários para essa construção de propósito tão equivocado. Centenas de luzes, dispersadas pela curvatura da estação, davam a impressão de uma cidade flutuante.

Alguns dos camaradas de Luke, já que aquela era a primeira vez que avistavam a estação, estavam ainda mais impressionados. "Olha o tamanho dessa coisa!", cuspiu Wedge Antilles ao microfone.

"Boca fechada, Azul Dois", ordenou o Líder Azul. "Acelerar para velocidade de ataque."

Um sorriso de determinação surgiu no rosto de Luke enquanto ele girava diversas chaves sobre sua cabeça e começava a ajustar a leitura computadorizada de seu alvo. R2-D2 reexaminou a estação próxima e pensou intraduzíveis pensamentos eletrônicos.

O Líder Azul comparou a estação com a localização da área-alvo planejada. "Líder Vermelho", ele chamou pelo microfone, "aqui é o Líder Azul. Estamos em posição; vocês podem avançar. A porta de exaustão é bem mais ao norte. Nós vamos mantê-los ocupados por aqui."

O Líder Vermelho era de um tipo físico oposto ao do comandante da esquadrilha de Luke. Ele lembrava o estereótipo do contador, baixo, magro, tímido. Suas habilidades e dedicação, entretanto, facilmente se igualavam às de seu velho amigo militar.

"Estamos partindo em direção ao alvo, Dutch. Fique pronto para assumir a missão caso alguma coisa aconteça."

"Entendido, Líder Vermelho", foi a resposta do outro comandante. "Vamos cruzar o eixo equatorial e tentar atrair suas defesas principais. Que a Força esteja com vocês."

Do enxame que se aproximava, duas esquadrilhas de caças tomaram a dianteira. As naves X-wings mergulharam diretamente sobre o corpo da estação, lá embaixo, enquanto os caças Y-wings acompanharam a curvatura da superfície e seguiram rumo ao norte.

Dentro da estação, sirenes começaram a soar um lamento estridente enquanto a tripulação demorava a perceber que a fortaleza impenetrável se encontrava realmente sob alvo de um ataque organizado. O almirante Motti e seus estrategistas esperavam que a resistência rebelde estivesse centrada em volta de uma sólida defesa na lua de Yavin. Eles estavam completamente despreparados para uma resposta ofensiva, consistindo em dezenas de humildes naves de ataque.

A eficiência imperial estava a ponto de compensar esse descuido estratégico. Soldados correram para ocupar enormes baterias defensivas. Servomotores zuniam enquanto alinhavam os gigantescos canhões. Logo, uma rede de aniquilação começava a envelopar a estação, à medida que as armas de energia, raios elétricos e explosivos se projetavam contra as naves rebeldes.

"Aqui é Azul Cinco", Luke anunciou em seu microfone, ao mergulhar o nariz da sua nave, numa tentativa radical de confundir quaisquer radares lá embaixo. A superfície cinzenta da Estação Bélica passou pela escotilha do caça. "Estou pronto."

"Estou logo atrás de você, Azul Cinco" – a voz inconfundível de Biggs vibrou em seus ouvidos.

O alvo de Luke era tão estável quanto a defesa imperial era evasiva. Raios voaram das armas do pequeno veículo. Um deles iniciou um grande incêndio na superfície sombria abaixo, que continuaria ardendo até que a equipe de bordo da estação interrompesse o fluxo de oxigênio na seção atingida.

A alegria de Luke se transformou em horror quando ele percebeu que não conseguiria desviar a tempo da bola de fogo de composição desconhecida. "Sai daí, Luke, sai daí!", Biggs gritava.

Mas, apesar dos comandos para mudar o curso, os pressurizadores automáticos não concederam a força centrífuga necessária. Seu caça mergulhou na bola crescente de gases superaquecidos.

Então ele estava, são e salvo, do outro lado. Uma rápida inspeção em seus controles lhe permitiu relaxar. A travessia pelo calor intenso fora insuficiente para danificar qualquer equipamento vital – ainda que as quatro asas ostentassem riscos pretos, testemunhas carbonizadas de sua fuga por um triz.

Flores do inferno desabrochavam do lado de fora da nave, enquanto ele fazia uma curva ascendente fechada. "Tudo bem aí, Luke?", quis saber um preocupado Biggs.

"Um pouco tostado, mas estou bem."

Uma voz diferente mas severa foi ouvida. "Azul Cinco", advertiu o líder da esquadrilha, "é melhor desviar com mais antecedência ou você vai explodir junto com a construção imperial."

"Sim, senhor. Eu já peguei o jeito. Como o senhor disse, não é *exatamente* como pilotar um skyhopper."

Raios de energia e fachos brilhantes como a luz do sol continuavam a criar um labirinto cromático no espaço, acima da estação, à medida que os caças rebeldes costuravam sua superfície de um lado para o outro, disparando em tudo o que aparentasse ser um alvo decente. Duas das minúsculas naves se concentraram num terminal de força. Este explodiu, lançando arcos elétricos do tamanho de relâmpagos de dentro das entranhas da estação.

Lá dentro, troopers, máquinas e equipamentos foram arremessados em todas as direções pelas explosões secundárias após o impacto inicial se expandir por vários conduítes e cabos. De um buraco na fuselagem causado pela explosão, a atmosfera liberada sugava soldados e androides desamparados para jogá-los num escuro túmulo perpétuo.

Andando de um posto a outro, Darth Vader era uma figura de tranquilidade sombria em meio ao caos. Um comandante atormentado correu até ele e relatou, sem fôlego.

"Lorde Vader, nós contamos pelo menos trinta deles, de dois tipos. Eles conseguem desaparecer constantemente dos radares."

"Mande todas as equipes TIE para seus caças. Temos que ir atrás deles e destruí-los, nave por nave."

Dentro dos diversos hangares, luzes vermelhas começaram a piscar e um alarme insistente foi disparado. Equipes de solo trabalhavam freneticamente para preparar as naves enquanto pilotos imperiais em seus uniformes agarravam seus capacetes e equipamentos.

"Luke", o Líder Azul requisitou, escapando com elegância de uma chuva de fogo, "avise-me quando for atacar."

"Agora mesmo."

"Tome cuidado", a voz urgia pelo alto-falante da cabine. "Eles estão disparando a estibordo daquela torre de defesa – sem parar."

"Eu dou um jeito nisso, não se preocupe", Luke respondeu com confiança. Mergulhando em espiral com seu caça, ele cortou novamente horizontes metálicos. Antenas e uma pequena saliência explodiram em chamas transitórias enquanto raios saídos das asas do caça atingiam seus alvos com uma precisão fatal.

Luke esboçou um sorriso, puxando o manche para cima e se afastando da superfície, enquanto intensas linhas de energia passavam pelo espaço recém-esvaziado. O diabo se aquilo *não era* como caçar ratazanas do deserto nos cânions de Tatooine.

Biggs seguiu Luke num ataque similar, mesmo com os pilotos imperiais se preparando para decolar. Dentro das muitas plataformas de lançamento, as equipes técnicas se apressavam para desconectar cabos de energia e concluir suas inspeções finais.

Mais atenção era despendida na preparação de uma nave em especial: perto de uma dessas plataformas estava a nave em que Darth Vader mal conseguia comportar sua gigantesca presença naquele espaço apertado. Uma vez no assento, ele cobriu seus olhos com uma segunda barreira protetora além da máscara.

O clima no salão de guerra do templo era de um nervosismo esperado. O piscar das luzes e os ocasionais alertas sonoros na tela do monitor de batalha principal soavam mais alto do que os sussurros de esperança de pessoas tentando reconfortar umas às outras. Num canto, perto de uma nuvem de luzes piscantes, um técnico se inclinava para observar mais de perto suas próprias leituras antes de falar ao microfone suspenso perto de sua boca.

"Líderes de esquadrilha – atenção, líderes de esquadrilha – atenção! Estamos recebendo um novo grupo de sinais vindos do outro lado da estação. Caças inimigos estão atrás de vocês."

Luke recebeu a mensagem ao mesmo tempo que todos os demais. Ele começou a vasculhar os céus em busca das naves imperiais anunciadas, seu olhar também procurando no radar. "Identificação negativa. Não vejo nada."

"Mantenha varredura visual", ordenou o Líder Azul. "Com tanta potência, eles logo estarão sobre você antes que seu radar os identifique. Lembre-se: eles podem interferir em todos os mecanismos de sua nave, exceto nos seus olhos."

Luke se virou novamente e desta vez ele viu um caça imperial em perseguição a um X-wing – um X-wing cujo número Luke reconheceu imediatamente.

"Biggs!", ele gritou. "Você fisgou um. Está na sua cola... cuidado!"

"Não estou vendo ele", foi a resposta assustada de seu amigo. "Cadê ele? Não estou vendo ele."

Luke assistiu, sem poder ajudar, à nave de Biggs se afastar da superfície da estação rumo ao espaço aberto, sendo seguida de perto por um caça imperial. A nave inimiga disparou diversas vezes, cada raio sucessivo parecia passar mais perto da fuselagem de Biggs.

"Ele está colado em mim", ressoou a voz dentro da cabine de Luke. "Não consigo despistá-lo."

Girando, retorcendo, Biggs fez uma meia-lua de volta à estação, mas o piloto em sua cola era persistente e não demonstrava sinais de desistir da perseguição.

"Aguenta firme, Biggs", Luke gritou, manobrando sua nave tão bruscamente que seu giroscópio apitou. "Eu tô a caminho."

O piloto imperial se encontrava tão compenetrado em perseguir Biggs que não viu Luke, que acabara de completar uma volta em sua própria nave e mergulhava atrás dele.

Miras eletrônicas se alinharam de acordo com as instruções das leituras computadorizadas e Luke disparou repetidamente. Houve uma pequena explosão no espaço – mínima, se comparada com a quantidade enorme de energia que emanava da superfície da Estação Bélica. Mas a explosão teve um significado particular para três pessoas: Luke, Biggs e, mais pessoalmente, para o piloto do TIE que fora vaporizado com sua nave.

"No alvo!", murmurou Luke.

"Acertei um! Acertei um!", foi o grito de triunfo menos contido que veio pelo intercomunicador. Luke identificou a voz do jovem piloto conhecido como John D. Sim, aquele fora o Azul Seis perseguindo outro caça imperial sobre a paisagem metálica. Raios saltaram do X-wing numa sucessão permanente até o TIE explodir em dois, fazendo voar fragmentos de metal por todos os lados, como folhas de árvores.

"Belo disparo, Azul Seis", comentou o líder da esquadrilha, que então completou imediatamente: "Atenção, inimigo na sua cola".

Dentro da cabine do caça, o sorriso de felicidade do jovem evaporou instantaneamente, enquanto ele olhava ao redor, incapaz de visualizar seu perseguidor. Alguma coisa reluziu de maneira ofuscante ali perto, tão perto que estourou sua escotilha lateral. Então algo o atingiu ainda mais próximo e o interior da cabine, agora escancarada, se tornou uma concentração de chamas.

"Me acertaram, me acertaram!"

Isso foi tudo que ele teve tempo de gritar antes de sumir do mapa. Bem acima dele, o Líder Azul viu a nave de John D. se expandir numa bola de fogo. Seus lábios podem ter ficado um tanto pálidos. Talvez, pela falta de expressão em seu rosto, ele nem tinha visto o X-wing explodir. Ele tinha coisas mais importantes para fazer.

Na quarta lua de Yavin, um ponto no monitor espacial escolheu aquele momento para piscar e morrer, assim como acontecera com John D. Técnicos preocupados corriam em todas as direções. Um deles olhou ansiosamente para Leia, para os comandantes e para certo robô alto e de lataria de bronze.

"O receptor de alta frequência parou de funcionar. Vai levar um bom tempo para consertar..."

"Faça o que puder", Leia devolveu. "Liguem na frequência exclusiva de áudio."

Alguém escutou a ordem e em questão de segundos o salão estava repleto de sons da batalha distante, intercalados com as vozes dos seus participantes.

"Mais perto, Azul Dois, mais perto", disse o Líder Azul. "Cuidado com aquelas torres."

"Tiroteio pesado, chefe", veio a voz de Wedge Antilles, "vinte e três graus."

"Estou vendo. Aproxime-se, aproxime-se. O sinal está com interferência."

"Não acredito", Biggs resmungava. "Nunca vi tanto poder de fogo!"

"Aproxime-se, Azul Cinco. Aproxime-se." Pausa. "Luke, está na escuta? Luke?"

"Estou bem, chefe", foi a resposta de Luke. "Tenho um inimigo na mira. Vou conferir."

"A barra tá pesada lá embaixo, Luke", Biggs lhe disse. "Sai daí. Está na escuta, Luke? Sai daí."

"Abandonar perseguição, Luke", ordenou a voz grave do Líder Azul. "Estamos com muita interferência. Luke, eu repito, abandonar perseguição. Eu não o vejo. Azul Dois, você consegue ver o Azul Cinco?"

"Negativo", Wedge respondeu imediatamente. "Tem fogo por todo lado, você não imagina. Meu rastreador emperrou. Azul Cinco, cadê você? Luke, você está bem?"

"Ele sumiu", Bigss começou a relatar solenemente. Então sua voz subiu de tom: "Não, esperem... lá está ele! Parece um problema no leme, mas ele está bem".

O alívio varreu o salão de guerra e era mais perceptível no rosto da integrante mais bonita e delicada do Senado ali presente.

Na Estação Bélica, troopers abatidos até a morte ou ensurdecidos pelo abalo dos armamentos pesados eram substituídos por novos grupos. Nenhum deles tinha tempo para pensar em como andava a batalha e, naquele momento, eles não pareciam se importar muito – um padecimento compartilhado por soldados comuns desde os primórdios da história.

Luke navegava ousadamente rente à superfície da estação, sua atenção fixada numa distante projeção de metal.

"Fique junto, Azul Cinco", o comandante da esquadrilha lhe ordenou. "Aonde você vai?"

"Eu localizei o que parece ser um estabilizador lateral", Luke respondeu. "Vou até lá tentar destruí-lo."

"Cuidado, Azul Cinco. Estão atirando de todos os lados."

Luke ignorou o aviso e partiu até o estranho apêndice. Sua determinação foi recompensada quando, após saturá-la com fogo, ele a viu arder numa bola espetacular de gás superaquecido.

"Na mosca!", ele exclamou. "Continuo em direção ao sul para destruir mais um."

Na fortaleza rebelde sob o templo, Leia ouvia com atenção. Ela parecia ao mesmo tempo furiosa e amedrontada. Finalmente, ela se virou para C-3PO e murmurou: "Por que Luke está se arriscando tanto?" O droide não respondeu.

"Atrás de você, Luke", gritava a voz de Biggs pelo alto-falante, "atrás de você! São caças na sua cola e se aproximando."

Leia tentou visualizar o que ela só conseguia ouvir. E não era a única. "Ajude, R2", C-3PO sussurrava sozinho, "e aguente firme."

Luke continuou seu mergulho, mesmo quando olhou para trás e percebeu o objeto que preocupara Biggs e que seguia colado em sua retaguarda. Com relutância, ele puxou o manche e se afastou da superfície da estação, abandonando seu alvo. Seu algoz era bom, entretanto, e continuava a se aproximar.

"Não consigo despistá-lo", ele anunciou.

Algo cortou o céu em direção às duas naves. "Estou atrás dele, Luke", gritou Wedges Antilles. "Aguente firme."

Luke não queria esperar muito. A artilharia de Wedge era precisa, e o TIE desapareceu num brilho segundos depois.

"Obrigado, Wedge", murmurou Luke, respirando um pouco mais aliviado.

"Bela pontaria, Wedge." Este era Biggs de novo. "Azul Quatro, é minha vez. Me dê cobertura, Porkins."

"Estou bem atrás de você, Azul Três", garantiu o outro piloto.

Biggs saiu da formação e então seguiu com o dedo no gatilho. Nenhum deles havia decidido qual seria o alvo exatamente, mas a pequena torre que explodiu sob seus raios de energia era certamente mais importante do que parecia.

Uma série de explosões sequenciais se sucedeu sobre uma larga seção da superfície da estação, saltando de um terminal para o seguinte. Biggs já tinha disparado contra a área de conflito, mas seu acompanhante, que o seguia de perto, recebeu uma carga cheia de energia vinda de baixo.

"Estou com um problema", anunciou Porkins. "Meu conversor está descontrolado." Aquilo era um eufemismo. Cada instrumento do seu painel de controle havia enlouquecido de vez.

"Ejetar – ejetar, Azul Quatro", aconselhou Biggs. "Azul Quatro, na escuta?"

"Estou bem", respondeu Porkins. "Eu consigo controlar a nave. Só preciso de um pouco de espaço para manobrar, Biggs."

"Você está baixo demais", seu companheiro berrou. "Pra cima, pra cima!"

Sem seus instrumentos para fornecer as informações adequadas e na altitude em que navegava, a nave de Porkins era um alvo fácil para as torres antiáreas. Elas agiram exatamente como seus projetistas haviam imaginado. O fim de Porkins foi tão glorioso quanto abrupto.

A situação estava comparativamente calma perto do polo da Estação Bélica. O assalto das esquadrilhas Azul e Verde havia sido tão intenso e cruel na altura do equador que a resistência imperial permanecia concentrada por lá. O Líder Vermelho examinava a falsa paz com uma satisfação triste, sabendo que ela não duraria muito.

"Líder Azul, aqui é o Líder Vermelho", ele anunciou ao microfone. "Estamos iniciando nossa onda de ataque. A porta de exaustão foi localizada e marcada. Nenhuma bateria antiaérea, nenhum caça inimigo por aqui – por enquanto. Parece que vamos conseguir pelo menos uma onda sem interferências."

"Entendido, Líder Vermelho", respondeu a voz de seu comparsa. "Vamos tentar mantê-los ocupados aqui embaixo."

Três caças Y-wings caíram das estrelas, mergulhando em direção à superfície da estação. No último instante possível, eles desviaram para dentro de um cânion artificial, um dos muitos que corriam pelo polo norte da Estrela da Morte. Muralhas metálicas os cercavam por três lados.

O Líder Vermelho vagava ao redor, percebendo a ausência temporária dos caças imperiais. Ele ajustou o controle e se dirigiu a sua esquadrilha: "É isso aí, rapazes. Lembrem-se: quando pensarem que estão perto, cheguem ainda mais perto antes de soltar a bomba. Desviem toda a força para as telas protetoras frontais – esqueçam os disparos que possam vir pelas laterais. Não temos tempo para pensar neles agora".

Equipes imperiais alinhadas nas muralhas despertaram para o fato de que sua até então ignorada seção da estação estava sob ataque. Eles reagiram rapidamente e logo raios de energia foram disparados sobre as naves num volume crescente. Às vezes, um deles explodia perto dos velozes Y-wings, que sacudiam sem sofrer danos reais.

"Um pouco agressivos, hein?", comentou Vermelho Dois ao microfone.

O Líder Vermelho reagiu com calma. "Quantas armas você imagina, Vermelho Cinco?"

Vermelho Cinco, conhecido informalmente pela maioria dos pilotos rebeldes como Pops, conseguiu de alguma forma estimar as defesas do cânion ao mesmo tempo que pilotava seu caça pela trilha de fogo crescente. Seu capacete estava surrado quase a ponto da obsolescência – Pops sobreviveu a mais batalhas do que alguém teria o direito.

"Eu diria que umas vinte baterias", ele decidiu finalmente, "algumas na superfície e outras nas torres."

O Líder Vermelho recebeu a informação com um resmungo, enquanto ajeitava o monitor da mira computadorizada em frente ao seu rosto. Explosões continuavam balançando o caça. "Liguem os computadores", ele declarou.

"Vermelho Dois", surgiu uma resposta, "o computador travou e estou recebendo um sinal." A angústia crescente do jovem piloto era evidente em sua voz.

Mas Vermelho Cinco, piloto sênior entre todos os rebeldes, mantinha-se calmo e confiante, como esperado – ainda que não soasse dessa forma quando ele murmurou meio que para si mesmo: "Com certeza, não vai ser moleza".

Inesperadamente, todo o fogo defensivo das baterias antiáreas próximas cessou. Uma calma estranha agarrou-se ao desfiladeiro, enquanto os Y-wings passavam quase roçando na superfície.

"O que está acontecendo?", Vermelho Dois deixou escapar, olhando ao redor, preocupado. "Eles pararam. Por quê?"

"Não estou gostando", reclamou o Líder Vermelho. Mas não havia nada para confundir sua aproximação, nenhum raio de energia a se evitar.

Foi Pops o primeiro a avaliar precisamente essa aparente aberração da parte do inimigo. "Estabilizem seus escudos traseiros. Procurem por caças inimigos."

"Matou a charada, Pops", o Líder Vermelho admitiu, observando pelo radar. "Aí vêm eles. Três marcos em dois-dez."

Uma voz mecânica continuou a recitar a distância cada vez menor até o alvo, mas a distância não diminuía rápido o suficiente. "Somos patinhos na lagoa", ele observou, com nervosismo.

"Temos que seguir adiante", o mais velho disse aos outros. "Não podemos nos defender e seguir nosso alvo ao mesmo tempo." Ele lutou contra velhos reflexos enquanto seu próprio monitor revelava três caças imperiais TIE mergulhando verticalmente até eles em formação precisa.

"Três-oito-um-zero-quatro", Darth Vader anunciou, ajustando calmamente seus controles. As estrelas passavam rapidamente por ele. "Vou abatê-los sozinho. Deem-me cobertura."

Vermelho Dois foi o primeiro a morrer. O jovem piloto nunca saberia o que o atingiu, nunca veria seu algoz. Apesar da experiência, o Líder

Vermelho estava à beira do pânico quando viu seu companheiro alado ser reduzido a chamas.

"Estamos cercados. Não temos como manobrar – essas paredes são próximas demais. Precisamos sair daqui de alguma maneira. Precisamos..."

"Manter o objetivo", advertiu a voz. "Manter o objetivo."

O Líder Vermelho serviu-se das palavras de Pops como um tônico revigorante, mas isso era tudo o que ele podia fazer para ignorar os caças TIE se aproximando enquanto os dois Y-wings remanescentes continuavam em direção ao alvo.

Sobre eles, Vader permitiu-se um momento de prazer indisciplinado, reajustando sua mira computadorizada. O caça rebelde continuava navegando em linha reta. Novamente, Vader apertou o gatilho.

Algo berrou no capacete do Líder Vermelho e o fogo começou a consumir seu equipamento. "Não adianta", ele gritou ao microfone. "Me acertaram. Me acertaram..."

Um segundo Y-wing explodiu numa bola de metal vaporizado, mandando uns poucos fragmentos sólidos de detritos pelo desfiladeiro. Essa segunda perda provou ser demais para o Líder Vermelho. Ele manipulou os controles e sua nave começou a subir numa curva lenta. Atrás dele, o caça imperial que liderava a esquadra seguiu seus passos.

"Vermelho Cinco para Líder Azul", ele anunciou. "Abortando a onda sob ataque pesado. Caças TIE caíram sobre nós, vindos do nada. Eu não posso... esperar..."

Na popa da nave, um inimigo silencioso, impiedoso, disparava o gatilho mortal uma vez mais. Os primeiros raios saíram no exato momento em que Pops havia erguido a nave o suficiente para começar uma manobra evasiva. Mas ele estava poucos segundos atrasado.

Um raio de energia queimou seu motor de bombordo, inflamando gás. O motor explodiu, levando junto controles e estabilizadores. Incapaz de compensar, o Y-wing fora de controle começou um longo e gracioso mergulho em direção à superfície da estação.

"Tudo bem, Vermelho Cinco?", uma voz agitada chamou pelo sistema de comunicação.

"Perdemos Tiree... perdemos Dutch", Pops explicou lentamente, exausto. "Eles caem atrás de você e não dá pra manobrar naquela trincheira. Desculpem... é com vocês agora. Até mais, Dave..."

Foi a última mensagem das muitas de um veterano.

O Líder Azul forçou uma clareza que ele não sentia em sua voz, enquanto tentava desviar o pensamento da morte de seu velho amigo. "Pilotos Azuis, aqui é o Líder Azul. Encontro no marco seis-ponto-um. Todos os caças, respondam."

"Líder Azul, aqui é Azul Dez. Na escuta."

"Azul Dois aqui", Wedge informou. "Estou a caminho, Líder Azul."

Luke também esperava sua vez de responder quando um alerta soou em seu painel de controle. Uma espiada para trás confirmou o aviso eletrônico: ele avistara um caça imperial deslizando na sua retaguarda.

"Aqui é o Azul Cinco", ele declarou, sua nave oscilando enquanto ele tentava despistar o TIE. "Tenho que resolver um problema. Já chego aí."

Ele fez sua nave cair num mergulho íngreme em direção à superfície metálica e então desviou em cima da hora para evitar um disparo de um canhão defensivo. Nenhuma das duas manobras conseguiu tirar o inimigo de seu encalço.

"Eu tô vendo você, Luke", veio um chamado tranquilizador de Biggs. "Continua firme aí."

Luke olhou para cima, para baixo, para os lados, mas não havia sinal de seu amigo. Enquanto isso, raios de energia de seu perseguidor passavam ameaçadoramente perto demais.

"Diabos, Biggs, cadê você?"

Algo apareceu, não dos lados ou embaixo, mas quase que diretamente em frente a ele. Era brilhante e se movia incrivelmente rápido e logo estava disparando por cima dele. Tomado completamente de surpresa, o caça imperial se desfez assim que seu piloto percebeu o que estava acontecendo.

Luke se virou para o ponto de encontro, enquanto Biggs passava por cima de sua nave. "Bela manobra, Biggs. Também me enganou direitinho."

"Estou só começando", anunciou seu amigo enquanto ele contornava sua nave violentamente para escapar dos disparos vindos lá de baixo. Ele entrou no campo de visão de Luke e executou uma cambalhota da vitória. "É só me apontar o alvo."

De volta ao satélite do indiferente planeta Yavin, Dodonna terminava uma discussão intensa com vários de seus principais conselheiros e então se dirigiu ao transmissor de longo alcance.

"Líder Azul, aqui é Base Um. Revise novamente seu plano de ataque antes de começar. Deixe os seus alas na retaguarda para lhe dar cobertura. Mantenha metade do seu grupo fora de alcance para a próxima onda."

"Entendido, Base Um", foi a resposta. "Azul Dez, Azul Doze, venham comigo."

Duas naves saíram de formação para escoltar o comandante. O Líder Azul confirmou, satisfeito, que eles estavam devidamente posicionados para uma onda de ataque e ele preparou o grupo, para o caso de falharem.

"Azul Cinco, aqui é o Líder Azul. Luke, leve o Azul Dois e Três com você. Esperem aqui, fora do alcance dos inimigos, e aguardem meu sinal antes de começar uma onda de ataque."

"Entendido, Líder Azul", Luke confirmou, tentando diminuir seus batimentos. "Que a Força esteja com você. Biggs, Wedge, aproximem-se." Juntos, os três caças assumiram uma formação cerrada, bem acima da batalha sem controle que ainda se desenrolava entre outras naves rebeldes das esquadrilhas Verde e Amarela e a artilharia imperial.

O horizonte girava à frente do Líder Azul conforme ele se aproximava da superfície da estação. "Azul Dez, Azul Doze, fiquem atrás de mim até localizarmos aqueles caças e então me deem cobertura."

Os três X-wings alcançaram a superfície, nivelaram e então deram um rasante no desfiladeiro. Seus alas ficaram mais e mais para trás, até o Líder Azul parecer estar sozinho naquele vasto abismo cinzento.

Nenhum disparo defensivo o recebeu, enquanto ele corria em direção ao alvo distante. Quando percebeu, estava olhando para os lados com nervosismo, checando e checando de novo os mesmos instrumentos.

"Isto não está certo", ele se viu murmurando sozinho.

Azul Dez parecia igualmente preocupado. "Você deveria estar vendo o alvo."

"Eu sei. A distorção aqui é inacreditável. Acho que meus instrumentos estão desligados. Este é o caminho certo?"

De repente, raios de energia intensos começaram a ser disparados das baterias defensivas. Disparos mais próximos sacudiram os caças rebeldes. No canto final do vão, uma torre gigantesca dominava a muralha de metal, vomitando enormes quantidades de energia sobre as naves.

"Não vai ser fácil com aquela torre ali", o Líder Azul declarou de forma sombria. "Cheguem mais perto quando eu ordenar."

Abruptamente, os raios de energia cessaram e tudo voltou ao silêncio e à escuridão naquele vão. "É isso", o Líder Azul anunciou, tentando localizar o ataque que deveria vir do alto. "Mantenham seus olhos atentos para encontrar aqueles caças."

"Todos os sensores de curto e longo alcance estão às escuras", Azul Dez relatou com nervosismo. "Há muita interferência aqui. Azul Cinco, você consegue vê-los da sua posição?"

A atenção de Luke estava cravada na superfície da estação. "Nenhum sinal de... espere!" Três pontos de luz se movendo em alta velocidade atraíram seu olhar. "Aí vêm eles. Chegando em ponto-três-cinco."

O Azul Dez se virou e olhou para a direção indicada. O sol refletiu nos estabilizadores enquanto os caças TIE mergulhavam em círculos. "Estou vendo."

"Este é o caminho certo, sim, senhor", exclamou o Líder Azul enquanto seus sensores começaram a produzir um bipe constante. Ele ajustou sua mira eletrônica, puxando o visor sobre seus olhos. "Estou quase no alcance. Alvos se aproximando... Afastem essas naves de mim por uns segundos – mantenham-nos ocupados."

Mas Darth Vader já se encontrava disparando suas armas enquanto descia feito uma rocha em direção ao desfiladeiro. "Fechem a formação. Deixem eles comigo."

Azul Doze foi primeiro – ambos os motores explodiram. Um pequeno desvio na rota de voo e sua nave acertou em cheio a muralha. Azul Dez diminuiu e acelerou, balançando como um bêbado, mas não conseguiu fazer muito confinado naquelas paredes de metal.

"Não consigo segurá-los por muito tempo. É melhor você atirar enquanto pode, Líder Azul – estamos nos aproximando de você."

O comandante da esquadrilha estava totalmente compenetrado em alinhar dois círculos no visor de sua mira eletrônica. "Estamos quase lá. Estabilizando, estabilizando..."

Azul Dez olhou freneticamente ao redor. "Estão logo atrás de mim!"

O Líder Azul estava impressionado com a sua tranquilidade. A mira eletrônica era, em parte, responsável por isso, permitindo que ele se concentrasse apenas nas minúsculas imagens etéreas e abstraísse o restante daquele universo hostil.

"Quase lá, quase lá...", sussurrou. Então os dois círculos se alinharam, ficaram vermelhos e uma campainha soou dentro de seu capacete. "Lançar torpedos, lançar torpedos."

Imediatamente, Azul Dez disparou seus próprios mísseis. Ambos os pilotos empinaram suas naves, escapando da parede no fim do desfiladeiro, enquanto diversas ondas explosivas seguiam seu rastro.

"Na mosca! Conseguimos!", Azul Dez gritou histericamente.

A resposta do Líder Azul foi repleta de frustração: "Não, não conseguimos. Os torpedos não entraram. Eles simplesmente explodiram na superfície externa da porta".

A frustração foi fatal para eles também, já que foram negligentes ao vigiar sua retaguarda. Três caças imperiais emergiram das luzes minguantes das explosões dos torpedos. Azul Dez foi abatido pelo disparo preciso de Vader e então o Lorde Negro mudou ligeiramente seu curso para aparecer atrás do comandante da esquadrilha.

"Eu pego esse último", ele anunciou friamente. "Vocês dois, podem voltar."

Luke estava tentando discernir o esquadrão de assalto sob a reluzente nuvem de gases lá embaixo, quando a voz do Líder Azul chegou pelo comunicador.

"Azul Cinco, aqui é o Líder Azul. Assumir posição, Luke. Comece sua onda de ataque - voe baixo e espere até estar em cima do alvo. Não será fácil."

"Tudo bem com você?"

"Eles estão em cima de mim - mas eu os despistarei."

"Azul Cinco para grupo Azul", Luke ordenou, "vamos nessa!" As três naves aceleraram num mergulho em direção ao setor do grande vão metálico.

Enquanto isso, Vader teve sucesso em acertar sua presa com um reluzente raio de energia que desencadeou pequenas mas intensas explosões em um dos motores. A unidade R2 da nave subiu sobre a asa avariada e lutou para consertar a fonte de energia danificada.

"R2, feche o abastecimento principal para o motor de estibordo número um", o Líder Azul ordenou, encarando com resignação os instrumentos que tentavam controlar impossibilidades. "Segure firme, as coisas podem ficar feias."

Luke viu que o Líder Azul estava com problemas. "Estamos bem em cima de você, Líder Azul", ele declarou. "Vá para ponto-zero-cinco e nós lhe daremos cobertura."

"Eu perdi meu motor de estibordo superior", foi a resposta.

"Vamos descer até aí."

"Negativo, negativo. Fiquem aí e se preparem para sua onda de ataque."

"Tem certeza de que está tudo bem?"

"Acho que sim... só preciso de um minutinho."

Na verdade, isso foi um pouquinho menos de um minuto antes do X-wing do Líder Azul despencar numa espiral até a superfície da estação.

Luke olhou a gigantesca explosão se dissipar lá embaixo, sabendo sem dúvida o que a causou, sentindo totalmente, pela primeira vez, o desespero de sua situação. "Acabamos de perder o Líder Azul", ele murmurou de forma distraída, sem se importar particularmente se o seu microfone registrara o anúncio sombrio.

Em Yavi Quatro, Leia Organa levantou-se da cadeira e se pôs a andar em círculos. Suas unhas geralmente perfeitas estavam agora entalhadas e desiguais depois de terem sido roídas de forma tensa. Aquilo era apenas a indicação física do mal-estar. A ansiedade visível em sua expressão revelava muito mais dos seus sentimentos, uma ansiedade e preocupação que preencheram o salão de guerra após o anúncio da morte do Líder Azul.

"Eles conseguem prosseguir?", ela finalmente perguntou a Dodonna.

O general respondeu com uma resolução gentil. "Eles precisam."

"Mas nós já perdemos *tantos*. Sem o Líder Azul e o Vermelho, como eles conseguirão se reagrupar?"

Dodonna estava prestes a responder, mas segurou as palavras enquanto outras, mais urgentes, soaram pelos alto-falantes:

"Aproxime-se, Wedge", dizia Luke, a milhares de quilômetros dali. "Biggs, cadê você?"

"Logo atrás de você."

Wedge respondeu a seguir: "Ok, chefe, estamos a postos".

O olhar de Dodonna foi até Leia. Ele parecia preocupado.

Os três X-wings moviam-se em formação cerrada, bem acima da superfície da estação. Luke estudou seus instrumentos e brigou furiosamente com um dos controles que parecia estar falhando.

Uma voz soou em seus ouvidos. Era uma voz jovem/velha, uma voz familiar: calma, contida, confiante e tranquilizadora – uma voz que ele ouvira atentamente no deserto de Tatooine. Também tinha acontecido nas entranhas da estação abaixo.

"Confie em seus sentimentos, Luke", foi tudo o que a voz idêntica à de Kenobi lhe disse.

Luke deu um tapinha no capacete, sem saber ao certo se tinha ou não ouvido alguma coisa. Esse não era um momento para introspecção. O horizonte metalizado da estação se inclinava atrás dele.

"Wedge, Biggs, estamos indo", ele disse aos seus alas. "Vamos com toda a velocidade. Não deixem para acelerar só depois de acharmos o vão. Quem sabe assim não mantemos os caças inimigos a uma boa distância?"

"Vamos ficar afastados para cobrir sua retaguarda", Biggs declarou. "Nessa velocidade, você vai conseguir se esquivar a tempo?"

"Você tá brincando?", Luke respondeu zombando o amigo, enquanto eles começavam seu mergulho até a superfície. "Vai ser que nem o Cânion do Mendigo, lá em Tatooine."

"Estou com você, *chefe*", comentou Wedge, dando ênfase ao título pela primeira vez. "Vamos nessa..."

Em alta velocidade, os três caças esguios avançaram sobre a superfície reluzente, esquivando *após* o último segundo. Luke passou tão perto da fuselagem da estação que a ponta de uma asa arranhou uma antena, fazendo voar estilhaços de metal. Imediatamente, eles se viram envolvidos por uma malha de raios de energia e de projéteis explosivos. O ataque se intensificou quando eles desceram pelo vão.

"Parece que nós os deixamos irritados", gargalhou Biggs, tratando aquela demonstração mortal de ataque como se não passasse de um espetáculo montado para sua diversão.

"Tudo ótimo", comentou Luke, surpreso com a visão nítida à sua frente. "Consigo ver tudo."

Wedge não estava tão confiante depois de examinar suas leituras. "Meu alcance chega até a torre, mas eu não consigo ver a porta de exaustão. Deve ser ridiculamente pequena. Você tem certeza que o computador consegue acertá-la?"

"Assim espero", murmurou Biggs.

Luke não ofereceu uma avaliação – ele estava ocupado demais mantendo o rumo através da turbulência provocada por raios explosivos. Então, como se obedecendo a ordens, a bateria defensiva cessou fogo. Ele olhou em volta e acima, procurando sinais dos inevitáveis TIE, mas não viu nada.

Sua mão foi posicionar o visor da mira eletrônica e por um instante Luke hesitou. Ele então ajeitou o visor na frente de seus olhos. "Tomem cuidado", ordenou a seus companheiros.

"E quanto à torre?", Wedge perguntou, preocupado.

"Você se preocupa com os caças", devolveu Luke. "Eu me preocupo com a torre."

Eles se apressaram, fechando sobre o alvo a cada segundo. Wedge olhou pra cima e seu olhar repentinamente congelou. "Aqui vêm eles – zero-ponto-três."

Vader ajustava seus controles quando um de seus alas quebrou o silêncio do ataque. "Eles estão se aproximando muito rápido – não conseguirão desviar a tempo."

"Fique com eles", ordenou Vader.

"Estão indo rápido demais, não conseguiremos acertá-los."

Vader examinou os dados e viu seus sensores confirmarem a estimativa dos outros pilotos imperiais. "Eles vão precisar reduzir antes de chegarem à torre."

Luke contemplou seu visor de mira eletrônica. "Quase lá." Segundos se passaram e os aros gêmeos alcançaram congruência. Seu dedo se contraiu sobre o gatilho. "Lançar torpedos! Subir, subir."

Duas explosões poderosas balançaram o vão, atingindo inofensivamente um dos lados da diminuta abertura. Três caças TIE saltaram por cima da bola de fogo que se dissipava rapidamente e se aproximaram dos rebeldes em retirada. "Acabem com eles", Vader ordenou calmamente.

Luke detectou a perseguição ao mesmo tempo que seus companheiros. "Wedge, Biggs, dispersar – é o único jeito de despistá-los."

As três naves mergulharam rumo à estação, e então partiram em três direções diferentes. Todos os três caças TIE continuaram seguindo Luke.

Vader atirou na nave que se esquivava de modo insano, errou o alvo e franziu seu rosto por baixo da máscara. "A Força é poderosa nesse piloto. Estranho. Eu mesmo vou abatê-lo."

Luke se lançou entre torres defensivas e teceu um caminho apertado em volta de plataformas de lançamento, mas sem sucesso. Um solitário TIE permanecia na sua cola. Um raio de energia raspou uma das asas, perto do motor. Ele começou a soltar faíscas irregulares, assustadoramente. Luke lutou para equilibrar a nave e recuperou o controle total.

Ainda tentando despistar seu persistente perseguidor, ele mergulhou numa vala novamente. "Fui atingido", ele anunciou, "mas nada sério. R2, veja o que você consegue fazer."

O pequeno droide soltou sua trava e se pôs a consertar o motor enquanto raios de energia reluziam perigosamente perto. "Aguenta firme aí atrás", Luke aconselhou a unidade R2 enquanto tentava um caminho em volta das torres, contornando obstáculos e voando rente à topografia da estação.

O fogo permanecia intenso quando Luke mudou aleatoriamente de direção e velocidade. Uma série de indicadores em seu painel de controle lentamente mudou de cor; três medidores vitais relaxaram e voltaram aos seus devidos lugares.

"Acho que você conseguiu, R2", Luke lhe disse, agradecido. "Acho que... sim, agora foi. Só tente isolar essa turbina para que ela não se solte mais."

R2 bipou em resposta, enquanto Luke examinava o panorama retorcido atrás e acima deles. "Acho que despistamos aqueles caças também. Grupo Azul, aqui é Azul Cinco. Na escuta?" Ele manipulou diversos controles e o X-wing saiu do vão, ainda seguido por disparos da artilharia antiaérea.

"Estou aqui esperando, chefe", anunciou Wedge de sua posição muito acima da superfície. "Não consigo ver você."

"Estou chegando. Azul Três, na escuta? Biggs?"

"Eu tive um probleminha", seu amigo explicou, "mas acho que me livrei dele."

Algo apareceu de novo – diabos! – no monitor de Biggs. Uma espiada para trás revelou o caça que o estivera perseguindo durante os últimos minutos, caindo mais uma vez sobre sua retaguarda. Biggs mergulhou novamente até a estação.

"Não, ainda não", Biggs disse aos outros. "Espere um pouco, Luke. Eu já volto."

Uma fina voz mecânica soou pelos alto-falantes. "Aguenta firme, R2, aguenta firme!" De volta ao quartel-general no templo, C-3PO se afastou dos curiosos rostos humanos que se voltaram para encará-lo.

Enquanto Luke pairava muito acima da estação, outro X-wing se aproximava. Ele reconheceu a nave de Wedge e começou a olhar em volta, procurando ansiosamente por seu amigo.

"Vamos avançar de novo, Biggs – siga-nos. Biggs, tudo bem? Biggs!" Não havia sinal do outro caça. "Wedge, você consegue vê-lo em algum lugar?"

De dentro da capota transparente do caça que flutuava ao seu lado, uma cabeça protegida por um capacete balançava lentamente. "Nada", disse Wedge pelo comunicador. "Espere mais um pouco. Ele vai aparecer."

Luke olhou ao redor, preocupado, examinando vários instrumentos, então tomou uma decisão. "Não podemos esperar; temos que partir agora. Acho que ele não conseguiu."

"Qual é, rapazes", uma voz cheia de alegria indagava, "o que vocês estão esperando?"

Luke olhou rapidamente para a sua direita a tempo de ver outra nave ultrapassá-lo e logo depois reduzir a velocidade. "Jamais desista do velho Biggs", veio a mensagem pelo intercomunicador, enquanto o sujeito no X-wing os observava.

Dentro da sala de controle central da Estação Bélica, um oficial atormentado correu até um indivíduo que monitorava a batalha pelo grande telão e acenou com um punhado de impressões em suas mãos.

"Senhor, nós completamos a análise do plano de ataque dos rebeldes. Há um risco. Devemos abandonar o combate ou fazer planos para a evacuação. Sua nave está à espera."

O governador Tarkin dirigiu um olhar incrédulo ao oficial, que encolheu os ombros. "Evacuar a estação!", ele vociferou. "Em nosso momento de triunfo? Estamos prestes a destruir os últimos remanescentes da Aliança e você quer que abandonemos a estação? Você superestima demais as chances deles... Agora dê o fora!"

Oprimido pela fúria do governador, o oficial subjugado deu meia-volta e se retirou do salão.

"Vamos avançar", declarou Luke enquanto começava seu mergulho à superfície. Wedge e Biggs o seguiram.

"Vamos em frente, Luke", disse a voz que ele ouvira antes dentro de sua cabeça. Novamente ele deu um tapinha em seu capacete e olhou ao redor. Parecia que o dono da voz estava ali atrás dele. Mas não havia nada, apenas metal, instrumentos metálicos e não verbais. Intrigado, Luke se voltou para seus controles.

Mais uma vez, raios de energia saíram atrás deles, passando sem perigo em ambos os lados enquanto a superfície da Estação Bélica se aproximava cada vez mais de seus narizes. Mas não era por causa da artilharia defensiva que Luke sentiu um tremor repentino novamente. Diversos ponteiros voltavam a se dirigir até sua zona de perigo.

Luke inclinou o rosto para o microfone. "R2, esses estabilizadores devem ter se partido novamente. Veja se você consegue ajeitá-los – eu necessito de controle total."

Ignorando os percalços da viagem, como raios de energia e explosões que iluminavam o espaço ao seu redor, o pequeno robô se moveu para reparar os estragos.

Explosões adicionais intermináveis continuaram a sacudir os três caças enquanto eles desciam para dentro do vão. Biggs e Wedge davam cobertura a Luke, que puxava o visor da mira eletrônica.

Pela segunda vez, uma hesitação curiosa tomou conta dele. Sua mão estava mais lenta, ainda que finalmente ele tivesse ajeitado o visor na frente dos seus olhos, quase como se seus nervos estivessem em conflito. Como esperado, os raios de energia cessaram após um provável sinal e Luke seguia pelo vão sem ser perturbado.

"Lá vamos nós de novo", Wedge declarou ao avistar três caças imperiais caindo sobre eles.

Biggs e Wedge começaram a cruzar na retaguarda, tentando confundir seus perseguidores, atraindo os disparos para longe da nave de Luke. Um TIE ignorou as manobras, continuando a se aproximar implacavelmente das naves rebeldes.

Luke encarou o aparelho computadorizado e então se esticou para afastar lentamente o visor para o lado. Por um longo minuto, ele ponderou desativar os instrumentos, olhando para eles como se estivesse hipnotizado. Então ele trouxe rapidamente o visor de volta ao seu rosto e examinou a pequena tela que exibia a aproximação do X-wing até a porta de exaustão mais próxima.

"Rápido, Luke", Biggs gritou, manobrando sua nave a tempo de escapar por um triz de um raio de energia. "Eles estão se aproximando mais rápido desta vez. Não podemos segurá-los por muito tempo."

Com uma precisão sobrenatural, Darth Vader pressionou o gatilho do seu caça novamente. Um grito alto, desesperado, atingiu os alto-falantes, se misturando num grito agonizante de carne e metal, quando o caça de Biggs explodiu em um bilhão de estilhaços brilhantes que se precipitaram como chuva sobre o chão do desfiladeiro.

Wedge ouviu a explosão em seus alto-falantes e procurou freneticamente pelas naves inimigas que estavam em sua cola. "Perdemos Biggs", ele gritou ao microfone.

Luke não respondeu imediatamente. Seus olhos estavam cheios d'água e ele os esfregou com raiva. As lágrimas embaçavam sua visão do alvo mais à frente.

"Éramos dois cometas, Biggs", ele suspirou com a voz embargada, "e nada pode nos deter." Sua nave balançava um pouco, após uma quase colisão, e ele dirigiu suas palavras ao seu ala remanescente, rangendo os dentes ao final de cada frase.

"Recolha-se, Wedge. Você não pode fazer mais nada aqui. R2, tente conseguir um pouquinho mais de força em nossos escudos traseiros."

A unidade R2 se apressou para obedecer, enquanto Wedge emparelhava com a nave de Luke. Os caças TIE também aumentaram a velocidade.

"Eu vou atrás do líder", Vader informou aos seus soldados. "Peguem o outro."

Luke voou à frente de Wedge, ligeiramente a bombordo. Raios de energia dos caças imperiais começaram a passar cada vez mais perto deles. Os pilotos rebeldes cruzaram um o caminho do outro, repetidamente, esforçando-se para serem os alvos mais confusos possíveis.

Wedge lutava com seus controles quando diversas luzes e faíscas começaram a piscar. Uma pequena parte do painel explodiu, deixando escorrer pedaços de metal liquefeito. Sabe-se lá como, ele conseguiu manter o controle da nave.

"Estou com um defeito, Luke. Não consigo acompanhá-lo."

"Ok, Wedge, se manda."

Wedge murmurou um sincero "Desculpe" e saiu do vão.

Vader, concentrando sua atenção na nave que permaneceu à sua frente, disparou.

Luke não viu a explosão quase letal que aconteceu logo atrás de sua nave. Nem teve tempo de examinar a carcaça fumegante de metal retorcido que pegava carona em um dos motores. Os membros do pequeno droide ficaram paralisados.

Todos os três caças TIE continuaram perseguindo o X-wing pelo desfiladeiro. Era só uma questão de tempo até que um deles acertasse o caça que se balançava com um disparo destruidor. Exceto que agora eram apenas duas naves imperiais. A terceira se transformara num cilindro crescente de fragmentos decompostos, lascas e pedaços que se chocavam contra as paredes do cânion.

O ala remanescente de Vader, em pânico, procurou à sua volta pela fonte do ataque. O mesmo campo de interferência que confundira a navegação rebelde agora fazia o mesmo com os dois caças imperiais.

Foi somente quando o cargueiro eclipsou totalmente o sol que a nova ameaça se tornou visível. Era um transporte corelliano, muito mais largo do que qualquer caça, mergulhando em direção ao vão. Mas por algum motivo ele não se movia precisamente como um cargueiro.

Quem quer que estivesse pilotando aquele veículo devia estar inconsciente ou enlouquecido, o ala imperial imaginou. Feito um louco, ele ajustou os controles na tentativa de evitar a colisão antecipada. O cargueiro escapou por pouco, mas sem ter a mesma habilidade insana o piloto imperial deslizou mais do que devia para um lado.

Uma pequena explosão aconteceu em seguida, quando as enormes asas dos dois caças TIE que viajavam lado a lado se chocaram. Berrando inutilmente em seu microfone, o ala rodopiou até alcançar a parede mais próxima. Ele não chegou a colidir: sua nave explodiu em chamas antes do contato.

Jogado para o lado oposto, o caça de Darth Vader girava sem parar. Insensíveis ao olhar furioso do Lorde Negro, vários controles e instrumentos registravam índices que eram de uma sinceridade brutal. Completamente desgovernado, a minúscula nave continuou girando na direção contrária do caça destruído – rumo às profundezas infinitas do espaço sideral.

Quem quer que controlasse aquele cargueiro tão ágil não estava nem inconsciente nem louco – bem, talvez só um pouquinho emocionado, mas ainda assim tinha controle total da nave. Ela planou bem acima do vão, contornando para dar cobertura a Luke.

"Você está a salvo, garoto", uma voz familiar informou. "Agora vai lá explodir logo essa coisa pra gente voltar pra casa."

Essa conversa animada foi seguida por um rugido confirmatório, que só poderia ter sido produzido por um determinado wookiee grandalhão.

Luke olhou através da capota e sorriu. Mas seu sorriso desapareceu quando ele olhou de volta para o visor de mira. Havia um pequeno zumbido dentro de sua cabeça.

"Luke... confie em mim", a voz exigia, formando palavras pela terceira vez. Ele olhou para a mira eletrônica. A porta de exaustão estava centralizada, bem na mosca, como ele havia feito antes – quando errou o disparo. Ele hesitou, mas apenas por um instante. Dessa vez, então, empurrou o visor da mira eletrônica para o lado. Fechando seus olhos, ele parecia murmurar algo, como se conversasse internamente com algo invisível.

Com a confiança de um cego em ambientes conhecidos, Luke moveu seu polegar sobre diversos controles para então acionar um deles. Em seguida, uma voz de preocupação tomou a cabine, vinda dos alto-falantes.

"Base Um para Azul Cinco, sua mira computadorizada está desligada. O que houve?"

"Nada", Luke murmurou de forma quase inaudível. "Nada."

Ele piscou e limpou os olhos. Estivera dormindo? Olhando ao redor, ele viu que estava fora do vão, voando em direção ao espaço aberto. Um olhar para fora mostrou o contorno familiar da nave de Han Solo contra a luz. Outro olhar, agora para o painel de controle, indicava que ele havia lançado seus torpedos remanescentes, ainda que não conseguisse se lembrar de ter apertado o gatilho. Ainda assim, ele deve ter apertado.

Os alto-falantes da cabine estavam vivos de entusiasmo. "Conseguiu! Você conseguiu!", disse Wedge uma vez atrás da outra. "Acho que eles acertaram na mosca."

"Belo disparo, garoto." Solo o felicitou, tendo que falar mais alto para ser ouvido sobre o uivo incessante de Chewbacca.

Estrondos distantes e abafados sacudiram a nave de Luke, um presságio de sucesso. Ele devia mesmo ter disparado os torpedos, não devia? Aos poucos, ele readquiriu sua compostura.

"Que bom... que você estava aqui pra ver de perto. Agora vamos nos afastar dessa coisa antes que ela... Tomara que Wedge esteja certo."

Diversos X-wings, Y-wings e um cargueiro de aparência detonada aceleraram para bem longe da Estação Bélica, correndo em direção à distante curva de Yavin.

Atrás deles, pequenos lampejos de luz marcavam a estação. Sem indícios, algo apareceu no céu no lugar dela, algo mais reluzente do que o gigantesco planeta gasoso, mais brilhante do que o distante sol daquele sistema. Por uns poucos segundos, a noite eterna se transformou em dia. Ninguém ousou olhar diretamente para lá. Nem mesmo múltiplos escudos ligados no máximo conseguiriam reduzir aquela labareda inacreditável.

O espaço foi tomado temporariamente por trilhões de fragmentos microscópicos de metal, impulsionados além das naves em fuga pela energia liberada por um pequeno sol artificial. Os resíduos da Estação Bélica continuariam a se consumir por diversos dias, formando, por um curto período de tempo, a lápide mais impressionante daqueles lados do cosmos.

XIII

Uma festiva e animada multidão de técnicos, mecânicos e outros habitantes do quartel-general da Aliança se formava ao redor dos caças assim que tocavam o solo e taxiavam pelo hangar do templo. Vários dos pilotos sobreviventes já haviam deixado suas naves e esperavam para saudar Luke.

No lado oposto do caça, a multidão era bem menor e mais reservada. Ela consistia em um par de técnicos e um droide alto, de aparência humana, que observava preocupadamente enquanto alguns humanos de verdade subiam na nave chamuscada e erguiam um pedaço de metal queimado da cauda do veículo.

“Ai, não! R2?”, C-3PO implorou, inclinando-se sobre o robô carbonizado. “Você está me ouvindo? Diga alguma coisa.” Ele virou seus olhos que nunca piscavam para um dos técnicos. “Vocês conseguem consertá-lo, não conseguem?”

“Vamos fazer o possível.” O homem examinou o metal vaporizado, os componentes dependurados. “Ele levou uma surra e tanto.”

“Vocês precisam consertá-lo. Senhor, se alguns dos meus circuitos ou módulos ajudarem eu terei prazer em doá-los...”

Saíram lentamente dali, ignorando o barulho e a excitação em volta deles. Entre robôs e humanos que os consertavam, existia uma relação muito especial. Cada lado partilhava um pouco do outro e às vezes a linha divisória entre homem e máquina era mais tênue do que eles admitiam.

O centro da atmosfera de carnaval era formado por três figuras que disputavam para fazer a saudação mais entusiasmada de todas. Quando chegou a hora dos tapinhas nas costas, entretanto, Chewbacca venceu por unanimidade. Gargalhadas surgiram pelo constrangimento do wookiee após ele quase achatar Luke com sua ânsia em cumprimentá-lo.

“Sabia que você ia voltar”, gritava Luke, “eu sabia! Eu seria poeira cósmica agora se você não surgisse daquele jeito, Han!”

Solo não perdera nem uma gota de sua presunção. “Bem, eu não podia simplesmente deixar um menino da roça lutar sozinho contra aquela estação. Além do mais, eu estava pensando no que poderia acontecer e me senti horrível, Luke – deixando você receber todo o crédito e toda a recompensa."

Enquanto eles riam, uma presença ágil, com um vestido esvoaçante, correu até Luke de um jeito que não constava no protocolo do Senado. "Você conseguiu, Luke, você conseguiu!", gritou Leia.

Ela caiu em seus braços e o abraçou enquanto ele a fazia girar. Então ela foi até Solo e repetiu o abraço. Como era de se esperar, o corelliano não parecia nem um pouco tímido.

Repentinamente impressionado pelas saudações da multidão, Luke se virou. Ele dirigiu um olhar de aprovação ao seu caça e o olhar continuou subindo, subindo até chegar ao teto. Por um segundo, ele achou que tinha escutado algo suave como um suspiro de felicidade, um relaxar de músculos de um velho maluco que acabara de passar por momentos de alegria. Claro, era provavelmente a corrente de vento quente que vinha da floresta, mas de qualquer forma Luke sorriu para aquilo que ele achou ter visto lá em cima.

Havia muitas salas na vastidão do templo que foram convertidas para os modernos serviços dos técnicos da Aliança. Entretanto, mesmo com suas necessidades urgentes, havia um toque de beleza clássica sobre aquelas ruínas do antigo salão do trono que os arquitetos não ousaram modificar. Deixaram do jeito que era, retirando apenas o mato que invadira o local e alguns detritos.

Pela primeira vez em milhares de anos, aquela câmara espaçosa estava cheia. Centenas de soldados e técnicos rebeldes se alinharam sobre o velho chão de pedra, reunidos uma última vez antes de se dispersarem em direção a novos postos e lares distantes. Pela primeira vez, as fileiras cerradas de uniformes engomados e semiarmaduras polidas se ordenaram numa demonstração de força da Aliança.

Os estandartes dos muitos mundos que apoiaram a rebelião flamulavam com a suave brisa que se formara lá dentro. No final de uma grande passarela aberta, aguardava uma personalidade trajando um formal vestido branco, ostentando um colar cerimonial de calcedônia – símbolo oficial de Leia Organa.

Alguns homenageados apareceram do outro lado do corredor. Um deles, gigantesco e peludo, demonstrava sinais de pavor, mas foi levado pelos seus companheiros. Foram precisos alguns minutos para que Luke, Han, Chewie e C-3PO cobrissem a distância até a outra ponta.

Eles pararam em frente a Leia e Luke reconheceu o general Dodonna entre os demais dignitários sentados ali perto. Fez-se uma pausa e uma conhecida e brilhante unidade R2 se juntou ao grupo, indo ficar do lado de um C-3PO completamente intimidado.

Chewbacca não se continha de nervoso, dando todas as pistas de que preferia estar em qualquer outro lugar. Solo mandou ele ficar quieto e Leia deu um passo à frente. Nesse momento, os estandartes se inclinaram em harmonia e todos aqueles reunidos no grande salão voltaram-se para a plataforma.

Ela colocou algo pesado e dourado em volta do pescoço de Han Solo, depois fez o mesmo com Chewbacca – tendo que se esticar um pouco para conseguir – e, finalmente, com Luke. Então ela fez um sinal para a multidão e a rígida disciplina se dissolveu quando todos os homens, mulheres e autômatos presentes tiveram permissão para extravasar livremente os seus sentimentos.

Enquanto era banhado por vivas e saudações, Luke percebeu que sua mente não se encontrava em seu possível futuro com a Aliança, tampouco na oportunidade de enfrentar aventuras em viagens com Han Solo e Chewbacca. Diferentemente do que Solo afirmara, ele se viu totalmente atraído pela radiante Leia Organa.

Ela percebeu seu olhar descarado, mas, dessa vez, apenas sorriu.

STAR WARS™

O IMPÉRIO CONTRA-ATACA

INTRODUÇÃO

Desde o início, concebi *Star Wars* como uma série de seis filmes, ou duas trilogias. O primeiro filme, *Star Wars*: *Uma Nova Esperança*, era o quarto episódio e foi estruturado de forma a funcionar sozinho, como uma experiência emocional completa e satisfatória. O sucesso de *Star Wars* permitiu-me seguir em frente e fazer o episódio seguinte da saga, *O Império Contra-Ataca*.

Como a parte do meio de uma peça de três atos, *O Império Contra-Ataca* era, por sua própria natureza, uma história difícil para ser contada em um só filme. Quando escrevi o roteiro original do primeiro *Star Wars*, já sabia que Darth Vader era o pai de Luke Skywalker, ao contrário do público. Sempre senti que quando essa revelação fosse feita, quando e se pudesse fazê-la, seria um choque, mas nunca esperei o nível de envolvimento emocional que o público havia estabelecido, no qual Luke é o símbolo da bondade e Vader a personificação do mal. Em *O Império Contra-Ataca*, tive de fazer essa revelação perturbadora na conclusão do filme para, em seguida, deixar o público à espera por três anos antes que a história pudesse ser resolvida no último episódio. E o filme ainda por cima tinha que funcionar por si só.

O Império Contra-Ataca nos trouxe outros desafios únicos. Eu havia contratado Leigh Brackett, a talentosa escritora de ficção científica, para escrever o roteiro baseado na minha história e, muito tristemente, ela morreu de câncer pouco depois de entregar a primeira versão. Por fim, também havia contratado um jovem e incrivelmente talentoso escritor chamado Lawrence Kasdan para escrever o roteiro de *Os Caçadores da Arca Perdida*. Para sua completa surpresa, perguntei se Larry queria escrever o rascunho seguinte do roteiro de *O Império Contra-Ataca*. Foi um pressentimento que deu certo e o trabalho de Larry foi brilhante.

Os desafios de produção também foram intensos. Para o elenco e a equipe, além dos longos meses de filmagem nos estúdios em Londres, também houve a sinistra filmagem nas tundras geladas da Noruega. *O Império Contra-Ataca* também dobrou o número de efeitos especiais em relação ao primeiro *Star Wars* e exigiu que a Industrial Light & Magic se reinventasse virtualmente. Seria a primeira vez que faria isso em sua longa história – e certamente estava longe de ser a última.

No fim, acho que fui bem-sucedido ao criar um filme satisfatório que levou fãs a novos lugares, visual e emocionalmente, e os deixou famintos por mais.

George Lucas
para a edição especial de
Star Wars V – The Empire Strikes Back, 1985

STAR WARS V
O IMPÉRIO CONTRA-ATACA

I

"Isso é o que chamo de frio!" A voz de Luke Skywalker rompeu o silêncio que pairava desde que deixou a recém-estabelecida base rebelde horas antes. Montado num tonton, o único outro ser vivo à vista, sentia-se cansado e sozinho – e seu próprio som o assustou.

Luke, assim como seus colegas da Aliança Rebelde, que se revezavam explorando as imensidões brancas de Hoth, estava reunindo informações sobre o seu novo lar. Todos retornavam à base com sentimentos dúbios de conforto e solidão. Não contradizia suas primeiras descobertas de que não havia vida inteligente no frio planeta. Tudo que Luke tinha visto em suas expedições solitárias eram estéreis planícies brancas e cordilheiras de montanhas azuladas que pareciam desaparecer nas névoas dos horizontes distantes.

Luke sorriu dentro da bandana cinza que fazia as vezes de máscara contra o vento gelado de Hoth. Investigando as planícies frias com seus binóculos, ele enterrou ainda mais o boné forrado de pele em sua cabeça.

Um canto de sua boca se curvou para cima enquanto ele tentava visualizar os pesquisadores oficiais a serviço do Império. "A galáxia está salpicada de assentamentos de colonos que pouco se importam com o Império ou com a sua oposição, a Aliança Rebelde", pensou. "Mas um colono teria que ser louco para fazer valer seus direitos em Hoth. Este planeta não tem nada a oferecer para ninguém, a não ser *nós mesmos*."

A Aliança Rebelde havia estabelecido um posto avançado naquele mundo gelado havia apenas um mês. Luke era bem conhecido na base e, apesar de ter pouco mais de vinte e três anos, foi aclamado comandante Skywalker pelos outros rebeldes. O título o deixava um tanto desconfortável. No entanto, ele poderia dar ordens a soldados experientes. Tanta coisa lhe acontecera – Luke havia mudado muito. Ele mesmo achava difícil acreditar que apenas três anos antes ele era um ingênuo garoto de fazenda em seu planeta natal Tatooine.

O jovem comandante usou as esporas no tonton. "Vamos, garota", insistiu.

O corpo cinzento do lagarto da neve era isolado do frio graças a uma grossa camada de pelo. Galopava sobre as fortes patas traseiras que, com seus três únicos dedos, eram garras em forma de gancho que desenterravam porções de neve. Sua cabeça de lhama apontava para a frente e a cauda em forma de serpentina enrolava-se enquanto o animal corria pela encosta de gelo, seus chifres revirando-se e golpeando os ventos que atingiam o focinho peludo.

Luke queria que a missão acabasse. Seu corpo estava quase congelado mesmo com o traje fortemente acolchoado da Aliança. Mas estar lá era uma escolha sua, ele havia se oferecido para atravessar os campos de gelo em busca de outras formas de vida. Estremeceu quando viu a longa sombra que ele e o animal que montava projetavam sobre a neve. "Os ventos estão ficando fortes", pensou. "Esses ventos gelados trazem temperaturas insuportáveis quando a noite cai." Ficou tentado a voltar para a base um pouco antes, mas sabia da importância de ter certeza de que os rebeldes estavam sozinhos em Hoth.

O tonton virou-se rapidamente para a direita, quase tirando o equilíbrio de Luke. Ele ainda estava se acostumando a montar a imprevisível criatura. "Sem querer ofender", disse à sua montaria, "mas eu me sentia bem mais à vontade ao volante do meu velho speeder." Mas, para aquela missão, o tonton – apesar de suas desvantagens – era o transporte mais eficiente e prático disponível em Hoth.

Quando o animal alcançou o topo de outra ladeira de gelo, Luke o fez parar. Ele tirou os óculos com lentes escuras e apertou os olhos por um momento, tempo suficiente para que eles se ajustassem ao brilho ofuscante da neve.

Foi quando sua atenção foi desviada pelo aparecimento de um objeto riscando o céu, deixando um rastro persistente de fumaça enquanto mergulhava na neblina do horizonte. Luke rapidamente levou sua mão enluvada ao cinto e apanhou seu par de eletrobinóculos. Apreensivo, sentiu um frio compatível com a atmosfera gélida de Hoth. O que viu era artificial, talvez feito pelo próprio Império. O jovem comandante, ainda com o objeto em foco, seguiu seu percurso de fogo atentamente até que ele se espatifasse no chão branco, consumido pelo brilho da própria explosão.

Ao som da explosão, o tonton refugou. Um grunhido de medo saiu de seu focinho enquanto começava a apertar suas garras na neve. Luke afagou a cabeça do bicho, tentando tranquilizá-lo. Achou difícil ouvir-se sobre o vento impetuoso. "Calma, menina, é só um meteorito", gritou. O animal se acalmou e Luke levou o comunicador à boca. "Eco 3 para Eco 7. Han, meu velho, está na escuta?"

A estática estalou no receptor de áudio e a interferência foi cortada por uma voz familiar. "É você, garoto? O que aconteceu?"

A voz soava um pouco mais gasta e vivida que a dele. Por um momento, Luke lembrou-se com carinho do primeiro encontro que teve com o contrabandista espacial corelliano, na escura cantina cheia de alienígenas em um espaçoporto em Tatooine. Agora ele era um de seus poucos amigos que não faziam parte da Aliança Rebelde oficialmente.

"Terminei minha ronda e não encontrei nenhum sinal de vida", Luke disse pelo comunicador, aproximando a boca ao transmissor.

"Não há vida suficiente neste cubo de gelo para encher um cruzador espacial", respondeu Han, lutando para que sua voz pudesse ser ouvida por sobre os assobios dos ventos. "Já coloquei meus marcos de perímetro e estou voltando para a base."

"Nos vemos em breve", respondeu Luke. Ele ainda estava de olho na coluna de fumaça escura que subia girando a partir do ponto preto no horizonte. "Um meteorito acaba de cair aqui perto, quero dar uma olhada. Não demoro."

Desligando o comunicador, Luke voltou sua atenção para o tonton. A criatura reptiliana estava andando devagar, equilibrando seu peso entre um pé e outro. Deu um rugido gutural que parecia sinalizar medo.

"Eia, menina!", disse ele, acariciando a cabeça do tonton. "Qual é o problema... Farejou alguma coisa? Não tem nada ali."

Mas Luke também sentia-se irrequieto pela primeira vez desde que havia se estabelecido na base rebelde secreta. Se sabia algo sobre aqueles lagartos da neve era que seus sentidos eram aguçados. O bicho estava sem dúvida tentando dizer a Luke que algo perigoso estava por perto.

Sem perder tempo, tirou um pequeno objeto de um compartimento em seu cinto e ajustou seus controles em miniatura. O dispositivo era sensível o suficiente para detectar as mais ínfimas formas de existência ao medir temperaturas e procurar por sistemas de vida internos. Mas quando Luke começou a analisar as leituras viu que não havia necessidade – nem tempo – para continuar.

Uma sombra cruzou por cima, erguendo-se por um bom metro e meio. Luke se virou e parecia que, de repente, o chão havia ganhado vida. Uma grande massa de pelo branco, perfeitamente camuflada contra os montes de neve, vinha correndo de forma selvagem em sua direção.

"Filho de uma..."

A mão de Luke não chegou ao coldre da arma. A enorme garra do wampa das neves o acertou em cheio no rosto, atirando-o para longe do tonton em direção à neve gelada.

Luke já caiu inconsciente, tanto que nem ouviu os gritos dolorosos do tonton nem o silêncio abrupto que se seguiu após seu pescoço estalar. Também não sentiu seu próprio tornozelo sendo brutalmente agarrado pelo gigantesco agressor peludo ou seu corpo ser arrastado como um boneco sem vida pela planície gelada.

A fumaça preta ainda estava saindo da depressão na encosta onde o veículo aéreo havia caído. As nuvens haviam diminuído consideravelmente desde que o objeto atingiu o solo e formou uma cratera fumegante, seus vapores negros sendo dispersos pelas planícies com os ventos gelados Hoth.

Algo se moveu na cratera.

Primeiro, era apenas um ruído, um som mecânico monótono que aumentava de intensidade como se competisse com os uivos do vento. Aí a coisa se mexeu – algo que brilhava sob a clara luz da tarde à medida que começava a sair da cratera.

O objeto parecia ser uma forma de vida orgânica alienígena, sua cabeça multiorbital, semelhante a um horrível crânio, seus olhos brilhantes de lentes escuras treinando o frio olhar nas paragens ainda mais frias da paisagem. Mas logo que saiu da cratera, mostrou sua estrutura claramente mecânica, com um "corpo" grande, cilíndrico, conectado à cabeça circular, equipado de câmeras, sensores e apêndices metálicos, alguns parecidos com patas, como pinças de um caranguejo.

A máquina pairou sobre a cratera esfumaçada e estendeu suas extremidades em várias direções. Em seguida, um sinal foi enviado por seus sistemas mecânicos internos e ela passou a flutuar sobre a planície gelada.

O droide-sonda preto logo desapareceu no horizonte distante.

Outro cavaleiro, coberto por roupas de inverno e montado num tonton cinza malhado, corria pelas encostas de Hoth rumo à base de operações rebelde.

Seus olhos, como pontos frios de metal, observavam sem interesse as cúpulas de um cinza fosco, a miríade de armas nas torres e os colossais geradores de energia, únicos indícios de vida civilizada naquele mundo. Han Solo gradualmente desacelerou seu lagarto da neve, guiando as rédeas para que a criatura trotasse rumo à entrada da enorme caverna de gelo.

Han saudou o relativo calor do vasto complexo de cavernas, mantido pelas unidades de aquecimento que obtinham sua força através dos grandes geradores do lado de fora. A base subterrânea era tanto uma caverna de gelo natural como um labirinto de túneis angulares escavados na sólida montanha de gelo pelos lasers dos rebeldes. O corelliano já havia estado nos buracos mais inóspitos da galáxia, mas naquele momento não conseguia se lembrar a localização exata de nenhum deles.

Ele desmontou do tonton, observando as atividades no interior da caverna gigantesca. Para onde olhasse, via coisas que estavam sendo transportadas, montadas ou reparadas. Rebeldes em uniformes cinzentos corriam para descarregar suprimentos ou ajustar equipamentos. E havia robôs, principalmente unidades R2 e droides de força, que pareciam estar em toda parte, deslizando ou andando pelos corredores de gelo enquanto realizavam com eficiência inúmeras tarefas.

Han começava a pensar que estava ficando mole com a idade. No começo, ele não tinha o menor interesse pessoal ou qualquer tipo de lealdade com todo aquele papo rebelde. Seu envolvimento no conflito entre o Império e a Aliança começou com uma mera transação comercial, prestando os seus serviços e o de sua nave, a Millennium Falcon. O trabalho parecia bem simples: levar Ben Kenobi, o jovem Luke e dois robôs para o Sistema Alderaan. Como ele poderia imaginar que também seria chamado para resgatar uma princesa da mais temida Estação Bélica do Império, a Estrela da Morte?

A princesa Leia Organa...

Quanto mais pensava nela mais percebia o tamanho do problema que comprou ao aceitar o dinheiro de Ben Kenobi. Tudo que Han queria, no começo, era pegar sua grana e cair fora para pagar as pesadas dívidas que pairavam sobre sua cabeça como um meteoro prestes a cair. Nunca quisera ser um herói.

E, no entanto, algo o havia mantido perto de Luke e de seus jovens e loucos amigos rebeldes quando eles se lançaram ao hoje lendário ataque à Estrela da Morte. Algo. Han não conseguia saber o quê.

Agora, muito tempo depois da destruição da Estrela da Morte, Han ainda estava com a Aliança Rebelde, ajudando-os a estabelecer a base em Hoth, provavelmente o mais ermo de todos os planetas da galáxia. Tudo aquilo estava prestes a mudar, repetia para si mesmo. Para ele, Han Solo e os rebeldes estavam prestes a partir rumo a destinos diferentes.

Caminhou rapidamente pelo hangar subterrâneo, onde várias naves rebeldes de combate estavam estacionadas, sendo atendidas por homens de cinza com a ajuda de droides de todos os formatos. A principal preocupação de Han era a nave em forma de disco que repousava sobre seus recém-instalados dispositivos de pouso. Era a maior nave do hangar e tivera novos arranhões em seu casco metálico desde que Han conheceu Skywalker e Kenobi. Mas a Millennium Falcon não era conhecida por sua aparência e sim pela velocidade: aquele cargueiro ainda era a nave mais rápida para se fazer o percurso de Kessel ou para se deixar um caça imperial TIE para trás.

Grande parte do sucesso da Falcon podia ser atribuída à sua manutenção, agora confiada às mãos peludas de uma montanha de dois metros de altura, de cabelo castanho-avermelhado, cujo rosto escondia-se naquele momento por trás de uma máscara de soldador.

Chewbacca, o gigantesco copiloto de Han Solo, estava consertando o elevador central da Millennium Falcon ao ver Solo se aproximando. O wookiee parou o que estava fazendo e ergueu a viseira da máscara, mostrando seu rosto peludo. Um grunhido que poucos não wookiees no universo poderiam traduzir escapou de sua boca cheia de dentes.

Han Solo era um desses poucos. "Frio não é a palavra pra isso, Chewie", respondeu o corelliano. "Troco uma bela luta a qualquer minuto se isso acabar com esses dias escondidos e congelados!" Ele percebeu a fumaça saindo da parte metálica recém-soldada. "Como é que estão esses elevadores?"

Chewbacca respondeu com um típico grunhido wookiee.

"Tá bom", disse Han, concordando plenamente com a vontade do amigo de voltar para o espaço – para outro planeta, para qualquer lugar que não fosse Hoth. "Eu vou fazer o relatório e depois te dou uma força. Assim que consertarmos esses elevadores caímos fora."

O wookiee rosnou uma risada alegre e voltou ao trabalho enquanto Han continuava andando pela caverna artificial de gelo.

O centro de comando estava cheio de equipamentos eletrônicos e dispositivos de monitoramento até o teto congelado. Como no hangar, funcionários rebeldes apinhavam o lugar. A sala estava lotada de controladores, soldados, homens responsáveis pela manutenção, todos com seus droides de modelos e tamanhos diferentes; todos diretamente envolvidos na transformação daquela caverna em uma base viável para substituir a de Yavin.

Han procurava um homem atrás de um enorme computador, cuja atenção estava fixada a uma tela que piscava notícias coloridas. Rieekan, vestindo o uniforme de general rebelde, endireitou seu corpo comprido para falar com Solo enquanto ele se aproximava.

"General, não há o menor sinal de vida na região", informou Han. "Mas todas os marcos de perímetro foram estabelecidos. Assim vocês saberão se alguém aparecer pra dar um alô."

Como sempre, o general Rieekan não sorriu da irreverência de Solo. Mas ele admirava o jovem por ter se associado de forma não oficial à rebelião. Rieekan ficara tão impressionado com as qualidades de Solo que muitas vezes considerou uma patente de oficial honorário para ele.

"O comandante Skywalker já se reportou?", perguntou o general.

"Ele está checando um meteorito que caiu nas proximidades", respondeu Han. "Logo ele chega."

Rieekan rapidamente olhou para a tela recém-instalada do radar e estudou as imagens que piscavam. "Com tanta atividade de meteoros neste sistema vai ser difícil detectar a aproximação de naves."

"General, eu...", hesitou Han. "Eu acho que tá na minha hora de cair fora."

A atenção de Han passou do general Rieekan para uma figura que se aproximava de forma constante. Seu andar era ao mesmo tempo elegante e determinado, e de alguma maneira os traços femininos da jovem pareciam incongruentes com o uniforme branco de combate. Mesmo de longe, Han poderia dizer que a princesa Leia estava chateada.

"Você é bom de briga", o general frisou sobre Han, e acrescentou: "Odiaria ter de perdê-lo".

"Obrigado, general. Mas há uma recompensa pela minha cabeça. Se não pagar Jabba, o hutt, serei um cadáver ambulante."

"Uma ameaça de morte não é algo fácil com que se conviver", disse o oficial logo que Han virou-se para a princesa Leia. Solo não era sentimental, mas estava ciente do quanto estava emotivo naquele momento. "Acho que é isso, alteza." E parou, sem saber o que esperar como resposta da princesa.

"Está certo", Leia respondeu friamente. Sua súbita indiferença evoluía rapidamente para uma raiva genuína.

Han sacudiu a cabeça. Há muito tempo havia dito a si mesmo que qualquer fêmea – seja mamífero, réptil ou de alguma classe biológica ainda a ser descoberta – estava além de seus parcos poderes de compreensão. Melhor deixá-las sem ter de entendê-las, aconselhava a si mesmo.

Mas, ao menos por um instante, Han começara a acreditar que havia pelo menos uma mulher em todo o cosmos que ele *estava* começando a entender. E, mesmo assim, ele já tinha errado antes.

"O que é isso, princesa", disse Han, "sem essa onda toda pra cima de mim. A gente se vê por aí, altezíssima."

Han virou de costas para ela de repente e entrou no corredor silencioso que se ligava ao centro de comando. Ia para o hangar, onde um wookiee gigante e um cargueiro de contrabando, duas realidades que ele conhecia, esperavam por ele. Não estava disposto a parar.

"Han!" Leia veio correndo, um pouco sem fôlego.

Friamente, ele parou e se virou. "Sim, alteza?"

"Achei que você havia decidido ficar."

Parecia haver preocupação de verdade em sua voz, mas Han não tinha como ter certeza.

"Aquele caçador de recompensas que conhecemos em Ord Mantell me fez mudar de ideia."

"Luke já sabe?", ela perguntou.

"Saberá quando voltar", respondeu rispidamente.

A princesa Leia apertou seus olhos, julgando-o com um olhar que ele conhecia bem. Por um momento, Han sentiu-se como uma das estalagmites de gelo na superfície daquele planeta.

"Não me olha assim", disse severamente. "Cada dia mais caçadores de recompensas estão à minha procura. Vou pagar Jabba antes que ele envie mais de seus agentes, assassinos gank e sabe-se lá mais o quê. Eu tenho que acabar com a recompensa pela minha cabeça enquanto ainda *tenho* uma cabeça."

Leia foi obviamente afetada por aquelas palavras e Han podia ver que ela estava preocupada com ele – e, talvez, sentindo algo mais.

"Mas nós ainda precisamos de você", disse.

"Nós?", questionou Han.

"Sim."

"Sim, mas e *você*?" Han teve o cuidado de enfatizar a última palavra, mas realmente não sabia por quê. Talvez fosse algo que ele queria dizer havia tempo, mas lhe faltava a coragem – não, corrigiu-se; faltava a *burrice* – de expor seus sentimentos. No momento, parecia haver pouco a perder e ele estava pronto para o que quer que ela pudesse lhe dizer.

"Eu?", ela respondeu sem rodeios. "Não sei o que você quer dizer."

Incrédulo, Han Solo balançou a cabeça. "É, você provavelmente não sabe."

"E o que precisamente eu *deveria* saber?", a raiva crescia mais uma vez em sua voz, provavelmente porque, pensou Han, ela finalmente começava a entender.

Ele sorriu. "Você quer que eu fique porque sente algo por mim."

A princesa novamente abrandou-se. "Bem, sim, você tem sido de grande ajuda...", respondeu e, após uma pausa, completou: "...para nós. Você é um líder natur..."

Mas Han se recusou a deixá-la terminar, cortando-a no meio da frase. "Não, realeza. Não é isso."

De repente, Leia estava olhando fixamente para o rosto de Han, um olhar de quem finalmente parecia ter entendido algo. E começou a rir. "Você está imaginando coisas."

"Estou? Acho que você estava com medo de que eu fosse deixá-la sem sequer um...", Han focou seus olhos nos lábios dela, "...beijo."

Ela começou a rir ainda mais. "Preferia ter que beijar um wookiee."

"Eu posso providenciar isso." Aproximou-se dela, que parecia radiante mesmo na luz fria da câmara de gelo. "Pode acreditar – tudo que você precisa é de um bom beijo. Você fica tão ocupada dando ordens que se esqueceu de como é ser uma mulher. Se baixasse a guarda por um momento poderia ajudar. Mas agora é tarde, querida. Sua grande oportunidade está voando pra longe daqui."

"Eu acho que posso sobreviver", disse ela, obviamente irritada.

"Boa sorte!"

"Você não se importa se o..."

Han sabia o que ela ia dizer e não a deixou terminar. "Poupe-me, por favor!", interrompeu-a. "Não me venha falar sobre rebelião mais uma vez. É, você só pensa nisso. Você está tão fria quanto este planeta."

"E você se acha o único que pode prover um pouco de calor?"

"Claro, se estivesse a fim. Mas não acho que seria divertido." Assim, Han recuou e olhou para ela de novo, avaliando-a com frieza. "Nós nos encontraremos de novo", disse. "Talvez até lá você tenha esquentado um pouco." Sua expressão mudou novamente. Han já tinha visto assassinos com olhos mais amáveis que os dela naquele momento.

"Você é gentil como um bantha", ela vociferou, "embora não tenha tanta classe. Aproveite sua viagem, seu convencido!" A princesa rapidamente afastou-se de Han, saindo com pressa pelo corredor.

II

A temperatura na superfície de Hoth caiu. Mas, apesar do ar frio, o droide imperial continuou sua varredura tranquilamente sobre os campos cobertos por neve, seus sensores apontando em todas as direções à caça de sinais de vida.

De repente, os sensores de temperatura do robô reagiram. Ele havia encontrado uma fonte de calor por perto, o que indicava vida. A cabeça girou ao redor de seu eixo, as bolhas sensíveis em forma de olhos movendo-se na direção em que o calor se originava. Automaticamente, o droide-sonda ajustou sua velocidade e passou a mover-se em sua velocidade máxima sobre os campos de gelo.

A máquina insetoide só foi diminuir quando se aproximou de um monte de neve maior que ela mesma. Seus sensores mediram aquela formação – um metro e oitenta de altura por seis de profundidade. Mas o tamanho do monte era secundário. O que era realmente surpreendente, se é que algo pode surpreender uma máquina de vigilância, era a quantidade de calor irradiado por baixo. A criatura sob aquele monte de neve certamente estava bem protegida contra o frio.

Um fino feixe de luz branca azulada saiu de uma das extremidades do robô, o calor intenso perfurando o monte branco e espalhando reluzentes manchas de neve para todo lado.

O monte começou a tremer, e então a chacoalhar. O que quer que existisse ali embaixo estava profundamente irritado com o laser do droide-sonda. A neve começou a cair a partir do monte em pedaços de tamanho considerável quando, em uma extremidade, dois olhos surgiram entre a massa branca.

Enormes olhos amarelos apareceram como pontos gêmeos de fogo apontando para a criatura mecânica, que continuava a disparar seus penosos raios. Os olhos ardiam com ódio primordial indicando que a coisa teve seu sono interrompido.

O monte balançou de novo, com um rugido que quase destruiu os sensores auditivos do droide. Ele rapidamente recuou vários metros, ampliando o espaço até a criatura. O robô nunca havia encontrado um wampa das neves antes e seus computadores o avisaram para se livrar do animal com rapidez.

O droide fez um ajuste interno para regular a potência de seu laser. Menos de um minuto depois, o raio estava em intensidade máxima. A máquina mirou a criatura, cobrindo-a com chamas e fumaça. Segundos depois, as poucas partículas que restavam do wampa foram varridas pelos ventos gelados.

A fumaça desapareceu e não deixou nenhuma prova física - salvo uma grande depressão no solo - de que uma criatura das neves estivera por lá.

Mas sua existência foi devidamente registrada na memória do droide-sonda, que já havia retomado sua missão original.

• • •

O rugido de outro wampa das neves finalmente despertou o combalido jovem comandante rebelde.

A cabeça de Luke estava girando e doendo - talvez até explodindo, pelo que ele entendia. Custou-lhe um doloroso esforço recuperar o foco. Ele então notou que estava em uma ravina de gelo cujas paredes irregulares refletiam o fim do crepúsculo.

De repente, percebeu que estava pendurado de cabeça para baixo, de braços suspensos e com as pontas dos dedos a meros trinta centímetros de distância do chão branco. Seus tornozelos estavam dormentes. Esticou o pescoço e viu que seus pés estavam presos, congelados no teto, e que o gelo envolvia suas pernas como estalactites. Ele podia sentir, como uma máscara congelada, seu próprio sangue coagulado no rosto, bem onde o wampa o havia atingido violentamente.

Luke ouviu de novo o bicho, seus grunhidos agora mais altos à medida que ressoavam pelo profundo e estreito corredor de gelo. Eram rugidos ensurdecedores. Pensava no que o mataria antes, o frio ou as presas e garras da coisa que habitava aquela caverna.

"Tenho que me soltar", pensou, "preciso me livrar deste gelo." Suas energias não haviam retornado completamente, mas com um esforço firme conseguiu se levantar e estendeu a mão em direção aos tornozelos presos. Ainda fraco, Luke não conseguiu quebrar o gelo e caiu para trás, pendurado como estava antes, o chão branco passando rápido por ele.

"Calma", disse para si mesmo. "Calma."

As paredes de gelo rangiam conforme o bufar da criatura chegava mais perto. Seus pés esmagavam o chão gelado, assustadoramente mais próximos. Não demoraria muito para que o horror de pelos brancos voltasse para aquecer o jovem guerreiro no interior da escuridão de sua pança.

Os olhos de Luke percorreram a gruta até que finalmente encontraram a pilha de aparelhos que havia trazido na missão, um monte agora inútil de coisas amassadas no chão. O equipamento estava a quase um metro, inatingível, além de seu alcance. E, no meio deles, havia um dispositivo que chamou completamente sua atenção – uma empunhadura robusta com um par de pequenos interruptores com um disco de metal em uma ponta. O objeto pertencera a seu pai, um antigo Cavaleiro Jedi, traído e assassinado pelo jovem Darth Vader. Mas agora era de Luke. Fora-lhe confiado por Ben Kenobi para ser manejado com honra contra a tirania imperial.

Em desespero, Luke tentou torcer seu corpo dolorido apenas o suficiente para alcançar o sabre de luz, a distância. Mas o frio terrível que percorria seu corpo e o paralisava também o enfraquecia. Luke estava começando a aceitar seu destino quando ouviu o rosnar do wampa que se aproximava. Seus últimos sentimentos de esperança quase desapareceram quando ele pôde sentir a presença.

Mas não era a presença do gigante branco que havia tomado a caverna.

Era, no entanto, aquela presença espiritual reconfortante que o visitava de vez em quando em momentos de tensão ou perigo. A mesma presença que sentira logo depois que o velho Ben, mais uma vez em seu papel Jedi de Obi-Wan Kenobi, desapareceu num amontoado das próprias roupas após ser atingindo pelo sabre de luz de Darth Vader. A presença que parecia uma voz familiar, um sussurro quase silencioso que falava diretamente à mente de Luke.

"Luke." Lá estava o sussurro de novo, ameaçador. "Imagine o sabre de luz em sua mão."

As palavras faziam a dolorida cabeça de Luke latejar ainda mais. Ele então sentiu uma repentina sensação de energia, um sentimento de confiança que o fazia continuar lutando apesar de sua situação aparentemente irremediável. Seus olhos fixaram-se no sabre de luz. Sua mão esticou-se dolorosamente, seus membros já pagando o preço do frio. Apertou os olhos, concentrando-se. Mas a arma ainda estava fora de alcance. Ele sabia que o sabre de luz exigiria mais que um esforço físico para ser alcançado.

"Tenho que ter calma", Luke disse para si. "Calma..."

A mente de Luke girou ao ouvir as palavras de seu falecido tutor. "Deixe a Força fluir, Luke."

A Força!

Luke, de cabeça para baixo, percebeu a monstruosa aparição se aproximando, erguendo os braços que terminavam em enormes garras brilhantes. Ele podia ver pela primeira vez o rosto simiesco do monstro e estremeceu ao ver os chifres de carneiro do wampa das neves, sua balbuciante mandíbula e suas presas protuberantes.

Foi quando o guerreiro parou de pensar na criatura. Ele parou de se esforçar para alcançar a arma, relaxou seu corpo e deixou-o inerte, abrindo seu espírito para a sugestão de seu mestre. E aos poucos sentia, correndo por seu corpo, aquele campo de energia gerado por todos os seres vivos, o mesmo que une todo o universo.

Como Kenobi havia lhe ensinado, a Força estava dentro dele para que a usasse como bem entendesse.

O wampa mostrou suas negras garras em forma de gancho e as ergueu em direção ao jovem pendurado. De repente, o sabre de luz saltou na direção da mão de Luke, como num passe de mágica. No mesmo instante, ele pressionou um botão colorido na arma, liberando um feixe em forma de lâmina que rapidamente usou para cortar o gelo que o prendia.

Luke então, arma em punho, caiu no chão e a monstruosa criatura que se erguia sobre ele deu um passo cauteloso para trás. Os olhos quentes da besta piscaram incrédulos ao ver o zumbido da arma de luz, uma visão desconcertante para seu cérebro primitivo.

Apesar da dificuldade de se mexer, Luke ficou de pé e brandiu o sabre de luz na frente da enorme massa branca de músculos e pelos, forçando-a a dar outro passo para trás, e mais um. Baixando a arma, Luke varou a pele do monstro com a lâmina de luz e o wampa gritou – seu grito de dor estremeceu as paredes da caverna. Virou-se pesadamente e saiu às pressas, sua massa branca ensanguentada se afastando.

O céu já estava visivelmente mais escuro e com a chegada da escuridão vieram os ventos mais frios. A Força estava com Luke, mas mesmo aquele poder misterioso não conseguia aquecê-lo. Cada passo dado para fora da caverna era mais difícil que o anterior. Com a visão escurecendo na mesma velocidade que a luz do dia desvanecia, Luke tropeçou em um barranco de neve e caiu inconsciente antes mesmo de chegar ao chão.

No subsolo da doca principal do hangar, Chewie deixava a Millennium Falcon pronta para partir. E olhando por cima do que fazia viu um par de figuras curiosas que acabara de aparecer para se misturar com a atividade dos rebeldes no hangar.

Nenhum deles era humano, embora um deles fosse humanoide e parecesse uma pessoa numa armadura dourada de cavaleiro. Seus movimentos eram precisos, precisos demais para serem humanos, conforme caminhava rigidamente pelo corredor. Seu companheiro não precisava de pernas humanoides para locomover-se, pois se saía bem deslizando seu corpo mais curto, em forma de barril, por sobre rodas em miniatura.

O menor dos dois robôs apitava e assobiava animado.

"*Não* é minha culpa, sua lata-velha avariada", dizia o droide antropomórfico enquanto gesticulava as mãos metálicas. "Eu não pedi para você ligar o aquecedor térmico. Eu simplesmente comentei que estava congelando naquele quarto. Mas *era* para estar congelando. Como é que vamos conseguir secá-las? Ah! Chegamos."

C-3PO, um droide dourado de forma humana, fez uma pausa para concentrar seus sensores ópticos na Millennium Falcon estacionada.

O outro robô, R2-D2, recolheu as rodas e a perna frontal para deixar o pesado corpo de metal no chão. Os sensores do droide menor estavam reconhecendo as silhuetas familiares de Han Solo e de seu companheiro wookiee enquanto os dois continuavam trabalhando na substituição dos elevadores centrais do cargueiro.

"Mestre Solo, por favor", disse C-3PO, o único dos dois robôs equipado com uma imitação de voz humana. "Permita-me uma palavrinha?"

Han não estava com cabeça para interrupções, especialmente daquele robô exigente. "O que foi?"

"A princesa Leia tem tentado falar com o senhor pelo comunicador", informou C-3PO. "Ele deve estar com defeito."

Mas Han sabia que não estava. "Eu desliguei", disse bruscamente enquanto continuava a trabalhar em sua nave. "O que sua alteza quer?"

Os sensores auditivos de C-3PO identificaram desprezo na voz dele, mas sem compreendê-lo. O robô imitou um gesto humano, enquanto acrescentava: “Ela está procurando o mestre Luke e achou que ele poderia estar aqui com o senhor. Ninguém parece saber se...”

“Luke ainda não voltou?”, Han mostrou-se imediatamente preocupado. Ele podia ver que o céu além da caverna de gelo estava consideravelmente mais escuro desde quando ele e Chewbacca haviam começado o conserto da Millennium Falcon. Ele sabia o quão severamente as temperaturas caíam após o anoitecer e o quão mortais aqueles ventos poderiam ser.

Num piscar de olhos, saiu do elevador da Falcon, sem sequer olhar para trás em direção ao wookiee. “Solde-o embaixo, Chewie. Oficial da plataforma!” Han gritou e, em seguida, levou o comunicador à boca, perguntando: “Controle de segurança, o comandante Skywalker já deu entrada?” A resposta negativa fez a cara de Han se fechar.

O sargento da plataforma e seu assistente correram em direção a Solo após seu chamado.

“O comandante Skywalker já voltou?”, perguntou Han com voz tensa.

“Não o vi”, respondeu o sargento. “Pode ser que ele tenha vindo pela passagem sul.”

“Então confirme!”, Solo esbravejou, embora não estivesse em posição oficial para dar ordens. “É urgente.”

Enquanto o sargento da plataforma e seu assistente se viraram e saíram correndo pelo corredor, R2 emitiu um assobio preocupado que terminou num tom de interrogação.

“Não sei, R2”, respondeu C-3PO, virando o tronco e a cabeça de forma rígida para Han. “Senhor, eu posso saber o que está acontecendo?”

A raiva brotou dentro de Han e logo ele a descontava no robô: “Vá dizer a sua preciosa princesa que Luke estará morto se ele não aparecer aqui em breve”.

R2 começou a assobiar histericamente por conta da previsão sombria de Solo e seu parceiro dourado, agora assustado, exclamou: “Oh, não!”

O túnel principal estava apinhado quando Han Solo entrou. Ele viu um par de soldados rebeldes que empregavam toda a sua força para dar conta de segurar um tonton revoltado que queria se libertar.

Da outra ponta, o oficial da plataforma veio correndo pelo corredor, seus olhos buscando algo em volta, até que ele encontrou Han. “Senhor”, disse freneticamente, “o comandante Skywalker não entrou pela passagem sul. Ele pode ter esquecido de dar baixa.”

"Pouco provável", resmungou Han. "Tem algum speeder pronto?"

"Ainda não", respondeu o oficial. "Adaptá-los ao frio tem sido difícil. Talvez pela manhã nós..."

Han o interrompeu. Não havia tempo a perder com máquinas que poderiam quebrar. "Temos que ir nos tontons. Eu vou pelo setor quatro."

"Mas a temperatura está caindo muito rápido!"

"Eu sei", grunhiu Han, "e o Luke está lá fora!"

Outro oficial se voluntariou. "Eu cubro o setor doze. Tenho uma tela de controle alfa."

Mas Han sabia que não havia tempo para o controle ligar suas câmeras de segurança, não com Luke provavelmente morrendo em alguma planície desolada. Ele abriu caminho através das tropas rebeldes e tomou as rédeas de um dos tontons treinados, pulando no lombo da criatura.

"As tempestades noturnas começarão antes de você conseguir chegar no primeiro marco", avisou o oficial da plataforma.

"Então nos vemos no inferno", esbravejou Han, puxando as rédeas de sua montaria enquanto manobrava o bicho para fora da caverna.

• • •

A neve caía pesada enquanto Han Solo corria sobre o tonton pelo deserto. A noite estava por perto e os ventos uivavam ferozes, penetrando suas roupas pesadas. Ele sabia que seria tão inútil quanto um pingente de gelo para Luke se não encontrasse logo o jovem guerreiro.

O tonton já sentia os efeitos da queda de temperatura. Nem mesmo suas camadas de gordura isolante ou seu pelo cinza emaranhado poderia protegê-lo após o anoitecer. O bicho já estava ofegante, sua respiração cada vez mais pesada.

Han rezava para que o lagarto da neve não caísse, ao menos até que encontrasse Luke.

Ele forçou sua montaria a atravessar a planície de gelo.

Outra figura movia-se pela neve, seu corpo metálico pairando sobre o chão gelado.

O droide-sonda imperial estacou rapidamente, com seus sensores em movimento.

Assim, satisfeito com o que havia achado, o droide-sonda suavemente pousou na terra. Como se fossem pernas de aranha, várias sondas separaram-se do casco de metal, retirando a neve sobre ele.

Algo começou a formar-se ao redor do robô imperial, um brilho pulsante que, gradualmente, cobria a máquina como uma cúpula transparente. Rapidamente esse campo de força solidificou-se, repelindo a neve que soprava sobre seu casco.

Instantes depois, o brilho desapareceu e a neve que soprava formou uma perfeita cúpula branca, que ocultava completamente o droide e seu campo de força.

• • •

O tonton corria célere, mas não tão rápido, dada a distância que haviam percorrido e o ar frio insuportável. O animal não ofegava mais e começava a gemer penosamente, suas pernas cada vez mais instáveis. Han sentiu pena do tonton, mas a vida da criatura era bem menos importante que a de seu amigo Luke.

Tornava-se difícil para Han ver através da espessa neve que caía. Desesperado, ele procurou alguma falha nas planícies eternas, algum ponto distante que poderia ser Luke. Mas não havia nada para se ver a não ser um mundo escuro de neve e gelo.

No entanto, um som.

Han puxou as rédeas, fazendo o tonton parar abruptamente na planície. Solo não tinha certeza, mas havia um som que não era o uivo dos ventos que o chicoteavam. Ele esforçou-se para olhar na direção do som.

E então cravou suas esporas no tonton, forçando-o a galopar pelo campo varrido pela neve.

Havia a possibilidade de Luke virar um cadáver, comida para animais coletores, quando a luz da aurora retornasse. Mas de algum jeito ele ainda estava vivo, lutando para permanecer assim, mesmo com a tempestade noturna que violentamente o agredia. Luke conseguiu dolorosamente ficar de pé sobre a neve, mas foi empurrado de volta ao chão pelo vendaval gelado. Ao cair, considerou como tudo aquilo era irônico – um garoto de fazenda de Tatooine que amadureceu na batalha contra a Estrela da Morte e que agora morria sozinho, congelado em um terreno alienígena inóspito.

Ele precisou de toda a energia que lhe restava para arrastar-se adiante mais meio metro antes de finalmente desabar, afundando-se ainda mais nas neves profundas. "Eu não consigo...", disse Luke, apesar de ninguém conseguir ouvir suas palavras.

Mas alguém, apesar de não estar visível, ouviu.

"Você consegue", as palavras vibraram dentro da mente de Luke. "Luke, olhe para mim!"

Luke não pôde ignorar o chamado; a força daquelas palavras ditas de forma tão macia era enorme.

Com muito esforço, Luke ergueu sua cabeça e viu o que achou que fosse uma alucinação. À sua frente – apesar de parecer imune ao frio e ainda estar usando o manto velho que vestia no deserto quente de Tatooine – estava Ben Kenobi.

Luke queria chamá-lo, mas estava sem voz.

A aparição falava com a mesma autoridade gentil que Ben sempre usara com o jovem. "Você tem que sobreviver, Luke."

O jovem comandante encontrou energia para mexer seus lábios mais uma vez. "Estou com frio... Tanto frio..."

"Você deve ir ao Sistema Dagoba", instruiu a figura espectral de Ben Kenobi. "Você deverá aprender com Yoda, o Mestre Jedi que me ensinou."

Luke ouviu e tentou encostar na figura fantasmagórica. "Ben... Ben...", gemeu.

A figura permaneceu imóvel ante os esforços de Luke para alcançá-la. "Luke", disse novamente, "você é nossa única esperança."

Nossa única esperança.

Luke estava confuso. Antes mesmo que pudesse reunir energias para pedir uma explicação, a imagem começou a se apagar. E quando os últimos vestígios daquela aparição desapareceram de sua visão, Luke achou que estava vendo um tonton se aproximando com um cavaleiro humano em seu lombo. O lagarto da neve chegava mais perto, com seu passo instável. O piloto estava muito distante e escondido pela nevasca para ser identificado.

No desespero, o jovem comandante rebelde gritou "Ben?!" antes de cair inconsciente.

O lagarto da neve mal conseguiu ficar sobre suas patas traseiras quando Han Solo conseguiu pará-lo com as rédeas e saltar de suas costas.

Han olhou com horror a forma de vida quase congelada e coberta de neve que parecia morta aos seus pés.

"Que isso, amigão", disse à figura inerte de Luke, imediatamente esquecendo-se do seu próprio corpo quase congelado, "você ainda não morreu. Me dá um sinal de vida, vai."

Han não conseguia determinar nenhum sinal e percebeu que a cara de Luke, quase toda coberta por neve, tinha sido rasgada de forma selvagem. Ele esfregou o rosto do jovem, tomando cuidado para não encostar nas feridas secas. "Não faz isso, Luke, ainda não é a sua hora."

Finalmente alguma resposta: um gemido leve, quase inaudível sob aqueles ventos, mas forte o suficiente para reaquecer o corpo do próprio Han. Ele riu aliviado. "Eu sabia que você não ia me deixar aqui sozinho! A gente tem que dar o fora."

Sabendo que a salvação de Luke e a sua própria estava na velocidade do tonton, Han foi em direção ao bicho, carregando o jovem guerreiro em seus braços. Mas, antes que ele pudesse amarrar o corpo inconsciente no lombo do animal, o lagarto da neve deu um grunhido agonizante e caiu como uma pilha cinza de pelos na neve. Han deitou seu companheiro no chão e pôs-se ao lado da criatura caída. O tonton emitiu um último som, não um rugido ou gemido, só um suspiro doente. Depois ficou em silêncio.

Solo pegou no couro do tonton, seus dedos anestesiados buscando a menor indicação de vida. "Mais morto que uma lua de Triton", disse, mesmo sabendo que Luke não ouviria nada. "Não temos muito tempo."

Repousando o corpo inerte de Luke contra a barriga do cadáver do lagarto da neve, Han começou a trabalhar. Podia ser alguma espécie de sacrilégio, pensou, usar a arma favorita de um Cavaleiro Jedi daquela forma, mas naquele instante o sabre de luz de Luke era a ferramenta mais eficaz e precisa para atravessar a grossa pele de um tonton.

A princípio, a arma pareceu estranha em sua mão, mas logo em seguida ele estava cortando a carcaça do bicho da cabeça peluda até as escamosas patas traseiras. Han tremeu ao sentir o fedor que saía do corte fumegante no animal. Havia poucas coisas que ele lembrava que fediam mais do que as entranhas de um bicho daqueles. Sem pensar muito, ele puxou as tripas gosmentas para fora, na direção da neve.

Após o cadáver do animal ser estripado, Han enfiou seu amigo lá dentro da pele grossa e quente do bicho. "Eu sei que o cheiro não é bom, Luke, mas isso vai evitar que você congele. Tenho certeza que o tonton não hesitaria em fazer isso, caso os papéis estivessem invertidos."

E da cavidade estripada do corpo do lagarto da neve saiu mais outra leva de entranhas. "Ufa!", Han quase engasgou, "bem quando você estava quase congelado, chapa."

Não havia muito mais tempo para fazer o que era preciso. As mãos congeladas de Han buscaram a mochila de suprimentos amarrada ao lombo do tonton. Ele examinou alguns apetrechos até encontrar o que procurava.

Antes de abri-lo, ele falou em seu comunicador: "Base Eco, na escuta?"

Sem resposta.

"Esse comunicador não presta!"

O céu escureceu de forma aterradora e os ventos sopravam com violência, fazendo até mesmo a respiração ficar quase impossível. Han lutou para abrir o invólucro do abrigo e lentamente começou a montar uma barraca que pudesse protegê-los – pelo menos um pouco mais.

"Se eu não montar isso logo", resmungou sozinho, "Jabba não vai precisar daqueles caçadores de recompensas."

III

R2-D2 estava do lado de fora da entrada do hangar secreto rebelde, coberto por uma fina camada de neve que se instalara sobre o seu corpo em forma de plugue. Seus mecanismos internos sabiam que ele estava ali por mais tempo que o necessário e seu sensor óptico lhe dizia que o céu estava escuro.

Mas a unidade R2 estava preocupada apenas com seus sensores de sondagem que ainda emitiam sinais pelos campos gelados. Sua longa e cuidadosa busca por sinais de Luke Skywalker e Han Solo não havia retornado nada.

O robô maciço começou a apitar nervosamente quando C-3PO chegou perto, arrastando-se com dificuldade pela neve.

"R2", disse o robô dourado, inclinando a parte acima da cintura de seu corpo, "não há nada mais a se fazer, venha para dentro." C-3PO esticou seu corpo novamente, simulando uma tremedeira humana à medida que os ventos da noite uivavam por sua carcaça. "R2, minhas juntas estão congelando, vamos embora, por favor?" E antes que ele pudesse terminar a própria frase, C-3PO já estava correndo de volta para a entrada do hangar.

O céu de Hoth estava inteiramente escuro e a princesa Leia Organa permanecia na entrada da base rebelde, numa preocupada vigília. Ela tremia com o vento da noite enquanto tentava enxergar na escuridão de Hoth. Ao lado de um profundamente preocupado major Derlin, seu pensamento vagava por algum lugar dos campos gelados.

O enorme wookiee permanecia por perto, sentado. Sua cabeça, que estava apoiada entre as mãos peludas, rapidamente ergueu-se quando os dois droides, C-3PO e R2, voltaram ao hangar.

C-3PO estava humanamente nervoso. "R2 não foi capaz de registrar nenhum sinal", relatou preocupado, "embora ele reconheça que seu alcance seja muito limitado para nos fazer perder a esperança." Mesmo assim, havia pouca confiança na voz artificial de C-3PO.

Leia concordou silenciosamente com o robô mais alto. Seus pensamentos estavam ocupados com os dois heróis desaparecidos. E o mais preocupante para ela era que estava mais focada em um dos dois – o corelliano de cabelo escuro cujas palavras não podiam ser levadas ao pé da letra.

A princesa mantinha sua vigília quando o major Derlin recebeu um tenente rebelde. "Todas as patrulhas chegaram, menos Solo e Skywalker, senhor."

O major olhou preocupado para a princesa Leia. "Alteza", disse, com pesar na voz, "não há nada que possamos fazer agora. A temperatura está caindo muito depressa. As portas blindadas devem ser fechadas, desculpe-me." Derlin esperou um momento e dirigiu-se ao tenente: "Feche as portas".

O oficial foi executar a ordem recebida e imediatamente a temperatura da sala pareceu cair ainda mais quando o triste wookiee uivou de tristeza.

"Os speeders devem estar prontos pela manhã", o major disse a Leia. "A busca será mais fácil."

Sem esperar uma resposta afirmativa, ela perguntou: "Há alguma chance de eles sobreviverem até amanhã?"

"Pequena", o major Derlin respondeu com sombria honestidade. "Mas sim, há."

Em resposta às palavras do major, R2 pôs os minicomputadores dentro de seu corpo em forma de barril metálico para trabalhar e, em apenas alguns minutos de malabarismos numéricos e cálculos matemáticos, terminou suas operações com uma série de bipes triunfantes.

"Minha senhora", disse C-3PO, traduzindo-o, "R2 diz que as chances contra a sobrevivência são de 725 para um." E, inclinando-se para o robô menor, o droide dourado resmungou: "Na verdade, acho que não precisávamos saber disso".

Ninguém respondeu à tradução de C-3PO. Por um longo momento, houve um silêncio solene, quebrado apenas pelo eco estridente de metal batendo contra metal – eram as enormes portas da base rebelde sendo fechadas à noite. Como se uma divindade cruel tivesse cortado os laços do grupo com os dois homens nas planícies de gelo com um estrondo metálico anunciando suas mortes.

Chewbacca soltou outro doloroso uivo.

E uma oração silenciosa, entoada com frequência em um mundo outrora chamado Alderaan, penetrou os pensamentos de Leia.

O sol que rastejava pelo horizonte, ao norte de Hoth, era relativamente fraco, mas sua luz ainda era suficiente para lançar um pouco de calor na superfície gelada do planeta. A luz se arrastou através das colinas de neve e lutou a fim de chegar aos recantos mais escuros dos desfiladeiros de gelo para, finalmente, descansar naquele que deveria ser o único monte branco perfeito daquele mundo.

O monte de neve era tão perfeito que parecia dever sua existência a outra força que não fosse a da natureza. E, à medida que o céu tornou-se constantemente mais claro, o tal monte começou a emitir um zumbido. Qualquer pessoa que o observasse se assustaria com o que parecia ser uma erupção em sua cúpula, expulsando sua capa superior de neve para cima numa grande explosão de partículas brancas. Um drone começou a recolher seus sensores braçais retráteis e seu grande corpo ergueu-se lentamente daquela cama branca congelada.

O droide-sonda pairou um pouco no vento e então seguiu sua missão matinal pelas planícies cobertas de neve.

Outra coisa havia invadido o ar da manhã naquele mundo de gelo – um veículo relativamente pequeno, de bico para cima, cabine com janelas escuras e lasers armados em ambos os lados. O snowspeeder rebelde havia sido fortemente blindado e projetado para a guerra na superfície do planeta. Mas, naquela manhã, a pequena nave estava em missão de reconhecimento, deslizando por sobre a ampla paisagem branca, atravessando as curvas dos montes de neve.

Embora o speeder, para andar na neve, tivesse sido projetado para dois tripulantes, Zev era o seu único ocupante. Seus olhos percorriam panorâmicas pelos trechos desolados, enquanto ele rezava para que encontrasse o que procurava antes de ficar cego pela neve.

Até que ele ouviu um bipe soando bem baixo.

"Base Eco", ele comemorou através do comunicador da cabine. "Achei alguma coisa! Não é muito ainda, mas pode ser algum sinal de vida. Setor quatro-seis-um-quatro por oito-oito-dois. Estou chegando."

Mexendo freneticamente nos controles da nave, Zev reduziu a velocidade aos poucos e inclinou o veículo em um desfiladeiro de neve. Ele agradeceu à súbita gravidade, que o forçou de volta ao próprio assento, e direcionou o speeder rumo ao fraco sinal.

Enquanto o infinito branco do solo de Hoth corria sob ele, o piloto rebelde mudou a frequência de seu comunicador. "Eco 3, aqui é Rogue 2. Na escuta? Comandante Skywalker, aqui é Rogue 2."

A única resposta que vinha do comunicador era estática.

Mas logo ele ouviu uma voz, uma voz muito distante, brigando para ser ouvida através dos estalos. "Que bom que vocês vieram. Tomara que não tenham acordado muito cedo."

Zev felicitou o cinismo típico da voz de Han Solo. Ele sintonizou novamente o transmissor para se comunicar com a base rebelde secreta. "Eco Base, aqui é Rogue 2", relatou, sua voz animando-se de repente. "Encontrei os dois. Repetindo..."

Enquanto falava, o piloto conseguiu ainda uma melhor sintonia para os sinais que piscavam nos monitores da cabine. Zev reduziu ainda mais a velocidade da nave, levando-a para mais perto da superfície do planeta de forma que ele pudesse ver um pequeno objeto destacando-se na planície lisa.

O objeto, um abrigo portátil criado pelos rebeldes, estava no topo de um monte de neve. No lado do abrigo que estava recebendo o açoite do vento, havia uma pesada camada branca. E, instalada cautelosamente na parte superior do monte, funcionava uma antena de rádio improvisada.

Uma visão ainda mais receptiva era a conhecida figura humana de pé na frente do abrigo, balançando seus braços freneticamente em direção ao veículo.

Enquanto Zev ajustava sua nave para o pouso, ele se sentiu imensamente agradecido por ter encontrado com vida pelo menos um dos guerreiros que procurava.

Só uma grossa janela de vidro separava o combalido e quase congelado corpo de Luke Skywalker de cinco de seus amigos em alerta.

Han Solo, que gostava do relativo calor do centro médico rebelde, estava de pé ao lado de Leia, de seu copiloto wookiee, de R2-D2 e de C-3PO. Han suspirava de alívio. Ele sabia que, mesmo com a pesada atmosfera da câmara ao seu redor, o jovem comandante estava finalmente fora de perigo e a cargo das melhores mãos mecânicas.

Vestido apenas com um calção branco, Luke estava pendurado em posição vertical, dentro de um cilindro transparente, com uma combinação de máscara de respiração e microfone que cobria seu nariz e sua boca. O droide cirurgião 21B estava atendendo o jovem com a habilidade dos melhores médicos humanoides. Ele tinha o auxílio de seu médico assistente, o droide FX-7, que parecia apenas um conjunto de cilindros, fios e apêndices metálicos. Delicadamente, o robô-cirurgião mexeu em um controle e um fluido vermelho gelatinoso pingou sobre seu paciente humano. Aquele bacta, Han sabia, fazia milagres, mesmo em pacientes em condições tão ruins quanto as de Luke.

Na medida em que a gosma borbulhante envolveu seu corpo, Luke começou a se debater e delirar. "Cuidado", gemia, "criatura da neve... Perigo... Yoda... Ir até Yoda... Única esperança."

Han não fazia a menor ideia do que seu amigo falava. Chewbacca, também perplexo com o falatório do jovem, fez-se notar com um grunhido wookiee que exprimia dúvida.

"Também não entendo, Chewie", respondeu Han.

C-3PO comentou com alguma esperança: "Espero que tudo esteja aí, se entende o que quero dizer. Seria uma tremenda infelicidade se o mestre Luke tiver alguma avaria em seus circuitos".

"Alguma coisa o atingiu", Han observou, entrando logo no assunto, "isso não foi só o frio."

"São essas criaturas de que ele está falando", disse Leia, olhando para o pesaroso Solo. "Dobramos a segurança, Han", disse ela, tentando agradecer, "eu não sei co..."

"Deixa pra lá", disse bruscamente. Sua única preocupação era seu amigo no fluido bacta vermelho.

O corpo de Luke boiava na substância de cor viva e agora suas propriedades de cura começavam a fazer efeito. Por um momento, parecia que Luke estava tentando resistir ao fluxo de cura da gosma translúcida. Então, finalmente, ele parou de resmungar e relaxou, sucumbindo aos poderes do bacta.

O droide cirurgião 21B se afastou do humano que havia sido incumbido de cuidar. Ele voltou sua cabeça em forma de crânio para Han e os outros na janela. "O comandante Skywalker está em um coma induzido, mas responde bem ao bacta." O anúncio do robô podia ser ouvido claramente através do vidro devido ao tom autoritário e duro de sua voz. "Ele está fora de perigo."

As palavras do robô-cirurgião imediatamente varreram a tensão que pairava sobre o grupo do outro lado da janela. Leia suspirou aliviada e Chewbacca vociferou sua aprovação ao tratamento de 21B.

Luke não tinha como saber por quanto tempo permaneceu delirando. Mas agora estava em pleno controle de sua mente e de seus sentidos. Ele sentou-se em sua cama no centro médico da base rebelde. "Que alívio", pensou, "respirar novamente ar de verdade, não importa o quanto fosse frio."

Um droide estava removendo o curativo de proteção de seu rosto. Seus olhos agora estavam descobertos e ele começava a perceber o rosto de alguém perto de sua cama. Pouco a pouco, a imagem de uma sorridente princesa Leia entrou em foco. Ela delicadamente reclinou-se para a frente, retirando de forma gentil os cabelos de seus olhos.

"O bacta funcionou bem", disse ao ver as feridas que se fechavam. "As cicatrizes devem desaparecer em pouco mais de um dia. Você sente dor?"

Do outro lado do quarto, a porta abriu de uma vez. R2 bipou uma saudação feliz enquanto deslizava em direção à cama de Luke. "Mestre Luke, bom vê-lo operando de forma funcional de novo."

"Obrigado, C-3PO."

R2 emitiu uma série de bipes e assobios felizes.

"R2 também expressa seu alívio", C-3PO traduziu prestativamente.

Luke estava certamente grato pela preocupação dos robôs. Mas antes que pudesse responder aos dois ele foi interrompido mais uma vez.

"E aí, garoto", Han Solo o cumprimentou de forma intempestiva logo que ele e Chewbacca irromperam no centro médico.

O wookiee grunhiu uma saudação amigável.

"Você parece forte o suficiente para derrubar um gundark", observou Han.

Luke sentia-se forte daquele jeito e grato ao amigo. "Graças a você."

"É a segunda que você me deve, júnior", Han mostrou um largo e malicioso sorriso. "Bem, sua altezíssima", disse à princesa, em tom jocoso, "parece que você conseguiu um jeito de me manter por perto mais tempo."

"Eu não tive nada a ver com isso", respondeu Leia com raiva, incomodada com a vaidade de Han. "O general Rieekan acha que é perigoso para qualquer nave sair do sistema até que os geradores estejam funcionando."

"É uma boa desculpa. Mas acho que você não consegue ficar sem me ver."

"Não sei de onde você tira esses devaneios, imbecil", rebateu.

Chewbacca, divertindo-se com aquela batalha verbal entre as cabeças humanas mais duras que já havia conhecido, rugiu uma risada wookiee.

"Pode rir, bola de pelo", disse Han brincando, "você não viu nós dois quando estávamos sozinhos na passagem sul."

Até agora, Luke mal estava prestando atenção àquele bate-boca. Han e a princesa brigavam com frequência desde sempre. Mas a menção à passagem sul acendeu sua curiosidade e ele olhou para Leia como se pedisse explicação.

"Ela disse o que realmente sentia a meu respeito", Han continuou, deliciando-se com o rubor que subiu às bochechas da princesa. "Vamos lá, alteza, ou já esqueceu?"

"Ora, seu... seu presunçoso, convencido, relaxado, nojento...!", ela explodiu de raiva.

"Ei! Quem é relaxado?", ele riu. "Escuta aqui, doçura, devo ter pego você de jeito pra te deixar assim tão saltitante. Não é mesmo, Luke?"

"É", respondeu Luke, olhando a princesa, sem acreditar, "parece que sim..."

Leia olhou para Luke com uma estranha mistura de sentimentos à mostra em seu rosto real. Um ar vulnerável, quase infantil, transpareceu em seus olhos por um instante. Logo em seguida a máscara dura apareceu de novo.

"Ah é?", disse. "Acho que vocês não entendem muito sobre mulheres, não é?"

Luke concordou em silêncio. E concordou ainda mais no instante seguinte, quando Leia inclinou-se sobre ele e o beijou de maneira resoluta na boca. Em seguida, ela girou nos calcanhares e marchou através do quarto, batendo a porta logo que passou. Cada ser presente naquele quarto - humano, wookiee e droide - entreolhou-se sem dizer nada.

Longe dali, um alarme disparou pelos corredores subterrâneos.

O general Rieekan e seu chefe de controle estavam em conferência no centro de comando da rebelião quando Han Solo e Chewbacca apareceram de repente. A princesa Leia e C-3PO, que estavam escutando o general em seu escritório, viraram-se assim que eles apareceram.

Um sinal de alerta soava através da sala vindo da enorme máquina localizada atrás de Rieekan, monitorada por oficiais de controle.

"General", o controlador de sensores chamou.

Sombriamente atento, o general Rieekan olhou para os monitores. De repente, viu um sinal piscando que não havia aparecido momentos antes. "Princesa", disse, "acho que temos visita."

Leia, Han, Chewbacca e C-3PO se reuniram ao redor do general e viram a tela do monitor que apitava.

"Encontramos algo fora da base na Zona 12 e está se movendo para o leste", disse Rieekan.

"Seja lá o que for, é feito de metal", o controlador de sensores observou.

Leia arregalou os olhos, surpresa. "Não pode ser uma criatura como aquela que atacou Luke?"

"Pode ser nosso?", perguntou Han. "Um speeder?"

O controlador balançou a cabeça. "Não, não há sinal." Foi quando veio um som de outro monitor. "Esperem, há algo fraco..."

Andando na maior velocidade que suas juntas duras permitiam, C-3PO aproximou-se do painel. Seus sensores auditivos sintonizaram os estranhos sinais. "Devo dizer, senhor, sou fluente em mais de seis milhões de formas de comunicação, mas isso é algo novo. Ou é um código, ou..."

Foi quando a voz de um soldado rebelde invadiu o comunicador do aparelho. "Aqui é a Estação Eco 3-8. Um objeto não identificado apareceu em nossos radares. Está acima da cordilheira. Devemos ter contato visual em..." Sua voz, então, encheu-se de medo. "O quê...? Não!"

Uma explosão de estática foi ouvida a seguir e a transmissão foi completamente interrompida.

Han fechou o cenho. "Seja o que for", disse, "não é dos nossos. Vou dar uma olhada. Vamos, Chewie!"

Mesmo antes de Han e Chewbacca deixarem a sala, o general Rieekan já havia despachado Rogue 10 e 11 para a Estação 3-8.

• • •

O gigantesco destróier imperial estelar ocupava uma posição proeminentemente mortal na frota do Imperador. A nave, extensa e lisa, era maior e mais ameaçadora que os cinco destróieres estelares triangulares que a escoltavam. Juntos, o cinco cruzadores eram as naves de guerra mais temidas e devastadoras da galáxia, capazes de reduzir a entulho cósmico o que quer que chegasse muito perto de suas armas.

Ao lado dos destróieres estelares vinham várias naves de combate menores e, zunindo ao redor da enorme frota espacial, vinham os infames caças imperiais TIE.

Uma confiança suprema reinava no coração de cada integrante da equipe desse esquadrão da morte do Império, especialmente entre os tripulantes do monstruoso destróier central. Mas algo queimava em suas almas. Medo – medo apenas do som das fortes e familiares pisadas que ecoavam pela enorme nave. Os membros da equipe sentiam pavor ao ouvir aqueles passos e estremeciam assim que os percebiam chegando perto, sempre trazendo seu temido mas também respeitado líder.

Projetando-se acima deles com sua capa escura e seu capacete negro reluzente, Darth Vader, o Lorde Negro dos Sith, entrou no convés principal de controle e os homens ao seu redor silenciaram. Naquele que pareceu ser um momento eterno, nenhum som foi emitido com exceção dos painéis de controle da nave e da respiração pesada que saía da tela de ar daquela figura retinta.

Enquanto Darth Vader assistia à inesgotável variedade de estrelas, o capitão Piett percorreu a longa ponte de comando da nave trazendo uma mensagem para o ameaçador almirante Ozzel, que estava parado no meio do caminho. "Acho que encontramos algo, almirante", anunciou nervosamente, olhando para Ozzel e para o Lorde Negro.

"Sim, capitão?" O almirante era um homem supremamente confiante, que se sentia à vontade ante a presença de seu superior de capa.

"O relatório que temos é só um fragmento de um droide-sonda no Sistema Hoth. Mas é a melhor pista que tivemos em..."

"Temos milhares desse tipo de sonda vasculhando a galáxia", disse Ozzel com raiva. "Eu quero provas, não quero pistas. E não quero continuar buscando algo do outro lad..."

A figura de preto abruptamente chegou perto dos dois e os interrompeu. "Encontrou algo?", perguntou, com sua voz distorcida pela máscara de respiração.

O capitão Piett lançou um olhar respeitoso para seu superior, que pairava sobre ele como um deus onipotente em trajes negros. "Sim, senhor", disse devagar, escolhendo as palavras com cuidado. "Temos pistas visuais. O sistema parece não ter formas de vida humanas..."

Mas Vader não estava mais ouvindo o capitão. Sua face mascarada virou-se para uma imagem que piscava em um dos monitores – uma imagem de um pequeno esquadrão de snowspeeders dos rebeldes cruzando os campos brancos.

"É isso", Darth Vader explodiu sem falar mais nada.

"Senhor", protestou o almirante Ozzel, "há tantas áreas que ainda não foram mapeadas. Podem ser apenas traficant..."

"É esse!", insistiu o ex-Cavaleiro Jedi, fechando a luva preta ao redor de seu punho. "E Skywalker está com eles. Mande as naves de patrulha, almirante, e mude o curso para o Sistema Hoth." Vader olhou para o oficial vestindo um uniforme verde com quepe da mesma cor. "General Veers", disse o Lorde Negro olhando para ele, "prepare seus homens."

Logo que Darth Vader falou, seus homens começaram a pôr em prática seu temível plano.

O droide-sonda imperial ergueu a enorme antena de sua cabeça de besouro e mandou um alarme agudo em alta frequência. Os sensores do robô reagiram às formas de vida escondidas atrás de uma alta duna de neve, bem como à aparição da cabeça marrom de um wookiee e um som de um rugido saído do fundo da garganta da criatura. Os canhões acoplados ao robô miraram no gigante peludo. Mas, antes que tivesse a chance de atirar, um raio vermelho vindo de uma pistola explodiu em sua parte traseira, atingindo seu casco escuro.

Agachado atrás de uma grande duna de neve, Han Solo percebeu Chewbacca ainda escondido e então acompanhou o robô para encará-lo. Até então a estratégia estava funcionando e agora ele era o alvo. Han mal saiu do alcance quando a máquina flutuadora disparou, pulverizando pedaços de neve do cume da duna. Ele atirou de novo, puxando o gatilho de sua arma laser. Foi quando ouviu um gemido agudo vindo da máquina assassina e num instante o droide-sonda enviado pelo Império explodiu em um bilhão de pedaços em chamas.

"...acho que não sobrou muita coisa", Han disse no comunicador quando ele concluiu seu relatório para a base subterrânea.

A princesa Leia e o general Rieekan ainda estavam no monitor no qual mantiveram constante comunicação com Han. "O que é?", perguntou Leia.

"Uma espécie de robô", ele respondeu. "Eu não o acertei com tanta força, ele deve ter se autodestruído."

Leia permaneceu em silêncio enquanto pensava sobre aquela incômoda informação. "Um droide imperial", disse, deixando escapar a apreensão.

"Se foi isso", alertou Han, "o Império sabe que estamos aqui."

O general Rieekan balançou sua cabeça lentamente. "Melhor começarmos a evacuar o planeta."

IV

Seis formas ameaçadoras apareceram no espaço negro do Sistema Hoth, pairando como gigantescos demônios da destruição, prontos para extravasar seu ódio através das armas do Império. Dentro do maior dos seis destróieres, Darth Vader sentava-se só em um pequeno cômodo esférico. Um único rastro de luz brilhava sobre seu capacete preto quando ele se aboletava, imóvel, em tal câmara de meditação elevada.

Quando o general Veers se aproximou, a esfera se abriu lentamente, a parte de cima revelando uma espécie de boca mecânica cheia de dentes. Para Veers, aquela figura sombria sentada dentro de um casulo nem sequer parecia estar viva, apesar de emanar uma forte aura de pura maldade, que espalhava um frio temor no oficial.

Incerto quanto à própria coragem, Veers se adiantou. Ele tinha uma mensagem para entregar, mas preferiu esperar, até horas, se fosse necessário, em vez de interromper a meditação de Vader.

E Vader falou imediatamente. "O que foi, Veers?"

"Senhor", respondeu o general, escolhendo cada uma das palavras com cuidado. "A frota moveu-se à velocidade da luz. O radar havia detectado um campo de força que protegia uma área no sexto planeta de Hoth. O campo é forte o suficiente para suportar até bombardeios."

Vader ergueu-se no alto de seus dois metros de altura, sua capa deslizando pelo chão. "Isso quer dizer que a escória rebelde sabe de nossa presença." Furioso, crispou as mãos em luvas pretas. "O almirante Ozzel saiu da velocidade da luz muito perto desse sistema."

"Ele achou que a surpresa seria mais sáb..."

"Ele é tão atrapalhado quanto burro." Vader interrompeu, com sua respiração pesada. "Um bombardeio limpo é impossível devido a esse campo de força. Prepare suas tropas para um ataque na superfície."

Com precisão militar, o general Veers virou-se e marchou para fora da sala de meditação, deixando para trás um enraivecido Darth Vader. Sozinho naquela câmara, Vader ativou uma enorme tela panorâmica que mostrava uma imagem clara da vasta cabine de comando do destróier imperial.

Respondendo ao chamado de Vader, o almirante Ozzel se adiantou, seu rosto preenchendo quase toda a tela do monitor do Lorde Negro. Havia hesitação na voz de Ozzel quando anunciou: "Lorde Vader, a frota saiu da velocidade da luz e..."

Mas Vader respondeu ao oficial que estava logo atrás de Ozzel. "Capitão Piett."

Sabendo bem que não deveria se atrasar, o capitão Piett se prontificou num instante enquanto o almirante vacilou e deu um passo para trás, levando as mãos ao próprio pescoço.

"Sim, senhor", Piett respondeu respeitosamente.

Ozzel começou a sentir falta de ar e a fazer barulho enquanto sua garganta se fechava como se estivesse sendo pressionada por garras invisíveis.

"Certifique-se de que as tropas de assalto pousem além do campo de força", ordenou Vader, "e depois alinhe a frota de forma que nada possa sair no planeta. Você está no comando agora, *almirante* Piett."

Piett ficou simultaneamente feliz e atordoado com a notícia. Ao virar-se para começar a dar ordens, ele viu uma imagem que poderia um dia ser a sua: o rosto horrivelmente contorcido de Ozzel após tentar lutar por um último fôlego. Em seguida, o ex-almirante caiu morto no chão.

O Império havia entrado no Sistema Hoth.

As tropas rebeldes corriam para as estações de alerta enquanto sirenes tocavam pelos túneis de gelo. Equipes de terra e robôs de todos os tamanhos e funções corriam para executar suas devidas tarefas, respondendo de forma eficaz à iminente ameaça imperial.

Snowspeeders armados eram abastecidos enquanto esperavam para atacar em formação e partir da principal entrada da caverna. Enquanto isso, no hangar, a princesa Leia dirigia-se a um pequeno grupo de pilotos de caças. "As naves maiores de transporte sairão logo que estiverem carregadas. Só dois caças acompanharão cada uma dessas naves. O campo de força só pode ser aberto por poucos segundos, por isso vocês têm de estar bem próximos aos transportadores."

Hobbie, um veterano rebelde de muitas batalhas, olhou para a princesa com preocupação: "Dois caças contra um destróier imperial?"

"O canhão de íon disparará alguns tiros que podem destruir quaisquer naves em sua trajetória", explicou Leia. "Quando passarem pelo campo de força, vocês devem ir ao ponto de encontro. Boa sorte."

De alguma forma tranquilizado, Hobbie e os outros pilotos correram em direção às cabines de seus caças.

Enquanto isso, Han estava trabalhando arduamente para concluir a soldagem do elevador da Millennium Falcon. Ao terminar, rapidamente saltou de volta ao hangar e ligou seu comunicador. "Tudo certo, Chewie", disse para a figura felpuda sentada no controle da Falcon, "tenta aí".

Bem naquele momento, Leia passou por ele e lançou um olhar com raiva. Han olhou para ela presunçosamente enquanto os elevadores do cargueiro começaram a sair do chão, até que o elevador da direita começou a tremer de forma errática, soltando-se parcialmente até cair de novo numa explosão constrangedora.

Ele deixou o olhar de Leia para trás, o suficiente para vê-la erguendo uma sobrancelha de forma sarcástica.

"Espera aí, Chewie", Han vociferou em seu pequeno transmissor.

O Avenger, um dos destróieres triangulares da Armada Imperial, pairava como um anjo da morte mecânico no céu estrelado do Sistema Hoth. A nave colossal começou a se mover em direção ao planeta gelado, deixando o astro visível através da enorme janela com mais de cem metros que se estendia por toda a ponte de comando da embarcação.

O capitão Needa, comandante da tripulação do Avenger, mirava o planeta por uma das saídas principais, quando um controlador o preocupou: "Senhor, uma nave rebelde está vindo em direção ao nosso setor".

"Bom", Needa respondeu, com um brilho nos olhos. "Nossa primeira caça do dia."

"O primeiro alvo deles serão os geradores de força", o general Rieekan disse à princesa.

"Primeiro transporte da Zona 3 aproximando-se do escudo", um dos controladores rebeldes disse, rastreando uma imagem clara que só poderia ser um destróier imperial.

"Preparem-se para abrir o escudo", ordenou um operador de radar.

"Atenção, Controle Íon", disse outro controlador.

Um globo de metal gigante na superfície gelada de Hoth girou a fim de entrar em posição e mirou sua enorme arma em forma de torre para cima.

"Fogo!", ordenou o general Rieekan.

De repente, dois raios vermelhos de energia destruidora foram lançados nos céus frios. Os raios quase imediatamente ultrapassaram o primeiro dos transportadores rebeldes e aceleraram em curso direto rumo ao colossal destróier.

Os dois raios vermelhos atingiram a enorme nave e destruíram uma torre. Explosões seguiram-se após o primeiro ataque e começaram a chacoalhar a grande fortaleza voadora, fazendo-a perder o controle. O destróier imperial voltou ao espaço profundo enquanto o transportador rebelde e seus caças de escolta passaram em segurança.

Luke Skywalker, próximo de decolar, vestiu seu pesado traje de frio e viu os pilotos, os atiradores e as unidades R2 correndo para completar suas tarefas. Ele foi em direção à fila de snowspeeders que o esperava. No caminho, o jovem comandante parou perto da seção traseira da Millennium Falcon, onde Han Solo e Chewbacca trabalhavam freneticamente no elevador da direita.

"Chewie", Luke disse, "se cuida. E vê se toma conta desse cara, certo?"

O wookiee rosnou uma despedida, deu um enorme abraço em Luke e voltou ao seu trabalho nos elevadores.

Os dois amigos, Luke e Han, ficaram frente a frente, talvez pela última vez.

"Espero que faça as pazes com Jabba", Luke disse finalmente.

"Acaba com eles, garoto", respondeu tranquilamente o corelliano.

O jovem comandante saiu enquanto as lembranças das façanhas ao lado de Han vieram à sua memória. Ele parou e olhou mais uma vez para a Falcon e viu seu amigo ainda o observando. Eles se entreolharam por outro breve momento. Chewbacca olhou para cima e sabia que os dois estavam desejando o melhor um para o outro – não importava aonde seus destinos os levariam.

O sistema de avisos interrompeu os pensamentos de ambos. "O primeiro transportador passou", um locutor deu a boa notícia.

Após o anúncio, uma explosão de alegria tomou conta de todos no hangar. Luke correu para o snowspeeder. Quando o alcançou, encontrou Dack, seu jovem artilheiro, que o esperava do lado de fora da nave.

"Como está se sentindo, senhor?", perguntou Dack com entusiasmo.

"Novo em folha, Dack. E você?"

Dack sorriu: "Eu me sinto como se pudesse derrotar o Império todo sozinho".

"É isso aí", disse Luke serenamente. "Entendo o que quer dizer." Apesar de haver apenas alguns anos de diferença entre os dois, naquele momento Luke sentiu como se tivesse séculos de idade.

A voz da princesa Leia apareceu mais uma vez no sistema de som: "Atenção, pilotos dos speeders... Ao toque de retirada, reúnam-se na rampa sul. Seus caças estão sendo preparados para decolar. O código 1-5 será transmitido quando a evacuação estiver completa".

C-3PO e R2 estavam entre a equipe que se movia rapidamente enquanto os pilotos se preparavam para partir. O droide dourado virou-se levemente quando dirigiu seus sensores ao pequeno robô R2. As sombras no rosto de C-3PO davam a impressão de que sua cara metálica estava preocupada. "Por que", perguntava, "quando as coisas parecem estar se ajeitando tudo começa a desabar?" Inclinando-se para a frente, ele deu um tapinha gentil no casco do outro droide. "Cuide bem do mestre Luke. E cuide-se você também."

R2 assobiou e apitou um adeus e em seguida deslizou pelo corredor frio. Acenando de forma dura, C-3PO viu seu fiel amigo atarracado ir embora.

Se alguém o visse, poderia até dizer que C-3PO estava triste, mas não era a primeira vez que ele deixava uma gota de óleo encher seus sensores ópticos.

E finalmente o robô humanoide virou-se no sentido contrário.

V

Ninguém em Hoth ouviu. A princípio, estava simplesmente muito longe para sobrepor-se aos ventos uivantes. Além disso, as tropas rebeldes, lutando contra o frio enquanto se preparavam para a batalha, estavam muito ocupadas para ouvir.

Nas trincheiras de neve, os oficiais da rebelião gritavam suas ordens para conseguir serem ouvidos com todo aquele barulho da tempestade de vento. Tropas corriam para executar seus comandos, correndo através da neve com armas pesadas como bazucas em seus ombros, mirando raios mortíferos sobre buracos gelados das trincheiras.

Os geradores de energia dos rebeldes perto das armas em forma de torre começaram a zumbir e a estalar com torrentes ensurdecedoras de energia elétrica – o suficiente para gerar força para todo o vasto complexo subterrâneo. Mas por sobre toda essa atividade ruidosa, um estranho som poderia ser ouvido, um barulho pesado e sinistro que estava chegando mais perto e fazia tremer o solo gelado. Quando estava perto o suficiente para chamar atenção de um oficial, ele se esforçou para ver através da neve, buscando a fonte daquelas incessantes e pesadas pancadas. Outros pararam o que estavam fazendo e viram o que pareciam ser várias partículas em movimento. Através da nevasca, os pequenos pontos avançavam em um passo lento mas firme, levantando nuvens de neve à medida que se deslocavam rumo à base rebelde.

O oficial ergueu seus eletrobinóculos e acertou o foco para ver os objetos que se aproximavam. Parecia que uma dúzia deles vinha avançando com firmeza através da neve, parecendo criaturas saídas de um passado distante. Mas eram máquinas, cada uma delas parecendo enormes animais de quatro patas articuladas.

Walkers!

Chocado com o reconhecimento, o oficial identificou os Transportes Blindados para Todo Terreno. Cada uma daquelas máquinas era formidavelmente armada com canhões localizados à frente, como chifres de uma besta pré-histórica. Movendo-se como paquidermes mecânicos, os walkers disparavam fogo mortal de suas armas e canhões.

O oficial buscou seu comunicador. "Rogue Líder... Entrada! Ponto-zero-três."

"Estação Eco 5-7, estamos a caminho."

Mesmo após Luke Skywalker ter respondido, uma explosão espalhou gelo e neve ao redor do oficial e de seus homens aterrorizados. Os blindados walkers já estavam dentro de seu alcance. Os soldados sabiam que seu trabalho era distraí-los enquanto as naves de transporte partiam, mas nenhum dos rebeldes estava preparado para morrer sob as patas ou armas daquelas máquinas horrendas.

Ondas brilhantes de chamas alaranjadas e amareladas explodiam a partir das armas dos walkers. Nervosamente, os soldados rebeldes apontavam suas armas para os walkers, cada um deles sentindo dedos gelados e invisíveis atravessando seus corpos.

Dos doze snowspeeders, quatro partiram adiante, voando diretamente ao encontro do inimigo. Um blindado atirou, errando por pouco a nave que acabara de decolar. Uma explosão de fogo atingiu outro speeder, transformando-o em uma bola de fogo que ascendeu ao céu rumo ao esquecimento.

Luke viu a explosão da primeira baixa de seu esquadrão através da janela dianteira de sua cabine. Com raiva, ele disparou suas armas contra o walker, apenas para receber uma saudação do poder de fogo antiaéreo do Império.

Retomando o controle de sua nave, Luke foi acompanhado por outro snowspeeder, Rogue 3. Juntos eles atacaram os incansáveis blindados, enquanto outros speeders continuaram a trocar fogo com as máquinas imperiais de assalto. Rogue Líder e Rogue 3 voaram ao redor do walker da frente e se separaram um do outro, ambos se escondendo à direita.

Luke viu o horizonte entortar enquanto manobrava seu speeder entre as patas articuladas do blindado, passando por baixo da máquina monstruosa. Conseguindo trazer seu speeder de volta à posição horizontal, o jovem comandante contatou a nave de sua companhia. "Rogue Líder para Rogue 3."

"Na escuta, Rogue Líder", reconheceu Wedge, o piloto da Rogue 3.

"Wedge", Luke disse através do comunicador, "divida sua esquadra em duplas." O snowspeeder de Luke se esquivou e voltou, enquanto a nave de Wedge se moveu na direção oposta com outro veículo rebelde.

Os blindados, sobre suas quatro patas mecânicas, disparavam todos os seus canhões enquanto continuavam sua marcha através da neve. Dentro de uma daquelas máquinas de assalto, dois pilotos imperiais notaram as armas dos rebeldes, claramente visíveis contra o campo branco. Os pilotos começaram a manobrar os walkers rumo aos rebeldes armados quando perceberam um solitário snowspeeder disparando uma temerária carga em direção à sua principal escotilha, atirando com todas as armas. Uma grande explosão espocou do lado de fora da janela impenetrável e se dissipou conforme o snowspeeder, roncando através da fumaça, desapareceu no horizonte.

Enquanto mirava para o alto e para longe do walker, Luke olhou para trás. "A blindagem deles é muito resistente para nossas armas", pensou. "Deve *haver* outra forma de atacar esses monstros além do nosso poder de fogo." Por um momento, pensou nas simples táticas que um garoto da fazenda poderia empregar contra uma fera selvagem. Então, girando seu snowspeeder em mais uma tentativa contra os walkers, ele tomou uma decisão.

"Grupo Rogue", chamou através de seu comunicador. "Usem arpões e cabos de reboque. Mirem nas pernas. É nossa única chance de detê-los. Hobbie, você está aí?"

A voz afirmativa respondeu imediatamente. "Sim, senhor."

"Então chega mais perto."

Enquanto aprumava sua nave, Luke estava sombriamente determinado a planar em formação fechada com Hobbie. Eles contornaram juntos e desceram quando chegaram perto da superfície de Hoth.

Na cabine com Luke, seu atirador Dack foi sacudido pelo movimento abrupto do veículo. Tentando segurar-se no disparador de arpões que tinha em mãos, ele gritou: "Calma, Luke! Não tô achando o cinto de segurança!"

Explosões balançavam a nave de Luke, que chacoalhava violentamente devido ao fogo antiaéreo. Pela janela, ele podia ver outro walker que parecia não ter sido atingido pelo fogo pleno do ataque dos speeders dos rebeldes. A máquina pesada entrou no alvo de Luke enquanto ele descia ao fazer um movimento parabólico. O walker estava atirando em sua direção, criando uma parede de lasers e tiros.

"Se segura aí, Dack", ele teve de gritar para ser ouvido sobre as explosões, "e se prepara pra atirar o cabo de reboque!"

Outra grande explosão balançou a nave de Luke. Ele lutou para recobrar o controle enquanto a nave oscilava no meio do voo. Apesar do frio, Luke começou a suar em profusão enquanto tentava endireitar a nave em pleno mergulho. Mas o horizonte ainda girava à sua frente.

"Fica atento, Dack, a gente tá quase lá. Tudo bem aí?"

Dack não respondeu. Luke conseguiu virar-se e notou que o speeder de Hobbie o seguia bem de perto enquanto atravessavam as explosões ao redor. Ele esticou a cabeça para trás e viu Dack caído sobre os controles, com sangue saindo de sua testa.

"Dack!"

No solo, as torres de ataque próximas aos geradores de energia dos rebeldes atiravam contra os blindados imperiais, mas pareciam não surtir efeito. As armas imperiais bombardeavam tudo ao redor, fazendo a neve subir, quase cegando os alvos humanos em sua investida contínua. O oficial que avistou antes de todos as máquinas incríveis foi um dos primeiros a morrer, atingido pelos disparos dos walkers, que cortavam os corpos pela metade. Tropas chegaram para ajudá-lo, mas em vão; ele havia perdido muito sangue, tornando-se uma mancha escarlate na neve.

Mais fogo da artilharia dos rebeldes era lançado de uma das armas em forma de prato que havia sido construída próxima aos geradores de energia. Mesmo com as tremendas explosões, os blindados continuavam em marcha. Outro speeder conseguiu mergulhar heroicamente entre dois dos walkers, mas foi logo atingido pelo fogo cruzado das máquinas e explodiu, tornando-se uma grande bola de chamas.

As explosões na superfície faziam as paredes do hangar de gelo tremerem, provocando enormes rachaduras que se espalhavam.

Han Solo e Chewbacca seguiam trabalhando incessantemente para terminar a soldagem que faltava. Enquanto trabalhavam, tornou-se óbvio que as rachaduras que cresciam no teto muito em breve derrubariam tudo sobre eles.

"Na primeira oportunidade", Han disse, "vamos dar uma vistoria completa nessa banheira." Mas ele sabia que antes de fazer isso deveria tirar a Millennium Falcon daquele inferno branco.

Enquanto ele e o wookiee trabalhavam na nave, enormes pedaços de gelo que se soltavam com as explosões caíam através da base subterrânea. A princesa Leia correu, tentando evitar a queda de blocos gelados, enquanto buscava abrigo no centro de comando.

"Não sei se vamos conseguir proteger dois transportadores por vez", disse o general Rieekan logo que ela entrou na sala.

"É arriscado", respondeu, "mas o que estamos fazendo agora não está dando certo." Leia percebeu que os lançamentos de transportadores estavam tomando muito tempo e que o procedimento tinha de ser mais rápido.

Rieekan anunciou uma ordem através de seu comunicador. "Patrulha de lançamento, acelerar o procedimento nas decolagens..."

Assim que o general deu sua ordem, Leia olhou para um assistente e disse: "Comece a retirar a equipe de terra que ainda está trabalhando". Mas ela sabia que sua fuga dependia completamente do sucesso rebelde na batalha que acontecia acima deles.

• • •

Dentro da cabine fria e apertada do principal walker imperial, o general Veers perguntou a seus pilotos, vestidos apropriadamente para suportar a neve: "Qual é a distância até os geradores de energia?"

Sem tirar os olhos do painel de controle um dos pilotos respondeu "6-4-1".

Satisfeito, o general Veers sacou um eletrotelescópio e mirou através da escotilha buscando o foco dos geradores em forma de bala e dos soldados rebeldes que tentavam defendê-los. De repente, o walker começou a balançar violentamente ao entrar na linha de fogo dos rebeldes. Depois de cair para trás, Veers viu seus pilotos debruçados sobre os controles tentando evitar que a máquina caísse.

O Rogue 3 havia acabado de atacar o walker que liderava os demais. Seu piloto, Wedge, deu o grito de vitória dos rebeldes, com bastante força, ao ver o estrago que suas armas causaram.

Outros snowspeeders passaram por Wedge, correndo na direção oposta. Ele virou sua nave de volta, indo em direção a outra máquina mortal ambulante. Quando se aproximou do monstro, Wedge gritou para seu artilheiro: "Ativar arpão!"

O atirador apertou o gatilho enquanto seu piloto ousadamente manobrou a nave entre as pernas do walker. Imediatamente o arpão saiu da traseira do speeder, com um pedaço considerável de cabo pendurado nele.

“O cabo foi lançado!”, gritou o atirador. “É agora!”

Wedge viu o arpão entrar em uma das pernas de metal, com o cabo ainda conectado ao snowspeeder. Ele checou seus controles e navegou com o speeder em volta da máquina imperial. Fazendo um desvio abrupto, Wedge conduziu sua nave ao redor de uma das patas posteriores, usando o cabo como um laço metálico.

Até agora, pensou Wedge, o plano de Luke estava funcionando. Tudo que ele precisava fazer era voar com seu speeder pela parte de trás do blindado. Wedge conseguiu ver o Rogue Líder logo que fez a manobra.

“O cabo se foi!”, gritou de novo o artilheiro do speeder enquanto Wedge voava ao lado do walker enrolado pelo cabo. Quando estavam chegando perto do casco metálico, o atirador de Wedge apertou outro gatilho que soltou o cabo da traseira do snowspeeder.

O speeder voou para longe e Wedge gargalhou ao ver o resultado de seu esforço. O walker lutava desajeitadamente para continuar caminhando, mas o cabo havia amarrado completamente suas pernas. Ele, enfim, inclinou-se para um lado e caiu no chão, causando uma nuvem de gelo e neve com seu impacto no solo.

“Rogue Líder... Um já era, Luke”, Wedge anunciou para o piloto do speeder que o acompanhava.

“Eu vi, Wedge”, respondeu o comandante Skywalker. “Bom trabalho.”

Nas trincheiras, as tropas rebeldes saudaram em triunfo ao verem a máquina de assalto cair. Um oficial saltou de dentro da trincheira de neve e acenou para seus homens. Saindo do chão ao mesmo tempo, ele liderou sua tropa num violento ataque ao walker caído, chegando ao grande casco metálico antes que qualquer soldado imperial pudesse sair.

Os rebeldes estavam quase entrando no walker quando o interior do blindado de repente explodiu, atirando enormes pedaços de metal rasgado em sua direção, arremessando as tropas de volta à neve com aquele impacto.

Luke e Zev puderam ver a destruição do walker enquanto voavam por cima dele, desviando para a esquerda e para a direita a fim de evitar a artilharia antiaérea ao redor. Quando finalmente estabilizaram, a nave ainda balançava com as explosões que saíam dos canhões de outros blindados ambulantes.

“Firme, Rogue 2”, disse Luke ao observar o snowspeeder que voava em paralelo à sua própria nave. “Prepare o arpão. Vou cobrir pra você.”

Mas outra explosão fez um estrago na seção frontal da nave de Zev. O piloto mal conseguia ver alguma coisa através da nuvem de fumaça que engolia seu para-brisa. Ele lutou para manter sua nave em curso horizontal, mas mais explosões vindas do inimigo a fizeram balançar ainda mais violentamente.

Sua visão tinha se tornado tão obscurecida que só quando Zev estava diretamente na linha de fogo é que pôde ver a imagem massiva de outro blindado imperial. O piloto da Rogue 2 sentiu uma dor instantânea – sua nave de nariz erguido, soltando fumaça e em curso de colisão com o walker de repente irrompeu nas chamas no meio de uma explosão do canhão de fogo. Sobrou muito pouco de Zev ou de sua nave para atingir o solo.

Luke viu a desintegração e ficou enjoado com a perda de mais um amigo. Mas ele não poderia deixar-se invadir pelo luto, especialmente agora quando muitas outras vidas dependiam de sua firme liderança.

Ele olhou desesperadamente ao redor e então falou em seu comunicador: "Wedge... Wedge... Rogue 3. Arme o arpão e me siga até a próxima passagem".

Enquanto ele falava, Luke foi atingido por uma terrível explosão que atravessou seu speeder. Ele lutou com o painel numa inútil tentativa de manter a pequena nave sob controle. Um calafrio perpassou seu corpo quando percebeu o denso funil de fumaça preta que saía da popa de sua nave. Ele percebeu que não havia mais como manter seu speeder avariado voando. Para piorar tudo, um blindado crescia inexoravelmente em sua direção.

Luke lutou com os controles da nave à medida que ela mergulhava em direção ao solo, deixando um rastro de fumaça e chamas para trás. O calor na cabine estava quase insuportável. Chamas começavam a aparecer dentro do speeder e chegavam desconfortavelmente perto de Luke. Ele finalmente conseguiu aterrissar sua nave, que derrapou e bateu na neve a apenas alguns metros de distância de um dos blindados imperiais.

Depois do impacto, Luke fez um grande esforço para sair da cabine e olhou horrorizado para a enorme silhueta do walker que se aproximava.

Reunindo todas as suas forças, Luke rapidamente se espremeu por baixo do metal retorcido do painel de controle e subiu em direção ao topo da cabine. De alguma forma, ele conseguiu abrir a escotilha pela metade e saiu da nave. A cada passo de elefante dado pelo blindado, a nave tremia de forma violenta. Luke não havia percebido como esses pesadelos de quatro patas eram grandes até que, sem a proteção de sua nave, ele viu um deles bem de perto.

Ele se lembrou de Dack e voltou para retirar o corpo sem vida de seu amigo da nave em ruínas. Mas ele teve que desistir. O corpo estava muito preso à cabine e o walker estava quase em cima deles. Lutando através das chamas, Luke chegou até o speeder e pegou o disparador de arpões.

Ele viu o monstro gigante que se aproximava e de repente teve uma ideia. Luke entrou de volta na cabine do speeder e pegou uma mina terrestre que estava dentro da nave. Com um enorme esforço, esticou seus dedos e segurou a mina com força.

Luke saiu do veículo no exato momento em que a gigantesca máquina ergueu sua enorme pata e a apoiou firmemente sobre a nave, achatando-a.

Luke se agachou por baixo do blindado, movendo-se de forma a evitar seus passos lentos. Erguendo a cabeça, ele podia sentir o vento frio estapeando sua cara enquanto estudava a vasta barriga do monstro.

Após correr por baixo do walker, Luke mirou sua arma de arpão e disparou. Um forte ímã preso ao longo e fino cabo foi expelido da arma e grudou firmemente na parte inferior do blindado.

Ainda correndo, Luke puxou o cabo, testando-o para ter certeza que ele teria força suficiente para aguentar seu peso. Ele então afixou a outra ponta do cabo ao seu cinto, permitindo que o mecanismo o puxasse para cima, tirando-o do chão. Agora, pendurado pela barriga do monstro, Luke conseguia ver os blindados remanescentes e dois snowspeeders dos rebeldes, que continuavam a lutar contra eles enquanto atravessavam explosões de fogo.

Ele subiu até o casco da máquina, onde viu uma pequena escotilha. Rasgando-a rapidamente com sua espada laser, Luke abriu o compartimento, jogou a mina terrestre e desceu deslizando com velocidade pelo cabo. Quando chegou ao final, Luke caiu pesadamente na neve e perdeu a consciência; seu corpo inerte quase foi esmagado por uma das patas traseiras do blindado.

O walker passou por ele e, a distância, uma explosão abafada rasgou suas entranhas. De repente, o enorme casco da fera mecânica explodiu entre pedaços de cabos, maquinário e metal voando por toda parte. A máquina de assalto do Império foi reduzida a um monte de ferro sem movimento, com fumaça saindo da parte de cima do que sobrou de suas enormes patas.

VI

O centro de comando dos rebeldes, com suas paredes e teto ainda chacoalhando sob a força da batalha na superfície, ainda tentava seguir operante no meio da destruição. Tubulações rompidas pelas explosões jorravam jatos de vapor escaldante. O chão branco estava repleto de entulho formado por pedaços de máquinas e blocos de gelo que se espalhavam por toda parte. À exceção dos estrondos dos disparos dos lasers, o centro de comando tinha uma quietude que parecia um mau presságio.

Ainda havia equipes rebeldes trabalhando, incluindo a princesa Leia, que assistia às imagens nos poucos monitores que ainda funcionavam. Ela queria ter certeza de que as últimas naves de transporte haviam conseguido passar pela Frota Imperial e chegariam ao ponto de encontro no espaço.

Han Solo correu para o centro de comando, desviando-se de grandes partes do teto de gelo que caíam sobre ele. Um enorme pedaço caiu um pouco antes de uma avalanche de gelo que desabou sobre o piso próximo à entrada da câmara. Com rapidez, Han correu para o painel de controle onde Leia estava ao lado de C-3PO.

"Ouvi dizer que o centro de comando foi atingido", Han parecia preocupado. "Tudo bem com você?"

A princesa assentiu com a cabeça. Ela ficou surpresa ao vê-lo onde havia mais perigo.

"Vamos logo", ele disse antes que ela pudesse responder. "Você tem que ir pra sua nave."

Leia parecia exausta. Ela estava à frente das telas dos monitores há horas e participou dos despachos das equipes aos seus postos. Han pegou a princesa pela mão e a tirou da sala, sendo seguido de perto por seu barulhento droide de protocolo.

Enquanto saíam, Leia deu uma última ordem aos controladores. "Deem o código de evacuação... e corram para o transporte."

Ao mesmo tempo que Leia, Han e C-3PO saíam do centro de comando, uma voz ecoava pelas caixas do sistema de som, reverberando por todos os corredores de gelo desertos ao redor. "Remover tropas, remover tropas! Comecem a bater em retirada!"

"Vamos", Han a apressou, fazendo uma careta. "Se você não chegar logo, sua nave não poderá decolar."

As paredes tremiam com ainda mais violência que antes. Blocos de gelo seguiam caindo pela base subterrânea enquanto os três corriam em direção às naves de transporte. Eles estavam quase chegando no hangar em que a nave de Leia permanecia à espera, pronta para decolar. Mas, quando se aproximaram, descobriram que a entrada do hangar estava completamente bloqueada por gelo e neve.

Han sabia que eles teriam de encontrar outro caminho para chegar à nave de fuga de Leia – e isso tinha que ser logo. Ele começou a guiá-los de volta ao corredor, com o cuidado de desviar do gelo que caía, e sacou seu comunicador enquanto corriam rumo à nave. "Transporte C-17!", gritou no pequeno microfone. "Estamos chegando! Esperem a gente!"

Eles estavam perto o suficiente do hangar a ponto de ouvir o veículo de escape de Leia preparando-se para a decolagem da base de gelo dos rebeldes. Se ele pudesse atravessar com segurança por apenas alguns metros, a princesa estaria a salvo e...

A câmara tremeu de repente com um terrível barulho que reverberou por toda a base subterrânea. Em um instante, todo o teto desabou à sua frente, criando uma sólida barreira de gelo entre os três e os portões do hangar. Eles olharam chocados a densa massa branca.

"Não dá mais!", Han gritou em seu comunicador, sabendo que o transporte só poderia ter sucesso em sua fuga se não perdesse tempo derretendo ou explodindo a barricada. "Vocês deverão partir sem a princesa Organa." E virou-se para ela. "Se tivermos sorte, conseguiremos chegar à Falcon."

A princesa e C-3PO seguiram Han, que correu rumo à outra câmara, esperando que a Millennium Falcon e seu copiloto wookiee não estivessem soterrados sob uma avalanche de gelo.

Olhando por todo o branco campo de batalha, o oficial rebelde assistia aos snowspeeders remanescentes cruzando o ar, bem como o último veículo imperial, enquanto eles passavam pelas ferragens do blindado que havia explodido. Ele puxou seu comunicador e ouviu a ordem de retirada: "Remover tropas, remover tropas! Comecem a bater em retirada!" Enquanto ele acenava para seus homens para voltarem à caverna de gelo, ele percebeu que o líder dos blindados ainda seguia pesadamente na direção dos geradores de energia.

Na cabine daquela máquina de assalto, o general Veers chegou perto da entrada. De sua posição, ele conseguia claramente ver o alvo abaixo. Ele estudou os ruídos dos geradores de energia e observou as tropas rebeldes que os defendiam.

"Ponto-três-ponto-três-ponto-cinco... Ao nosso alcance, senhor", relatou seu piloto.

O general falou ao seu oficial de assalto. "Todas as tropas irão desembarcar para o ataque terrestre", disse Veers. "Prepare-se para mirar no gerador principal."

O líder dos blindados avançou, ladeado por outras duas enormes máquinas, disparando suas armas na direção das tropas rebeldes dispersas.

Quanto mais fogo laser saía dos walkers, mais corpos e partes de corpos dos soldados rebeldes voavam pelos ares. Muitos dos que conseguiam escapar dos raios destruidores eram reduzidos a uma massa irreconhecível sob as patas pesadas dos blindados. O ar estava carregado com o fedor de sangue e carne em brasa e ribombava ao som dos explosivos ruídos da batalha.

Enquanto fugiam, os poucos rebeldes sobreviventes podiam ver um solitário snowspeeder batendo em retirada a distância, deixando um rastro de fumaça negra a partir de seu casco em chamas.

Apesar de a fumaça que saía de seu speeder avariado obstruir sua visão, Hobbie ainda conseguia ver o massacre que acontecia em terra. As feridas provocadas pelos lasers de um blindado tornavam qualquer movimento uma tortura, quanto mais ter de operar os controles de sua nave. Mas se ele pudesse controlá-los tempo suficiente para voltar à base ele receberia atendimento de um robô-médico e...

Não, ele duvidou que sobreviveria por tanto tempo. Ele estava morrendo – disso tinha certeza – e os homens na trincheira logo estariam mortos também, a menos que algo fosse feito para salvá-los.

• • •

Orgulhosamente transmitindo seu relatório ao quartel-general do Império, o general Veers estava completamente alheio à aproximação do Rogue 4. "Sim, Lorde Vader, cheguei aos geradores principais de energia. O campo de força será desligado em alguns instantes. Vocês podem começar a preparar o pouso."

Assim que encerrou sua transmissão, o general Veers buscou o eletrotelêmetro e conferiu o telescópio em busca de um alinhamento com os principais geradores de energia. Uma mira eletrônica foi acionada a partir das informações dos computadores dos blindados. De repente, os dados que apareciam nas pequenas telas desapareceram misteriosamente.

Confuso, o general Veers tirou os olhos do eletrotelêmetro e instintivamente virou-se para a escotilha da cabine. Ele vacilou de terror ao ver o projétil esfumaçado que vinha direto ao encontro da cabine do walker.

Os outros pilotos também viram o speeder em rota de colisão e sabiam que não havia como virar a enorme máquina de assalto a tempo.

"Ele vai...", começou um deles.

Naquele instante, a nave em chamas de Hobbie espatifou-se na cabine do walker como uma bomba tripulada. O combustível acendeu uma enxurrada de chamas e destroços. Por um segundo, ouviram-se gritos humanos, depois só barulho de pedaços da nave e a máquina inteira caiu no chão.

Talvez tenha sido o som da explosão próxima que levara Luke Skywalker de volta à consciência. Atordoado, ele lentamente levantou sua cabeça da neve. Ele se sentia muito fraco e estava rígido e dolorido com o frio. Em sua cabeça, as queimaduras de frio já haviam danificado seus tecidos por completo. Ele esperava que não; não tinha a menor vontade de passar nem mais um minuto naquele fluido bacta pegajoso.

Ele tentou ficar de pé, mas caiu de novo na neve, esperando ser visto por qualquer um dos pilotos dos blindados. Seu comunicador apitava e de alguma forma ele encontrou forças para acionar seu receptor.

"Retirada das unidades de frente completa", repetia a voz da transmissão.

Retirada? Luke pensou por um instante. Isso quer dizer que Leia e os outros devem ter escapado! E de repente ele sentiu que toda aquela luta e as mortes de soldados leais da rebelião não tinham sido em vão. Um calor percorreu todo o seu corpo; ele então reuniu forças para ficar de pé e começar a longa jornada de volta à distante formação de gelo.

Outra explosão sacudiu o deque do hangar, rachando o teto e quase soterrando a Millennium Falcon em um monte de gelo. A qualquer, minuto o teto inteiro desabaria. O único lugar seguro no hangar parecia ser debaixo da própria nave, onde Chewbacca esperava impacientemente o retorno de seu capitão. O wookiee estava começando a ficar preocupado. Se Han não voltasse logo, a Falcon iria ser soterrada em um túmulo de neve. Mas sua lealdade ao parceiro impedia que Chewie decolasse sozinho com o cargueiro.

Quando o hangar começou a tremer de forma ainda mais violenta, Chewbacca percebeu algum movimento na câmara adjacente. Virando sua cabeça para trás, o rugido mais alto que o gigante peludo podia dar tomou conta do hangar quando ele viu Han Solo escalar montes de gelo e neve para entrar no salão, seguido de perto pela princesa Leia e pelo obviamente nervoso C-3PO.

• • •

Não muito longe dali, os stormtroopers do Império, com seus rostos protegidos por capacetes e visores de neve brancos, começavam a descer rumo aos corredores vazios. Com eles estava seu líder, a figura de capa negra que avaliava a carnificina que se abatera sobre a base rebelde em Hoth. A imagem sombria de Darth Vader se destacava contra as paredes, o teto e o piso brancos. Enquanto movia-se pelas catacumbas claras, ele regiamente desviava-se de pedaços que caíam do teto de gelo. Ele então continuava seu caminho com tal pressa que suas tropas tinham de correr para alcançá-lo.

O cargueiro em forma de disco começou a emitir um gemido baixo, mas crescente. Han Solo assumiu os controles da Millennium Falcon, finalmente sentindo-se em casa. Ele rapidamente acionou um botão atrás do outro, esperando ver o painel acender seu familiar mosaico de luzes, mas apenas algumas delas funcionavam.

Chewbacca também notou que havia algo de errado e vociferou um lamento de preocupação enquanto Leia examinava um indicador que parecia não estar funcionando.

“E aí, Chewie?”, perguntou Han com ansiedade.

O rosnar do wookiee era claramente negativo.

"Ajudaria se eu saísse da nave e a empurrasse?", reclamou a princesa Leia, que começava a cogitar se aquela nave não teria sido remendada com o cuspe do corelliano.

"Não se preocupe, sua santidade. Vai funcionar."

C-3PO fez um barulho junto a um apoio, gesticulando para chamar atenção de Han. "Senhor", o robô se dispôs, "estava pensando se eu poderia...", mas seus sensores ópticos detectaram a carranca que o observava. "Bem, eu posso esperar", concluiu.

Stormtroopers do Império, que acompanhavam a rápida movimentação de Darth Vader, irrompiam pelos corredores de gelo da base da rebelião. Seu ritmo acelerava à medida que eles se aproximavam do baixo ruído que vinha dos motores de íon. O corpo de Vader ficou levemente tenso quando, ao entrar no hangar, ele percebeu a familiar nave em formato de disco, a Millennium Falcon.

Dentro do velho e amassado cargueiro, Han Solo e Chewbacca tentavam desesperadamente fazer o veículo funcionar.

"Esta lata-velha nunca vai deixar a gente passar por aquele bloqueio", reclamava a princesa Leia.

Han fingia não ouvi-la. Em vez disso, checava os controles da nave e esforçava-se para manter sua paciência mesmo que sua companhia já tivesse obviamente perdido a dela. Ele mexeu nos botões do painel de controle, ignorando o olhar de desdém da princesa. Ela claramente duvidava que aquele amontado de peças sobressalentes e pedaços de ferro-velho soldados continuaria voando se eles conseguissem ultrapassar a obstrução.

Han acionou um botão no comunicador. "Chewie... Vamos lá!" Então, piscando para Leia, disse: "Essa criança ainda nos guarda algumas surpresas".

"Vou ficar surpresa se ela começar a se mexer."

Antes que Han pudesse devolver com uma resposta cuidadosamente caprichada, a Falcon começou a ser atingida por lasers do Império, que rutilavam do lado de fora da cabine da nave. Eles todos podiam ver o esquadrão de stormtroopers que sacavam armas na outra ponta do hangar de gelo. Han sabia que o casco maltratado da Falcon poderia resistir ao impacto daquelas armas portáteis, mas seria destruído por armas mais poderosas, em forma de bazuca, que dois dos soldados imperiais corriam para montar.

"Chewie!", Han gritou assim que apertou o cinto de segurança no assento do piloto. Enquanto isso, uma jovem abalada sentava-se no assento do navegador.

Fora da Millennium Falcon, os stormtroopers trabalhavam com eficiência militar para montar sua enorme arma. Atrás deles, as portas do hangar começavam a se abrir. Uma das poderosas armas da Falcon apareceu no casco e começou a girar para o lado, mirando diretamente nos stormtroopers.

Han correu para liquidar os esforços dos soldados do Império. Sem hesitar, ele disparou uma explosão mortal no laser que havia mirado neles. O impacto espalhou pedaços de corpos e armaduras pelo hangar.

Chewbacca correu para a cabine.

"Temos apenas que reiniciar", anunciou Han, "e torcer pelo melhor."

O wookiee mexeu seu corpo cabeludo no assento do copiloto enquanto outra explosão laser faiscou do lado de fora, na janela perto dele. Ele berrou de forma indignada e se voltou, em seguida, para os controles, conseguindo trazer de volta o ruído de boas-vindas do motor nas entranhas da Falcon.

O corelliano riu para a princesa, com um confiante brilho de eu-te-disse nos olhos.

"Um dia", ela falou com leve desgosto, "você estará errado e eu espero estar lá para vê-lo."

Han apenas sorriu e depois se virou para seu copiloto. "Pisa fundo!", gritou.

Os motores do enorme cargueiro trovejaram. E tudo atrás da nave num instante derreteu-se com a descarga de fogo crescente que saía de sua traseira. Chewbacca debruçou-se furiosamente nos controles, olhando de esguelha as paredes de gelo desabando enquanto o cargueiro saía em disparada.

No último momento, pouco antes de decolar, Han viu alguns stormtroopers correndo em direção ao hangar. Entre eles havia um gigante mal-apessoado, todo vestido de preto. E após isso apenas o azul do céu e um bilhão de estrelas em movimento.

Ao voar para longe do hangar, a Millennium Falcon foi detectada pelo comandante Luke Skywalker, que se virou sorrindo para Wedge e seu artilheiro. "Pelo menos Han conseguiu escapar." Os três marchavam juntos rumo aos caças X-wing que os esperavam. Quando chegaram, cumprimentaram-se e cada um foi para seu veículo.

"Boa sorte, Luke", disse Wedge ao partir. "Nos vemos no ponto de encontro."

Luke acenou e saiu em direção ao seu X-wing. Parado ali no meio de montanhas de gelo e neve, ele foi invadido por uma onda de solidão. Ele se sentiu completamente só agora que Han havia partido de vez. Pior que isso: a princesa Leia estava em algum outro lugar. Ela poderia estar a um universo de distância...

Então, do nada, um assobio familiar o saudou.

"R2!", exclamou. "É você?"

Confortavelmente alojado no compartimento criado para unidades R2, lá estava o pequeno droide em forma de barril, apenas sua cabeça aparecendo por cima da nave. R2-D2 havia analisado a figura que se aproximava e assobiou de alívio quando seus processadores o informaram de que era Luke. O jovem comandante também estava igualmente aliviado ao reencontrar o robô que o acompanhou em tantas de suas aventuras anteriores.

Ao subir na cabine e sentar-se em frente aos controles, Luke pôde ouvir o som do caça de Wedge rugindo rumo ao céu em direção ao ponto de encontro dos rebeldes. "Ative os motores e pare de se preocupar. Logo estaremos no ar", respondeu Luke aos bipes nervosos de R2.

Aquela era a última nave rebelde a deixar o que tinha sido, por um breve período, um posto avançado secreto na revolução contra a tirania do Império.

Darth Vader, como um corvo à espreita, andava a passos rápidos pelas ruínas da fortaleza de gelo dos rebeldes, forçando seus homens a se apressarem para acompanhá-lo. Enquanto moviam-se pelos corredores, o almirante Piett teve que correr para ultrapassá-lo.

"Dezessete naves destruídas", relatou ao Lorde Negro. "Não sabemos quantas conseguiram escapar."

Sem virar a cabeça, Vader rosnou dentro de sua máscara. "A Millennium Falcon?"

Piett fez uma pausa antes de responder. Ele preferia não lidar com aquele assunto. "Nosso sistema de rastreamento está em busca da nave", respondeu com certo medo.

Vader virou-se para o almirante, aquela silhueta gigante pairando sobre o oficial assustado. Piett sentiu um frio percorrer suas veias e quando o Lorde Negro voltou a falar sua voz antecipou o terrível destino que se abateria sobre aqueles que não executassem suas ordens.

"Eu quero aquela nave", ameaçou.

• • •

O planeta gelado rapidamente encolheu até se tornar um pálido ponto de luz distante enquanto a Millennium Falcon acelerava através do espaço. Logo aquele planeta não seria nada mais do que mais um entre os bilhões de ciscos de luz espalhados pelo vácuo sombrio.

Mas a Falcon não estava só em sua fuga pelo espaço profundo e vinha sendo seguida por uma Frota do Império, que incluía o destróier imperial Avenger e meia dúzia de caças TIE. Os caças voavam sobre o enorme destróier, que se movia mais lentamente, sempre no encalço da Millennium Falcon.

Chewbacca uivou por sobre o rugido dos motores da Falcon. O fogo antiaéreo dos caças começava a chacoalhar a nave.

"Eu sei, eu sei, já vi", gritou Han. Ele estava dando tudo de si para manter o controle da nave.

"Viu o quê?", perguntou Leia.

Han apontou para a janela onde havia dois objetos brilhantes.

"Mais dois destróieres – e eles estão vindo em nossa direção."

"Que bom que você disse que não haveria problemas", comentou com mais do que um toque de sarcasmo, "ou então eu ficaria preocupada."

A nave balançava sob o fogo contínuo dos caças TIE e isso tornava as coisas difíceis para C-3PO, que mal conseguia manter o equilíbrio quando voltou para a cabine. Sua pele metálica batia e martelava contra as paredes enquanto se aproximava de Han. "Senhor", ele começou, "eu estava pensando..."

Han Solo dirigiu-lhe um olhar ameaçador. "Cala a boca ou desliga", Han ameaçou o robô, que preferiu a primeira opção.

Ainda lutando com os controles para manter a Millennium Falcon em curso, o piloto falou para o wookiee: "Chewie, dá uma olhada no escudo defletor".

O copiloto ajustou um controle sobre a sua cabeça e respondeu com um alarido que Solo entendeu como uma resposta positiva.

"Boa", disse Han. "Na velocidade abaixo da luz eles podem ser mais rápidos, mas acho que consigo deixar essa gente pra trás com uma manobra. Se segurem!" E de repente o corelliano mudou o rumo da nave.

Os dois destróieres do Império estavam quase na linha de fogo da Falcon quando foram para cima; os caças TIE e o Avenger estavam perigosamente cada vez mais perto. Han sentiu que não teria opção além de mergulhar a Falcon em noventa graus.

Leia e Chewbacca sentiram seus estômagos pularem para suas gargantas enquanto a Falcon executava o tal mergulho íngreme. O pobre C-3PO teve que alterar seus mecanismos internos rapidamente para continuar sobre seus pés metálicos.

Han percebeu que sua tripulação deveria achá-lo uma espécie de jóquei espacial lunático ao fazer sua nave seguir aquela trajetória maluca. Mas ele tinha uma estratégia em mente. Sem a Falcon entre ambos, os dois destróieres estavam agora em rota de colisão direta com o Avenger. Tudo que ele precisava fazer era sentar-se e apreciar a visão.

Os alarmes dispararam no interior dos destróieres. As enormes e maciças naves não conseguiam responder tão rápido a tais emergências. Lentamente, um dos destróieres começou a se mover para a esquerda a fim de evitar a colisão com o Avenger. Mas, infelizmente, enquanto afastava-se, acertou sua nave irmã, chacoalhando violentamente as duas fortalezas espaciais. Os destróieres avariados começaram a vagar pelo espaço, enquanto o Avenger seguiu em frente à caça da Millennium Falcon e de seu obviamente insano piloto.

Dois já foram, pensou Han. Ainda havia um quarteto de caças TIE nos calcanhares da Falcon, disparando com todo o seu poder de fogo em sua traseira, mas Han achou que poderia ultrapassar os caças. A nave balançava violentamente com as explosões, forçando Leia a se segurar, numa tentativa desesperada de continuar sentada.

"Isso os segurou por um tempo", comemorou Han. "Chewie, prepare-se para irmos à velocidade da luz." Não havia um instante a ser desperdiçado – o ataque laser era intenso e os caças TIE estavam quase sobre eles.

"Eles estão muito perto", avisou Leia, finalmente conseguindo falar.

Han olhou pra ela com um brilho perverso nos olhos. "Ah é? Olha só."

Ele moveu a alavanca do hiperespaço adiante, desesperado para fugir, mas também para impressionar a princesa com sua própria habilidade e o poderio fantástico de sua nave. Mas nada aconteceu! As estrelas deveriam agora ser meros borrões de luz, mas estavam paradas. Algo estava definitivamente errado.

"Olhar o quê?", Leia perguntou sem paciência.

Em vez de responder, Han mexeu nos controles da velocidade da luz uma segunda vez. De novo nada. "Acho que estamos em perigo", murmurou. Sua garganta apertou, pois sabia que "problema" era um senhor eufemismo.

"Se me permite dizer, senhor", voluntariou-se C-3PO, "percebi mais cedo que todo o sistema principal de para-luz parece estar danificado."

Chewbacca deixou sua cabeça inclinar-se para trás e emitiu um uivo triste.

"Estamos em perigo!", repetiu Han.

Ao seu redor, o ataque laser crescia com força. A única opção da Millennium Falcon era continuar naquela velocidade abaixo da luz, seguida bem de perto por um enxame de caças TIE e por um gigantesco destróier imperial.

VII

O conjunto de asas duplas no caça X-wing de Luke Skywalker se fechou para formar apenas uma asa enquanto sua pequena e polida nave fugia do planeta de neve e gelo.

Durante o voo, o jovem comandante teve tempo para refletir a respeito do que acontecera nos últimos dias. Ele agora podia ponderar sobre as enigmáticas palavras ditas pela aparição de Ben Kenobi e sua amizade com Han Solo, além de sua relação com Leia Organa. Enquanto pensava sobre as pessoas com quem mais se importava, ele tomou uma súbita decisão. Olhando para o planeta gelado pela última vez, ele disse para si mesmo que agora não haveria volta.

Luke acionou alguns botões em seu painel de controle e então seu X-wing fez uma curva brusca. Ele viu o espaço mudando quando começou a navegar em outra direção, em alta velocidade. Ao colocar sua nave num rumo improvável, R2-D2, ainda confortável no compartimento especialmente desenhado para ele, começou a assobiar e apitar.

O computador em miniatura instalado na nave de Luke para traduzir a língua do robô acendeu a mensagem do pequeno droide em um controle no painel principal.

"Não há nada de errado, R2", Luke respondeu após a tradução. "Estou só programando uma nova direção."

O pequeno robô apitou feliz e Luke leu a atualização da mensagem em seu painel de controle.

"Não", respondeu, "não iremos nos reunir aos outros."

A notícia deixou R2 tão assustado que ele começou a emitir uma série de ruídos metálicos.

"Estamos indo ao Sistema Dagoba", Luke respondeu.

O robô apitou novamente, calculando a quantidade de combustível que havia no X-wing.

"Temos o suficiente."

R2 começou uma série de apitos e assobios mais longos, como se estivesse cantando.

"Eles não precisam da gente lá", disse Luke respondendo à pergunta sobre o plano para chegar ao ponto de encontro da rebelião.

R2 então gentilmente bipou um lembrete sobre a ordem da princesa Leia. Farto, o jovem piloto exclamou: "Acabei de revogar essa ordem! Fica quieto!"

O pequeno robô caiu em silêncio. Afinal, Luke era comandante da Aliança Rebelde e em sua função poderia revogar ordens. Ele fazia pequenos ajustes nos controles quando R2 piou de novo.

"Fala, R2", suspirou Luke.

Dessa vez, o droide fez uma série de ruídos mansos, escolhendo cada pio e assobio com cuidado. Ele não queria aborrecer Luke, mas o que encontrou em seus processadores era importante o suficiente para relatar.

"Sim, R2, eu sei que o Sistema Dagoba não aparece em nossos mapas de navegação. Mas não se preocupe, ele está lá."

Outro apito preocupado da unidade R2.

"Tenho certeza", disse o jovem, tentando confortar sua companhia mecânica. "Confie em mim."

A confiança de R2 no humano no controle do X-wing era traduzida em um fraco suspiro. Por um momento, ele ficou completamente em silêncio, como se estivesse pensando. E apitou de novo.

"Sim, R2?"

Dessa vez ele disse o que queria de forma ainda mais calculada do que antes – alguém poderia perceber até certo tato nas frases-assobios, como se R2 não tivesse intenção de ofender o humano que lhe depositara confiança. Mas será possível, calculou o robô, que o cérebro do humano estivesse levemente avariado? Afinal, ele passou um bom tempo adormecido nas montanhas de gelo de Hoth. Ou, outra possibilidade computada por R2, talvez o wampa o tivesse agredido de forma mais severa do que diagnosticara 21B?

"Não", respondeu Luke, "não estou sentindo dor de cabeça. Estou bem. Por quê?"

O pio de R2 saiu timidamente inocente.

"Sem tontura nem enjoo. Até as cicatrizes se foram."

O assobio seguinte subiu de timbre como uma pergunta.

"Não é isso, R2. Eu prefiro manter o controle manual por enquanto."

O robô baixinho então deu um último choramingo que para Luke pareceu um ruído de frustração. Ele se divertia com a preocupação do robô com sua saúde. "Confie em mim, R2", Luke disse com um sorriso gentil, "eu sei aonde estamos indo e como chegar em segurança. Não é longe."

Han Solo estava em desespero. A Falcon ainda não tinha conseguido se livrar dos quatro caças TIE e do enorme destróier que a perseguia.

Solo correu para o porão da nave e começou a trabalhar freneticamente no reparo da unidade de hiperespaço que não estava funcionando. Era quase impossível reparar algo tão delicado enquanto a Falcon chacoalhava a cada rajada antiaérea dos caças.

Han disparava ordens ao seu copiloto, que checava os mecanismos da nave. "Intensificador horizontal."

O wookiee rosnou. Parecia normal para ele.

"Amortecedor aluvial."

Outro rosnado. Também estava normal.

"Chewie, me dá as hidrochaves."

Chewbacca correu para o canto com as ferramentas. Han pegou as chaves e então parou e olhou para seu leal amigo wookiee.

"Não sei como a gente vai sair dessa", confidenciou.

Foi quando um baque violento atingiu um dos lados da Falcon, fazendo a nave ser arremessada e girar abruptamente.

Chewbacca vociferou de ansiedade.

Han se segurou em algo por conta do impacto, mas as hidrochaves voaram de sua mão. Quando ele conseguiu recobrar o equilíbrio, gritou para Chewbacca por sobre o barulho: "Isso não foi um laser, alguma outra coisa nos acertou!"

"Han... Han...", a princesa Leia estava chamando na cabine. Ela estava agitada. "Sobe aqui!"

Como um raio, ele e Chewbacca saíram do porão e correram de volta à cabine. Eles ficaram aturdidos com o que viram pela janela principal.

"Asteroides!"

Enormes pedaços de pedras flutuantes chocavam-se no espaço por todo o horizonte. Como se as malditas naves do Império não fossem problema suficiente!

Han logo correu para o assento do piloto, mais uma vez assumindo o controle da Falcon. Seu copiloto se acomodou em seu assento no exato minuto em que um asteroide particularmente grande ia em direção à proa da nave.

Han percebeu que devia se manter o mais calmo possível; caso contrário eles não durariam sequer alguns minutos. "Chewie", ordenou, "acione dois-sete-um."

Leia engasgou. Ela sabia o que significava o comando dado por Han e ficou desorientada com a ousadia do plano. "Você não está pensando em ir em direção ao campo de asteroides, não é?", ela perguntou, esperando ter entendido errado o comando.

"Não se preocupe, não irão nos seguir por aqui!", gritou efusivamente.

"Se me permite lembrá-lo, senhor", C-3PO informou, tentando soar como uma influência racional, "a possibilidade de atravessar um campo de asteroides com sucesso é de uma em 2.467."

Ninguém pareceu dar-lhe atenção.

A princesa Leia esbravejou. "Você não precisa fazer isso para me impressionar", disse enquanto a Falcon era abalroada mais uma vez por outro asteroide.

Han estava se divertindo tanto que decidiu ignorar suas insinuações. "Cuidado aí, doçura", riu ao segurar os controles com mais força. "Vamos voar um pouco."

Leia estremeceu e, resignada, apertou com força o cinto de seu assento.

C-3PO, ainda murmurando cálculos, desligou sua voz sintetizada quando o wookiee grunhiu para ele.

Mas Han só tinha foco no sucesso de seu plano. Ele sabia que funcionaria; tinha que funcionar – não havia opção. Voando mais por instinto do que com base nos instrumentos, ele guiava sua nave através da impiedosa chuva de pedras. Olhando rapidamente nas telas de posicionamento, ele viu que nem os caças TIE nem o Avenger haviam abandonado a perseguição. Vai ser um funeral imperial, pensou, enquanto manobrava a Falcon pela tempestade de asteroides.

Ele viu outra tela e sorriu quando ela mostrou uma colisão entre um asteroide e um caça imperial. A explosão apareceu na tela como um brilho de luz. Ninguém sobreviveu ali, pensou Han.

Os pilotos dos caças TIE que perseguiam a Falcon estavam entre os melhores do Império. Mas eles não podiam competir com Han Solo. Ou eles não eram bons o suficiente, ou não eram loucos o suficiente. Só um lunático mergulharia sua nave numa jornada suicida no meio daqueles asteroides. Malucos ou não, os pilotos não tinham escolha a não ser continuar seguindo bem de perto a Millennium Falcon. Eles sem dúvida se dariam melhor ao morrer no meio daquele bombardeio de pedras do que se tivessem que relatar seu fracasso ao seu mestre sombrio.

O maior de todos os destróieres estelares do Império moveu-se regiamente para longe da órbita de Hoth. Vinha ladeado por dois outros destróieres e o grupo todo era acompanhado de um esquadrão de proteção composto por naves menores. No destróier central, o almirante Piett estava do lado de fora da câmara de meditação de Darth Vader. A porta central abriu-se lentamente pelo alto até que Piett pudesse ver seu mestre de capa em pé entre as sombras. "Milorde", disse Piett em reverência.

"Entre, almirante."

O almirante Piett sentiu um enorme temor ao pisar na câmara mal iluminada e aproximar-se do Lorde Negro dos Sith. Piett mal conseguia ver a silhueta de seu mestre, até que percebeu o conjunto de apêndices mecânicos que levava um tubo de respiração à cabeça de Vader. Ele estremeceu ao perceber que talvez tenha sido o primeiro a ver seu mestre sem a máscara.

A visão era horrenda. Vader, de costas para Piett, estava todo vestido de preto, mas acima da proteção preta cravejada de seu pescoço reluzia sua cabeça nua. Apesar de o almirante ter tentado não olhar, uma fascinação mórbida o forçava a ver aquela cabeça completamente calva, que mais parecia um crânio. Ela era coberta por um emaranhado de tecidos cicatrizados que se contorciam ao longo da pele pálida como a de um cadáver. O pensamento que passou pela cabeça de Piett foi que deveria haver um alto preço a ser pago para quem visse aquilo que ninguém mais havia visto. Foi quando as mãos robóticas seguraram o capacete preto e gentilmente o encaixaram sobre a cabeça do Lorde Negro.

Com seu capacete no lugar, Darth Vader virou-se para ouvir o relatório de seu almirante.

"Nossa busca avistou a Millennium Falcon, milorde. Ela entrou em um campo de asteroides."

"Asteroides não me interessam, almirante", disse Vader, enquanto fechava seu punho lentamente. "Eu quero aquela nave, sem desculpas. Quanto tempo teremos até termos Skywalker e os outros que estão na Millennium Falcon?"

"Logo, Lorde Vader", respondeu o almirante, tremendo de medo.

"Sim, almirante...", disse lentamente Darth Vader, "...logo."

Dois gigantescos asteroides flutuavam em direção à Millennium Falcon. Seu piloto executou uma ousada manobra que o fez passar bem perto de dois asteroides e quase colidir com um terceiro.

Enquanto a Falcon se atirava para cima e para baixo no campo de asteroides, ela vinha sendo seguida de perto por três caças imperiais TIE que se desviavam das pedras numa louca perseguição. De repente, um dos três foi fatalmente atingido por uma rocha sem forma definida e começou a girar em outra direção, completamente fora de controle. Os outros dois caças TIE seguiam no encalço da Falcon, acompanhados pelo destróier Avenger, que pulverizava os asteroides que encontrava pelo caminho.

Han Solo viu as naves que o perseguiam pela janela da cabine enquanto girava sua nave, acelerando por baixo de outro asteroide em rota de colisão, para depois levar o cargueiro de volta à sua posição original. Mas a Millennium Falcon ainda não estava fora de perigo. Asteroides passavam bem perto do cargueiro. Um pequeno quicou sobre a nave, causando um ruído de impacto alto que aterrorizou Chewbacca e fez C-3PO cobrir as lentes de seus olhos com sua mão cor de bronze.

Han olhou para Leia e viu que ela estava petrificada ao ver o enxame de asteroides. Parecia que ela desejava estar a milhares de quilômetros dali.

"Bem", ele disse, "você falou que queria estar por perto quando eu estivesse errado."

Ela nem olhou para ele. "Retiro o que disse."

"Aquele destróier está reduzindo a velocidade", Han anunciou, checando as leituras de seu computador.

"Bom", ela respondeu de forma curta.

A visão que se tinha de fora da cabine ainda estava turva com os asteroides em disparada. "Nós vamos ser pulverizados se continuarmos aqui por muito tempo", ele observou.

"Eu sou contra", Leia respondeu secamente.

"Temos que sair desta tempestade."

"Isso faz sentido."

"Vou chegar mais perto de um dos maiores", completou Han.

Aquilo não fazia sentido.

"Mais perto!?", gritou C-3PO, jogando seus braços metálicos para cima. Seu cérebro artificial mal podia registrar o que seus sensores auditivos perceberam.

"Mais perto!?", Leia repetiu incrédula.

Chewbacca olhou assombrado para seu piloto e rosnou.

Nenhum dos três podia entender por que seu capitão, que havia arriscado sua vida para salvar a de todos, agora queria que todos morressem! Fazendo alguns ajustes simples nos controles da cabine, Han desviou a Millennium Falcon de alguns asteroides maiores e então mirou a nave diretamente rumo a um que tinha o tamanho de uma lua.

Uma chuva de pedras menores explodiu contra a superfície rochosa do enorme asteroide, enquanto a Millennium Falcon, com os caças do Império ainda na sua cola, voou em direção ao corpo celeste. Logo estava derrapando sobre o pequeno astro, estéril e sem vida.

Com precisão de perito, Han Solo guiou sua nave rumo a outro asteroide gigante, o maior que eles haviam encontrado. Invocando todas as habilidades que haviam feito sua reputação conhecida por toda a galáxia, ele manobrou a Falcon de forma que o último objeto que pudesse estar entre a nave e os caças TIE era a mortal pedra que flutuava.

Houve apenas um breve clarão de luz e depois mais nada. Os destroços dos dois caças flutuavam pela escuridão e o tremendo asteroide - que nem desviou de seu curso - seguiu seu rumo.

Han sentiu um brilho interior tão claro quanto o espetáculo que acabara de iluminar sua visão. Ele sorriu para si mesmo num triunfo silencioso.

E então ele percebeu uma imagem no visor principal do seu painel de controle e cutucou seu copiloto peludo. "Ali", Han apontou para a imagem. "Chewie, faça uma leitura daquilo. Parece bom."

"O que é isso?", perguntou Leia.

O piloto da Falcon ignorou a pergunta. "Isso vai funcionar bem", disse.

Enquanto voavam perto da superfície do asteroide, Han olhava para o terreno rochoso quando seus olhos encontraram uma área sombria que parecia uma cratera de proporções gigantescas. Ele levou a Falcon para o nível da superfície e a encaminhou diretamente para uma cratera. Logo a nave estava explorando suas entranhas rochosas.

Ainda assim, dois TIE continuavam a persegui-lo, disparando seus canhões e tentando emular cada manobra.

Han Solo sabia que teria de ser mais esperto e ousado se quisesse sair da mira daquelas naves assassinas. Ao ver um abismo estreito pela janela, ele inclinou a Falcon. A nave pairou de lado através da alta trincheira de rochas.

Mas os dois caças o seguiram, inesperadamente. Um deles chegou a soltar faíscas quando resvalou seu casco metálico nas paredes.

Girando, inclinando e virando sua nave, Han passou apertado pelo estreito desfiladeiro. Logo atrás, o céu negro se iluminou quando os dois caças TIE colidiram um com o outro, explodindo contra o chão de pedras.

Han reduziu a velocidade. Ele ainda não estava seguro em relação aos caçadores do Império. Buscando ao redor do cânion, ele viu uma entrada de caverna escancarada bem no fundo da cratera, grande o suficiente para esconder a Millennium Falcon - talvez. Se não fosse, ele e sua tripulação descobririam logo.

Desacelerando sua nave, Han entrou pela abertura da caverna por um extenso túnel que ele achava que podia ser um esconderijo ideal. Ele respirou profundamente enquanto sua nave logo foi engolida pelas sombras da gruta.

Um pequeno X-wing aproximava-se da atmosfera do planeta Dagoba.

Enquanto chegava perto do planeta, Luke Skywalker pôde ver uma porção de sua superfície curva através das pesadas nuvens espessas. O planeta não estava nos mapas e era virtualmente desconhecido. De alguma forma, Luke conseguiu encontrá-lo, embora ainda não tivesse certeza se foi apenas ele que guiou sua nave rumo àquele setor inexplorado do espaço.

R2-D2, em seu compartimento logo atrás de Luke no X-wing, investigava as estrelas que passavam e depois enviava suas impressões para Luke através do painel do computador da nave.

Luke leu o que dizia a mensagem interpretada piscando no painel. "Sim, eis Dagoba, R2", respondeu para o pequeno robô e então olhou para fora da cabine quando o caça começou a descer em direção à superfície do planeta. "Parece ameaçador, não?"

R2 apitou, tentando pela última vez fazer que seu mestre voltasse para um caminho mais sensato.

"Não", respondeu Luke, "eu não quero mudar de ideia sobre isso." Ele checou os monitores da nave e começou a ficar nervoso. "Não há leituras sobre nenhuma cidade ou tecnologia. Há enormes formas de vida, no entanto. Tem algo vivo lá embaixo."

R2 estava preocupado também e isso traduziu-se numa pergunta apreensiva.

"Sim, tenho certeza que é seguro para robôs. Pode ficar tranquilo, tá?", Luke estava começando a ficar incomodado. "Vamos ver o que acontece."

Então ouviu um choramingo patético vindo de trás da cabine.

"Não se preocupe!"

O X-wing navegou pelo halo crepuscular que separava o breu escuro do espaço da superfície do planeta. Luke tomou fôlego e então embicou sua nave em direção ao cobertor de brumas brancas.

Ele não conseguia ver nada. Sua visão estava totalmente obstruída pela branquidão densa contra as janelas da frente de sua nave. Sua única saída era controlar o X-wing apenas por aparelhos. Mas os sensores não registravam nada, mesmo quando Luke estava bem próximo do planeta. Ele tentou controlar a nave desesperadamente, sem ter como saber nem em que altitude estava.

Quando um alarme começou a tocar, R2 juntou-se ao coro com sua própria série de assobios e apitos frenéticos.

"Eu sei, eu sei!", gritou Luke, ainda brigando com os controles de sua nave. "Todos os sensores morreram! Eu não consigo ver nada! Segure-se, vou começar o ciclo de pouso. Vamos esperar que haja algo lá embaixo."

R2 ginchou de novo, mas seus ruídos foram completamente abafados pelo ruído de romper tímpanos das explosões dos propulsores traseiros do X-wing. Luke sentiu seu estômago mergulhar enquanto a nave começou a cair depressa. Ele se segurou no assento do piloto, preparando-se para qualquer possível impacto. Então a nave afundou ainda mais e Luke ouviu um som terrível à medida que os galhos das árvores eram atingidos pelo veículo em disparada.

Quando o X-wing finalmente conseguiu parar, o sobressalto foi tremendo – a ponto de quase arremessar o piloto através da janela da cabine. Finalmente, certo de que estava no chão, Luke desabou em sua própria cadeira e suspirou de alívio. Ele então mexeu num botão que acendeu os faróis externos da nave. Quando ergueu a cabeça para ter uma primeira impressão daquele planeta estranho, Luke engasgou.

O X-wing estava completamente cercado por brumas e seus faróis de pouso não conseguiam iluminar mais do que alguns metros à frente. Os olhos de Luke gradualmente começaram a se acostumar à escuridão ao redor de forma que era possível reconhecer apenas raízes e troncos retorcidos de árvores grotescas. Ele conseguiu sair da cabine enquanto R2 desconectava seu corpo atarracado do estreito compartimento ao qual estava plugado.

"R2", disse Luke, "fique por aqui enquanto eu dou uma olhada."

As enormes árvores cinzentas tinham raízes retorcidas e nodosas que cresciam bem acima de Luke, antes que suas juntas formassem os troncos. Ele inclinou sua cabeça para trás e pôde ver galhos, bem lá no alto, que pareciam formar uma abóboda com as nuvens baixas. Luke cuidadosamente andou pelo bico comprido de sua nave e viu que estavam sobre uma espécie de lago cercado por névoas.

R2 emitiu um pio curto – e então ouviu-se um barulho forte de algo na água, seguido pelo silêncio. Luke olhou bem a tempo de ver o droide baixinho de cabeça para baixo enquanto afundava na superfície nebulosa.

"R2! R2!", chamou Luke. Ele se ajoelhou na fuselagem polida da nave e inclinou-se para a frente, procurando com ansiedade seu amigo mecânico.

Mas as águas negras estavam serenas e não revelavam o menor sinal da pequena unidade R2. Luke não tinha como saber qual era a profundidade daquele lago parado e lúgubre; mas parecia ser *extremamente* profundo. Ele de repente compreendeu que talvez nunca mais visse seu amigo robô novamente. Foi quando um pequeno periscópio apareceu na superfície da água e Luke pôde ouvir um bipe fraco submerso.

Que alívio!, pensou Luke enquanto via o periscópio encontrar seu caminho em direção à borda. Ele correu até o bico do caça X-wing e a uns três metros da margem o jovem comandante pulou na água e em seguida conseguiu sair. Ele olhou para trás e viu que R2 ainda estava chegando à borda.

"Vamos, R2!", Luke gritou.

Fosse o que fosse aquilo que de repente se moveu na água atrás de R2, deslocou-se rapidamente e se escondeu na névoa, de modo que Luke não conseguiu identificá-lo. Tudo que ele podia ver era uma forma escura gigantesca. A criatura subiu um pouco e depois afundou novamente, fazendo um grande barulho contra a lataria do droide. Luke ouviu os patéticos pedidos eletrônicos de socorro emitidos pelo robô. E então, nada...

Luke manteve-se ali, paralisado de horror, enquanto continuava a observar as águas negras, imóveis como a própria morte. Enquanto olhava, algumas bolhas acabaram entregando uma presença na superfície. Mas antes que o pequeno robô pudesse se mover, ele foi cuspido pela coisa, que espreitava sob a superfície negra. R2-D2 desenhou um belo arco pelo ar e caiu numa moita macia de lodo cinzento.

"R2", gritou Luke, correndo na direção ao robô, "você está bem?" Luke agradeceu o fato de que o obscuro monstro que vivia no pântano aparentemente não achou R2-D2 palatável ou digerível.

Sem forças, o robô respondeu com uma série de apitos e assobios desanimados.

"Se você está dizendo que vir pra cá foi uma má ideia, R2, estou começando a concordar com você", admitiu Luke, olhando para as redondezas sinistras. No mundo de gelo, pelo sim, pelo não, ao menos tinha mais companhia. Em Dagoba, com exceção do droide, parecia não haver nada a não ser aquele pântano sinistro – e criaturas, ainda não avistadas, que podiam estar observando na escuridão que caía.

O crepúsculo estava quase chegando. Luke tremia com a pesada bruma que se fechava sobre ele como algo vivo. Ele ajudou R2 a ficar de pé e tirou o lodo que cobria o corpo cilíndrico do robô. Enquanto fazia isso, ouviu berros estranhos e não humanos que ecoavam na floresta distante e estremeceu ao imaginar os tipos de feras que emitiam tais urros.

Quando terminou de limpar R2, Luke observou que o céu notadamente tornara-se mais escuro. As sombras pairavam ameaçadoramente ao seu redor e os gritos distantes não pareciam mais tão distantes. Ele e R2 observaram ao redor da sinistra selva pantanosa em que estavam e então se encolheram. De repente, Luke percebeu um par de pequenos mas perversos olhos, observando através da escura vegetação. Aqueles olhos logo sumiram ao som de pequeninos passos.

Ele hesitou em duvidar do aviso de Ben Kenobi, mas agora começava a imaginar se o fantasma de manto tinha cometido um erro ao enviá-lo para aquele planeta em busca de seu professor Jedi misterioso.

Ele olhou de volta para seu X-wing e resmungou quando viu que a parte inferior inteira estava completamente submersa nas águas escuras. "Como é que a gente vai fazer isso voar de novo?" Todas aquelas circunstâncias pareciam sem solução e, de alguma forma, ridículas. "O que estamos fazendo aqui?", lamentou.

Ia além das habilidades computacionais de R2 prover uma resposta para qualquer uma daquelas perguntas, mas ele conseguiu soltar um pio reconfortante.

"É como se fosse um sonho", disse Luke. Ele sacudiu a cabeça, com frio e medo. "Ou eu tô ficando maluco."

Pelo menos, e disso tinha certeza, ele não poderia se meter em outra situação tão maluca.

VIII

Darth Vader parecia um enorme deus em silêncio enquanto observava o convés do controle principal de seu gigantesco destróier imperial.

Através da enorme janela retangular sobre o convés, ele fitava fixamente todo o alcance do campo de asteroides que atingia sua nave enquanto ela planava pelo espaço. Centenas de rochas atingiam as janelas. Umas batiam nas outras e explodiam com toda a força de luzes vívidas.

Enquanto ele observava, uma das naves menores desintegrou-se sob o impacto de um enorme asteroide. Aparentemente indiferente a tudo, ele virou-se para uma série de vinte imagens holográficas, que recriavam em três dimensões a imagem de vinte comandantes de encouraçados imperiais. A imagem do comandante cuja nave tinha acabado de ser destruída foi desaparecendo rapidamente, quase com a mesma velocidade que as partículas que restavam de sua nave destruída agora estavam sendo arremessadas para o nada.

O almirante Piett e um assistente chegaram devagar, passando por trás de seu mestre sombrio quando ele se voltava para uma das imagens no centro de vinte hologramas, continuamente prejudicada pela estática, aparecendo e desaparecendo enquanto o capitão Needa, do destróier Avenger, reportava-se. Suas primeiras palavras chegaram embaralhadas pela estática.

"...e foi a última vez que conseguimos ter registro deles", continuava o capitão Needa. "Levando em conta a quantidade de danos que sofremos, eles também devem ter sido destruídos."

Vader discordou. Sabia da força da Millennium Falcon e estava familiarizado com as habilidades de seu convencido piloto. "Não, capitão", falou com rispidez, "eles estão vivos. Eu quero todas as naves disponíveis para varrer o campo de asteroides até que eles sejam encontrados."

Logo que Vader deu sua ordem, a imagem do capitão Needa e as dos outros dezenove capitães se apagaram de vez. Quando o último holograma se foi, o Lorde Negro, após sentir a presença dos dois homens às suas costas, virou-se. "E o que é tão importante que não pode esperar, almirante?", perguntou arrogantemente. "Fale!"

O rosto do almirante tornou-se pálido de medo e sua voz tremia tanto quanto seu corpo. "É... o Imperador."

"O Imperador?", repetiu a voz por trás da máscara de respiração.

"Sim", respondeu o almirante. "Ele ordena que o senhor entre em contato."

"Tire esta nave do campo de asteroides", ordenou Vader, "e leve-a a um lugar em que possamos enviar uma transmissão sem interferência."

"Sim, senhor."

"E direcione o sinal para minha câmara particular."

A Millennium Falcon pousou escondida na pequena caverna, completamente escura e pingando de umidade. Sua tripulação desligou os motores do cargueiro para que nenhum som saísse do veículo.

Dentro da cabine, Han Solo e seu peludo copiloto terminavam de desligar os sistemas eletrônicos internos da nave. Depois que fizeram isso, diminuíram todas as luzes internas e o interior da nave ficou quase tão escuro quanto a caverna que os acolhia.

Han olhou para Leia e deu um sorriso ligeiro. "Está ficando romântico aqui."

Chewbacca resmungou. Havia trabalho para ser feito e o wookiee precisava de toda a atenção de Han se eles quisessem consertar o dispositivo de hiperespaço avariado.

Irritado, Han voltou ao trabalho. "Por que você está reclamando?", devolveu.

Antes que o wookiee pudesse responder, o droide de protocolo aproximou-se timidamente de Han e formulou uma pergunta de extrema importância. "Senhor, temo perguntar, mas quando você pede para desligar todos os sistemas isso me inclui?"

Chewbacca expressou sua opinião com um sonoro alarido afirmativo, mas Han discordou. "Não", disse, "vamos precisar que você converse com a velha Falcon aqui pra descobrir o que aconteceu com o nosso hiperespaço." Ele olhou para a princesa e acrescentou: "E como você se sai com um macrofusor, sua altezíssima?"

Antes que Leia pudesse pensar numa réplica à altura, a Millennium Falcon balançou para a frente quando algo bateu de repente em seu casco. Tudo que não estava preso voou pela cabine – até o wookiee gigante, urrando com força, teve que se segurar para não cair da cadeira.

"Se segurem aí!", Han gritou. "Cuidado!"

C-3PO bateu contra uma parede e depois se arrumou. "Senhor, é bem provável que este asteroide não esteja estável."

Han olhou fixamente para o robô. "Que bom que você está aqui pra nos dizer isso."

A nave balançou outra vez, com mais violência do que antes.

O wookiee gritou de novo; C-3PO caiu para trás e Leia foi atirada para o outro lado da cabine, caindo nos braços do capitão Solo.

O balanço da nave parou tão de repente quanto começou. Mas Leia ainda estava abraçada com Han. Ela demorou para se afastar e ele poderia quase jurar que ela queria ser abraçada. "Ora, ora, princesa", ele disse, agradavelmente surpreendido, "isso é tão inesperado."

Foi quando ela começou a brigar. "Me solta", insistiu, tentando sair de seus braços, "você está me irritando."

Han viu a velha expressão familiar de arrogância voltar para seu rosto. "Você não parece irritada", mentiu.

"Como eu pareço?"

"Linda", respondeu de verdade, com uma emoção que o surpreendeu.

De repente, Leia sentiu-se inesperadamente tímida. Suas bochechas enrubesceram e, quando ela percebeu que isto estava evidente, desviou o olhar. Mas ela não tentou se desvencilhar.

Han, no entanto, não conseguiu deixar o doce momento durar. "E excitada", teve que acrescentar.

Leia ficou furiosa. Mais uma vez no papel de princesa séria e altiva senadora, ela logo saiu de perto dele e recompôs sua postura real. "Desculpe-me, capitão", disse, dessa vez com as bochechas vermelhas de raiva, "mas estar em seus braços não é o suficiente para me excitar."

"Então tomara que você não espere mais", grunhiu, com mais raiva de si mesmo do que das palavras dela.

"Não espero nada", ela disse indignada, "a não ser que me deixe em paz."

"Se sair do meu caminho eu te deixo em paz."

Sem graça ao perceber que estava, de fato, ainda muito perto, Leia deu um passo para o lado e fez um esforço para mudar de assunto. "Não acha que está na hora de voltarmos a trabalhar em sua nave?"

Han fez uma careta. "Por mim, tudo bem", disse friamente, sem olhar para ela.

Leia logo se virou e saiu da cabine.

Por um instante, Han ficou ali parado, se recompondo. Ele olhou agora timidamente para o wookiee e para o robô, ambos quietos, testemunhas de tudo que tinha acontecido.

"Vamos lá, Chewie, vamos cair matando neste curto-circuito voador", disse para interromper o silêncio constrangedor.

O copiloto rosnou concordando e então foi atrás de seu capitão para fora da cabine. Enquanto saíam, Han olhou de volta para C-3PO, que ainda estava no cômodo mal iluminado, com cara de confuso. "Você também, sua lata-velha!"

"Devo admitir", resmungou o robô para si mesmo enquanto começava a sair da cabine, "que eu não consigo às vezes entender o comportamento humano."

Os faróis do X-wing de Luke Skywalker furavam a escuridão do planeta pantanoso. A nave tinha afundado ainda mais nas águas lodosas, mas permanecia bem acima da superfície a ponto de Luke pegar os suprimentos necessários nos compartimentos de armazenagem. Ele sabia que não levaria muito tempo para que a nave afundasse mais - talvez por inteiro - para dentro d'água. Ele achou que sua chance de sobrevivência aumentaria se reunisse o máximo de suprimentos que pudesse.

Estava tão escuro que Luke mal via um palmo à sua frente. Ouviu um estalo vindo da densa floresta e sentiu um estremecimento por dentro. Alcançou sua pistola, preparado para disparar contra qualquer coisa que pudesse sair da selva para atacá-lo. Mas não precisou fazer nada, guardando novamente a arma no coldre, e continuou a desfazer sua bagagem.

"Você quer mais energia?", Luke perguntou a R2, que estava pacientemente esperando pela sua própria forma de alimentação. Luke tirou um pequeno forno de fusão de uma caixa de equipamentos, ligou-o, felicitando o pequeno brilho que saiu do aparelho de aquecimento, e então pegou um cabo e conectou-o a R2 através de uma protuberância que parecia um nariz. Enquanto a energia era irradiada pelas entranhas eletrônicas de R2, o robozinho assobiava de felicidade.

Luke sentou-se e abriu uma lata de comida processada. Assim que começou a comer, passou a conversar com o robô. "Tudo que tenho que fazer é encontrar esse Yoda, se é que ele existe."

Ele olhou ao redor, nas sombras da floresta, e se sentiu assustado, perdido e cada vez mais em dúvida em relação à sua jornada. "Este é com certeza o lugar mais estranho pra se encontrar um Mestre Jedi", disse para o pequeno robô. "Me dá arrepios."

Considerando o apito que deu, estava claro que R2 compartilhava da mesma opinião de Luke sobre aquele pântano em forma de planeta.

"Se bem que", Luke continuou, enquanto se esforçava para comer o resto da comida, "tem algo familiar neste lugar. Eu me sint..."

"Se sente como?"

Não era a voz de R2! Luke pulou, pegou sua pistola e girou olhando ao redor, procurando a origem daquelas palavras no meio da escuridão.

Ao se virar, deu de cara com uma pequenina criatura exatamente à sua frente. Luke imediatamente deu alguns passos para trás, surpreso. Aquele pequeno ser parecia ter se materializado do nada! Tinha pouco mais de meio metro de altura, destemidamente marcando território em frente ao gigantesco jovem que lhe apontava uma incrível pistola laser.

A pequena coisa mirrada podia ter qualquer idade. Seu rosto era profundamente enrugado, mas estava emoldurado com duas orelhas pontiagudas de elfo, que lhe davam um ar de juventude eterna. Longos cabelos brancos dividiam-se ao meio e caíam pelos lados de sua cabeça de pele verde. O ser era bípede e firmava-se em duas pernas curtas que terminavam em pés tridáctilos, quase répteis. Vestia trapos cinzentos como as brumas do pântano e tais farrapos deviam ter a mesma idade avançada da criatura.

Por uns instantes, Luke não conseguiu decidir se ria ou tomava um susto. Mas, quando olhou dentro daqueles olhos redondos e percebeu a natureza bondosa daquele ser, relaxou. Finalmente, a criatura dirigiu sua atenção à pistola na mão de Luke.

"Sua arma abaixe, mal não lhe quero", disse.

Depois de titubear, Luke silenciosamente guardou de volta sua arma. Ao fazer isso, imaginou por que se sentiu impelido a obedecer a pequena criatura.

"Penso eu", disse novamente, "por que você aqui está?"

"Estou procurando alguém", respondeu Luke.

"Procurando? Procurando?", a criatura repetiu curiosamente com um sorriso cada vez maior crescendo em seu rosto todo enrugado. "Alguém você encontrou, diria eu. Não? Sim!"

Luke teve que se segurar para não sorrir. "É."

"Ajudar posso eu... Sim, sim."

Inexplicavelmente, Luke achou que poderia confiar naquela estranha criatura, mas não tinha tanta certeza de como um indivíduo tão pequeno poderia ajudá-lo numa busca tão importante. "Sabe, estou procurando por um grande guerreiro."

"*Grande* guerreiro?" A criatura balançou sua cabeça, os cabelos brancos sacudindo na direção das orelhas pontudas. "Ninguém grande a guerra deixa."

Uma frase estranha, Luke pensou depois de ordená-la. Mas antes que pudesse responder, viu o hominídeo esforçar-se para subir sobre as caixas com os suprimentos. Pasmo, Luke observou a criatura remexer sua bagagem trazida de Hoth.

"Sai daí", disse, surpreso com aquele comportamento repentino.

Movendo-se ao redor do pequeno acampamento, R2 corria em direção à pilha de caixas, seu sensor óptico quase à mesma altura da criatura. O droide apitou sua desaprovação ao escanear a criatura que escavava descuidadamente os suprimentos.

O ser estranho segurou a lata com os restos do jantar de Luke e mordiscou a comida.

"Ei, esse é o meu jantar!", exclamou Luke.

Mas logo que deu a primeira mordida a criatura cuspiu o que havia provado e sua cara enrugada contraiu-se como uma ameixa seca. "Ptu!", cuspiu o naco de comida fora. "Não, obrigado. Como tão grande assim comendo esse tipo de coisa você ficou?" Ele media Luke de cima a baixo.

Mas antes que o jovem estupefato pudesse responder a criatura jogou a lata de comida na direção de Luke e afundou uma de suas pequenas e delicadas mãos em outra caixa de suprimentos.

"Escuta aqui, amigo", disse Luke, olhando o escavador bizarro, "a gente não queria pousar aqui. E se pudesse tirar meu caça desse pântano eu certamente faria isso, mas não posso, então..."

"Nave pra fora você não tira? Tentou? Tentou?", alfinetou a criatura.

Luke teve de admitir para si mesmo que não, mas a ideia era evidentemente ridícula. Ele não tinha o equipamento adequado para...

Algo em uma das caixas de Luke chamou atenção da criatura. A paciência de Luke finalmente chegara ao fim ao ver o pequeno bicho puxar algo para fora da caixa de suprimentos. Sabia que sua sobrevivência dependia daquilo e então puxou a caixa de volta. Mas a criatura conseguiu ficar com seu prêmio – uma minilanterna que segurou em sua mão de pele verde. A luz se acendeu na mão da criatura, projetando uma faixa luminosa na cara surpresa do pequenino ser, que imediatamente começou a examinar seu tesouro.

"Me dá isso aqui!", gritou Luke.

A criatura se encolheu diante do jovem como uma criança petulante. "Meu! Meu! Ou você eu não ajudo."

Ainda agarrado com a lâmpada no colo, a criatura foi para trás e sem querer bateu em R2. Sem perceber que o robô estava ligado, o ser escondeu-se perto dele enquanto Luke se aproximava.

"Não quero sua ajuda", Luke disse com indignação. "Quero minha lanterna de volta. Preciso dela nessa poça de lama."

Luke percebeu que havia proferido um insulto no instante em que o disse.

"Poça? Lama? Aqui minha casa é."

Enquanto discutiam, R2 lentamente esticou seu braço mecânico. De surpresa, ele conseguiu pegar a lanterna roubada e imediatamente as duas figurinhas estavam brigando de cabo de guerra com o objeto afanado. Enquanto engajavam-se numa disputa, R2 bipou alguns "me dá isso" eletrônicos.

"Meu, meu. Me dá", gritou a criatura. Abruptamente, no entanto, ele deixou a briga bizarra de lado e cutucou o robô de leve com um dedo esverdeado.

R2 emitiu um grito agudo alto e imediatamente largou a lanterna.

O vencedor sorriu com o objeto luminoso em suas pequenas mãos, repetindo feliz "meu, meu".

Luke já estava farto daquelas bobagens e advertiu o robô para que terminasse a briga. "Tudo bem, R2", disse com um suspiro, "deixa ele ficar com isso. Agora vai embora, camaradinha. Temos mais o que fazer."

"Ah, não, não", pediu animadamente a criatura, "ficar eu vou para seu amigo ajudar a encontrar."

"Não estou procurando um amigo", disse Luke, "e sim um Mestre Jedi."

"Oh", os olhos da criatura se abriram mais enquanto ele falava, "Mestre Jedi. Diferente é. *Yoda*, você procura. Yoda."

A menção do nome surpreendeu Luke, mas ele estava cético. Como um elfo daqueles poderia saber alguma coisa sobre um grande instrutor de Cavaleiros Jedi? "Você o conhece?"

"Claro, sim!", disse orgulhosamente a criatura. "Até ele levarei você. Mas comer primeiro devemos. Comida boa. Vamos, vamos."

Assim, a criatura saiu da visão de Luke e entrou nas sombras do pântano. A pequena lanterna que carregava gradualmente diminuía sua luz conforme ele se afastava, enquanto Luke permaneceu aturdido. A princípio, ele não tinha a menor intenção de seguir a criatura, mas logo viu que estava mergulhando no nevoeiro à sua procura.

Enquanto entrava na floresta, ele ouviu os assobios e apitos de R2 como se ele estivesse prestes a queimar seus circuitos. Luke virou-se para ver o pequeno robô desamparado perto do forno de fusão em miniatura.

"Melhor você ficar aqui e cuidar desta área", Luke instruiu o robô.

Isso só aumentou os barulhos de R2, que agora soltava toda uma gama de articulações eletrônicas.

"Fica quieto, tá bem, R2?", Luke disse enquanto saía para a floresta. "Eu posso cuidar de mim mesmo. Estarei seguro, tá?"

Os resmungos eletrônicos de R2 diminuíram enquanto Luke corria para alcançar seu pequeno guia. "Eu devo estar doido mesmo", pensou Luke, ao perseguir aquele estranho ser sabia-se lá até onde. Mas a criatura mencionou o nome de Yoda e Luke sentiu-se obrigado a aceitar qualquer ajuda que pudesse fazê-lo encontrar o Mestre Jedi. No escuro, Luke tropeçou nas raízes retorcidas do matagal enquanto corria atrás da luz oscilante à sua frente.

A criatura conversava alegremente enquanto seguia pelo pântano. "É... Seguro... É, bem seguro... É, claro." Então, com seu jeito ímpar, o misterioso ser começou a gargalhar.

Dois cruzadores imperiais moviam-se lentamente na superfície do grande asteroide. A Millennium Falcon estava escondida em algum lugar – mas onde?

Enquanto as naves vasculhavam a superfície do asteroide, bombardeavam o terreno marcado do astro, tentando tirar o cargueiro do esconderijo amedrontando-o. As ondas de impacto dos explosivos chacoalhavam violentamente o esferoide, mas não havia o menor sinal da Falcon. Enquanto pairava sobre o asteroide, um dos destróieres imperiais projetou uma sombra que ofuscou a entrada do túnel. Ainda assim, os sensores da nave não conseguiram registrar o curioso buraco na parede em forma de cuia. Dentro daquele buraco, num tortuoso túnel que não tinha sido detectado pelos asseclas do poderoso Império, repousava o cargueiro. Ele balançava e vibrava a cada explosão na superfície.

Lá dentro, Chewbacca tentava fervorosamente consertar a complexa máquina. Ele subiu para o compartimento superior para chegar a todos os fios que operavam o sistema de hiperespaço. Mas, quando ouviu as primeiras explosões, levantou sua cabeça do emaranhado de fios e soltou um ganido preocupado.

A princesa Leia, que estava soldando uma válvula danificada, parou o que estava fazendo e olhou para cima. As bombas soavam como se estivessem bem perto.

C-3PO olhou para cima e nervosamente inclinou a cabeça. "Oh, céus", disse, "eles nos encontraram."

Todos ficaram quietos, como se temessem que os som de suas vozes de alguma forma pudesse ser levado e revelasse sua exata posição. Mais uma vez a nave balançou com outra explosão, menos intensa que a última.

"Eles estão passando", disse Leia.

Han procurou entender aquela tática. "Eles estão tentando ver se nos assustam", disse para ela. "Estamos a salvo se ficarmos parados."

"Onde é que eu ouvi essa frase antes...?", disse Leia com um ar inocente.

Han ignorou o sarcasmo e passou por ela para voltar ao trabalho. A passagem era tão apertada que ele não conseguia passar sem encostar nela – ou conseguia?

Por um instante, a princesa observou o capitão voltar ao trabalho em sua nave com sentimentos confusos. E então voltou a soldar.

C-3PO ignorava todo esse comportamento humano estranho. Ele estava bem ocupado em sua tentativa de se comunicar com a Falcon, buscando entender o que havia de errado com o hiperespaço. De frente para o painel de controle central, C-3PO soltava assobios e apitos que não eram típicos dele. Em seguida, o painel de controle apitava de volta.

"Onde está R2 quando eu preciso dele?", suspirou o robô dourado. A resposta do painel de controle era muito complexa para ele interpretar. "Eu não sei onde esta nave aprendeu a se comunicar", C-3PO falou com Han, "mas seu dialeto deixa muito a desejar. Acredito, senhor, que está dizendo que o acoplamento de energia no eixo negativo foi polarizado. Temo dizer que o senhor terá que substituí-lo."

"É claro que terei que substituí-lo", Han respondeu e então chamou Chewbacca, que estava espreitando no compartimento do teto. "Troca isso aí!", suspirou.

Ele percebeu que Leia terminara de soldar mas estava com problemas para reengrenar a válvula, brigando com uma alavanca que não conseguia mover. Ele caminhou em sua direção para oferecer ajuda, mas ela, friamente, deu-lhe as costas e continuou sua luta contra a válvula.

"Calma, sua santidade", ele falou. "Só queria ajudar."

Ainda lutando com a alavanca, Leia pediu calmamente: "Você pode parar de me chamar assim?"

Han ficou surpreso com o tom franco da voz da princesa. Ele esperava uma resposta afiada ou, na melhor das hipóteses, receber um gelo. Mas suas palavras não tinham o tom jocoso que ele estava acostumado a ouvir. Será que ela estava pondo fim de uma vez por todas naquela interminável disputa de vontades? "Claro", disse gentilmente.

"Às vezes você dificulta as coisas", ela falou enquanto olhava timidamente para ele.

Solo tinha que concordar. "Eu sei, eu sou assim." E acrescentou: "Você também podia ser mais fácil. Vamos lá, admita, às vezes você acha que eu tenho razão".

Ela soltou a alavanca e acariciou a própria mão machucada. "Às vezes, talvez", ela disse com um pequeno sorriso, "às vezes, quando você não está agindo feito um canalha."

"Canalha?", ele riu, achando amável sua escolha de palavras. "Gosto do som disso."

Sem falar mais nada, ele pegou a mão de Leia e começou a afagá-la.

"Pare com isso", ela protestou.

Han continuou segurando sua mão. "Parar com o quê?", disse suavemente.

Leia sentiu-se afobada, confusa, constrangida – centenas de coisas ao mesmo tempo. Mas seu senso de dignidade prevaleceu. "Pare com isso", disse regiamente. "Minhas mãos estão imundas."

Han sorriu para aquela desculpa besta e prosseguiu segurando sua mão, olhando-a diretamente nos olhos. "Minhas mãos também estão imundas. Do que é que você tem medo?"

"Medo?" Ela devolveu o olhar. "De sujar minhas mãos."

"É por isso que você está tremendo?", perguntou. Han conseguia ver o quanto Leia estava afetada pela proximidade e por seu toque – o que fez sua expressão se abrandar. Foi quando ele pegou sua outra mão.

"Acho que você gosta de mim porque *eu sou* um canalha", disse. "Acho que você *não teve* muitos canalhas em sua vida." Enquanto falava macio, ele se aproximava dela.

Ela não resistiu àquela delicada atração. Enquanto o observava, Leia achava que Solo nunca estivera mais bonito, mas ela ainda era a princesa. "Acontece que *gosto* de homens bons", ela o repreendeu com um sussurro.

"E eu não sou bom?", Han perguntou, provocando.

Chewbacca botou sua cabeça para fora do compartimento superior e assistia a tudo sem ser notado.

"Sim", ela suspirou, "mas você..."

Antes que ela pudesse terminar, Han Solo a puxou em sua direção e sentiu seu corpo estremecer ao encostar seus lábios nos dela. Pareceu uma eternidade o que os dois compartilhavam, enquanto ele gentilmente inclinava o corpo dela para trás. Agora Leia não tinha como resistir.

Quando os dois se separaram, Leia precisou de um tempo para recuperar o fôlego. Ela tentou se recompor e reagir com alguma indignação, mas sentia dificuldade para falar.

"Tudo bem, seu convencido", ela começou. "Eu..."

Leia então parou e de repente se viu beijando Han Solo de novo, puxando-o para mais perto do que antes.

Quando seus lábios finalmente se separaram, Han segurou Leia em seus braços enquanto os dois se observavam. Por um momento, houve um sentimento de paz entre eles. Então Leia começou a se desvencilhar, seus pensamentos e sentimentos em conflito. Ela desviou o olhar e começou a se livrar do abraço de Han. No instante seguinte ela se virou e correu da cabine.

Han silenciosamente foi atrás de Leia enquanto ela saía de onde estavam. Foi quando percebeu a presença de um wookiee curioso cuja cabeça estava saindo de uma abertura no teto.

"Tá bom, Chewie!", berrou. "Me ajuda aqui com essa válvula."

• • •

A névoa, dispersa pela forte chuva, serpenteava ao redor do pântano em redemoinhos translúcidos. Parado e sozinho no meio da chuva pesada, o pobre R2 estava em busca de seu mestre.

Os dispositivos sensores de R2-D2 estavam ocupados mandando impulsos para o final de seus nervos eletrônicos. Ao menor som, seu sistema auditivo reagia – talvez até demais – e mandava informações ao cérebro computadorizado do robô.

Aquela selva sombria estava muito molhada para R2. Ele mirou seus sensores ópticos na direção da pequena e estranha casa de lama às margens do lago escuro. O droide, tomado por uma quase humana sensação de solidão, olhou mais de perto a janela da pequena morada. R2 esticou seus pés em direção à janela e olhou para dentro. Ele esperava que ninguém percebesse o leve tremor de seu corpo em forma de barril ou escutasse seus nervosos e pequenos gemidos eletrônicos.

De alguma forma, Luke Skywalker conseguiu se espremer dentro daquela casa em miniatura, onde tudo tinha as proporções de seu pequeno residente. Luke sentou-se de pernas cruzadas na lama seca do chão da sala, tomando cuidado para não bater sua cabeça no teto baixo. Havia uma mesa à sua frente e ele podia ver algumas caixas que continham o que pareciam ser pergaminhos escritos à mão.

A criatura enrugada, ocupada na cozinha, perto da sala, inventava uma refeição incrível. De onde Luke estava sentado, ele podia ver o pequeno cozinheiro mexendo em panelas esfumaçadas, cortando aqui, picando ali, espalhando ervas acolá, correndo para cima e para baixo para colocar os pratos na mesa em frente ao jovem.

Luke estava tão impaciente quanto fascinado com toda aquela agitada atividade. A criatura mais de uma vez passara na sua frente, na sala, e Luke sempre o lembrava: "Já falei que não estou com fome".

"Paciência", disse a criatura correndo de volta para a cozinha esfumaçada. "De comer é a hora."

Luke tentou ser educado. "Olha", disse, "o cheiro é bom. Tenho certeza que está delicioso. Mas não sei por que não posso ver o Yoda logo."

"É hora de o Jedi comer também", respondeu a criatura.

Mas Luke queria logo seguir seu rumo. "Quanto tempo demora para chegar lá? Ele está longe?"

"Não longe, não longe. Paciência. Logo você o verá. Por que Jedi você quer ser?"

"Acho que por causa do meu pai", respondeu Luke, enquanto refletia por que ele não havia conhecido bem seu próprio pai. Na verdade, seu maior vínculo de parentesco com seu pai era o sabre de luz que Ben lhe havia confiado.

Luke notou o olhar curioso da criatura ao mencionar seu pai. "Ah, pai", disse o ser, sentado e já pronto para começar sua lauta refeição. "Jedi poderoso ele era. Jedi poderoso."

O jovem pensou que a criatura estivesse brincando com ele. "Como você conheceu meu pai?", perguntou com certa raiva. "Você nem sabe quem eu sou." Ele olhou ao redor daquele bizarro aposento e balançou sua cabeça. "Nem sei o que estou fazendo aqui..."

Ele então percebeu que a criatura o deixara falando sozinho e estava tagarelando num canto da sala. Era a gota d'água, Luke pensou. Como pode essa criatura estar falando sozinha!

"Bom isso não é", disse o ser de forma irritada. "Funcionar isso não vai. Ensiná-lo eu não posso. Paciência o garoto não tem!"

A cabeça de Luke girou na direção em que a criatura estava olhando. *Não posso ensinar. Sem paciência.* Surpreso, ele ainda não via ninguém ali. Foi quando a situação gradualmente ficou clara para Luke, como as profundas rugas na cara daquele pequeno ser. Ele já estava sendo testado – por ninguém menos que o próprio Yoda!

Do canto vazio da sala, Luke ouviu a voz sábia e gentil de Ben Kenobi respondendo a Yoda. "Ele aprenderá a ser paciente", disse Ben.

"Muita raiva ele tem", insistiu o pequeno professor Jedi. "Como seu pai."

"Já falamos disso antes", disse Kenobi.

Luke mal podia esperar. "*Posso* ser um Jedi", ele interrompeu. Era algo que significava mais do que tudo para ele – tornar-se parte de um grupo nobre que defendia as causas da paz e da justiça no universo.

"Estou pronto, Ben... Ben..." O jovem chamava seu mentor invisível, olhando pelo quarto na esperança de encontrá-lo. Mas tudo que via era Yoda sentado do outro lado da mesa.

"Pronto você está?", perguntou o cético Yoda. "O que sobre isso você sabe? Há oitocentos anos Cavaleiros Jedi eu treino. Conselhos meus só para quem treinado pode ser."

"Por que não posso?", perguntou Luke, insultado pela insinuação de Yoda.

"Para Jedi você ser", disse Yoda em tom solene, "maior compromisso é preciso, mente mais séria."

"Ele consegue", disse a voz de Ben em defesa de Luke.

Olhando em direção ao Kenobi invisível, Yoda apontou para Luke. "Esse eu vejo há tempo. A vida toda para o horizonte, o céu, o futuro ele olhar. Onde está nunca pensou, o que fazer nunca pensou. Aventura, diversão." Yoda dirigiu um olhar duro para Luke. "Essas coisas ao Jedi não interessam!"

Luke tentou defender seu passado. "Eu segui meus sentimentos."

"Imprudente você é!", ralhou o Mestre Jedi.

"Ele aprenderá", disse a reconfortante voz de Kenobi.

"Muito velho ele é", discutiu Yoda. "Sim. Muito velho, muito preocupado com si mesmo para treinamento começar."

Luke percebeu ter ouvido uma sutil maciez na voz de Yoda. Talvez ainda houvesse a possibilidade de ele ser convencido. "Eu aprendi muito", disse Luke. Ele não podia desistir agora. Tinha vindo de muito longe, passado por muita coisa, sofrido *perdas* demais para não conseguir ir em frente.

Yoda parecia ver através de Luke enquanto ele falava essas palavras, como se tentasse determinar o quanto ele já *havia* aprendido. Ele virou-se para o invisível Kenobi mais uma vez. "O que começou ele terminará?", perguntou Yoda.

"Chegamos até aqui", foi a resposta. "Ele é nossa única esperança."

"Eu não irei desapontá-los", Luke disse para Yoda e Ben. "Eu não tenho medo." E, realmente, naquele instante, o jovem Skywalker poderia enfrentar qualquer um sem medo.

Mas Yoda não estava tão otimista. "Medo não terá, meu jovem", avisou. O Mestre Jedi lentamente virou-se para encarar Luke quando um pequeno e estranho sorriso apareceu em sua cara verde. "He. Não terá."

IX

Só um ser em todo o universo poderia instigar medo no espírito sombrio de Darth Vader. Solitário e em silêncio em sua câmara escura, o Lorde Negro dos Sith esperava por uma visita de seu próprio temido mestre.

Enquanto esperava, seu destróier imperial flutuava através de um vasto oceano de estrelas. Ninguém naquela nave ousaria interromper Darth Vader em seu cubículo particular. Mas se alguém o fizesse, poderia detectar certo tremor naquela figura vestida de preto. Talvez até mesmo um toque de terror pudesse ser encontrado em seu rosto, caso alguém pudesse ver através de sua dissimulada máscara negra de respiração.

Mas ninguém se aproximava e Vader permanecia imóvel em sua solitária e paciente vigília. Logo um estranho ruído eletrônico rompeu o vazio silencioso do quarto e uma luz oscilante começou a reluzir na capa do Lorde Negro. Vader imediatamente curvou-se em profunda reverência a seu mestre real.

O visitante chegou na forma de um holograma que se materializou na frente de Vader e pairou sobre ele. A figura tridimensional vestia um simples manto e seu rosto estava escondido sob um enorme capuz.

Quando o holograma do Imperador Galáctico finalmente falou, foi em um tom de voz ainda mais grave que o de Vader. A presença do Imperador era impressionante o suficiente, mas o som de sua voz enviava uma onda de terror que atravessava a figura onipotente de Vader. "Pode se levantar, meu servo", ordenou o Imperador.

Imediatamente Vader se pôs de pé. Mas ele não ousava olhar no rosto de seu mestre. Em vez disso, projetava seu olhar para seu próprio par de botas negras.

"O que deseja, meu mestre?", Vader perguntou com a solenidade de um sacerdote que se dirige ao seu deus.

"Há um forte desequilíbrio na Força", disse o Imperador.

"Pude sentir", respondeu solenemente o Lorde Negro.

O Imperador enfatizou o perigo enquanto continuou. "Nossa situação é muito precária. Temos um novo inimigo que pode causar nossa destruição."

"Nossa destruição? Quem?"

"O filho de Skywalker. Você deve destruí-lo ou ele será o nosso fim."

Skywalker!

Aquilo parecia ser impossível. Como o Imperador poderia estar preocupado com um jovem tão insignificante?

"Ele não é um Jedi", ponderou Vader. "Ele é só um garoto. Obi-Wan não teve tempo para ensiná-lo tant..."

O Imperador interrompeu. "A Força é forte nele", insistiu. "Ele deve ser destruído."

O Lorde Negro refletiu por um momento. Talvez houvesse outra forma de lidar com o garoto, um modo que pudesse trazer algum benefício à causa imperial. "Se ele puder ser convertido, poderá se tornar um aliado poderoso", sugeriu Vader.

O Imperador considerou a possibilidade em silêncio.

Depois de um instante, ele falou novamente. "Sim... Sim...", disse pensativamente. "Seria um bem de enorme valor. Mas conseguiremos isso?"

Pela primeira vez no encontro, Vader ergueu a cabeça para encarar seu mestre. "Ele se juntará a nós", respondeu com firmeza, "ou morrerá, meu mestre."

Assim, o encontro chegou ao fim. Vader ajoelhou-se ante o Imperador Galáctico, que passou sua mão sobre a cabeça de seu obediente servo. No instante seguinte, a imagem holográfica desapareceu completamente, deixando Darth Vader sozinho para formular o que poderia ser, talvez, seu plano de ataque mais sutil.

As luzes indicadoras no painel de controle projetavam um brilho estranho na silenciosa cabine da Millennium Falcon. Elas iluminavam levemente o rosto de Leia enquanto ela estava sentada no assento do piloto, pensando sobre Han. Profundamente pensativa, ela percorreu com a mão o painel à sua frente. Ela sabia que havia algo acontecendo, mas não tinha certeza se queria saber o quê. E, se tivesse, poderia negar?

De repente, sua atenção foi desviada por um movimento brusco de algo que passou do lado de fora, pela janela da cabine. Uma silhueta escura, muito rápida e sombria para ser identificada a princípio, foi em direção à Millennium Falcon. Num minuto havia se grudado à janela frontal da nave com o que parecia ser uma ventosa. Cuidadosamente, Leia moveu-se adiante para ver mais de perto a forma escura semelhante a uma mancha. Ao olhar para fora da janela, um par de grandes olhos amarelos surgiu e a observou diretamente.

Assustada, Leia caiu de volta no assento do piloto. Enquanto tentava se recompor, ela ouviu passos em debandada e um guincho de algo que não era humano. De repente, a forma negra e seus olhos amarelos desapareceram de volta na escuridão da caverna do asteroide.

Ela retomou o fôlego, pulou da cadeira e correu para o porão da nave.

A tripulação da Falcon estava terminando seu trabalho no sistema de energia da nave. Enquanto trabalhavam, as luzes tremiam sem força, mas logo elas vieram e permaneceram acesas. Han terminou de reconectar os fios e começou a recolocar o painel do piso de volta enquanto o wookiee via C-3PO terminar seu trabalho no painel de controle.

"Tudo certo aqui", relatou C-3PO. "Se posso dizer, acho que finalizamos."

Foi quando a princesa entrou correndo.

"Tem alguma coisa lá fora", gritou Leia.

Han levantou a cabeça. "Onde?"

"Lá fora", disse ela, "na caverna."

Enquanto ela falava, eles ouviram um barulho agudo batendo contra o casco da nave. Chewbacca olhou pra cima e rosnou de preocupação.

"O que quer que seja, parece que está querendo entrar", observou preocupadamente C-3PO.

O capitão começou a sair do porão. "Vou ver o que é isso", anunciou.

"Você está maluco?", Leia olhou para ele, impressionada.

O barulho ficava mais forte.

"Olha só, acabamos de fazer esta banheira funcionar de novo", Han explicou. "Eu não vou deixar uma peste qualquer fazer confusão."

Antes que Leia pudesse protestar, ele pegou uma máscara de oxigênio de uma prateleira de suprimentos e a colocou. Enquanto Han saía, o wookiee correu logo atrás dele e pegou também outra máscara de respiração. Leia percebeu que, como parte da tripulação, era seu dever juntar-se a eles.

"Tem mais de um lá fora", ela disse ao capitão, "você vai precisar de ajuda."

Han a observou carinhosamente enquanto ela pegava a terceira máscara e colocava sobre seu rosto amável e determinado.

Os três saíram, deixando o droide de protocolo reclamando lamentavelmente no porão vazio: "Mas isso me deixa só aqui!"

A escuridão fora da Millennium Falcon era fria e pesada. Cercava os três enquanto eles tentavam mover-se ao redor da nave. A cada passo eles ouviam ruídos perturbadores, ruídos aquosos que ecoavam pela úmida caverna.

Estava escuro o suficiente para não notar onde a criatura estava se escondendo. Eles moveram-se cuidadosamente, atentos o quanto era possível naquelas trevas profundas. De repente, Chewbacca, que podia ver melhor no escuro do que seu capitão e do que a princesa, vociferou um ruído abafado em direção à coisa que se movia junto ao casco da Falcon.

Uma massa com uma couraça sem forma correu para o alto da nave, aparentemente assustada com o wookiee. Han apontou sua arma para a criatura e disparou um raio laser em sua direção. A coisa guinchou, tropeçou e caiu para fora da nave, tombando com um ruído surdo aos pés da princesa.

Ela inclinou-se para ver melhor aquela massa preta. "Parece uma espécie de mynock", ela disse a Han e Chewbacca.

Han olhou rapidamente ao redor do túnel escuro. "Outros estão vindo", previu. "Eles sempre andam em bandos. E não há nada que eles gostem mais do que se grudar em naves. Era só o que faltava!"

Mas Leia estava mais distraída com a consistência do piso do túnel. Toda a caverna lhe parecia peculiar; o cheiro do lugar não era como o de nenhuma caverna em que ela já estivera. O chão, aliás, estava frio e parecia apegar-se a seus pés.

Ela pisou com força o chão e o sentiu ceder um pouco sob o seu salto. "Este asteroide tem uma consistência estranha", ela disse. "Olha só o chão. Isso não parece pedra."

Han ajoelhou-se para ver mais de perto e notou como o terreno era elástico. Enquanto observava o chão, tentou ver ao longe e os demais contornos da caverna.

"Aqui está úmido demais", disse. Ele olhou para cima, mirou sua arma num ponto distante da caverna e em seguida atirou na direção de um distante ruído de mynock. Mas logo que disparou o raio, ele sentiu toda a caverna chacoalhar e o chão se retorcer. "Era isso o que eu temia", gritou, "vamos sair daqui!"

Chewbacca rosnou concordando e correu rumo à Millennium Falcon. Perto dele, Leia e Han também corriam para a nave, cobrindo seus rostos enquanto um enxame de mynocks passava por eles. Eles alcançaram a Falcon e subiram a rampa de volta para a nave. Logo que entraram, Chewbacca fechou a porta por onde haviam passado, com cuidado para nenhum mynock entrar.

"Chewie, pé na tábua!", Han gritou enquanto ele e Leia corriam através do porão da nave. "Vamos sair daqui!"

Chewbacca despencou de forma abrupta em seu assento na cabine enquanto Han apressava-se para checar os medidores no painel de controle do porão.

Leia, correndo para acompanhá-los, avisou: "Eles podem nos ver antes que possamos atingir a velocidade da luz."

Han parecia não prestar atenção nela. Ele checou os controles e então voltou correndo para a cabine. Enquanto passava por ela, deixou claro que ouvira cada palavra. "Não há tempo para discussão neste comitê."

E assim ele se foi, correndo em direção ao assento do piloto, onde começou a mexer nas alavancas que ligavam o motor. No minuto seguinte, o ruído dos motores principais ressoava através da nave.

Mas Leia correu atrás. "Eu não sou um comitê!", ela gritou indignada.

Ele pareceu não ouvir. O terremoto na caverna parecia estar diminuindo, mas Han estava determinado a tirar sua nave de lá – e logo.

"Você não vai conseguir atingir a velocidade da luz neste campo de asteroides", ela gritou por sobre o rugido do motor.

Solo sorriu por cima de seu ombro. "Se segura, doçura", disse, "vamos decolar."

"Mas o tremor passou!"

Han não ia desligar sua nave. Ela já havia começado a se mover, passando pelas paredes esburacadas do túnel. De repente, Chewbacca gritou horrorizado ao olhar através da janela principal.

Diretamente à frente deles, havia uma fileira branca de estalactites e estalagmites fechando completamente a entrada da caverna.

"Eu tô vendo, Chewie", gritou Han. Ele puxou a alavanca com força e a Millennium Falcon saltou para a frente. "Segurem-se!"

"A caverna está desabando", Leia gritou quando viu a entrada à sua frente diminuir.

"Isto não é uma caverna."

"Quê?!"

C-3PO começou a tagarelar de medo. "Oh, não, estamos perdidos! Adeus, senhora Leia. Adeus, capitão."

Leia ficou boquiaberta enquanto via a abertura do túnel se fechando cada vez mais rápido.

Han estava certo: aquilo não era uma caverna. Ao chegarem perto da abertura, tornou-se claro que as formações minerais brancas eram dentes gigantescos. E estava ainda mais claro que, à medida que se aproximavam daquela boca gigante, os dentes iam se fechando cada vez mais rápido!

Chewbacca grunhiu.

"Pra baixo, Chewie!"

Era uma manobra impossível, mas Chewbacca respondeu imediatamente e mais uma vez conseguiu o impossível. Ele girou a Millennium Falcon para o lado, inclinando a nave enquanto acelerava entre duas daquelas reluzentes presas brancas. E, um segundo depois de a Falcon sair daquele túnel vivo, as mandíbulas se fecharam.

A Falcon acelerou sobre a fenda rochosa do asteroide, sendo perseguida por algo que parecia uma lesma espacial titânica. A enorme massa rosa não pretendia perder aquela deliciosa refeição e saiu da cratera para engolir a nave em fuga. Mas o monstro foi lento. Em pouco tempo, o cargueiro já havia partido, para longe daquele perseguidor nojento e rumo ao espaço. Assim que isso foi feito, a nave meteu-se em outro problema: a Millennium Falcon havia reentrado no mortal campo de asteroides.

• • •

Luke estava arfando, quase sem fôlego naquele que seria o teste dos testes de resistência. Seu capataz Jedi lhe impôs uma maratona através da densa selva de seu planeta. Yoda não só pôs Luke em uma corrida exaustiva como também foi de carona. Enquanto o aspirante a Jedi bufava e suava ao longo de seu caminho numa áspera jornada, o pequeno Mestre Jedi observava o progresso de dentro de uma bolsa amarrada às costas de Luke.

Yoda balançava a cabeça e murmurava para si mesmo frustrado com a falta de resistência do jovem.

Quando eles voltaram à clareira onde R2-D2 os esperava pacientemente, a exaustão de Luke quase o derrubou. Mas tão logo ele desabou na chegada Yoda já tinha um novo teste planejado para ele.

Antes que pudesse retomar seu fôlego, o pequeno Jedi jogou uma barra de metal em direção aos olhos de Luke. Em um minuto Luke ligou sua espada laser e a brandiu freneticamente em direção à barra. Mas ele não foi rápido o suficiente e ela caiu no chão, intocada, com um baque surdo. Luke caiu na terra molhada, completamente exausto. "Não consigo", gemeu. "Muito cansado."

Yoda, que não demonstrou nenhum sinal de pena, rebateu. "Se Jedi você fosse, em sete pedaços essa barra estaria."

Mas Luke sabia que não era um Jedi – não ainda, pelo menos. E o rigoroso programa de treinamento criado por Yoda quase o deixou sem fôlego. "Achei que estivesse em boa forma", engasgou.

"Sim, mas por qual padrão, pergunto eu?", sugeriu o pequeno professor. "Medidas antigas esquecer você deve. Desaprender! Desaprender!"

Luke sentia-se realmente pronto para desaprender seus velhos parâmetros e queria libertar-se para aprender tudo que aquele Mestre Jedi poderia ensinar. Era um treinamento rígido, mas à medida que o tempo passava a força e as habilidades de Luke cresciam e até seu pequeno e cético mestre começou a ter esperanças. Mas não era fácil.

Yoda passou longas horas ensinando seu aluno sobre o caminho do Jedi. Eles sentavam sob as árvores perto da pequena casa de Yoda e Luke ouvia intensamente todas as histórias e lições do mestre. Enquanto ele ouvia, Yoda mascava um galho de gimer, um pequeno pedaço de árvore com três pequenos ramalhetes em uma das pontas.

E eram testes físicos de toda espécie. Luke trabalhava pesado, sozinho, para aperfeiçoar seu salto. Certa vez ele achou que estava pronto para mostrar a Yoda sua evolução. Enquanto o mestre sentou-se em um tronco perto de um lago, ele ouviu o som pesado de alguém se aproximando através da vegetação.

De repente, Luke apareceu do outro lado do lago, correndo rumo à água. Ao aproximar-se da margem, ele deu um salto em direção a Yoda, elevando-se sobre a água enquanto jogava-se através do ar. Mas ele não conseguiu chegar ao outro lado e mergulhou no lago com estardalhaço, ensopando Yoda.

Os lábios verdes de Yoda viraram para baixo de frustração.

Mas Luke não iria desistir. Ele estava determinado a tornar-se um Jedi e não importava o quão tolo ele se sentia ao tentar – ele completaria todo teste que Yoda lhe passasse. Por isso ele não reclamava quando Yoda dizia para ele ficar de cabeça para baixo. No começo era estranho: Luke virava de ponta-cabeça e, depois de alguns instantes oscilantes, ele conseguia se apoiar firme nas próprias mãos. Parecia estar naquela posição há horas, mas agora era mais fácil do que antes de começar o treinamento. Sua concentração tinha melhorado tanto que ele conseguia manter perfeitamente o equilíbrio, mesmo com Yoda empoleirado nas solas de seus pés.

Mas era só parte do teste. Yoda sinalizou para Luke cutucando-o com o galho de gimer. Lenta e cuidadosamente – e completamente concentrado –, Luke tirou uma das mãos do chão. Seu corpo balançou levemente com a mudança de peso – mas ele conseguiu manter o equilíbrio e, concentrando-se ainda mais, conseguiu erguer uma pequena pedra à sua frente. Mas de repente a unidade R2 veio assobiando e apitando em direção ao seu jovem mestre.

Luke desabou e Yoda pulou para longe do corpo em queda. Aborrecido, o jovem aprendiz de Jedi perguntou: "O que foi, R2?"

R2-D2 começou a andar em círculos frenéticos enquanto tentava comunicar sua mensagem com uma série de bipes. Luke observou o droide correndo até a margem do pântano. Ele correu para acompanhá-lo e entendeu o que o pequeno robô estava querendo lhe dizer.

Na beira do lago, Luke viu apenas a ponta do nariz do X-wing desaparecendo para baixo da superfície da água.

"Ah, não", lamentou Luke. "Nunca vamos conseguir tirá-la daí."

Yoda juntou-se a eles e bateu o pé irritado com a constatação de Luke. "Certeza você ter?", repreendeu Yoda. "Tentar você já? Para você, possível nada é. Nada que eu falei ouviu você?" Sua pequena cara enrugada franziu-se ainda mais ao fechar o cenho furiosamente.

Luke olhou para seu mestre e depois viu sua nave afundada.

"Mestre", disse ceticamente, "erguer pedras é uma coisa, mas isso é bem diferente."

Yoda ficou realmente nervoso. "Não! Não diferente!", gritou. "Na sua cabeça diferenças. Jogar fora você vai! Para você não servir mais."

Luke confiava em seu mestre. Se Yoda dizia que poderia ser feito, talvez ele devesse tentar. Ele olhou para o X-wing afundado e começou a aprontar-se com a máxima concentração. "Tá bom", disse finalmente, "vou tentar."

De novo ele disse as palavras erradas. "Não", disse Yoda impaciente. "Tentar não. *Fazer*. Ou não fazer. Tentar não."

Luke fechou seus olhos. Ele tentou ver os contornos, a forma, sentir o peso de seu caça X-wing. E concentrava-se no movimento que faria para erguê-lo das águas salobras.

Enquanto se concentrava, ele começou a ouvir a água agitar-se e borbulhar. Logo ele avistou o nariz do X-wing. A ponta do caça estava lentamente saindo da água e se manteve para fora por alguns instantes, até que afundou de novo com um tremendo barulho.

Luke estava esgotado e tinha dificuldades para respirar. "Não consigo", disse abatido. "É grande demais."

"Tamanho significado não ter", insistiu Yoda. "Importante isso não é. Olhe para *mim*. Pelo meu *tamanho* me julgar você deve?"

Luke, castigado, apenas balançou sua cabeça.

"Não deveria", aconselhou o Mestre Jedi. "Aliada a Força é. Poderosa aliada. Cria a vida e crescer faz. Tudo em sua energia está, tudo a Força conectar. Seres luminosos somos todos, bruta matéria não", disse enquanto beliscava a pele de Luke.

Yoda fez um gesto grandioso com as mãos para indicar a vastidão do universo acima deles. "Sentir você deve. Sentir fluxo. Sentir ao redor a Força. Aqui", disse enquanto apontava, "entre mim e você e essa árvore e essa pedra."

Enquanto Yoda dava sua explicação sobre a Força, R2 girava sua cabeça abobadada, tentando registrar sem sucesso essa tal "Força" com seus sensores. Ele assobiava e apitava perplexo.

"Sim, tudo", continuava Yoda, ignorando o pequeno robô, "sentido e usado esperando ser. Sim, o chão e a nave até!"

Foi quando Yoda virou-se e olhou para o pântano e a água começou a borbulhar. Lentamente, das águas revoltas, surgiu novamente o bico do caça.

Luke engasgou de admiração enquanto todo o X-wing surgia levemente de seu túmulo molhado e era movido majestosamente para a margem.

Ele silenciosamente prometeu nunca mais usar a palavra "impossível" de novo. Afinal, lá estava, de pé, num pedestal na raiz de uma árvore, o pequeno Yoda, sem esforço algum fazendo a nave sair da água de volta para o chão. Era uma visão na qual Luke mal conseguia acreditar. Mas ele sabia que era um forte exemplo da maestria Jedi sobre a Força.

R2, igualmente impressionado, embora não tão filosófico, emitiu uma série de assobios altos e então correu para se esconder atrás de uma raiz enorme.

O X-wing parecia flutuar sobre a borda, até que parou.

Luke se sentiu humilhado pelo feito que havia acabado de presenciar e aproximou-se de Yoda com reverência. "Eu...", começou a falar, confuso. "Eu não acredito."

"Por isso", Yoda disse com ênfase, "você falhar."

Aturdido, Luke balançou a cabeça, imaginando se algum dia chegaria a ter o status de um Jedi.

Caçadores de recompensas! Os habitantes mais vis da galáxia, uma classe amoral de viciados em dinheiro que incluía aproveitadores de todas as espécies. Era uma ocupação repulsiva que quase sempre atraía criaturas igualmente repulsivas. Algumas dessas criaturas foram convocadas por Darth Vader e agora estavam a seu lado na ponte de seu destróier imperial.

O almirante Piett observava a distância esse grupo heterogêneo enquanto permanecia ao lado de um dos capitães de Vader. Eles viam que o Lorde Negro convocara um conjunto de caçadores particularmente bizarro, como Bossk, cuja cara mole e pendurada ficava boquiaberta ao olhar para Vader com globos oculares vermelhos. Perto dele estavam Zuckuss e Dengar, dois tipos humanos, cheios de inúmeras cicatrizes de batalhas de aventuras indescritíveis. Um droide escuro, da cor do cromo e completamente gasto, chamado IG-88, também estava no grupo, ao lado do notório Boba Fett. Um caçador de recompensas humano, Fett era conhecido por seus métodos extremamente impiedosos. Ele estava vestindo um traje espacial totalmente coberto por armas, o mesmo tipo usado pelo grupo de guerreiros maus derrotado pelos Cavaleiros Jedi nas Guerras Clônicas. Algumas tranças de cabelo completavam sua aparência desagradável. Só a visão de Boba Fett causava repulsa no almirante.

"Caçadores de recompensas!", Piett disse com desdém. "Por que ele tem que trazer esses tipos? Os rebeldes não irão escapar."

Antes que o capitão pudesse responder, um controlador da nave correu em direção ao almirante. "Senhor", disse com urgência, "temos um sinal prioritário vindo do Avenger."

O almirante Piett leu o sinal e então correu para informar Darth Vader. Ao aproximar-se do grupo, Piett ouviu as últimas instruções de Vader para eles. "Haverá uma recompensa considerável para quem encontrar a Millennium Falcon", estava dizendo. "Vocês podem usar os métodos que acharem necessários, mas quero provas. Nada de desintegrá-los."

O Lorde Sith parou de falar quando o almirante Piett chegou perto.

"Milorde", sussurrou animadamente o almirante, "conseguimos pegá-los!"

X

O Avenger rastreou a Millennium Falcon no momento em que o cargueiro saiu do enorme asteroide.

Desde então, a nave imperial voltou à caça do cargueiro com fogo cerrado. Audaz entre a chuva constante de asteroides em seu casco maciço, o destróier seguia implacavelmente a nave menor.

A Millennium Falcon, mais apta a fazer manobras que a outra embarcação, se arremessava ao redor dos asteroides maiores quando eles vinham em sua direção. A Falcon estava conseguindo manter a distância à frente do Avenger, mas estava claro que a nave que o perseguia firmemente não iria abandonar a caça.

De repente, um asteroide gigante surgiu no caminho da Millennium Falcon, vindo em sua direção em uma velocidade inacreditável. A nave rapidamente saiu de seu caminho; o asteroide passou por ela e foi explodir no casco do Avenger.

Han Solo observou o brilho da explosão pela janela da frente da cabine de sua nave. O veículo que os perseguia parecia absolutamente invulnerável; mas ele não tinha tempo para refletir sobre a diferença entre as naves. Estava dando tudo de si para manter o controle da Falcon enquanto a nave era cravada pelo fogo dos canhões imperiais.

A princesa Leia observava com tensão os asteroides errantes e o fogo implacável dos canhões na escuridão do espaço, bem além das janelas da cabine. Seus dedos estavam apertando os braços do assento. Ela silenciosamente esperava que conseguissem sair daquela perseguição vivos.

Observando com cuidado as imagens que piscavam no monitor de rastreamento, C-3PO disse para Han: "Consigo ver o final do campo de asteroides, senhor".

"Boa", respondeu Han. "Logo que sairmos daqui vou mandar esta criança para o hiperespaço." Ele tinha confiança de que em alguns instantes o destróier que vinha atrás deles ficaria a anos-luz de distância. Os consertos no sistema de velocidade da luz do cargueiro foram finalizados e não havia mais nada a se fazer a não ser livrar a nave do campo de asteroides e atirá-la rumo ao espaço, onde poderia escapar com segurança.

Um bramido de felicidade foi emitido por Chewbacca que, olhando pela janela, viu que a densidade dos asteroides vinha diminuindo. Mas sua fuga não fora um sucesso definitivo, pois o Avenger estava ainda mais perto e os tiros de seus canhões castigavam a Falcon, fazendo-a balançar e sacudir de um lado para o outro.

Han rapidamente ajustou os controles e conseguiu trazer estabilidade de volta à sua nave. No minuto seguinte, a Falcon saiu do campo de asteroides e entrou na paz silenciosa e cheia de estrelas do espaço profundo. Chewbacca choramingou, feliz por finalmente ter saído do campo mortal - mas, ao mesmo tempo, não via a hora de deixar o destróier imperial para trás.

"Eu sei, Chewie", Han respondeu. "Vamos cair fora. Prepare-se para a velocidade da luz. Agora eles vão ter uma surpresa. Espera aí..."

Todo o mundo se segurou enquanto Han acionava a alavanca da velocidade da luz. Mas foi a tripulação da Millennium Falcon e principalmente seu próprio capitão que foram surpreendidos. Mais uma vez...

...nada aconteceu.

Nada!

Han puxou a alavanca para trás com força mais uma vez.

A nave manteve sua velocidade.

"Isso não é justo!", exclamou, começando a entrar em pânico.

Chewbacca estava furioso. Era raro ele perder a calma com seu amigo e capitão. Mas agora o wookiee estava desesperado e externava sua fúria por meio de nervosos grunhidos e bramidos.

"Não pode ser", Han respondia na defensiva enquanto olhava para as telas dos computadores e viu rapidamente o que estava acontecendo. "Eu chequei os circuitos de transferência."

Chewbacca bramiu de novo.

"Mas eu tô dizendo, não é minha culpa dessa vez. Tenho certeza que chequei."

Leia suspirou profundamente. "Nada de velocidade da luz?", ela perguntou num tom de quem também esperava por aquela catástrofe.

"Senhor", intrometeu-se C-3PO, "perdemos o escudo defletor traseiro. Se levarmos mais um disparo desse estaremos perdidos."

"Bem", disse Leia enquanto olhava para o capitão da Millennium Falcon, "e agora?"

Han percebeu que ele só poderia fazer uma coisa. Não havia tempo para planejar ou checar leituras dos computadores, não com o Avenger já fora do campo de asteroides e rapidamente chegando mais perto. Ele tinha que tomar uma decisão baseada em instinto e esperança. Não havia alternativa.

"Vira pro outro lado, Chewie", ordenou e puxou a alavanca para trás enquanto olhava para seu copiloto. "A gente vai fazer essa lata-velha virar no muque."

Nem mesmo Chewbacca poderia imaginar o que Han tinha em mente. Ele bradou desnorteado – talvez não tivesse ouvido a ordem direito.

"Você me ouviu!", gritou Han. "Vira agora! Força total no escudo dianteiro!" Dessa vez não havia como confundir a ordem e, apesar de Chewbacca não compreender a manobra suicida, obedeceu.

A princesa estava estupefata. "Você vai atacá-los", ela gaguejou sem acreditar. Agora é que não havia a *menor chance* de sobrevivência, pensou. Será possível que Han fosse realmente maluco?

C-3PO, depois de fazer cálculos em seu cérebro-computador, falou para Han Solo. "Senhor, posso lhe dizer que a probabilidade de sobreviver a uma incursão direta contra um destróier imperial é de..."

Chewbacca rosnou para o droide dourado e C-3PO imediatamente se calou. Ninguém a bordo queria ouvir estatísticas, especialmente porque a Falcon já estava fazendo a curva para começar a entrar na mira da tempestade de fogo dos canhões do Império.

Solo concentrava-se intensamente no voo. Tudo que ele podia fazer era evitar a chuva de fogo antiaéreo da nave imperial. O cargueiro ia para um lado e para o outro enquanto Han, ainda em rota de colisão com o destróier, manobrava para evitar os raios.

Ninguém naquela pequena nave tinha a menor ideia sobre qual seria seu plano.

“Ele está vindo muito baixo!”, gritou o oficial do convés imperial, sem acreditar no que estava vendo.

O capitão Needa e a tripulação do destróier imperial correram para a ponte no convés do Avenger para assistir à aproximação suicida da Millennium Falcon, enquanto alarmes tocavam por toda a vasta nave. Um pequeno cargueiro não poderia fazer muito estrago se colidisse contra o casco do destróier, mas se acertasse as janelas da cabine de comando sobrariam apenas cadáveres no convés.

O oficial de rastreamento, em pânico, relatou o que estava prevendo. “Vamos colidir!”

“Com o escudo ligado?”, perguntou o capitão Needa. “Ele deve ser maluco!”

“Cuidado!”, gritou o oficial do convés.

A Falcon ia exatamente na direção do Avenger e sua tripulação na ponte de comando e os oficiais se jogaram no chão de medo. Mas, no minuto final, o cargueiro desviou para cima bruscamente. E...

O capitão Needa e seus homens lentamente ergueram suas cabeças. Tudo que viram pelas janelas era um tranquilo oceano de estrelas.

“Encontre-os”, ordenou o capitão Needa. “Eles podem tentar outra aproximação.”

O oficial de rastreamento tentou encontrar o cargueiro em seus monitores. Mas não havia nada que pudesse ser achado.

“Estranho”, murmurou.

“O que foi?”, perguntou Needa, correndo para ver ele mesmo os monitores de rastreamento.

“A nave não aparece em nenhum de nossos sensores.”

O capitão estava perplexo. “Não pode ter desaparecido. Uma nave tão pequena pode ter um dispositivo de disfarce?”

"Não, senhor", respondeu o oficial do convés. "Talvez eles tenham entrado no hiperespaço no último minuto."

O capitão Needa sentiu sua raiva crescer na mesma proporção que sua confusão. "Por que eles atacaram então? Eles poderiam ter ido para o hiperespaço assim que saíram do campo de asteroides."

"Não há vestígio deles, senhor, não importa o que eles tenham feito", respondeu o oficial de rastreamento, ainda sem encontrar a Millennium Falcon em seus sensores. "A única explicação lógica é que eles atingiram a velocidade da luz."

O capitão estava chocado. Como aquela velharia poderia tê-lo enganado?

Um assistente aproximou-se. "Senhor, Lorde Vader quer notícias sobre a perseguição", relatou. "O que devemos dizer a ele?"

Needa preparou-se. Deixar a Millennium Falcon fugir quando ela estava tão perto era um erro imperdoável e ele sabia que tinha que encarar Vader e contar-lhe seu fracasso. Ele se resignou, fosse qual fosse o castigo que o esperava.

"Sou o responsável por isso", disse. "Prepare a nave. Quando nos encontrarmos com Lorde Vader, eu mesmo irei me desculpar. Vire-se e rastreie melhor esta área mais uma vez."

Então, tal qual uma criatura mitológica viva, o Avenger lentamente começou a se virar. E não havia sinais da Millennium Falcon.

As duas esferas brilhantes pairavam como mariposas alienígenas sobre o corpo de Luke, deitado imóvel na lama. Parado de forma a proteger seu mestre caído, um pequeno robô em forma de barril vez por outra esticava seu braço mecânico para espatifar os objetos que dançavam como se fossem mosquitos. Mas as bolas de luz pulavam rapidamente para longe do alcance do droide.

R2-D2 inclinou-se sobre o corpo inerte de Luke e assobiou, numa tentativa de acordá-lo. Mas Luke, que tinha caído inconsciente com a carga de energia daquelas duas esferas, não respondia. O robô virou-se para Yoda, que estava sentado tranquilamente num tronco de árvore, e começou a apitar e a repreender o pequeno Mestre Jedi.

Yoda não sentiu a menor pena e R2 virou-se de volta para Luke. Seus circuitos eletrônicos diziam que não adiantava tentar acordar Luke com seus barulhinhos. Um sistema de resgate de emergência foi ativado em seus dispositivos internos e R2 esticou um pequeno eletrodo metálico, que repousou sobre o peito de Luke. Emitindo um brando apito de preocupação, R2 produziu uma carga elétrica fraca, mas forte o suficiente para trazer Luke de volta à consciência. O tórax do jovem se mexeu e ele acordou de uma vez.

Confuso, o jovem Jedi chacoalhou sua cabeça. Olhou ao redor, esfregando os ombros para diminuir a dor causada pelo ataque das esferas de Yoda. Ao ver as esferas ainda pairando sobre ele, Luke fez uma careta. E então ouviu Yoda rindo feliz ali do lado e o encarou.

"Concentração, hein?", riu Yoda, sua cara ainda mais enrugada de felicidade. "Concentração!"

Luke não estava no clima para devolver um sorriso. "Achei que essas bolas fossem só para treinar!", exclamou com raiva.

"São sim", Yoda respondeu feliz.

"Elas são muito mais fortes do que estou acostumado." Seu ombro doía bastante.

"Isso não importar se dentro de você a Força fluir", explicou Yoda. "Pular mais alto! Mexer mais rápido!", exclamou. "Abrir-se para a Força você deve."

O jovem estava começando a se cansar do treino árduo, apesar de ter treinado por pouco tempo. Luke chegou bem perto de reconhecer o poder da Força – mas falhou diversas vezes, sempre percebendo o quão distante ela ainda estava dele. Agora as provocações de Yoda o fizeram saltar em seus próprios pés. Ele estava cansado de esperar por tanto tempo por aquele poder, fatigado com sua falta de sucesso e cada vez mais nervoso com os ensinamentos cifrados de Yoda.

Luke pegou seu sabre de luz da lama e logo o acionou.

Com medo, R2-D2 refugiou-se em um lugar seguro.

"Estou apto!", gritou Luke. "Posso sentir. Vamos lá, seus malditos atiradores que voam!" Com fogo nos olhos, Luke preparou sua arma e moveu-se em direção às esferas. Imediatamente elas fugiram e voltaram a pairar sobre Yoda.

"Não, não", reclamou o Mestre Jedi, balançando sua cabeça grisalha. "Assim não. *Raiva* você sentir."

"Mas estou sentindo a Força!", Luke protestava com veemência.

"Raiva, raiva, medo, agressividade!", avisou Yoda. "Lado negro da Força *são*. Facilmente elas *fluem*... para numa luta entrar. Cuidado, cuidado, cuidado com elas. Preço a pagar é alto demais pelo poder que trazem."

Luke abaixou seu sabre e olhou para Yoda confuso. "Preço?", perguntou. "O que quer dizer?"

"O lado negro aí está", disse Yoda dramaticamente. "Uma vez que caminho escuro escolher, para sempre seu destino dominar. Consumir você... Como fazer aluno Obi-Wan."

Luke concordou. Ele sabia o que Yoda queria dizer. "Lorde Vader", disse. Depois de pensar por um tempo, Luke perguntou: "O lado negro é mais forte?"

"Não, não. Mais fácil, mais rápido, mais sedutor."

"Mas como eu vou diferenciar o lado bom do mau?", perguntou, intrigado.

"Saber você irá", respondeu Yoda. "Quando em paz... Calmo, relaxado. Um Jedi usar conhecimento Força. Nunca ataque."

"Mas por qu...", começou Luke.

"Não! Não tem por quê. Nada mais contar a você. Limpar sua mente de perguntas. Ficar quieto – em paz..." A voz de Yoda se acabou, mas suas palavras tiveram um efeito hipnótico sobre Luke. O jovem aluno parou de protestar e começou a se sentir em paz, mente e corpo descansandos.

"Sim...", murmurou Yoda. "Calma."

Luke fechou seus olhos devagar e deixou sua mente livre de pensamentos que podiam distrai-lo.

"Em paz..."

Luke ouviu a voz calma de Yoda enquanto ela entrava na escuridão de sua mente. Ele se deixou levar pelas palavras do mestre para onde quer que elas fossem.

"Deixar você ir..."

Quando Yoda percebeu que Luke estava calmo como um jovem estudante poderia estar naquele estágio, ele fez um pequeno gesto. Após fazê-lo, as duas esferas sobre sua cabeça começaram a atirar em Luke, disparando raios de treino enquanto moviam-se.

Foi quando Luke voltou a si e reativou seu sabre de luz. Ele ficou de pé e, apenas com a concentração, começou a desviar dos raios conforme vinham em sua direção. Encarou o ataque sem medo, movendo-se e desviando dos raios com graça extrema. Seus pulos, quando saltava para encontrar-se com os raios, eram mais altos do que nunca. Luke não desperdiçou um movimento sequer enquanto concentrava-se em cada disparo que lhe era desferido.

Então, da mesma forma que começou, o ataque terminou. As esferas reluzentes voltaram a pairar sobre cada lado da cabeça de seu mestre.

R2-D2, sempre um paciente observador, deixou escapar um suspiro eletrônico e balançou sua cabeça abobadada de metal.

Sorrindo orgulhoso, Luke olhou para Yoda.

"Muito progresso já fez você, jovem", confirmou o Mestre Jedi. "Forte você é." Mas o pequeno professor não o elogiou além disso.

Luke estava todo orgulhoso com o maravilhoso feito realizado. Ele observou Yoda esperando mais aplausos. Mas Yoda não se moveu nem falou nada. Continuou calmamente sentado – e duas outras esferas se aproximaram por trás e entraram em formação com as duas primeiras.

O sorriso de Luke logo sumiu.

Uma dupla de stormtroopers de armaduras brancas levantou o corpo sem vida do capitão Needa do chão do destróier imperial de Darth Vader.

Needa sabia que a morte seria a consequência de seu fracasso em capturar a Millennium Falcon. Ele sabia também que era preciso relatar a situação a Vader e formalmente pedir desculpas. Mas não havia piedade para o fracasso entre os militares do Império. E Vader, frustrado, decretou a morte do capitão.

O Lorde Negro virou-se e o almirante Piett e dois de seus capitães foram relatar suas descobertas. "Lorde Vader", disse Piett, "nossas naves terminaram de vasculhar a área e nada encontraram. A Millennium Falcon certamente entrou na velocidade da luz e agora está provavelmente no outro lado da galáxia."

Vader sibilou através de sua máscara de respiração. "Alerte todos os comandos", ordenou. "Calcule todos os destinos possíveis a partir de sua última trajetória conhecida e disperse a frota para procurar por eles. Não falhe novamente, almirante, uma vez já foi suficiente!"

O almirante Piett pensou no capitão do Avenger que ele havia acabado de ver sendo carregado para fora como um saco de cereais. E lembrou da morte excruciante do almirante Ozzel. "Sim, milorde", respondeu, tentando esconder seu medo. "Nós o encontraremos."

E então se virou para um assistente. "Mover a frota", instruiu. Enquanto o assistente se mexia para executar as ordens, uma sombra de preocupação passou pelo semblante do almirante. Ele não tinha nenhuma certeza de que sua sorte seria melhor que a de Ozzel ou Needa.

O destróier imperial de Lorde Vader singrava regiamente pelo espaço. Sua frota de proteção formada por naves menores pairava ao redor enquanto a Armada Imperial deixava o Avenger para trás.

Ninguém no Avenger ou em toda a frota de Vader tinha qualquer ideia de como alcançar sua presa. Enquanto o Avenger deslizava pelo espaço para seguir sua caça, ela carregava consigo, imperceptivelmente acoplada em um dos lados da enorme torre de comando, um cargueiro em forma de disco – a Millennium Falcon.

Dentro da cabine da Falcon tudo estava em silêncio. Han Solo havia parado sua nave e desligado os sistemas tão rapidamente que até o costumeiramente tagarela C-3PO ficou quieto, sem mover um rebite, com um maravilhado olhar congelado em seu rosto.

"Você poderia tê-lo avisado antes de desligá-lo", disse a princesa Leia, olhando para o droide parado sem movimentos como uma estátua de bronze.

"Ah, me desculpe", disse Han fingindo preocupação. "Não queria ofender seu droide. Você acha que frear e desligar tudo ao mesmo tempo é fácil?"

Leia tinha dúvidas sobre toda a estratégia de Han. "Eu não tenho certeza do que você conseguiu."

Ele fez pouco de sua dúvida. Ela vai descobrir em pouco tempo, pensou; não havia opção. Han virou-se para seu copiloto: "Chewie, cheque o desprendimento manual das garras de pouso".

O wookiee bramiu e saiu de sua cadeira rumo à traseira da nave.

Leia observou enquanto Chewbacca desconectou as garras de pouso de forma que a nave pudesse partir sem atrasos de ordem mecânica.

Balançando sua cabeça sem crer, ela virou-se para Han. "O que você pensou em fazer em seguida?"

"A frota está finalmente se separando", respondeu apontando para uma janela numa escotilha. "Espero que eles sigam o procedimento-padrão do Império e joguem fora seu lixo antes de atingir a velocidade da luz."

A princesa refletiu sobre essa estratégia por um momento e então sorriu. Aquele maluco talvez soubesse o que estava fazendo, no fim das contas. Impressionada, deu-lhe um tapinha na cabeça. "Nada mal, seu convencido, nada mal. E depois?"

"Depois", disse Han, "temos que achar um porto seguro por aqui. Alguma ideia?"

"Depende. Onde estamos?"

"Aqui", disse Han ao apontar uma configuração de pequenos pontos de luz, "perto do Sistema Anoat."

Escorregando para fora de seu assento, Leia foi para perto dele para ver melhor a tela.

"Engraçado", disse Han depois de pensar por um instante, "tenho o pressentimento de que já estivemos nesta área antes. Vou checar meus registros."

"Você mantém registros?", Leia ficava mais impressionada a cada minuto. "Nossa, que organizado", brincou.

"É, às vezes", respondeu enquanto procurava o relatório do computador. "Arrá, sabia! Lando – isso vai ser interessante."

"Nunca ouvi falar desse sistema", disse Leia.

"Não é um sistema, é um cara. Lando Calrissian. Um jogador, trapaceiro bem rodado, um canalha", ele parou o suficiente para deixar a última palavra solta no ar e dar uma piscadela para a princesa, "...seu tipo de homem. O Sistema Bespin. É uma distância considerável, mas dá pra chegar."

Leia olhou para uma das telas dos monitores e leu os dados. "Uma colônia de mineração", notou.

"Uma mina de gás Tibanna", acrescentou Han. "Lando a conquistou em uma partida de sabacc – ou pelo menos é o que ele diz. Eu e ele nos conhecemos há muito tempo."

"Você confia nele?", perguntou Leia.

"Não. Mas ele não morre de amores pelo Império, que eu saiba."

O wookiee chamou pelo comunicador.

Respondendo rapidamente, Han virou algumas chaves para trazer novas informações para as telas dos computadores e então se esticou para olhar pela janela da cabine. "Já vi, Chewie, já vi", disse. "Prepare para o lançamento manual." E então, virando-se para a princesa, disse, "lá vai, doçura." Ele inclinou-se de volta em sua poltrona e sorriu para ela de forma convidativa.

Leia balançou a cabeça, depois riu timidamente e lhe deu um beijo rápido. "Você tem seus momentos", admitiu com relutância. "Não são muitos, mas os tem."

Han estava se acostumado com os elogios atravessados da princesa e não podia dizer que se incomodava. Mais e mais ele estava gostando do fato de que ela compartilhava seu próprio senso de humor sarcástico. E ele tinha certeza de que ela também estava gostando.

"Vamos lá, Chewie", ele gritou feliz.

A escotilha na parte inferior do Avenger abriu-se lentamente. Enquanto o cruzador galáctico imperial disparava rumo ao hiperespaço, despejou seu próprio cinto de asteroides artificiais – lixo e partes de maquinário irreparável que se espalhavam no vácuo escuro do espaço. Escondida sob aquela trilha de dejetos, a Millennium Falcon conseguiu se desprender sem ser detectada pela nave maior e ficou bem para trás à medida que o Avenger se afastava.

Finalmente seguros, pensou Han Solo.

A Millennium Falcon ligou seus motores de íon e avançou através da trilha de lixo espacial flutuando rumo a outro sistema.

Mas no meio dos detritos esparsos havia outra nave.

Enquanto o motor da Falcon roncava em busca do Sistema Bespin, essa outra nave ligou os seus motores. Boba Fett, o mais notório e mais temido caçador de recompensas da galáxia, girou seu pequeno veículo, que mais parecia uma cabeça de elefante, a Slave I, para iniciar sua caçada. Afinal, Boba Fett não tinha a menor intenção de perder de vista a Millennium Falcon. Seu piloto tinha uma recompensa bem alta oferecida por sua cabeça. E era essa recompensa que o temido caçador estava determinado a recolher.

Luke sentiu que estava definitivamente progredindo.

Ele corria pela floresta – com Yoda empoleirado em seu pescoço – e pulava sobre a profusão de folhagens e raízes de árvores que cresciam pelo pântano.

Luke enfim estava começando a se afastar emocionalmente do orgulho. Ele se sentia leve e finalmente aberto para experimentar toda a fluidez da Força.

Quando seu instrutor em miniatura jogou uma barra de prata sobre a cabeça de Luke, o jovem aluno Jedi reagiu instantaneamente. Num instante, cortou a barra em quatro pedaços prateados antes que eles caíssem no chão.

Yoda estava satisfeito e sorriu com o feito de Luke. "Quatro agora! A Força você sente."

Mas de repente Luke se distraiu. Ele sentiu algo perigoso, mau. "Algo não está certo", ele disse para Yoda. "Eu sinto perigo... morte."

Ele olhou ao redor, em busca do que poderia estar emitindo aquela aura poderosa. Quando percebeu, viu uma enorme árvore, de galhos entrelaçados, a casca seca caindo. A base da árvore era cercada por um pequeno lago, cujas raízes gigantes pareciam a abertura de uma caverna sinistramente escura.

Luke gentilmente ergueu Yoda de seus ombros e o pôs no chão. Petrificado, o aluno Jedi olhou fixamente para a monstruosidade sombria. Com a respiração arrastada, ele sentiu dificuldade para falar.

"Você me trouxe para cá de propósito", Luke finalmente disse.

Yoda sentou-se em uma raiz enroscada e colocou seu galho de gimer na boca. Olhando calmamente para Luke, ele não disse nada.

Luke tremeu. "Sinto frio", disse, ainda olhando para a árvore.

"Essa árvore forte no lado negro da Força é. Um servo do mal ela ser. Entrar lá você deve."

Luke estava apreensivo. "O que tem lá dentro?"

"Apenas o que consigo carrega", disse Yoda de forma enigmática.

Luke olhou para Yoda com cautela e depois para a árvore. Ele silenciosamente resolveu juntar sua coragem e sua vontade de aprender para entrar naquela escuridão e encarar o que quer que fosse que o esperava. Ele não levaria mais do que...

Não. Ele também levaria seu sabre de luz.

Luke ativou sua arma e atravessou as águas rasas no lago rumo à abertura escura no meio daquelas enormes e agourentas árvores.

Mas a voz do Mestre Jedi o deteve.

"Sua arma", reprovou Yoda, "dela você não precisar."

Luke parou e olhou mais uma vez para a árvore. Entrar naquela caverna maligna completamente desarmado? Por mais habilidoso que Luke estivesse se tornando, ele não se sentia à altura daquele teste. Ele segurou seu sabre com mais força e balançou a cabeça.

Yoda deu de ombros e placidamente mascou seu galho de gimer.

Tomando fôlego, Luke cautelosamente entrou naquela caverna grotesca na árvore.

A escuridão dentro da caverna era tão densa que Luke podia senti-la contra sua pele, tão escura que a luz que seu sabre emitia era rapidamente absorvida e só iluminava cerca de um metro à sua frente. Enquanto ele lentamente movia-se para a frente, coisas nojentas pingavam em seu rosto e a umidade do chão encharcado começou a entrar em suas botas.

À medida que se embrenhava no desconhecido, seus olhos começavam a se acostumar com as trevas. Ele viu um corredor à sua frente, mas enquanto movia-se foi surpreendido por uma membrana densa e pegajosa que o envolveu completamente. Como a teia de uma aranha gigantesca, a massa grudou-se firmemente no corpo de Luke. Destruindo-a com seu sabre de luz, Luke finalmente se desenrolou e seguiu seu caminho.

Ele segurou sua espada brilhante à frente e percebeu um objeto no chão da caverna. Ao apontar seu sabre de luz para baixo, Luke iluminou um besouro preto e reluzente do tamanho de sua mão. Num instante, a coisa correu em direção a uma parede viscosa onde se juntou a um grupo de seus colegas.

Luke retomou o fôlego e deu um passo para trás. Naquele momento, considerou buscar a saída, mas se segurou e avançou ainda mais para o fundo daquela câmara negra.

Ele sentiu o espaço sobre sua cabeça abrir-se à medida que andava para a frente, usando seu sabre de luz como uma fraca lanterna. Ele se esforçava para enxergar no escuro, aguçava sua audição o melhor que podia. Mas não havia som. Nada.

De repente, um silvo bem *alto*.

O som era familiar. Ele congelou onde estava. Tinha ouvido aquele silvo mesmo em seus pesadelos; era a respiração forçada de uma coisa que já havia sido um homem.

Do escuro surgiu uma luz – uma chama vermelha de uma espada laser recém-ativada. Ao ser acesa, Luke viu a figura gigantesca de Darth Vader com sua arma erguida para atacar e ferir.

Preparado pela disciplina de seu treinamento Jedi, Luke estava pronto. Ele ergueu seu próprio sabre de luz e desviou perfeitamente do golpe de Vader. No mesmo movimento, Luke voltou-se para Vader e, com sua mente e corpo completamente em foco, o jovem invocou a Força. Ao sentir aquele poder dentro de si, Luke ergueu seu sabre e avançou em direção de Vader.

Com um golpe forte, a cabeça do Lorde Negro foi decepada de seu corpo. O capacete e a cabeça bateram no chão e juntos rolaram pelo piso da caverna com um ruído metálico barulhento. Luke assistia impressionado ao corpo de Vader ser completamente engolido pelas trevas. E então Luke olhou para o capacete que parou diante dos seus pés. Por um instante, ele ficou completamente parado. Depois o capacete rachou pela metade e se abriu.

Luke assistia àquilo com descrença e assombro: o capacete quebrado no chão revelava não a desconhecida – apenas imaginada – face de Darth Vader, mas o rosto do próprio Luke olhando de volta para ele.

Ele engasgou, horrorizado com aquela visão. E então, tão depressa quanto surgiu, a cabeça decapitada desapareceu como se fosse uma visão fantasmagórica.

Luke olhava para o espaço escuro onde jaziam a cabeça e os pedaços do capacete. Sua mente estava confusa, as emoções que brotavam naquele momento eram quase insuportáveis.

A árvore!, falou para si mesmo. Era uma espécie de truque daquela caverna feia, uma charada de Yoda, criada porque ele insistiu em entrar na árvore com uma arma.

Ele imaginou que pudesse estar lutando consigo mesmo ou se ele havia se tornado presa das tentações do lado negro da Força. Ele mesmo poderia se tornar uma figura má como Darth Vader. E imaginou que talvez pudesse ter um sentido ainda mais sombrio naquela visão perturbadora.

Só depois de um bom tempo Luke Skywalker pôde se mover para fora daquela caverna profunda e escura.

Enquanto isso, sentado em uma raiz, o pequeno Mestre Jedi calmamente mascava seu galho de gimer.

XI

Raiava o dia no planeta gasoso de Bespin.

Ao se aproximar da atmosfera do planeta, a Millennium Falcon passou ao largo de várias das luas de Bespin. O próprio planeta brilhava com o mesmo tom róseo da aurora que se refletia no casco da poderosa nave pirata. Enquanto o cargueiro se aproximava, desviou de um cânion de nuvens ondulantes que se agitava ao redor do planeta.

Quando Han Solo finalmente desceu com sua nave através das nuvens, ele e sua tripulação puderam ver pela primeira vez o mundo gasoso de Bespin. E, enquanto manobravam pelas nuvens, eles perceberam que estavam sendo perseguidos por um tipo de veículo voador. Han reconheceu a nave como um twin-pod cloud car, mas ficou surpreso ao vê-lo chegar cada vez mais perto do cargueiro. A Falcon de repente cambaleou com uma rajada de raios laser em seu casco. Ninguém esperava aquele tipo de saudação.

A outra nave transmitiu uma mensagem encoberta por estática pelo sistema de rádio da Falcon.

"Não", resmungou Han em resposta, "eu não tenho permissão para pousar. Meu registro é..."

Mas suas palavras foram engolfadas por um barulho insuportável de estática de rádio.

A tripulação do twin-pod aparentemente não queria aceitar estática como resposta. E de novo abriu fogo contra a Falcon, fazendo a nave sacolejar a cada nova carga.

Um voz clara e ameaçadora vinha dos alto-falantes do twin-pod: "Não se aproxime. Qualquer movimento agressivo causará sua destruição".

Han já não tinha a menor intenção de fazer nenhum movimento agressivo. Bespin era a única esperança que tinham de um santuário e ele não planejava perder nenhum possível anfitrião.

"Bem suscetível, não?", perguntou o reativado C-3PO.

"Achei que você conhecesse essas pessoas", repreendeu Leia, projetando um olhar suspeito sobre Han.

"É que já faz um tempo", safou-se o corelliano.

Chewbacca rosnou, balançando a cabeça significativamente para Han.

"Isso faz tempo", respondeu rispidamente, "tenho certeza de que ele já se esqueceu disso." Mas ele começou a pensar se Lando havia mesmo esquecido o passado...

"Pouso permitido na Plataforma 327. Qualquer desvio deste padrão de voo lhe causará..."

Com raiva, Han desligou o rádio. Por que ele estava sendo submetido àquela perseguição? Ele fora em paz; Lando não deixaria o passado no passado? Chewbacca rosnou e olhou para Solo, que virou para Leia e seu preocupado robô. "Ele irá nos ajudar", disse, tentando tranquilizá-los. "Nós nos conhecemos há muito tempo... mesmo. Não se preocupem."

"Quem está preocupado?", disse Leia sem convencer.

Àquela altura eles já podiam ver com clareza a Cidade das Nuvens de Bespin pela janela da cabine. A cidade era imensa e parecia flutuar nas nuvens que surgiam na atmosfera branca. Enquanto a Millennium Falcon se aproximava, ficou evidente que sua estrutura expansiva era apoiada por baixo por um único mastro fino. A base dessa estaca de suporte era um grande reator redondo que flutuava entre as ondas daquele mar de nuvens.

A Millennium Falcon mergulhou mais perto da metrópole e a contornou em direção às suas plataformas de pouso, passando pelas torres gigantes e construções em espiral que se espalhavam pela paisagem da cidade. E saindo e entrando dessas estruturas estavam mais twin-pods, deslizando sem esforço por entre as brumas.

Han suavemente dirigiu a Falcon até a Plataforma 327 e quando os motores de íon da nave apitaram até parar, o capitão e sua equipe puderam ver o grupo de boas-vindas que movia-se em direção à doca de pouso, armas em punho. Como qualquer área mista de cidadãos da Cidade das Nuvens, o grupo incluía alienígenas, droides e humanos de todas as raças e descrições. Um desses humanos era o líder, Lando Calrissian.

Lando, um belo homem negro, mais ou menos com a mesma idade de Solo, estava vestido elegantemente com uma calça cinza, uma camisa azul e uma flutuante capa da mesma cor. Mantinha-se à frente, sem sorrisos, esperando o desembarque da tripulação da Falcon.

Han Solo e a princesa Leia apareceram assim que a porta da nave se abriu, com armas em punho. Logo atrás deles estava o wookiee gigante, também de arma engatilhada e cartucheiras de munição penduradas em seu ombro esquerdo.

Han não falou nada mas investigou silenciosamente o ameaçador grupo de boas-vindas que marchava na plataforma em sua direção. O vento da manhã começou a varrer o chão, fazendo a capa de Lando esvoaçar como se fossem enormes asas azuis.

"Não estou gostando disso", Leia cochichou para Han.

Ele também não estava, mas não iria deixar a princesa saber disso. "Vai dar tudo certo", disse a ela discretamente. "Confie em mim." E então acrescentou, com cautela: "Mas mantenha os olhos abertos. Espere aqui."

Han Solo e Chewbacca deixaram Leia tomando conta da Falcon e caminharam pela rampa em direção a Calrissian e seu exército ímpar. Os dois grupos moveram-se um em direção ao outro até que Han e Lando pararam, a três metros de distância, e se encararam. Por um longo instante, os dois se observaram em silêncio.

Finalmente Calrissian falou, balançando sua cabeça e apertando os olhos enquanto olhava para Han. "Ora, seu nojento, traidor, vigarista", disse, de forma ameaçadora.

"Eu posso explicar tudo, meu velho", Han disse rapidamente, "se você me deixar falar."

Ainda sem sorrir, Lando surpreendeu humanos e alienígenas: "Estou feliz em ver você".

Han, cético, ergueu uma das sobrancelhas. "Sem mágoas?"

"Você tá brincando, né?", disse Lando friamente.

Han estava ficando nervoso. Afinal, fora perdoado ou não? Os guardas e ajudantes ainda não tinham abaixado suas armas e a atitude de Lando ainda era dúbia. Tentando mostrar sua preocupação, Han observou galantemente: "Eu sempre disse que você era um cavalheiro".

E assim o outro abriu um sorriso. "E sou mesmo", brincou.

Solo riu aliviado e os dois velhos amigos finalmente se abraçaram como velhos cúmplices que eram.

Lando acenou para o wookiee que estava atrás de seu chefe. "Como está, Chewbacca?", perguntou amigavelmente. "Ainda perdendo tempo com esse palhaço, hein?"

O wookiee grunhiu um cumprimento contido.

Calrissian não tinha certeza sobre o que era aquele grunhido. "Tá certo", disse num meio sorriso, parecendo desconfortável. Mas sua atenção foi distraída daquela massa peluda de músculos quando viu a princesa Leia saindo da nave. Aquela visão adorável era seguida de perto pelo seu droide de protocolo, que olhava ao redor cautelosamente enquanto caminhavam em direção a Lando e Han.

"Olá! O que temos aqui?", Calrissian a recepcionou com admiração. "Eu me chamo Lando Calrissian e sou o administrador destas instalações. E você, quem seria?"

A princesa permaneceu reservada e distante. "Pode me chamar de Leia", respondeu.

Lando curvou-se formalmente e beijou a mão da princesa.

"E eu", disse sua companhia robótica, apresentando-se ao administrador, "sou C-3PO, especializado em relações humanas, à sua disp..."

Mas antes que C-3PO pudesse terminar seu curto discurso, Han passou um braço por cima do ombro de Lando e puxou-o para longe da princesa. "Ela está comigo, Lando", avisou ao seu velho amigo, "e não pretendo negociá-la. Então acho bom você esquecer que ela existe."

Lando a admirou de longe, por sobre seu ombro, enquanto ele e Han começavam a caminhar pela doca de pouso, seguidos por Leia, C-3PO e Chewbacca. "Não vai ser fácil, amigo", disse Lando com pesar.

E depois virou-se para Han. "Mas o que o traz aqui?"

"Reparos."

Um pânico dissimulado tomou conta do rosto de Lando. "O que você fez com a minha nave?!"

Sorrindo, Han olhou de volta para Leia. "Lando era o dono da Falcon", explicou. "E às vezes ele se esquece como a perdeu de forma justa e honesta."

Lando deu de ombros ao ouvir a reivindicação prepotente de Han. "Aquela nave salvou minha vida mais do que algumas vezes. É a lata de lixo mais rápida da galáxia. O que há com ela?"

"Hiperespaço."

"Vou pedir para meus homens darem um jeito nisso agora mesmo", disse Lando. "Odeio imaginar a Millennium Falcon sem seu coração."

O grupo atravessou a estreita ponte que unia a doca à cidade – e ficaram instantaneamente pasmos com sua beleza. Viram inúmeras praças cercadas por torres arredondadas e prédios em espiral. As estruturas que compunham os setores residenciais e comerciais da Cidade das Nuvens brilhavam à luz do sol da manhã. Várias raças alienígenas formavam a população da cidade e muitos dos cidadãos caminhavam tranquilamente por suas ruas espaçosas passando pelos visitantes da Falcon.

"Como anda a operação de mineração?", perguntou Han.

"Não tão bem quanto gostaria", respondeu Calrissian. "Somos um pequeno posto avançado sem autossuficiência. Tenho problemas de abastecimento de todo tipo e..." O administrador percebeu um sorriso feliz no rosto de Han. "O que é tão engraçado?"

"Nada", Solo respondeu. E então brincou: "Nunca poderia imaginar que por baixo daquele pilantra doido que conheci havia um líder responsável e um homem de negócios". Mesmo com má vontade, ele estava impressionado. "Cai bem em você."

Lando olhou para seu velho amigo e refletiu: "É claro que ver você me traz algumas lembranças". Balançou a cabeça e sorriu. "Sim, sou *responsável* agora. É o preço do sucesso. E quer saber, Han? Você tinha razão. É algo superestimado."

Os dois caíram na gargalhada, fazendo uma ou duas cabeças se virarem na direção do grupo enquanto passeavam pela cidade.

C-3PO acompanhava um pouco de trás, fascinado pela multidão de diversas espécies alienígenas que habitava a Cidade das Nuvens, pelos carros voadores, os prédios impressionantes. Ele virava sua cabeça para a frente e para trás, tentando registrar tudo em seus circuitos de computador.

Enquanto o droide dourado ficava pasmo com as novas visões, ele passou por uma porta próxima à calçada. Ao ver que estava aberta, percebeu uma unidade 3PO prateada aparecer e parou para observar o outro robô se movendo. E, enquanto estava parado ali, ouviu apitos e assobios abafados vindos de trás da porta.

Ele olhou e viu um droide familiar na antessala. "Oh, uma unidade R2!", comentou feliz. "Quase havia esquecido de como era o som deles."

C-3PO moveu-se atravessando a porta e entrou na sala. Instantaneamente, percebeu que não estava a sós com a unidade R2. Ele jogou seus braços para cima, surpreso, a expressão de espanto em sua cara dourada ali congelada. "Oh, céus!", exclamou. "Isso parec..."

No meio da frase, um raio laser atingiu seu tórax de metal, espatifando-o pela sala. Seus braços e pernas amarelos bateram contra as paredes e se juntaram como uma pilha fumegante de destroços sobre o resto de seu corpo mecânico.

Atrás dele, uma porta bateu com força.

Longe dali, Lando guiava o pequeno grupo em seu salão de escritórios, apontando para objetos de interesse enquanto eles se moviam pelos corredores brancos. Nenhum deles notou a ausência de C-3PO enquanto caminhavam, discutindo a vida em Bespin.

Mas Chewbacca parou de repente e curiosamente sentiu um cheiro no ar que o fez olhar para trás. Depois encolheu seus enormes ombros e continuou a seguir os outros.

Luke estava perfeitamente calmo. Mesmo sua atual posição não o deixava tenso, cansado, inseguro ou qualquer uma das outras coisas negativas que ele estava acostumado a sentir quando tentou realizar aquele feito da primeira vez. Ele estava equilibrado apenas em uma só mão. Sabia que a Força estava com ele.

Seu paciente mestre, Yoda, sentava-se calmamente nas solas dos pés de Luke, que estava de ponta-cabeça. Ele se concentrava serenamente em sua tarefa, apoiado por apenas quatro dedos que tocavam o chão. Com o equilíbrio imperturbável, ele manteve sua posição de cabeça para baixo – apoiando-se agora apenas em um polegar.

A determinação de Luke rapidamente o tornou um aprendiz perspicaz. Ele estava disposto a aprender e era destemido para fazer os testes que Yoda lhe havia preparado. Agora ele se sentia confiante de que, ao sair daquele planeta, seria um Cavaleiro Jedi completo, preparado para lutar apenas pelas causas mais nobres.

Luke estava rapidamente ficando mais resistente com a Força e, de fato, conseguia realizar milagres. Yoda estava cada vez mais feliz com o progresso de seu aprendiz. Uma vez, enquanto Yoda estava por perto observando, Luke usou a Força para erguer duas caixas grandes de equipamentos e deixou-as suspensas no ar. Yoda estava satisfeito, mas percebeu R2-D2 presenciando aquela impossibilidade aparente e emitindo apitos eletrônicos de incredulidade. O Mestre Jedi levantou sua mão e, com a Força, tirou o robozinho do chão.

R2 ficou suspenso no ar, seus circuitos e sensores internos perplexos tentando identificar o poder oculto que o mantinha flutuando. E de repente a mão invisível fez outra piada com ele: enquanto estava solto no ar, o pequeno robô foi virado abruptamente de cabeça para baixo. Suas pernas brancas chutavam desesperadas e sua cabeça de domo girava de forma impotente. Quando Yoda finalmente baixou sua mão, o robô, junto com as caixas de suprimentos, começou a cair. Mas apenas as caixas desabaram de uma vez só no chão. R2 seguiu suspenso no nada.

Girando sua cabeça, R2 percebeu que seu jovem mestre, com uma mão esticada, impediu que ele caísse de uma vez.

Yoda assentiu com a cabeça, impressionado pelo pensamento rápido e pelo controle de seu aluno.

Yoda saltou no braço de Luke e os dois seguiram de volta para casa. Mas eles se esqueceram de uma coisa: R2 ainda estava pendurado no ar, apitando e assobiando freneticamente, tentando chamar atenção. Yoda estava apenas fazendo outra brincadeira com o robô rabugento e, enquanto os dois iam embora, R2 ouviu a risada do Mestre Jedi ressoando alegremente enquanto o droide foi aos poucos baixando para o chão.

• • •

Algum tempo depois, enquanto o crepúsculo engatinhava pela densa folhagem do pântano, R2 estava limpando o casco do X-wing. Usando uma mangueira que puxava água do lago para um orifício em sua lateral, o robô borrifava sobre a nave uma forte torrente. E, enquanto ele trabalhava, mestre e aprendiz sentavam-se na clareira, Luke concentrado de olhos fechados.

“Calmo ficar”, disse Yoda. “Através da Força, lugares, pensamentos, futuro, passado, amigos que já se foram você poderá ver.”

Luke estava se perdendo enquanto se concentrava nas palavras de Yoda. Ele estava se tornando mais inconsciente em relação ao seu corpo e deixou a sua consciência à deriva das palavras de seu mestre.

“Minha mente está cheia de tantas imagens.”

“Controlar, controlar o que vê você deve”, instruiu o Mestre Jedi. “Não fácil, não pressa.”

Luke fechou seus olhos, relaxou e começou a liberar sua mente, a controlar as imagens. Finalmente, apareceu algo que não era claro a princípio, algo branco, amorfo. Aos poucos, a imagem foi se tornando clara. Parecia uma cidade, uma cidade que flutuava em um mar branco ondulante.

“Vejo uma cidade nas nuvens”, finalmente disse.

“Bespin”, identificou Yoda. “Ver também. Amigos lá você ter, não? Concentrar e ver você irá.”

A concentração de Luke se intensificou. E a cidade nas nuvens ficou mais clara. Ele começou a ver formas, formas familiares de pessoas que conhecia.

"Eu posso vê-los!", exclamou Luke, ainda de olhos fechados. De repente, uma agonia, de corpo e espírito, o tomou. "Eles estão sofrendo, sentindo dor."

"O futuro você vê", explicou Yoda.

O futuro, pensou Luke. Então a dor que havia sentido ainda não havia sido infligida a seus amigos. Talvez o futuro não fosse imutável.

"Eles irão morrer?", perguntou a seu mestre.

Yoda balançou a cabeça e encolheu-se gentilmente. "Difícil ver. Sempre em movimento o futuro estar."

Luke abriu novamente seus olhos. Ficou de pé e começou a reunir seu equipamento. "Eles são meus amigos", disse, apostando que o Mestre Jedi talvez fosse tentar dissuadi-lo a não fazer o que ele sabia que deveria fazer.

"Assim", acrescentou Yoda, "decidir você como a eles servir melhor. Se agora sair, ajudar você pode. Mas destruir tudo pelo que sofreu e lutou você irá."

Suas palavras detiveram Luke no ato. O jovem afundou-se no chão, sentindo uma mortalha de melancolia cobrindo-o. Será que ele poderia destruir tudo aquilo que havia conseguido? Poderia também destruir seus amigos? Mas como não tentar salvá-los?

R2 percebeu o desespero de seu mestre e deslizou para perto dele, oferecendo-lhe o conforto que podia.

Chewbacca, preocupado com C-3PO, deixou Han Solo e os outros para procurar o droide perdido. Tudo que ele tinha que fazer era seguir seus aguçados instintos wookiees enquanto vagava através daquelas desconhecidas calçadas e corredores brancos de Bespin.

Seguindo seu faro, Chewbacca finalmente chegou a uma sala enorme em um corredor na área externa da Cidade das Nuvens. Ele se aproximou da entrada e ouviu um clamor metálico de objetos se batendo. Além do barulho, ele também ouviu o grunhido manso de criaturas que nunca havia visto antes.

A sala que ele encontrou era um depósito de lixo da Cidade das Nuvens – um repositório para todas as máquinas quebradas e lixo metálico descartados pela cidade.

No meio dessas partes de metal soltas e fios emaranhados havia quatro criaturas parecidas com javalis. Tinham um grosso cabelo branco na cabeça que parcialmente cobria suas caras suínas enrugadas. As bestas humanoides – chamadas ugnaughts em Bespine – estavam ocupadas separando as partes de metal e jogando-as em uma pilha para fundição.

Chewbacca entrou no lugar e viu um dos ugnaughts segurando um pedaço de metal dourado bem familiar.

A criatura suína estava quase erguendo o braço para jogar a perna amputada de metal no poço escaldante quando Chewbacca rugiu em sua direção, vociferando desesperadamente. O ugnaught deixou a perna cair e fugiu, encolhendo-se aterrorizado junto com seus amigos.

O wookiee pegou a perna de metal e a inspecionou de perto. Ele não tinha errado. E, quando rosnou com raiva em direção aos ugnaughts amontoados, eles tremeram e grunhiram como um bando de porcos assustados.

A luz do sol entrava no salão circular do apartamento destinado a Han Solo e seu grupo. O aposento era branco e de mobiliário simples, com um sofá, uma mesa e nada muito além disso. Cada uma das portas deslizantes, localizadas ao longo da parede curva, levava a um apartamento adjacente.

Han reclinou-se na janela da sacada do salão para ter uma visão panorâmica da Cidade das Nuvens. A visão era de tirar o fôlego, mesmo para um piloto galáctico escolado como ele. Ele observava os twin-pods voando entre os prédios enormes e então olhava para baixo para ver pessoas se movendo pela rede de ruas abaixo. O ar gelado e limpo batia em seu rosto e, pelo menos por enquanto, ele se sentiu como se nada o preocupasse no universo.

Uma porta se abriu atrás dele e ele se virou para ver a princesa Leia na entrada de seu aposento. Ela estava deslumbrante. Vestida de vermelho com uma capa branca como as nuvens flutuando sobre o chão, Leia estava mais linda do que Han jamais vira antes. Seu longo cabelo escuro estava amarrado com fitas e emoldurava gentilmente seu rosto oval. E ela o observava, sorrindo para aquela expressão surpresa.

"O que você está olhando?", ela perguntou, começando a corar.

"Quem está olhando?"

"Você parece bobo", ela disse rindo.

"Você está ótima."

Leia olhou para o lado, constrangida. "Sabe se já encontraram C-3PO?", ela perguntou, tentando mudar de assunto.

Solo foi pego com a guarda baixa. "Hein? Ah. Chewie foi ver isso pra mim. Ele se foi há um bom tempo apenas para se perder." Han bateu no estofado macio do sofá. "Vem cá", acenou. "Quero ver isso de perto."

Ela refletiu um instante sobre o convite e depois foi sentar-se no sofá junto a ele. Han estava radiante com aquela aparente submissão e inclinou-se para colocar seu braço em volta de Leia. E assim que ele conseguiu ela falou de novo. "Espero que Luke tenha conseguido chegar bem na frota."

"Luke!" Ele estava ficando exasperado. Por que ele ainda tinha que ficar jogando esse joguinho de se fazer de difícil? Era o jogo dela e as regras dela – mas ele *havia* escolhido jogar. Ela era atraente demais para que ele resistisse. "Eu tenho certeza de que Luke está bem", disse Han suavemente. "Provavelmente está sentado pensando no que estamos fazendo agora."

Ele se aproximou um pouco mais e pôs o braço ao redor de seus ombros, puxando-a para ainda mais perto. Leia olhou para Han de forma convidativa e ele se moveu para beijá-la, quando...

Quando uma das portas se abriu, revelando um Chewbacca que penava para trazer uma enorme caixa cheia com partes de metal perturbadoramente familiares – os restos, em pedaços e peças de bronze, de C-3PO. O wookiee deixou a caixa cair sobre a mesa. Gesticulando para Han, ele arfava e bramia aflito.

"O que aconteceu?", perguntou Leia, chegando perto para ver a pilha de pedaços desarticulados.

"Ele achou C-3PO numa lixeira."

Leia engasgou. "Que bagunça! Chewie, você acha que consegue consertá-lo?"

Chewbacca examinou a coleção de pedaços do robô e então, olhando de volta para a princesa, encolheu os ombros e uivou. Parecia um trabalho impossível para ele.

"Por que não o deixamos com Lando pra ver se ele o conserta?", sugeriu Han.

"Não, obrigada", respondeu Leia, com um olhar frio nos olhos. "Tem algo errado aqui. Seu amigo Lando é muito encantador, mas eu não confio nele."

"Mas eu confio", argumentou Han, defendendo seu anfitrião. "Escuta aqui, doçura, eu não vou ficar ouvindo você acusar meu amigo de..."

Mas ele foi interrompido por um zumbido assim que uma das portas se abriu e Lando Calrissian entrou no salão. Sorrindo cordialmente, ele caminhou em direção ao pequeno grupo. "Perdão, estou interrompendo alguma coisa?"

"Na verdade não", disse a princesa, distante.

"Minha querida", Lando disse ignorando a frieza com que fora recebido, "sua beleza não tem paralelo. Você realmente deveria estar aqui conosco, entre as nuvens."

Ela sorriu friamente. "Obrigada."

"Você se importaria de me acompanhar para comer alguma coisa?"

Han teve de admitir que estava com fome. Mas, por algum motivo que não conseguiu entender, ele sentiu uma onda de suspeita. Ele não se lembrava de Calrissian sendo tão educado, tão calmo. Talvez Leia tivesse razão em suas suspeitas...

Seus pensamentos foram interrompidos pelo entusiasmo de Chewbacca à menção de comida. O grande wookiee estava lambendo os beiços ao antever comida decente.

"Todos estão convidados, claro", disse Lando.

Leia deixou-se levar pelo braço de Lando e, enquanto o grupo movia-se em direção à porta, Calrissian viu a caixa com as partes douradas do robô. "Problemas com seu droide?", perguntou.

Han e Leia trocaram um rápido olhar. Se Han fosse pedir ajuda para Lando consertar o robô, aquele era o momento. "Um acidente", ele minimizou. "Nada que não esteja sob controle."

Eles saíram do salão deixando apenas os restos desconjuntados do droide de protocolo.

O grupo passeava pelos longos corredores brancos e Leia caminhava entre Han e Lando. Han não tinha certeza se gostava da possibilidade de ter de competir com Lando pela simpatia de Leia – especialmente naquelas circunstâncias. Mas eles dependiam da boa vontade de Lando. Não tinham opção.

O assistente pessoal de Lando juntou-se a eles enquanto caminhavam, um homem alto e careca vestindo jaqueta cinza com mangas amarelas bufantes. Usava um dispositivo de rádio atrás da cabeça, cobrindo as duas orelhas. Ele andava perto de Chewbacca, a uma pequena distância atrás de Han, Leia e Lando e, enquanto caminhavam rumo à sala de jantar, o administrador descrevia o status do governo em seu planeta.

"Entendam", explicou Lando, "somos uma estação livre e não estamos sob a jurisdição do Império."

"Você faz parte da corporação dos mineradores?", perguntou Leia.

"Na verdade não. Nossa operação é muito pequena para ser percebida. A maior parte dos nossos negócios é, bem... não oficial."

Eles entraram em uma varanda que permitia ver por cima o cume espiralado da Cidade das Nuvens. De onde estavam podiam observar vários twin-pods voando ao redor dos belos prédios-pináculos da cidade. Era uma visão espetacular e os visitantes estavam bem impressionados.

"É um posto avançado encantador", disse Leia maravilhada.

"Sim, nos orgulhamos daqui", respondeu Lando. "Você perceberá que o ar aqui é bem especial... estimulante." Ele sorriu para Leia de forma significativa. "Você poderia aprender a gostar."

Han não deixou passar o olhar de paquera de Lando – e também não gostou. "Não temos planos de ficar muito tempo", disse bruscamente.

Leia ergueu maliciosamente uma sobrancelha para o agora enciumado Han Solo. "Eu achei bem tranquilizante."

Lando riu e os guiou para fora da varanda. Eles se aproximaram da sala de jantar com suas portas maçiças e, ao parar à sua frente, Chewbacca ergueu sua cabeça e sentiu um cheiro curioso no ar. Ele rosnou na direção de Han na mesma hora.

"Agora não, Chewie", reprovou Han, que virou para Calrissian. "Lando, você não teme que o Império possa descobrir afinal esta pequena operação e fechá-la?"

"Sempre há esse risco", respondeu o administrador. "Paira como uma sombra sobre tudo que construímos aqui. Mas as circunstâncias se desenvolveram de tal forma que garantirão a segurança. Sabe, fiz um acordo que deixará o Império fora daqui para sempre."

E assim as enormes portas se abriram – e imediatamente Han entendeu qual era o "acordo" que Lando fizera. No final da enorme mesa de banquete estava o caçador de recompensas Boba Fett.

Fett estava ao lado de uma cadeira em que jazia a sombria essência do próprio mal – Darth Vader. Lentamente, o Lorde Negro ergueu-se, mostrando sua altura ameaçadora de dois metros por completo.

Han lançou seu pior olhar para Lando.

"Lamento, amigo", disse Lando, tentando soar levemente apologético. "Eu não tive escolha. Eles chegaram um pouco antes que você."

"Eu também lamento", devolveu Han. Naquele instante, ele puxou sua arma do coldre, mirou diretamente na figura de preto e começou a disparar raios laser na direção de Vader.

Mas o homem que era o gatilho mais rápido da galáxia não foi rápido o suficiente para surpreender Vader. Antes que os raios atravessassem a metade da mesa, o Lorde Negro ergueu sua mão enluvada e sem esforço os desviou para que explodissem contra a parede num jorro inofensivo de faíscas brancas.

Impressionado com o que tinha acabado de ver, Han tentou atirar novamente. Mas, antes que pudesse disparar outro raio, algo – invisível e incrivelmente forte – puxou a arma de sua mão e a conduziu pelo ar até as mãos de Vader. A figura negra calmamente repousou a arma sobre a mesa de jantar.

Bufando através de sua máscara obsidiana, o Lorde Negro disse ao seu pretenso agressor: "Ficaríamos honrados se pudesse se juntar a nós".

R2-D2 sentia a chuva caindo sobre seu domo de metal enquanto marchava através das poças enlameadas do pântano. Ele estava indo em direção à pequena cabana que era o santuário de Yoda e logo seus sensores ópticos sentiram um brilho dourado atravessando as janelas. Ao chegar perto da convidativa casa, ele sentiu um alívio robótico ao finalmente sair daquela chuva chata e insistente.

Mas, quando tentou entrar, descobriu que seu corpo inflexível de robô não passava pela porta; ele tentou de outro ângulo e de outro. Até que finalmente a percepção de que ele não tinha o formato certo para entrar infiltrou-se em sua mente-computador.

R2 mal podia acreditar em seus sensores. Enquanto espreitava dentro da casa, ele examinou uma figura ocupada, agitando-se na cozinha, mexendo em várias panelas fumegantes, cortando aqui e ali, correndo para lá e para cá. Mas a figura na pequena cozinha de Yoda, fazendo as tarefas de Yoda, não era o Mestre Jedi – e sim seu aprendiz.

Yoda, pelo que R2 havia examinado, estava simplesmente sentado, observando seu jovem pupilo num cômodo adjacente, sorrindo de forma tranquila. E então, de repente, no meio de toda aquela atividade na cozinha, Luke parou, como se uma triste visão aparecesse em sua frente.

Yoda percebeu o olhar preocupado de Luke. Enquanto observava seu aluno, três esferas luminosas apareceram por trás de Yoda e sem fazer barulho foram voando em direção ao jovem Jedi para atacá-lo pelas costas. No mesmo instante, Luke virou-se para encará-las, com uma tampa de panela numa mão e uma colher na outra.

As esferas começaram a atirar raios em Luke. Mas, com uma habilidade impressionante, o aprendiz de Jedi desviou de cada um deles. Ele atingiu uma delas perto da porta aberta por onde R2 assistia à performance de seu mestre. Mas o fiel droide viu tarde demais a bola brilhante vindo em sua direção e não conseguiu evitar que o raio o atingisse. O impacto derrubou o robô barulhento no chão com um golpe que quase soltou suas entranhas eletrônicas.

Mais tarde, naquela noite, depois que o estudante passou por mais uma série de testes de seu professor, um esgotado Luke Skywalker enfim adormeceu no chão dentro da casa de Yoda. Ele dormiu agitado, sacudindo-se e gemendo baixo. Seu robô estava a seu lado, preocupado e esticando seu braço mecânico para cobrir Luke novamente. Mas quando R2 começou a sair, o rapaz passou a gemer e a tremer como se estivesse tendo um pesadelo horrível.

Dentro da casa, Yoda ouviu o barulho e correu para a porta.

Luke acordou num sobressalto. Tonto, ele começou a se ver e depois viu seu mestre o observando preocupado. “Não consigo tirar essa visão da cabeça”, disse Luke para Yoda. “Meus amigos... Estão com problemas... E eu sinto que...”

“Luke, ir você não deve”, Yoda advertiu.

“Mas Han e Leia morrerão se eu não for.”

“Você não tem como saber isso.” Era a voz sussurrada de Ben, que começou a materializar-se à sua frente. A figura de manto escuro apareceu como uma imagem translúcida e disse para Luke: “Mesmo Yoda não pode ver seu destino”.

Mas Luke estava muito preocupado com seus amigos e determinado a fazer algo. “Posso ajudá-los!”, insistiu.

“Você não está pronto ainda”, disse Ben gentilmente. “Você ainda tem muito a aprender.”

“Posso sentir a Força”, disse Luke.

“Mas você ainda não pode controlá-la. É uma fase perigosa para você, Luke. É quando está mais suscetível às tentações do lado negro.”

"Sim, sim", acrescentou Yoda. "Ouvir Obi-Wan você deve, jovem. A árvore. Esquecer do fracasso na árvore?"

Luke lembrou-se dolorosamente, apesar de ter percebido que havia ganhado forças e compreensão com aquela experiência. "Aprendi tanto desde aquilo. E eu voltarei para terminar. Eu prometo, mestre."

"Você subestima o Imperador", Ben disse em tom solene. "Ele quer você. Por isso seus amigos estão sofrendo."

"E é por isso", disse Luke, "que eu devo ir."

Kenobi era categórico. "Não perderei você para o Imperador como perdi Vader."

"Não irá."

"Só um Cavaleiro Jedi completamente treinado, com a Força como aliada, poderá sobrepujar Vader e seu Imperador", enfatizou Ben. "Se você interromper seu treinamento agora, escolherá o caminho rápido e fácil – como Vader escolheu – e se tornará um agente do mal. E a galáxia mergulhará num abismo de ódio e desespero."

"Pará-los nós devemos", interrompeu Yoda. "Ouvir você? Disso depender *tudo*."

"Você é o último Jedi, Luke. Nossa única esperança. Tenha paciência."

"E sacrificar Han e Leia?", o jovem perguntou sem acreditar.

"Se luta você honrar", disse Yoda, parando por um longo instante, "...sim!"

Uma enorme angústia dominou Luke. Ele não estava certo se poderia conciliar as advertências de seus dois grandes mentores com seus próprios sentimentos. Seus amigos passavam por grandes apuros e claro que ele deveria salvá-los. Mas seus mestres achavam que ele ainda não estava pronto, que ele ainda era muito vulnerável ao poder de Vader e de seu Imperador, que podia causar mal a seus amigos e a si próprio – e possivelmente perder-se para sempre na trilha do mal.

Mas como ele poderia temer essas abstrações enquanto Han e Leia eram reais e estavam sofrendo? Como ele poderia permitir-se temer um possível perigo para si mesmo enquanto seus amigos estavam agora em risco iminente de morte?

Ele não tinha dúvidas sobre o que deveria fazer.

A noite caía no planeta pantanoso quando R2-D2 retornou ao compartimento atrás da cabine do caça X-wing de Luke.

Yoda estava em uma das caixas de armazenamento, observando Luke carregando-as uma a uma até o bagageiro do caça enquanto trabalhava sob as luzes do X-wing.

"Não posso protegê-lo, Luke", disse Ben Kenobi enquanto sua imagem vestida num manto tomava forma sólida. "Se você escolher encarar Vader, deverá fazê-lo sozinho. Uma vez que você tomar essa decisão, não poderei interferir."

"Entendo", respondeu calmamente Luke. E então, virando-se para seu robô, disse-lhe: "R2, ligue os conversores de energia".

R2, que já havia soltado os engates de energia da nave, assobiou feliz, grato por sair daquele sombrio mundo lamacento, que certamente não era um lugar para robôs.

"Luke", aconselhou Ben, "use a Força apenas para conhecimento e defesa, não como uma arma. Não ceda ao ódio nem à raiva. Esse é o caminho para o lado negro."

Luke confirmou, sem prestar atenção. Sua mente estava concentrada na longa viagem e nas tarefas difíceis à sua frente. Ele deveria salvar seus amigos, cujas vidas estavam em perigo por sua causa. Ele subiu na cabine e então olhou para seu Mestre Jedi.

Yoda estava profundamente preocupado com seu aprendiz. "Vader forte é", advertiu de forma ameaçadora. "Nublado seu destino está. Lembrar o que aprender. Perceber tudo, tudo! Salvar você pode."

"Farei isso, Mestre Yoda", Luke assegurou-lhe. "E voltarei para terminar o que comecei. Dou-lhe minha palavra!"

R2 fechou a cabine e Luke ligou o motor.

Yoda e Obi-Wan observaram o X-wing engatar seus motores e começar a mover-se para a decolagem.

"Para você falei", disse tristemente Yoda, enquanto o belo caça começou a voar rumo aos céus nebulosos. "Imprudente ele é. Piorar as coisas agora."

"Aquele garoto é nossa última esperança", disse Ben Kenobi com a voz pesada de emoção.

"Não", corrigiu o mestre de Kenobi com um brilho confiante em seus grandes olhos, "outra haver."

Yoda ergueu sua cabeça para o céu escuro onde a nave de Luke já era um mero ponto de luz indistinguível das outras estrelas que brilhavam.

XII

Chewbacca achou que estivesse ficando louco!

A cela da prisão estava tomada por um luz quente e ofuscante que queimava seus sensíveis olhos de wookiee. Nem mesmo suas mãos e braços peludos sobre seu rosto poderiam protegê-lo daquele brilho intenso. E, para piorar, um apito agudo retinia no cubículo, atormentando sua audição apurada. Ele rugia de agonia, mas seus urros guturais perdiam-se no meio daquele guincho perturbador.

O wookiee perambulava no confinamento da cela. Gemendo lamentavelmente, ele esmurrava as grossas paredes em desespero, querendo que alguém, qualquer um, fosse soltá-lo. Enquanto se debatia, o apito que quase explodia seus tímpanos parou de repente e uma inundação de luz cintilou e sumiu.

Chewbacca deu alguns passos para trás com a súbita ausência da tortura e então moveu-se para uma das paredes da cela para ver se alguém estava se aproximando para libertá-lo. Mas as grossas paredes não revelaram nada e, enlouquecido de raiva, Chewbacca bateu com força seu punho gigante contra a parede.

Mas a parede manteve-se intacta, tão impenetrável quanto antes, quando Chewbacca percebeu que precisaria mais do que a força bruta de um wookiee para derrubá-la. Desanimado com as chances de atravessar as paredes da cela rumo à liberdade, Chewbacca virou-se em direção à cama, onde a caixa com as partes de C-3PO tinha sido colocada.

Primeiro sem vontade e depois cada vez com mais interesse, o wookiee começou a fuçar na caixa. Foi quando percebeu que seria possível consertar o robô desconjuntado. Isso não apenas o ajudaria a passar o tempo, mas também poderia ser útil se C-3PO voltasse a funcionar.

Ele pegou a cabeça dourada e olhou para seus olhos sem vida. Ele segurou a cabeça e bramiu algumas palavras em solilóquio, como se estivesse preparando o robô para a alegria de voltar à atividade – ou para o desapontamento pelo possível fracasso de Chewbacca de reconstruí-lo corretamente.

E então, bem delicadamente para uma criatura de seu porte e força, o gigantesco wookiee colocou a cabeça sobre o torso de bronze. Ele começou a mexer no emaranhado de circuitos e fios de C-3PO. Suas habilidades mecânicas só haviam sido testadas anteriormente na Millennium Falcon, então ele não estava tão certo de que poderia completar uma tarefa tão delicada. Chewbacca mexeu e fuçou nos fios, perplexo com aquele mecanismo intrincado, quando de repente os olhos de C-3PO se acenderam.

Um gemido veio de dentro do robô. Soava vagamente como a voz normal de C-3PO, mas falava tão lentamente e tão grave que as palavras eram pouco inteligíveis.

"Stooorrmmmtroooppperss..."

Confuso, Chewbacca coçou sua cabeça peluda e estudou o robô intensamente. Teve uma ideia e tentou ligar um fio a um outro plugue. Na mesma hora, C-3PO começou a falar com sua voz normal. Suas palavras pareciam retiradas de um pesadelo.

"Chewbacca!", gritou a cabeça de C-3PO. "Cuidado, há stormtroopers escondi..." Ele parou, como se estivesse revivendo toda uma experiência traumática, e então gritou: "Oh, não! Fui atingido!"

Chewbacca, aturdido, balançou a cabeça. Tudo que ele precisava fazer agora era tentar colocar o resto de C-3PO para funcionar novamente.

Era bem provável que tenha sido a primeira vez que Han Solo gritou de verdade em sua vida. Ele nunca teve que suportar um tormento como aquele. Solo estava amarrado a uma plataforma que se inclinava aproximadamente quarenta e cinco graus em relação ao chão. Enquanto estava amarrado, correntes elétricas de energia bruta eram disparadas por seu corpo em curtos intervalos, cada choque mais forte e doloroso que o anterior. Ele se contorcia tentando se livrar, mas a dor era tão severa que tudo que lhe restava era manter-se consciente.

Próximo ao equipamento de tortura, Darth Vader vigiava a provação de Han Solo em silêncio. Sem parecer satisfeito ou contrariado, ele a tudo observou até achar que já tinha visto o suficiente. Então o Lorde Negro virou-se de costas para a figura agonizante e deixou a cela. A porta deslizou logo atrás dele, fechando-se e abafando os gritos de dor de Solo.

Fora da câmara de tortura, Boba Fett esperava por Lorde Vader com Lando Calrissian e seu assistente administrativo.

Com óbvio desdém, Vader falou com Fett. "Caçador de recompensas", Vader dirigiu-se ao homem de capacete prateado com marcas pretas, "se você está esperando seu butim, deverá esperar mais até que eu tenha Skywalker."

O confiante Boba Fett pareceu imperturbável com a notícia. "Não tenho pressa, Lorde Vader. Minha preocupação é com que o capitão Solo não sofra demais. O valor da recompensa que Jabba, o hutt, oferece pode dobrar se ele for levado com vida."

"Sua dor é considerável, caçador de recompensas", silvou Vader, "mas ele continuará inteiro."

"O que acontecerá com Leia e o wookiee?", Lando perguntou com certa preocupação.

"Eles estão bem, como você verá", respondeu Vader. "Mas", acrescentou, com o inconfundível tom conclusivo, "eles nunca poderão deixar esta cidade."

"Isso nunca foi uma condição em nosso acordo", insistiu Calrissian. "Tampouco entregar Han a este caçador de recompensas."

"Talvez você ache que está sendo tratado de forma injusta", disse Vader com sarcasmo.

"Não", disse Lando, olhando para seu assistente.

"Bom", continuou Vader, acrescentando uma ameaça velada, "seria bem ruim para você se eu tivesse que deixar uma comitiva permanente aqui."

Saudando-o em reverência, Lando Calrissian esperou Darth Vader sair e entrou num elevador com o caçador de recompensas de uniforme prateado. Então, levando seu assistente com ele, o administrador da Cidade das Nuvens caminhou rapidamente por um corredor de paredes brancas.

"Este acordo está me saindo o pior de todos", reclamou Lando.

"Talvez o senhor devesse tentar renegociá-lo", sugeriu o assistente.

Lando olhou para o auxiliar sombriamente. Ele estava começando a perceber que o acordo com Darth Vader não lhe traria nenhum benefício. E, além disso, estava causando mal a pessoas que o chamaram de amigo. Por fim, disse, falando baixo para não ser ouvido pelos espiões de Vader: "Tenho um mau pressentimento sobre isso".

Enfim C-3PO estava começando a se sentir como antigamente.

O wookiee estava ocupado tentando reconectar os diversos fios e circuitos internos do robô e agora ele havia acabado de entender como reconectar os membros. Até então ele havia reconectado a cabeça ao tronco e tinha completado a conexão de um braço com sucesso. O resto das partes de C-3PO estava jogado na mesa com fios e circuitos que saíam dos pedaços amputados.

Mas, apesar de o wookiee estar trabalhando diligentemente para completar a tarefa, o droide dourado começou a reclamar aos berros. "Olha, algo não está certo", inquietava-se, "porque agora eu não consigo ver!"

O paciente wookiee bradou e ajustou um fio no pescoço de C-3PO. Finalmente o robô pôde enxergar de novo e deu um suspiro mecânico de alívio. "Agora sim, bem melhor."

Mas não estava *muito* melhor. Quando ele projetou seu recém-ativado sensor de visão em direção ao que ele deveria ver como seu tórax - viu suas costas! "Espere aí - oh, céus. O que você fez? Eu estou ao contrário!", balbuciou C-3PO. "Sua bola de pelo pulguenta! Só um cabeça de vassoura gigante feito você poderia ser idiota o suficiente para colocar minha cabeç..."

O wookiee rosnou de forma ameaçadora. Ele esquecera de como aquele robô reclamava. E aquela cela era pequena demais para ele ficar ouvindo mais daquilo! Antes que C-3PO soubesse o que estava acontecendo com ele, o wookiee veio por cima e puxou um fio. Na mesma hora os resmungos pararam e o lugar ficou quieto novamente.

Mas então ele sentiu um cheiro conhecido na cela.

O wookiee farejou o ar e correu para a porta.

A porta da cela zumbiu e se abriu quando um exausto e desfeito Han Solo foi empurrado com força por dois stormtroopers. Os soldados saíram e Chewbacca, aliviado em revê-lo, rapidamente correu na direção do amigo e o abraçou. O rosto de Han estava pálido, com graves olheiras. Parecia estar à beira de um colapso e Chewbacca rosnou preocupado para seu velho companheiro.

"Não", disse Han, cansado. "Eu tô bem, tá tudo bem."

A porta se abriu novamente e a princesa Leia também foi jogada na cela. Ela ainda estava vestida com seu manto elegante, mas, assim como Han, parecia cansada e sofrida.

Quando os stormtroopers saíram fechando a porta às suas costas, Chewbacca ajudou Leia com Han. A princesa e o capitão se entreolharam, emocionados, foram em direção um ao outro e se abraçaram com força. Depois de um momento, eles se beijaram ternamente.

Enquanto ainda estava nos braços de Solo, Leia perguntou-lhe sem forças: "Por que estão fazendo isso? Eu não consegui entender o que querem".

Han sabia tanto quanto ela. "Eles me fizeram gritar em um aparelho de tortura, mas não me fizeram nenhuma pergunta."

E então a porta deslizou mais uma vez, abrindo espaço para Lando e dois de seus guardas da Cidade das Nuvens.

"Sai daqui, Lando!", vociferou Han. Se ele não se sentisse tão fraco, teria pulado para atacar seu amigo traidor.

"Cale-se e ouça", Lando devolveu. "Estou fazendo o possível para que isso fique mais fácil para você."

"Isso deve ser bom", Han frisou acidamente.

"Vader concordou em deixar Leia e Chewie comigo", explicou Lando. "Eles terão de ficar aqui, mas pelo menos estarão a salvo."

Leia engasgou. "E Han?"

Lando olhou gravemente para seu amigo. "Eu não sabia que sua cabeça estava a prêmio. Vader deu você de bandeja pro caçador de recompensas."

A princesa olhou imediatamente para Han e seus olhos marejaram de preocupação.

"Você está enganado", Han disse a Calrissian, "em achar que Vader não vai nos matar quando isso tudo terminar."

"Ele não quer vocês", disse Lando. "Ele está procurando alguém chamado Skywalker."

Os dois prisioneiros ficaram sem ar diante da menção casual daquele nome.

Han parecia intrigado. "Luke? Não entendo."

A mente da princesa estava trabalhando rápido. Tudo começava a se encaixar num terrível mosaico. No passado, Vader quis Leia por causa de sua importância política na batalha entre o Império e a Aliança Rebelde. Agora ela estava com ele e só era útil por um motivo.

"Lorde Vader armou uma armadilha para ele", acrescentou Lando, "e vocês..."

Leia terminou a frase. "Exato. Nós somos a isca."

"Tudo isso só pra pegar o garoto?", perguntou Han. "O que ele tem de tão importante?"

"Não me pergunte, mas ele está vindo."

"Luke está vindo?"

Lando Calrissian confirmou.

"Você armou direitinho pra gente", grunhiu Han, cuspindo as palavras em Lando, "...amigo!"

Ao rosnar aquela última palavra acusadora, a força de Han Solo voltou de uma vez. Ele a reuniu por inteiro e desferiu um soco que fez Lando cambalear. Em seguida, os dois ex-amigos se atracaram numa furiosa disputa. Os guardas de Lando chegaram mais perto dos dois oponentes, ocupados com sua rusga, e começaram a atingir Han com a coronha de suas armas. Um soco forte no queixo de Han o fez voar pela cela, com sangue saindo de sua boca.

Chewbacca começou a rugir selvagemente e partiu em direção aos guardas. Quando eles ergueram suas armas laser, Lando gritou: "Não atirem!"

Ferido e sem fôlego, o administrador falou para Han: "Fiz o que pude por você. Lamento não ter sido o melhor, mas tenho meus próprios problemas". Antes de sair da cela, Lando Calrissian acrescentou: "Já estou até o pescoço com isso, muito mais do que eu esperava".

"É", devolveu Han, retomando sua compostura, "você é mesmo um herói."

Lando finalmente saiu com seus guardas. Leia e Chewbacca correram logo para ajudar Han a ficar de pé novamente e o conduziram para um dos beliches. Ele descansou seu corpo dolorido e gasto na cama. Leia pegou um pedaço escuro de tecido e começou a gentilmente a passá-lo em seu queixo, limpando o sangue que escorria.

Ao fazer isso, ela começou a rir suavemente. "Você certamente tem jeito com as pessoas", brincou.

A cabeça de R2-D2 girou sobre seu corpo de barril quando seus sensores perceberam o vácuo cravejado de estrelas que era o Sistema de Bespin.

O veloz X-wing tinha acabado de entrar no sistema e estava atravessando o espaço negro como uma enorme ave branca.

A unidade R2 tinha muito a comunicar ao seu piloto. Seus pensamentos eletrônicos saíam em um fluxo impetuoso e eram traduzidos na tela da cabine.

Um Luke risonho respondeu rapidamente às primeiras perguntas urgentes. "Sim, R2, tenho certeza de que C-3PO estará lá."

O pequeno robô assobiou uma exclamação feliz.

"Espere só um pouco", disse Luke pacientemente, "e em breve chegaremos."

Ao girar a cabeça, R2, feliz e animado, percebeu o régio acúmulo de estrelas, enquanto o X-wing continuava como uma flecha celestial rumo a um planeta cuja principal cidade ficava nas nuvens.

Lando Calrissian e Darth Vader estavam próximos da plataforma hidráulica que dominava a enorme câmara de congelamento em carbono. O Lorde Negro estava em silêncio enquanto seus auxiliares apressavam-se para preparar o lugar.

A plataforma hidráulica, alojada dentro de um profundo poço no centro da câmara, era cercada de inúmeros canos de valor e enormes tanques químicos de vários formatos.

Fazendo guarda com rifles firmes em suas mãos estavam quatro stormtroopers em suas armaduras imperiais.

Darth Vader virou-se para Calrissian depois de avaliar o local. "As instalações são rústicas", ele observou, "mas devem funcionar para nossas necessidades."

Um dos oficiais de Vader correu para o lado do Lorde Sith. "Lorde Vader", reportou-se, "há uma nave se aproximando – é um X-wing."

"Bom", respondeu Vader friamente. "Monitorem o progresso de Skywalker e permitam que ele pouse. Deveremos aprontar a câmara para ele logo em seguida."

"Só usamos esta instalação para congelamento em carbono", disse nervoso o administrador da Cidade das Nuvens. "Se você o colocar lá poderá matá-lo."

Mas Vader já havia considerado essa possibilidade. Ele sabia de um jeito para descobrir quão poderosa era aquela unidade de congelamento. "Eu não quero que o prêmio do Imperador seja danificado. Vamos testar antes." Ele chamou a atenção de um de seus stormtroopers. "Traga Solo", ordenou o Lorde Negro.

Lando olhou rapidamente para Vader. Ele não estava preparado para a pura maldade que se manifestava naquele terrível ser.

O X-wing seguiu descendo rapidamente e começou a perfurar os lençóis de nuvens que envolviam o planeta.

Luke checou suas telas de monitoramento com preocupação crescente. Talvez R2 pudesse ter mais informações registradas em seu próprio painel.

"Você registrou alguma nave de patrulha?"

A resposta de R2 foi negativa.

E assim, totalmente convencido de que sua aproximação ainda não tinha sido detectada, Luke seguiu com sua nave, rumo à cidade de sua visão perturbadora.

Seis dos ugnaughts com aparência suína preparavam freneticamente a câmara de congelamento de carbono para ser usada, enquanto Lando Calrissian e Darth Vader - agora o verdadeiro mestre da Cidade das Nuvens - observavam a apressada atividade.

Enquanto corriam pela plataforma de congelamento de carbono, os ugnaughts baixavam uma rede de canos - que parecia o sistema circulatório de um gigantesco alienígena - para o fundo do poço. Eles levantaram as mangueiras de carbonita e as colocaram no lugar. Então os seis humanoides ergueram o contêiner em formato de caixão e o prenderam de forma segura na plataforma.

Boba Fett entrou correndo liderando um esquadrão de seis soldados imperiais. Eles traziam Han, Leia e o wookiee à frente, empurrando-os para andarem mais rápido e forçando-os a entrar na câmara. Amarrado às largas costas do wookiee estava o parcialmente reconstituído C-3PO. Um de seus braços e as pernas estavam desmontados e pendiam ao redor de seu tronco dourado. A cabeça do droide, encarando a direção oposta à que Chewbacca via, virava-se freneticamente para ver aonde eles estavam indo e o que os esperava.

Vader virou-se para o caçador de recompensas. "Coloque-o na câmara de congelamento de carbono."

"E se ele não sobreviver?", perguntou o calculista Boba Fett. "Ele vale muito para mim."

"O Império compensará sua perda", disse sucintamente Vader.

Angustiada, Leia protestou: "Não!"

Chewbacca jogou sua juba para trás e soltou um retumbante uivo wookiee. E então ele quis partir para cima da linha de stormtroopers que guardava Han.

Gritando, C-3PO erguia seu único braço para proteger seu rosto. "Espere!", gritava o robô. "O que está fazendo?"

Mas o wookiee tentou lutar com os soldados, sem se preocupar com quantos eles eram ou com os berros assustados de C-3PO.

"Ah, não... Não acertem em mim", implorava o droide, tentando proteger suas partes desconjuntadas com seu braço. "Não! Não foi isso que ele quis dizer! Acalme-se, seu tolo peludo!"

Mais stormtroopers tiveram que entrar na sala e juntar-se à briga. Alguns começaram a acertar o wookiee com as coronhas de seus rifles, atingindo C-3PO por tabela.

"Ai!", gritava o robô. "Eu não fiz nada!"

Os stormtroopers começaram a dominar Chewbacca e estavam prestes a atingi-lo no rosto com suas armas quando, sobre o barulho da briga, ouviu-se o grito de Han: "Não, Chewie! Para com isso, Chewbacca!"

Só Han Solo poderia fazer o enlouquecido wookiee desistir da batalha. Preso pelos guardas, Han soltou-se deles e correu para terminar a briga.

Vader sinalizou para que seus guardas deixassem Han e ordenou que a briga acabasse.

Han segurou os antebraços gigantes de seu amigo peludo para acalmá-lo e depois dirigiu-lhe um olhar severo.

O afobado C-3PO ainda estava agitado e nervoso. "Sim... Pare, pare." Então, com um suspiro robótico aliviado, disse: "Graças aos céus!"

Han e Chewbacca se encararam, o primeiro olhando sorridente dentro dos olhos do amigo. Por um momento eles se deram um abraço apertado e então Han disse ao wookiee: "Guarde suas forças para outra hora, amigo, quando as chances forem melhores". Ele deu uma piscadela confiante, mas o wookiee já estava tomado pela tristeza e emitiu um gemido pesaroso.

"É", disse Han, esforçando-se ao máximo para sorrir. "Eu sei. Eu também me sinto assim. Fica bem, meu velho." E então Han Solo virou-se para os guardas e disse: "É melhor acorrentá-lo até que tudo termine".

Dominado, Chewbacca não reagiu quando o stormtrooper colocou algemas de restrição ao redor de seus punhos. Han deu um abraço de adeus em seu parceiro e então virou-se para a princesa Leia. Ele a tomou nos braços e eles se abraçaram como se nunca fossem se deixar.

Então Leia pousou seus lábios nos dele em um beijo apaixonado. Quando o beijo terminou, seus olhos estavam úmidos. "Eu amo você", ela disse suavemente. "Eu não podia dizer antes, mas é verdade."

Ele sorriu seu familiar sorriso convencido. "Lembre-se disso, porque eu voltarei." E seu rosto mais uma vez se enterneceu e ele gentilmente a beijou na testa.

As lágrimas começaram a rolar pelo rosto de Leia quando Han se virou e caminhou destemidamente e em silêncio rumo à plataforma hidráulica que o esperava.

Os ugnaughts correram para seu lado e o colocaram na plataforma, amarrando seus braços e pernas firmes na prateleira hidráulica. Ele permaneceu solitário e desamparado, e pela última vez viu seus amigos. Chewbacca olhou para seu parceiro com pesar. Calrissian, o administrador, assistia àquela provação com solene olhar de arrependimento, profundamente marcado em seu rosto. E Leia. Sua face contorcia-se com a dor do luto enquanto tentava regiamente manter-se forte.

Leia foi o último rosto que Han viu quando sentiu que a plataforma hidráulica começou a descer. Enquanto ela baixava, o wookiee soltou um último uivo de despedida.

Naquele terrível momento, Leia, entristecida, virou-se para Lando com um esgar pesaroso.

No mesmo instante, um líquido escaldante começou a jorrar para dentro do poço numa grande cascata de fluidos e fagulhas.

Chewbacca virou-se para não ver aquele espetáculo horrível, deixando C-3PO com uma visão melhor do processo.

"Eles o estão revestindo de carbonita", relatou o droide. "É uma liga de altíssima qualidade. Melhor do que a minha própria. Ele deverá manter-se bem protegido... Isto é, se sobreviver ao processo de congelamento."

Chewbacca rapidamente olhou por cima de seu ombro para ver C-3PO, silenciando aquela descrição técnica com um rosnado nervoso.

Quando o líquido solidificou-se, enormes pinças metálicas ergueram a figura enrijecida do poço. A imagem, que agora rapidamente esfriava, tinha uma forma humana reconhecível, mas inexpressiva e rochosa, como uma escultura inacabada.

Alguns dos homens-porcos, com suas mãos protegidas por grossas luvas pretas, se aproximaram do corpo revestido de metal de Han Solo e o trouxeram para o chão. Depois que o vulto baixou sobre a plataforma com um som alto e metálico, os ugnaughts o içaram para um contêiner na forma de um caixão. Eles então ligaram um dispositivo eletrônico no formato de uma caixa na lateral e se afastaram.

Ajoelhando-se, Lando girou alguns botões no aparelho e checou a calibragem para medir a temperatura do corpo de Han. Ele suspirou aliviado e assentiu com a cabeça. "Ele está vivo", informou aos ansiosos amigos de Han, "e em perfeito estado de hibernação."

Darth Vader virou-se para Boba Fett. "Ele é todo seu, caçador de recompensas", silvou. "Recalibrem a câmara para Skywalker."

"Ele acabou de pousar, milorde", informou-lhe um assistente.

"Veja como fazê-lo vir para cá."

Apontando para Leia e Chewbacca, Lando disse a Vader: "Vou levar agora o que é meu". Ele estava determinado a tirá-los das garras de Vader antes que o Lorde Negro renegasse o acordo.

"Leve-os", disse Vader, "mas manterei um destacamento de tropas aqui para vigiá-los."

"Isso não fazia parte do acordo", protestou firmemente Lando. "Você disse que o Império não interferi..."

"Eu estou alterando o acordo. Reze para que eu não o altere ainda mais."

Um aperto repentino cingiu a garganta de Lando, um sinal ameaçador do que poderia acontecer se ele ficasse no caminho de Vader. Lando logo levou a mão ao próprio pescoço, mas no instante seguinte a pressão invisível desapareceu e o administrador virou-se para encarar Leia e Chewbacca. O semblante dos dois poderia expressar desânimo, mas nenhum deles se importou em dirigir-lhe o olhar.

Luke e R2 moviam-se cautelosamente pelo corredor deserto.

Luke estava preocupado com o fato de terem chegado até ali sem serem parados e questionados. Ninguém veio lhes pedir permissão para pouso, documentos de identificação ou saber do propósito da visita. Ninguém na Cidade das Nuvens parecia ter alguma curiosidade sobre quem seria aquele jovem com seu pequeno droide – e o que eles estariam fazendo ali. Tudo parecia um tanto sinistro e Luke estava começando a se sentir bem desconfortável.

De repente, ele ouviu um som no outro extremo do corredor. Luke parou, encostando-se na parede. R2, feliz com a possibilidade de voltar a estar com humanos e robôs, começou a assobiar e a apitar animadamente. Luke lançou-lhe um olhar para que ficasse quieto e o robozinho emitiu um último guincho fraco. Skywalker então olhou para uma curva no corredor e avistou um grupo se aproximando. Uma figura imponente liderava os demais, usando armadura e capacete. Atrás dele, dois guardas armados da Cidade das Nuvens empurravam uma caixa transparente pelo corredor. De onde estava, Luke teve a impressão de que a caixa continha uma figura humana que parecia uma estátua. Seguindo a comitiva, dois stormtroopers do Império – e eles avistaram Luke.

No mesmo instante, os soldados começaram a atirar.

Luke conseguiu desviar-se dos lasers e antes que eles pudessem atirar novamente o jovem disparou sua arma, abrindo dois buracos flamejantes no tórax de cada um de seus oponentes.

Os soldados caíram e os outros dois guardas rapidamente levaram o ser encaixotado para outro aposento enquanto a figura de armadura apontou sua arma laser para Luke, disparando um raio mortal em sua direção. O raio passou pelo jovem e destruiu boa parte do painel perto do qual Luke se agachara, reduzindo-o a uma profusão de partículas de poeira. Depois que a fumaça baixou, Luke olhou novamente para a curva no corredor e viu que seu agressor anônimo, os guardas e a caixa haviam todos desaparecido por trás de uma maciça porta de metal.

Ao ouvir sons vindo de trás, Luke virou-se e viu Leia, Chewbacca, C-3PO e um desconhecido que vestia uma capa movendo-se para outra câmara, escoltados por um pequeno grupo de stormtroopers.

Ele acenou para chamar atenção da princesa.

"Leia", ele gritou.

"Luke, não!", ela exclamou, sua voz carregada de medo. "É uma armadilha!"

Deixando R2 rolando logo atrás, Luke correu para segui-los, mas, ao chegar a uma pequena antessala, Leia e os outros desapareceram. Luke ouviu R2 apitando freneticamente enquanto fugia para a antessala. Ele logo virou e viu a gigantesca porta de metal se fechar, bem em frente ao assustado robô, com um barulho trovejante.

Com aquela porta fechada, Luke não tinha mais contato com o corredor. E, quando se virou para tentar achar outra saída, viu mais portas de metal se fechando ao redor da câmara.

Enquanto isso, R2 permanecia espantado pelo choque de quase ser pego por um triz. Se ele tivesse avançado apenas mais pouco na antessala, a porta o teria transformado em ferro-velho. Ele encostou seu "nariz" metálico contra a porta, deu um assobio de alívio e partiu na direção contrária.

A antessala estava cheia de canos que chiavam e vapores que saíam do chão. Luke começou a explorar o lugar e percebeu uma abertura acima de sua cabeça, que o levaria para onde nem sequer podia imaginar. Ele chegou mais perto para tentar ver melhor. Nesse momento, a parte do chão em que estava começou a se mover para cima. Luke subiu na plataforma, determinado a encarar o inimigo que desejava encontrar após viajar por uma enorme distância.

Mantendo sua arma firme, Luke apareceu na câmara de congelamento de carbono. Havia um silêncio mortal, exceto por um chiado de vapor escapando pelos canos ao redor. Parecia que Luke era a única criatura viva naquele lugar de maquinário tão estranho e contêineres químicos, mas ele percebeu que não estava só.

"Vader..."

Ele falou o nome para si mesmo enquanto olhava ao redor da sala.

"Lorde Vader, eu sinto sua presença. Apareça", Luke provocou o inimigo oculto, "ou você tem medo de mim?"

Enquanto falava, as saídas de vapor que dominavam o lugar começaram a cuspir uma névoa espessa. E então, imune ao calor lancinante, Vader apareceu e atravessou os vapores que assobiavam, caminhando na estreita passarela sobre a câmara, acompanhado por sua capa escura.

Luke deu um cauteloso passo adiante rumo à figura demoníaca de preto e tirou sua arma do coldre. Ele sentiu uma onda de confiança, como se estivesse completamente pronto para encarar o Lorde Negro. Não havia necessidade de usar aquela arma. Luke sentiu que a Força estava com ele e, finalmente, estava pronto para aquela batalha inevitável. Lentamente, começou a subir as escadas em direção a Vader.

"A Força está com você, jovem Skywalker", disse Darth Vader, do alto da plataforma, "mas você ainda não é um Jedi."

As palavras de Vader tiveram um efeito depressivo. Por um momento, Luke hesitou, lembrando-se das palavras de outro antigo Cavaleiro Jedi. *"Luke, use a Força apenas para conhecimento e defesa, não como uma arma. Não ceda ao ódio ou à raiva. Isso o levará para o lado negro."*

Livrando-se de qualquer sombra de dúvida, Luke segurou o punho bem-acabado de seu sabre de luz e rapidamente acionou a lâmina laser.

No mesmo instante, Vader acionou sua própria espada laser e silenciosamente esperou o ataque do jovem.

Seu enorme ódio por Vader impeliu Luke a investir sobre ele de forma selvagem, atacando-o com sua lâmina luminosa. Mas, sem esforço, Darth Vader desviou-se, desferindo outro golpe defensivo de sua própria arma.

Luke novamente atacou. E mais uma vez suas lâminas de energia se encontraram.

E assim permaneceram, um olhando para o outro num momento infinito, enquanto seus sabres de luz se cruzavam.

XIII

Seis stormtroopers acompanhavam Lando, Leia e Chewbacca enquanto eles marchavam através dos corredores internos da Cidade das Nuvens. Eles pararam na intersecção onde doze dos guardas de Lando e seu auxiliar chegaram para bloquear a passagem.

"Código Força 7", ordenou Lando ao parar em frente ao seu assistente.

Naquele momento, os doze guardas miraram seus lasers na direção dos stormtroopers, pegos de surpresa, e o assistente de Lando calmamente tirou as armas de cada um dos seis soldados. Ele deu uma das pistolas para Leia, outra para Lando e esperou as ordens seguintes.

"Prenda-os na torre de segurança", disse o administrador da Cidade das Nuvens. "E em silêncio! Ninguém pode saber disso."

Os guardas e o assistente de Lando, carregando as armas excedentes, levaram os stormtroopers em direção à torre.

Confusa, Leia assistiu a essa rápida mudança de situação. Mas a confusão virou uma surpresa ao ver que Lando, o homem que havia traído Han Solo, removia as algemas de Chewbacca.

"Vamos", Lando o apressou, "temos que sair daqui."

As mãos gigantes do wookiee finalmente estavam livres. Sem precisar esperar explicações, Chewbacca virou-se para o homem que o libertara e, com um rugido de gelar o sangue, foi para cima de Lando e pôs-se a sufocá-lo.

"Depois do que você fez com Han", disse Leia, "eu não confiaria em você."

Lando, desesperadamente, tentava se livrar do aperto feroz de Chewbacca para se explicar. "Eu não tive escolha", começou – mas foi interrompido por um urro feroz do wookiee.

"Ainda há uma chance de salvarmos Han", engasgou Lando. "Eles estão na Plataforma Leste."

"Chewie", Leia finalmente disse, "vamos!"

Ainda irritado, Chewbacca liberou Lando e olhou firme para ele enquanto Calrissian lutava para recuperar o fôlego.

"Mantenha seus olhos nele, Chewie", advertiu Leia, enquanto o wookiee grunhia de forma ameaçadora.

"Tenho a sensação", Lando murmurou, enquanto ofegava, "de que estou cometendo outro grande erro."

O atarracado R2 serpenteava para cima e para baixo no corredor, testando seus sensores em todas as direções possíveis enquanto tentava detectar algum sinal de seu mestre – ou de *qualquer* tipo de forma de vida. Ele percebeu que havia sido deixado para trás e perdeu a noção de quantos metros andara.

Ao dobrar em uma curva, ele viu algumas figuras movendo-se pelo corredor. Apitando e assobiando saudações droides, ele esperava que pudessem ser tipos amigáveis.

Seu apito foi percebido por uma das criaturas, que começou a chamá-lo.

"R2... R2..." Era C-3PO!

Chewbacca, que ainda carregava o semidesconjuntado C-3PO, rapidamente virou-se e viu o droide baixinho vindo em sua direção. Mas, ao virar-se, o wookiee tirou R2 do campo de visão de seu amigo.

"Espere!", exigiu C-3PO, como se tivesse sido provocado. "Vire-se de novo, seu peludo... R2, corra! Estamos tentando salvar Han do caçador de recompensas!"

R2 correu na direção deles, apitando por todo o caminho, e C-3PO pacientemente respondeu às suas perguntas frenéticas.

"Eu sei. Mas o mestre Luke pode cuidar de si mesmo." Pelo menos era o que C-3PO repetia para si enquanto o grupo continuava sua busca por Han.

Na Plataforma de Pouso Leste da Cidade das Nuvens, dois guardas empurravam o corpo congelado de Han Solo através de uma escotilha lateral na Slave I. Boba Fett subiu por uma escada próxima àquela abertura e embarcou em sua nave, fechando as portas assim que entrou na cabine.

Fett ligou os motores de sua nave e ela começou a se mover pela plataforma para decolar.

Lando, Leia e Chewbacca correram em direção à plataforma apenas a tempo de ver a Slave I levantar voo e singrar o céu laranja e roxo do pôr do sol da Cidade das Nuvens. Chewbacca ainda ergueu sua arma e, rugindo, atirou em direção à nave que partia.

"Não adianta", Lando lhe disse. "Está fora de nosso alcance."

Todos menos C-3PO viram a nave ir embora. Ainda amarrado às costas de Chewbacca, ele viu algo que os outros não haviam percebido.

"Oh, céus, não!", exclamou.

Vindo em direção ao grupo havia um esquadrão de stormtroopers, já disparando suas armas. O primeiro laser quase atingiu a princesa Leia. Lando respondeu rapidamente revidando o fogo inimigo e o ar logo ficou aceso com o ofuscante tiroteio de raios vermelhos e verdes.

R2 correu em direção ao elevador da plataforma e se escondeu lá dentro, olhando para fora apenas para ver a fúria da batalha de uma distância segura.

Lando gritou sobre o som dos disparos. "Vamos lá, vamos sair daqui!", chamou, correndo para o elevador aberto e atirando nos stormtroopers.

Mas Leia e Chewbacca não se moveram. Eles permaneceram no mesmo lugar e mantiveram fogo intenso contra o ataque dos stormtroopers. Os soldados gritavam e caíam à medida que seus braços, abdomes e tórax sucumbiam à mira precisa e fatal da princesa e do wookiee.

Lando, esticando sua cabeça para fora do elevador, tentou chamar sua atenção, acenando para que eles corressem. Mas os dois pareciam possessos enquanto atiravam, vingando-se com toda a raiva pela captura e perda daquele que os dois amavam. Eles estavam determinados a acabar com a vida daqueles asseclas do Império Galáctico.

C-3PO preferia estar em *qualquer* outro lugar. Sem poder sair dali, tudo que podia fazer era gritar freneticamente por ajuda. "R2, socorro!", gritava. "Como me meti nessa? Um destino pior que a morte é ser amarrado às costas de um wookiee!"

"Venham aqui!", Lando gritou novamente. "Venham logo, vamos!"

Leia e Chewbacca começaram a mover-se em sua direção, deixando a chuva de lasers para trás enquanto corriam para o elevador à espera. Quando suas portas fecharam, eles viram os soldados que sobraram correndo na mesma direção.

• • •

Os sabres de luz se chocavam na batalha de Luke Skywalker e Darth Vader na plataforma sobre a câmara de congelamento de carbono.

Luke sentia a plataforma balançar a cada golpe ou esquiva de suas armas. Mas ele estava implacável, pois cada estocada que dava fazia o maligno Darth Vader recuar.

Vader, usando seu sabre de luz para repelir as investidas mais agressivas de Luke, falava calmamente enquanto lutavam. "O medo não o alcança. Você aprendeu mais do que eu podia prever."

"Você verá que eu estou cheio de surpresas", respondeu o jovem confiante, ameaçando Vader com mais outro golpe.

"E eu também", foi a calma e grave resposta.

Com dois movimentos elegantes, o Lorde Negro tirou a arma de Luke de suas mãos e a arremessou para longe. Um ataque da lâmina de energia de Vader aos pés de Luke fez o jovem pular para trás num esforço para se proteger. Ele caiu para trás e desabou pelos degraus da escada.

Esparramado na plataforma, Luke olhou para cima e viu a ameaçadora figura sombria agigantar-se sobre ele no alto da escada. Foi quando ele voou em sua direção, com sua capa sombria erguendo-se no ar como as asas de um morcego monstruoso.

Rapidamente, Luke rolou para o lado, sem tirar os olhos de Vader, enquanto a enorme figura pousava perto dele sem emitir um som sequer.

"Seu futuro está comigo, Skywalker", resfolegou Vader, erguendo-se em direção ao jovem agachado. "Você abraçará o lado negro. Obi-Wan sabe que isso acontecerá."

"Não!", gritou Luke, tentando se desvencilhar daquela presença maligna.

"Há tanto que Obi-Wan não lhe contou", continuou Vader. "Vamos, eu completarei seu treinamento."

A influência de Vader era incrivelmente forte; e para Luke era como se ela estivesse viva.

Não dê ouvidos a ele, Luke disse para si mesmo. *Ele está tentando me enganar, me desnortear, me levar para o lado negro da Força, como Ben me advertiu!*

Luke começou a tomar distância do Lorde Sith, que chegava cada vez mais perto. Atrás do jovem, a porta do elevador hidráulico abriu em silêncio, pronta para recebê-lo.

"Eu morrerei antes", proclamou Luke.

"Não será necessário." O Lorde Negro repentinamente atacou Luke com seu sabre de luz, de forma que o jovem perdeu seu equilíbrio e caiu na porta aberta.

Vader distanciou-se do poço de congelamento e, de maneira despreocupada, recolheu seu sabre de luz. "Muito fácil", deu de ombros. "Talvez você não seja tão forte quanto o Imperador imaginava."

Enquanto ele falava, metal derretido começava a pingar na abertura às suas costas. E, enquanto estava de costas, algo cresceu num borrão em direção ao alto.

"O tempo dirá", Luke respondeu calmamente à provocação de Vader.

O Lorde Negro virou-se mais uma vez. Naquele ponto do processo de congelamento, a pessoa certamente não deveria conseguir falar! Vader olhou ao redor da sala e então virou o capacete em direção ao teto.

Pendurado em algumas das mangueiras que saíam do teto, estava Luke, suspenso, depois de pular cerca de cinco metros para escapar da carbonita.

"Impressionante", admitiu Vader. "Sua agilidade é impressionante."

Luke caiu de volta na plataforma do outro lado do poço fumegante. Ele esticou seu braço e sua espada, caída do outro lado da plataforma, veio voando de volta à sua mão. Imediatamente ele ativou o sabre.

O sabre de Vader voltou à vida no mesmo instante. "Ben lhe ensinou direito. Você controla seu medo. Agora deixe sua raiva sair. Eu destruí sua família. Vingue-se de mim."

Mas Luke, dessa vez, estava mais cauteloso e mais controlado. Se conseguisse interromper a sua raiva, como já havia conseguido controlar seu medo, ele não vacilaria.

Lembre-se do treinamento, Luke se advertia. *Lembre-se do que Yoda ensinou! Deixe todo o ódio e a raiva de lado para receber a Força!*

Ao controlar seus sentimentos negativos, Luke começou a avançar, ignorando as alfinetadas de seu oponente. Ele atacou Vader e, após uma rápida troca, começou a forçá-lo de volta.

"Seu ódio pode lhe dar o poder para me destruir", instigou Vader. "Use-o."

Luke começou a perceber como seu inimigo sombrio era incrivelmente poderoso. Suavemente ele disse para si mesmo "eu não irei me tornar um escravo do lado negro da Força" e moveu-se com cautela em direção a Vader.

Com a aproximação de Luke, Vader lentamente moveu-se para trás em retirada. Luke o atacou com um forte golpe. Mas, quando Vader o defendeu, ele perdeu o equilíbrio e caiu no fosso externo dos canos fumegantes.

Os joelhos de Luke estavam quase cedendo com a exaustão da batalha contra seu temível oponente. Ele reuniu forças e cautelosamente moveu-se para a margem e olhou para baixo. Mas não viu nenhum sinal de Vader. Desligando seu sabre de luz e guardando-o de volta em seu cinto, Luke abaixou-se em direção ao poço.

Ele desceu no poço e se viu numa enorme sala de controle e manutenção que supervisionava o reator que abastecia toda a cidade. Olhando ao redor, ele percebeu uma janela grande; parado com sua silhueta desenhada à sua frente, estava a figura imóvel de Darth Vader.

Luke lentamente moveu-se em direção à janela e reativou seu sabre de luz.

Mas Vader não sacou seu sabre, nem fez qualquer esforço para defender-se enquanto Luke chegava mais perto. A única arma do Lorde Negro, na verdade, era sua voz convidativa. "Ataque", ele provocou o rapaz. "Destrua-me."

Confuso pelo plano de Vader, Luke hesitou.

"Só concluindo sua vingança você poderá salvar a si mesmo..."

Luke ficou parado. Ele deveria agir de acordo com as palavras de Vader e assim usar a Força como ferramenta de vingança? Ou ele deveria se afastar da batalha, esperando uma nova chance de lutar contra Vader quando estivesse mais controlado?

Não, como ele poderia adiar a oportunidade de destruir aquele ser do mal? Era sua chance e ele não iria deixá-la escapar.

Talvez nunca houvesse outra oportunidade!

Luke empunhou seu sabre de luz mortal com as duas mãos, com força, como se segurasse uma espada ancestral, e o ergueu para dar o golpe que mataria aquele horror mascarado.

Mas, antes que pudesse mover-se, um enorme pedaço de maquinário descolou-se da parede e foi arremessado de forma violenta em suas costas. Ao virar-se, Luke usou seu sabre de luz para cortar aquilo em duas partes e os dois pedaços enormes caíram no chão.

Um outro pedaço de máquina veio voando na direção do jovem e mais uma vez ele usou a Força para desviá-lo. O objeto pesado quicou para longe como se tivesse batido num escudo invisível. Então um cano enorme foi lançado com força em sua direção, pelo ar. Mas, mesmo quando Luke conseguiu desviar daquele grande objeto, ferramentas e pedaços de outras máquinas voaram em sua direção vindos de todos os lados. Os fios, que se soltavam das paredes, se retorciam, soltando faíscas e chicoteando Luke.

Bombardeado por todos os lados, Luke fez o que pôde para defender-se do assalto, mas ele estava começando a sangrar e a ficar bem machucado enquanto tentava.

Um outro enorme pedaço de máquina resvalou no corpo de Luke e atingiu a enorme janela, deixando entrar o vento ensurdecedor. De repente, tudo no lugar estava sendo carregado pelos ares e o vento violento açoitava o corpo de Luke, enchendo o salão com o uivo assustador.

E no meio do lugar, parado e triunfante, estava Darth Vader.

"Você foi derrotado", provocou o Lorde Negro dos Sith. "É inútil resistir. Você se juntará a mim ou se juntará a Obi-Wan na morte!"

Ao dizer essas palavras, um último pedaço de maquinário pesado voou pelos ares e atingiu o jovem Jedi, atirando-o através da janela quebrada. Tudo tornou-se um enorme borrão enquanto o vento o carregava, batendo e girando, até que ele conseguiu se segurar em uma viga com uma mão.

Quando o vento diminuiu um pouco e sua visão tornou-se mais clara, Luke percebeu que estava pendurado numa grua num eixo do reator fora da sala de controle. Ao olhar para baixo, viu o que parecia ser um abismo sem fim. Uma onda de tontura o atingiu e ele apertou seus olhos num esforço para não entrar em pânico.

Comparado ao reator em forma de casulo em que estava pendurado, Luke não era nada mais que um grão de matéria contorcida, enquanto o próprio casulo – apenas uma das muitas estruturas salientes nas paredes circulares e pontilhadas por luzes – não era nada mais que outro grão comparado com o resto da imensa câmara.

Segurando a viga firmemente com uma só mão, Luke conseguiu pegar o sabre de luz de seu cinto e depois segurar a viga com as duas mãos. Içando seu próprio corpo, ele grudou-se na grua e depois ficou de pé, bem a tempo de ver Darth Vader caminhando em sua direção.

Enquanto aproximava-se de Luke, o sistema de som público começou a ser acionado, ecoando naquelas paredes cavernosas. "Fugitivos em direção à Plataforma 327. Parem todos os veículos. Todas as forças de segurança em alerta."

Andando de forma ameaçadora em direção a Luke, Vader previu: "Seus amigos nunca escaparão – nem você".

Vader deu outro passo e imediatamente Luke ergueu sua espada, pronto para reiniciar a batalha.

"Você foi vencido", Vader foi terrivelmente taxativo. "É inútil resistir."

Mas Luke resistiu. Ele atacou o Lorde Negro com um golpe vingativo, fazendo sua lâmina laser quente atingir a armadura de Vader e perfurá-la até a carne. Vader cambaleou com o golpe e Luke teve a impressão de que ele sentiu a dor. Mas só por um instante. Logo, mais uma vez, Vader começou a se mover em sua direção.

Ao dar outro passo, o Lorde Negro o preveniu: "Não se deixe ser destruído como Obi-Wan foi".

Luke estava respirando com dificuldade e o suor frio pingava de sua testa. Mas o som do nome de Ben instigou uma súbita determinação.

"Calma...", lembrou-se. "Tenha calma."

Mas o fantasma de capa escura atacou-o por cima da estreita grua e parecia querer a vida do jovem Jedi.

Ou pior: sua frágil alma.

Lando, Leia, Chewbacca e os robôs dispararam pelo corredor. Eles viraram numa esquina e viram uma porta aberta para a plataforma de lançamento. Através dela, eles viram a Millennium Falcon esperando para a fuga. Mas de repente a porta se fechou. Abaixando-se em um buraco na parede, o grupo viu um esquadrão de stormtroopers no seu encalço, seus lasers disparando enquanto eles corriam. Pedaços das paredes e do chão eram destroçados e voavam pelos ares com o impacto dos raios de energia que ricocheteavam.

Chewbacca rosnou, rebatendo o fogo dos stormtroopers com a raiva selvagem wookiee. Ele cobriu Leia, que socava desesperadamente uma porta do painel de controle. Mas a porta não se movia.

"R2!", chamou C-3PO. "O painel de controle. Você consegue sobrecarregar o sistema de alarme."

C-3PO gesticulou em direção ao painel, exigindo que o robozinho corresse, apontou para uma tomada no console.

R2-D2 correu para o painel de controle, apitando e assobiando enquanto o chamavam para ajudar.

Entortando seu corpo para evitar os raios inimigos, Lando tentava febrilmente conectar seu comunicador ao sistema do painel.

"Aqui é Calrissian", ele transmitiu para o sistema. "O Império está tomando controle de tudo. Aconselho a deixarem a cidade antes que mais tropas imperiais cheguem."

Ele desligou o comunicador. Lando sabia que tinha feito o que podia para avisar seu povo; seu trabalho agora era retirar seus amigos de forma segura do planeta.

Enquanto isso, R2 removeu uma capa do conector e inseriu seu braço computadorizado dentro da tomada da parede. O droide emitiu um curto apito que de repente virou um selvagem berro robótico. Ele começou a estremecer, seus circuitos acendendo de uma forma enlouquecida e com luzes brilhantes enquanto seu corpo começou a soltar fumaça. Lando rapidamente desconectou R2 da tomada. O robô aos poucos esfriou e emitiu alguns apitos para C-3PO.

"Bem, na próxima vez *você* presta mais atenção", respondeu C-3PO de forma defensiva. "Eu não tenho como saber das tomadas de computador. Sou um intérpret..."

"Alguém tem alguma ideia?", Leia gritou enquanto seguia atirando nos stormtroopers que os atacavam.

"Venha aqui", Lando respondeu sobre o ruído da batalha, "vamos tentar outra coisa."

O vento que uivava através do eixo do reator absorvia inteiramente os sons dos sabres de luz que se digladiavam.

Luke movia-se agilmente pela grua e refugiou-se sob um enorme painel de instrumentos para se evadir de seu inimigo. Mas Vader estava lá no mesmo instante, seu sabre de luz batendo com força, como a lâmina de uma guilhotina pulsante, cortando o complexo de instrumentos pela metade. O painel começou a desabar, mas foi abruptamente capturado pelo vento e sugado para cima.

Tudo que Vader precisava era de um momento de distração. Enquanto o painel de instrumentos voava longe, Luke involuntariamente olhou para ele. Naquele segundo, a lâmina laser do Lorde Negro baixou de forma contundente sobre a mão de Luke, decepando-a, fazendo voar o sabre de luz do jovem.

A dor era insuportável. Luke sentiu o terrível odor da sua própria carne queimada e apertou seu antebraço sob sua axila para tentar parar a agonia. Ele deu alguns passos para trás na grua até que chegou ao outro extremo, acompanhado por todo o caminho pela aparição de trajes negros.

De repente, como num presságio, o vento diminuiu. E Luke viu que não tinha mais para onde ir.

"Não há saída", o Lorde Negro dos Sith advertiu, pairando sobre Luke como o anjo negro da morte. "Não me faça destruí-lo. Você está mais vigoroso com a Força. Agora deverá aprender a usar o lado negro. Venha comigo e seremos mais poderosos que o Imperador. Venha comigo, eu completarei seu treinamento e dominaremos juntos a galáxia."

Luke recusava-se a ceder às provocações de Vader. "Nunca me juntarei a você!"

"Se você ao menos soubesse como é o poder do lado negro", Vader continuou. "Obi-Wan nunca lhe disse o que aconteceu ao seu pai, não é?"

A menção de seu pai aumentou a raiva de Luke. "Ele me disse o suficiente!", gritou. "Ele me disse que você o matou."

"Não", Vader respondeu tranquilamente. "Eu sou seu pai."

Chocado, Luke observava incrédulo o guerreiro vestido de preto e afastou-se ao ouvir tal revelação. Os dois estavam frente a frente, pai e filho.

"Não, não! Isso não é verdade...", disse Luke, recusando-se a acreditar no que tinha acabado de ouvir. "Isso é impossível."

"Consulte seus sentimentos", disse Vader, soando como uma versão maligna de Yoda, "você sabe que é verdade."

Foi quando Vader desligou a lâmina de seu sabre de luz e estendeu uma mão firme e convidativa.

Pasmo e horrorizado pelas palavras de Vader, Luke gritava: "Não! Não!"

Vader continuou persuasivamente. "Luke, você pode destruir o Imperador. Ele anteviu isso. É o seu destino. Junte-se a mim e nós dois dominaremos a galáxia, como pai e filho. Venha comigo. É o único jeito."

A mente de Luke rodopiava com essas palavras. Tudo estava finalmente começando a fazer sentido em seu cérebro. Ou não? Ele pensava se Vader estava lhe contando a verdade – se o treinamento de Yoda, o treinamento do velho virtuoso Kenobi, seus próprios esforços a favor do bem e sua aversão ao mal, se tudo pelo que ele havia lutado não era mais do que uma mentira.

Ele não queria acreditar em Vader, tentou convencer-se que Vader estava mentindo para ele – mas de alguma forma Luke podia *sentir* a verdade nas palavras do Lorde Negro. Mas, se Darth Vader dizia a verdade, por que, ele imaginava, Ben Kenobi havia mentido para ele? *Por quê?* Sua mente gritava mais alto do que qualquer vento que o Lorde Negro pudesse invocar contra ele.

Nenhuma resposta parecia importar.

Seu Pai.

Com a calma que o próprio Ben e Yoda, o Mestre Jedi, haviam lhe ensinado, Luke Skywalker tomou o que deveria ser, talvez, sua última decisão. "Nunca" – e pulou em direção ao abismo sob seus pés. Com toda aquela profundidade imperceptível, Luke talvez pudesse estar caindo em outra galáxia.

Darth Vader foi para o extremo da grua para ver Luke cair. Um forte vento começou a soprar, fazendo a capa negra de Vader ondular às suas costas enquanto ele permanecia observando na beirada.

O corpo de Skywalker rapidamente mergulhou no abismo. Tentando manter a cabeça levantada, o Jedi ferido tentava se segurar em algo que pudesse parar sua queda.

O Lorde Negro assistiu a tudo até ver o corpo do jovem ser sugado por um enorme duto de exaustão na lateral do eixo do reator. Quando Luke desapareceu, Vader virou-se e correu para fora da plataforma.

Luke passou deslizando pelo duto, tentando segurar nas laterais de forma a frear sua queda. Mas as laterais lisas e prateadas não tinham arestas ou buracos em que Luke pudesse se segurar.

Quando alcançou o fim do duto, que mais parecia um túnel, seus pés bateram em uma grade circular. A grade, que dava para uma queda aparentemente sem fim, foi sacudida pelo impacto da chegada de Luke e ele sentiu que seu corpo estava começando a deslizar pela abertura. Freneticamente arranhando o interior liso do cano, Luke começou a pedir ajuda.

"Ben... Ben, me ajude", pedia, desesperadamente.

Mesmo chamando, ele podia sentir seus dedos escorregarem pelo cano enquanto todo o seu corpo chegava cada vez mais perto da abertura escancarada.

A Cidade das Nuvens estava um caos.

Logo que a transmissão de Lando Calrissian foi ouvida através da cidade, seus habitantes começaram a entrar em pânico. Alguns deles juntaram seus poucos pertences enquanto outros corriam pelas ruas procurando por onde fugir. Logo as ruas estavam cheias de humanos e alienígenas em fuga, correndo caoticamente pela cidade. Stormtroopers imperiais atiravam contra os habitantes que fugiam, trocando fogo laser com eles em uma batalha furiosa e barulhenta.

Em um dos corredores centrais da cidade, Lando, Leia e Chewbacca se distanciavam de um esquadrão de stormtroopers, atirando pesadas sequências de raios laser contra eles. Era urgente que Lando e os outros ganhassem terreno, pois eles teriam que ir até a outra entrada que os levaria à plataforma de pouso. Se ao menos R2 conseguisse abrir a porta...

R2 estava tentando remover a placa do painel de controle daquela porta. Mas devido ao barulho e ao fato de distrair-se com os disparos atirados em sua direção, era difícil para o pequeno robô se concentrar em seu trabalho. Ele apitava para si mesmo enquanto trabalhava, soando confuso para C-3PO.

"O que você está falando?", perguntou C-3PO. "Não estamos interessados no hiperespaço da Millennium Falcon. Isso já foi consertado. Apenas diga para o computador abrir a porta."

E então, enquanto Lando, Leia e o wookiee se espremiam na direção da porta, desviando do fogo laser do Império, R2 apitou triunfantemente e a porta se abriu.

"Você conseguiu, R2!", exclamou C-3PO. O droide teria aplaudido se seu outro braço estivesse fixado. "Nunca duvidei de você, nem por um segundo."

"Corram", gritou Lando, "ou nunca conseguiremos."

O prestativo R2 também foi. Enquanto os outros corriam para a entrada, o robô atarracado borrifou uma névoa densa – tão densa quanto as nuvens que rodeavam aquele mundo – que ocultou seus amigos dos stormtroopers que se aproximavam. Antes de a névoa dissipar-se, Lando e os outros estavam correndo em direção à Plataforma 327.

Os stormtroopers os seguiam, atirando no pequeno grupo de fugitivos que corria rumo à Millennium Falcon. Chewbacca e os robôs embarcaram no cargueiro enquanto Lando e Leia lhes deram cobertura usando suas armas, derrubando ainda mais soldados do Império.

Enquanto o ronco grave dos motores da Falcon começou a crescer até virar um zumbido de doer os ouvidos, Lando e Leia descarregaram mais raios de energia reluzente. E então correram para a rampa. Entraram na nave pirata e a principal escotilha fechou-se atrás deles. Quando a nave começou a se mover, eles ouviram uma barreira de fogo laser do Império que soava como se todo o planeta estivesse se espatifando desde as suas fundações.

Luke não conseguia mais deter sua descida inexorável pelo duto de exaustão.

Ele escorregou os poucos centímetros finais e então caiu pela atmosfera nublada, seu corpo girando e seus braços tentando segurar algo sólido, sem sucesso.

Depois de um tempo que parecia uma eternidade, ele conseguiu se agarrar a uma ventoinha eletrônica que saía da base arredondada da parte inferior da Cidade das Nuvens. Ventos o golpeavam e as nuvens giravam ao seu redor, enquanto se segurava firme na ventoinha meteorológica. Mas sua força estava começando a esmorecer; ele achava que não iria conseguir se segurar – suspenso sobre a superfície gasosa – por muito tempo.

Tudo estava em silêncio na cabine da Millennium Falcon.

Leia, recuperando o fôlego após sua fuga por um triz, sentou-se no assento de Han Solo. Pensamentos correram para trazê-lo de volta à sua mente, mas ela tentava não se preocupar com ele, não sentir sua falta.

Atrás da princesa, olhando sobre seu ombro pela janela da frente, estava um quieto e exausto Lando Calrissian.

Lentamente, a nave começou a mover-se, ganhando velocidade enquanto percorria a plataforma de pouso.

O wookiee gigante, sentado em seu velho assento da cabine, pressionou uma série de botões e um bailado de diversas luzes surgiu sobre o painel de controle principal. Puxando a alavanca, Chewbacca começou a guiar a nave para cima, rumo à liberdade.

As nuvens passavam pelas janelas da cabine e todos puderam finalmente respirar aliviados enquanto a Millennium Falcon planava rumo ao céu crepuscular vermelho-alaranjado.

Luke conseguiu enganchar uma de suas pernas na ventoinha eletrônica, que continuava aguentando seu peso. Mas o ar do duto de exaustão o pressionava, tornando difícil para ele continuar se segurando.

"Ben...", ele gemia de agonia, "Ben..."

Darth Vader atravessou a plataforma de pouso vazia e viu o ponto que era a Millennium Falcon desaparecendo ao longe.

Virou-se para dois auxiliares e ordenou: "Tragam minha nave!" E então saiu com seu manto negro esvoaçante rumo à sua nova jornada.

Em algum lugar perto da estaca de suporte da Cidade das Nuvens, Luke falou mais uma vez. Concentrando-se em quem supunha realmente se importar com ele e poderia de alguma forma ajudá-lo, ele dizia: "Leia, ouça-me". Lamentando, ele clamou novamente. "Leia."

Naquele momento, um pedaço grande da ventoinha se quebrou e foi arremessado para baixo entre as nuvens. Luke segurou-se ainda mais no que restou do suporte e se esforçou para aguentar a rajada de vento que o golpeava vindo do cano acima.

"Acho que são três caças", disse Lando para Chewbacca enquanto eles olhavam as configurações nas telas dos computadores. "Podemos deixá-los para trás facilmente", acrescentou, conhecendo as capacidades do cargueiro tão bem quanto Han Solo.

Olhando para Leia, ele lamentou o fim de sua administração. "Sabia que era algo bom demais para durar", queixou-se. "Vou sentir falta."

Mas Leia parecia estar desnorteada. Ela não reconhecia os comentários de Lando, mas olhava para a frente como se estivesse petrificada.

E então, como se saísse de um devaneio, ela disse "Luke", como se respondesse a algo que ouvira.

"O quê?", perguntou Lando.

"Temos que voltar", disse ela com urgência. "Chewie, vamos voltar para a base da cidade."

Lando olhou para ela impressionado. "Espere um pouco. Não podemos voltar para lá!"

O wookiee rosnou, pela primeira vez concordando com Lando.

"Não discuta", disse Leia firmemente, assumindo a dignidade de alguém que estava acostumada a ter suas ordens obedecidas. "Apenas volte. É uma ordem!"

"E aqueles caças?", discutiu Lando enquanto apontava para os três caças TIE que se aproximavam da nave, olhando para Chewbacca em busca de algum apoio.

Mas, rosnando de forma ameaçadora, Chewbacca mostrou que ele sabia que estava no comando agora.

"Tá bom, tá bom", concordou Lando em silêncio.

E, com toda a graça e velocidade pelas quais a Millennium Falcon era conhecida, a nave mergulhou entre as nuvens e voltou rumo à cidade. Enquanto o cargueiro avançava no que parecia ser uma rota suicida, os três caças na sua cola também fizeram o mesmo retorno.

• • •

Luke Skywalker não sabia que a Millennium Falcon estava se aproximando. Quase inconsciente, ele se mantinha seguro à ventoinha que balançava e fazia ruídos. A peça entortava-se com o peso de seu corpo e então quebrou e soltou-se de sua base, fazendo com que Luke fosse atirado sem forças através dos céus. Dessa vez, ele sabia, não havia nada no que ele pudesse se segurar enquanto caía.

"Veja!", Lando exclamou, indicando uma figura mergulhando no nada. "Alguém está caindo..."

Leia conseguiu manter-se calma; ela sabia que o pânico poria tudo a perder para todos. "Fique abaixo dele, Chewie", ela disse para o piloto. "É o Luke."

Chewbacca respondeu imediatamente e com cuidado pôs a Millennium Falcon em uma trajetória descendente.

"Lando", disse Leia, virando-se para ele, "abra a escotilha superior."

Enquanto corria para fora da cabine, Lando percebeu que aquela era uma estratégia digna do próprio Han Solo.

Chewbacca e Leia conseguiam ver o corpo em queda de Luke de forma mais nítida e o wookiee guiou a nave em sua direção. Enquanto Chewie desacelerava a nave drasticamente, o corpo em queda passou pela janela principal e então pousou com um forte impacto contra o casco externo.

Lando abriu a escotilha superior. A distância, ele podia ver os três caças TIE se aproximando da Falcon, seus disparos iluminando o céu crepuscular com cálidas rajadas de destruição. Lando esticou seu corpo para fora da escotilha e conseguiu segurar o guerreiro combalido, puxando-o para dentro da nave. No mesmo momento, a Falcon balançou quando um raio explodiu próximo a ela e quase jogou o corpo de Luke para fora. Mas Lando segurou sua mão com força.

A Millennium Falcon desviou seu caminho para longe da Cidade das Nuvens e ultrapassou a densa capa de nuvens ondulantes. Desviando-se para evitar o fogo cerrado que vinha dos caças imperiais, a princesa Leia e o piloto wookiee lutavam para manter sua nave rumo ao céu. Mas explosões estouravam por toda a cabine e o ruído competia com os urros de Chewbacca enquanto ele trabalhava freneticamente sobre os controles.

Leia ligou o comunicador. “Lando, ele está bem?”, ela gritou sobre o ruído na cabine. “Lando, você está me ouvindo?”

Dos fundos da cabine, ela ouviu uma voz que não era de Lando. “Ele irá sobreviver”, Luke respondeu sem forças.

Leia e Chewbacca viraram-se para ver Luke, abatido e ensanguentado, envolvido em um cobertor e sendo trazido para a cabine por Lando. A princesa pulou de seu assento e o abraçou entusiasticamente. Chewbacca, ainda tentando fazer a nave sair da linha de fogo dos caças do Império, bramiu em exaltação.

Atrás da Millennium Falcon, o planeta das nuvens sumia ao longe. Mas os caças TIE a seguiam de perto, disparando contra a nave e balançando o cargueiro pirata a cada tiro que atingia o alvo.

Trabalhando sem parar no porão da Falcon, R2-D2 lutava contra os movimentos bruscos constantes para remontar seu amigo dourado. Meticulosamente tentando desfazer os erros cometidos pelo bem-intencionado wookiee, o robozinho apitava enquanto realizava uma tarefa tão complicada.

"Muito bom", elogiou o droide de protocolo. Sua cabeça estava no lugar e seu segundo braço estava quase completamente reconectado. "Estou quase novo."

R2 apitou de apreensão.

"Não se preocupe, R2. Tenho certeza que iremos conseguir."

Mas na cabine Lando não era tão otimista. Ele viu as luzes de advertência no painel de controle começarem a piscar e de repente todos os alarmes na nave foram acionados. "Os escudos de defesa estão falhando", relatou a Leia e Chewbacca.

Leia olhou sobre o ombro de Lando e percebeu outra imagem, bem maior, que havia aparecido no monitor do radar. "Há outra nave", ela disse, "bem maior, tentando impedir nosso caminho."

Luke olhou silenciosamente para fora da janela da cabine rumo ao vácuo estrelado. E disse, como se dissesse para si mesmo: "É Vader".

O almirante Piett aproximou-se de Vader, que estava na ponte de comando daquele que era o maior de todos os destróieres do Império, olhando pela janela.

"Eles estarão ao alcance do raio trator em instantes", relatou o almirante com confiança.

"E o hiperespaço deles foi desativado?", perguntou Vader.

"Logo depois que eles foram capturados, senhor."

"Bom", disse a figura gigantesca vestida de preto. "Prepare o embarque e monte suas armas para o choque."

A Millennium Falcon até então tinha conseguido deixar para trás os caças TIE que a perseguiam. Mas como conseguiria fugir do ameaçador destróier imperial que estava cada vez mais perto?

"Não temos margem para erro", disse Leia tensa, olhando o enorme ponto nos monitores.

"Se meus homens disseram que iriam consertar esta garota eles a consertaram", confirmou Lando. "Nada temos com o que nos preocupar."

"Isso parece familiar", Leia pensou consigo mesma.

A nave balançou de novo com o choque de outra explosão laser, mas naquele momento uma luz verde começou a piscar no painel de controle.

"As coordenadas estão todas prontas, Chewie", disse Leia. "É agora ou nunca."

O wookiee urrou concordando. Ele estava pronto para a fuga pelo hiperespaço.

"Vai!", gritou Lando.

Chewbacca deu de ombros, como se dissesse que valeria tentar. Ele puxou para trás a alavanca que ativava a velocidade da luz, alterando de repente o som dos motores de íon. Todos a bordo estavam rezando - à moda humana ou robótica - para que o sistema funcionasse; eles não tinham outra chance de fuga. Mas, de forma abrupta, o som engasgou, morreu e Chewbacca, em desespero, soltou um urro de tremenda frustração.

Mais uma vez o sistema de hiperespaço havia falhado.

E a Millennium Falcon ainda sacudia com o fogo dos caças TIE.

De seu destróier imperial, Darth Vader observava fascinado os caças atirando implacavelmente na Millennium Falcon. Sua nave estava cada vez mais perto do inimigo - e não levaria muito tempo para o Lorde Negro ter completamente Luke Skywalker em seu poder.

Luke também sentia isso. Silenciosamente, ele olhava para fora, sabendo que Vader estava perto, que a vitória do Lorde Sith em breve se concretizaria. Seu corpo estava machucado, ele estava exausto, seu espírito pronto para sucumbir ao seu destino. Não havia mais razão para lutar - não havia mais nada em que acreditar.

"Ben", ele sussurrou em desespero, "por que você não me disse?"

Lando tentou ajustar alguns controles e Chewbacca pulou de seu assento rumo ao porão. Leia sentou-se em seu lugar e ajudou Lando enquanto manobravam a Falcon através do fogo aéreo explosivo.

A caminho do porão, o wookiee passou por R2, que ainda estava consertando C-3PO. A unidade R2 começou a apitar de preocupação quando seus sensores perceberam o wookiee trabalhando freneticamente para consertar o sistema de hiperespaço.

"Estamos perdidos!", disse C-3PO em pânico para R2. "Os motores da velocidade da luz ainda estão quebrados."

R2 apitou enquanto conectava uma perna.

"Como é que você sabe o que está errado?", menosprezou o droide dourado. "Ai! Cuidado com meu pé! E pare de tagarelar."

A voz de Lando soava pelo comunicador do porão. "Chewie, cheque os controles secundários de desvio."

Chewbacca desceu para o poço do porão. Ele se esforçou sobre uma seção solta do painel com uma enorme chave inglesa. Mas ela não se movia. Frustrado, ele urrou e pegou uma ferramenta parecida com um bastão, surrando o painel com toda a sua força.

De repente, uma explosão de faíscas no painel de controle na cabine chamuscou Lando e a princesa. Eles pularam para trás de susto, mas Luke não parecia notar nada do que acontecia ao seu redor. Sua cabeça estava baixa, de desânimo e dor profunda.

"Não conseguirei resistir a ele", murmurou sem forças.

Novamente Lando mergulhou a Millennium Falcon, tentando deixar seus perseguidores para trás. Mas a distância entre o cargueiro e os caças TIE estava diminuindo cada vez mais.

No porão da Millennium Falcon, R2 correu para um painel de controle, deixando um ultrajado C-3PO de pé com apenas uma de suas pernas. R2 trabalhava rapidamente, baseando-se apenas em seu instinto mecânico para reprogramar a placa de circuito. As luzes piscavam vivas a cada ajuste de R2 quando, de repente, das profundezas dos motores de hipervelocidade dentro da Falcon, um novo e forte zumbido ressoou por toda a nave.

O cargueiro inclinou-se de repente, fazendo o robô barulhento rolar pelo chão, indo cair no poço e dali no colo de um surpreso Chewbacca.

Lando, que estava de pé perto do painel de controle, caiu contra uma das paredes da cabine. Mas, ao cair, ele viu as estrelas lá fora virando raios de luzes infinitas.

"Conseguimos!", Lando gritou triunfante.

A Millennium Falcon havia sido lançada ao hiperespaço de forma vitoriosa.

Darth Vader permaneceu em silêncio. Ele olhava o vácuo negro onde, num instante anterior, estivera a Millennium Falcon. Aquele silêncio negro e profundo trazia terror aos dois homens que estavam por perto. O almirante Piett e seu capitão esperavam, com ondas de medo atravessando o corpo dos dois, e imaginavam em quanto tempo sentiriam as garras invisíveis em seus pescoços.

Mas o Lorde Negro não se moveu. Ele permaneceu contemplativo, com suas mãos para trás. E então virou-se e lentamente caminhou para longe da ponte de comando, seguido por sua capa ondulante de ébano.

XIV

A Millennium Falcon finalmente pousou em segurança num enorme destróier rebelde. Rutilando ao longe via-se o brilho vermelho glorioso que irradiava de uma enorme estrela vermelha – um brilho que derramava uma luz carmesim no casco sovado do pequeno veículo cargueiro.

Luke Skywalker descansava no centro médico do cruzador estelar rebelde, onde era atendido pelo cirurgião-robô chamado 21B. O jovem sentava-se em silêncio, pensativo, enquanto 21B gentilmente observava sua mão machucada.

Olhando para cima, ele viu Leia com C-3PO e R2-D2 entrando no centro médico para conferir seu progresso e, quem sabe, proporcionar algum ânimo. Mas Luke sabia que a melhor terapia que havia recebido desde que chegara ao destróier era a imagem radiante à sua frente.

A princesa Leia estava sorrindo. Seus olhos, bem abertos, acendiam-se com um brilho maravilhado. Ela estava como na primeira vez em que a viu – o que parecia que tinha acontecido em outra vida –, quando R2-D2 projetou sua imagem holográfica em Tatooine. E em seu vestido branco de gola alta ela parecia angelical.

Ao erguer sua mão, Luke ofereceu-se à perícia de 21B. O robô-cirurgião examinou a mão biônica que estava habilmente fundida com o braço de Luke. O robô enrolou uma fita metalizada na mão do rapaz e anexou uma pequena unidade eletrônica à faixa, apertando-a com força. Luke fechou sua nova mão e sentiu as pulsações da cura providenciada pelo aparato de 21B. Por fim, deixou a mão e o braço relaxarem.

Leia e os dois robôs chegaram mais perto de Luke enquanto uma voz surgia nos alto-falantes do comunicador. Era Lando. "Luke", dizia a voz, "estamos prontos para partir."

Lando Calrissian sentava-se no assento do piloto na Millennium Falcon. Ele sentia falta de seu velho cargueiro, mas agora que era novamente seu capitão também se sentia um tanto desconfortável. No assento do copiloto, o grande wookiee Chewbacca percebeu o desconforto do novo capitão enquanto ele começava a ligar as chaves para aprontar a partida da nave.

A voz de Luke veio através do alto-falante do comunicador de Lando: "Eu o encontrarei em Tatooine".

Novamente, Lando falou no microfone de seu comunicador, mas dessa vez para Leia. "Não se preocupe, Leia", disse emotivo, "encontraremos Han."

E, inclinando-se, Chewbacca rosnou seu adeus ao microfone – algo que pode ter transcendido os limites do tempo e do espaço para ser ouvido por Han Solo, aonde quer que o caçador de recompensas o tivesse levado.

Foi Luke quem disse o último adeus, embora ele se recusasse a se despedir. "Tomem cuidado, amigos", disse com sua nova voz amadurecida. "Que a Força esteja com vocês."

Leia estava só na grande janela circular do cruzador rebelde, sua silhueta esbelta e vestida de branco encolhia-se diante do vasto pavilhão de estrelas e das naves de sua frota que pairavam acima. Ela olhava a majestosa estrela escarlate que queimava no mar negro infinito.

Luke, seguido de C-3PO e R2-D2, chegou perto dela. Ele sabia como Leia se sentia, pois sabia o quão terrível era perder alguém.

O grupo encarava o céu convidativo e viu a Millennium Falcon aparecer em seu campo de visão. A nave então inclinou-se em outra direção para pairar dignamente através da Frota Rebelde. Logo a Falcon deixava-os para trás.

Eles não precisavam de palavras naquele instante. Luke sabia que a mente e o coração de Leia estavam com Han, não importava onde ele estivesse ou qual teria sido seu destino. Sobre sua própria sina, ele estava mais incerto do que nunca – mesmo antes daquele simples garoto da fazenda vindo de um mundo distante ouvir falar pela primeira vez sobre algo intangível: a Força. Ele sabia que tinha que voltar para Yoda e terminar seu treinamento antes de partir para resgatar Han.

Lentamente, Luke pôs seu braço ao redor de Leia e, na companhia de C-3PO e R2-D2, ele encarou bravamente o espaço, cada um deles observando a mesma estrela escarlate.

VI

STAR WARS™

O RETORNO DE JEDI

VI

INTRODUÇÃO

Dentro da primeira trilogia *Star Wars*, *O Retorno de Jedi* é a última parte de uma peça em três atos. Por sua natureza, foi o episódio no qual muitos fios complicados e soltos precisavam ser amarrados em uma resolução adequadamente triunfante.

De fato, a estrutura de história que escolhi no início da trilogia deixou tantos pontos do enredo a serem resolvidos em *O Retorno de Jedi* que a criação do roteiro provou ser um dos maiores desafios. Han Solo precisava ser resgatado. Leia precisava escolher entre Luke e Han. Luke precisava decidir se juntaria forças com o pai ou o combateria. Yoda e Ben precisavam revelar quem era a "outra" esperança dos Jedi.

Mais do que nos dois filmes anteriores, *O Retorno de Jedi* me deu a oportunidade de explorar questões filosóficas que me são muito caras. Um tema central da trilogia é o potencial de bondade que existe dentro de cada pessoa e é percebido apenas pelas escolhas que cada um de nós faz. Em *O Retorno de Jedi*, consegui desenvolver esse tema no confronto dramático entre Luke Skywalker e Darth Vader diante do Imperador.

Uma das grandes preocupações de *Star Wars* era a tensão entre a humanidade e a tecnologia, uma questão que para mim de fato remonta aos meus primeiros filmes. Em *O Retorno de Jedi*, o tema permanece o mesmo, enquanto a mais simples das forças naturais derruba as armas aparentemente invencíveis do Império maligno.

George Lucas
para a edição especial de
Star Wars VI – Return of the Jedi, 1983

PRÓLOGO

As profundezas do espaço. Havia extensão, largura e altura. Essas dimensões curvavam-se sobre si mesmas em uma escuridão defletida, mensurável apenas pelas estrelas reluzentes que riscavam o precipício, recuando para o infinito. Para as profundezas.

Essas estrelas marcavam os momentos do universo. Havia brasas alaranjadas envelhecidas, anãs azuis, gêmeas amarelas gigantes. Havia estrelas de nêutrons em colapso e supernovas furiosas que sibilavam no vazio gélido. Havia estrelas que nasciam, estrelas que respiravam, estrelas que pulsavam e estrelas que morriam. E havia a Estrela da Morte.

Na margem enevoada da galáxia, a Estrela da Morte flutuava em órbita estacionária sobre a lua verde de Endor – uma lua cujo planeta-mãe há muito morrera num cataclismo desconhecido e desaparecera em reinos ignorados. A Estrela da Morte era a estação de batalha blindada do Império, quase duas vezes maior que sua predecessora, destruída pelas forças rebeldes tantos anos antes – duas vezes maior, e com muito mais que o dobro de poder. Ainda assim, apenas metade dela estava concluída.

Metade de um orbe escuro de aço pendia sobre o planetoide verde de Endor. Havia tentáculos da superestrutura inacabada estendidos na direção de sua companheira viva, como as pernas tateantes de uma aranha mortífera.

Um destróier imperial aproximou-se da estação espacial gigantesca em velocidade de cruzeiro. Era colossal – uma cidade propriamente dita –, mas ainda assim movia-se com graça ponderada, como um imenso dragão dos mares. Era acompanhado por dúzias de caças TIE – naves de combate pretas, semelhantes a insetos, que ziguezagueavam para a frente e para trás em torno do perímetro da nave de combate: escoltando, sondando, acoplando-se, reagrupando-se.

Silenciosamente, o compartimento principal da nave se abriu. Houve um breve luzir de ignição quando uma nave imperial emergiu da escuridão da fortaleza para a escuridão do espaço. Rumou a toda velocidade na direção da inacabada Estrela da Morte com determinação silenciosa.

Na cabine da nave, o capitão e seu copiloto faziam as leituras finais e monitoravam as funções de descida. Era uma sequência que cada um já realizara mil vezes, mas ainda assim uma tensão incomum pairava no ar. O capitão acionou o botão do transmissor e falou no seu bocal.

"Estação de comando, aqui é ST321. Código de Liberação Azul. Estamos nos aproximando. Desativar escudo de proteção."

A estática foi filtrada pelo receptor; então surgiu a voz do controlador de voo: "O escudo defletor de segurança será desativado quando tivermos confirmação do seu código de transmissão. Aguarde..."

Mais uma vez, o silêncio preencheu a cabine. O capitão da nave mordiscou a mucosa da boca, sorriu com nervosismo para o copiloto e murmurou: "O mais rápido que puder, por favor... é melhor não demorar. Ele não está com paciência para esperar..."

Eles se abstiveram de olhar para a área de passageiros da nave, que naquele momento permanecia com as luzes apagadas durante a aterrissagem. O som inconfundível da respiração mecânica que vinha das sombras da câmara preenchia a cabine com uma impaciência terrível.

Na sala de controle da Estrela da Morte, logo abaixo, os operadores moviam-se pela bancada de painéis, monitorando todo o tráfego espacial na área, autorizando padrões de voo, dando acesso de determinadas áreas a certos veículos. Alarmado, o operador do escudo de repente checou seu monitor: a tela de visualização apresentava a própria Estação de Batalha, a lua de Endor e uma teia de energia – o escudo defletor que emanava da lua verde, envolvendo a Estrela da Morte. Apenas naquele momento, a teia de segurança estava começando a se separar, a se retrair e formar um túnel livre – um canal através do qual a nave imperial, que era apenas um pontinho, navegaria, desimpedida, na direção da imensa estação espacial.

O operador do escudo rapidamente solicitou a presença de seu oficial de controle diante da tela de visualização, sem saber como proceder.

"O que é isso?", o oficial questionou.

"A nave tem prioridade classe um." Ele tentou substituir o medo na voz pela descrença.

O oficial olhou para a tela de visualização apenas por um momento antes de perceber quem estava na nave e falou para si mesmo: "Vader!"

A passos largos, ele passou pela janela de visualização, de onde a nave podia ser vista fazendo sua aproximação final, e seguiu na direção do compartimento de ancoragem. Virou-se para o controlador.

"Informe o comandante que a nave de Lorde Vader chegou."

A nave pousou silenciosamente, diminuída pelas dimensões cavernosas do imenso compartimento de ancoragem. Centenas de soldados estavam de pé, em formação, flanqueando a base da rampa da nave – os stormtroopers imperiais com suas armaduras brancas, oficiais em trajes cinzas e a Guarda Real Imperial em suas vestes vermelhas. Ficaram alertas quando Moff Jerjerrod entrou.

Jerjerrod – alto, magro, arrogante – era o comandante da Estrela da Morte. Caminhou sem pressa pelas fileiras de soldados até a rampa da nave. A pressa não era uma característica de Jerjerrod; apressar-se significava querer estar em outro lugar, e ele era um homem que, de forma peculiar, *estava* exatamente onde queria estar. Grandes homens nunca se apressavam – ele gostava de dizer isso –; grandes homens faziam *outros* se apressarem.

Ainda assim, Jerjerrod não ignorava a ambição; e uma visita como aquela, do grande Lorde Negro, não poderia ser vista com tranquilidade. Pôs-se de pé na abertura da nave, portanto, esperando – com respeito, mas sem pressa.

De repente, a escotilha de saída da nave se abriu, deixando as tropas enfileiradas ainda mais em alerta. No início, apenas a escuridão brotava da saída; então, os passos; depois, a respiração elétrica característica, como o arfar de uma máquina; e, finalmente, Darth Vader, o Lorde Sith, surgiu do vazio.

Vader desceu a rampa a passos largos, olhando sobre a formação. Parou quando chegou a Jerjerrod. O comandante fez uma grande mesura e sorriu.

"Lorde Vader, que prazer inesperado. Estamos honrados com sua presença."

"Suas gentilezas são dispensáveis, comandante." As palavras de Vader ecoaram como se viessem do fundo de um poço. "O Imperador está preocupado com o atraso. Estou aqui para trazê-los de volta ao cronograma."

Jerjerrod empalideceu. Eram notícias que ele não esperava. "Garanto, Lorde Vader, que meus homens estão trabalhando o mais rápido que podem."

"Talvez eu possa incentivar o progresso com meios que o senhor não considerou ainda", Vader respondeu, áspero. Claro, ele tinha meios, o que já era sabido. Meios e mais meios.

Jerjerrod manteve seu tom, embora lá no fundo o fantasma da pressa começasse a raspar sua garganta. "Não será necessário, milorde. Posso afirmar, sem dúvida, que esta estação iniciará suas operações conforme planejado."

"Temo que o Imperador não compartilhe de sua avaliação otimista da situação."

"Meu medo é que ele esteja pedindo o impossível", sugeriu o comandante.

"Talvez o senhor possa explicar quando ele chegar." O rosto de Vader permaneceu invisível, escondido pela mortífera e terrível máscara preta que o protegia; contudo, a maldade era clara em sua voz eletronicamente modificada.

A palidez de Jerjerrod intensificou-se. "O Imperador está vindo para cá?"

"Exato, comandante. E ficará bastante insatisfeito se o senhor ainda estiver atrasado quando ele vier." Ele falava alto a fim de espalhar a ameaça para quem pudesse ouvir.

"Dobraremos nossos esforços, Lorde Vader." E falava sério. Pois não é verdade que às vezes até grandes homens se apressam em momentos de grande necessidade?

Vader abaixou o tom de voz novamente. "Assim espero, comandante, para o seu bem. O Imperador não tolerará mais atrasos na destruição derradeira da criminosa rebelião. E temos notícias sigilosas agora." Ele incluiu apenas Jerjerrod neste detalhe pessoal. "A Frota Rebelde reuniu todas as suas forças em uma única armada gigante. Agora é o momento de esmagá-los, sem piedade, de uma vez só."

Por um brevíssimo segundo, a respiração de Vader pareceu acelerar para então voltar a seu ritmo mensurado, como o soprar de um vento cavernoso.

STAR WARS VI
O RETORNO DE JEDI

I

Fora da pequena cabana de adobe, a tempestade de areia lamentava como uma fera agonizante que se recusava a morrer. Lá dentro, os sons inexistiam.

Estava mais fresco no abrigo, mais silencioso e mais escuro. Enquanto a fera uivava lá fora, naquele lugar de nuances e sombras, uma figura coberta por mortalhas trabalhava.

Mãos escuras segurando ferramentas misteriosas estendiam-se das mangas de um manto semelhante a uma túnica. A figura agachava-se no chão, trabalhando. Diante dele, um dispositivo discoide de forma estranha, com fios presos em um dos lados e símbolos talhados na superfície plana. Ele conectou a ponta do fio a uma alavanca tubular, puxou-a através de um conector de aparência orgânica, prendeu-a no lugar com outra ferramenta. Seguiu até uma sombra num dos cantos, que se movia em sua direção.

Hesitante, a forma obscura rolou para mais perto da figura com o manto. "Vrrrr-dit dweet?", a pequena unidade R2 questionou, com timidez, enquanto se aproximava, parando quando estava apenas a meio metro do homem de mortalha com o dispositivo estranho.

O homem de manto chamou o droide para ainda mais perto. R2-D2 cobriu a última distância, piscando, e as mãos do homem pousaram sobre a pequena cabeça em forma de cúpula.

A areia fina soprava com força pelas dunas de Tatooine. O vento parecia vir de todas as direções de uma vez, formando redemoinhos aqui e ali, rodopiando em uma ardilosa ventania mais adiante, pairando no silêncio, sem padrão ou sentido.

Uma estrada rasgava a planície desértica. Sua natureza mudava constantemente, em um momento obscurecida pelos fluxos de areia ocre, em seguida totalmente limpa ou distorcida pelo calor do ar tremulante sobre ela. Uma estrada mais efêmera que navegável - ainda assim, uma estrada a ser seguida. Por isso, era a única maneira de se chegar ao palácio de Jabba, o hutt.

Jabba era o mafioso mais vil da galáxia. Tinha envolvimento em contrabando, tráfico de escravos, assassinato; seus asseclas estavam espalhados pelas estrelas. Ele acumulava e inventava atrocidades, e sua corte era um covil de decadência ímpar. Diziam que Jabba havia escolhido Tatooine como seu domicílio porque apenas naquele árido e sofrido planeta ele poderia esperar que sua alma não apodrecesse por completo - o sol abrasador daquelas paragens poderia assar seu humor até virar uma salmoura purulenta.

De qualquer forma, era um lugar que poucos de boa índole conheciam, e do qual menos ainda se aproximavam. Era um lugar de maldade, onde até mesmo o mais corajoso sentia seus poderes murcharem sob o olhar pútrido e corrupto de Jabba.

"Poot-wEEt beDOO gung ooble DEEp!", vocalizou R2-D2.

"Claro que estou preocupado", C-3PO se alvoroçou. "E você também deveria estar. Pobre Lando Calrissian, nunca voltou deste lugar. Consegue imaginar o que fizeram com ele?"

R2 assobiou com timidez.

O droide dourado arrastou-se rigidamente através de um monte de areia móvel para em seguida parar por um momento, quando o palácio de Jabba então se agigantou, em sua repentina escuridão, nas proximidades. R2 quase trombou no outro, deslizando bem rápido para as margens da estrada.

"Preste atenção por onde anda, R2." C-3PO retomou a caminhada, mas com maior lentidão, com seu amiguinho seguindo ao seu lado. E, enquanto avançavam, ele continuou a tagarelar. "Por que Chewbacca não poderia entregar esta mensagem? Não, sempre que há uma missão impossível eles a deixam conosco. Não se preocupam com droides. Às vezes, me surpreendo como aguentamos tudo isso."

Ele caminhou sem parar através do trecho final e desolado da estrada, até finalmente chegaram aos portões do palácio: portas de ferro maciças, mais altas do que C-3PO conseguia enxergar – parte de uma série de muros de pedra e ferro formando diversas torres cilíndricas gigantescas que pareciam brotar de uma montanha de areia compactada.

Temerosos, dois droides olharam nas cercanias da porta sinistra buscando sinais de vida ou de boas-vindas, ou algum tipo de dispositivo sinalizador que acusasse a presença deles. Não viram nada desse tipo. C-3PO acionou sua determinação – função que tinha sido programada nele há um bom tempo –, bateu suavemente três vezes no maciço portão de metal, e então virou-se de uma vez, anunciando para R2-D2: "Não parece haver ninguém aqui. Vamos voltar e contar ao mestre Luke".

De repente, uma portinhola se abriu no centro do portão. Um braço mecânico fino estendeu-se. Afixado a ele, um grande globo ocular eletrônico espreitava descaradamente ambos os droides. O globo ocular falou.

"Tee chuuta hhat yudd!"

C-3PO empertigou-se, orgulhoso, embora seus circuitos tremessem um pouco. Encarou o olho, apontou para R2-D2 e então para si mesmo. "R2-D2-wha bo C-3PO-sha ey toota odd mischka Jabba du hutt."

O olho passava rapidamente de um robô para o outro, então se retraiu de volta pela portinhola e fechou-a com tudo.

"Boo-dEEp gaNOOng", R2-D2 sussurrou com preocupação.

C-3PO assentiu. "Acho que não vão nos deixar entrar, R2. Melhor irmos." Ele se virou para partir, mas R2-D2 bipou quatro tons relutantes.

Nesse momento, um chiado horrível e rangente surgiu, e devagar a porta maciça de ferro começou a se erguer. Os dois droides olharam incrédulos um para o outro e, em seguida, para dento da escura cavidade escancarada diante deles. Esperaram, com medo de entrar, com medo de bater em retirada.

Das sombras, a estranha voz do olho gritou para eles: "Nudd chaa!"

R2-D2 bipou e rolou adiante para as trevas. C-3PO hesitou, mas correu atrás de seu companheiro baixote com um sobressalto. "R2, me espere!" Eles pararam juntos na passagem aberta, quando C-3PO ralhou: "Estamos perdidos".

A grande porta fechou de uma vez atrás dele com um baque monumental que ecoou pela caverna escura. Por um momento, os dois robôs assustados ficaram lá, em pé, sem se mover; em seguida, hesitantes, continuaram em frente.

Imediatamente receberam a companhia de três guardas gamorreanos imensos – brutamontes poderosos de aspecto suíno, cujo ódio por robôs era bem conhecido. Os guardas conduziram os dois droides por um corredor escuro sem dar mais do que um menear com a cabeça. Quando chegaram ao primeiro corredor mal iluminado, um deles grunhiu uma ordem. R2-D2 bipou uma pergunta nervosa para C-3PO.

"Nem queira saber", o droide dourado respondeu, apreensivo. "Dê logo a mensagem do mestre Luke e vamos sair daqui, depressa!"

Antes que pudessem dar mais um passo, uma forma aproximou-se deles vinda da escuridão de um corredor transversal: Bib Fortuna, o mordomo deselegante da corte degenerada de Jabba. Era uma criatura alta, humanoide, com olhos que viam apenas o que era necessário e um manto que escondia tudo. Da parte de trás do crânio projetavam-se dois apêndices gordos tentaculares que exibiam funções preensoras, sensoriais e cognitivas em diversos momentos – que ele usava pendurados sobre os ombros para efeitos decorativos ou, quando a situação pedia equilíbrio, pendurados para trás como se fossem caudas gêmeas.

Ele deu um leve sorriso quando parou diante dos dois robôs. "Die wanna wanga."

C-3PO anunciou oficialmente. "Die wanna wanga. Trouxemos uma mensagem para o seu mestre, Jabba, o hutt." R2-D2 bipou um acréscimo, ao que C-3PO assentiu e completou: "E um presente". Ele pensou naquilo por um instante, olhou tão confuso quanto seria possível para um droide e sussurrou ruidosamente para R2-D2: "Presente? Que presente?"

Bib sacudiu a cabeça com força. "Nee Jabba no badda. Me chaade su goodie." Ele estendeu a mão na direção de R2-D2.

O pequeno droide recuou timidamente, mas seu protesto foi longo: "bDooo EE NGrwrrr Op dbooDEEop!"

"R2, entregue para ele!", C-3PO insistiu. Às vezes, R2-D2 conseguia ser *tão* binário.

Mas, nesse momento, R2-D2 ficou realmente arredio, bipando e assobiando para Fortuna e C-3PO, como se *os dois* tivessem seus programas apagados.

Finalmente, C-3PO assentiu, pouco feliz com a resposta de R2-D2. Sorriu para Bib como se pedisse desculpas. "Ele diz que as instruções do nosso mestre devem ser entregues apenas para o próprio Jabba." Bib refletiu por um momento, enquanto C-3PO continuou a explicação.

"Sinto muitíssimo. Às vezes, ele é muito teimoso em suas missões." Ele conseguiu dar um tom depreciativo, ainda que carinhoso, à voz, enquanto inclinava a cabeça na direção do pequeno companheiro.

Bib gesticulou para eles o seguirem. "Nudd chaa." Ele caminhou de volta para a escuridão, os droides seguindo-o de perto, os três guardas gamorreanos andando desajeitados atrás deles.

Enquanto C-3PO descia para o ventre da sombra, murmurou baixinho para a unidade R2 silenciosa: "R2, estou com um mau pressentimento".

C-3PO e R2-D2 estavam diante da entrada da sala do trono, olhando para dentro dela. "Estamos perdidos", choramingou C-3PO, desejando pela milionésima vez poder fechar os olhos.

O salão estava cheio, ao longo de toda a parede cavernosa, com a alegre escória do universo. Criaturas grotescas dos sistemas solares mais inferiores, bêbados com destilados saborosos e com seus próprios vapores fétidos. Gamorreanos, seres humanos deformados, jawas - todos se deleitando em prazeres da carne ou comparando maldades com vozes roucas. E, na frente da sala, sobre um palco com vista para a depravação, estava Jabba, o hutt.

Sua cabeça tinha três vezes o tamanho da humana, talvez quatro. Olhos amarelos reptilianos - a pele também era como a de uma cobra, exceto por ser coberta por uma fina camada gosmenta. Não tinha pescoço, mas apenas uma série de queixos que se expandia finalmente por um corpo inchado, engordado até o ponto da explosão com petiscos roubados. Braços atrofiados, quase inúteis, brotavam de seu torso superior, os dedos grudentos da mão esquerda languidamente envolviam o bocal do seu narguilé. Não tinha cabelos, pois haviam caído por uma combinação de doenças. Não tinha pernas - seu tronco estreitava-se gradualmente até formar uma longa e gorda cauda de serpente que se estendia pela largura da plataforma como um tubo de massa fermentada. Sua boca sem lábios era larga, quase de orelha a orelha, e ele babava o tempo todo. Era um ser totalmente nojento.

Acorrentado a ele, pelo pescoço, estava uma bela e triste dançarina, membro da espécie de Fortuna, com dois tentáculos secos e bem-formados brotando de trás da cabeça, pendendo sugestivamente pelas costas nuas e musculosas. Seu nome era Oola. De aparência desesperada, estava sentada o mais longe que sua corrente permitia, na outra ponta da plataforma.

E, sentado ao lado da barriga de Jabba, havia um pequeno réptil com feições de primata chamado Salacious Crumb, que pegava a comida e a bebida que caíam das mãos e da boca de Jabba e devorava entre gargalhadas nauseantes.

Fachos de luz vindos do alto iluminavam parcialmente os cortesãos bêbados, enquanto Bib Fortuna cruzava o salão até a plataforma. O lugar era composto por uma série infinita de alcovas dentro de alcovas de forma que o que perambulava, em qualquer situação, era visível apenas como sombra e movimento. Quando Fortuna chegou ao trono, delicadamente inclinou-se e sussurrou no ouvido do monarca babão. Os olhos de Jabba apertaram-se... Então, com uma gargalhada maníaca, acenou para que os dois droides aterrorizados fossem trazidos até ele.

"Bo shuda", sussurrou o hutt, e teve um ataque de tosse. Embora entendesse vários idiomas, por uma questão de princípio – o seu único princípio –, falava apenas a sua própria língua.

Os robôs, trêmulos, foram escoltados para ficar diante do repulsivo governante, embora ele violasse de forma brutal a sensibilidade mais profundamente programada neles. "A mensagem, R2, a mensagem", ordenou C-3PO.

R2-D2 assobiou uma vez e um facho de luz projetou-se de sua cabeça em forma de cúpula, criando um holograma de Luke Skywalker, que ficou diante deles no chão. Rapidamente, a imagem cresceu até ficar com três metros de altura, até o jovem guerreiro Jedi ultrapassar a altura da balbúrdia formada. O salão foi ficando cada vez mais quieto, enquanto a presença gigante de Luke se fazia sentir.

"Saudações, digníssimo", o holograma disse para Jabba. "Permita que me apresente. Sou Luke Skywalker, Cavaleiro Jedi e amigo do capitão Han Solo. Solicito uma audiência com sua alteza para negociar a vida de Solo." Nesse momento, o salão inteiro irrompeu em gargalhadas, o que Jabba interrompeu com um aceno. Luke não fez uma longa interrupção. "Sei que o senhor é forte, poderoso Jabba, e que sua ira contra Solo deve ser igualmente forte. Sei que podemos chegar a um acordo que será mutuamente benéfico. Como prova da minha boa vontade, ofereço-lhe um presente – estes dois droides."

C-3PO deu um pulo para trás, como se tivesse recebido uma ferroada. "Quê? O que ele disse?"

Luke continuou: "...Ambos trabalham muito e lhe servirão bem". E então o holograma desapareceu.

C-3PO sacudiu a cabeça em desespero. "Não, não pode ser. R2, você deve ter reproduzido a mensagem errada."

Jabba riu e babou.

Bib falou no idioma hutt: "Barganhar em vez de lutar? Ele não é Jedi".

Jabba concordou com um meneio de cabeça. Ainda sorrindo, ele rouquejou para C-3PO: "Não haverá acordo. Não tenho a intenção de abrir mão da minha decoração favorita". Com uma risada abominável, olhou adiante para a alcova mal iluminada ao lado do trono; lá, pendurada contra a parede lisa, estava a forma carbonizada de Han Solo, seu rosto e mãos emergindo da placa dura e fria, como uma estátua saindo de um mar de pedra.

R2-D2 e C-3PO marcharam com tristeza através da passagem úmida com os empurrões de um guarda gamorreano. As celas da masmorra alinhavam-se nas duas paredes, os gritos indescritíveis de angústia que emanavam enquanto os droides passavam ecoavam na pedra e desciam até as catacumbas sem fim. Vez ou outra, mãos, garras e até tentáculos estendiam-se através das barras de uma porta para agarrar os robôs desafortunados.

R2-D2 apitava miseravelmente. C-3PO apenas sacudia a cabeça. "O que será que deu no mestre Luke? Foi algo que fiz? Ele nunca expressou nenhum descontentamento com meu trabalho..."

Eles se aproximaram de uma porta no final do corredor. Ela se abriu, deslizando automaticamente, e o gamorreano empurrou-os para a frente. Lá dentro, seus ouvidos foram atacados por sons ensurdecedores de máquinas – engrenagens estalando, cabeças de pistões batendo, golpes de aríete, zumbidos de motores – e uma névoa de vapor que se deslocava continuamente reduzia a visibilidade. Aquela era a sala das caldeiras ou o inferno orquestrado.

Um grito eletrônico agonizante, como o som de mecanismos sendo arrancados, chamou atenção para o canto do recinto. Do meio da bruma, surgiu EV-9D9, um robô humanoide magro com alguns apetites perturbadoramente humanos. Na escuridão por trás de EV-9D9, C-3PO conseguia ver as pernas de um droide sendo arrancadas num cavalete de tortura, enquanto um segundo droide, pendurado de cabeça para baixo, estava recebendo uma aplicação de ferros em brasa nos pés; ele emitia o grito eletrônico que C-3PO ouvira momentos antes, quando os circuitos sensores em sua pele de metal derretiam em agonia. C-3PO encolheu-se com o som, sua fiação estalando compassiva com a eletricidade estática.

EV-9D9 parou diante de C-3PO, erguendo as mãos de pinça de forma efusiva. "Ah, novas aquisições", ele disse com grande satisfação. "Sou EV-9D9, chefe das operações ciborgues. Você é um droide protocolar, não é?

"Meu nome é C-3PO, especializado em relações human..."

"Sim ou não é suficiente", EV-9D9 disse com frieza.

"Bem, sim", C-3PO respondeu. Este robô teria problemas, aquilo era mais do que óbvio – um droide do tipo que sempre tinha de provar que era "mais droide que você".

"Quantas línguas você fala?", ele perguntou.

Bem, este é um jogo para dois, pensou C-3PO. Ele acionou sua fita oficial mais digna. "Sou fluente em mais de seis milhões de formas de comunicação e posso...

"Esplêndido!", interrompeu EV-9D9 exultante. "Estamos sem intérprete desde que o mestre ficou irritado com algo que nosso último droide protocolar disse e o desintegrou."

"Desintegrou!", C-3PO gemeu. Qualquer aspecto protocolar desapareceu dele.

EV-9D9 falou para um guarda suíno que apareceu de repente: "Este aqui será muito útil. Instale uma tranca de contenção nele, então leve-o de volta para a câmara principal de audiência".

O guarda grunhiu e empurrou com estupidez C-3PO na direção da porta.

"R2, não me abandone!", C-3PO gritou, mas o guarda agarrou-o e o empurrou para fora, e ele desapareceu.

R2-D2 soltou um grito longo, lastimoso, quando C-3PO foi removido. Então virou-se para EV-9D9 e assobiou indignada e longamente.

EV-9D9 gargalhou. "Você é um pequeno mal-humorado, mas logo aprenderá a respeitar. Você terá serventia na barcaça à vela do mestre. Vários de nossos astrodroides desapareceram recentemente, muito provavelmente roubados para peças de reposição. Acho que você vem a calhar."

O droide no cavalete de tortura emitiu um berro de alta frequência, então fagulhou por um instante e silenciou.

A corte de Jabba, o hutt, agitou-se num êxtase maligno. Oola, a bela criatura acorrentada a Jabba, dançava no centro da pista, enquanto monstros inebriados festejavam e importunavam. C-3PO pairava cuidadosamente perto das costas do trono, tentando manter a máxima discrição. Às vezes, ele precisava desviar para evitar uma fruta lançada na sua direção ou para contornar um corpo que rolava. Na maioria das vezes, apenas ficava abaixado. O que mais restava para um droide protocolar fazer em um lugar com tão pouco protocolo?

Jabba olhava com malícia através da fumaça do seu narguilé e acenou para Oola vir sentar ao seu lado. Ela parou de dançar imediatamente, fez uma expressão temerosa e afastou-se, sacudindo a cabeça. Aparentemente, já tinha sofrido convites como aquele antes.

Jabba se irritou. Apontava, insistente, para um lugar ao lado dele no palco. "Da eitha!", ele grunhiu.

Oola sacudiu a cabeça com mais força, seu rosto transfigurado pelo horror. "Na chuba negatorie. Na! Na! Natoota..."

Jabba ficou lívido. Furiosamente, ordenou que Oola se aproximasse. "Boscka!"

Jabba pressionou um botão enquanto soltava a corrente de Oola. Antes que ela pudesse fugir, um alçapão gradeado se abriu no chão e ela despencou num fosso. A porta fechou-se instantaneamente. Um momento de silêncio, seguido por um rugido baixo, estrondoso, e logo ouviu-se um grito aterrorizado – e, mais uma vez, silêncio.

Jabba riu até babar. Havia uma dúzia de monstros festejadores apressando-se para olhar pelas grades e observar a morte da dançarina nubente.

C-3PO encolheu-se ainda mais e, para buscar coragem, olhou a forma de carbonita de Han Solo, suspensa em baixo-relevo sobre a pista. Ali *havia* um ser humano sem uma percepção de protocolo, pensou C-3PO saudosamente.

Seus pensamentos foram interrompidos por um silêncio anormal que de repente tomou conta do salão. Ele ergueu os olhos para ver Bib Fortuna abrindo caminho pela multidão, acompanhado por dois guardas gamorreanos e seguido por um caçador de recompensas de olhar penetrante, vestido com manto e capacete, que conduzia seu prêmio cativo em uma coleira: Chewbacca, o wookiee.

C-3PO arfou, apavorado. "Ah, não! Chewbacca!" O futuro parecia de fato muito sombrio.

Bib murmurou algumas palavras no ouvido de Jabba, apontando para o caçador de recompensas e seu prisioneiro. Jabba ouviu atenciosamente. O caçador de recompensas era humanoide, pequeno e malvado: um cinto de cartuchos cruzava o seu colete e um abertura na forma de um filete, no visor de seu elmo, dava a impressão de ser capaz de enxergar através das coisas. Ele fez uma grande mesura, então falou em ubese fluente. "Saudações, majestade. Sou Boushh." Era um idioma metálico, bem-adaptado à atmosfera rarefeita do planeta natal de onde vinham essas espécies nômades.

Jabba respondeu na mesma língua, embora seu ubese fosse artificial e lento. "Enfim alguém me trouxe o poderoso Chewbacca..." Ele tentou continuar, mas gaguejou na palavra que queria. Com uma risada barulhenta, ele se virou para C-3PO. "Onde está meu droide falante?", ele retumbou, chamando C-3PO para mais perto. Relutante, o robô cortês obedeceu.

Jabba ordenou com simpatia. "Dê as boas-vindas ao nosso amigo mercenário e pergunte pelo preço do wookiee."

C-3PO traduziu a mensagem para o caçador de recompensas. Boushh ouviu cuidadosamente, estudando ao mesmo tempo as criaturas bravias ao redor do salão, possíveis saídas, possíveis reféns, pontos vulneráveis. Ele observou em especial Boba Fett – em pé próximo à porta –, o mercenário de máscara de ferro que capturou Han Solo.

Boushh avaliou tudo aquilo em uma fração de segundo, então falou tranquilamente na sua língua nativa para C-3PO: "Quero cinquenta mil, não menos".

C-3PO traduziu em voz baixa para Jabba, que imediatamente ficou furioso e lançou o droide dourado para longe do trono elevado com um golpe de sua imensa cauda. C-3PO despencou num monte de metal no chão, onde ficou por um momento, em dúvida sobre qual protocolo usar em situações como aquela.

Jabba enfureceu-se em seu idioma hutt gutural; Boushh moveu sua arma para uma posição mais acessível. C-3PO suspirou, esfalfou-se para chegar novamente ao trono, recompôs-se e traduziu para Boushh – livremente – o que Jabba estava dizendo.

"Vinte e cinco mil é tudo que ele pagará...", informou C-3PO.

Jabba chamou seus guardas suínos para levar Chewbacca, enquanto dois jawas cercaram Boushh. Boba Fett também ergueu sua arma. Jabba acrescentou para C-3PO interpretar: "Vinte e cinco mil mais a vida dele".

C-3PO traduziu. O salão ficou em silêncio, tenso, instável. Então Boushh falou, suavemente, para C-3PO: "Diga para esse saco de lixo inchado que ele terá de se esforçar mais ou precisará recolher sua pele fedorenta em cada rachadura desta sala. Estou segurando um detonador térmico".

C-3PO concentrou-se de repente na pequena bola prateada que Boushh segurava, meio escondida em sua mão esquerda. Era possível ouvir um zumbido baixo, assustador. C-3PO olhou nervosamente para Jabba, e então de volta para Boushh.

Jabba vociferou para o droide. "Bem? O que ele disse?"

C-3PO pigarreou. "Sua alteza, ele, hum... Ele..."

"Fale logo, droide!", gritou Jabba.

"Oh, céus", C-3PO afligiu-se. Por dentro, ele se preparou para o pior, então falou impecavelmente na língua de Jabba. "Boushh respeitosamente discorda do senhor, sua excelência, e pede para o senhor reconsiderar o valor... ou ele acionará o detonador térmico que está segurando."

No mesmo instante, um murmúrio perturbador circulou no salão. Todos recuaram vários metros, como se aquilo ajudasse. Jabba encarou a esfera na mão do caçador de recompensas. Estava começando a brilhar. Outro cochicho tenso surgiu entre os espectadores.

Jabba encarou de um jeito malévolo o caçador de recompensas por vários segundos. Então, devagar, um sorriso satisfeito esgueirou-se em sua boca imensa e feiosa. Do fosso raivoso de sua barriga, uma risada brotou como gases em um lodaçal. "Esse caçador de recompensas é do meu tipo de escória. Intrépido e inventivo. Diga a ele trinta e cinco, não mais... e avise-o para não arriscar sua sorte."

C-3PO sentiu-se bastante aliviado pela virada dos acontecimentos. Ele traduziu para Boushh. Todos examinavam o caçador de recompensas de perto para ver sua reação; as armas foram preparadas.

Então, Boushh soltou o interruptor do detonador térmico, que desligou. "Zeebuss", ele assentiu.

"Ele concorda", C-3PO disse para Jabba.

A multidão comemorou; Jabba relaxou. "Venha, meu amigo, junte-se à nossa celebração. Talvez eu possa encontrar trabalho para você", C-3PO traduziu, enquanto a festa recomeçava numa farra depravada.

Chewbacca grunhiu baixinho enquanto era retirado do salão pelos gamorreanos. Ele poderia ter partido a cabeça deles apenas por serem tão feios ou para lembrar a todos os presentes do que um wookiee era capaz, mas perto da porta ele identificou um rosto familiar. Escondido por trás da metade de uma máscara de dentes de javali estava um humano no uniforme de um guarda de esquife – Lando Calrissian. Chewbacca não mostrou sinal de reconhecimento, nem resistiu ao guarda que agora o escoltava para fora do salão.

Lando conseguiu se infiltrar naquele ninho de vermes meses antes para verificar se era possível libertar Solo do cárcere de Jabba. Ele o fez por diversos motivos.

Primeiro, porque sentia – corretamente – que fora sua culpa Han estar naquela situação desagradável e queria ajeitar as coisas – desde que, claro, ele pudesse fazê-lo sem se ferir. Misturar-se ali, como um daqueles piratas, não tinha sido problema para Lando – identidade falsa era um estilo de vida para ele.

Segundo, queria juntar forças com os camaradas de Han no alto escalão da Aliança Rebelde. Pretendiam derrubar o Império e ele não queria nada mais na vida do que aquilo. No passado, a polícia imperial tinha roubado sua cena várias vezes; assim, era um adversário rancoroso agora. Além disso, Lando gostava de fazer parte da turma de Solo, pois eles pareciam estar sempre à frente de todas as ações contra o Império.

Terceiro, a princesa Leia pedira para ele ajudar, e ele nunca poderia recusar o pedido de uma princesa por ajuda. E, afinal, nunca se sabe como ela poderia agradecer algum dia.

Finalmente, Lando teria apostado qualquer coisa que Han simplesmente não poderia ser resgatado daquele local – e Lando não conseguia resistir a uma aposta.

Assim passava seus dias – observando muito. Observando e calculando. Era o que ele fazia naquele momento, quando Chewie foi levado embora – ele observou, e então desapareceu nas paredes de pedra.

A banda começou a tocar, liderada por um cantor de jizz de orelhas caídas, azul, chamado Max Rebo. As dançarinas encheram a pista. Os cortesãos assobiavam e embebedavam o cérebro um pouco mais.

Boushh recostou-se contra uma coluna, examinando a cena. Seu olhar varreu a corte com frieza, captando dançarinas, fumantes, os apostadores, os jogadores natos... até pousar diretamente em um olhar também imperturbável do outro lado do salão. Boba Fett o observava.

Boushh deslocou-se levemente, posando com sua arma embainhada como um bebê adorado. Boba Fett permaneceu imóvel, um olhar arrogante de desdém, invisível por trás de sua máscara nefasta.

Os guardas suínos levaram Chewbacca através do corredor mal iluminado da masmorra. Um tentáculo desenrolou-se de uma das portas para tocar o taciturno wookiee.

"Rheeaaahhr!", ele gritou e o tentáculo voltou às pressas para a cela.

A porta seguinte estava aberta. Antes que Chewie percebesse de uma vez por todas o que estava acontecendo, foi empurrado vigorosamente para dentro da cela por todos os guardas. A porta fechou-se com um estrondo, trancando-o na escuridão.

Ele ergueu a cabeça e soltou um uivo longo e lamentável que passou através da montanha de aço e areia até o céu de paciência infinita.

A sala do trono estava quieta, escura e vazia quando a noite encheu seus cantos repletos de lixo. Sangue, vinho e saliva manchavam o chão, pedaços de roupas rasgadas penduravam-se dos ornamentos, corpos inconscientes curvavam-se sob móveis quebrados. A festa havia acabado.

Uma figura soturna movia-se silenciosamente entre as sombras, parando perto de uma coluna, ocultando-se atrás de uma estátua. Sorrateiro, percorria seu caminho pelo perímetro do salão, pisando uma vez sobre um adormecido yak face, que roncava. Ele nunca fazia barulho. Era Boushh, o caçador de recompensas.

Chegou à alcova acortinada, ao lado da qual estava a placa de Han Solo pendurada, suspensa por um campo de força na parede. Boushh olhou ao redor, furtivamente, então acionou um interruptor ao lado do caixão de carbonita. O zumbido do campo de força diminuiu até parar e o pesado monólito baixou lentamente até o chão.

Boushh subiu nele e examinou o rosto petrificado do pirata espacial. Ele tocou o rosto de Solo, congelado pela carbonita, com curiosidade, como se fosse uma pedra rara, preciosa. Frio e duro como diamante.

Por alguns segundos, examinou os controles na lateral da laje e então ativou uma série de interruptores. Finalmente, após o último olhar hesitante para a estátua viva diante dele, Boushh acionou a alavanca de descongelamento.

O invólucro começou a emitir um som bastante agudo. Inquieto, Boushh espreitou novamente ao redor, verificando se ninguém ouvia. Devagar, o casco duro que cobria os contornos do rosto de Solo começou a derreter. Logo, a cobertura desapareceu totalmente da frente do corpo de Solo, liberando suas mãos erguidas – paralisadas havia tanto tempo em protesto – para caírem frouxamente ao lado do corpo. O rosto relaxou-se até parecer uma máscara mortuária. Boushh extraiu o corpo sem vida de seu recipiente e o arriou gentilmente no chão.

Ele baixou seu elmo pavoroso perto do rosto de Solo, buscando cuidadosamente por sinais de vida. Sem respiração. Sem pulso. Com um estalo, os olhos de Han se abriram de repente e ele começou a tossir. Boushh controlou-o, tentando aquietá-lo – ainda havia guardas que poderiam ouvir.

"Quieto!", ele sussurrou. "Apenas relaxe."

Han apertou os olhos diante da forma obscura acima dele. "Não consigo ver... O que está acontecendo?" Era compreensível: ele estava desorientado após ter ficado em animação suspensa por seis meses daquele planeta desértico – um período que, para ele, foi infinito. Havia uma sensação macabra – como se por uma eternidade ele tivesse tentado tomar fôlego, mover-se, gritar, cada momento em asfixia consciente, dolorosa – e agora, de repente, era jogado em um fosso barulhento, escuro e frio.

Ele foi surpreendido pelos seus sentidos de uma só vez. O ar atingiu sua pele como mil dentes gelados; a opacidade de sua vista era impenetrável; o vento parecia correr em torno de suas orelhas como um furacão; ele não podia se equilibrar; uma miríade de cheiros invadiu o seu nariz causando-lhe náuseas; não conseguia parar de salivar; todos os seus ossos doíam – e então vieram as visões.

Visões da infância, do seu último café da manhã, de vinte e sete ataques piratas... como se todas as imagens e memórias da sua vida estivessem comprimidas em um balão, e o balão estourasse e todas elas invadissem o espaço, aleatoriamente, num único momento. Era quase devastador, era uma sobrecarga sensorial; ou, mais precisamente, sobrecarga de memória. Homens tinham ficado loucos nesses primeiros cinco minutos após o descongelamento, desesperados, absolutamente loucos – incapazes de reorganizar as dez bilhões de imagens individuais que compreendiam a vida até ali em algum tipo de ordem coerente, seletiva.

Solo não era tão suscetível. Ele cavalgou a explosão dessa onda de impressões até ela esmorecer em um remanso turbulento, submergindo do grosso de suas memórias, deixando apenas os destroços mais recentes boiarem na superfície: a traição de Lando Calrissian, que antes ele chamava de amigo; sua nave avariada; sua última visão de Leia; a captura por Boba Fett, o caçador de recompensas mascarado que...

Onde ele estava agora? O que aconteceu? Sua última imagem era de Boba Fett observando sua transformação em carbonita. Era o mesmo Fett naquele momento que vinha derretê-lo para maltratá-lo mais ainda? O ar ribombava em seus ouvidos, sua respiração era irregular, anormal. Ele golpeou a frente do seu rosto com a mão.

Boushh tentou tranquilizá-lo. "Você está livre da carbonita e com náusea da hibernação. Sua visão voltará em breve. Venha, precisamos nos apressar se quisermos sair deste lugar."

Por reflexo, Han agarrou o caçador de recompensas, sentiu a máscara arranhada e então se afastou. "Não vou a lugar nenhum... nem sei onde estou." Ele começou a suar enquanto o coração voltava a bombear sangue, e sua mente tateava por respostas. "Quem é você, afinal?", ele perguntou com suspeita. No fim das contas, talvez fosse Fett.

O caçador de recompensas ergueu a mão e tirou o elmo da cabeça, revelando o belo rosto da princesa Leia.

"Alguém que te ama", ela suspirou, tomando seu rosto suavemente nas mãos ainda enluvadas e dando um longo beijo nos lábios de Han Solo.

II

Han forçou a vista para enxergá-la, embora tivesse os olhos de um recém-nascido. "Leia! Onde estamos?"

"No palácio de Jabba. Tenho que tirar você daqui rápido."

Ele se sentou trêmulo. "Tá tudo embaçado... Não serei de grande ajuda..."

Ela o observou por um bom tempo, seu amor ali, cego. Viajara anos-luz para encontrá-lo, arriscara a própria vida, despendera tempo precioso, algo extremamente necessário para as forças rebeldes. Tempo este que não poderia se dar ao luxo de desperdiçar por conta de buscas pessoais e desejos particulares... mas ela o amava.

Com os olhos marejados, ela sussurrou: "Vamos conseguir".

Num impulso, ela o abraçou e deu-lhe outro beijo. Ele também fora tomado pela emoção repentinamente: de volta à vida, com a bela princesa em seus braços, arrancando-o das presas do vazio. Estava arrasado. Sem poder se mexer, nem mesmo falar, abraçou-a bem apertado, fechando os olhos cegos para as realidades sórdidas que viriam muito em breve.

Foi ainda antes do esperado. Um gemido repulsivo foi ficando bastante claro às suas costas. Han abriu os olhos, mas ainda não conseguia ver nada. Leia levantou o olhar na direção da alcova mais adiante e seu rosto adquiriu uma expressão de horror. Quando a cortina fora aberta, toda a área, do piso ao teto, estava repleta de uma galeria de canalhas da corte de Jabba – todos salivando, resfolegando, estupefatos.

Leia levou a mão à boca rapidamente.

"O que foi?", indagou Han. Havia algo de muito errado. Seu olhar se perdia em sua própria escuridão.

Uma gargalhada obscena ecoou do outro lado da alcova. Uma gargalhada hutt.

Han ergueu a cabeça e fechou os olhos novamente, como se tentasse afastar o inevitável por mais um instante. "Conheço essa risada."

A cortina foi escancarada de repente, do outro lado da sala. Lá estavam Jabba, um ishi tib, Bib, Boba e vários guardas. Todos gargalharam. E continuaram gargalhando, como uma espécie de punição.

"Ora, ora, que visão mais tocante", ronronou Jabba. "Han, meu garoto, seu gosto na escolha de companheiras melhorou, embora sua sorte não."

Mesmo cego, Solo conseguiu entrar na conversa com mais facilidade do que um droide de protocolo. "Ouça, Jabba, eu estava indo te pagar quando me distraí um pouco. Apesar das nossas diferenças, tenho certeza de que vamos conseguir resolver essa situação..."

Dessa vez, Jabba riu de fato. "Tarde demais para isso, Solo. Talvez você tenha sido o melhor contrabandista do ramo, mas atualmente é comida de banthas." Tirou o sorriso do rosto e gesticulou para seus guardas. "Levem-no."

Os guardas agarraram Leia e Han. Arrastaram o pirata corelliano, enquanto Leia continuava se debatendo onde estava.

"Decidirei como matá-lo depois", murmurou Jabba.

"Eu pago o triplo", gritou Solo. "Jabba, você está desperdiçando uma fortuna. Não seja tolo." E foi levado embora.

Da fila de guardas, Lando avançou rapidamente, segurando Leia e tentando levá-la para longe.

Jabba os deteve: "Espere! Traga-a para mim".

Lando e Leia estacaram a meio passo. Lando parecia tenso, incerto quanto ao que fazer. Ainda não era hora de se movimentarem. As probabilidades ainda não eram boas. Ele sabia que era um ás na manga e, para ganhar a partida, era preciso saber usá-lo.

"Vou ficar bem", sussurrou Leia.

"Não tenho tanta certeza", respondeu ele. Mas o momento passara, não havia mais nada a se fazer. Ele e um ishi tib, um pássaro-lagarto, arrastaram a jovem princesa até Jabba.

C-3PO, que tinha assistido a tudo de seu lugar ao lado de Jabba, não aguentava mais. Virou o rosto.

Leia, por sua vez, permanecia de pé diante do monarca repugnante. Sua raiva só crescia. Com toda a galáxia em guerra, ficar presa no grão de poeira que era aquele planeta por causa de um bandido mesquinho era um insulto além do tolerável. Ainda assim, ela manteve a voz serena – afinal, era uma princesa. "Temos amigos poderosos, Jabba. Você se arrependerá em breve..."

"Certamente, certamente", o velho marginal respondeu com uma prazeroso ronco. "Mas, enquanto isso, desfrutarei intensamente do prazer de sua companhia."

Jabba puxou-a com avidez para si até que seus rostos ficaram a centímetros de distância um do outro; o tórax da princesa encostou na pele oleosa de cobra do hutt. Leia cogitou matá-lo imediatamente, ali, naquele instante. Mas ela manteve a ira para si, já que os demais vermes a matariam antes que pudesse fugir com Han. Teria oportunidades melhores depois. Portanto, engoliu em seco e, por ora, colaboraria o máximo possível com aquele monte de gosma.

C-3PO deu uma olhadela momentânea e desviou imediatamente o olhar mais uma vez. "Oh, não. Não consigo ver."

Como a fera fétida que era, Jabba colocou sua gorda e gotejante língua para fora na direção da princesa e tascou-lhe um beijo animalesco diretamente na boca.

Han foi jogado em uma das celas da masmorra e a porta trancou-se atrás dele. Caiu no chão em meio à escuridão. Depois se recompôs e sentou-se, apoiando as costas na parede. Após socar o chão por alguns instantes, acalmou-se e tentou organizar os pensamentos.

Escuridão. Bom, que se dane, cegueira é cegueira. Não adianta procurar sereno em um meteorito. Mas era muito frustrante sair do congelamento daquela maneira, sendo salvo pela pessoa que...

Leia! O estômago do capitão estelar revirou-se só de pensar no que poderia estar acontecendo com ela naquele momento. Se ao menos soubesse onde estava... Deu pancadinhas com os nós dos dedos na parede às suas costas. Rocha sólida.

O que poderia fazer? Barganhar, talvez. Mas o que ofereceria? Pergunta imbecil, pensou. Quando *tive* algo para *barganhar* antes de começar a fazê-lo?

O quê, então? Dinheiro? Jabba tinha mais do que seria possível contar. Prazeres? Nada daria mais prazer a Jabba do que deflorar a princesa e matar Solo. Não, as coisas iam mal. Na verdade, nada parecia poder piorar.

Foi aí que ele ouviu o rosnado. Um formidável ronco baixo do fundo da densa escuridão, no longínquo canto da cela, um rosnado de uma fera grande e enfurecida.

Os pelos do braço de Solo se arrepiaram. Ele se levantou rapidamente, de costas para a parede. "Parece que tenho companhia", murmurou ele.

A criatura selvagem urrou um insano "Groawwwwr" e correu na direção de Solo, agarrando-o avidamente pelo tronco, erguendo-o vários centímetros do chão, extraindo-lhe todo o ar dos pulmões.

Han ficou totalmente estático por vários e longos segundos. Não conseguia acreditar em seus ouvidos. "Chewie, é você?"

O wookiee gigante bramiu com alegria.

Pela segunda vez no período de uma hora, Solo foi tomado pela alegria, mas por um motivo totalmente diferente.

"Tudo bem, tudo bem, agora espera um pouco, você tá me esmagando."

Chewbacca colocou o amigo no chão. Han esticou a mão e deu uma coçadinha no peito do wookiee. Chewie ronronou como um filhotinho.

"Ok, o que está acontecendo por aqui?" Han voltou imediatamente ao assunto. Era uma sorte inacreditável. Estava junto de alguém com quem poderia elaborar um plano. E não era qualquer pessoa – era simplesmente o amigo mais leal da galáxia.

Chewie repassou-lhe todas as informações. "Arh arhaghh shpahrgh rahr aurowwwrahrah grop rahp rah."

"Plano do Lando? O que *ele* está fazendo aqui?

Chewie falou em profusão.

Han meneou a cabeça. "Luke enlouqueceu? Por que você lhe deu ouvidos? Aquele moleque não consegue cuidar nem de si mesmo, quanto mais resgatar alguém."

"Rowr ahrgh awf ahraroww rowh rohngr grgrff rf rf."

"Cavaleiro Jedi? Ah, qual é... Fico fora um instante e todo o mundo começa a viajar..."

Chewbacca rosnava insistentemente.

Hesitante, Han concordou com a cabeça na escuridão. "Só acredito vendo...", comentou ele enquanto caminhava tropegamente, ladeando a parede, "se me permite a expressão."

O portão de ferro principal do palácio de Jabba se abriu com dificuldade, lubrificado apenas com areia e pelo tempo. Do lado de fora, na ventania poeirenta, observando o saguão de entrada escuro e cavernoso, estava Luke Skywalker.

Trajava as vestes de Cavaleiro Jedi – uma túnica, na verdade. Mas não trazia nenhuma arma ou sabre de luz. Portava-se de maneira descontraída, sem petulância, avaliando o local antes de entrar. Era um homem agora. Mais sábio, como um homem amadurecido mais por suas perdas do que pela idade. Perda das ilusões, da dependência. Perda dos amigos para a guerra. Perda do sono para o estresse. Perda do riso. Perda de sua mão.

Mas, de todas essas perdas, a maior fora aquela proveniente do conhecimento e do profundo reconhecimento de que jamais desaprenderia o que já sabia. Tantas coisas que gostaria de nunca ter aprendido... Envelhecera com o peso desse aprendizado.

O conhecimento também trouxe benefícios, claro. Era menos impulsivo agora. A maturidade lhe dera perspectiva, uma estrutura na qual poderia encaixar os eventos da vida, ou seja, uma rede de coordenadas de tempo e espaço, cobrindo sua existência, desde suas mais tenras lembranças até centenas de futuros alternativos. Uma rede de profundidades, de charadas, de interstícios que Luke podia agrupar com qualquer evento de sua vida, agrupar em perspectiva. Uma rede de cantos e sombras, voltando ao ponto de fuga no horizonte da mente de Luke. E todas essas caixas sombrias que davam tamanha *perspectiva* às coisas... Bom, essa rede trouxe certa escuridão à sua vida.

Nada de substancial, claro. Em todo caso, alguém poderia dizer que essa sombra trouxe profundidade à sua personalidade, que antes era estreita, sem dimensão – muito embora esse tipo de sugestão tivesse vindo de algum crítico enfastiado, refletindo um período tedioso. Apesar disso, havia certa escuridão agora.

Havia outras vantagens no conhecimento: racionalidade, etiqueta, escolha. De todas essas características, a escolha era, de fato, uma faca de dois gumes, embora tivesse seus benefícios.

Além disso, estava treinado na arte Jedi, na qual ele era simplesmente precoce.

Estava mais consciente agora.

Certamente, esses eram todos atributos desejáveis e Luke sabia tão bem quanto qualquer outra pessoa que tudo o que vive pode crescer. Mesmo assim, trazia certa tristeza, a soma de todo esse conhecimento. Certo senso de arrependimento. Mas quem poderia se dar ao luxo de ser um garoto em períodos turbulentos – como aquele que vivia?

Resoluto, Luke marchou em direção ao corredor abobadado.

Quase imediatamente, dois gamorreanos deram um passo à frente, bloqueando sua passagem. Um deles falou num tom que não convidava ao debate: “No chuba!”

Luke levantou a mão e apontou para os guardas. Antes que pudessem sacar as armas, estavam ambos estrangulando suas próprias gargantas, engasgando e tentando sorver oxigênio. Caíram de joelhos.

Luke baixou a mão e continuou seu percurso. Os guardas, que de repente voltaram a respirar, se jogaram nos degraus cobertos de areia. Não o seguiram.

No corredor seguinte, Luke encontrou Bib Fortuna, que começou a falar, enquanto se aproximava do jovem Jedi. Luke, porém, não interrompeu sua marcha, fazendo com que Bib girasse para segui-lo, com uma frase pela metade, e acelerasse o passo a fim de continuar a conversa.

"Você deve ser aquele que chamam de Skywalker. Sua excelência não irá vê-lo."

"Falarei com Jabba agora", Luke respondeu calmamente, sem reduzir a velocidade. Eles encontraram muitos outros guardas no cruzamento seguinte, que passaram a acompanhá-los.

"O grande Jabba está repousando", explicou Bib. "Fui instruído a dizer-lhe que não haverá barganhas..."

Luke estacou de repente e ficou olhando para Bib. Ele fixou os olhos no secretário do hutt, levantou ligeiramente a mão, avançou um pouco e disse: "Você me levará até Jabba – agora".

Bib parou e sacudiu a cabeça ligeiramente. Quais eram as instruções? Ah, sim, ele se lembrou. "Vou levá-lo até Jabba – agora."

Deu meia-volta e cruzou o corredor sinuoso que levava à câmara do trono. Luke seguiu-o em direção às sombras.

"Você serve seu mestre muito bem", ele sussurrou em seu ouvido.

"Eu sirvo meu mestre muito bem", Bib assentiu com convicção.

"Certamente será recompensado", acrescentou Luke.

Bib sorriu com orgulho. "Certamente serei recompensado."

Conforme Luke e Bib iam entrando na corte de Jabba, o nível de balbúrdia diminuiu drasticamente, como se a presença de Luke tivesse um efeito arrefecedor. Todos sentiram a mudança.

O tenente e o Cavaleiro Jedi aproximaram-se do trono. Luke viu Leia ali sentada, perto da barriga de Jabba. Ela estava acorrentada pelo pescoço e vestia trajes de dançarina. Ele pôde sentir sua dor imediatamente, lá do outro lado da sala, mas não disse nada. Nem sequer a olhou, removendo sua angústia da mente, pois precisava concentrar sua atenção totalmente em Jabba.

Leia, por sua vez, percebeu logo e fechou sua mente para Luke, a fim de não distraí-lo, mas ao mesmo tempo deixando-a aberta, pronta para receber o mínimo vestígio de informação que fosse necessária para agir. Ela se sentia pronta para qualquer possibilidade.

C-3PO deu uma olhadela de trás do trono conforme Bib se aproximava. Pela primeira vez em muitos dias, ele ativou seu programa de esperança. "Ah, finalmente mestre Luke veio me livrar de tudo isso", exultou.

Bib posicionou-se orgulhosamente ao lado de Jabba. "Mestre, apresento-lhe Luke Skywalker, Cavaleiro Jedi."

"Dei-lhe ordens de não recebê-lo", rosnou o criminoso invertebrado no idioma hutt.

"Devo ter o direito de falar", disse Luke calmamente, embora suas palavras tenham sido ouvidas por toda a sala.

"Ele deve ter o direito de falar", concordou Bib, pensativo.

Jabba, furioso, deu-lhe um tapa no rosto que o fez cambalear até o chão. "Seu idiota de mente fraca. Ele está usando um velho truque Jedi!"

Luke deixou que toda a horda heterogênea que o cercava se fundisse nos recônditos de sua consciência, a fim de que Jabba invadisse sua mente por completo. "Você trará o capitão Solo e o wookiee até mim."

Jabba sorriu de maneira cruel. "Seus poderes telepáticos não funcionam comigo, garoto. O padrão de pensamento humano não me afeta." Depois acrescentou: "Eu já matava pessoas iguais a você antes que Jedi significasse alguma coisa".

Luke alterou ligeiramente a postura, tanto interna quanto externamente. "Mesmo assim, vou levar o capitão Solo e seus amigos. Você pode lucrar com isso... ou ser destruído. A escolha é sua, mas aviso para que não subestime meus poderes", disse ele em seu próprio idioma, devidamente compreendido por Jabba.

Jabba riu como se fosse um leão sendo ameaçado por um rato.

C-3PO, que observava a interação atentamente, inclinou-se para a frente e sussurrou para Luke: "Mestre, o senhor está..." Mas um guarda deteve bruscamente o droide preocupado e colocou-o de volta em seu lugar.

Jabba interrompeu sua gargalhada, franzindo o cenho. "Sem barganha, jovem Jedi. Vou me divertir assistindo a sua morte."

Luke ergueu a mão. Uma pistola saltou do coldre de uma guarda próximo e foi parar exatamente na palma da mão do Jedi. Luke apontou a arma para Jabba, que gritou: "Boscka!"

O chão de repente se abriu, derrubando Luke e um guarda no fosso. O alçapão se fechou imediatamente. Todas as feras do séquito correram para as gretas do piso para assistir ao espetáculo lá embaixo.

"Luke!", gritou Leia, que sentia como se uma parte de si tivesse caído no fosso com ele. Deu alguns passos à frente, mas estava presa por um grilhão no pescoço. Gargalhadas estridentes surgiam de todas as partes, de uma só vez, deixando-a em alerta. Estava pronta para fugir.

Um guarda humano tocou em seu ombro. Quando ela olhou, reconheceu Lando. Ele balançou a cabeça imperceptivelmente, sinalizando um "Não". Também de maneira imperceptível, seus músculos relaxaram. Aquele não era o momento apropriado, ele sabia, mas seria bem útil. Todas as cartas do baralho estavam ali naquele momento: Luke, Han, Leia, Chewbacca... e um velho curinga: Lando. Ele só não queria que Leia mostrasse suas cartas antes que todas as apostas fossem feitas. Os riscos eram altos demais.

No fosso logo abaixo, Luke se levantou do chão. Achou que estava em uma espécie de masmorra, semelhante a uma caverna. As paredes eram formadas por rochas sulcadas, cheias de fendas escuras. Vários ossos roídos de inúmeros animais espalhados pelo chão recendiam carne podre e medo.

Oito metros acima, no teto, ele avistou as gretas de ferro pelas quais a corja de Jabba se amontoava.

O guarda ao seu lado começou a berrar, descontrolado, enquanto a porta lateral da caverna rangia e abria lentamente. Com uma calma infinita, Luke avaliava seu entorno, tirando sua túnica Jedi para ter mais liberdade de movimento. Posicionou-se rapidamente de costas para a parede e agachou-se, observando.

Pela passagem lateral surgia o gigante rancor. Tinha o tamanho de um elefante e era uma espécie de réptil, tão disforme quanto um pesadelo. Sua enorme boca urrante era assimétrica em relação à cabeça, suas presas e garras, desproporcionais. Era claramente um mutante, selvagem como todo absurdo.

O guarda pegou a pistola do monte de terra em que tinha caído e começou a atirar raios laser no monstro asqueroso, o que só enfureceu a fera. A criatura se arrastava na direção do guarda.

Ele continuava atirando. Ignorando as explosões do laser, a fera o agarrou e o arremessou em direção às suas mandíbulas cheias de baba e o engoliu de uma só vez. O público lá no alto vibrou, riu e jogou moedas.

O monstro, então, virou-se e foi em direção a Luke. Mas o Cavaleiro Jedi pulou alto o suficiente para se agarrar à grade lá em cima. A multidão começou a vaiar. Pendurado na grade, utilizando uma mão após a outra, Luke atravessou a caverna até chegar ao outro canto, lutando para não se soltar, enquanto o público debochava de sua tentativa. Uma das mãos escorregou na grade engordurada e ele oscilou perigosamente sobre o mutante, que rosnava.

Dois jawas correram no alto da grade para esmagar os dedos de Luke com a coronha dos rifles. Mais uma vez, o público berrava em sinal de aprovação.

Lá embaixo, o rancor tentava alcançá-lo com a pata, mas o Jedi se balançava, fugindo das investidas. De repente, Luke se soltou e caiu direto no olho do monstro ululante, rolando para o chão em seguida.

O animal berrava de dor e tropeçava, golpeando o próprio rosto para escapar da agonia. Correu em círculos algumas vezes até enxergar Luke novamente e ir em sua direção. Este se abaixou para pegar um osso comprido de uma vítima anterior e começou a brandi-lo. A galeria logo acima considerou a atitude hilária e manifestou seu deleite.

O monstro pegou Luke e o levou à sua boca salivante. No último segundo, porém, Luke enfiou o osso no fundo da garganta do rancor e pulou para o chão, enquanto a fera começava a engasgar. A besta uivava e se debatia, correndo descontroladamente em direção à parede. Várias rochas se deslocaram, dando início a uma avalanche que quase soterrou Luke, que se escondia em uma fenda próxima ao chão. A multidão aplaudia em uníssono.

Luke tentou esvaziar a mente. O medo é uma grande nuvem, Ben costumava dizer. Deixa o frio mais frio e a escuridão ainda mais escura; mas deixe-a emergir e ela se dissipará. Então Luke a deixou ir além do clamor da fera lá em cima e avaliou maneiras de virar a fúria da triste criatura para si.

Não era um monstro maligno, isso estava claro. Se fosse um ser puramente perverso, sua maldade poderia ter se virado facilmente contra ele – já que, como Ben dizia, o mal em si, no fim das contas, acabava sempre sendo autodestrutivo. Mas aquele monstro não era mau. Era apenas estúpido e maltratado. Faminto e com dor, atacava qualquer coisa que se aproximasse. Se Luke o visse como algo mau, seria apenas uma projeção dos aspectos sombrios de si mesmo. Não seria verdade e ainda não o teria ajudado a sair daquela situação.

Não. Precisava manter a mente limpa, só isso, e passar a perna naquele brutamontes selvagem para acabar com seu sofrimento.

O ideal seria soltá-lo na corte de Jabba, mas parecia improvável. Depois, considerou dar condições para que a criatura se matasse e acabasse com a própria dor. Infelizmente, a criatura estava muito irritada para entender o consolo do vazio. Por fim, Luke começou a estudar os contornos da caverna, a fim de tentar bolar um plano específico.

Nesse ínterim, o rancor tinha arrancado o osso da boca e, furioso, vasculhava o monte de pedregulhos no chão, procurando por Luke que, apesar de ter a visão parcialmente tomada pelo monte que ainda o protegia, conseguia ver outra caverna depois do monstro. E, além dela, havia uma porta de serviço. Se conseguisse chegar até ela...

O rancor tirou um pedregulho do caminho e viu Luke recuando na fenda. Voraz, alcançou o rapaz e tirou-o de lá. Luke pegou uma pedra grande e a atirou no dedo da criatura o mais forte possível. Enquanto rancor pulava, urrando de dor mais uma vez, Luke fugiu para a outra caverna.

Ele chegou até a porta e entrou. Diante dele, um grande portão gradeado bloqueava a passagem. Do outro lado, os dois guardiões do rancor jantavam. Olharam para Luke assim que este entrou. Depois, foram na direção do portão. Luke deu meia-volta e viu o monstro ir furioso em sua direção. Ele voltou ao portão e tentou abri-lo. Os guardiões o espetaram com suas lanças dentadas pelas barras, rindo e ainda mastigando a refeição, enquanto o rancor se aproximava cada vez mais do jovem Jedi.

Luke ficou de costas na parede lateral, enquanto o rancor chegava perto da sala, atrás dele. Foi então que viu o painel de controle da porta de serviço no meio da parede oposta. O rancor começou a entrar na antessala, se aproximando da presa, quando Luke, em um só movimento, pegou um crânio do chão e o arremessou no painel, que explodiu.

O estouro antecedeu uma chuva de faíscas e a gigantesca porta de ferro caiu sobre a cabeça do rancor, esmagando-a como um machado em uma melancia madura.

A plateia logo acima suspirou ao mesmo tempo para cair em silêncio logo em seguida. Estavam realmente aflitos e atordoados por conta da reviravolta bizarra nos acontecimentos. Todos olhavam para Jabba, que estava tendo um acesso de fúria. Nunca havia sentido tanta ira. Leia tentou disfarçar a alegria, mas não conseguia parar de sorrir, o que aumentou ainda mais a raiva de Jabba, que rosnou repentinamente para seus guardas: "Tirem-no de lá. Tragam-me Solo e o wookiee. Eles pagarão por este ultraje".

Lá embaixo, na cova, Luke permanecia em pé, calmo, quando os escudeiros de Jabba entraram no local, ataram suas mãos e o levaram de lá.

O guardião do rancor chorava abertamente e se jogou sobre o corpo de seu animal de estimação inerte. A vida seria solitária para ele a partir daquele dia.

Han e Chewie foram levados à presença de Jabba, que fumegava de raiva. Han, ainda de olhos semicerrados, tropeçava a cada metro. C-3PO estava atrás do hutt, muitíssimo apreensivo. Jabba mantinha Leia em rédea curta, puxando o cabelo da prisioneira para se acalmar. Um burburinho constante enchia a sala enquanto a plebe especulava o que aconteceria com quem.

De uma só vez, vários guardas, incluindo Lando Calrissian, arrastaram Luke sala adentro. Para dar-lhes passagem, os palacianos se dividiam como um mar revolto. Quando Luke também ficou diante do trono, abriu um sorriso para Solo: "Bom vê-lo aqui novamente, meu velho".

O rosto de Solo iluminou-se. Parecia que continuaria encontrando amigos sem parar. "Luke! Você também se meteu nessa furada?"

"Não perderia por nada", sorriu Skywalker, quase chegando a se sentir um garoto novamente.

"Bom, e como estamos indo?" Han ergueu uma das sobrancelhas.

"O de sempre", respondeu Luke.

"Oh-oh", respondeu Solo, baixinho. Ele se sentia cem por cento relaxado. Como nos velhos tempos. Um segundo depois, porém, um pensamento sombrio causou-lhe calafrios.

"Onde está Leia? Ela..."

Os olhos dela se fixaram nele no momento em que entrara na sala, protegendo seu espírito com o de si própria. Falar sobre ela fez com que Leia respondesse imediatamente, de seu lugar no trono de Jabba: "Estou bem, mas não sei quanto tempo vou conseguir deter o camarada babão aqui". Ela foi indiferente de propósito para tentar tranquilizar Solo. Além disso, ver todos os seus amigos juntos a fez sentir-se praticamente invencível. Han, Luke, Chewie, Lando... Até mesmo C-3PO, que se esquivava tentando ser esquecido. Leia quase riu alto, quase deu um soco no nariz de Jabba. Mal podia se conter. Queria abraçar todos.

De repente, Jabba gritou. A sala inteira ficou em silêncio imediatamente. "Droide falante!"

Timidamente, C-3PO deu um passo à frente, com um discreto e tímido movimento de cabeça, e falou com os prisioneiro. "Sua alta magnificência, o grande Jabba, o hutt, decretou que os senhores devem ser executados imediatamente."

Solo retrucou alto: "Ótimo, detesto esperar..."

"Sua ofensa extrema contra sua majestade", continuou C-3PO, "exige a morte mais torturante..."

"Não vejo sentido em fazer as coisas pela metade", retrucou Solo imediatamente. Jabba sabia ser muito pomposo às vezes. E agora, com a lata-velha ali, fazendo seus pronunciamentos...

Não importa o que aconteça, C-3PO simplesmente *odiava* ser interrompido. Apesar disso, ele se recompôs e continuou: "Serão levados para o Mar de Dunas, onde serão jogados no Grande Poço de Carkoon..."

Han deu de ombros e virou-se para Luke: "Não me parece tão ruim".

C-3PO ignorou a interrupção: "...onde repousa o todo-poderoso sarlacc. Em seu estômago, os senhores encontrarão uma nova definição de dor e sofrimento, pois serão digeridos lentamente por mil anos".

"Pensando bem, poderíamos pular essa parte", reconsiderou Solo. Mil anos era tempo demais.

Chewie rosnou, concordando plenamente.

Luke apenas sorria. "Você deveria ter aceitado barganhar, Jabba. Este vai ser seu último erro." Luke não conseguia esconder a satisfação na voz. Achava Jabba desprezível, um parasita galáctico, sugando a vida de tudo o que tocava. Luke queria acabar com o vilão e, portanto, estava feliz que Jabba tivesse recusado a barganha. Agora, Luke poderia realizar seu desejo. Claro que seu principal objetivo era libertar os amigos que ele tanto amava. Aliás, era isso que o preocupava acima de tudo agora. Mas, durante esse processo, libertaria o universo desse molusco criminoso. Essa perspectiva tingia o propósito de Luke com uma discreta satisfação sombria.

Jabba gargalhou malignamente. "Levem-nos daqui." Por fim, um pouco de puro prazer em um dia deprimente: alimentar o sarlacc era a única coisa que ele gostava mais do que alimentar o rancor. Pobre rancor.

A multidão gritou quando os prisioneiros foram levados. Leia os observava, preocupada; mas, quando viu o rosto de Luke de relance, ficou tocada ao ver que ele ainda tinha um largo e genuíno sorriso nos lábios. Suspirou profundamente a fim de se ver livre das dúvidas.

A enorme barcaça flutuante à vela de Jabba deslizava lentamente sobre o interminável Mar de Dunas. Seu casco de ferro talhado rangia na leve brisa, a cada lufada de vento que soprava nas duas gigantescas velas, como se até mesmo a natureza sofresse de uma moléstia terminal sempre que se aproximasse de Jabba. Ele estava sob o convés, com a maior parte de sua corte, escondendo a decadência de seu espírito do sol purificador.

Ao lado da barcaça, dois esquifes pequenos flutuavam em formação – uma aeronave de escolta, com seis soldados desmazelados; o outro, um esquife armado, levava os prisioneiros: Han, Chewie e Luke. Estavam todos amarrados e cercados por guardas também armados: um barada, dois weequays. E Lando Calrissian.

O barada não era do tipo que brincava em serviço e dificilmente deixaria as coisas fugirem do controle. Trazia uma arma longa, como se não quisesse outra coisa que não fosse ouvi-la cantar.

Os weequays eram estranhos. Eram irmãos, carecas, coriáceos e com um coque tribal no alto da cabeça e tranças usadas para o lado. Ninguém sabe ao certo se weequay era o nome da tribo ou da espécie. Ou se todos da tribo eram irmãos, ou se todos são chamados weequays. Era sabido que esses dois eram chamados assim e que tratavam todas as criaturas com indiferença. Eram muito simpáticos um com o outro, chegavam até a ser afetuosos. Mas, tal qual o barada, pareciam estar ansiosos para que os prisioneiros se comportassem mal.

E Lando, claro, permanecia em silêncio, pronto, aguardando uma oportunidade. Isso o lembrava de um golpe de lítio em Pesmenben IV – eles tinham salpicado carbonato de lítio para levar o governador do Império a arrendar o planeta. Lando, posando de guarda de mina não sindicalizado, fez o governador deitar no fundo de um barco, de cara no chão, e jogou sua propina ao mar quando os "agentes do sindicato" os perseguiram. Saíram ilesos da enrascada. Lando achava que naquele novo imbroglio aconteceria da mesma maneira, exceto pelo fato de que talvez tivessem que jogar os guardas fora também.

Han manteve os ouvidos bem abertos, já que seus olhos ainda estavam inutilizados. Ele falou com desinteresse e falta de preocupação para deixar os guardas tranquilos, para acostumá-los com seu falatório e sua movimentação para que, quando tivesse que agir de *fato*, tivessem uma fração de segundo de atraso. E claro, como sempre, falava apenas para se ouvir falar.

"Acho que minha visão está melhorando", disse ele, olhando para a areia com os olhos semicerrados. "Em vez de ver um grande borrão escuro, vejo um grande borrão claro."

"Não está perdendo nada, acredite", sorriu Luke. "Cresci aqui."

Luke pensou em sua infância em Tatooine, vivendo na fazenda de seu tio, pilotando seu landspeeder turbinado com alguns amigos, filhos de outros colonos que ficavam em seus assentamentos solitários. Sem nada para fazer, nada mesmo, homens ou meninos, além de cruzar as monótonas dunas e tentar evitar os exasperados nômades tuskens que guardavam as areias como se fossem pó de ouro. Luke conhecia bem aquelas paragens.

Encontrara Obi-Wan Kenobi naquele lugar. O velho Ben Kenobi, o eremita que vivia no deserto havia tanto tempo que ninguém sabia quanto. O homem que primeiro mostrou a Luke como ser um Jedi.

Luke lembrava dele agora com muito amor e pesar. Ben foi, mais do que qualquer outra pessoa, o agente de suas descobertas e perdas – e das descobertas *das* perdas.

Ben levara Luke até Mos Eisley, a cidade pirata do lado oeste de Tatooine, para a cantina onde conheceram Han Solo e Chewbacca, o wookiee. Foi levado para lá depois que os stormtroopers do Império assassinaram tio Owen e tia Beru, procurando pelos droides fugitivos R2-D2 e C-3PO.

Foi assim que tudo começou para Luke em Tatooine. Conhecia o lugar como um sonho que se repete e jurara que jamais retornaria.

"Cresci aqui", Luke repetiu suavemente.

"E agora vamos morrer aqui", retrucou Solo.

"Não o que eu estava planejando", disse Luke, saindo de seu devaneio.

"Se esse era seu plano, não estou muito empolgado."

"O palácio de Jabba estava muito bem protegido. Tinha que tirá-lo de lá. Fique perto de Chewie e Lando, só isso. Vou cuidar de tudo."

"Mal posso esperar." Solo esmoreceu ao saber que a grande fuga dependia de Luke pensar que era um Jedi: uma premissa no mínimo questionável, considerando que era uma irmandade extinta que usava a Força na qual ele nem mesmo acreditava. Uma nave veloz e uma boa arma, era nisso que Han acreditava e o que gostaria de ter consigo naquele momento.

Jabba sentou-se na cabine principal da barcaça à vela, cercado por todo seu séquito. A festa no palácio simplesmente continuou, em movimento, o que resultava em uma farra um pouco mais vacilante. Na verdade, era mais como uma celebração pré-linchamento. A sede de sangue e a beligerância testavam novos níveis.

A situação ia além das capacidades de C-3PO. Naquele momento, estava sendo obrigado a traduzir uma discussão entre Ephant Mon e Ree-Yess, por conta de uma questão sobre a guerra dos quark que estava levemente além dele. Ephant Mon, um paquiderme maciço empertigado, com presas saindo do focinho medonho, estava chamando atenção desnecessária (na opinião de C-3PO). Contudo, no seu ombro estava Salacious Crumb, o macaquinho reptiliano que tinha o hábito de repetir literalmente tudo que Ephant dizia, dobrando o peso de tudo o que Ephant argumentava.

Ephant concluiu a oração com uma declaração belicosa: "Woossie jawamba boog!"

Com a qual Salacious concordou com a cabeça e então repetiu: "Woossie jawamba boog!"

C-3PO não queria traduzir isso para Ree-Yees, o cara de cabra com três olhos, que já estava bêbado como um gambá, mas traduziu.

Os três olhos se dilataram, furiosos. "Backawa! Backawa!" Sem nenhum aviso prévio, deu um soco no focinho de Ephant Mon, fazendo--o voar sobre um cardume de cabeças de lula.

C-3PO achava que a resposta não precisava de tradução e aproveitou a oportunidade para escapulir para a parte de trás, onde acabou trombando imediatamente em um droidezinho que servia bebidas, que se espalharam por toda parte.

O droide atarracado proferiu uma série de bipes, apitos e buzinadas que foram imediatamente reconhecidos por C-3PO. Ele olhou para baixo, completamente aliviado. "R2! O que faz aqui?"

"doooWEEp chWHRrrrree bedzhng."

"Estou vendo que você está servindo as bebidas. Mas este lugar é perigoso. Vão executar o mestre Luke e, se você não tiver cuidado, a nós também!"

R2-D2 apitou, um pouco relaxado, até onde C-3PO percebeu. "Queria ser confiante como você", respondeu ele, melancólico.

Jabba riu ao ver Ephant Mon cair. Ele adorava esse tipo de coisa, principalmente ver os fortes sucumbirem ou a derrocada dos orgulhosos.

Puxou, com os dedos roliços, a corrente no pescoço da princesa Leia. Quanto mais ela resistia, mais ele babava. Até que ele venceu a resistência e trouxe a princesa parcamente vestida para perto de si mais uma vez.

"Não se afaste tanto, belezinha. Logo, logo você vai começar a gostar de mim." Ele a puxava para cada vez mais perto, obrigando-a a beber de seu copo.

Leia abriu a boca e fechou a mente. Era nojento, claro, mas havia coisas piores. E aquilo não duraria muito.

Sabia muito bem o que poderia acontecer de pior. Sua referência para comparação era a noite em que fora torturada por Darth Vader. Ela quase cedeu. O Lorde Negro nem imagina como esteve perto de alcançar a informação que queria dela: a localização da base dos rebeldes. Ela havia sido capturada logo após ter enviado R2-D2 e C-3PO para ajudar. Não só fora pega como também levada para a Estrela da Morte, onde recebera uma injeção com substâncias para enfraquecer a mente... e a torturaram.

Começaram pelo corpo, usando droides mortificantes altamente eficientes. Agulhas, pontos de pressão, facas incandescentes, choques. Ela resistira a todas essas dores, assim como agora resistia ao repulsivo toque de Jabba: com sua força inata.

Ela se afastou alguns centímetros de Jabba, que estava distraído. Aproximou-se das ripas da janela com persianas a fim de ver o esquife que transportava os prisioneiros sobre a areia iluminada pelo sol.

Estavam parando.

Todo o comboio estava parando, na verdade, sobre um enorme buraco na areia. A barcaça à vela parou em um dos lados da depressão colossal, junto com o esquife de segurança. O esquife dos prisioneiros, porém, pairava exatamente sobre a cova, talvez uns seis metros acima.

No fundo do grande cone de areia estava o monstro: um buraco repulsivo, gosmento, rosado e enrugado, quase estático. O buraco tinha dois metros de diâmetro e seu perímetro era cercado com três fileiras de dentes afiados como agulhas. A areia ficava presa ao muco que sobrava nas laterais da abertura, caindo no centro da cavidade de vez em quando.

Aquilo era a boca do sarlacc.

Uma prancha de ferro foi colocada na lateral do esquife dos prisioneiro. Dois guardas desamarraram Luke e o empurraram pela prancha, logo acima do orifício na areia, que agora começava a se ondular, realizando movimentos peristálticos, salivando, secretando uma quantidade ainda maior de muco ao sentir o cheiro da carne que estava prestes a receber.

Jabba e seu séquito rumaram para a plataforma de observação.

Luke esfregou um pulso no outro para reativar a circulação. O calor do deserto aqueceu sua alma – afinal, aquele lugar sempre seria a casa dele. Nascido e criado em couro de bantha. Viu Leia no parapeito da barcaça e deu uma piscadela. Ela retribuiu.

Jabba chamou C-3PO para o seu lado e balbuciou algumas ordens. O droide se aproximou do comunicador. Jabba levantou o braço e toda a corja de piratas intergalácticos ficou em silêncio. A voz de C-3PO surgiu, amplificada pelo alto-falante.

"Sua excelência espera que os senhores morram de maneira honrosa", anunciou C-3PO. Isso não correspondia mesmo à verdade. Alguém, obviamente, tinha trocado o programa certo. Apesar disso, *ele* era apenas um *droide*, com funções bem delineadas. Apenas traduza, sem livre-arbítrio, *por favor*. Meneou a cabeça e continuou: "Mas, caso algum de vocês deseje pedir clemência, Jabba ouvirá suas súplicas agora".

Han deu um passo à frente para compartilhar o que tinha em mente com aquela gosma balofa, caso desse tudo errado. "Diga para essa minhoca pegajosa imunda que..."

Infelizmente, Han estava de cara para o deserto, longe da barcaça à vela. Chewie colocou a mão no seu ombro e o virou para a direção certa. Agora ele de fato encarava a minhoca imunda com quem falava.

Han assentiu com a cabeça, sem parar de falar: "...minhoca pegajosa imunda que esse prazer ele não terá".

Chewie emitiu alguns rosnados, concordando.

Luke estava pronto. "Jabba, esta é sua última chance", gritou ele. "Liberte-nos ou você morrerá." Ele deu uma olhadela rápida para Lando, que foi discretamente para a parte de trás do esquife.

Lando entendera que estava na hora. Eles simplesmente jogaram os guardas sobre a prancha e assumiram o controle na frente de todos.

Os monstros na barcaça rolaram de rir. R2-D2, durante a balbúrdia, deslizou em silêncio até a rampa na lateral do convés superior.

Jabba ergueu a mão e seus asseclas se calaram. "Tenho certeza de que você está certo, meu jovem amigo Jedi", sorriu. Depois, apontou o polegar para baixo. "Joguem-no!"

O público comemorava enquanto Luke era empurrado para a prancha pelo weequay. Luke olhou para R2-D2, sozinho no parapeito e o saudou garbosamente. Ao ver o sinal previamente combinado, uma aba se abriu na cabeça arredondada de R2-D2 e um projétil zuniu pelo ar, fazendo um arco suave sobre o deserto.

Luke pulou da prancha. Ouviu-se outra comemoração do público. Em menos de um segundo, porém, Luke deu meia-volta em queda livre e agarrou-se à beirada da prancha com a ponta dos dedos. O metal fino envergou-se completamente com seu peso, quase a ponto de se partir, catapultando-o em seguida. Em pleno ar, Luke deu um mortal e aterrissou sobre a prancha, exatamente de onde acabara de sair, só que um pouco atrás dos guardas confusos. Esticou o braço calmamente, espalmou a mão e, de repente, o sabre de luz que R2-D2 arremessara em sua direção encaixou-se com perfeição à mão aberta.

Na velocidade Jedi, Luke ativou sua espada e atacou o guarda na beirada do esquife, próximo à prancha, mandando-o aos berros para a boca retorcida do sarlacc.

Os outros guardas avançaram em direção a Luke, enquanto este caminhava resoluto, de cara fechada, brandindo seu sabre de luz.

Seu próprio sabre de luz, não o de seu pai. Perdera o de seu pai em um duelo com Darth Vader, no qual perdera a mão também. Darth Vader, *aquele* que dissera ser *seu* pai.

Mas aquele sabre de luz fora confeccionado por ele próprio, na cabana abandonada de Obi-Wan Kenobi, do outro lado de Tatooine, com as próprias ferramentas e peças do Mestre Jedi, com o amor, cuidado e urgência necessários. Ele o manejava como se o sabre estivesse fundido à sua mão, quase como uma extensão de seu braço. Aquele sabre de luz pertencia, de fato, a Luke.

Ele então atacou – como a luz dissipa as sombras.

Lando entrou em combate com o timoneiro, tentando dominar o esquife. A pistola do timoneiro disparou, acertando o painel próximo e fazendo o esquife adernar. Assim, outro guarda caiu na cova enquanto os demais foram tropeçando e se amontoando no convés. Luke recuperou o equilíbrio e correu em direção ao timoneiro, empunhando o sabre de luz. A criatura se retraiu ao ter aquela visão aterradora, tropeçou... e caiu por sobre a beirada, em direção à boca do monstro.

O guarda, desconcertado, aterrissou na areia fofa das paredes da abertura, escorregando para suas profundezas, sem chance de escapar daquele fosso dentado e viscoso. Tentou desesperadamente agarrar-se à areia, aos berros. De repente, surgiu um tentáculo musculoso, saindo diretamente da boca do sarlacc, deslizando sobre a areia batida, enrolando-se bem forte no tornozelo do timoneiro, puxando-o para o buraco em uma única e grotesca bocada.

Tudo ocorreu em questão de segundos. Ao ver o que estava acontecendo, Jabba explodiu em fúria e gritou ordens enraivecidas a todos que o rodeavam. O alvoroço geral se instaurou em questão de segundos. Criaturas entravam e saíam por todas as portas. Foi nesse momento de atordoamento que Leia agiu.

Ela pulou no trono de Jabba, pegou a corrente que a escravizara e deu a volta em seu largo pescoço. Então ela pulou para o outro lado do suporte, puxando a corrente com força. Os pequenos anéis de metal se enterravam nas dobras flácidas do pescoço do hutt como um garrote.

Ela puxava com todas as suas forças enquanto Jabba pinoteava com seu grande tronco, quase quebrando os dedos e arrancando os braços de Leia. Ele não conseguia fazer a alavanca - a maior parte da massa da criatura era desajeitada demais. Porém, só o enorme volume já era quase suficiente para romper qualquer barreira física.

Apesar disso, a força de Leia não era apenas física. Ela fechou os olhos, neutralizou a dor das mãos, mentalizando apenas sua força vital - e tudo aquilo que era possível canalizar -, a fim de tentar restringir a respiração da horrível criatura.

E puxava, suava, visualizava a corrente se encravando, milímetro por milímetro, na traqueia de Jabba - enquanto este socava alucinadamente, freneticamente enrolado pelo inimigo mais improvável.

Com um último esforço, Jabba contraiu todos os músculos e deu uma guinada para a frente. Seus olhos reptilianos começaram a inchar e a saltar das órbitas conforme a corrente se apertava. Sua língua oleosa saiu da boca. A cauda grossa se retorcia em espasmos de esforço, até que por fim ele ficou inerte - e se tornou um peso morto.

Ela se pôs a retirar a corrente do seu pescoço enquanto a batalha esquentava lá fora.

Boba Fett deu partida em seu propulsor a jato, saltou pelo ar e, com um único movimento, voou da barcaça para o esquife no exato momento em que Luke terminara de libertar Han e Chewie das amarras. Boba apontou sua arma laser para Luke, mas antes de disparar o jovem Jedi deu um giro completo, brandindo seu sabre de luz, formando um arco que partiu ao meio a arma do caçador de recompensas.

Várias explosões surgiram inesperadamente de um grande canhão no convés superior da barcaça, acertando o costado do esquife e inclinando-o em quarenta graus. Lando foi jogado do convés, mas no último instante agarrou um suporte quebrado e dependurou-se em desespero acima do sarlacc. Esse desenrolar dos acontecimentos não fazia mesmo parte dos seus planos e ele jurou a si mesmo que nunca mais se envolveria num golpe que ele não tivesse planejado do início ao fim.

O esquife recebeu outro golpe direto da arma do convés da barcaça, lançando Chewie e Han contra a beirada. Ferido, o wookiee urrava de dor. Luke olhou para seu amigo peludo. Enquanto isso, Boba Fett, tirando vantagem desse instante de distração, lançou um cabo na direção do jovem Jedi.

O cabo deu várias voltas em torno de Luke, prendendo os braços às laterais de seu corpo. O braço da espada tinha liberdade apenas do punho para baixo. Com um movimento de mão, o sabre de luz virou para cima... e girou na direção de Boba, passando por cima do cabo. Em uma fração de segundo, o sabre de luz tocou a ponta do laço metálico, cortando-o imediatamente. Luke se livrou do cabo e, quando outra explosão atingiu o esquife, derrubou Boba inconsciente no convés. Infelizmente, a explosão também deslocou o parapeito no qual Lando estava pendurado, fazendo com que ele ficasse ainda mais perto da toca do sarlacc.

Luke foi sacudido pela explosão, mas saiu ileso. Lando caiu na areia, pediu ajuda e tentou sair rapidamente. A areia fofa só o fazia se aproximar cada vez mais do buraco. Lando fechou os olhos e tentou pensar em todas as maneiras de causar mil anos de indigestão no sarlacc. Ele apostou consigo mesmo que sobreviveria mais tempo do que qualquer pessoa dentro do estômago da criatura. Talvez se ele conseguisse o uniforme daquele último guarda...

"Não se mexa!", gritou Luke, mas sua atenção foi imediatamente voltada para o segundo esquife que se aproximava, cheio de guardas atirando.

Era uma regra Jedi básica, mas que pegou o segundo esquife de surpresa: quando estiver em menor número, ataque. Isso direciona a força do inimigo contra si próprio. Luke pulou diretamente no centro do esquife e logo começou a dizimá-los lá no meio, com golpes de sabre de luz.

De volta à outra embarcação, Chewbacca tentou se livrar dos escombros, enquanto Han tateava, às cegas. Chewbacca bramiu para ele, tentando direcioná-lo para a lança caída no convés.

Lando gritou, começando a escorregar cada vez mais para perto das presas reluzentes. Ele adorava uma aposta, mas não colocaria suas fichas em suas chances de escapar.

“Não se mexa, Lando!”, gritou Han. “Já estou chegando!” Depois, disse para o wookiee: “Cadê, Chewie?” Ele agitava os braços sobre o convés, enquanto o companheiro rosnava instruções, guiando os movimentos de Solo. Por fim, Han acabou encontrando a lança.

Boba Fett só conseguiu se recompor nesse momento, ainda um pouco tonto pela explosão da granada. Ao olhar para o outro esquife, viu que Luke estava numa luta franca com outros seis guardas. Com apenas uma das mãos, Boba equilibrou-se, apoiando-se no corrimão, e apontou a arma para Luke com a outra.

Chewie urrou para Han.

“Qual direção?”, berrou Solo. Chewie respondeu.

O cego pirata espacial agitou a lança na direção de Boba, que bloqueou o golpe instintivamente, usando o antebraço. Voltou a mirar em Luke outra vez. “Sai da frente, seu tonto cego”, ele xingou Solo.

Chewie bramia intensamente. Han desferiu um golpe com a lança de novo, agora na direção oposta, acertando bem no meio do propulsor a jato de Boba.

O impacto fez com que o dispositivo se incendiasse e Fett saísse voando pelos ares, partindo do segundo esquife como um míssil e ricocheteasse para dentro do fosso. Seu corpo dentro da armadura passou por Lando e rolou diretamente para a boca do sarlacc.

“Rrgrrowrrbroo fro bo”, grunhiu Chewie.

“Foi mesmo?” Solo sorriu. “Queria ter visto isso...”

Um golpe maior da arma do convés da barcaça fez o esquife virar, jogando Han e quase tudo mais que havia para fora. Seu pé, porém, ficou preso no gradil, fazendo com que ele balançasse perigosamente sobre o sarlacc. O wookiee ferido segurou-se tenazmente nos escombros da popa.

Luke acabou com os adversários do segundo esquife, avaliou o problema rapidamente e pulou sobre o precipício de areia para a lateral metálica íngreme da imensa barcaça. Lentamente, começou a escalar a lateral do casco em direção à arma do convés.

Enquanto isso, no mirante do convés, Leia continuava a tentar romper a corrente que a prendia ao corpo do criminoso morto, escondendo-se atrás do cadáver gigante sempre que algum guarda passava. Esticou-se ao máximo para tentar pegar uma pistola laser caída – em vão. Ainda bem que R2-D2 fora finalmente resgatá-la, depois de perder seus rolamentos e descer na prancha errada.

Enfim, ele chegou até ela, estendeu uma extremidade afiada da lateral de seu revestimento e cortou as cordas.

"Obrigada, R2. Bom trabalho. Vamos embora daqui."

Correram até a porta. No caminho, cruzaram com C-3PO deitado no chão, berrando, com um tubérculo enorme e massudo chamado Hermi Odle sentado sobre ele. Salacious Crumb, o monstro meio macaco, meio réptil, estava agachado ao lado da cabeça de C-3PO, atacando o olho direito do droide dourado.

"Não! Não! Meus olhos não!", gritava C-3PO.

R2-D2 liberou uma descarga elétrica nas costas de Hermi Odle, o que fez a criatura voar janela afora. Um raio semelhante fez com que Salacious fosse parar no teto, do qual ele não desceu. C-3PO ficou rapidamente de pé, com o olho pendurado em um emaranhado de fios. Depois, os droides correram atrás de Leia pela porta dos fundos.

O canhão do convés atingiu o esquife inclinado mais uma vez, derrubando praticamente tudo que estava lá dentro, menos Chewbacca. Agarrando-se, desesperado, usando o braço machucado na empreitada, e todo esticado sobre o gradil, Chewie segurava o tornozelo de Solo, que estava pendurado. Este, por sua vez, tentava alcançar o desesperado Calrissian lá embaixo, mesmo sem enxergar. Lando conseguiu deter seu deslizamento ficando estático. Cada vez que tentava esticar a mão para alcançar o braço estendido de Solo, a areia solta o aproximava um pouquinho mais do buraco faminto. Ele certamente torcia para que Solo não tivesse guardado rancor daquela besteira em Bespin.

Chewie urrou outra instrução para Han.

"É, eu sei, estou vendo bem melhor agora. Deve ser esse sangue todo vindo pra minha cabeça."

"Ótimo", disse Lando, "agora dava para crescer alguns centímetros?"

Os canhoneiros da barcaça já se alinhavam, formando uma corrente humana ao vê-los, para o tiro de misericórdia, quando Luke apareceu bem em frente a eles, rindo como um rei pirata. Ele ativou o sabre de luz antes mesmo que os canhoneiros conseguissem atirar. Segundos depois eles viraram cadáveres fumegantes.

Um pelotão de guardas subiu as escadas apressado e atirando. Um dos disparos arrancou a espada laser das mãos de Luke. Ele ainda tentou correr pelo convés para buscá-la, mas foi rapidamente cercado. Dois dos soldados ocuparam o canhão outra vez. Luke olhou para a mão. O mecanismo da complexa criação de circuitos e aço que substituía sua mão de verdade – que fora extirpada por Vader em seu último encontro – estava exposto.

Luke flexionou o mecanismo; ainda funcionava.

Os canhoneiros atiraram no esquife abaixo, atingindo a lateral da pequena embarcação. A onda do impacto quase derrubou Chewie, mas ao inclinar o barco um pouco mais acabou ajudando Han a finalmente agarrar a mão de Lando.

"Vai, puxa!", gritou Solo para o wookiee.

"Estou preso!", berrou Calrissian. Ele olhou para baixo em pânico e viu que um dos tentáculos do sarlacc se prendia lentamente em seu tornozelo. Por falar em curinga, eles viviam trocando as regras desse jogo. Tentáculos! Qual a probabilidade de alguém ser atacado por tentáculos? Uma grande probabilidade, decidiu Lando com um grunhido fatalista. Grande e pegajosa.

Os canhoneiros realinharam suas miras para a rajada final, mas tudo acabou antes que pudessem atirar. Leia assumira o controle do segundo canhão na outra extremidade da nave. Com o primeiro tiro, ela acabou com as velas que ficavam entre os canhões. Com o segundo, estraçalhou o primeiro canhão do convés.

As explosões abalaram a grande barcaça, distraindo momentaneamente os cinco guardas que cercavam Luke. Naquele instante, ele abriu a mão e o sabre de luz, que estava a três metros de distância, voou em sua direção. Com um pulo, fugiu dos disparos de dois guardas, que acabaram matando um ao outro. Ativou mais uma vez sua espada luminosa em pleno ar, brandindo-a enquanto descia, ferindo mortalmente os demais.

Berrou para Leia, que estava do outro lado do convés: "Aponte para baixo!"

Ela virou o segundo canhão para o convés e confirmou com a cabeça, para C-3PO, no gradil.

R2-D2, atrás dele, apitou loucamente.

“Não posso, R2!”, exclamou C-3PO. “Está muito longe para pular... aaahhh!”

R2-D2 empurrou o droide dourado por sobre a beirada com a cabeça e depois ele mesmo se jogou, caindo na areia de cabeça para baixo.

Enquanto isso, a disputa entre o sarlacc e Solo continuava, com Calrissian como corda de um cabo de guerra. Chewbacca segurava a perna de Han, abraçando-se no gradil, e conseguiu puxar a pistola a laser dos escombros com a outra mão. Mirou na direção de Lando, mas depois baixou a mão, explicando sua preocupação.

“Ele está certo!”, gritou Lando. “Está muito longe!”

Solo olhou para cima: “Chewie, me dá essa arma”.

Chewbacca entregou-a a ele, que a pegou com uma das mãos, ainda segurando Lando com a outra.

“Espera um instante, cara”, protestou Lando. “Achei que você estivesse cego.”

“Estou melhor, pode acreditar”, garantiu Solo.

“E eu tenho escolha? Ei! Um pouco mais pra cima, por favor!” Ele abaixou a cabeça.

Han apertou os olhos... puxou o gatilho... e acertou diretamente no tentáculo. A minhoca imediatamente afrouxou-se, deslizando de volta para a boca do monstro.

Chewbacca puxou com força, arrastando Solo de volta para a embarcação. Em seguida foi a vez de Lando.

Enquanto isso, Luke pegou Leia com o braço esquerdo. Com a mão direita, prendeu-se à corda do velame do mastro semidestruído. Com o pé, ativou o gatilho da segunda arma do convés. Em seguida, pulou quando o canhão a bordo explodiu.

Os dois se balançaram na corda até alcançarem o esquife de escolta desocupado. Assim que desceram, Luke mudou a direção para o esquife-prisão, ainda inclinado, e ajudou Chewbacca, Han e Lando a voltarem a bordo.

A barcaça à vela continuou a explodir atrás deles. Metade dela já estava em chamas.

Luke direcionou o esquife para a lateral da barcaça, onde se viam as pernas de C-3PO despontando na areia. Além delas, o periscópio de

R2-D2 era a única parte da anatomia visível acima da duna. O esquife parou logo acima dos droides e um grande ímã do compartimento do timão da embarcação baixou sobre eles. Retinindo bem alto, os robôs saíram da areia e foram atraídos pelo ímã.

"Oh!", resmungou C-3PO.

"beeeDOO dwEET!", concordou R2-D2.

Em poucos minutos, estavam todos juntos no esquife, mais ou menos em um grupo só; e, pela primeira vez, olhavam uns para os outros e percebiam que estavam todos juntos no esquife, quase inteiros. Houve um momento longo e bonito de abraços, risadas, choros e apitos. Até que alguém esbarrou sem querer no braço machucado de Chewbacca e ele urrou de dor. Em seguida, todos correram para verificar a segurança do esquife, observar as bordas, procurar por suprimentos e partir.

A grande barcaça à vela aos poucos se transformou numa série de explosões e intensos incêndios. E, enquanto o pequeno esquife voava silenciosamente pelo deserto, a barcaça desapareceu, enfim, numa explosão iluminada que apenas era diminuída pela luz abrasiva dos sóis gêmeos da tarde de Tatooine.

III

A tempestade de areia obscureceu tudo – visão, fôlego, pensamento, movimento. Somente o rugido dela era desorientador, soando como se viesse de todos os lugares de uma só vez, como se o universo fosse composto de barulho e aquele fosse seu centro caótico.

Os sete heróis caminhavam através das rajadas de vento sombrias, segurando-se uns aos outros para não se perderem. R2-D2 era o primeiro, segundo o sinal do dispositivo localizador que cantava para ele em uma língua não deturpada pelo vento. C-3PO vinha logo atrás, seguido por Leia, que guiava Han, e, finalmente, Luke e Lando, escorando o vacilante wookiee.

R2-D2 bipou alto e eles ergueram o olhar: formas vagas, escuras podiam ser vistas através do tufão.

"Não sei", gritou Han. "Tudo que consigo ver é um monte de areia voando."

"É tudo que qualquer um de nós consegue ver", Leia gritou de volta.

"Então acho que estou melhorando."

Por alguns passos, as formas escuras ficaram mais escuras; e então, saindo da escuridão, a Millennium Falcon apareceu, flanqueada pelo X-wing de Luke e um Y-wing de dois assentos. Assim que o grupo se juntou embaixo da forma gigante da Falcon, o vento diminuiu para algo mais bem descrito como uma condição climática severa. C-3PO acionou um botão e a prancha baixou com um zumbido.

Solo virou-se para Skywalker. "Vou ter que deixar na sua mão, garoto, você foi muito bom lá fora."

Luke deu de ombros. "Tive bastante ajuda", ele disse e partiu na direção do X-wing.

Han o impediu, sua postura de repente mais quieta, até mesmo séria. "Obrigado por vir me buscar, Luke."

Por algum motivo, Luke sentiu-se envergonhado. Ele não sabia como responder a algo que não fosse uma observação sarcástica do velho pirata. "Não foi nada", ele disse, finalmente.

"Foi sim, tenho pensado muito nisso. Aquele congelamento de carbonita foi a coisa mais próxima que tive da morte. E eu não estava apenas dormindo, era um grande Nada completamente acordado."

Um Nada do qual Luke e os outros o tinham salvado – colocado as próprias vidas em grande perigo por culpa dele, por nenhum outro motivo além de... ele ser um amigo. Aquilo era uma realidade nova para o arrogante Solo, terrível e maravilhosa ao mesmo tempo. Havia um risco naquela virada dos acontecimentos. De algum modo, fazia-o se sentir mais cego que antes, mas também um visionário. Era confuso. Primeiro, estava sozinho; no entanto, naquele momento, era parte de algo maior.

Aquela percepção trouxe um sentimento de dívida, uma sensação que ele sempre abominou; porém, aquela dívida de alguma forma era um novo tipo de laço, um laço de irmandade. Estranhamente, era até mesmo libertador.

Ele não estava mais sozinho.

Não estava mais sozinho.

Luke viu uma diferença que assolou o amigo, como uma mudança de maré. Era um momento agradável e ele não queria atrapalhar. Então, apenas assentiu com a cabeça.

Chewbacca grunhiu carinhosamente para o jovem guerreiro Jedi, bagunçando seu cabelo como um tio orgulhoso. E Leia o abraçou com afeto.

Todos eles tinham um grande carinho por Solo, mas de alguma forma era mais fácil demonstrar isso sendo expansivos com Luke.

"Vejo vocês de novo na frota", Luke gritou, seguindo na direção da nave.

"Por que não deixa aquele ferro-velho e vem conosco?", provocou Solo.

"Tenho uma promessa para cumprir primeiro... para um velho amigo." Um amigo *muito* velho, ele considerou e sorriu para si mesmo.

"Bem, volte logo", pediu Leia. "A Aliança inteira deve estar unida agora." Ela viu algo no rosto de Luke; não conseguia dizer o que era, mas aquilo a assustava e, ao mesmo tempo, fazia com que se sentisse mais próxima dele. "Volte logo", repetiu.

"Pode deixar", ele prometeu. "Venha, R2."

R2-D2 rolou na direção do X-wing, bipando um adeus para C-3PO.

"Adeus, R2", C-3PO despediu-se com afeto. "Que o Criador o abençoe. O senhor cuidará dele, certo, mestre Luke?"

Mas Luke e o pequeno droide já haviam desaparecido no lado mais distante do caça.

Os outros ficaram imóveis por um momento, tentando prever o futuro entre a areia rodopiante.

Lando quebrou o silêncio e os acordou. "Vamos sair deste baile miserável de poeira." A sorte dele ali era péssima; esperava lucrar mais no próximo jogo. Sabia que valeriam as regras da casa por um tempo, mas talvez ele pudesse rolar alguns dados no caminho.

Solo deu-lhe um tapinha nas costas. "Acho que devo te agradecer também, Lando."

"Pensei que, se eu deixasse você congelado daquele jeito, me daria má sorte pelo resto da vida, então eu tinha que te descongelar mais cedo ou mais tarde."

"Ele quer dizer 'não há de quê'", Leia disse, sorrindo. "Todos queremos dizer 'não há de quê'." Ela beijou Han na bochecha para confirmar suas palavras mais uma vez.

Todos eles subiram a rampa da Falcon. Solo parou pouco antes de entrar e deu um tapinha na nave. "Você está em forma, minha garota. Nunca imaginei que te veria de novo."

Por fim ele entrou, fechando a escotilha atrás de si.

Luke fez o mesmo no X-wing. Prendeu-se ao cinto de segurança na cabine, acionou os motores, sentiu o ronco confortável. Olhou para sua mão danificada: fios cruzavam os ossos de alumínio como os encaixes em um quebra-cabeça. Ele se perguntou qual era a solução. Ou, na verdade, o quebra-cabeça. Luke calçou uma luva preta sobre a estrutura exposta, ajustou os controles do X-wing e, pela segunda vez na vida, partiu de seu planeta natal rumo às estrelas.

O superdestróier estelar repousava no espaço sobre a Estrela da Morte, que ainda estava pela metade, e sobre sua vizinha verde, Endor. O destróier era uma nave gigantesca, acompanhada por diversas naves de guerra menores de vários tipos, que pairavam ou lançavam-se ao redor da grande nave-mãe como crianças de diferentes idades e temperamentos: cruzadores médios, grandes embarcações de cargas, caças TIE de escolta.

O compartimento principal do destróier abriu com silêncio espacial. Uma nave imperial emergiu e acelerou na direção da Estação de Batalha, acompanhada por quatro esquadras de caças.

Darth Vader observava sua aproximação pela tela na sala de controle da Estrela da Morte. Quando a atracação era iminente, ele saiu do centro de comando, acompanhado pelo comandante Jerjerrod e uma falange de stormtroopers imperiais, seguindo na direção do compartimento de ancoragem. Estava prestes a dar as boas-vindas ao seu mestre.

A pulsação e a respiração de Vader eram controladas mecanicamente, então não podiam se acelerar; mas algo em seu peito tornava-se mais elétrico quando as reuniões com o Imperador se aproximavam. Não conseguia dizer como. Um sentimento de plenitude, poder, maestria negra e demoníaca – de desejos secretos, paixão irrestrita, submissão desmedida. Todas essas coisas brotavam no coração de Vader quando ele se aproximava do Imperador. Essas e muitas outras.

Quando entrou no compartimento de ancoragem, milhares de tropas imperiais ficaram em posição de sentido com um estalo monumental. A nave pousou na plataforma. A rampa baixou como a mandíbula de um dragão e a Guarda Real Imperial desembarcou, vestes vermelhas tremulando como se fossem lambidas das chamas da boca para anunciar o rugido colérico. O silêncio preencheu o grande galpão. No topo da rampa, o Imperador apareceu.

Lentamente, ele desceu a rampa. Era um homem pequeno, enrugado pela idade e pela maldade. Apoiava sua carcaça curvada numa bengala retorcida e cobria-se com uma veste longa de capuz – muito parecida com a túnica dos Jedi, mas preta. Seu rosto encovado e descarnado era quase uma caveira; seus olhos amarelos e penetrantes pareciam queimar tudo que ele encarava.

Quando o Imperador chegou ao pé da rampa, o comandante Jerjerrod, seu general, e Lorde Vader ajoelharam-se diante dele. O Supremo Soberano Negro acenou para Vader e começou a atravessar as fileiras de tropas.

"Levante-se, meu amigo. Quero falar com você."

Vader ergueu-se e acompanhou o seu mestre. Foram seguidos em procissão pelos cortesãos do Imperador, pela Guarda Real Imperial, por Jerjerrod e a guarda de elite da Estrela da Morte, num misto de reverência e medo.

Vader sentia-se completo ao lado do Imperador. Embora o vazio no seu âmago nunca o abandonasse, tornava-se um vazio glorioso sob o brilho da luz fria do Imperador, um vácuo exultante que poderia abranger o universo. E algum dia *de fato* abrangeria o universo... quando o Imperador estivesse morto.

Pois esse era o sonho final de Vader. Assim que aprendesse o máximo possível do poder negro daquele gênio maléfico, tomaria o poder de suas mãos e manteria a luz fria em seu próprio âmago – assassinando o Imperador, devorando a escuridão e, assim, dominando o universo. Com o filho ao seu lado.

Pois esse era o outro sonho – recuperar seu garoto, mostrar a Luke a majestade da Força sombria: por que era tão poderoso; por que ele escolhera, com razão, seguir aquele caminho. E Luke o acompanharia, ele sabia. A semente estava plantada. Eles governariam juntos, pai e filho.

Seu sonho estava muito perto de se realizar, podia sentir; estava próximo. Cada evento se encaixava, quando ele forçava um pouco, com a sutileza Jedi; quando pressionava com o delicado poder da escuridão.

"A Estrela da Morte será concluída no prazo, meu mestre", sussurrou Vader.

"Sim, eu sei", respondeu o Imperador. "Bom trabalho, Lorde Vader... e, agora, sinto que você deseja continuar a busca pelo jovem Skywalker."

Vader sorriu sob sua máscara blindada. O Imperador sempre sabia pressentir o que se passava em seu coração – mesmo que não soubesse os pormenores. "Sim, meu mestre."

"Paciência, meu amigo", o soberano supremo alertou. "Você sempre teve dificuldade em demonstrar paciência. No tempo certo, *ele* procurará por *você*... e quando o fizer você precisa trazê-lo até mim. Ele se fortaleceu. Apenas juntos podemos trazê-lo para o lado negro da Força."

"Assim será, meu mestre." Juntos, corromperiam o garoto – o filho do pai. Grande e sombria glória. Pois logo o velho Imperador morreria – e, embora a galáxia se curvasse com o horror daquela perda, Vader permaneceria para governar, com o jovem Skywalker ao seu lado. Como sempre fora a intenção.

O Imperador ergueu a cabeça um grau, avaliando todos os futuros possíveis. "Tudo está acontecendo como eu previ."

Como Vader, ele tinha seus próprios planos – planos de violação espiritual, manipulação de vidas e destinos. Ele riu baixo para si, saboreando a proximidade de sua conquista: a sedução final do jovem Skywalker.

Luke saiu do X-wing estacionado à beira d'água e cuidadosamente escolheu um caminho através do pântano contíguo. A bruma pesada pendia em camadas sobre ele. Vapores da selva. Um inseto estranho voou na sua direção, saindo de um feixe de vinhas penduradas, revoou desatinadamente sobre a cabeça dele e desapareceu. Algo rosnava na vegetação rasteira. Luke concentrou-se por um momento. O rosnar parou e Luke continuou seu caminho.

Tinha sentimentos terrivelmente ambivalentes sobre aquele lugar. Dagoba. Seu local de testes, de treino para ser um Jedi. Foi onde ele realmente aprendeu a usar a Força, a deixá-la fluir através de si para a finalidade que quisesse. Assim, aprendeu o quanto precisava ser cuidadoso para usar bem a Força. Ele caminhava sobre a luz e, para um Jedi, ela era tão estável quanto um chão de terra.

Criaturas perigosas espreitavam naquele pântano; mas, para um Jedi, nenhuma delas era má. Fossos vorazes de areia movediça esperavam, calmos como lagos; tentáculos misturavam-se aos cipós pendurados. Luke conhecia-os todos, pois agora eles eram parte daquele planeta vivo, cada um parte integrante da Força, da qual ele também era um elemento pulsante.

Ainda assim, havia coisas obscuras ali também – inimaginavelmente sombrias, reflexos dos recônditos negros da sua alma. Ele enxergava essas coisas ali. Corria delas, lutava contra elas, até mesmo as encarava. Subjugara algumas delas.

Mas algumas ainda se esgueiravam. Essas coisas obscuras.

Escalou uma barricada de raízes tortuosas, escorregadias devido ao musgo. Do outro lado, um caminho tranquilo e desimpedido levava diretamente para o lado que queria ir; mas ele não o tomou. Em vez disso, arriscou-se novamente na vegetação rasteira.

Bem acima, algo preto que emitia o ruído de asas batendo se aproximou para, em seguida, se afastar. Luke não prestou atenção e continuou sua caminhada.

A floresta ficou um pouco menos densa. Além da curva seguinte, Luke a enxergou – a casa pequena, de formato estranho, suas pequenas janelas esquecidas lançando uma luz amarela e morna na floresta úmida e nebulosa. Ele contornou o fosso e, agachando-se, entrou na cabana.

Yoda estava lá dentro, sorrindo, sua pequena mão verde tomando a bengala para se apoiar. "Esperando por você eu estava." Ele meneou a cabeça.

Pediu para Luke se sentar num dos cantos. O rapaz ficou assustado com a postura de Yoda, que parecia muito mais frágil – um tremor na mão, uma fraqueza na voz. Aquilo fez com que Luke tivesse medo de falar, revelando seu choque pela condição do velho mestre.

"Essa cara que faz você." Yoda franziu animadamente sua testa cansada. "Tão velho aos seus olhos pareço?"

Ele tentou esconder seu lastimável semblante, mudando de posição no espaço apertado. "Não, mestre... claro que não."

"Eu pareço, sim, pareço!" O pequeno Mestre Jedi deu uma risadinha divertida. "Doente estou muito. Sim. Velho e fraco." Ele apontou um dedo torto para o jovem pupilo. "Quando novecentos anos você alcança, ter aparência boa difícil é."

A criatura manquejou até a cama, ainda rindo e, com grande esforço, se deitou. "Logo descansar eu vou. Sim, para sempre dormir. Direito eu tenho."

Luke balançou a cabeça. "O senhor não pode morrer, Mestre Yoda, eu não deixarei."

"Bem você treinou, e em você forte a Força está, mas não tão forte! O crepúsculo está sobre mim e logo a noite chegar vai. Assim as coisas são... assim a Força é."

"Mas eu preciso da ajuda do senhor", insistiu Luke. "Quero concluir meu treinamento." O grande professor não poderia deixá-lo agora; ainda havia muito a compreender. E ele já tomara tanto de Yoda – e ainda não retribuíra em nada. Tinha tanto que queria compartilhar com a velha criatura.

"De mais treinamento não precisa você", Yoda garantiu. "Já sabe você aquilo que saber precisava."

"Então sou um Jedi?", insistiu Luke. Não. Ele sabia que não era totalmente. Ainda faltava alguma coisa.

Yoda franziu suas feições ressequidas. "Não ainda. Uma coisa falta. Vader... Enfrentar Vader você precisa. Então, apenas então, um Jedi completo você será. E enfrentá-lo você irá, mais cedo ou mais tarde."

Luke sabia que esse seria o seu teste, não podia ser de outra forma. Cada busca tinha o seu foco e Vader estava inextricavelmente no centro da luta de Luke. Era agoniante para ele colocar a pergunta em palavras, mas, após um longo silêncio, falou de novo com o velho Jedi. "Mestre Yoda... Darth Vader é o meu pai?"

Os olhos de Yoda encheram-se com uma compaixão fatigada. Aquele garoto ainda não era um homem formado. Um sorriso triste amarrotou seu rosto, ele parecia quase diminuir naquela cama. "Descansar eu preciso. Sim. Descansar."

Luke encarou o professor que minguava, tentando dar força ao velhinho, apenas pela força do seu amor e bem-querer. "Yoda, eu tenho que saber", ele sussurrou.

"Seu pai ele é", Yoda disse, simplesmente.

Luke fechou os olhos, a boca, o coração para manter distante a verdade daquilo que ele sabia ser verdade.

"Ele a você disse?", perguntou Yoda.

Luke assentiu com a cabeça, mas não falou. Queria manter o momento congelado, para protegê-lo, trancar o tempo e o espaço naquela sala para que eles nunca pudessem escapar para o restante do universo com a terrível informação, a implacável verdade.

Um olhar de preocupação cobriu o rosto de Yoda.

"Inesperado isso é, e lamentável..."

"Lamentável que eu saiba a verdade?" Um amargor infiltrou-se na voz de Luke, mas não conseguia decidir se dizia respeito a Vader, ao próprio Yoda ou ao universo de forma geral.

Yoda se aprumou com um esforço que parecia lhe tomar todas as forças. "Lastimável que enfrentado você o tenha... que seu treinamento incompleto esteja, que não pronto para o fardo estava. Obi-Wan a você muito tempo atrás teria dito se deixado eu tivesse... agora uma grande fraqueza você carrega. Por você, eu temo." Uma grande tensão pareceu trespassá-lo e ele fechou os olhos.

"Mestre Yoda, sinto muito." Luke tremia ao ver o potente Jedi tão fraco.

"Eu sei, mas enfrentar Vader de novo você precisa, e sentir muito ajudar não vai." Ele se curvou para a frente e acenou para Luke se aproximar. Luke arrastou-se até sentar-se ao lado do mestre. Yoda continuou, sua voz cada vez mais enfraquecida. "Lembre-se, o poder do Jedi a partir da Força flui. Quando você seus amigos resgatou, vingança no coração tinha. Atenção à fúria, ao medo e à agressividade prestar precisa. O lado negro eles são. Facilmente eles fluem, rápido para em uma luta a você se unir. Assim que você no caminho negro entrar, para sempre seu destino ele dominará."

Yoda se deitou novamente na cama, a respiração tornou-se leve. Luke esperou em silêncio, com medo de se mover, com medo de perturbar o velhinho, temendo que isso tirasse sua atenção uma fração que fosse do trabalho de manter distante o vazio.

Após alguns minutos, Yoda olhou para o garoto mais uma vez e, com o máximo de esforço, sorriu gentilmente, sendo a grandeza do seu espírito a única coisa que mantinha seu corpo decrépito vivo. "Luke... com o Imperador cuidado tenha. Não subestime os poderes dele ou o destino do seu pai você terá. Quando ido eu tiver... o último dos Jedi você será. Luke, a Força em sua família poderosa é. Passe adiante o que... aprendeu..." Ele começou a fraquejar e fechou os olhos. "Existe... outro... Sky..."

Tomou fôlego e expirou, seu espírito se desprendendo dele como um vento estival soprando para outro céu. O corpo estremeceu uma vez e então desapareceu.

Luke ficou sentado ao lado da cama pequena e vazia por mais de uma hora, tentando compreender a profundidade daquela perda. Era incompreensível.

Sua primeira sensação foi uma dor sem fim. Por ele, pelo universo. Era possível alguém como Yoda desaparecer para sempre? Parecia que um buraco negro sem fundo preenchera seu coração, onde a parte que era Yoda havia sobrevivido.

Luke vira a morte de outros velhos mentores antes. Era desesperadoramente triste e, inexoravelmente, uma parte do seu próprio crescimento. Então, aquilo significava envelhecer? Observar amigos queridos ficando velhos e morrendo? Ganhar força ou maturidade com a passagem dos seus poderosos mestres?

Um grande peso de desesperança abateu-se sobre ele, bem quando todas as luzes na pequena cabana piscaram. Por alguns minutos mais ele ficou ali sentado, sentindo que era o fim de tudo, que todas as luzes do universo haviam piscado. O último Jedi, sentado em um pântano, enquanto a galáxia inteira tramava a última guerra.

Um frio passou por ele, perturbando o nada para o qual sua consciência havia deslizado. Ele estremeceu, olhou ao redor. A penumbra era impenetrável.

Ele engatinhou para fora e ergueu-se. Ali, no pântano, nada havia mudado. O vapor condensou-se até pingar dos telhados suspensos de volta para a lama, em um ciclo que se repetia milhões de vezes e se repetiria para sempre. Talvez fosse *essa* sua lição. Se assim fosse, ela não aliviava sua tristeza nem um pouco.

Desorientado, ele tomou o caminho de volta para a nave que repousava. R2-D2 apressou-se ao seu encontro, bipando seus cumprimentos empolgados, mas Luke estava desconsolado e conseguiu apenas ignorar o pequeno e fiel droide. R2-D2 assobiou breves pêsames e então permaneceu em respeitoso silêncio.

Desanimado, Luke sentou-se em um tronco, enterrou a cabeça nas mãos e falou, com suavidade, para si mesmo: "Não posso fazer isso. Não posso continuar sozinho".

Uma voz flutuou até ele dentro da bruma turva. "Yoda e eu sempre estaremos com você." Era a voz de Ben.

Luke virou-se rapidamente para ver a imagem tremeluzente de Obi-Wan Kenobi em pé atrás dele. "Ben!", ele sussurrou. Havia tantas coisas que ele queria dizer e que lhe passaram pela mente, todas num turbilhão, como a carga agitada de um navio em um redemoinho. Mas uma questão sobressaiu-se entre todas as outras. "Por quê, Ben? Por que você não me disse?"

Não era uma pergunta vazia. "Eu ia contar quando você tivesse terminado seu treinamento", respondeu a visão de Ben. "Mas você achou necessário apressar-se, mesmo sem preparo. Eu o alertei sobre sua impaciência." A voz era impassível, um traço de reprimenda, um traço de carinho.

"Você me disse que Darth Vader traiu e assassinou o meu pai." A amargura que ele sentira antes, com Yoda, concentrava-se agora em Ben.

Ben absorveu o azedume sem se defender, então amorteceu-o com uma instrução. "Seu pai, Anakin, foi seduzido pelo lado negro da Força... Ele deixou de ser Anakin Skywalker e se tornou Darth Vader. Quando isso aconteceu, ele traiu tudo que Anakin Skywalker acreditava. O bom homem que seu pai foi estava destruído. Então, o que disse foi verdade... de certo ponto de vista."

"Certo ponto de vista!", Luke retrucou com ironia. Sentia-se traído – pela vida mais do que por qualquer outra coisa, mesmo que apenas o pobre Ben estivesse disponível para suportar o impacto do seu conflito.

"Luke", Ben falou com tranquilidade, "você descobrirá que muitas das verdades às quais nos apegamos dependem em grande parte de nosso ponto de vista."

Luke virou-se sem responder. Queria controlar sua fúria, guardá-la como um tesouro. Era tudo que tinha, ele não deixaria que a roubassem dele, como tudo mais fora roubado. Porém, ele já a sentia escapar, atenuada pelo toque compassivo de Ben.

"Não o culpo por estar furioso", Ben o apaziguou. "Se errei naquilo que fiz, certamente não foi a primeira vez. Saiba que o que aconteceu com seu pai foi minha culpa..."

Luke ergueu o olhar com interesse repentino e sério. Ele nunca soubera daquilo e sua raiva rapidamente começou a se transformar em fascinação e curiosidade – pois o conhecimento era uma droga viciante: quanto mais se tinha mais se queria.

Enquanto ele se sentava no tronco, cada vez mais impressionado, R2-D2 rolou até ele, em silêncio, apenas para oferecer uma presença reconfortante.

"Na primeira vez que encontrei seu pai", Ben continuou, "ele já era um grande piloto. Mas o que me impressionava era a Força que estava dentro dele. Assumi eu mesmo o treinamento de Anakin pelo caminho dos Jedi. Meu erro foi ter pensado que poderia ter sido um professor tão bom quanto Yoda. Eu não era. Tamanho era meu orgulho idiota." Ele fez uma pausa, triste, e olhou diretamente para os olhos de Luke, como se pedisse perdão ao rapaz. "Meu orgulho trouxe consequências terríveis para a galáxia."

Luke estava em transe. O fato de que talvez o orgulho e a arrogância de Obi-Wan tenham causado a queda do seu pai era horrível. Horrível pelo que o pai se tornou desnecessariamente; horrível porque Obi-Wan não era perfeito – nem mesmo um Jedi perfeito; horrível porque o lado negro poderia estar bem próximo, poderia transformar o certo em errado. Darth Vader ainda deveria ter uma fagulha de Anakin Skywalker dentro dele, bem lá no fundo. "O bem ainda existe nele", declarou Luke.

Ben sacudiu a cabeça com remorso. "Também pensei que ele poderia voltar para o lado bom. Não foi possível. Ele é mais máquina agora do que homem – deformado e maligno."

Luke sentiu o significado latente na declaração de Kenobi; ele ouviu as palavras como um comando. Sacudiu a cabeça de volta para a visão. "Não posso matar meu próprio pai."

"Você não deveria pensar naquela máquina como o seu pai." Era o professor falando novamente. "Quando vi o que ele se tornou, tentei dissuadi-lo para trazê-lo de volta do lado negro. Lutamos... seu pai caiu em um fosso de lava. Quando ele se arrastou para fora do fosso incandescente, a mudança já se fundira dentro dele para sempre – era Darth Vader, sem qualquer vestígio de Anakin Skywalker. Irrecuperavelmente negro. Cheio de cicatrizes. Mantido vivo apenas pelo maquinário e pela sua própria vontade obscura..."

Luke baixou os olhos, vendo sua própria mão mecânica. "Tentei impedi-lo uma vez. Não consegui." Ele não enfrentaria seu pai novamente. Não poderia.

"Vader humilhou-o quando você se encontrou com ele, Luke, mas aquela experiência foi *parte* do seu treinamento. Ensinei a você, entre outras coisas, o valor da paciência. Se não tivesse ficado tão impaciente para derrotar Vader *na época*, poderia ter terminado seu treinamento aqui, com Yoda. Teria se preparado."

"Mas eu tinha de ajudar meus amigos."

"E você os ajudou? Foram *eles* que tiveram de salvar *você*. Você conseguiu pouco, batendo em retirada cedo demais, temo eu."

A indignação de Luke derreteu-se, deixando apenas a tristeza em seu lugar. "Eu descobri que Darth Vader era meu pai", ele sussurrou.

"Para ser um Jedi, Luke, você precisa enfrentar o lado negro e, então, ir além dele; o lado ao qual seu pai não conseguiu chegar. A impaciência é a porta mais fácil – para você, como foi para seu pai. Ele foi seduzido pelo que encontrou do outro lado da porta, mas você se manteve firme. Você não é tão imprudente agora, Luke. É forte e paciente. E está pronto para o confronto final."

Luke balançou a cabeça novamente, pois as implicações do discurso do velho Jedi ficaram claras. "Não posso fazer isso, Ben."

Os ombros de Obi-Wan Kenobi desabaram em derrota. "Então o Imperador já venceu. Você era nossa única esperança."

Luke buscou alternativa. "Yoda disse que eu poderia treinar outro para..."

"O outro que ele falou é sua irmã gêmea", o velho abriu um sorriso seco. "Ela não conseguirá destruir Darth Vader tão facilmente quanto você o faria."

Luke ficou visivelmente chocado com aquela informação. Ele se levantou para encarar o espírito. "Irmã? Eu não tenho irmã."

Novamente, Obi-Wan pôs uma inflexão suave na voz para atenuar o turbilhão que se formava na alma do seu jovem amigo. "Para protegê-los do Imperador, vocês foram separados no nascimento. O Imperador sabia, como eu, que um dia, com a Força ao lado de vocês, a prole de Skywalker seria uma ameaça para ele. Por esse motivo, sua irmã permaneceu anônima e em segurança."

De pronto, Luke resistiu a essa informação. Não precisava, tampouco queria uma gêmea. Ele era único! Não tinha pedaços faltando, exceto pela mão, cujo substituto mecânico ele flexionava com firmeza. Joguete numa conspiração do castelo? Berços mesclados, irmãos trocados, separados e conduzidos a vidas secretas diferentes? Impossível. Ele sabia quem era! Era Luke Skywalker, nascido de um Jedi transformado em Lorde Sith, criado em Tatooine, numa fazenda no deserto, pelo tio Owen e pela tia Beru, numa vida sem luxos, um pobre e honesto trabalhador braçal, porque sua mãe... sua mãe... O que sabia sobre a mãe? O que ela falava, quem era? O que ela lhe dissera? Ele perscrutou sua mente, em um lugar e um tempo longe do solo úmido de Dagoba, dos aposentos de sua mãe, sua mãe e... sua irmã. Sua irmã..."

"Leia! Leia é minha irmã", ele exclamou, quase tropeçando no tronco.

"Sua perspicácia o ajuda bastante", Ben assentiu, mas rapidamente ficou sério. "Enterre bem fundo seus sentimentos, Luke. Eles são motivo de orgulho, mas poderiam ser transformados para servir ao Imperador."

Luke tentou compreender o que seu velho professor estava dizendo. Tantas informações, tão rápidas, tão vitais... ele ficou à beira de desfalecer.

Ben continuou sua fala: "Quando seu pai foi embora, ele não sabia que sua mãe estava grávida. Sua mãe e eu sabíamos que ele descobriria no fim das contas, mas quisemos mantê-los seguros da melhor forma possível, pelo máximo de tempo. Então levei você para viver com o meu irmão Owen, em Tatooine... e sua mãe deixou Leia viver como filha do senador Organa, em Alderaan".

Luke sentou-se para ouvir a história, enquanto R2-D2 aninhava-se ao lado dele, zumbindo em um registro subaudível para confortá-lo.

Ben também manteve sua voz serena para que os sons pudessem dar conforto quando as palavras não o faziam. "A família Organa era bem-nascida e bastante poderosa politicamente naquele sistema. Leia tornou-se princesa em virtude da linhagem; ninguém sabia que ela era adotada, claro. Mas era um título sem poder real, pois Alderaan era uma democracia havia muito. Mesmo assim, a família continuou politicamente poderosa, e Leia, seguindo o caminho do pai adotivo, também tornou-se senadora. Não foi tudo que ela se tornou, claro – transformou-se na líder de sua célula na Aliança Rebelde contra o Império corrupto. E como tinha imunidade diplomática, era um elo vital de informações para a causa rebelde."

"Isso era o que Leia estava fazendo quando o caminho dela se cruzou com o seu, pois os pais adotivos sempre disseram a ela para entrar em contato *comigo*, em Tatooine, se seus problemas se tornassem desesperadores."

Luke tentou separar sua multiplicidade de sentimentos – o amor que sempre sentiu por Leia, mesmo de longe, agora tinha uma base esclarecida. Mas, de repente, se sentia um defensor dela, como um irmão mais velho – embora, por tudo que ele sabia, ela poderia ter sido mais velha que ele em muitos minutos.

"Mas você não pode envolvê-la agora, Ben", ele insistiu. "Vader vai destruí-la." Vader. O pai deles. Talvez Leia *pudesse* ressuscitar o bem dentro dele.

"Ela não foi treinada no caminho Jedi da maneira que você foi, Luke. Mas a Força está ao lado dela, como está com toda a sua família. Por isso o caminho dela cruzou o meu, porque a Força nela deve ser alimentada por um Jedi. Você é o último Jedi agora, Luke... mas ela voltou para nós - para mim - a fim de aprender e crescer. Porque era o destino dela aprender e crescer; e o meu, ensinar."

Ele continuou, mais lentamente, cada palavra deliberada, cada pausa enfática. "Você não pode fugir do seu destino, Luke." Ele fixou seus olhos nos de Luke e dedicou o máximo que pôde do seu espírito no olhar, para deixá-lo gravado para sempre na mente do rapaz. "Mantenha a identidade de sua irmã em segredo, pois se você falhar ela será realmente nossa última esperança. Olhe para mim agora, Luke... A luta vindoura é apenas sua, mas muito dependerá do seu resultado, e pode ser que você tire alguma força da minha lembrança. Mas não há como evitar a batalha, não há como escapar do seu destino. Você terá de enfrentar Darth Vader novamente..."

IV

Darth Vader saiu do elevador longo e cilíndrico para dentro do que era a sala de controle da Estrela da Morte e atualmente servia de sala do trono do Imperador. Dois guardas reais ficavam em pé ao lado da porta, vestes vermelhas do pescoço aos dedos do pé, capacetes vermelhos cobrindo tudo, menos as fendas dos olhos que, de fato, eram telas de visualização eletricamente modificadas. Suas armas sempre estavam de prontidão.

A sala estava escura, exceto pelos cabos de luz correndo em ambos os lados do fosso do elevador, levando energia e informações através da estação espacial. Vader caminhou pelo assoalho de aço preto reluzente, passou pelos motores conversores gigantes que zumbiam, subiu um lance curto de escadas até o nível da plataforma sobre a qual estava o trono do Imperador. Embaixo desta, à direita, ficava a boca do túnel que se aprofundava até o fosso da Estação de Batalha, descendo até o núcleo da unidade de força. A fenda, preta e exalando ozônio, ecoava continuamente em um ribombar baixo, abafado.

No final da plataforma suspensa havia uma parede. Nela havia uma imensa janela de observação circular. Sentado em uma elaborada cadeira de controle diante da janela, encarando o espaço, estava o Imperador.

A metade incompleta da Estrela da Morte podia ser vista logo além da janela, naves e transportadores zunindo ao seu redor, homens com trajes justos e propulsores às costas faziam a construção externa ou obras de superfície. A uma distância próxima além de toda essa atividade estava a lua verde-jade de Endor, pairando como uma joia no manto negro do espaço; e, espalhados no infinito, os diamantes reluzentes que eram as estrelas.

O Imperador estava sentado, observando a vista, quando Vader se aproximou. O Lorde Sith ajoelhou-se e esperou. O Imperador deixou-o esperando. Estudou com cuidado a paisagem diante de si com um sentimento de glória além de qualquer medida – era tudo dele. E mais glorioso ainda: tudo dele por suas próprias mãos.

Mas nem sempre fora assim. No passado, quando era meramente o senador Palpatine, a galáxia era uma República de estrelas, cuidada e protegida pela Cavalaria Jedi, que a vigiava havia séculos. Mas, inevitavelmente, ela cresceu demais – tanto que uma burocracia fora exigida, durante muitos anos, para manter a República. E a corrupção manifestou-se.

Alguns senadores gananciosos começaram a reação em cadeia, alguns disseram; mas quem poderia saber? Alguns burocratas perversos, arrogantes e egoístas e, de repente, uma febre alastrou-se pelas estrelas. Governador voltava-se contra governador, valores desgastaram-se, confianças foram traídas – o medo propagou-se como uma epidemia naqueles primeiros anos, rapidamente e sem causa visível, e ninguém sabia o que estava acontecendo ou por quê.

E assim o senador Palpatine aproveitou a oportunidade. Através de fraudes, engenhosas promessas e astutas manobras políticas ele conseguiu se eleger chefe do Conselho. E, então, por meio de subterfúgios, propinas e terror, nomeou-se Imperador.

Imperador. A palavra era interessante. A República havia se despedaçado, o Império resplandecia em seu próprio ardor, e sempre seria assim, pois o Imperador sabia o que outros se recusavam a acreditar: as forças negras eram as mais fortes.

Sabia disso desde o início com uma certeza inabalável: desde tenentes desleais que traíam seus superiores em troca de favores; funcionários de pouca integridade que lhe entregavam segredos dos governadores dos sistemas estelares locais; passando por proprietários de terras gananciosos, bem como por gângsteres sádicos e políticos famintos pelo poder – ninguém estava imune, todos ansiavam pela energia negra em seus corações. O Imperador simplesmente reconhecera tal verdade e a utilizou – para seu próprio engrandecimento, claro.

Pois sua alma era o centro escuro do Império.

Ele contemplava a impenetrabilidade densa do espaço profundo além da janela. A escuridão, densa como sua alma – como se ele *fosse*, em algum sentido real, aquela escuridão; como se seu âmago fosse, ele próprio, o vazio sobre o qual reinava. Sorriu com o pensamento: ele *era* o Império, ele *era* o Universo.

Atrás de si, sentiu que Vader ainda aguardava em genuflexão. Há quanto tempo o Lorde Negro estava lá? Cinco minutos? Dez? O Imperador não tinha certeza. Não importava. O Imperador ainda não terminara sua meditação.

Lorde Vader não se importava em esperar, nem mesmo ele tinha ideia do tempo. Pois era uma honra, e um ato de nobreza, ajoelhar-se aos pés do soberano. Manteve os olhos voltados para dentro de si, buscando o reflexo em seu próprio âmago sem fundo. Seu poder era grande agora, maior do que jamais fora antes. Ele cintilava de dentro para fora e ressoava com as ondas de escuridão que fluíam do Imperador. Ele se sentia engolfado com o poder que crescia como fogo negro, elétrons demoníacos procurando aterrar-se... mas ele esperaria. Pois seu Imperador não estava pronto; e seu filho também não estava pronto e ainda não era hora. Então ele esperou.

Enfim, a cadeira girou lentamente até o Imperador encarar Vader.

O Lorde Sith falou primeiro. "O que deseja, meu mestre?"

"Mande a frota para o lado mais distante de Endor. Lá ela deve permanecer até ser chamada."

"E os relatórios da Frota Rebelde concentrando-se perto de Sullust?"

"Isso não nos preocupa. Logo a rebelião será esmagada e o jovem Skywalker será um de nós. Sua tarefa aqui terminou, meu amigo. Vá para a nave de comando e aguarde as minhas ordens."

"Sim, meu mestre." Ele esperava receber o comando sobre a destruição da Aliança Rebelde. Esperava que fosse logo.

Levantou-se e saiu. O Imperador voltou-se novamente ao panorama galáctico além da janela para observar seus domínios.

Em um vácuo remoto e obscuro, além das fronteiras da galáxia, a imensa Frota Rebelde estendia-se de sua vanguarda até o último escalão, ultrapassando o alcance da visão humana. Naves de batalha, cruzadores, destróieres, transportadores, bombardeiros corellianos, cargueiros sullustianos, naves-tanques calamarianas, naves armadas alderaanianas, rompedores kesselianos, os skyhoppers bestinianos, caças X-wing, Y-wing e A-wing, naves transportadoras, veículos de transporte e naves de guerra. Cada rebelde da galáxia, soldado ou civil, estava tenso aguardando nessas naves por instruções. Eram liderados pelo maior dos cruzadores estelares da Aliança Rebelde, a Fragata Quartel-General.

Centenas de comandantes rebeldes, de todas as espécies e formas de vida, estavam reunidos na sala de guerra do gigantesco cruzador estelar, esperando ordens do alto-comando. Os rumores corriam em todos os cantos e um ar de empolgação disseminava-se de esquadrão para esquadrão.

No centro da sala de instruções, havia uma grande mesa de luz circular, sobre a qual projetava-se uma imagem holográfica da Estrela da Morte do Império, ainda incompleta. Ela pairava ao lado da lua de Endor, cujo campo defletor cintilante abraçava ambas.

Mon Mothma entrou na sala. Uma mulher altiva e bonita, de meia-idade, que parecia caminhar sobre o burburinho da multidão. Trajava uma veste branca com bordados de ouro e sua seriedade não era sem motivo, pois fora eleita a líder da Aliança Rebelde.

Como o pai adotivo de Leia – tal qual o próprio Imperador Palpatine –, Mon Mothma era senadora sênior da República, membro do Alto Conselho. Quando a República começou a desmoronar, Mon Mothma manteve o cargo de senadora até o fim, organizando dissidentes e estabilizando o governo cada vez mais ineficaz.

Ela montou células também, até o fim. Bolsões de resistência, cada qual sem saber da identidade dos outros – cada qual responsável por incitar a revolta contra o Império quando finalmente ela se fizesse clara.

Havia outros líderes, mas muitos foram mortos quando a primeira Estrela da Morte do Império aniquilou o planeta Alderaan. O pai adotivo de Leia morreu naquele cataclismo.

Mon Mothma foi para o movimento subversivo. Uniu suas células políticas com os milhares de guerrilheiros e insurgentes que a ditadura cruel do Império gerara. Outros milhares se uniram à Aliança Rebelde. Mon Mothma tornou-se a líder reconhecida de todas as criaturas da galáxia que tiveram seu lar tomado pelo Imperador. Sem lar, mas não sem esperança.

Ela cruzou a sala até a tela holográfica onde se reuniu com os dois conselheiros-chefes, o general Madine e o almirante Ackbar. Madine era corelliano – durão, talentoso, talvez um pouco meticuloso demais. Ackbar era um puro calamariano – uma criatura gentil, cor de salmão, com olhos imensos e tristes postos numa cabeça alta em forma de cúpula, e mãos membranosas que o deixavam mais confortável na água ou no espaço do que a bordo de uma nave. Mas, se os humanos eram o braço da rebelião, os calamarianos eram a alma – o que não quer dizer que não pudessem lutar o seu melhor quando levados ao limite. E o Império maléfico alcançara aquele limite.

Lando Calrissian abriu caminho pela multidão naquele momento, examinando os rostos. Viu Wedge, que seria o piloto de sua nave; cumprimentaram-se com um movimento de cabeça, ergueram os polegares, mas Lando continuou andando. Não era Wedge quem ele procurava. Foi até um ponto vazio próximo ao centro, olhou ao redor e, finalmente, viu seus amigos próximos a uma porta lateral. Sorriu e seguiu até eles.

Han, Chewbacca, Leia e os dois droides cumprimentaram Lando com uma cacofonia de vivas, risadas, bipes e urros.

"Olha só você", Solo o repreendeu, arrumando a lapela do novo uniforme de Calrissian e dando uma puxadinha nas insígnias. "Um general!"

Lando riu, orgulhoso. "Sou um homem de muitas faces e muitos trajes. Alguém deve ter contado a eles sobre minha pequena manobra na batalha de Taanab." Taanab era um planeta agrário, atacado periodicamente por bandoleiros de Norulac. Calrissian, antes do seu cargo como governador da Cidade das Nuvens, erradicou os bandidos com grande dificuldade, usando manobras lendárias e estratégias sem precedentes. E fez tudo isso por conta de um desafio.

Han arregalou os olhos, sarcástico. "Ei, não olha pra mim. Eu só disse pra eles que você era um piloto 'razoável'. Não tinha ideia de que estavam procurando alguém para liderar esse ataque maluco."

"Tudo bem, fui eu que pedi. Eu *quero* liderar esse ataque." E por um motivo: ele *gostava* de se vestir como um general. As pessoas lhe davam o respeito que merecia, e ele não precisava desistir de pairar ao redor de algum guarda militar imperial pomposo. E essa era a outra coisa – ele finalmente maltrataria aquela Frota Imperial, maltrataria muito por todas as vezes que foi maltratado. Maltratar e deixar nela sua assinatura. *General* Calrissian, obrigado.

Solo olhou para o velho amigo com uma combinação de admiração e descrença. "Já viu uma daquelas Estrelas da Morte? É provável que seu generalato seja bem curto, meu velho."

"Fiquei surpreso por não terem pedido para você fazer isso", Lando sorriu.

"Talvez eles tenham pedido", insinuou Han. "Mas não sou maluco. Você é o importante aqui, lembra? Administrador da Cidade das Nuvens de Bespin."

Leia se aproximou de Solo e tomou seu braço, num gesto protetor. "Han vai ficar na nave de comando comigo... estamos muito gratos pelo que está fazendo, Lando. E orgulhosos."

De repente, no centro da sala, Mon Mothma sinalizou, pedindo atenção. A sala ficou em silêncio. A ansiedade era grande.

"Os dados trazidos a nós pelos espiões bothanianos foram confirmados", a líder suprema anunciou. "O Imperador cometeu um erro crucial e chegou a hora do nosso ataque."

Aquelas palavras causaram uma grande agitação na sala. Como se a mensagem dela fosse uma válvula deixando a pressão escapar, o ar chiava com o comentário. Ela se voltou ao holograma da Estrela da Morte e continuou. "Agora temos a localização exata da nova Estação de Batalha do Imperador. Os sistemas de defesa nessa Estrela da Morte ainda não estão operacionais. Com a Frota Imperial espalhada em toda a galáxia, num vão esforço de nos capturar, ela fica relativamente desprotegida." Mon Mothma fez uma pausa para que sua declaração seguinte ganhasse pleno efeito. "E o mais importante: soubemos que o Imperador em pessoa está supervisionando a construção."

Uma animada algazarra surgiu de todos os cantos da assembleia. Era isso. A chance. A esperança que ninguém poderia esperar ter. Um tiro no Imperador.

Mon Mothma continuou quando o alarido arrefeceu um pouco. "A viagem foi feita em máximo sigilo, mas ele subestimou nossa rede de espionagem. Muitos bothanianos morreram para nos trazer essa informação." A voz dela, de repente, ficou séria novamente para lembrá-los do preço da empreitada.

O almirante Ackbar deu um passo adiante. Sua especialidade eram os procedimentos de defesa imperiais. Ele ergueu a barbatana e apontou para o modelo holográfico do campo de força que emanava de Endor. "Embora esteja incompleta, a Estrela da Morte não é totalmente desprovida de um mecanismo de defesa", ele informou nos tons tranquilizadores calamarianos. "É protegida por um campo de energia gerado pela lua de Endor, bem aqui. Nenhuma nave pode atravessá-lo, nenhuma arma pode perfurá-lo." Ele fez uma longa pausa. Queria que a informação assentasse. Quando ele achou que assentara, falou ainda mais lentamente. "O campo deve ser desativado *caso* algum ataque seja empreendido. Uma vez que o escudo estiver desligado, os cruzadores criarão um perímetro, enquanto os caças voarão para dentro da superestrutura, aqui... e tentarão atingir o reator principal..." – ele apontou para a parte não terminada da Estrela da Morte – "...em algum lugar aqui."

Outro murmúrio varreu a sala dos comandantes, como as vagas em um mar agitado.

Ackbar concluiu: "O general Calrissian liderará o ataque dos caças".

Han virou-se para Lando, suas dúvidas adornadas com respeito.

"Boa sorte, camarada."

"Obrigado", disse Lando, simplesmente.

"Você vai precisar."

O almirante Ackbar deu lugar ao general Madine, que estava a cargo das operações de cobertura.

"Adquirimos uma pequena nave imperial", Madine declarou com orgulho. "Com esse disfarce, uma equipe de assalto descerá na lua e desativará o gerador do escudo. O bunker de controle é bem-guardado, mas uma pequena esquadra poderia ser capaz de atravessar seu sistema de segurança."

Essas notícias estimularam outra rodada de murmúrios gerais.

Leia virou-se para Han e disse baixinho: "Quero ver quem encontraram para fazer isso".

Madine convocou: "General Solo, sua equipe de assalto está montada?"

Leia ergueu os olhos para Han, o choque rapidamente mesclado à alegre admiração. Sabia que existia uma razão para amá-lo – apesar de sua habitual insensibilidade grosseira e ousadia estúpida. Por trás disso tudo, havia um coração.

Além disso, ele sofrera uma *mudança* desde que emergiu do congelamento em carbonita. Não era mais um solitário apenas atrás de dinheiro. Tinha perdido a contundência egoísta e, de alguma forma, sutilmente, tornou-se parte do todo. Na verdade, estava fazendo algo para outras pessoas e isso deixou Leia muito emocionada. Madine chamou-o de *general;* aquilo significava que Han tinha se tornado oficialmente um membro do exército. Uma parte do todo.

Solo respondeu a Madine: "Minha turma está pronta, senhor, mas preciso de uma tripulação de comando para a nave". Ele olhou para Chewbacca com ares de interrogação e falou em voz mais baixa. "Vai ser dureza, meu velho. Não queria falar por você."

"Roo roowfl", Chewbacca sacudiu a cabeça com carinho brusco e ergueu sua pata cabeluda.

"Aqui está um deles", falou Han.

"Aqui, dois!", gritou Leia, estendendo o braço no ar. Então, suavemente, disse para Solo: "Não o perderei de vista de novo, senhor general".

"E eu também estou dentro!", uma voz se ergueu do fundo da sala.

Todos viraram a cabeça para ver Luke em pé, no topo da escada.

A aclamação ergueu-se para o último dos Jedi.

E, embora não fosse do seu feitio, Han não conseguiu esconder sua alegria. "São três", ele sorriu.

Leia correu até Luke e abraçou-o calorosamente. De repente, sentiu uma proximidade especial com ele, que ela atribuiu à seriedade do momento, à importância da missão deles. Mas, então, sentiu uma mudança nele também, uma diferença de substância que parecia irradiar de seu âmago – algo que apenas ela conseguia ver.

"O que foi, Luke?", ela sussurrou. Subitamente queria abraçá-lo; não conseguia dizer por quê.

"Nada. Um dia eu conto", ele murmurou baixinho. Nitidamente, havia alguma coisa.

"Tudo bem", ela respondeu, sem pressioná-lo. "Eu espero." Ela ficou se perguntando. Talvez ele apenas estivesse com trajes diferentes, provavelmente era isso. Todo vestido de preto, parecia mais velho. Mais velho, era isso.

Han, Chewbacca, Lando, Wedge e vários outros reuniram-se ao redor de Luke, todos de uma vez, com cumprimentos e uma imensa algazarra. A assembleia toda dividiu-se em vários pequenos grupos. Era o momento do último adeus e das últimas bênçãos.

R2-D2 bipou uma pequena observação em forma de cantilena para o menos otimista C-3PO.

"'Emocionante' não é bem a palavra que eu usaria", respondeu o droide dourado. Sendo um tradutor em sua programação original, claro, C-3PO estava mais preocupado em localizar a palavra correta para descrever a situação atual.

A Millennium Falcon estava pousada na área de ancoragem principal do cruzador estelar rebelde, sendo recarregada e passando por manutenção. Bem além dela estava a nave imperial roubada, parecendo uma anomalia em meio a todos os caças X-wing dos rebeldes.

Chewbacca supervisionava a transferência final de armas e suprimentos para a nave e fiscalizava a colocação da equipe de assalto. Han estava ao lado de Lando, entre as duas naves, dizendo adeus – pelo que sabiam, para sempre.

"Estou dizendo, pode ficar com ela!", Solo insistiu, apontando para a Falcon. "Ela vai te trazer sorte. Você *sabe* que ela é a nave mais rápida de toda a frota agora." Han realmente incrementara a autonomia da Falcon após ganhá-la de Lando. Sempre fora rápida, mas estava ainda mais veloz. E as modificações que Solo acrescentou realmente fizeram do velho cargueiro uma parte dele; ele pôs amor e suor naquela máquina. Seu espírito. Então, ceder a Falcon a Lando naquele momento era realmente a transformação final de Solo – um presente abnegado como ele nunca dera.

E Lando entendeu. "Obrigado, meu amigo. Vou cuidar bem dela. De qualquer forma, você *sabe* que sempre voei melhor nela do que você. Ela não vai ter um arranhão comigo no manche."

Solo olhou com carinho para o cativante patife. "Vou acreditar em você... nem um arranhão."

"Vai embora, pirata. A próxima coisa que você vai exigir é uma garantia."

"Até mais, amigo."

Eles partiram sem expressar seus verdadeiros sentimentos em voz alta, como era o costume entre homens de ação em tempos como aquele; cada um subiu a rampa de naves diferentes.

Han entrou na cabine da nave imperial enquanto Luke estava fazendo alguns ajustes finos em um painel de navegação traseiro. Chewbacca, no banco do copiloto, estava tentando entender os controles imperiais. Han assumiu o assento do piloto e Chewbacca grunhiu raivoso sobre o design da nave.

"Sim, sim", Solo respondeu. "Não acho que o Império projetou pensando em um wookiee."

Leia veio do porão, sentando-se perto de Luke. "Estamos todos a postos."

"Rrrwfr", disse Chewbacca, acionando a primeira sequência de interruptores. Olhou por sobre Solo, mas Han estava imóvel, encarando alguma coisa pela janela. Chewie e Leia seguiram o olhar para o objeto de sua atenção inflexível – a Millennium Falcon.

Leia cutucou gentilmente o piloto. "Ei, está acordado?"

"Só tive uma sensação estranha", ponderou Han. "Como se eu não fosse vê-la novamente." Ele pensou nos momentos em que ela o salvou com sua velocidade, nos momentos em que ele a salvou com sua perspicácia ou seu toque. Pensou no universo que viram juntos, no abrigo que ela lhe dera; na maneira que ele a conhecia, por dentro e por fora. Nos momentos em que dormiram no abraço um do outro, ainda flutuando como um sonho silencioso na quietude negra do espaço profundo.

Chewbacca, ouvindo aquilo, lançou seu olhar nostálgico para a Falcon. Leia pousou a mão no ombro de Solo. Sabia que ele tinha um amor especial pela nave e hesitou em interromper essa última ligação. Mas o tempo era precioso e valia cada vez mais. "Vamos, capitão", ela sussurrou. "Vamos embora."

Han voltou de repente àquele momento. "Certo. Tudo bem, Chewie, vamos descobrir o que esta belezinha pode fazer."

Acionaram os motores da nave roubada, erguendo-a do compartimento de ancoragem, e partiram noite infinita adentro.

A construção da Estrela da Morte continuava. O tráfego na área era intenso, com naves transportadoras, caças TIE e naves de equipamentos.

Periodicamente, o superdestróier estelar orbitava pela área, supervisionando o avanço na estação espacial por todos os ângulos.

A ponte de controle do destróier estelar mantinha atividade acelerada. Mensageiros corriam para lá e para cá ao longo de uma série de controladores que estudavam suas telas de rastreamento, monitorando a entrada e a saída de veículos pelo escudo defletor. Códigos eram enviados e recebidos, ordens eram dadas, diagramas organizados. Era uma operação que envolvia mil naves apressadas, e tudo prosseguia com o máximo de eficiência, até o controlador Jhoff fazer contato com uma nave da classe Lambda, que se aproximou do escudo a partir do Setor Sete.

"Nave para controle, pedimos permissão de entrada", a voz irrompeu no fone de ouvido de Jhoff com a quantidade normal de estática.

"Temos vocês em nossa tela agora", o controlador respondeu em seu comunicador. "Por favor, identifique-se."

"Aqui é a nave Tydirium, solicitando desativação do escudo defletor."

"Nave Tydirium, transmita o código de acesso para passagem no escudo."

Lá em cima, na nave, Han lançou um olhar preocupado aos outros e disse no seu comunicador: "Começando a transmissão".

Chewbacca virou um grupo de interruptores, produzindo uma série sincopada de ruídos de transmissão de alta frequência.

Leia mordeu os lábios, apoiando-se para lutar ou fugir. "Agora vamos descobrir se aquele código vale o preço que pagamos."

Luke encarou o imenso superdestróier estelar que se avultava diante deles. A gigantesca nave atraiu seus olhos com sua escuridão reluzente, encheu sua visão como uma catarata maligna, mas fez muito mais que deixar sua vista nublada. Ela preencheu sua mente com a escuridão também; e seu coração. Medo sombrio e uma informação especial. "Vader está naquela nave", ele sussurrou.

"Você só está nervoso, Luke", Han acalmou a todos. "Existem muitas naves de comando. Mas, Chewie", ele alertou, "vamos manter distância, sem parecer que estamos mantendo distância."

"Awroff rwrgh rrfrough?"

"Eu sei lá, voa como quem não quer nada", retrucou Han.

"Estão demorando com o código de acesso", Leia disse com firmeza. E se não funcionasse? A Aliança não poderia fazer nada se o escudo defletor do Império permanecesse em operação. Leia tentou esvaziar a mente, tentou se concentrar no gerador de escudo que ela queria alcançar, tentou afastar todos os sentimentos de dúvida ou medo que pudesse estar emitindo.

"Estou pondo a missão em perigo", Luke falou em uma espécie de ressonância emocional com sua irmã incógnita. Mas seus pensamentos eram de Vader, o pai deles. "Não deveria ter vindo."

Han tentou animar as coisas. "Ei, por que não tentamos ser otimistas agora?" Ele se sentiu cercado pela negatividade.

"Ele sabe que estou aqui", declarou Luke. Manteve o olhar na nave de comando lá fora, na janela de visualização. Ela parecia zombar dele. Esperando.

"Que isso, garoto, você tá imaginando coisas."

"Ararh gragh", murmurou Chewbacca. Até ele estava carrancudo.

Lorde Vader estava em pé, em silêncio, observando uma imensa tela de visualização na Estrela da Morte. Estava eletrizado com a visão daquele monumento ao lado negro da Força. Friamente, ele a acariciava com seu olhar.

Como um ornamento flutuante, ela reluzia para ele. Um globo mágico. Pontos mínimos de luz corriam por sua superfície, fascinando o Lorde Negro, como se ele fosse uma criancinha encantada por um brinquedo especial. Ele estava mergulhado num estado transcendente, um momento de percepções elevadas.

E, então, de uma vez, no meio da tranquilidade de sua contemplação, ele ficou absolutamente imóvel: nem uma respiração, nem mesmo uma batida de coração agitava-o a ponto de arruinar a concentração. Ele estendeu todos os seus sentidos para o etéreo. O que ele sentia? Seu espírito o fez inclinar a cabeça para ouvir. Algum eco, alguma vibração apreendida apenas por ele, passou – não, não passou. Agitou o momento e alterou o formato das coisas. Coisas que não eram as mesmas há muito tempo.

Ele passou pela fileira de controladores até chegar ao lugar onde o almirante Piett se curvava sobre a tela de rastreamento do controlador Jhoff. Piett aprumou-se com a aproximação de Vader e então fez uma mesura endurecida com o pescoço.

"Para onde esta nave está indo?", Vader perguntou em voz baixa, sem rodeios.

Piett virou-se para a tela de visualização e falou no comunicador. "Nave Tydirium, qual é sua carga e destino?"

A voz filtrada do piloto da nave veio pelo receptor. "Peças e pessoal técnico para a Lua Florestal."

O oficial da ponte de comando olhou para Vader, esperando uma reação. Esperava que nada estivesse errado. Lorde Vader não aceita equívocos com facilidade.

"Eles têm um código de acesso?", questionou Vader.

"É um código antigo, mas confere", Piett respondeu de imediato. "Estava prestes a liberá-los." Não havia motivo para mentir para o Lorde Sith. Ele sempre sabia se alguém estava mentindo; as mentiras ressoavam para o Lorde Negro.

"Estou com uma sensação estranha sobre essa nave", Vader disse mais para si mesmo do que para outra pessoa.

"Devo retê-los?" Piett apressou-se em perguntar, ansioso em agradar o seu mestre.

"Não, deixe-os passar. Cuido disso pessoalmente."

"Como quiser, milorde." Piett fez uma reverência, mais para esconder sua surpresa. Ele meneou a cabeça para o controlador Jhoff, que por sua vez falou no comunicador para a nave Tydirium.

Na nave Tydirium, havia tensão na espera do grupo. Quanto mais perguntas recebiam sobre coisas como carga e destino mais parecia que eles arrancariam seu disfarce.

Han olhou com afeto para o seu velho parceiro wookiee. "Chewie, se não caírem nessa, teremos que bater em retirada rapidinho." Era um discurso de adeus, na verdade; todos sabiam que a nave limitada não conseguiria vencer nada que estava nas cercanias.

A voz estática do controlador anunciou-se e então veio com clareza pelo comunicador. "Nave Tydirium, a desativação do escudo começará imediatamente. Siga o seu curso atual."

Todos, menos Luke, suspiraram em alívio simultâneo, como se o problema tivesse acabado em vez de apenas ter começado. Luke continuou a encarar a nave de comando, como se preso em algum diálogo silencioso, complexo.

Chewbacca urrou bem alto.

"Ei, o que eu te disse?" Han deu um risinho sarcástico. "Conseguimos."

Leia sorriu de forma carinhosa. "Foi isso mesmo que você disse?"

Solo moveu o acelerador para a frente e a nave roubada seguiu suavemente na direção da Lua Florestal verde.

Vader, Piett e Jhoff observavam a tela de visualização na sala de controle, enquanto o visor gradeado do defletor em forma de teia dividia-se para admitir a nave Tydirium, que movia-se lentamente para o centro da teia – para Endor.

Vader virou-se para o oficial de convés e falou com mais urgência na voz do que em geral era ouvida. "Apronte minha nave. Preciso falar com o Imperador."

Sem esperar a resposta, o Lorde Negro saiu a passos largos, evidentemente sob o jugo de um pensamento sombrio.

V

As árvores de Endor tinham mais de trezentos metros de altura. Seus troncos, cobertos com cascas ásperas e mofadas, erguiam-se como um pilar, alguns deles com circunferência do tamanho de uma casa, às vezes finos como uma perna. A folhagem era fina, comprida e estreita, mas rica em cores, espalhando a luz do sol em delicados padrões verdes e azulados sobre o chão da floresta.

Distribuídas espessamente entre essas gigantes anciãs havia os conjuntos habituais de plantas florestais: pinheiros de várias espécies, várias formas decíduas, com nódulos e folhas diversas. A cobertura do solo era essencialmente de samambaias, mas tão densas aqui e ali que lembravam um mar verde e gentil que tremulava com suavidade à brisa da floresta.

Assim era a lua inteira: verdejante, primitiva, silenciosa. A luz filtrada através dos galhos acolhedores como o sangue dourado dos deuses, como se o ar estivesse vivo. Era morno, e era fresco. Aquela era Endor.

A nave imperial roubada estava pousada em uma clareira a muitos quilômetros do porto de pouso, camuflada com uma cobertura de galhos mortos, folhas e palha. Além disso, a pequena nave era totalmente elipsada pelas árvores altíssimas. Seu casco de aço poderia parecer incompatível com o ambiente, se não estivesse totalmente escondido.

No monte ao lado da clareira, o contingente rebelde estava apenas começando seu caminho na trilha íngreme. Leia, Chewbacca, Han e Luke lideravam, seguidos em uma única fileira pelos capacetes do esquadrão maltrapilho da equipe de assalto. A unidade era composta pela elite dos combatentes de solo da Aliança Rebelde. Um grupo desmazelado, de certa forma, escolhido a dedo pela iniciativa, perspicácia e crueldade. Alguns foram membros treinados de unidades de assalto, alguns criminosos em liberdade condicional, mas todos odiavam o Império com um fervor que excedia a autopreservação. E todos sabiam que aquele era um ataque essencial. Se falhassem em destruir o gerador de escudo, a rebelião estaria condenada. Não haveria segunda chance.

Como consequência, ninguém precisou dizer para eles ficarem alertas enquanto caminhavam silenciosamente trilha acima. Cada um deles estava mais alerta do que jamais estivera.

R2-D2 e C-3PO vinham na retaguarda da brigada. A cabeça em forma de cúpula de R2-D2 girava para todos os lados enquanto ele seguia, piscando seus sensores de luz para as árvores infinitamente altas que os circundavam.

"Beee-doop!", ele comentou com C-3PO.

"Não, não acho que é bonito aqui", seu companheiro dourado respondeu, impaciente. "Se tivermos sorte, será habitado apenas por monstros comedores de droides."

O soldado bem à frente de C-3PO virou-se e soltou um chiado ríspido para eles se calarem.

C-3PO virou-se para R2-D2 e sussurrou: "Quieto, R2".

Todos estavam um pouco nervosos.

Lá na frente, Chewbacca e Leia alcançaram o cume do monte. Foram ao chão, engatinharam os últimos metros e espiaram sobre a beirada. Chewbacca ergueu sua grande pata, sinalizando para que o resto do grupo parasse. De repente, a floresta parecia ter ficado ainda mais silenciosa.

Luke e Han rastejaram adiante para ver o que os outros observavam. Apontando por entre as samambaias, Chewbacca e Leia pediram discrição. Não muito abaixo deles, em um vale ao lado de um lago claro, um par de sentinelas imperiais tinham levantado um acampamento temporário.

Preparavam a ração e estavam preocupados em se aquecer sobre um fogão portátil. Duas speeder bikes estavam estacionadas perto deles.

"Vamos tentar passar por fora?", sussurrou Leia.

"Vai demorar", disse Luke, sacudindo a cabeça.

Han espiou de trás de uma rocha. "Sim, e se eles nos virem e avisarem aos outros a festa toda vai por água abaixo."

"São só dois deles?", Leia ainda parecia não acreditar.

"Vamos dar uma olhada", Luke sorriu, com um suspiro de tensão prestes a ser liberado; todos responderam com um sorriso semelhante. Estava começando.

Leia pediu para o restante do esquadrão permanecer onde estava; então ela, Luke, Han e Chewbacca, em silêncio, aproximaram-se mais do acampamento das sentinelas.

Quando estavam bem perto da clareira, mas ainda cobertos pela vegetação rasteira, Solo deslizou rapidamente para a posição de liderança.

"Fique aqui", ele rouquejou, "Chewie e eu cuidaremos disso." Ele abriu seu sorriso mais canalha.

"Em silêncio", alertou Luke, "pode haver..."

Mas antes que ele pudesse terminar Han pulou com seu parceiro peludo e correu para dento da clareira.

"... mais deles lá", Luke terminou de falar sozinho. Olhou para Leia.

Ela encolheu os ombros. "O que você esperava?" Algumas coisas nunca mudavam.

Antes que Luke pudesse responder, foram distraídos por uma comoção ruidosa no vale. Eles se estiraram no chão e observaram.

Han atracou-se numa luta violenta com uma das sentinelas - não parecia tão feliz havia dias. A outra sentinela pulou em sua speeder bike para escapar. Mas, na hora em que acionou os motores, Chewbacca conseguiu dar alguns tiros com sua besta laser. A sentinela que levou azar bateu imediatamente contra uma árvore enorme, seguido de uma explosão breve, abafada.

Leia sacou sua pistola laser e correu para a zona de batalha, seguida de perto por Luke. Assim que estavam em plena corrida, várias grandes explosões de laser foram detonadas ao redor deles, lançando-os ao solo. Leia perdeu a arma.

Confusos, os dois ergueram os olhos para ver mais sentinelas imperiais surgirem do outro lado da clareira, rumando para suas speeder bikes escondidas na folhagem que os rodeava. As sentinelas guardaram as armas antes de montar nas bikes e acionaram os motores.

Leia ergueu-se cambaleando. "Olha lá, mais dois deles!"

"Eu vi", respondeu Luke, levantando-se. "Fique aqui."

Mas Leia tinha ideias próprias. Correu para a speeder bike que restava, ligou-a e partiu no encalço das sentinelas em fuga. Ao passar por Luke, ele pulou atrás dela na bike e partiram juntos.

"Rápido, aperte o botão do meio", ele gritou por cima do ombro dela, sobre o ruído dos motores a jato. "Bloqueie os comunicadores deles!"

Enquanto Luke e Leia disparavam clareira afora atrás dos imperiais, Han e Chewie estavam dominando a última sentinela. "Ei, esperem a gente!", Solo gritou, mas eles já tinham desaparecido. Jogou a arma no chão, frustrado, e o resto do esquadrão de assalto dos rebeldes surgiu na clareira.

Luke e Leia aceleravam através da densa folhagem, a poucos metros do chão, Leia nos controles, Luke segurando-se atrás dela. As duas sentinelas imperiais em fuga tinham uma boa vantagem, mas, a trezentos quilômetros por hora, Leia pilotava melhor – o talento era de família.

Às vezes, ela soltava uma rajada do canhão laser da speeder bike, mas ainda estava longe demais para acertá-los. As explosões erravam os alvos móveis, estilhaçando árvores e incendiando arbustos, enquanto as bikes ziguezagueavam entre galhos imensos, imponentes.

"Chega mais perto!", gritou Luke.

Leia seguiu em disparada, diminuindo a distância. As duas sentinelas sentiram seus perseguidores se aproximando e desviavam de forma imprudente por este e aquele caminho, deslizando pelo vão estreito entre duas árvores. Uma das bikes arrancou a casca das árvores, quase deixando a sentinela fora de controle, diminuindo sua velocidade de forma significativa.

"Emparelhe!", Luke berrou no ouvido de Leia.

Ela levou a bike tão perto da sentinela que suas hélices de direção raspavam terrivelmente uma contra a outra. Luke de repente pulou do assento traseiro da bike de Leia para o assento traseiro da sentinela, agarrando o guerreiro imperial pelo pescoço e jogando-o para longe. O soldado de armadura branca chocou-se contra um tronco grosso, fazendo um ruído de ossos quebrando, e afundou para sempre no mar de samambaias.

Luke posicionou-se rapidamente no assento do piloto da speeder bike, mexeu nos controles por alguns segundos e avançou com tudo, seguindo Leia, que estava adiante. Os dois agora zuniam atrás da outra sentinela.

Sobrevoaram o monte e passaram sob uma ponte de pedra, evitando uma colisão, queimando os cipós secos que ficavam para trás. A perseguição seguiu na direção norte e passou por uma ravina, onde outros dois imperiais descansavam. Um momento depois, *eles* se lançaram à perseguição, agora no encalço de Luke e Leia, atirando com seu canhão laser. Luke, ainda atrás de Leia, tomou um tiro de raspão.

"Vai atrás dele!", Luke gritou para Leia, indicando a sentinela mais à frente. "Eu pego os dois atrás de nós."

Leia avançou. Luke, no mesmo instante, acionou os retropropulsores, fazendo a bike desacelerar rapidamente. As duas sentinelas atrás dele passaram com tudo, formando um borrão em ambos os lados, incapazes de reduzir a velocidade. Luke imediatamente fez a bike roncar até atingir novamente alta velocidade, atirando com os canhões, de repente perseguindo seus perseguidores.

Em seu terceiro round, Luke atingiu o objetivo: uma das sentinelas, numa explosão que a descontrolou, foi girando contra um pedregulho, causando um estrondo entre as chamas.

A outra sentinela deu uma única olhada para o clarão e então acionou o modo turbo, ganhando ainda mais velocidade. Luke manteve o ritmo.

Bem adiante, Leia e a primeira sentinela continuaram seu zigue-zague em alta velocidade por entre as barricadas de troncos impassíveis e galho baixos pendurados. Leia, de fato, teve de frear forte em muitas viradas, pois parecia incapaz de chegar mais perto de sua presa. De repente, ela deu um tiro no ar, em uma inclinação incrivelmente íngreme, e rapidamente desapareceu de vista.

A sentinela virou-se, confusa, sem saber se devia relaxar ou encolher-se de medo pelo desaparecimento repentino de sua perseguidora. Seu paradeiro logo ficou claro. Da copa das árvores, Leia mergulhou sobre o imperial, o canhão disparando de cima. A bike da sentinela tomou a onda de choque de um impacto próximo. A velocidade dela ficou ainda maior do que Leia previra e em um instante ela acelerava ao lado do imperial. Mas sem que Leia percebesse o que estava acontecendo, a sentinela esticou o braço e sacou sua pistola do coldre – e antes que a princesa pudesse reagir, seu inimigo atirou.

A bike de Leia girou descontrolada. Ela saltou bem a tempo – a speeder bike explodiu numa árvore gigante, enquanto Leia rolava para dentro de um emaranhado de cipós enrolados, troncos apodrecendo, água rasa. A última coisa que viu foi uma bola de fogo alaranjada através de uma nuvem de plantas esfumaçando; e, então, a escuridão.

A sentinela olhou a explosão atrás de si com gesto de satisfeito desdém. Ao se voltar para a frente de novo, o olhar presunçoso se esvaiu, pois estava na rota de colisão com uma árvore caída. Em um segundo, tudo estava acabado, menos as chamas.

Enquanto isso, Luke se aproximava rapidamente da última sentinela. Conforme serpenteavam entre as árvores, Luke diminuiu a velocidade e equiparou seu ritmo ao do piloto imperial. O soldado em fuga de repente deu uma guinada, batendo sua bike na de Luke – os dois tombaram de forma arriscada, quase se chocando a um grande tronco caído no caminho. A sentinela passou por baixo, Luke por cima – e, quando ele desceu do outro lado, bateu diretamente no veículo da sentinela. Os guidões se prenderam.

As bikes tinham o formato parecido com trenós unitários, com eixos longos e finos que saíam da dianteira e ailerons vibratórios para orientação na ponta dos eixos. Com esses lemes travados, as bikes voavam como uma só, embora cada um dos pilotos pudesse controlar o veículo.

A sentinela puxou forte para a direita, tentando esmagar Luke em um bosque de árvores novas que surgiu de repente à direita. Mas, no último segundo, Luke inclinou-se, jogando todo o peso para a esquerda, girando as speeders na horizontal, com Luke em cima e a sentinela embaixo.

A sentinela parou de resistir ao peso de Luke para a esquerda e jogou seu próprio peso na mesma direção, fazendo com que as bikes girassem trezentos e sessenta graus e ficassem exatamente na horizontal novamente... mas com uma árvore enorme aproximando-se imediatamente na frente de Luke.

Sem pensar, ele pulou da bike. Uma fração de segundo depois, a sentinela virou abruptamente para a esquerda – soltando os lemes de controle – e a speeder bike sem Luke chocou-se numa sequoia e explodiu.

Luke rolou, desacelerando, sobre um barranco coberto de musgo. A sentinela lançou-se para o alto e deu meia-volta para procurá-lo.

Luke saiu aos tropeços dos arbustos, enquanto a speeder avançava sobre ele com força total, o canhão laser disparando. Luke acionou seu sabre de luz e firmou-se no chão. Sua arma rebateu cada tiro que a sentinela disparou, mas a bike continuava a avançar. Em poucos segundos, os dois se encontrariam; a bike acelerava ainda mais para partir o corpo do jovem Jedi em dois. Mas, no último momento, Luke deu um passo à frente, no instante perfeito, como um toureiro encarando um touro enfurecido – e cortou os guidões da bike com um único e poderoso golpe do seu sabre de luz.

A bike rapidamente começou a tremer; em seguida, a inclinar e rolar. Em um segundo, estava fora de controle e, no instante seguinte, formava uma onda ribombante de fogo no chão da floresta.

Luke desativou o sabre de luz e voltou para se juntar aos outros.

A nave de Vader rumou para a parte não terminada da Estrela da Morte e pousou suavemente no compartimento principal de ancoragem. Rolamentos silenciosos baixaram a rampa do Lorde Negro; silenciosos eram seus pés enquanto percorriam o aço frio. Deliberadamente frios eram seus passos, largos e rápidos.

O corredor principal estava cheio de cortesãos, todos esperando uma audiência com o Imperador. Vader fez um esgar para eles – tolos, todos eles. Bajuladores pomposos em suas vestes aveludadas e rostos pintados; bispos perfumados dando notas e avaliações entre eles – pois quem mais se importava? Mercadores leais e gorduchos, curvados pelo peso das joias ainda quentes da carne morta do antigo proprietário; homens simples, violentos, e as mulheres, ansiosas por circular entre eles.

Vader não tinha paciência para esse tipo de obscenidade insignificante. Passou por eles sem acenar com a cabeça, embora muitos estivessem dispostos a pagar generosamente por um olhar oportuno do grande Lorde Negro.

Quando chegou ao elevador que levava à torre do Imperador, encontrou a porta fechada. Guardas reais com seus casacões vermelhos, fortemente armados, estavam a postos diante do fosso, parecendo alheios à presença de Vader. Saindo das sombras, um oficial avançou diretamente no caminho do Lorde Sith, impedindo sua aproximação.

"O senhor não pode entrar", disse o oficial, num tom uniforme.

Vader não gastava saliva. Ergueu a mão com os dedos esticados na direção da garganta do oficial. De forma indescritível, o oficial começou a engasgar. Seus joelhos começaram a ceder, o rosto ficou cinzento.

Buscando ar, ele voltou a falar. "São ordens... do... Imperador."

Como uma mola, de longe Vader soltou o homem da sua pegada. O oficial, respirando novamente, caiu no chão, trêmulo. E esfregou o pescoço gentilmente.

"Aguardarei o melhor momento para ele", Vader disse, virou-se e olhou para a janela de visualização. A esverdeada Endor brilhava, flutuando no espaço escuro, quase como se irradiasse de alguma fonte interna de energia. Sentiu sua atração como um ímã, como um vácuo, como uma tocha na noite morta.

Han e Chewie agacharam-se, cada um de um lado na clareira da floresta, quietos, próximos. O resto do esquadrão de assalto relaxou – tanto quanto possível –, espalhado ao redor deles, em grupos de dois e três. Todos aguardavam.

Até mesmo C-3PO estava em silêncio, sentado ao lado de R2-D2, polindo os dedos por falta de algo melhor para fazer. Os outros verificavam seus relógios, ou suas armas, enquanto a luz do sol vespertino escorria pelo tempo.

R2-D2 estava imóvel, exceto pela pequena tela de radar que saía do alto da cúpula azul e prata, girando, examinando a floresta. Ele exalava a paciência de uma função utilizada, um programa sendo rodado.

De repente, ele bipou.

C-3PO parou com o polimento obsessivo e olhou com apreensão para a floresta. "Alguém está chegando", ele traduziu.

O restante do esquadrão prestou atenção; armas foram erguidas. Um galho estalou além do perímetro oeste. Ninguém respirava.

Com um caminhar exausto, Luke saiu da folhagem para a clareira. Todos relaxaram, abaixando as armas. Luke estava cansado demais para se importar. Caiu no chão duro de terra batida ao lado de Solo e deitou-se de barriga para cima com um gemido exausto.

"Dia difícil, hein, garoto?", comentou Han.

Luke ergueu-se com o cotovelo, sorrindo. Parecia ter sido um esforço terrível e barulho demais apenas para derrubar algumas sentinelas imperiais; e eles ainda nem tinha pegado de verdade a parte mais difícil. Mas Han ainda conseguia manter o tom leve na voz. Era um estado de graça, a marca particular de sua personalidade. Luke esperava que isso nunca desaparecesse do universo. "Espere até chegarmos ao gerador", ele retrucou da mesma forma.

Solo olhou ao redor e para a floresta da qual Luke tinha acabado de vir. “Cadê a Leia?”

O rosto de Luke transformou-se com a preocupação. “Ela não voltou?”

“Achei que estava com você.” A voz de Han aumentou um pouco em tom e volume.

“Nós nos separamos”, Luke explicou e trocou um olhar amargo com Solo, então os dois levantaram lentamente. “É melhor procurarmos por ela.”

“Não quer descansar um pouco?”, sugeriu Han. Podia ver a fadiga no rosto de Luke e quis poupá-lo para o confronto iminente, que certamente exigiria mais força do que jamais precisara antes.

“Quero encontrar Leia”, ele disse, suavemente.

Han assentiu com a cabeça sem contestar. Assinalou ao oficial rebelde que era o segundo no comando do esquadrão de assalto. O oficial apresentou-se e o saudou.

“Leve o esquadrão adiante”, ordenou Solo. “Nos encontramos no gerador do escudo em 0-30.”

O oficial o saudou novamente e, de imediato, organizou as tropas. Em um minuto, estavam ocupando silenciosamente a floresta, com imenso alívio por, enfim, estarem se movendo.

Luke, Chewbacca, o general Solo e os dois droides encararam a direção oposta. R2-D2 liderava, seu rastreador giratório lendo todos os parâmetros que descobririam sua dona; e os outros o seguiram para dentro da floresta.

A primeira coisa que Leia percebeu foi seu cotovelo esquerdo. Estava molhado. Ela estava deitada em uma poça de água e ficando totalmente encharcada.

Ela moveu o cotovelo para fora d’água com um pequeno chapinhar, revelando algo mais: a dor, a dor no braço inteiro quando o movia. Por ora, decidiu manter-se parada.

A próxima coisa a surgir em sua consciência foram os sons. O respingar que o ombro dela fizera, o farfalhar das folhas, um piar ocasional de pássaro. Sons da floresta. Com um grunhido, ela deu um suspiro e notou um ronco.

O cheiro começou a encher suas narinas em seguida: cheiros de musgo úmido, cheiro de oxigênio folhoso, o odor de mel distante, o vapor das flores raras.

O gosto veio com o cheiro – o gosto de sangue na língua. Abriu e fechou a boca algumas vezes para localizar de onde vinha, mas não conseguiu. Em vez disso, a tentativa trouxe apenas o reconhecimento de novas dores – na cabeça, no pescoço, nas costas. Começou a mover os braços novamente, mas isso acarretou todo um catálogo de novas dores; então, novamente, ela descansou.

Em seguida, permitiu que a temperatura adejasse em seu sentidos. O sol aquecia os dedos da mão direita, enquanto a palma, à sombra, permanecia fria. Uma brisa passou por trás de suas pernas. A mão esquerda, pousada sobre a pele da barriga, estava quente.

Ela se sentia... acordada.

Devagar – na verdade, hesitante em testemunhar o dano, pois ver as coisas as tornava reais, e ver o próprio corpo quebrado não era uma realidade que gostaria de reconhecer –, bem devagar, ela abriu os olhos. As coisas eram indistintas ali, no nível do chão. Marrons e nuances de cinza nebulosos ao fundo, ficando progressivamente mais claros e verdes a distância. Lentamente, as coisas entravam no foco.

Devagar, ela viu o ewok.

Uma criatura estranha, pequena, peluda, estava a um metro do rosto de Leia e não tinha muito mais de um metro de altura. Tinha olhos castanhos grandes, escuros, curiosos, e patas com dedinhos curtos. Totalmente coberto, dos pés à cabeça, com uma pelagem macia, castanha, ele se parecia bastante com um boneco de pelúcia de um wookiee bebê com o qual Leia se lembrava de brincar quando criança. De fato, quando viu a criatura em pé diante dela, pensou ser apenas um sonho, uma memória de infância surgindo do cérebro avariado.

Mas não era um sonho. Era um ewok. E seu nome era Wicket.

Não que fosse apenas bonitinho – pois, quando Leia focou mais ainda, conseguiu ver uma faca atada na cintura dele. Era tudo o que vestia, exceto por um manto fino de couro que cobria a cabeça.

Eles se observaram, imóveis, por um longo minuto. O ewok parecia perplexo com a princesa; incerto sobre o que ela era ou o que pretendia. No momento, Leia pretendia ver se conseguia sentar-se.

Com um gemido, ela se sentou.

O som aparentemente assustou a pequena bola de pelo. Ele rapidamente cambaleou para trás, tropeçou e caiu. "Eeeeep!", ele guinchou.

Leia esmiuçou-se com atenção, buscando sinais de danos sérios. Suas roupas estavam rasgadas; tinha cortes, escoriações e arranhões em todos os lugares, mas nada parecia estar quebrado ou ser irreparável. Por outro lado, não tinha ideia de onde estava. Gemeu novamente.

Aquilo bastou para o ewok. Ele deu um salto, agarrou uma lança de pouco mais de um metro e apontou-a na defensiva contra Leia. Cuidadosamente, ele fez um círculo, atiçando o dardo pontudo na direção dela, visivelmente mais temeroso do que agressivo.

"Ei, pode parar com isso", Leia empurrou a arma, chateada. Era tudo o que ela precisava agora – ser alfinetada por um ursinho de pelúcia. Mais suave, ela acrescentou: "Não vou machucá-lo".

Hesitante, ela se levantou, testando as pernas. O ewok recuou, precavido.

"Não tema", Leia tentou modular uma voz de segurança. "Só quero ver o que aconteceu com a minha bike ali." Ela sabia que, quanto mais falasse naquele tom, mais tranquilidade passaria para a criaturinha. Além disso, entendeu que, se estava falando, estava tudo bem.

As pernas estavam um pouco vacilantes, mas ela conseguia caminhar lentamente sobre os restos carbonizados da speeder, agora caída em uma pilha meio derretida na base de uma árvore parcialmente enegrecida.

Ela se moveu para longe do ewok, que, como um cãozinho arisco, tomou aquilo como um sinal de segurança e seguiu-a até o monte de sucata. Leia pegou a pistola laser da sentinela que estava no chão; era tudo que restava do imperial.

"Acho que pulei no momento certo", ela murmurou.

O ewok avaliou a cena com seus olhos grandes, brilhantes. Ele assentiu, sacudiu a cabeça e guinchou ferozmente por vários segundos.

Leia olhou ao redor na direção da densa floresta, então se sentou com um suspiro num tronco caído. Ela ficou cara a cara com o ewok e eles novamente se observaram, um pouco perplexos, um pouco preocupados.

"O problema é que estou presa aqui", ela confidenciou. "E não sei nem onde estou."

Ela enterrou a cabeça nas mãos, em parte para refletir sobre a situação, em parte para massagear um pouco as têmporas por conta da dor. Wicket sentou-se ao lado dela e imitou sua postura exatamente – cabeça entre as patas, cotovelos nos joelhos –, então soltou um pequeno suspiro solidário de ewok.

Leia sorriu com gratidão e acariciou a cabeça peluda da criaturinha, entre as orelhas. Ele ronronou como um gatinho. "Por acaso, você não teria um comunicador com você?" Que piada, mas ela esperava que, talvez, se falasse sobre aquilo, pudesse ter alguma ideia. O ewok piscou algumas vezes, mas deu apenas um olhar espantado. Leia sorriu. "Não, acho que não."

De repente, Wicket congelou; as orelhas tremelicaram e ele farejou o ar. Virou a cabeça numa atitude de atenção máxima.

"O que foi?", sussurrou Leia. Tinha algo obviamente errado. Então ela ouviu: um baixo estalar nos arbustos adiante, um farfalhar hesitante.

Num repente, o ewok lançou um berro alto, aterrorizado. Leia sacou a pistola, pulando para trás do tronco; Wicket correu ao lado dela e espremeu-se embaixo do tronco. Um longo silêncio seguiu. Tensa, incerta, Leia treinou os sentidos em um arbusto próximo. Pronta para lutar.

Mesmo com toda a sua prontidão, ela não esperava que o tiro do laser viesse de onde veio – do alto, bem à direita. Explodiu na frente do tronco com uma chuva de luz e agulhas de pinheiro. Devagar, ela se virou para ver uma sentinela imperial em pé sobre ela, a arma apontada para a cabeça de Leia. Ele esticou a mão para a pistola que ela segurava.

"Eu fico com isso", ele ordenou.

Sem aviso, a mão peluda saiu de baixo do tronco e acertou a sentinela na perna com uma faca. O homem uivou de dor e começou a pular em uma perna só.

Leia mergulhou para pegar a pistola laser caída. Rolou, atirou e acertou a sentinela bem no peito, queimando o coração dele.

Rapidamente, a floresta ficou em silêncio novamente, o ruído e a luz foram engolidos como se nunca tivessem existido. Leia ficou deitada, imóvel, bem onde estava, arfando suavemente, esperando pelo próximo ataque. Que não veio.

Wicket estendeu sua cabeça felpuda debaixo do tronco e olhou ao redor. "Eeep rrp scrp ooooh", ele murmurou em um tom de assombro.

Leia ergueu-se rapidamente, correu por toda a área, agachou-se, virou a cabeça de um lado para o outro. Parecia segura, por ora. Ela chamou seu novo amigo rechonchudo. "Venha, é melhor sairmos daqui."

Movendo-se entre a densa flora, Wicket tomou a liderança. Primeiro, Leia ficou insegura, mas ele guinchou com urgência para ela e puxou sua manga. Assim, cedeu o controle para a criaturinha estranha e a seguiu.

Ela permitiu que a mente devaneasse por um momento, deixando os pés carregarem-na com agilidade por entre as árvores colossais. De repente, ficou impressionada, não pela pequenez do ewok que a guiava, mas por sua própria insignificância diante daquelas árvores. Algumas delas contavam dez mil anos e eram altas a perder de vista. Eram templos para a energia vital que ela defendia; elas alcançavam o resto do universo. Leia se sentia parte daquela grandeza, mas também era ofuscada por ela.

Sozinha. Ela se sentia sozinha ali, naquela floresta de gigantes. Toda a sua vida ela conviveu com gigantes: seu pai, o grande senador Organa; a mãe, a ministra da Educação; seus colegas e amigos, todos gigantes...

Mas aquelas árvores... Eram como poderosos pontos de exclamação anunciando sua primazia. Estavam ali! Eram mais velhas que o tempo! Estariam ali muito depois de Leia ter desaparecido, depois da rebelião, depois do Império...

E, então, ela não se sentiu mais solitária, e sim parte daqueles seres magníficos, seguros de si. Uma parte daquelas árvores cruzava o tempo e o espaço, conectadas pela força vibrante, vital, da qual...

Era confuso. Uma parte e à parte. Ela não conseguia entender aquilo. Sentia-se grande e pequena, corajosa e intimidada. Sentia-se uma centelha mínima, criativa, dançando nos fogos da vida... dançando atrás de um urso furtivo, gorducho e anão, que continuava acenando para conduzi-la às profundezas da floresta.

Então, era aquilo que a Aliança lutava para preservar – criaturas peludas em florestas gigantescas que ajudavam princesas corajosas, mas assustadas, a ficar em segurança. Leia desejou que seus pais estivessem vivos para poder contar-lhes.

Lorde Vader saiu do elevador e permaneceu na entrada da sala do trono. Os cabos de luz zumbiam nos dois lados do fosso, lançando uma brilho lúgubre sobre os guardas reais que esperavam lá. Resoluto, ele marchou pela passagem, subiu as escadas e parou com subserviência atrás do trono. Ajoelhou-se e ficou imóvel.

Quase imediatamente, ele ouviu a voz do Imperador. "Levante-se. Levante-se e fale, meu amigo."

Vader levantou-se enquanto o trono girava e o Imperador encarou-o.

Os olhos se cruzaram a anos-luz e a um suspiro da alma de distância. Através desse abismo, Vader respondeu. "Meu mestre, uma pequena força rebelde atravessou o escudo e pousou em Endor."

"Sim, eu sei." Não havia indício de surpresa no seu tom, mas de satisfação.

Vader percebeu e continuou. "Meu filho está com eles."

A sobrancelha do Imperador franziu-se menos de um milímetro. A voz permaneceu fria, imperturbada, levemente curiosa. "Tem certeza?"

"Eu o sinto, meu mestre." Era quase uma provocação. Sabia que o Imperador estava assustado com o jovem Skywalker, temeroso pelo seu poder. Apenas juntos Vader e o Imperador poderiam esperar atrair o Cavaleiro Jedi para o lado negro. Ele repetiu, enfatizando a própria singularidade. "*Eu* o sinto."

"Estranho, *eu* não o senti", o Imperador murmurou, seus olhos apertando-se. Os dois sabiam que a Força não era onipotente – e ninguém era infalível ao usá-la. Tinha tudo a ver com consciência, com visão. Certamente, Vader e o filho tinham uma ligação mais próxima do que o Imperador com o jovem Skywalker, mas, além disso, o Imperador tinha ciência agora de uma contracorrente que ele não havia percebido antes, um desvio na Força que não conseguia entender por completo. "Pergunto-me se seus sentimentos nesta questão são claros, Lorde Vader."

"São claros, meu mestre." Ele sabia da presença do filho, ela o atormentava e o abastecia, atraia-o e uivava numa voz muito característica.

"Então, você deve ir até a Lua Santuário e esperar por ele", disse simplesmente o Imperador Palpatine. Contanto que as coisas estivessem claras, estava tudo bem.

"Ele virá a mim?" Vader perguntou, cético. Não era o que sentia. Ele se sentia atraído.

"Por livre e espontânea vontade", o Imperador lhe garantiu. Precisava ser de livre e espontânea vontade; do contrário, tudo estaria perdido. Um espírito não podia ser coagido à corrupção – precisava ser seduzido. Tinha de participar ativamente. Precisava desejá-lo. Luke Skywalker sabia dessas coisas e ainda rondava o fogo negro, como um gato. O destino nunca podia ser lido com absoluta certeza, mas Skywalker viria, aquilo estava claro. "Eu já previ. A compaixão dele por você será sua ruína." Compaixão sempre fora o ponto fraco dos Jedi, e sempre seria. Era a vulnerabilidade derradeira. O Imperador não tinha nenhuma. "O garoto virá até você, e você o trará para mim."

Vader fez uma grande mesura. "Assim será."

Com uma malevolência casual, o Imperador dispensou o Lorde Negro. Com uma ansiedade sinistra, Vader saiu a passos largos da sala do trono e embarcou na nave com um destino: Endor.

Luke, Chewie, Han e C-3PO escolheram seu caminho metodicamente pela vegetação rasteira, seguindo R2-D2, cuja antena continuava a girar. Era notável o jeito que o pequeno droide conseguia marcar o caminho por um terreno de selva como aquele, mas fazia-o sem alarde com as ferramentas de corte em miniatura nas suas esteiras e a cúpula cortando precisamente qualquer coisa densa demais para tirá-la do caminho.

R2-D2 de repente parou, causando alguma consternação por parte de seus acompanhantes. A tela de radar girou mais rápido; ele estalava e zumbia para si mesmo. Então lançou-se adiante com um anúncio empolgado: "Vrrr dEEp dWP booooo dWEE op!"

C-3PO correu atrás dele. "R2 diz que as speeder bikes estão bem à frente – oh, céus."

Eles irromperam na clareira logo à frente dos outros, mas todos pararam em um agrupamento na entrada. Os restos carbonizados de três bikes estavam espalhados ao redor da área – sem mencionar os pedaços de algumas sentinelas imperiais.

Eles se espalharam para inspecionar o entulho. Pouco havia de evidente para se observar, exceto um pedaço rasgado da jaqueta de Leia. Han segurou-o com sobriedade, pensando.

C-3PO disse em voz baixa: "Os sensores de R2 não encontraram outro vestígio da princesa Leia".

"Espero que ela não esteja perto daqui agora", Han disse para as árvores. Não queria imaginar sua perda. Depois de tudo que acontecera, ele simplesmente não conseguia acreditar que terminaria dessa forma para ela.

"Parece que ela se chocou com dois deles", Luke disse, apenas para dizer alguma coisa. Ninguém queria tirar nenhuma conclusão.

"Ela parece ter feito tudo certo", respondeu Han, um tanto lacônico. Dirigiu-se a Luke, mas falava consigo mesmo.

Apenas Chewbacca parecia desinteressado na clareira onde estavam. Permanecia de pé, encarando a folhagem densa adiante, e então franziu o nariz, farejando.

"Rahrr!", ele gritou, mergulhando na mata. Os outros correram atrás dele.

R2-D2 assobiava baixo, nervosamente.

"Pegar o quê?", C-3PO falou, irritado. "Tente ser mais específico, por favor."

As árvores ficaram significativamente mais altas quando o grupo prosseguiu. Não que fosse possível ver qualquer coisa mais para o alto, mas o cinturão de troncos ficava cada vez mais gigantesco. O restante da floresta diminuía um pouco durante o avanço, tornando a passagem mais fácil, mas dando a eles a sensação clara de que afundavam. Era uma impressão sinistra.

Subitamente, a vegetação rasteira abriu caminho novamente para outro espaço aberto. No centro dessa clareira, uma única estaca estava plantada no chão, da qual pendiam vários pedaços de carne crua. Aqueles que procuravam se entreolharam, então cuidadosamente caminharam até a estaca.

"O que é isso?", C-3PO deu voz a uma pergunta coletiva.

O nariz de Chewbacca estava enlouquecido, numa espécie de delírio olfativo. Ele se segurou o máximo que pôde, mas finalmente foi incapaz de resistir: ele esticou o braço para pegar um dos pedaços de carne.

"Não, espere!", gritou Luke. "Não..."

Mas era tarde demais. No momento em que a carne foi puxada da estaca, uma rede enorme se ergueu em torno dos aventureiros, içando-os de pronto bem acima do chão em um emaranhado convulso de pernas e braços.

R2-D2 assobiava sem parar – estava programado para odiar ficar de cabeça para baixo –, enquanto o wookiee bramia seu arrependimento.

Han tirou uma pata peluda de sua boca, cuspindo pelo. "Que lindo, Chewie. Bom trabalho. Sempre pensando com o estômago..."

"Calma aí", falou Luke. "Vamos pensar sobre como sair dessa coisa." Ele tentou, mas era impossível livrar os braços; um estava preso atrás dele pela rede, o outro imobilizado pela perna de C-3PO. "Alguém consegue alcançar meu sabre de luz?"

R2-D2 era o que estava mais baixo. Ele estendeu sua ferramenta de corte e começou a romper os elos da rede de cipó.

Solo, nesse meio-tempo, estava tentando espremer o braço ao lado de C-3PO, buscando esticar-se para alcançar o sabre de luz pendurado na cintura de Luke. Eles estavam assentados, retorcidos, enquanto R2-D2 cortava outro pedaço da malha, deixando o rosto de Han espremido cara a cara com o droide protocolar. "Sai do caminho, lata-velha... ai... sai de..."

"Como o senhor acha que eu me sinto?", C-3PO disparou. Uma situação como aquela *não* estava no protocolo.

"Realmente, eu não...", começou Han, mas de repente R2-D2 cortou o último elo e o grupo inteiro caiu para fora da rede, no chão. Aos poucos, recuperaram os sentidos e se sentaram, procurando saber se os outros estavam bem. Foi quando perceberam, um a um, que estavam cercados por vinte criaturinhas peludas, todas usando capuzes finos de couro, ou chapéus; todas brandiam lanças.

Uma delas se aproximou de Han, empurrando uma longa lança no rosto dele, berrando "eeee wk!".

Solo tirou a arma da frente com uma ordem seca. "Vira esse negócio pra lá."

Um segundo ewok ficou alarmado e arremessou-se sobre Han. Novamente, ele empurrou a lança, mas cortou-se ao fazê-lo.

Luke pegou o sabre de luz, mas apenas então o terceiro ewok avançou, tirando os mais agressivos do caminho, e gritou uma longa e aparente bronca para eles, num tom decidido de repreensão. Com isso, Luke decidiu manter seu sabre de luz desativado.

Porém, Han estava ferido e irritado. Começou a sacar sua pistola. Luke impediu-o antes que ele esvaziasse o coldre, com um olhar. "Não... vai ficar tudo bem", ele acrescentou. Nunca confunda capacidade com aparência, Ben costumava dizer-lhe – ou ações com motivações. Luke não estava seguro quanto aos pequenos peludos, mas teve um pressentimento.

Han segurou o braço e manteve sua tranquilidade, enquanto os ewoks reuniam-se ao redor deles, confiscando todas as armas. Luke chegou a entregar seu sabre de luz. Chewbacca resmungou com suspeita.

R2-D2 e C-3PO tinham acabado de se livrar da rede rasgada quando os ewoks começaram a tagarelar agitadamente uns com os outros.

Luke virou-se para o droide dourado. "C-3PO, você consegue entender o que dizem?"

C-3PO levantou-se da armadilha, apalpando-se em busca de amassados ou depressões. "Ai, minha cabeça", ele reclamou.

Ao ver seu corpo inteiramente erguido, os ewoks começaram a guinchar entre eles, apontando e gesticulando.

C-3PO falou com um deles, que parecia ser o líder. "Chree breeb a shurr du."

"Bloh wreee dbleeop weeschhreee!", respondeu a ferinha felpuda.

"Du wee sheess?"

"Reeop glwah wrrripsh."

"Shreee?"

De repente, um dos ewoks largou a arma com um pequeno arfar e prostrou-se diante do droide brilhante. Em seguida, todos os ewoks fizeram o mesmo. C-3PO olhou para os amigos, dando de ombros, ligeiramente embaraçado.

Chewie soltou um grunhido de perplexidade. R2-D2 zumbiu uma especulação. Luke e Han observaram o batalhão de ewoks reverentes com surpresa.

Então, com algum sinal invisível de alguém do grupo, as criaturinhas começaram a entoar em uníssono: "Eekee whoh, eekee whoh, Rheakee rheekee whoh..."

Han olhou para C-3PO com total descrença. "O que você *disse* pra eles?"

"'Olá', eu acho", C-3PO respondeu, quase num tom de desculpa. Apressou-se para acrescentar: "Posso ter me enganado, estão usando um dialeto muito primitivo... Acho que eles acreditam que sou algum tipo de deus".

Chewbacca e R2-D2 acharam aquilo muito engraçado. Passaram muitos segundos entre urros e bipes histéricos antes de finalmente conseguirem se acalmar. Chewbacca teve de limpar uma lágrima do olho.

Han apenas sacudiu a cabeça com um olhar de paciência gasta pela galáxia. "Bem, que tal usar sua influência divina para nos tirar dessa enrascada?", ele sugeriu de forma solícita.

C-3PO ergueu-se por inteiro e falou com decoro implacável. "Perdão, capitão Solo, mas isso não seria adequado."

"Adequado!?", vociferou Solo. Ele sempre soube que aquele droide pomposo passaria dos limites com ele um dia – e poderia ser bem naquele dia.

"É contra a minha programação bancar uma divindade", ele respondeu para Solo, como se nada tão óbvio precisasse de explicação.

Han avançou ameaçadoramente na direção do droide de protocolo, os dedos coçando para puxar um plugue.

"Escuta aqui, seu monte de parafusos, se você não..." Ele não prosseguiu, pois quinze lanças dos ewoks foram apontadas com fúria para o rosto dele. "Estou brincando", ele sorriu de forma afável.

A procissão de ewoks abriu lentamente caminho pela floresta cada vez mais escura – criaturas pequenas, sombrias, avançando lentamente através de um labirinto gigante. O sol quase tinha se posto, e as longas sombras ziguezagueantes tornavam o domínio cavernoso ainda mais imponente do que antes. Ainda assim, os ewoks pareciam bem em casa, virando cada corredor denso de cipós com precisão.

Sobre os ombros, eles carregavam os quatro prisioneiros - Han, Chewbacca, Luke, R2-D2 - presos a longos postes, enrolados várias vezes com cipós, imobilizando-os como se fossem larvas serpenteantes em casulos toscos, folhosos.

Atrás dos prisioneiros, C-3PO, carregado numa liteira - grossamente talhada em galhos no formato de uma cadeira -, era levado bem alto nos ombros dos dóceis ewoks. Como um potentado real, ele examinava a floresta poderosa através da qual eles o carregavam - o magnífico pôr do sol cor de alfazema brilhava entre os cipós, as flores exóticas começavam a se fechar, árvores eternas, samambaias cintilantes - e sabia que ninguém antes dele tinha apreciado essas coisas precisamente da maneira que ele o fazia naquele momento. Ninguém mais tinha seus sensores, circuitos, programas, bancos de memória - e assim, de alguma maneira real, ele *era* o criador daquele pequeno universo, de suas imagens e cores.

E aquilo era bom.

VI

O céu estrelado parecia muito próximo das copas das árvores para Luke quando ele e seus amigos seguiram para a vila ewok. Antes não tinha sequer ciência de que havia uma vila - pensou inicialmente que as mínimas centelhas de luz laranja ao longe eram estrelas. O que era especialmente verdade, pois, suspenso de barriga para cima, amarrado a uma trave como ele estava, os pontos reluzentes tremeluziam diretamente sobre ele, entre as árvores.

Porém, ele se viu sendo içado em escadarias intrincadas e rampas ocultas *ao redor* de imensos troncos; e, aos poucos, quanto mais alto ficavam, maiores e mais frágeis as luzes se tornavam. Quando o grupo estava a centenas de metros sobre as árvores, Luke finalmente percebeu que as luzes eram fogueiras... *entre* as copas das árvores.

Finalmente, foram levados a uma passarela bamba, de madeira, muito longe do chão para alguém ser capaz de ver qualquer coisa lá embaixo, além da queda abismal. Por um momento sombrio, Luke temeu que eles simplesmente seriam pendurados nas bordas para testar seu conhecimento das tradições da floresta. Mas os ewoks tinham outra coisa em mente.

A plataforma estreita terminava no meio do caminho entre duas árvores. A primeira criatura diante deles agarrou um longo cipó e balançou-se até o tronco mais distante – Luke pôde ver, girando a cabeça para o lado, uma abertura grande, semelhante a uma caverna, esculpida em sua superfície gigantesca. Os cipós eram rapidamente jogados para a frente e para trás no abismo, até que uma espécie de rede foi construída –, e Luke viu-se sendo carregado por sobre ela, de costas, ainda atado às traves de madeira. Olhou para baixo uma vez, para o nada. Era uma sensação desagradável.

Do outro lado, eles descansavam em uma plataforma estreita, trêmula, até todos terem atravessado. Então, os diminutos macacos-ursos desmantelaram a teia de cipós e prosseguiram na árvores com seus prisioneiros. Estava totalmente escuro lá dentro, mas Luke tinha a impressão de que era mais um túnel de madeira do que uma caverna de verdade. A impressão de paredes densas, sólidas, estava em todo o lugar, como uma toca numa montanha. Quando emergiram, quase cinquenta metros adiante, chegaram à praça da vila.

Era formada por uma série de plataformas, rampas e passagens de madeira que se ligavam a um extenso grupo de árvores enormes. Apoiada sobre essa estrutura estava uma vila de cabanas, construída a partir de uma combinação estranha de couro esticado, lama e ramos, tetos de palha, assoalhos de terra batida. Pequenas fogueiras queimavam diante de muitas cabanas – as fagulhas ficavam presas num elaborado sistema de cipós que pediam, afunilando-se até um ponto de abafamento. E, em todos os lugares, havia centenas de ewoks.

Cozinheiros, curtidores, guardas, avós. Mães ewoks reuniam bebês que berravam ao ver os prisioneiros e corriam para suas cabanas ou apontavam e cochichavam. A fumaça do jantar preenchia o ar; crianças brincavam; menestréis tocavam música estranha, ressonante, em troncos ocos, em juncos embolados.

Lá embaixo, a vasta escuridão; o silêncio ainda mais vasto em cima; mas ali, naquela pequena vila suspensa entre os dois, Luke sentia ternura e luz, e uma paz especial.

O séquito de captores e cativos parou diante da maior cabana. Luke, Chewie e R2-D2 foram encostados, em suas traves, contra uma árvore próxima. Han estava amarrado a um espeto e balançava sobre uma pilha de gravetos que parecia mais um fosso para churrasco. Dúzias de ewoks estavam reunidos ao redor dele, tagarelando curiosamente com gritinhos animados.

Teebo surgiu da grande estrutura. Era um pouco maior do que a maior parte dos outros e inegavelmente mais violento. Sua pelagem tinha um padrão de listras cinzas claras e escuras. Em vez do habitual gorro de couro, usava metade do crânio de um animal com chifres sobre a cabeça, que ele enfeitava ainda mais com penas. Carregava uma machadinha de pedra e, mesmo para alguém pequeno como um ewok, caminhava com nítido orgulho.

Examinou rapidamente o grupo, então pareceu fazer algum tipo de pronunciamento. Nesse momento, um membro da caçada deu um passo à frente – Paploo, o ewok de capa que parecia ter uma visão mais protetora quanto aos prisioneiros.

Teebo conversou com Paploo por um curto período. A discussão, no entanto, logo se transformou numa desavença acalorada, com Paploo aparentemente tomando o lado dos cativos, e Teebo aparentemente recusando quaisquer considerações a respeito. O restante da tribo ficou ao redor, em pé, assistindo ao debate com grande interesse, às vezes gritando comentários ou berrando de forma empolgada.

C-3PO, cuja liteira-trono tinha sido pousada em um lugar de honra próximo à estaca na qual Solo estava preso, seguiu a discussão corrente com extasiado fascínio. Começou a traduzir uma vez ou outra para Luke e os outros, mas parou após poucas palavras, pois os debatedores estavam falando muito rápido e ele não queria perder a ideia central do que estava sendo dito. Como consequência, não transmitiu nenhuma informação além dos nomes dos ewoks envolvidos.

Han olhou para Luke com um franzir dúbio no rosto. "Não gosto disso."

Chewie rosnou, plenamente de acordo.

De repente, Logray saiu da cabana grande, silenciando a todos com sua presença. Era menor que Teebo, mas, sem dúvida, objeto de maior respeito geral. Também usava metade de um crânio na cabeça – algum tipo de crânio de um grande pássaro, uma pena única atada à crista. Seus pelos tinham listras castanho-amareladas e seu rosto demonstrava sabedoria. Não levava armas consigo; apenas uma bolsinha a tiracolo, e um cajado, em cujo topo jaziam vértebras de um inimigo poderoso do passado.

Um a um, ele avaliou cuidadosamente os prisioneiros, cheirando Han, experimentando o tecido das roupas de Luke entre os dedos. Teebo e Paploo balbuciavam seus pontos de vista opostos para ele, mas Logray parecia extremamente desinteressado, de forma que logo eles pararam.

Quando Logray chegou em Chewbacca, ficou fascinado e cutucou o wookiee com seu cajado de ossos. Porém, Chewie ofendeu-se: rosnou perigosamente para o ursinho. Logray não precisou de mais informações e, rápido, recuou. Enfiou a mão em sua bolsinha e espargiu algumas ervas na direção de Chewbacca.

"Cuidado, Chewie", Han alertou do outro lado da praça. "Esse deve ser o mandachuva."

"Não", corrigiu C-3PO, "na verdade, acredito que ele seja o curandeiro."

Luke estava prestes a intervir, mas decidiu esperar. Seria melhor se aquela pequena e séria comunidade chegasse às suas conclusões sozinha, da sua própria maneira. Para um povo tão "aéreo", os ewoks pareciam curiosamente ter o pés bem no chão.

Logray caminhou para examinar R2-D2, uma criatura mais do que estranha. Cheirou, deu tapinhas e acariciou o casco de metal do droide, então encrespou o rosto num olhar consternado. Após alguns momentos de reflexão, ordenou que o pequeno robô fosse eliminado.

A multidão murmurou com empolgação e recuou alguns metros. Os nós dos cipós de R2-D2 foram cortados por dois guardas com facas, fazendo com que o droide deslizasse da sua estaca e batesse, sem cerimônia alguma, no chão.

Os guardas o puseram em pé. R2-D2 ficou furioso de imediato. Ele considerou Teebo a fonte de sua humilhação e, como um raio azul, começou a perseguir o ewok aterrorizado, apitando em círculos. A multidão urrava – alguns aclamando Teebo, outros encorajando o droide enlouquecido.

Finalmente, R2-D2 chegou perto o bastante de Teebo para aplicar uma descarga elétrica. O ewok eletrizado pulou no ar, berrou ruidosamente e correu para longe o mais rápido que suas perninhas troncudas puderam. Wicket escorregou discretamente para a grande cabana, enquanto os espectadores guinchavam sua indignação ou seu deleite.

C-3PO ficou irado. "R2, pare com isso! Assim você só vai piorar as coisas."

R2-D2 seguiu diretamente para o droide dourado e começou a bipar uma bronca veemente: "Wreee op doo rhee vrrr gk gdk dk whoo dop dhop vree doo dweet..."

Essa explosão enervou muito C-3PO. Com um inclinar esnobe, ele se sentou empertigado no trono. "Isso não é jeito de falar com alguém na minha posição."

Luke ficou com medo de que a situação estivesse prestes a sair do controle. Dirigu-se ao seu fiel droide com o indício mais claro de impaciência: "C-3PO, acho que é hora de você falar em nosso nome".

C-3PO – de forma descortês, a bem da verdade – virou-se para a reunião de criaturas felpudas e fez um pequeno discurso, às vezes apontando para seus amigos atados em estacas.

Logray ficou visivelmente irritado com aquilo. Agitou seu cajado, bateu os pés, gritou para o droide dourado por um minuto inteiro. No fim dessa demonstração, ele meneou a cabeça para vários camaradas atenciosos, que assentiram de volta e começaram a encher o fosso embaixo de Han com lenha.

"E aí, o que ele disse?", Han gritou com certa preocupação.

C-3PO esmoreceu, desapontado. "Estou muito envergonhado, capitão Solo, mas parece que o senhor será o prato principal num banquete em minha homenagem. Ele ficou bastante ofendido por eu ter sugerido outra coisa."

Antes que outra palavra pudesse ser dita, tambores feitos de troncos começaram a rufar em batidas sincopadas e sinistras. Juntas, todas as cabeças peludas viraram-se para a entrada da grande cabana. Dela saiu Wicket e, atrás dele, o chefe Chirpa.

Chirpa tinha pelos cinzentos e força de vontade. Em sua cabeça, ele encaixara uma guirlanda trançada com folhas, dentes e chifres de grandes animais que ele derrotou na caça. Na mão direita, carregava um bastão feito do fêmur de um réptil voador; na mão esquerda, segurava uma iguana, que era animal de estimação e conselheiro.

Ele observou a cena na praça de relance, então virou-se para esperar pela convidada que agora emergia da grande cabana atrás dele.

A convidada era a linda e jovem princesa de Alderaan.

"Leia!", Luke e Han gritaram juntos.

"Rahrhah!"

"Boo dEEdwee!"

"Alteza!"

Com um suspiro, ela correu na direção dos amigos, mas uma falange de ewoks bloqueou seu caminho com lanças. Leia se voltou ao chefe Chirpa, e então ao seu robô intérprete. "C-3PO, diga a eles que são meus amigos. Que precisam ser libertados."

C-3PO olhou para Chirpa e para Logray. "Eep sqee rheeow", ele disse de um modo bastante civilizado. "Sqeeow roah meep meeb eerah."

Chirpa e Logray sacudiram a cabeça com um movimento que, sem dúvida, era de negativa. Logray deu ordens aos seus ajudantes, que voltaram a empilhar as madeiras vigorosamente sob Han Solo.

Han trocou olhares desesperados com Leia. "Estou sentindo, de algum jeito, que isso não ajudou muito a gente."

"Luke, o que vamos fazer?", suplicou Leia. Ela não esperava nada daquilo. Esperava um guia para voltar à nave ou, no pior dos casos, um jantar rápido e abrigo para a noite. Ela não entendia mesmo aquelas criaturas. "Luke?", ela perguntou.

Han estava prestes a dar uma sugestão quando fez uma pausa, levemente surpreso pela fé intensa e repentina de Leia em Luke. Era algo que ele não havia notado antes; ele simplesmente percebeu naquele momento.

Antes que pudesse falar seu plano, Luke o interrompeu. "C-3PO, diga a eles que, se não fizerem o que você deseja, você ficará bravo e usará sua mágica."

"Mas, mestre Luke, que mágica?", o droide protestou. "Eu não poderia..."

"Diga!", ordenou Luke, erguendo a voz de forma peculiar. Algumas vezes, C-3PO conseguia pôr à prova até mesmo a paciência de um Jedi.

O droide intérprete virou-se para o grande público e disse, com bastante dignidade: "Eemeeblee screesh oahr aish sh sheestee meep eep eep".

Os ewoks pareceram bastante perturbados com aquela declaração. Todos recuaram vários passos, exceto Logray, que deu dois passos para a frente. Ele gritou algo para C-3PO – algo que soou muito como desafio.

Luke fechou os olhos com absoluta concentração. C-3PO começou a tiritar de uma forma terrivelmente confusa, como se tivesse sido pego falsificando sua própria programação. "Eles não acreditam em mim, mestre Luke, como eu disse ao senhor..."

Porém, Luke não estava ouvindo o droide; ele o visualizava. Vendo-o sentado, brilhante e dourado, em seu trono de galhos, assentindo desse e daquele jeito, tagarelando sobre a mais inconsequente das questões, sentado lá no vazio sombrio da consciência de Luke... ele lentamente começou a se erguer no ar.

Lentamente, C-3PO começou a subir.

De pronto, ele não percebeu; ninguém percebeu. C-3PO apenas continuou a falar, enquanto a liteira saía do chão: "...como eu disse ao senhor. Eu disse, eu disse ao senhor que eles não acreditariam. Não sei por que o senhor... o quê... espere um instante... o que está acontecendo...?"

C-3PO e os ewoks, todos perceberam o que estava acontecendo ao mesmo tempo. Os ewoks, em silêncio, ficaram aterrorizados com o trono flutuante. C-3PO começou a girar, como se estivesse numa cadeira giratória. Um giro elegante, majestoso.

"Ajudem-me", ele sussurrou. "R2, me ajude."

O chefe Chirpa gritou ordens para os seus subordinados que estavam abaixados. Rapidamente eles correram e soltaram os prisioneiros amarrados. Leia, Han e Luke envolveram-se num longo e forte abraço. Parecia, para todos eles, um cenário estranho no qual obtinham a primeira vitória da campanha contra o Império.

Luke tomou ciência de um bipe lamurioso atrás dele e virou-se para ver R2-D2 olhando para cima na direção de C-3PO, que ainda girava. Luke baixou o droide dourado lentamente até o solo.

"Obrigado, C-3PO", o jovem Jedi deu tapinhas agradecidos no ombro do droide.

C-3PO, ainda um pouco trêmulo, ergueu-se com um sorriso hesitante, surpreso. "Por quê... Por quê... Não sabia que eu podia fazer essas coisas."

A cabana do chefe Chirpa era grande para os padrões ewok, embora Chewbacca, sentado de pernas cruzadas, quase raspasse o teto com a cabeça. O wookiee acocorava-se em um lado da cabana com seus camaradas rebeldes, enquanto o chefe e dez anciões ficaram sentados do outro lado, encarando-os. No centro, entre os dois grupos, uma fogueirinha aquecia o ar noturno, criando sombras efêmeras nas paredes de barro.

Lá fora, a vila inteira aguardava as decisões que aquela congregação tomaria. Era uma noite clara, de reflexão, repleta de expectativa. Embora fosse bem tarde, nenhum ewok dormiu.

Lá dentro, C-3PO estava falando. As trocas de opiniões positivas e negativas já tinham aumentado substancialmente sua fluência naquela língua estridente; estava, naquele momento, no meio de uma história animada sobre a Guerra Civil Galáctica – repleta de pantomimas, elocuções e efeitos especiais explosivos. Ele chegou a fazer a mímica de um blindado imperial em dado momento.

Os anciões ewoks ouviam cuidadosamente, murmurando às vezes comentários uns para os outros. Era uma história fascinante e estavam inteiramente absortos - outras vezes, horrorizados; outras, ainda, ultrajados. Logray discutiu com o chefe Chirpa uma ou duas vezes, e em vários momentos fez perguntas a C-3PO, às quais o droide dourado respondeu com emoção - uma vez, até mesmo R2-D2 assobiou, provavelmente para dar ênfase.

No final, contudo, após uma discussão um tanto breve entre os anciões, o chefe sacudiu a cabeça negativamente, com uma expressão de lamentável insatisfação. Finalmente, falou com C-3PO, que interpretou para os amigos. "O chefe Chirpa diz que é uma história muito emocionante", explicou o droide. "Mas realmente não tem nada a ver com os ewoks."

Um silêncio profundo e insistente preencheu o pequeno recinto. Apenas a fogueira estalava seu suave e brilhante solilóquio dentro da escuridão.

Entre todos os presentes, fora finalmente Solo que abriu a boca para falar pelo grupo. Pela Aliança. "Diga a eles, lata-velha", ele sorriu para o droide, pela primeira vez, com afeição consciente. "Diga a eles que é difícil traduzir uma rebelião, então talvez um tradutor não devesse contar a história. Então *eu contarei* para eles."

"Eles não deveriam nos ajudar porque estamos pedindo ajuda. Não deveriam nem mesmo nos ajudar porque têm interesses próprios, mesmo que *tenham,* de fato, entende? Apenas para citar um exemplo, o Império está sugando *um monte* de energia desta lua para gerar seu campo defletor, e *sem* esse monte de energia eles terão de enfrentar o inverno de algum outro jeito - e eu digo que vai ser difícil... mas deixa pra lá. Diga a eles, C-3PO."

C-3PO traduziu para eles. Han continuou.

"Mas não será por isso que deveriam nos ajudar. *Eu* costumava fazer as coisas assim, porque eram do meu interesse. Mas hoje não. Bem, nem tanto, de qualquer forma. A maior parte das coisas que faço agora é para os meus *amigos*... o que mais tem tanta importância? Dinheiro? Poder? Jabba tinha tudo isso e vocês sabem o que aconteceu com ele. Tudo bem, tudo bem, o ponto é... seus amigos são... seus *amigos*. Entendem?"

Aquele foi o apelo mais desarticulado que Leia tinha visto até então, mas fez com que seus olhos se enchessem de lágrimas. Os ewoks, por outro lado, permaneceram em silêncio, impassíveis. Teebo e o pequeno e estoico companheiro chamado Paploo trocaram algumas palavras murmuradas; o restante estava imóvel, sua expressão indecifrável.

Após outra pausa alongada, Luke pigarreou. "Entendo que esse conceito possa ser abstrato... pode ser difícil fazer essas conexões", ele começou a falar, lentamente, "mas é terrivelmente importante para a galáxia inteira que nossa Força Rebelde destrua a presença imperial aqui, em Endor. Olhem lá para cima, através do respiradouro no teto. Apenas através daquele buraquinho vocês podem contar uma centena de estrelas. No céu inteiro há milhões, e bilhões mais que vocês não conseguem ver. E todas elas têm planetas, e luas, e pessoas felizes como vocês. E o Império está destruindo tudo isso. Você pode... é possível ficar zonzo apenas observando todo o brilho das estrelas. Quase é possível... explodir de tão bonito que é às vezes. E vocês são parte da beleza, é tudo parte da mesma Força. E o Império está tentando apagar essa luz."

Levou um tempo até C-3PO terminar de traduzir – ele queria passar todas as palavras de maneira precisa. Quando ele, no fim das contas, parou de falar, houve um amplo tagarelar entre os anciões, aumentando e diminuindo em volume, parando e recomeçando em seguida.

Leia sabia o que Luke estava tentando dizer, mas temia muito que os ewoks não vissem relação alguma. Porém, era tudo intimamente conectado; se ela ao menos pudesse fazer a ligação entre eles. Pensou em sua experiência na floresta, mais cedo – sua sensação de união com as árvores, cujos ramos estendidos pareciam tocar as próprias estrelas; as estrelas, cuja luz os atravessava como mágica em cascata. Ela sentia o poder da mágica dentro dela ressoando pela cabana, em cada um dos seres, fluindo através dela novamente, deixando-a ainda mais forte; até ela se sentir quase uma só com aqueles ewoks – sentiu como se os entendesse, os conhecesse; como se conspirasse com eles, no sentido primordial da palavra: eles respiravam juntos.

O debate perdeu o ritmo, restando finalmente outro momento de silêncio na cabana. A respiração de Leia também diminuiu até um ressoar; e, com um ar de serena confiança, ela fez seu apelo para a congregação.

"Façam pelas árvores."

Foi tudo que ela falou. Todos esperavam mais, mas não havia mais; apenas essa explosão rápida, oblíqua.

Wicket estava observando os procedimentos com preocupação cada vez maior, de longe. Em várias ocasiões, ficou aparente que ele se continha, com grande dificuldade, para não entrar no discurso da congregação, mas ele então ficou de pé, caminhou pela cabana diversas vezes, encarou finalmente os anciões e começou seu próprio discurso apaixonado.

"Eep eep, meep eek squee..."

C-3PO traduziu para os seus amigos: "Honoráveis anciões, nesta noite recebemos um dom perigoso, estranho. O dom da liberdade. Este deus dourado..." – aqui C-3PO fez uma pausa na tradução, longa o bastante para saborear o momento; em seguida, continuou: "...Este deus dourado, cujo retorno nos foi profetizado desde a Primeira Árvore, nos diz agora que ele não será nosso mestre, diz que temos liberdade para escolher o que quisermos... que *precisamos* escolher; pois todos os seres vivos precisam escolher seu destino. Ele veio, honoráveis anciões, e nós iremos; não podemos mais ser escravos da sua orientação divina. Estamos livres".

"Então, como devemos nos comportar? O amor de um ewok pelas florestas é menor porque ele pode deixá-las? Não, seu amor é maior porque ele pode deixá-las, mas ainda assim ele fica. Então, como disse o dourado: podemos fechar nossos olhos, mas ainda assim ouviremos."

"Seus amigos falam sobre uma Força, um grande espírito vivo, do qual somos todos parte, como as folhas que são coisas separadas e, ainda assim, partes da árvores. Conhecemos esse espírito, honoráveis anciões, embora não a chamemos de 'Força'. Os amigos do dourado nos dizem que a Força está em grande perigo, aqui e em todos os lugares. Quando o incêndio chegar à floresta, quem estará a salvo? Nem mesmo a Grande Árvore, da qual todas as coisas são parte; nem suas folhas, nem as raízes, tampouco seus pássaros. Todos estão em perigo para todo o sempre. É algo corajoso confrontar tal incêndio, honoráveis anciões. Muitos morrerão para que a floresta continue a viver."

"Mas os ewoks são corajosos."

A pequena criatura-urso fixou o olhar nos outros que estavam na cabana. Nem uma palavra foi dita, ainda que a comunicação fosse intensa. Depois de um minuto, ele concluiu sua exposição.

"Honoráveis anciões, precisamos ajudar este nobre grupo não apenas pelas árvores, mas pelo bem das *folhas* nas árvores. Esses rebeldes são como os ewoks, que são como as árvores. Golpeados pelo vento, devorados levianamente pelo tumulto de gafanhotos que habita o mundo; mesmo assim, nos jogamos sobre o fogo latente para que o outro possa conhecer o calor da luz; ainda assim, fazemos uma caminha suave de nós mesmos para que o outro possa conhecer o descanso; ainda assim, giramos ao vento que nos assalta para enviar o medo do caos para o coração de nossos inimigos; mesmo assim, mudamos de cor ao mesmo tempo que a estação invoca a nossa mudança. Assim, precisamos ajudar nossos irmãos de folhagem, esses rebeldes, pois a estação da mudança chegou."

Ele ficou em pé, parado diante deles, a pequena fogueira dançando em seus olhos. Por um momento atemporal, todo o mundo parecia ter parado.

Os anciões ficaram comovidos. Sem dizer palavra, assentiram. Talvez fossem telepatas.

De qualquer forma, o chefe Chirpa ergueu-se e, sem prelúdios, fez um breve pronunciamento.

Subitamente, tambores começaram a rufar em toda a vila. Os anciões ergueram-se, não mais tão sérios, e cruzaram a tenda para abraçar os rebeldes. Teebo até tentou abraçar R2-D2, mas pensou melhor e desistiu ao ver o pequeno droide se afastando com um assobio baixo de alerta. Teebo então partiu com tudo para pular alegremente nas costas do wookiee.

Han sorriu, hesitante. "O que está acontecendo?

"Não tenho certeza", Leia respondeu com o canto da boca, "mas não parece tão mal."

Luke, como os outros, compartilhava da ocasião feliz, o que quer que aquilo significasse, com um sorriso agradável e boa vontade difusa, quando de repente uma nuvem negra preencheu seu coração, pairou por ali, acalentou uma nuvem fria e pegajosa nos cantos da alma. Ele varreu aqueles traços do rosto, que se transformou numa máscara. Ninguém percebeu.

C-3PO finalmente assentiu com a cabeça, indicando compreender Wicket, que estava explicando a situação. Ele se voltou com um gesto expansivo para os rebeldes. "Agora somos parte da tribo."

"Tudo que eu sempre quis", disse Solo.

C-3PO continuou a falar com os outros, tentando ignorar o sarcástico capitão estelar. "O chefe prometeu nos ajudar de qualquer maneira a varrer de sua terra os malvados."

"Bem, uma ajudinha é melhor do que nenhuma ajuda, é o que eu sempre digo", Solo falou, dando uma risadinha.

C-3PO superaqueceu de novo seus circuitos por causa do corelliano ingrato. "Teebo diz que seus batedores-chefes, Wicket e Paploo, mostrarão o caminho mais rápido até o gerador do escudo."

"Agradeça a ele, lata-velha." Ele simplesmente adorava irritar C-3PO. Não conseguia evitar.

Chewie soltou um rugido animado, feliz por estarem na ativa outra vez. Um dos ewoks pensou que ele estava pedindo comida e levou para o wookiee um pedaço grande de carne. Chewbacca não recusou. Engoliu a carne de uma vez, enquanto vários ewoks se reuniam, observando-o com admiração. De fato, ficaram tão incrédulos com aquele feito que começaram a dar risadinhas descontroladas; e elas foram tão contagiosas que o wookiee começou a rir. Suas gargalhadas roucas eram *realmente* hilárias para os ewoks que – como era seu costume – pularam sobre Chewbacca em um frenesi de cócegas, que ele devolveu três vezes pior, até todos ficarem caídos e amontoados, exaustos. Chewie enxugou os olhos e pegou outro pedaço de carne, que consumiu em um ritmo mais lento.

Solo, nesse meio-tempo, começou a organizar a expedição. “Qual é a distância? Precisaremos de provisões frescas. Não temos muito tempo, vocês sabem. Me dá um pouco disso aí, Chewie...”

Chewbacca rosnou.

Luke se afastou para o fundo da cabana e, então, esgueirou-se para fora durante a comemoração. Lá fora, na praça, uma grande festa acontecia – danças, gritos, cócegas –, mas Luke evitou isso também. Ele perambulou para longe das fogueiras, longe da festividade, para uma passagem isolada no lado escuro de uma árvore colossal.

Leia seguiu-o.

Os sons da floresta encheram o ar suave da noite ali. Grilos, roedores agitados, brisas desoladas, corujas aflitas. Os perfumes eram uma mistura de jasmim florescendo à noite e pinheiro; o equilíbrio era estritamente delicado. O céu parecia feito de turmalina negra.

Luke encarou a estrela mais brilhante no firmamento. Parecia estar se incendiando de dentro para fora com vapores elementais furiosos. Era a Estrela da Morte.

Ele não conseguia tirar os olhos dela. Leia o encontrou assim.

“Tem algo de errado?”, ela sussurrou.

Ele deu um sorriso esgotado. “Tudo, eu acho. Ou talvez nada. Talvez as coisas finalmente serão como deveriam ser.”

Ele sentiu a presença de Darth Vader muito próxima.

Leia tomou sua mão. Sentia-se tão próxima de Luke, e ainda assim... não conseguia dizer como. Ele parecia tão perdido agora, tão distante. Ela quase não conseguia sentir a mão dele na dela. “O que foi, Luke?”

Ele olhou para os dedos entrelaçados. "Leia... você se lembra da sua mãe? Da sua mãe verdadeira?"

A questão pegou-a totalmente de surpresa. Ela sempre se sentiu muito próxima dos pais adotivos, era como se eles *fossem* seus pais de verdade. Ela quase nunca pensava em sua mãe *de verdade* – era como um sonho.

Ainda assim, a pergunta de Luke lhe dera um susto. Flashes da infância tomaram-na de assalto – visões distorcidas de uma corrida... uma mulher linda... escondidos em um compartimento. Os fragmentos de repente ameaçaram inundá-la de emoção.

"Sim", ela disse, parando para se recompor. "Um pouco. Ela morreu quando eu era muito nova."

"Do que você se lembra?", ele pressionou. "Conta pra mim."

"Apenas sensações, na verdade... imagens." Ela queria deixar aquilo passar, foi tão do nada, estava tão longe de suas preocupações imediatas... mas, de alguma forma, de repente, falava tão alto dentro dela.

"Conta pra mim", repetiu Luke.

Ela ficou surpresa com a insistência dele, mas decidiu obedecê-lo, ao menos por enquanto. Confiava nele, mesmo quando ele a assustava.

"Ela era muito bonita", Leia disse, lembrando-se. "Gentil e doce, mas triste. Ela olhou profundamente nos olhos dele, procurando suas intenções. "Por que está me perguntando?"

Ele se virou, de costas, voltando a olhar a Estrela da Morte, como se estivesse a ponto de se abrir; então, algo o assustou, e ele se conteve novamente.

"Não lembro da minha mãe", ele afirmou. "Nunca a conheci."

"Luke, diga-me o que o perturba." Ela queria ajudar, sabia que conseguiria ajudar.

Ele a encarou por um bom tempo, estimando as capacidades dela, medindo sua necessidade de saber, seu desejo de saber. Ela era forte. Ele sentia, inabalavelmente, que podia confiar nela. Todos podiam. "Vader está aqui... agora. Nesta lua."

Ela sentiu um arrepio, uma sensação física, como se seu sangue tivesse realmente congelado. "Como sabe?"

"Posso sentir a presença dele. Está vindo até mim."

"Mas como ele soube que estávamos aqui? Foi o código, erramos alguma senha?" Ela sabia que não era nada daquilo.

"Não, sou eu. Ele pode sentir quando estou próximo." Ele pousou as mãos nos ombros dela. Queria contar tudo para ela, mas, quando tentou, seu desejo começou a esmorecer. "Preciso deixá-los, Leia. Enquanto eu estiver aqui, ponho o grupo inteiro e a missão em perigo." As mãos dele tremiam. "Tenho que enfrentar Vader."

Leia estava ficando atormentada, confusa. Indícios voavam na direção dela como corujas selvagens saindo da noite, suas asas acariciando suas bochechas, as garras passando por seus cabelos, seus sussurros hostis aguçavam seus ouvidos: "Quem? Quem? Quem?"

Ela sacudiu a cabeça com força. "Não entendo, Luke. O que você quer dizer com ter de enfrentar Vader?"

Ele a abraçou de um jeito gentil, de calma duradoura. Dizer aquilo, apenas dizer de um jeito direto o aliviaria. "Ele é meu pai, Leia."

"Seu pai!?" Ela não conseguia acreditar; ainda assim, era verdade.

Ele a segurou com a força de uma rocha para ampará-la. "Leia, eu descobri outra coisa. Não será fácil para você ouvir isso, mas é preciso. Você precisa saber antes que eu vá embora, porque posso não voltar. E se eu não conseguir você será a única esperança para a Aliança."

Ela desviou o olhar e balançou a cabeça, sem conseguir encará-lo. O que Luke estava dizendo perturbava-a imensamente, embora ela não conseguisse imaginar por quê. Era um absurdo, claro; *esse* era o porquê. Chamá-la de única esperança da Aliança se ele morresse – por quê? Aquilo era absurdo. Absurdo pensar em Luke morrendo, e pensar nela como a única esperança.

Os dois pensamentos estavam fora de questão. Ela se afastou dele para evitar suas palavras; ao menos dar a eles distância, deixá-la respirar. Flashes da sua mãe voltaram, nesse espaço para respirar. Abraços separados, carne arrancada da carne...

"Não fale desse jeito, Luke. Você precisa sobreviver. Faço o que eu posso – todos fazemos –, mas eu sou desimportante. Sem você... não posso fazer nada. É você, Luke. Eu vi isso. Você tem um poder que não compreendo... e nunca poderei ter."

"Você está errada, Leia." Ele a segurou pelo braço. "Você tem esse poder também. A Força é intensa dentro de você. No tempo certo, aprenderá a usá-la como eu."

Ela sacudiu a cabeça. Não conseguia ouvir aquilo. Ele estava mentindo. Não tinha poder, o poder estava em outro lugar, ela poderia apenas ajudar, socorrer e apoiar. O que ele estava dizendo? Era possível aquilo?

Ele a trouxe mais para perto, segurando o rosto dela entre as mãos. Olhava para ela de forma tão terna, tão generosa. Ele estava dando para ela o poder? Ela conseguiria realmente mantê-lo? O que ele estava dizendo? "Luke, o que está acontecendo com você?"

"Leia, a Força é intensa na minha família. Meu pai a tem, eu tenho e... minha irmã tem."

Leia fitou novamente os olhos dele. A escuridão rodopiava dentro deles. E a verdade. O que ela viu a assustou... mas agora, naquele momento, ela não se afastou. Ficou perto dele. Ela começava a entender.

"Sim", ele sussurrou, vendo compreensão nela. "Sim. É você, Leia." Ele a abraçou forte.

Leia fechou os olhos, evitando as palavras dele, evitando suas lágrimas. Em vão. Aquilo tudo a invadiu, a trespassou. "Eu sei", ela disse, assentindo. E chorou abertamente.

"Então sabe que eu preciso ir até ele."

Ela se afastou, o rosto quente, a mente mergulhada numa tempestade. "Não, Luke, não. Vá para longe. Se ele pode sentir sua presença, vá embora daqui." Segurou as mãos de Luke, encostando o rosto sobre o peito de Luke. "Queria poder ir com você."

Ele acariciou os cabelos dela. "Não, não pode. Você nunca vacilou. Quando Han, eu e os outros duvidamos, você sempre foi forte. Nunca fugiu da sua responsabilidade. Eu não posso dizer o mesmo." Ele pensou em seu voo apressado para sair de Dagoba, arriscando tudo antes de seu treino ter sido concluído, quase destruindo tudo por conta disso. Baixou os olhos para a mão preta, mecânica, a prova que ele trazia. Quanto mais seria perdido por causa de sua fraqueza? "Bem, agora precisamos cumprir nosso destino", ele disse com a voz embargada.

"Luke, por quê? Por que você precisa enfrentá-lo?"

Ele pensou em todos os motivos – vencer, perder, juntar-se, lutar, matar, chorar, fugir, acusar, perguntar por quê, perdoar, não perdoar, morrer –, mas sabia que, no fim, existe apenas um motivo, agora e sempre. Uma única razão que sempre poderia importar. "Ainda existe bem dentro dele. Eu senti isso. Ele não me entregará ao Imperador. Posso salvá-lo, posso trazê-lo de volta para o lado bom." Seus olhos ficaram distantes por um momento, úmidos pelas dúvidas e paixões. "Preciso tentar, Leia. Ele é nosso pai."

Eles estavam abraçados. As lágrimas corriam silenciosas pelo rosto dela.

"Adeus, minha querida irmã... perdida e encontrada. Adeus minha doce, doce Leia."

Ela chorava abertamente – os dois choraram – quando Luke a afastou e se moveu lentamente de volta pela plataforma. Ele desapareceu na escuridão da caverna da árvore que levava para fora do vilarejo.

Leia observou-o partir, chorando em silêncio. Ela não tentou parar as lágrimas: deu vazão aos sentimentos. Tentou senti-los, sentir a fonte de onde vieram, o caminho que tomavam, os cantos obscuros que purgavam.

As memórias inundavam-na agora, pistas, suspeitas, murmúrios ouvidos com dificuldade quando pensavam que ela estava dormindo. Luke, seu irmão! E Vader, seu pai. Era muito para assimilar de uma vez, era uma sobrecarga de informações.

Ela chorava e tremia e se lastimava, tudo de uma vez, quando de repente Han adiantou-se e a abraçou por trás. Ele foi procurá-la e ouviu sua voz, chegando no momento exato de ver Luke saindo – mas apenas agora, quando Leia sobressaltou-se com seu toque e virou-se, ele percebeu que ela estava soluçando.

Seu sorriso questionador transformou-se em preocupação, temperado pelo medo profundo do suposto amante. "Ei, o que estava acontecendo aqui?"

Ela conteve os soluços e enxugou os olhos. "Não é nada, Han. Só quero ficar sozinha um pouco."

Ela estava escondendo algo, aquilo era óbvio, e também inaceitável. "Nada não!", ele disse, irritado. "Quero saber o que está acontecendo. Agora você vai me dizer o que é." Ele sacudiu a cabeça. Nunca tinha se sentido assim antes. Queria saber, mas não o que pensava que sabia. Fazia seu coração doer pensar em Leia... com Luke... Não conseguia nem mesmo tentar imaginar o que era que não queria imaginar.

Nunca tinha ficado tão fora de controle, ele não gostava daquilo, não conseguia evitar. Percebeu que ainda a sacudia e parou.

"Não posso, Han..." Os lábios dela começaram a tremer novamente.

"Não pode! Não pode *me* dizer? Pensei que éramos mais íntimos que isso, mas acho que estava errado. Talvez você prefira dizer pro Luke. Às vezes, eu..."

"Ah, Han!", ela gritou e irrompeu em lágrimas mais uma vez, afundando-se no abraço de Solo.

Sua raiva transformou-se lentamente em confusão e consternação quando ele se viu com os braços ao redor dela, acariciando seus ombros, confortando-a. "Desculpa", ele sussurrou. "Desculpa." Não entendia nada – não entendia Leia, nem ele mesmo, nem os sentimentos bagunçados, nem as mulheres, nem o universo. Tudo que sabia era que tinha ficado simplesmente furioso e agora estava afetuoso, protetor, terno. Não fazia sentido.

"Por favor... só me abrace", ela sussurrou. Não queria falar. Apenas queria ser abraçada.

Ele a abraçou.

A névoa da manhã desapareceu da vegetação orvalhada quando o sol ergueu-se no horizonte sobre Endor. A folhagem exuberante das margens da floresta tinha um odor úmido, verde; naquele momento da aurora, o mundo estava silencioso, como se prendesse o fôlego.

Em contraste violento, a plataforma imperial de aterrissagem se estendia sobre o solo. Rígida, metálica, octogonal, parecia um insulto à beleza verdejante do lugar. Os arbustos no perímetro estavam queimados pelas repetidas aterrissagens de naves; a flora além dali definhava devido ao descarte de lixo, a pés em marcha, à fumaça química expelida pelos veículos – como se aquele posto avançado fosse uma praga.

Tropas uniformizadas caminhavam continuamente na plataforma e na área – carregando, descarregando, supervisionando, defendendo. Blindados imperiais estavam estacionados em um dos lados – walkers, como eram chamados, máquinas de guerra de duas pernas, de formato quadrangular, grandes o bastante para acomodar uma pequena esquadra de soldados, disparando o laser de canhões em todas as direções. Uma nave imperial partiu para a Estrela da Morte, com um ronco que fez as árvores se encolherem. Outro blindado walker emergiu dos troncos no lado mais distante da plataforma, voltando de uma missão de patrulha. Um passo pesado após o outro, aproximou-se da área de carga.

Darth Vader estava em pé, no parapeito da plataforma inferior, fitando as profundezas da encantadora floresta. Em breve. Ele conseguia sentir – chegaria em breve. Como um tambor cujo volume aumentava, seu destino se aproximava. O temor estava ao redor, mas um medo como aquele o entusiasmava, então deixou que borbulhasse silenciosamente dentro dele. O temor era um tônico, intensificava seus sentidos, aprimorava o limite natural de suas paixões. Mais perto, estava chegando.

Vitória, ele também a sentia. Domínio. Mas entrelaçado com algo mais... o que era? Ele não conseguia ver totalmente. Sempre em movimento, o futuro; difícil de ver. Suas aparições o atormentavam, espectros vertiginosos, sempre em mudança. Seu futuro era nublado, tonitruante, com conquistas e destruições.

Muito perto agora. Quase lá.

Ele rosnou, no fundo da garganta, como um gato selvagem sentindo o cheiro da presa no ar.

Quase lá.

O blindado imperial estacionou no lado oposto da plataforma e abriu as portas. Uma falange de stormtroopers marchou para fora em formação circular rígida. Enfileiraram-se na direção de Vader.

Ele se virou para encarar os soldados que vinham, seu fôlego sereno, sua veste preta estática naquela manhã sem vento. Os stormtroopers pararam quando chegaram até ele e, em uma palavra do seu capitão, abriram caminho para revelar um prisioneiro no meio deles. Era Luke Skywalker.

O jovem Jedi observou Vader com toda a calma, encarando-o entre vários sentimentos.

O capitão stormtrooper falou com Lorde Vader: "Este é o rebelde que se entregou a nós. Embora ele negue, acredito que possa haver mais deles. Peço permissão para conduzir uma busca mais ampla na área". Ele estendeu a mão para o Lorde Negro; nela, ele segurava o sabre de luz de Luke. "Estava armado apenas com isto."

Vader olhou para o sabre de luz por um momento, então lentamente pegou-o da mão do capitão. "Deixe-nos. Conduza sua busca e traga os comparsas dele para mim."

O comandante e suas tropas retiraram-se de volta para o walker.

Luke e Vader foram deixados sozinhos, frente a frente, na tranquilidade cor de esmeralda da floresta eterna. A névoa estava começando a desaparecer. Havia um dia longo pela frente.

VII

"Então", ressoou a voz do Lorde Negro, "você veio até mim."

"E você também veio até mim."

"O Imperador o aguarda. Crê que você virá para o lado negro."

"Eu sei... Pai." Foi importante para Luke chamar Darth Vader de pai. Conseguira fazê-lo e, agora, se mantinha sob controle e pronto. Acabou. Sentia-se mais forte por causa disso. Sentia-se poderoso.

"Então, você finalmente aceitou a verdade?", exultou Vader.

"Aceitei a verdade: que você um dia foi Anakin Skywalker, meu pai."

"Esse nome não significa mais nada para mim." Era um nome de muito tempo atrás. Uma vida diferente, um universo diferente. Ele realmente poderia ter sido aquele homem algum dia?

"É o nome do seu verdadeiro eu." O olhar de Luke permanecia fixo naquela figura encoberta. "Talvez você tenha apenas esquecido. Sei que ainda há bondade em você. O Imperador ainda não conseguiu retirá-la completamente." Ele modulava a voz, tentando criar uma realidade potencial com a força de sua crença. "Por isso não conseguiu me destruir. Por isso não me levará ao Imperador agora."

Vader parecia quase sorrir sob a máscara ao perceber que o filho usava a manipulação de voz Jedi. Olhou para o sabre de luz que o capitão lhe entregara, o sabre de Luke. O garoto agora era um Jedi de verdade. Um homem crescido. O Lorde Sith ergueu o sabre de Luke. "Você fez outro."

"Esse é meu", disse Luke calmamente. "Já não uso mais o seu."

Vader ativou a arma, examinando sua luz brilhante e ciciante, como um artesão embevecido. "Suas habilidades estão completas. Você é, de fato, tão poderoso quanto o Imperador previra."

Permaneceram ali por um instante, com o sabre de luz entre eles. Fagulhas entravam e saíam da lâmina: fótons empurrados para fora pela energia que pulsava entre os dois guerreiros.

"Venha comigo, pai."

Vader meneou a cabeça. "Ben um dia pensou como você..."

"Não culpe Ben por seu fracasso." Luke deu um passo à frente e parou.

Vader não se mexeu. "Você desconhece o lado negro da Força. Tenho que obedecer ao meu mestre."

"Não vou para o lado negro – você terá de me destruir."

"Se este for o seu destino." Não era isso o que queria, mas o garoto era forte. Se chegassem, enfim, a se enfrentar, teria mesmo de destruí-lo. Não poderia mais evitar, como fizera uma vez.

"Avalie seus sentimentos, pai. Não pode fazer isso. Sinto que há um conflito em você. Esqueça seu ódio."

Mas Vader não odiava ninguém. Apenas cobiçava cegamente. "Andaram enchendo sua cabeça com bobagens, rapaz. O Imperador vai lhe mostrar a verdadeira natureza da Força. *Ele* é seu mestre agora."

Vader fez um sinal para uma tropa distante de stormtroopers, enquanto desativava o sabre de luz de Luke. Os guardas se aproximaram. Luke e o Lorde Negro se observaram por outro longo momento, como se inspecionassem um ao outro. Vader falou assim que os guardas chegaram:

"É tarde demais para mim, filho."

"Se é assim, meu pai está mesmo morto", respondeu Luke. Portanto, em seu íntimo, ele se perguntou o que o impediria de matar o Maligno que estava ali, diante dele.

Nada, talvez.

A vasta Frota Rebelde pairava aprumada no espaço, pronta para atacar. Estava a centenas de anos-luz da Estrela da Morte, mas no hiperespaço todo o tempo era apenas um segundo e o poder mortífero de um ataque não era medido em distância, mas em precisão.

As naves mudaram a formação de angular para lateral, dando um formato de diamante à armada. A frota se expandia como a cabeça de uma naja.

O cálculo necessário para dar início a uma ofensiva à velocidade da luz tão meticulosamente coordenada obrigou-os a estabelecer um ponto fixo, ou seja, um ponto fixo relativo ao ponto de entrada do hiperespaço. O ponto escolhido pelo comando rebelde era um planetinha azul do Sistema Sullust. A armada estava posicionada ao seu redor no impassível mundo cerúleo. Parecia o olho da serpente.

A Millennium Falcon concluiu suas rondas em todo o perímetro da frota, verificando as posições finais e se recolhendo ao seu posto abaixo da nave principal. Chegara a hora.

Lando estava no controle da Falcon. Além dele, seu copiloto, Nien Nunb - uma criatura de Sullust, que tinha papadas nas bochechas e olhos de rato -, acionava interruptores, monitorava leituras dos instrumentos e fazia os preparativos finais para a entrada no hiperespaço.

Lando ajustou seu comunicador para o canal de guerra. A última mão da noite e a distribuição das cartas era sua, numa mesa cheia de apostadores que jogavam alto - seu tipo preferido de jogo. Com a boca seca, fez o relatório resumido para Ackbar na nave de comando: "Almirante, estamos em posição. Todos os caças estão a postos".

Ouviu-se a voz chiada de Ackbar pelo fone de ouvido: "Prossiga com a contagem regressiva. Todos os grupos: assumam as coordenadas de ataque".

Lando virou para seu copiloto e abriu um breve sorriso. "Não se preocupe, meus amigos estão lá embaixo e logo vão desligar o escudo." Voltou a encarar seus instrumentos, dizendo baixinho: "Ou esta será a ofensiva mais curta de todos os tempos".

"Gzhung Zhgodio", comentou o copiloto.

"Tudo bem", respondeu Lando. "Fique a postos então."

Deu uns tapinhas no painel de controle, como se desejasse boa sorte, embora lá no fundo acreditasse que um bom jogador fazia sua própria sorte. Ainda assim, aquela era uma tarefa para Han - e ele quase nunca decepcionava Lando. Acontecera apenas uma vez, e tinha sido há muito tempo, em uma estrela muito, muito distante.

Naquele momento era diferente. Naquele momento, eles haviam redefinido o conceito de sorte, que seria rebatizada de Lando. Ele sorriu e deu tapinhas no painel mais uma vez... muito bem.

Na cabine de comando do cruzador estelar, a nave principal, Ackbar parou e olhou para seus generais: estava tudo pronto.

"Todos os grupos estão em suas coordenadas de ataque?", indagou ele, apesar de saber que já estavam.

"Afirmativo, almirante."

Ackbar observou o campo estelar pela janela, pensativo. Talvez fosse o último momento de reflexão que teria. Por fim, falou no canal de guerra do comunicador. "Todas as naves começarão a entrar no hiperespaço quando eu mandar. Que a Força esteja conosco."

Ele se aproximou do botão de sinalização.

Na Falcon, Lando observava um oceano galáctico idêntico, com a mesma sensação de grandiosidade do momento, mas também com um pressentimento. Estavam fazendo o que uma força de guerrilha jamais deveria fazer: enfrentar o inimigo como um exército tradicional. O exército imperial, lutando contra a guerrilha rebelde, estava sempre perdendo. Os rebeldes, em contraste, estavam sempre ganhando. E agora, aqui estava a situação mais perigosa – a Aliança em campo aberto lutaria nos termos do Império: se os rebeldes perdessem a batalha, perdiam a guerra.

De repente, o sinal de luz piscou no painel de controle: a indicação de Ackbar. O ataque foi iniciado.

Lando pressionou o interruptor de conversão e abriu a válvula de combustível. Fora da cabine, as estrelas passavam como raios, que ficavam cada vez mais compridos e brilhantes conforme as naves da frota aceleravam, em grandes grupos, à velocidade da luz. Mantinham o mesmo ritmo – primeiramente, com os fótons das estrelas radiantes ao redor; depois, dispararam pela distorção do hiperespaço e desapareceram no raio de múon.

O planeta azul de cristal pairava sozinho no espaço outra vez, observando, invisível no vazio.

A tropa de ataque se escondia atrás de uma serra repleta de árvores, vigiando o posto avançado do Império. Leia observava a área com um pequeno escâner eletrônico.

Duas naves de transporte estavam sendo descarregadas na rampa de atracação da plataforma de aterrissagem. Vários blindados walkers estavam estacionados pelo local. Havia tropas por ali, ajudando com a construção, a vigilância e carregando suprimentos. O gigantesco gerador do escudo zumbia ao lado.

Agachados na mata, juntos com a força de ataque, havia vários ewoks, incluindo Wicket, Paploo, Teebo e Warwick. O restante permanecia abaixado, atrás do pequeno morro, fora de visão.

Leia recolheu o escâner e voltou para onde os outros estavam. "A entrada fica do outro lado da plataforma de aterrissagem. Não vai ser nada fácil."

"Ahrck grah rahr hrowrowhr", concordou Chewbacca.

"Ah, Chewie, vamos lá." Han lançou um olhar contrariado para o wookiee. "Já entramos em lugares mais bem vigiados que esse..."

"Frowh rahgh rahrahraff vrawgh gr", contestou Chewie com um gesto incrédulo.

Han pensou por um instante. "Bom, os cofres de tempero de Gargon, só pra citar um."

"Krahghrowf", Chewbacca meneou a cabeça.

"Claro que tenho razão. Agora, se eu conseguisse lembrar de como fiz aquilo..." Han coçava a cabeça, tentando ativar a memória.

De repente, Paploo começou a matraquear, apontando e chiando. Contou algo para Wicket.

"O que ele está dizendo, C-3PO?", indagou Leia.

O droide trocou algumas palavras sucintas com Paploo. Depois, Wicket olhou para Leia com um sorriso de esperança.

C-3PO também olhava para a princesa agora. "Parece que Wicket conhece uma porta dos fundos desse local."

Han disse animado: "Porta dos fundos? É isso! Foi assim que fizemos!"

Quatro sentinelas imperiais mantinham guarda na entrada da casamata que emergia parcialmente do chão, longe da parte de trás da área principal do complexo do gerador. As speeder bikes estavam estacionadas ao lado.

Na vegetação rasteira mais à frente, o pelotão de ataque dos rebeldes aguardava.

"Grrr, rowf rrrhl brhnnnh", observou Chewbacca lentamente.

"Tem razão, Chewie", concordou Solo. "Com apenas aqueles guardas, deve ser mais fácil do que derrubar um bantha."

"Basta uma pessoa para soar o alarme", alertou Leia.

Han sorriu, um pouco autoconfiante demais. "Então teremos de fazer tudo muito silenciosamente. Se Luke conseguir tirar Vader dos nossos calcanhares, como você tanto disse que ele faria, vai ser moleza. Só precisamos acertar os guardas de maneira rápida e silenciosa."

C-3PO sussurrou para Teebo e Paploo, explicando o problema e o objetivo. Os ewoks balbuciaram vertiginosamente por um momento, então Paploo pulou e correu através dos arbustos.

Leia conferiu o instrumento em seu pulso. "Estamos correndo contra o tempo. A frota já está no hiperespaço."

C-3PO sussurrou uma pergunta para Teebo e recebeu uma resposta curta. "Oh, céus", respondeu C-3PO, começando a se levantar para ver a clareira além da casamata.

"Abaixa aí!", exclamou Solo rispidamente.

"O que foi, C-3PO?", perguntou Leia.

"Receio que nosso companheiro peludo tenha ido fazer algo precipitado", o droide torcia para que *ele* não fosse culpado por isso.

"Do que você está falando?" A voz de Leia tinha um pouco de medo.

"Oh, não. Olhe."

Paploo corria pelos arbustos, para onde as bikes dos guardas estavam estacionadas. Agora, com o pavor doentio da inevitabilidade, os líderes da rebelião assistiam àquela bolinha de pelos sacudir seu corpo fofinho, subir em uma das speeder bikes e começar a acionar interruptores aleatoriamente. Antes que pudessem fazer qualquer coisa, o motor deu partida com um ronco estrondoso. Os quatro guardas olharam surpresos. Paploo sorriu como um maníaco e continuou a mexer nos botões.

Leia levou a mão à testa. "Ah, não, não, não".

Chewie bramiu. Han concordou com a cabeça. "Nosso ataque surpresa já era."

Os guardas imperiais correram atrás de Paploo, já que a primeira marcha havia sido acionada, fazendo o ursinho zunir floresta adentro. Ele fazia o máximo possível para se segurar no guidão da speeder bike com suas patinhas curtas. Três dos guardas subiram nos veículos e aceleraram em busca do ewok motorizado. O quarto vigia permaneceu em seu posto, próximo à porta da casamata.

Leia estava encantada, embora um pouco incrédula.

"Nada mau para uma bola de pelo", admirou-se Han, que acenou com a cabeça para Chewie e ambos desceram para a casamata.

Enquanto isso, Paploo deslizava entre as árvores, tendo mais sorte do que controle do veículo. Ia em uma velocidade relativamente baixa para o que a bike era capaz de fazer – mas, para o timing de um ewok, Paploo estava completamente tonto com a velocidade e a empolgação. Era assustador, mas ele adorou. Falaria sobre essa perseguição até o fim de sua vida, quando seus filhos contariam para seus netos e tudo ficaria cada vez mais rápido a cada geração.

Naquele momento, todavia, os guardas imperiais já começavam a ser vistos atrás dele. Segundos depois, quando começaram a atirar raios laser em sua direção, Paploo decidira que já era o bastante. Ao rodear a árvore mais próxima e logo após ter saído do campo de visão dos guardas, agarrou um cipó e balançou-se até se esconder em meio aos galhos. Vários segundos mais tarde, três guardas passaram embaixo de onde estava, a toda velocidade. Ele ria descontroladamente.

De volta à casamata, o último guarda estava enrascado. Dominado por Chewbacca, amarrado, sem seu uniforme, estava sendo levado para a mata naquele momento por dois outros membros da equipe de ataque. O resto da tropa estava agachado, contornando o perímetro da entrada.

Han ficou na porta, verificando o código roubado no painel de controle da entrada da casamata. Normalmente, apertou uma série de botões no painel. A porta abriu-se de forma silenciosa.

Leia deu uma olhadela para dentro. Nenhum sinal de vida. Acenou para os outros e adentrou a casamata. Han e Chewie foram atrás, seguindo-a bem de perto. Logo toda a equipe estava reunida no corredor de aço vazio, deixando apenas uma sentinela lá fora – um rebelde trajando o uniforme do guarda desacordado. Han pressionou uma série de botões no painel interno, fechando a porta às suas costas.

Leia pensou rapidamente em Luke. Torcia para que ele conseguisse deter Vader por tempo suficiente para, ao menos, permitir que ela destruísse o gerador do escudo. Torcia até com mais carinho para que conseguisse evitar totalmente o confronto, pois acreditava que Vader era o mais forte dos dois.

Furtivamente, indicava o caminho pelo túnel escuro e mortiço.

A nave de Vader pousou na estação de acoplamento da Estrela da Morte, como um abutre negro sem asas, como um inseto de seus piores pesadelos. Luke e o Lorde Negro surgiram do nariz da nave, com um pequeno séquito de stormtroopers, e caminharam rapidamente pela cavernosa ala principal até o elevador da torre do Imperador.

Os guardas reais os aguardavam lá, flanqueando o fosso banhado por uma luz escarlate. Abriram a porta do elevador e Luke deu um passo à frente.

Sua mente, em alvoroço, pensava no que fazer. Estava sendo levado à presença do Imperador agora. O Imperador! Luke deveria apenas se concentrar, deixar a mente livre para enxergar o que precisava ser feito – e pôr em prática.

Contudo, um ruído enorme encheu sua cabeça, como um vento subterrâneo.

Torcia para que Leia desativasse o escudo defletor logo e destruísse a Estrela da Morte naquele instante, já que estavam os três ali. Antes que qualquer coisa pudesse acontecer. Quanto mais próximo do Imperador ele estivesse, mais *quaisquer coisas* que temesse *aconteceriam*.

Uma tempestade sombria o assolava. Queria matar o Imperador, mas e depois? Entraria em confronto com Vader? O que o pai faria? E se Luke enfrentasse o pai primeiro? Se o enfrentasse e destruísse? Tal pensamento era repugnante e ao mesmo tempo instigante. Destruir Vader. Mas e depois? Pela primeira vez, Luke visualizou uma imagem obscura de si mesmo, ao lado do corpo do pai, com seu poder flamejante e sentando à direita do Imperador.

Fechou os olhos com força ao ter esse pensamento, mas uma gota de suor frio ficou sobre sua sobrancelha, como se a mão da morte o tivesse acariciado ali e deixado aquela marca rasa.

A porta do elevador se abriu. Luke e Vader entraram na sala do trono vazia. Pela antecâmara escura, subiram as escadas vazadas até ficarem diante do trono: pai e filho, lado a lado – um sob uma máscara e o outro exposto, ante o olhar do Imperador maligno.

Vader fez uma reverência ao seu mestre. Porém, o Imperador fez-lhe um gesto para que se levantasse, ao que Vader obedeceu.

"Bem-vindo, jovem Skywalker", o Maligno sorria com amabilidade. "Estava esperando por você."

Luke observava aquela figura curvada, de capuz, de forma insolente, desafiadora. Contudo, o sorriso do Imperador se ampliava com mais suavidade ainda, mais paternalmente. Olhou para as algemas de Luke.

"Você não precisa mais disso", acrescentou, *como a nobreza lhe exigia*, e fez um gesto com o dedo, na direção dos pulsos de Luke. Naquele momento, os grilhões que o prendiam simplesmente se soltaram, caindo ruidosamente no chão.

Luke olhou para as próprias mãos, livres para chegar até o pescoço e esmagar-lhe a traqueia em um instante...

Ainda assim, o Imperador parecia gentil. Ele não acabara de libertar Luke? Mas ele também era ardiloso, disso Luke sabia. Não se deixe enganar pelas aparências, Ben lhe dissera. O Imperador estava desarmado. Ele ainda poderia atacar. Mas a agressão não fazia parte do lado negro? Ele não deveria evitar isso a todo custo? Olhou para suas mãos livres... Luke poderia ter terminado com tudo ali mesmo... Será? Tinha total liberdade de escolha sobre o que fazer agora. Escolha. Uma faca de dois gumes. Poderia matar o Imperador, poderia sucumbir aos seus argumentos. Poderia matar Vader... e então *se tornar* Vader. Mais uma vez, tal pensamento ria dele como uma hiena, até que ele conseguiu empurrá-lo para um canto obscuro do cérebro.

O Imperador sentou-se diante dele, sorrindo. O momento estava envolvido em tantas possibilidades...

O momento passou. Ele não fez nada.

"Diga-me, jovem Skywalker", falou o Imperador quando percebeu que a primeira tentativa de Luke tinha seguido seu rumo. "Quem esteve envolvido em seu treinamento até agora?" O sorriso era fino, a boca aberta, oca.

Luke permaneceu em silêncio. Não revelaria nada.

"Ah, sei que começou com Obi-Wan Kenobi", o perverso governante continuou, esfregando um dedo contra o outro como se quisesse lembrar. Depois, ao pausar, seus lábios se contorceram, formando um sorriso escarnecedor. "Claro que estamos familiarizados com o talento que Obi-Wan Kenobi tinha ao iniciar seu treinamento Jedi." Baixou a cabeça educadamente na direção de Vader, indicando o primeiro pupilo querido de Obi-Wan. Vader permaneceu estático, sem nada responder ou se mexer.

Luke retesou-se de fúria pela difamação de Ben, embora esta fosse a recompensa que o Imperador esperava. E ele se refreou ainda mais, sabendo que o Imperador estava bem certo. Contudo, tentou trazer sua raiva de volta para as rédeas, uma vez que sabia que era motivo de grande regozijo para o ditador malévolo.

Palpatine percebeu as emoções no rosto de Luke e deu uma risadinha discreta. "Quer dizer que no início de seu treinamento você seguiu os passos de seu pai, pelo que parece. Mas, infelizmente, Obi-Wan agora está morto, creio eu. Seu discípulo mais antigo aqui presenciou tudo." Mais uma vez gesticulou com a mão na direção de Vader. "Agora me diga, jovem Skywalker, quem deu continuidade ao seu treinamento?"

Aquele sorriso outra vez, como uma faca. Luke permaneceu em silêncio, lutando para recuperar a compostura.

O Imperador tamborilava os dedos no braço do trono, lembrando-se. "Tinha um chamado... Yoda. Um idoso Mestre Jed... Ah, vejo pelo seu semblante que acertei o acorde, um acorde bem ressonante. Yoda, correto?"

Luke estava com muita raiva de si mesmo agora por ter revelado tanto, sem querer, sem perceber. Raiva e falta de autoconfiança. Lutou para se acalmar, para ver tudo e não mostrar nada. Queria apenas estar ali.

"Esse Yoda", ponderou o Imperador, "ele ainda vive?"

Luke concentrou-se no vazio do espaço além da janela atrás do assento do Imperador. O vazio profundo, em que nada existia. Nada.

Preencheu sua mente com aquele grande nada negro. Opaco, exceto pelo faiscar ocasional de uma estrela, filtrado pelo etéreo.

"Ah", disse o Imperador Palpatine. "Ele não vive mais. Muito bem, jovem Skywalker, você quase escondeu essa de mim. Mas não conseguiu. Nem conseguirá. Seus sentimentos mais profundos são aparentes para mim. Sua alma mais despida. Essa é a minha primeira lição para você." Ele sorria, radiante.

Luke esmoreceu – mas apenas por um instante. Em toda aquela hesitação, encontrou força. Foi assim que Ben e Yoda o haviam instruído: ao ser atacado, caia. Deixe o poder de seu atacante derrubá-lo com a mesma força que o vento enverga a grama. Com o tempo, ele se desgastará e você ainda estará de pé.

O Imperador observava o rosto de Luke com malícia. "Tenho certeza de que Yoda o ensinou a usar a Força com incrível habilidade."

A provocação obteve o efeito desejado – o rosto de Luke ficou vermelho, seus músculos se contraíram.

Ele percebeu que o Imperador chegava a lamber os lábios só de observar a reação de Luke. Lambia os lábios e gargalhava do fundo da garganta, do fundo da alma.

Luke parou porque também vira algo mais; algo que nunca vira antes no Imperador. Medo.

Luke viu medo no Imperador. Medo de Luke. Medo do poder de Luke, medo que esse poder conseguisse se virar contra ele, contra o Imperador, da mesma maneira com que Vader se virara contra Obi-Wan Kenobi. Luke percebeu esse medo no Imperador. E soube, naquele momento, que a sorte tinha se modificado ligeiramente. Ele havia vislumbrado a alma desnudada do Imperador.

Com uma repentina e absoluta calma, Luke permaneceu aprumado. Olhava diretamente para o capuz do governante maligno.

Palpatine não disse nada por alguns segundos, devolvendo a encarada do jovem Jedi, avaliando suas forças e fraquezas. Ele se recostou, enfim, feliz com esse primeiro confronto. "Mal vejo a hora de concluir seu treinamento, jovem Skywalker. Com o tempo, você *me* chamará de mestre."

Pela primeira vez Luke se sentiu firme o bastante para falar. "Está profundamente enganado. Você não me converterá como fez com meu pai."

"Não, meu jovem Jedi", o Imperador inclinou-se para a frente, exultando, "quem descobrirá que está enganado é *você*... sobre muitas coisas."

Palpatine ficou de pé de repente. Desceu do trono, aproximou-se bastante de Luke e olhou nos olhos do rapaz com muita maldade. O jovem pôde, enfim, ver todo o rosto atrás do capuz: olhos fundos como tumbas; a carne apodrecida sob a pele, deteriorada por tempestades virulentas, marcadas pelo sacrifício; o sorriso aberto, mortal; o hálito podre.

Vader esticou a mão enluvada na direção do Imperador, segurando o sabre de luz de Luke. O Imperador pegou-o com uma espécie de lento deleite e depois caminhou com ele, atravessando a sala até uma grande janela circular. A Estrela da Morte girava lentamente – a Lua Santuário agora se fazia visível na lateral curva da janela.

Palpatine olhou para Endor, depois para o sabre de luz que tinha nas mãos. "Ah, sim, uma arma Jedi. Muito parecida com a de seu pai." Ele encarava Luke diretamente. "Agora você já deve saber que seu pai nunca sairá do lado negro. Assim como acontecerá com você."

"Nunca. Logo eu morrerei e você vai comigo." Luke estava confiante quanto a isso agora. Permitiu-se o luxo de vangloriar-se.

O Imperador riu. Era uma gargalhada maligna. "Talvez você se refira ao iminente ataque de sua Frota Rebelde." Luke teve um momento considerável de hesitação, acalmando-se em seguida. O Imperador continuou. "Garanto a você, estamos bastante protegidos de seus amigos aqui."

Vader caminhou em direção ao Imperador, parando ao seu lado e olhando para Luke, que se sentia cada vez mais poderoso. "Excesso de autoconfiança é sua fraqueza", o jovem Jedi o desafiou.

"A fé em seus amigos é a sua." O Imperador começou a sorrir, porém a boca logo se modificou e sua voz foi ficando cada vez mais irritada. "Tudo aconteceu como *eu* planejei. Seus amigos lá na Lua Santuário se encaminham para uma armadilha. O mesmo acontecerá com sua Frota Rebelde!"

O rosto de Luke se contraiu visivelmente. O Imperador percebeu e começou a espumar de raiva. "Fui *eu* quem permitiu que a Aliança soubesse a localização do gerador do escudo, que está muito protegido de seu bando pífio. Uma legião inteira das minhas tropas está lá de prontidão."

Os olhos de Luke pularam do Imperador para Vader e, por fim, para o sabre de luz, ainda na mão de Palpatine. Sua mente avaliava todas as alternativas. De repente, tudo estava fora de controle outra vez. Não podia contar com mais nada além de si mesmo. E, ainda assim, o controle sobre si mesmo era tênue.

O Imperador continuava a aturdi-lo como um ditador. "Creio que o escudo defletor ainda estará bem operacional quando sua frota chegar. E esse é apenas o início da minha surpresa – mas é claro que não vou estragá-la para você."

Na perspectiva de Luke, a situação estava degringolando muito rapidamente. Uma atrás da outra, as derrotas se empilhavam em sua cabeça. Quanto ele conseguiria suportar? E agora havia mais uma surpresa vindo? Parecia não haver limites para os golpes que Palpatine era capaz de realizar contra a galáxia. Lenta e infinitesimalmente, Luke erguia a mão na direção de seu sabre de luz.

O Imperador continuou. "Daqui, jovem Skywalker, você testemunhará a destruição definitiva da Aliança e o fim de sua rebelião insignificante."

Luke estava atormentado. Levantou ainda mais a mão. Percebeu que tanto Vader quanto Palpatine o observavam. Baixou a mão, reduziu o nível de ira e tentou restabelecer a calma anterior, a fim de encontrar seu centro, para ver o que precisava fazer.

O Imperador sorria. Um sorriso fino e seco. Ofereceu o sabre de luz para Luke. "Você quer isso, não é? A raiva está aumentando em você agora. Muito bom. Pegue sua arma Jedi. Use-a. Estou desarmado. Acerte-me com ela. Entregue-se à sua ira. A cada instante que passa você se torna ainda mais meu servo."

Sua risada áspera ecoou pelas paredes como um vento do deserto. Vader continuava com o olhar fixo em Luke.

Luke tentou disfarçar sua agonia. "Não, nunca." Ele pensava desesperadamente em Ben e Yoda. Eles faziam parte da Força agora, parte da energia que lhes dava forma. Era possível para eles distorcerem a visão do Imperador com sua presença? Ninguém é infalível, foi o que Ben lhe dissera. O Imperador certamente não conseguia ver tudo, não tinha como conhecer todo o futuro, deturpar toda a realidade para satisfazer sua gula. *Ben*, pensava Luke, *se algum dia eu precisei de sua orientação, a hora é agora. Para onde devo conduzir isto de forma que não me leve à derrocada?*

Como se fosse uma resposta para sua pergunta, o Imperador lançou um olhar malicioso e baixou o sabre de luz, pousando-o sobre a cadeira de controle, perto da mão de Luke.

"É inevitável", o Imperador sussurrou. "É o nosso destino. Você, assim como seu pai, agora é... meu."

Luke nunca se sentiu tão só.

Han, Chewie, Leia e uma dúzia de combatentes entraram pelo labirinto de corredores da área onde o gerador do escudo estava marcado no mapa roubado. Luzes amarelas iluminavam as vigas baixas, trazendo à tona longas sombras em cada intersecção. Nas primeiras três curvas, todos ficaram quietos. Nenhum guarda ou funcionário foi visto.

No quarto cruzamento de corredores, seis stormtroopers do Império montavam cautelosa guarda.

Não havia outra saída. Aquele setor tinha que ser atravessado. Han e Leia olharam um para o outro e ergueram os ombros. Não havia outra coisa a ser feita a não ser lutar.

Com as pistolas em mãos, eles avançaram para a entrada. Quase como se estivessem esperando pelo ataque, os guardas se agacharam imediatamente e começaram a disparar suas armas. Uma barragem de raios laser foi montada, ricocheteando da viga mestra ao chão. Dois stormtroopers foram atingidos imediatamente. Um terceiro perdeu sua arma e, preso atrás de um painel de arrefecimento, não pôde fazer nada além de ficar abaixado.

Porém, havia mais dois atrás de uma porta de incêndio e atiravam a cada combatente que tentava passar por ali. Quatro foram abatidos. Os guardas eram praticamente inatingíveis atrás daquele escudo vulcanizado – mas *praticamente* não contavam com wookiees.

Chewbacca derrubou a porta com o ombro, deslocando-a fisicamente sobre dois stormtroopers, que foram esmagados.

Leia atirou no sexto guarda, que mirava na cabeça de Chewie. O soldado que estave agachado atrás do painel de arrefecimento saiu correndo de repente, tentando buscar ajuda. Han correu atrás dele, dando apenas alguns passos largos, derrubando-o com um salto. Ele desmaiou.

Conferiram o grupo, contaram as baixas. Não foi tão ruim, mas fizeram muito barulho. Teriam que se apressar agora, antes que o alarme do general disparasse. O centro de força que controlava o gerador estava muito próximo. E não haveria uma segunda chance.

A Frota Rebelde irrompeu no hiperespaço com um ruído incrível. Em meio aos fulgurantes raios de luz, uma sequência de batalhões emergia em formação, com o objetivo de atirar na direção da Estrela da Morte e sua Lua Santuário, que pairavam nas proximidades. Logo, toda a armada avançara sobre o alvo, com a liderança da Millennium Falcon.

Lando ficou preocupado logo que entraram no hiperespaço. Verificou sua tela, reverteu polaridades, consultou seu computador.

O copiloto estava perplexo também: "Zhng ahzi gngnohzh. Dzhy lyhz!"

"Mas... como pode?", indagou Lando. "Temos que conseguir fazer *algum* tipo de leitura do escudo, de cima para baixo ou de baixo para cima." Quem estava caçando quem naquela invasão?

Nien Nunb apontou para o painel de controle, balançando a cabeça. "Dzhmbd."

"Congestionado? Não podem estar nos bloqueando, eles não sabem que estamos... chegando."

Ele torceu o nariz para a Estrela da Morte conforme as implicações do que dissera foram fazendo sentido. Na verdade, aquele não era um ataque surpresa. Era uma teia de aranha.

Ele acionou o botão de seu comunicador: "Cessar ataque! O escudo ainda está armado!"

A voz do Líder Vermelho berrava nos fones de ouvido: "Não vejo nada nos instrumentos, tem certeza?"

"Parem!", ordenou Lando. "Parem todas as naves!"

Ele deu uma guinada forte para a esquerda e os caças do Esquadrão Vermelho fizeram o mesmo, bem na sua cola.

Alguns não conseguiram. Três X-wings atingiram o escudo defletor invisível, rodopiando fora de controle, explodindo ao longo da superfície do escudo. Ninguém parou para olhar para trás.

Na sala de comando do cruzador estelar rebelde, os alarmes soavam, luzes piscavam, sirenes estrondavam quando a nave gigantesca alterou seu arranque, tentando mudar o curso a tempo de evitar a colisão com o escudo. Oficiais corriam de suas estações de batalha para os controles de navegação. Outras naves da frota podiam ser vistas pelas janelas, adernando abruptamente em uma centena de direções, algumas desacelerando, outras aumentando a velocidade.

O almirante Ackbar falava bem rápido, porém baixo, pelo comunicador. "Ação evasiva. Grupo Verde, mude o curso para o setor de espera. MG-7, Grupo Azul..."

Um controlador mon calamari, do outro lado da sala, chamou Ackbar com uma espécie de perturbação mortal. "Almirante, temos naves inimigas nos setores RT-23 e PB-4."

A grande janela central agora ganhava vida. Já não era mais apenas a Estrela da Morte e a lua verde atrás dela, flutuando isoladas no espaço.

Havia uma gigantesca Frota Imperial voando em formação regular e perfeita, por trás de Endor, em duas ondas monstruosas atacando pelo flanco, com a intenção de cercar a Frota Rebelde de ambos os lados, como pinças de um escorpião mortífero.

E o escudo fazia uma barricada frontal para a Aliança. Não havia saída.

Ackbar falou em desespero no comunicador: "É uma armadilha! Preparem-se para atacar!"

A voz de um piloto anônimo entrou pelo rádio. "Caças se aproximando! Aqui vamos nós!"

O ataque começou. A batalha eclodiu.

Os caças estelares TIE, muito mais rápidos do que os cruzadores imperiais, foram os primeiros a fazer contato com os invasores rebeldes. Combates aéreos vorazes se sucederam e logo o céu negro tornou-se incandescente com as explosões rúbeas.

Um assistente se aproximou de Ackbar: "Colocamos mais força no escudo à nossa frente, almirante".

"Bom. Força dupla na bateria principal e..."

De repente, o cruzador estelar foi abalado por rajadas termonucleares fora da janela de observação.

"O Esquadrão Dourado foi atingido!", gritou outro oficial, entrando abruptamente na sala de comando.

"Dê-lhes cobertura!", ordenou Ackbar. "Precisamos ganhar tempo!" Falou outra vez pelo comunicador, enquanto outra detonação ecoava na fragata. "Todas as naves, mantenham posição. Aguardem o meu comando para retornar!"

Mas já era tarde demais para que Lando e seus esquadrões de ataque considerassem aquela ordem. Já estavam muito à frente do grupo, indo na direção da Frota Imperial que se aproximava.

Wedge Antilles, um antigo camarada de Luke da primeira campanha, comandava os X-wings que acompanhavam a Falcon. Quando se aproximaram dos defensores do Império, sua voz, calma e experiente, surgiu no comunicador: "Mantenham os X-foils nas posições de ataque".

Os caças se dividiram como uma trama delicada, aprumados para aumentar a potência e capacidade de manobra.

"Todos os caças, reportem", disse Lando.

"Líder Vermelho a postos", respondeu Wedge.

"Líder Verde a postos."

"Líder Azul a postos."

"Líder Cinz..."

Esta última transmissão foi interrompida por uma imagem de efeitos pirotécnicos que desintegrou completamente o Esquadrão Cinza.

"Lá vêm eles", alertou Wedge.

"Acelerar para velocidade de ataque", ordenou Lando. "Desviem os tiros dos nossos cruzadores o máximo possível."

"Entendido, Líder Dourado", respondeu Wedge. "Vamos nos mover até ponto-três pelo eixo..."

"Dois deles se aproximando a vinte graus...", alguém avisou.

"Estou vendo", percebeu Wedge. "Dê uma guinada para a esquerda, vou liderar."

"Tome cuidado, Wedge, três vindo de cima."

"Sim, eu s..."

"Deixa comigo, Líder Vermelho."

"Tem muitos del..."

"Você está levando muitos tiros, recue..."

"Vermelho Quatro, cuidado!

"Fui atingido!"

O X-wing rodopiou, faiscando pelo campo estelar, sem força, pelo vazio.

"Tem um indo atrás de você, cuidado!", Vermelho Seis gritou para Wedge.

"Nada aparece no meu visor, onde ele está?"

"Vermelho Seis, um esquadrão de caças acaba de entrar pela..."

"Eles estão indo na direção da fragata médica! Atrás deles!"

"Vá em frente", concordou Lando. "Vou entrar. Há quatro marcas no ponto-trinta e cinco. Me dê cobertura!"

"Bem atrás de você. Líder Dourado. Vermelho Dois, Vermelho Três, chamando em..."

"Aguenta aí, lá atrás."

"Fechem mais as formações, Grupo Azul."

"Bom disparo, Vermelho Dois."

"Nada mal", disse Lando. "Vou puxar os outros três..."

Calrissian adernou a Falcon até combinar uma volta completa enquanto sua tripulação atirava nos caças imperiais com as metralhadoras de barriga. Dois foram tiros certeiros, um de raspão, que fez com que o caça TIE batesse em outro de seu próprio esquadrão. O céu estava completamente lotado dessas naves, mas a Falcon era mais rápida do que metade de todas as coisas que voam.

Em questão de minutos, o campo de batalhas estava repleto de vermelho, salpicado de rolos de fumaça, bolas flamejantes, chuvas de faíscas rodopiantes, destroços à deriva, implosões retumbantes, fachos de luz, máquinas acrobáticas, cadáveres congelados no espaço, poços de escuridão, tempestades de elétrons.

Era um espetáculo lúgubre e impressionante. E estava apenas começando.

Nien Nunb fez um comentário à parte para Lando.

"Tem razão", disse o piloto franzindo o cenho. "Apenas seus caças estão atacando. O que os destróieres estelares estão esperando?"

Parecia que o Imperador estava tentando fazer com que os rebeldes comprassem algo que ele não queria vender.

"Dzhng zhng", alertou o copiloto enquanto outra esquadrilha de caças TIE dava rasantes.

"Estou vendo. Estamos bem no meio agora." Ele deu uma segunda olhada para Endor, orbitando pacificamente à sua direita. "Vamos lá, Han, parceiro das antigas. Não me desaponte."

Han apertou o botão da sua unidade de pulso e cobriu a cabeça: a porta reforçada para a sala de controle principal se despedaçou. O pelotão rebelde adentrou a sala correndo pelo portal escancarado.

Os stormtroopers lá dentro pareciam ter sido pegos completamente de surpresa. Alguns foram feridos pela explosão da porta. Os demais ficaram pasmos quando os rebeldes entraram com armas em riste. Han foi na frente, Leia logo atrás; Chewie cobria a retaguarda. Mandaram toda a equipe ficar em um canto da casamata. Três rebeldes foram designados para vigiá-los enquanto outros três cobriam as saídas. Os demais começaram a espalhar explosivos.

Leia acompanhava uma das telas do painel de controle. "Corre aqui, Han! Veja! A frota está sendo atacada!"

Solo olhou para a tela. "Inferno! Como o escudo ainda está de pé, eles estão encurralados."

"Exatamente", ouviram uma voz que vinha dos fundos da sala, "assim como *vocês* estão."

Han e Leia deram meia-volta e encontraram dezenas de armas imperiais apontadas para eles – estavam na mira de toda uma falange que se escondera em compartimentos nas paredes da casamata. Agora, de uma só vez, os rebeldes estavam cercados. Não tinham para onde correr e eram muitos stormtroopers para serem combatidos. Completamente cercados.

Mais tropas imperais atacavam pela porta, praticamente desarmando os soldados atônitos do pelotão rebelde.

Han, Chewie e Leia trocaram olhares desanimados e apáticos. Eram a última esperança da rebelião.

E falharam.

A certa distância da área principal da batalha, planando em segurança no centro do tapete de naves que compunham a Frota Imperial, estava o superdestróier estelar. Na sala de comando, o almirante Piett assistia à guerra pela enorme janela. Tinha um olhar curioso, como se visse uma apresentação elaborada ou um entretenimento.

Os capitães das duas frotas estavam às suas costas, mantendo um silêncio respeitoso, contemplando também os refinados projetos de seu Imperador.

"Faça com que a frota aguarde aqui", ordenou o almirante Piett.

O primeiro capitão correu para realizar a ordem. O segundo levantou-se e seguiu para a janela, alojando-se ao lado do almirante. "Não vamos atacar?"

Piett abriu um sorriso malicioso. "Tenho ordens do próprio Imperador. Ele tem um plano especial para essa escória rebelde." Enfatizou a singularidade do momento com uma longa pausa para que o capitão questionador se deliciasse. "Temos apenas que impedir que fujam."

O Imperador, Lorde Vader e Luke assistiam à fúria da batalha aérea em segurança, na sala do trono da Estrela da Morte.

Era o cenário de um verdadeiro pandemônio – silenciosas e cristalinas explosões cercadas de auras, das mais variadas cores; combates aéreos muito agressivos; rochedos de aço derretido flutuando graciosamente; gotículas congeladas do que outrora fora sangue.

Luke assistiu, horrorizado, ao momento que outra nave rebelde se chocou no escudo defletor invisível, explodindo violentamente.

Vader observava Luke. Seu menino era poderoso, mais forte do que imaginara. E ainda flexível. Não estava perdido ainda: nem para o lado fraco e doentio da Força nem para o do Imperador, que tinha motivos para temer Luke.

Ainda havia tempo para trazer Luke para si – ou melhor, para recuperá-lo. Para unir-se a ele na majestosa escuridão. Para governar a galáxia juntos. Seriam necessários apenas paciência e um pouco de magia para mostrar a Luke as maravilhosas compensações do lado negro e retirá-lo das garras do Imperador.

Vader sabia que Luke também tinha visto o medo do Imperador. Era um rapaz esperto, o jovem Luke. Vader sorria pesaroso para si mesmo. Teve a quem puxar.

O Imperador interrompeu a contemplação de Vader com uma observação jocosa para Luke. "Como você pode ver, meu jovem pupilo, o escudo defletor ainda está no lugar. Seus amigos falharam! E agora..." Ergueu a mão, esticada acima da cabeça, a fim de marcar o momento. "Você testemunhará o poder operacional e de fogo desta Estação de Batalha." O Imperador se encaminhou até o comunicador e sussurrou gravemente, como se conversasse com uma amante: "Atire à vontade, comandante".

Em choque e prevendo o que aconteceria, Luke percorreu o olhar sobre a superfície da Estrela da Morte até a batalha espacial adiante e então para a massa da Frota Rebelde ainda mais à frente.

No interior da Estrela da Morte, o comandante Jerjerrod deu a ordem. As sensações eram um pouco paradoxais, pois aquele comando significava acabar com o estado de guerra, o que Jerjerrod amava acima de tudo. Mas a segunda coisa que ele mais amava, além da própria guerra em andamento, era a aniquilação total. Por isso, enquanto sofria com o arrependimento, a ordem não era de todo sem animação.

Ao receber a instrução de Jerjerrod, um controlador pressionou um botão, iniciando um painel brilhante. Dois soldados imperiais encapuzados manipularam uma série de botões. Um largo facho de luz pulsou lentamente de um poço comprido e fortemente protegido. Na superfície externa da metade concluída da Estrela da Morte, uma grande antena laser, em forma de prato, começou a brilhar.

Luke assistia a tudo com um terror impotente, enquanto o gigantesco raio laser irradiava de dentro da bocarra da Estrela da Morte. O raio resvalou, apenas por um instante, em um dos cruzadores estelares rebeldes que se destacava no meio da batalha mais intensa. E, no instante seguinte, o cruzador estelar foi vaporizado. Reduzido a pó. Devolvido às suas partículas mais elementares, em apenas um piscar de luz.

Invadido pelo desespero entorpecente, com o vazio mais cáustico corroendo o seu coração, apenas os olhos de Luke cintilaram, pois vira o sabre de luz sozinho sobre o trono mais uma vez. E, naquele instante sombrio e colérico, o lado negro esteve presente nele.

VIII

O almirante Ackbar permanecia atônito e incrédulo na sala de comando, observando pela janela o local em que segundos antes o cruzador estelar rebelde Liberty travava uma intensa batalha a uma longa distância. Agora não havia nada. Apenas o espaço vazio, salpicado de poeira muito fina que brilhava sob a luz das explosões mais distantes. Ackbar observava em silêncio.

Ao seu redor, confusão desenfreada. Controladores aturdidos ainda tentavam contatar a Liberty, enquanto os capitães de frota corriam das telas para bombordo, gritando, dando instruções e depois voltando atrás.

Um assistente entregou o comunicador para Ackbar. Podia-se ouvir a voz do general Calrissian. "Base Um, aqui é o Líder Dourado. Aquele raio veio da Estrela da Morte! Repito, a Estrela da Morte está operacional!"

"Nós vimos", respondeu Ackbar, exausto. "Todas as naves, preparem-se para bater em retirada."

"Não vou desistir e fugir!", gritou Lando.

Ele fora longe demais para entrar nesse jogo.

"Você não tem escolha, general Calrissian. Nossos cruzadores não podem repelir um poder de fogo dessa magnitude!"

"Não haverá segunda chance, almirante. Han vai derrubar aquele escudo, temos que dar um pouco mais de tempo a ele. Vamos na direção daqueles destróieres."

Ackbar olhou à sua volta. Um ataque de artilharia antiaérea sacudiu a nave, tingindo a janela com uma breve luz cérea. Calrissian tinha razão: não haveria segunda chance. Era agora ou nunca mais.

Voltou-se para seu primeiro capitão estelar: "Avancemos com a frota".

"Sim, senhor." O homem fez uma pausa. "Senhor, não temos muita chance contra aqueles destróieres. Eles têm muito mais armas que nós e uma blindagem melhor."

"Eu sei", disse Ackbar suavemente.

O capitão saiu. Um assistente se aproximou. "Naves avançadas fizeram contato com a Frota Imperial, senhor."

"Concentre fogo em seus geradores de força. Se pudermos detonar seus escudos, talvez nossos caças possam ter alguma chance contra eles."

A nave foi abalada por outra explosão: um laser atingiu um dos giroestabilizadores da popa.

"Intensificar escudos auxiliares!", gritou alguém.

A batalha aumentou mais um grau em sua intensidade.

Além da janela da sala do trono, a Frota Rebelde estava sendo dizimada no vácuo silente do espaço, enquanto lá dentro escutava-se apenas o escárnio rouco do Imperador. Luke continuava em seu crescente desespero enquanto o laser da Estrela da Morte incinerava uma nave após a outra.

O Imperador sibilou. "Sua frota se perdeu e seus amigos na lua de Endor não sobreviverão..." Ele pressionou o botão do comunicador no braço do trono e disse com extremo prazer: "Comandante Jerjerrod, caso os rebeldes consigam destruir o gerador do escudo, aponte esta Estação de Batalha para a lua de Endor e a destrua".

"Sim, alteza", disse a voz no receptor, "mas nós temos vários batalhões parados em..."

"Destrua-os!", o sussurro do Imperador foi mais conclusivo do que qualquer grito.

"Sim, alteza."

Palpatine virou-se para Luke; o primeiro tremia de alegria, o segundo, de indignação.

"Não há saída, meu jovem pupilo. A Aliança morrerá, bem como seus amigos."

O rosto de Luke se contorcia, refletindo seu espírito. Vader o observava detalhadamente, assim como o Imperador. O sabre de luz começava a balançar no local em que estava. A mão do jovem Jedi tremia, os lábios tensionados faziam uma careta, dentes rangendo.

O Imperador sorria. “Bom. Posso sentir sua raiva. Estou indefeso. Pegue sua arma. Ataque-me com toda a sua ira e sua jornada para o lado negro será concluída.” Ele ria e ria.

Luke não conseguia mais resistir. O sabre de luz chacoalhou violentamente no trono por um instante e então voou para sua mão, compelido pela Força. Luke o ativou em seguida e brandiu-o com a força de seu peso para baixo, na direção da cabeça do Imperador.

Naquele instante, o sabre de Vader entrou em seu campo de visão, aparando o ataque de Luke a um centímetro do crânio do Imperador. Fagulhas voaram como aço sendo forjado, banhando o rosto sorridente de Palpatine em um clarão demoníaco.

Luke deu um salto para trás e virou-se, sabre de luz em riste, para encarar o pai. Vader posicionou sua própria arma, pronto para a luta.

O Imperador suspirou de deleite e sentou-se em seu trono, de frente para os combatentes: solitário espectador daquela terrível disputa.

Han, Leia, Chewbacca e o restante da equipe de ataque foram conduzidos por seus captores para fora da casamata. A visão que tiveram da área gramada era bastante diferente de quando entraram. A clareira estava agora repleta de tropas imperiais.

Centenas deles, em armaduras pretas e brancas: alguns em posição de descansar, outros observando a cena do alto de veículos blindados, outros no comando de speeder bikes. Se a situação já parecia perdida dentro da casamata, aquilo era ainda pior.

Han e Leia se encararam, cheios de sentimento. Tudo pelo qual lutaram, tudo com que sonharam... tudo se fora. E, mesmo assim, tinham um ao outro, pelo menos por alguns instantes. Tinham se juntado a partir dos lados opostos de um descampado de isolamento emocional: Han nunca conhecera o amor, portanto enamorava-se de si mesmo; Leia nunca conhecera o amor, portanto, envolveu-se na reviravolta social, na tentativa de abraçar toda a humanidade. E, em algum ponto entre essa apática paixão dele por um só e o fervor rutilante dela por todos, eles encontraram um local comum no qual dois pudessem se aconchegar, crescer e até mesmo se sentirem nutridos.

Mas até isso tinha sido podado agora. O fim parecia próximo. Ainda havia tanto a dizer e eles não conseguiam nem achar uma palavra.

Em vez disso, apenas deram-se as mãos, falando por meio de seus dedos durante os últimos minutos de companheirismo.

Foi então que C-3PO e R2-D2 adentraram juntos a clareira, apitando e tagarelando animadamente. Pararam, congelados, quando viram no que aquele local se tornara... e descobriram que todos os olhos agora focavam neles.

"Oh, céus", choramingou C-3PO. Em um segundo, ele e R2-D2 deram meia-volta e correram para a floresta, de onde tinham acabado de sair. Seis stormtroopers saíram em disparada atrás deles.

Os soldados imperiais ainda tiveram tempo de ver os dois droides se esconderem atrás de uma grande árvore, uns vinte metros à frente. Eles correram atrás dos robôs. Ao darem a volta na árvore, viram R2-D2 e C-3PO quietinhos ali, esperando ser levados. Os guardas foram pegá-los, mas eram lerdos demais.

Quinze ewoks despencaram dos galhos suspensos, atacando rapidamente as tropas imperiais com paus e pedras. Teebo – encarapitado em outra árvore – ergueu o chifre de carneiro até os lábios e deu três longos sopros. Esse era o sinal para que os ewoks atacassem.

Centenas deles desceram de todas as partes para a clareira, jogando-se contra o poder do exército imperial com uma paixão desenfreada. A cena era um verdadeiro caos.

Os stormtroopers disparavam suas pistolas laser naquelas criaturas peludas, matando ou ferindo muitos, apenas para serem assolados por mais uma dúzia deles. Batedores nas speeder bikes perseguiam os ewoks guinchantes pela floresta e eram derrubados por uma saraivada de pedras jogadas das árvores.

Nos primeiros momentos confusos do ataque, Chewbacca pulou para os arbustos, enquanto Han e Leia caíram no chão, tentando se proteger dos arqueiros que flanqueavam a porta da casamata. Explosões por toda parte os impediam de fugir. A entrada fora fechada outra vez. E trancada.

Han digitou o código no painel de controle, mas dessa vez a porta não abriu. Ela fora reprogramada quando foram presos. "O terminal não funciona agora", resmungou Solo.

Leia tentou pegar uma pistola no chão, mas estava fora de alcance ao lado de um stormtrooper caído. Os disparos vinham de todos os lados.

"Precisamos do R2!", gritou ela.

Han concordou com a cabeça, sacou seu comunicador, inseriu a sequência que chamava o pequeno droide e pegou a arma que Leia não alcançava enquanto toda a luta acontecia ao seu redor.

R2-D2 e C-3PO estavam agachados atrás de um tronco quando o primeiro recebera a mensagem. Soltou um apito animado de repente e disparou para o campo de batalha.

"R2!", gritou C-3PO, "aonde você vai? Espere por mim!" O droide dourado saiu quase de imediato atrás de seu melhor amigo.

Os batedores nas bikes correram atrás dos droides apressados, detonando os ewoks que ficavam mais e mais ferozes cada vez que seu pelo era chamuscado. Os ursinhos se penduravam nas pernas dos walkers, prendendo-as com longos cipós ou danificando os mecanismos das articulações ao jogar pedregulhos e galhos nas juntas do blindado. Derrubavam os batedores de suas bikes amarrando cipós entre as árvores na altura da garganta. Jogavam pedras, saltavam de árvores, espetavam com lanças, lançavam redes. Estavam por toda parte.

Dezenas corriam atrás de Chewbacca, que acabara se afeiçoando a eles no desenrolar da noite anterior. Ele se tornara mascote da tribo – e eles agora eram priminhos do interior. Portanto, era ainda com mais voracidade que vinham ajudar uns aos outros. Chewbacca arremessava stormtroopers para a direita e para a esquerda, em uma espécie de frenesi altruísta wookiee, sempre que via um deles machucando seus amiguinhos. Os ewoks, por sua vez, formavam grupos militares igualmente camicases simplesmente para seguir Chewbacca e se jogarem em qualquer soldado que entrasse em combate com ele.

Era uma batalha selvagem e estranha.

R2-D2 e C-3PO conseguiram, enfim, chegar à porta da casamata. Han e Leia deram-lhes cobertura com as armas que tinham finalmente conseguido pegar. R2-D2 rumou rapidamente em direção ao terminal, conectou seu braço computadorizado e começou a escanear. Antes que tivesse computado ao menos os dados do clima, um raio laser explodiu a porta de entrada, desconectando o braço de R2-D2 e derrubando-o no chão.

Sua cabeça chamuscou, deixando alguns fios e conexões à mostra. De repente, toda a carenagem girava, todos os compartimentos se abriram, todos os bocais vazavam ou esfumaçavam... e, então, pararam. C-3PO correu até seu companheiro avariado enquanto Han examinava o terminal da casamata.

"Talvez eu consiga fazer uma ligação direta nessa coisa", murmurou Solo.

Enquanto isso, os ewoks ergueram uma catapulta primitiva do outro lado do campo e lançaram um enorme pedregulho em um dos blindados walkers, que vibrou fortemente, mas não tombou. Pelo contrário: deu meia-volta e avançou em direção à catapulta, atirando com seu canhão laser. Os ewoks se dispersaram. Quando o grande veículo estava a três metros de distância, os ewoks cortaram os cipós que prendiam duas pedras enormes, que caíram em cima do blindado, detendo-o finalmente.

Começava a fase seguinte do ataque. Os ewoks, em uma espécie de asa-delta em formato de pipa feita com couro de animais, deram início a uma chuva de pedras nos stormtroopers, ou faziam bombardeios de mergulho com lanças. Teebo, que era quem comandava o ataque, foi atingido na asa por um laser durante a primeira saraivada e bateu em uma raiz retorcida. Um blindado carregado andou ruidosamente em sua direção, mas Wicket deu um rasante, levando Teebo para um local seguro. Porém, ao desviar da rota do walker, Wicket bateu em uma speeder bike em perseguição e todos foram parar no meio da folhagem densa.

E assim foi.

As baixas amontoavam-se.

Lá no alto, não era diferente. Mil embates aéreos mortíferos e bombardeios de canhão surgiam por toda parte no céu, enquanto o laser da Estrela da Morte desintegrava naves rebeldes metodicamente.

Na Millennium Falcon, Lando perseguia os enormes destróieres estelares imperiais como um alucinado, por um percurso repleto de obstáculos, trocando tiros e desviando de artilharia antiaérea, mais veloz que os caças TIE.

Desesperado, ele gritava pelo comunicador, sobre o barulho das contínuas explosões, falando com Ackbar na nave de comando da Aliança: "Eu disse *mais perto*! Voem o mais rápido que puderem e coloquem os destróieres ao alcance do ponto vazio. Assim a Estrela da Morte não vai poder atirar em nós sem derrubar suas próprias naves!"

"Mas ninguém nunca ficou tão perto, a essa distância, entre supernaves como os destróieres deles e nossos cruzadores!" Ackbar espumava de raiva diante do impensável, mas estava ficando sem opções.

"Ótimo!", gritou Lando, avaliando rapidamente a superfície do destróier. "Então estamos inventando um novo método de combate!"

"Não sabemos nada sobre a tática desse novo método de confronto!", protestou Ackbar.

"Sabemos tanto quanto *eles*!", bradou Lando. "E eles *pensarão* que sabemos mais!" Blefar era sempre perigoso nessa última mão, mas, às vezes, quando todo o seu dinheiro está na mesa, essa é a única maneira de vencer. E Lando nunca jogava para perder.

"A curto alcance, não duraremos muito à frente dos destróieres." Ackbar já se sentia tonto de resignação.

"Duraremos mais do que contra aquela Estrela da Morte e talvez ainda consigamos levar alguns deles conosco!", Lando esbravejou. Com a arrancada, uma das suas armas frontais espatifou-se. Ele colocou a Falcon em um giro controlado e adernou para a barriga do leviatã imperial.

Com muito pouco a perder, Ackbar decidiu tentar a estratégia de Calrissian. Nos minutos seguintes, dezenas de cruzadores dos rebeldes se aproximaram, até o limite, dos destróieres imperiais. Os colossais antagonistas começaram a disparar uns contra os outros, como tanques que se movem lentamente enquanto centenas de caças minúsculos ladeavam suas superfícies, zunindo entre os raios laser enquanto perseguiam os cascos gigantescos.

Lentamente, Luke e Vader se movimentaram em círculos. Com o sabre de luz no alto, bem acima de sua cabeça, Luke se preparou para o ataque na primeira posição clássica. O Lorde Negro mantinha a posição lateral, com a defesa clássica. Sem anúncio prévio, Luke desceu a lâmina direto. Quando, então, Vader se posicionou a fim de aparar o golpe, Luke fez uma finta e golpeou por baixo. Vader contra-aparou, deixando que o impacto direcionasse seu sabre para a garganta de Luke... que contragolpeou e deu um passo para trás. Os primeiros golpes foram trocados sem ferimentos. Mais uma vez, circundaram um ao outro.

Vader ficou impressionado com a velocidade de Luke. Ficou até feliz. Era uma pena, ou quase, que ele não pudesse deixar o menino matar o Imperador, pois Luke ainda não estava emocionalmente pronto para tal. Ainda havia possibilidades de Luke voltar para seus amigos, caso destruísse o Imperador agora. Primeiro, ele precisava de uma tutela mais longa, treinando com Vader *e* Palpatine, antes que ficasse pronto para assumir seu lugar como braço direito de Vader, governando a galáxia.

Portanto, Vader tinha que pastorear o menino durante períodos como aquele, impedi-lo de causar danos nos lugares errados, ou nos lugares certos, porém prematuramente.

Antes que Vader pudesse aprofundar um pouco mais seus pensamentos, Luke atacou outra vez, sendo então muito mais agressivo. Ele avançava em uma sequência de golpes. Era possível escutar estalos bem altos cada vez que seu sabre encontrava o de Vader. O Lorde Negro dava um passo atrás a cada golpe, girando para erguer maleficamente sua luz cortante, mas Luke rebatia o golpe, forçando Vader a recuar de novo. O Lorde Sith perdeu o equilíbrio momentaneamente na escada e caiu de joelhos.

Luke ficou de pé, acima dele, no alto da escada, inebriado com seu próprio poder. Estava em suas mãos agora, sabia que estava: poderia acabar com Vader. Tomar-lhe o sabre, tomar-lhe a vida. Tomar-lhe o lugar ao lado do Imperador. Sim, até mesmo isso. Luke não tentou enterrar o pensamento dessa vez. Vangloriava-se com ele. Deixou-se permear com seu néctar, sentia sua força formigar as bochechas. Esse pensamento o fazia se sentir febril de cobiça, tão poderosa que quase embaçava todas as suas outras considerações.

Ele tinha o poder. A escolha era dele.

Foi então que outro pensamento surgiu, lenta e compulsivamente, como um amor ardente: ele poderia destruir o Imperador também. Destruiria os dois e governaria a galáxia. Vingança e conquista.

O momento era profundo para Luke. Atordoante. Mas ele ainda não tinha desmaiado. Nem recuado.

Deu um passo à frente.

Pela primeira vez, passou pela cabeça de Vader que seu filho poderia superá-lo. Ele ficou surpreso pela força que Luke adquirira desde seu último duelo, na Cidade das Nuvens – sem contar o timing do garoto, treinado para alcançar a extensão dos seus pensamentos. Aquela era uma circunstância inesperada. Inesperada e indesejada. Vader sentiu a humilhação se esgueirando por trás de sua primeira reação, a surpresa, e de sua segunda, que era o medo. E então a humilhação recuou para revelar a ira. E agora ele queria vingança.

Essas coisas eram espelhadas, em cada faceta, pelo jovem Jedi, que agora sobressaía-se à sua frente. O Imperador, assistindo a tudo com alegria, viu o que acontecia e incitou Luke a revelar seu lado negro. "Use seus sentimentos agressivos, rapaz! Sim! Deixe a ira fluir em você! Entregue-se a ela, deixe-a alimentá-lo!"

Luke titubeou por um instante. Percebera o que estava acontecendo. E, de repente, ficou confuso outra vez. O que ele queria? O que ele deveria fazer? Sua breve exultação, seu microssegundo de clareza sombria... tudo tinha ido embora em uma onda de indecisão, um enigma velado. O frio despertar de um flerte apaixonado.

Deu um passo atrás, baixou o sabre, relaxou e tentou expulsar a ira de seu ser.

Naquele instante, Vader atacou. Foi avançando até metade das escadas, forçando Luke a voltar, defensivamente. Ele forçou a lâmina do rapaz contra a sua, mas Luke desvencilhou-se e saltou para a segurança de um pórtico logo acima. Vader saltou por sobre o corrimão e aterrissou na plataforma sob o local em que Luke estava.

"Não lutarei com você, pai", disse Luke.

"Você é insensato por baixar suas defesas", avisou Vader. Sua raiva agora estava estratificada. Não queria vencer se o garoto não se empenhasse ao máximo na batalha. Porém, se vencer significasse matar um menino que não queria lutar... então, faria isso também. Queria apenas que Luke estivesse ciente das consequências. Queria que Luke soubesse que aquilo já não era apenas um jogo. Aquilo era o lado sombrio.

Luke escutara algo mais. "Seus pensamentos o traem, pai. Eu sinto o bem em você... o conflito. Você não conseguiu me matar antes e também não o fará agora." Pelo que Luke conseguia lembrar, por duas vezes Vader poderia tê-lo matado, mas não o fizera. Na batalha aérea sobre a primeira Estrela da Morte e, depois, no duelo de sabres de luz em Bespin. Ele pensava em Leia, agora por um instante também, e em como ele a tivera sob suas garras uma vez, e até mesmo a torturara... mas não a matara. Ele se contraíra ao pensar na sua agonia, mas desfez-se rapidamente do pensamento. Esse ponto ficara claro para ele agora, embora tenha estado obscurecido por tanto tempo: ainda havia bondade em seu pai.

Aquela acusação deixou Vader irritado *de verdade*. Ele podia tolerar muita coisa daquele menino insolente, mas aquilo era insuportável. Precisava ensinar uma lição para aquele rapazinho que ele jamais esqueceria – ou morreria aprendendo. "Mais uma vez, você subestima o poder do lado negro..."

Vader lançou sua arma refulgente, que cortou os suportes que sustentavam o local onde Luke estava, e então deu meia-volta e parou outra vez na mão de Vader. Luke caiu no chão e depois rolou para outro nível, sob a plataforma inclinada. Na sombra criada, ele estava fora de visão. Vader caminhava pela área, como um gato, procurando pelo garoto. Mas ele não entraria naquelas sombras.

"Não pode se esconder para sempre, Luke."

"Terá de entrar aqui e me pegar", respondeu a voz incorpórea.

"Não lhe darei essa vantagem tão facilmente." Vader sentia suas intenções cada vez mais ambíguas no conflito. A pureza de sua maldade estava sendo comprometida. O garoto era, de fato, inteligente. Vader sabia que tinha que se mover com extrema cautela.

"Não quero nenhuma vantagem, pai. Não lutarei com você. Tome... pegue minha arma." Luke sabia muito bem que aquele poderia ser seu fim – mas que assim fosse então. Não usaria o lado negro para lutar contra o próprio. Talvez coubesse a Leia, depois de tudo, continuar com aquela batalha sem ele. Talvez ela encontrasse uma maneira que ele desconhecia; talvez ela pudesse encontrar um caminho. Entretanto, agora, ele via apenas dois caminhos: um era até o lado negro e o outro não.

Luke baixou o sabre de luz no chão e rolou-o até Vader. A arma parou no meio do caminho entre os dois, no meio da parte baixa do nível superior. O Lorde Negro esticou a mão e o sabre de Luke foi até ele. Colocou-o em seu cinto e, com uma incerteza perigosa, entrou na saliência sombria.

Ele agora captava mais sentimentos de Luke, novos fluxos de dúvida. Remorso, arrependimento, abandono. Sombra de dor. Mas, de alguma forma, não eram relacionados a Vader, e sim aos outros, a... Endor. Ah, então era isso. A Lua Santuário, onde seus amigos morreriam em breve. Luke logo aprenderia: a amizade era diferente no lado negro. Completamente diferente.

"Entregue-se ao lado negro, Luke", rogou ele. "É a única maneira de salvar seus amigos. Sim, seus pensamentos o traem, filho. Seus sentimentos por eles são fortes, especialmente por..."

Vader estacou. Sentia algo.

Luke adentrou ainda mais nas sombras. Ele tentou esconder, mas não tinha como ocultar o que ia na sua mente: Leia sofria. Sua agonia gritava por ele agora e seu espírito gritava por ela. Tentou controlá-lo, calá-lo, mas o clamor era alto e ele não conseguia contê-lo, não podia deixá-lo solitário, tinha que embalá-lo abertamente, para consolá-lo.

A consciência de Vader invadiu aquele local particular.

"Não!", gritou Luke.

Vader parecia incrédulo. "Uma irmã? Irmã!", disse ele em voz alta. "Seus sentimentos agora a traíram também... Gêmeos!", urrou triunfante. "Obi-Wan foi sábio ao escondê-la, mas agora seu fracasso foi completo." Seu sorriso ficou claro para Luke, pela máscara, pelas sombras, por todas as instâncias da escuridão. "Se você não vier para o lado negro, talvez ela venha."

Aquele era, então, o ponto fraco de Luke, pois Leia era a esperança incansável. Se Vader apontasse suas intenções deturpadas e corrompidas para ela...

"Nunca!", gritou ele. Seu sabre de luz voou do cinto de Vader para sua própria mão, ativando-se tão logo chegara a seu dono.

Luke correu até seu pai em um frenesi até então desconhecido para ele. E para Vader. Os gladiadores se enfrentaram vorazmente, com faíscas se espargindo do choque das armas luminosas, mas logo ficou claro que a vantagem era toda de Luke. E ele fazia pressão. Travaram a arma um do outro, corpo a corpo. Quando Luke empurrou Vader de volta para interromper o clinch, o Lorde Negro bateu a cabeça na viga dependurada no vazio. Tropeçou para ainda mais longe, fora da área em que estavam. Luke foi atrás dele, implacável.

Golpe após golpe, Luke forçava Vader a se retirar, a voltar para a ponte que cruzava o amplo vazio do fosso que parecia não ter fundo, para o centro de força. Cada golpe do sabre de Luke espancava Vader, como acusações, gritos, como fragmentos de ódio.

O Lorde Negro estava de joelhos. Ergueu sua espada para bloquear mais um ataque violento, que resultou na mão direita de Vader sendo decepada.

A mão, junto com suas peças de metal, cabos e dispositivos eletrônicos, tremelicava inutilmente enquanto o sabre de Vader caía pela beirada em direção ao fosso infinito, sem deixar rastro.

Luke observava a mão mecânica de seu pai, danificada, se retorcendo, olhando em seguida para a sua própria peça artificial, coberta com a luva negra. Percebeu o quanto se tornara seu pai. O homem que odiava.

Tremendo, Luke ficou em pé diante de Vader, a ponta de seu sabre brilhava na direção da garganta do Lorde Negro. Ele queria acabar com essa coisa de lado negro, essa coisa que um dia fora seu pai, essa coisa que era... ele.

De repente, lá estava o Imperador, olhando, rindo com uma agitação extasiada, incontrolável.

"Muito bom! Mate-o! Seu ódio fez de você um homem tão poderoso! Agora cumpra o seu destino e ocupe o lugar de seu pai ao meu lado!"

Luke olhou para o pai estirado no chão e então para o Imperador, depois de volta para Vader. Aquilo era o lado negro. E era *o lado negro* que ele odiava. Não era o seu pai. Não era nem mesmo o Imperador. Mas a escuridão que havia *dentro* deles. E dentro de si mesmo.

E a única maneira de acabar com o lado negro era renunciá-lo. Para todo o sempre. Luke permanecia em pé e tomou a decisão para a qual se preparara durante toda a vida.

Skywalker afastou o sabre de luz. "Nunca! Nunca irei para o lado negro da Força. Você errou, Palpatine. Sou um Jedi, como era meu pai antes de mim."

O deleite do Imperador se transformou em raiva profunda. "Que seja, Jedi. Se não virá para o meu lado, então será destruído."

Palpatine ergueu os braços aracnídeos em direção a Luke: raios de energia ofuscante saíam dos dedos, disparados pela sala como raios de um feiticeiro, e rasgavam as entranhas do garoto, como se procurasse o chão. O jovem Jedi ficou confuso e em agonia; afinal, nunca ouvira falar de tanto poder, tamanha corrupção da Força, que dirá experimentá-la.

Mas, se era gerada pela Força, poderia ser repelida por ela. Luke levantou os braços para bloquear os raios. Conseguiu bem no começo: os raios ricocheteavam com seu toque, indo parar na parede, sem maiores danos. Não tardou, porém, para os choques começarem a vir em tamanha velocidade e potência que só lhe restava se encolher diante deles, tremendo violentamente de dor, os joelhos cedendo, seus poderes cedendo.

Vader rastejava, como um animal ferido, para o lado de seu Imperador.

Em Endor, a batalha da casamata continuava. Os stormtroopers continuavam a alvejar os ewoks com armamento sofisticado, enquanto os guerreirinhos peludos golpeavam as tropas imperiais com tacapes, derrubavam os walkers com montes de toras e cipós rentes ao chão, laçavam speeder bikes com cordas trançadas e redes.

Derrubavam árvores em seus inimigos. Cavavam buracos cobertos com galhos para que, em seguida, os veículos blindados desengonçados caíssem neles. Provocavam deslizamentos de pedras. Represaram um pequeno córrego nas redondezas e abriram as comportas, causando uma inundação que carregou inúmeras tropas e mais dois dos grandes veículos blindados. Reagrupavam-se e fugiam. Pulavam sobre os walkers das copas das árvores, lançavam algibeiras de óleo de lagarto fervente nas gateiras. Usavam facas, lanças, bodoques, e também gritos de guerra que assustavam e confundiam o inimigo. Eram oponentes destemidos.

O exemplo dos pequenos fez com que Chewbacca ficasse ainda mais corajoso do que de costume. Ele começou se divertindo tanto, balançando-se nos cipós e golpeando a cabeça dos inimigos, que praticamente esqueceu de sua pistola laser.

Ainda usando o cipó, ele pousou sobre um blindado em determinado momento, com Teebo e Wicket agarrados às suas costas. Caíram com um baque no alto da geringonça e fizeram tanto barulho tentando se segurar que um dos stormtroopers abriu a escotilha superior do walker para ver o que acontecia. Antes que pudesse disparar sua arma, Chewie o arrancou lá de dentro e jogou-o no chão. Wicket e Teebo imediatamente mergulharam na escotilha e dominaram o outro soldado.

Os ewoks pilotaram o blindado da mesma maneira que faziam com speeder bikes: pessimamente, mas com uma alegria imensa. Chewbacca quase fora derrubado lá do alto várias vezes e vociferar na direção da cabine parecia não fazer efeito. Os ewoks riam, guinchavam e adernavam para outra speeder bike.

Chewbacca entrou na cabine. Precisou de meio minuto para dominar os comandos. A tecnologia imperial era bastante padronizada. E então, metodicamente, um após o outro, Chewie começou a se aproximar dos outros walkers, sem levantar suspeita, e transformava-os em pó. A maioria não fazia ideia do que estava acontecendo.

Conforme as máquinas de guerra gigantes começaram a entrar em combustão, os ewoks ganharam novo fôlego e seguiam o blindado comandado por Chewbacca. O wookiee começou a virar a sorte da batalha.

Han, enquanto isso, trabalhava furiosamente no painel de controle. Os cabos faiscavam cada vez que tentava juntar outra conexão, mas a porta permanecia fechada. Leia agachou-se às suas costas, disparando sua pistola laser, dando-lhe cobertura.

Ele gesticulou para Leia: "Me dá uma ajuda aqui, acho que já descobri como fazer isso. Toma".

Ele entregou a Leia um dos cabos. Ela devolveu a arma ao coldre, pegou o fio e o segurou na posição indicada enquanto Solo puxava dois outros que estavam do outro lado do painel.

"Aqui vamos nós", disse ele.

Os três cabos faiscaram. A conexão dera certo. Ouviu-se um baque, alto e seco, quando a segunda porta caiu em frente à primeira, duplicando a barreira impenetrável.

"Ótimo. Agora temos duas portas para ultrapassar", resmungou Leia.

Nesse instante, ela fora atingida por um raio laser e caiu no chão.

Han correu até ela. "Leia! Não!", gritou ele, tentando evitar o sangramento.

"Princesa Leia, você está bem?", inquietou-se C-3PO.

"Não foi nada", ela meneou a cabeça. "Foi só..."

"Parados!", ouviram uma voz gritar. "Mãos para o alto!"

Eles congelaram e olharam para cima. Dois stormtroopers apontavam as armas para eles, impávidos.

"Levantem-se!", ordenou um deles. "Com as mãos para cima."

Han e Leia se entreolharam, fixando bem fundo nos olhos um do outro. Mergulharam lá como se nadassem nas fontes de suas almas durante aquele instante eterno, alheios ao tempo durante o qual sentiram, compreenderam, tocaram e compartilharam.

O olhar de Solo fora atraído para o coldre de Leia. Ela sorrateiramente liberara sua arma e a tinha agora a postos. A ação estava escondida dos soldados porque Han estava à sua frente, encobrindo a visão deles.

Ele olhou novamente em seus olhos, entendendo o que Leia tinha em mente. Com um último e sincero sorriso, disse baixinho: "Eu te amo".

"Eu sei", retrucou ela.

E então o momento passou. Em um sinal não verbalizado e instantâneo, Han saiu da linha de tiro com um rodopio, enquanto Leia disparava nos stormtroopers.

Tiros laser por toda parte coalhavam a atmosfera do lugar. Lampejos rosa-alaranjados, como uma tempestade de elétrons, se espalhavam pela área acompanhados de explosões intensas.

Quando a fumaça se dissipou, um blindado gigante se aproximou, ficou diante deles e parou. Han olhou para a frente para ver se os canhões laser apontavam para sua cara. Ergueu os braços e deu um passo hesitante à frente; afinal, não tinha muita certeza do que ia fazer. "Fique aí", disse em voz baixa para Leia, medindo mentalmente a distância até o walker.

Foi então que a escotilha superior do blindado se abriu e Chewbacca pôs a cabeça para fora, com um largo sorriso nos lábios.

"Ahr Rahr!", cumprimentou o wookiee.

Solo sentiu vontade de lhe dar um beijo. "Chewie! Desce aqui! Leia se feriu!", disse e foi caminhando para cumprimentar o parceiro, e então parou no meio do caminho. "Não, espera aí. Tive uma ideia."

IX

As duas frotas espaciais, como suas similares marítimas de outro tempo e galáxia, flutuavam, nave a nave, trocando saraivadas entre si em confronto direto.

Manobras heroicas, às vezes suicidas, marcaram o dia. Um cruzador rebelde, com a fuselagem traseira em chamas, avançou com dificuldade diretamente sobre um destróier estelar imperial antes de explodir completamente, levando-o consigo. Cargueiros abarrotados foram postos em rota de colisão com naves-fortalezas, suas tripulações abandonando as naves rumo a destinos incertos, no melhor dos casos.

Lando, Wedge, Líder Azul e Asa Verde entraram para tomar um dos destróieres maiores – a principal nave de comunicação do Império. O destróier fora neutralizado por bombardeio direto do cruzador rebelde, que foi destruído em seguida. Os danos na nave imperial, todavia, eram reparáveis – os rebeldes, portanto, precisavam atacar enquanto ele ainda lambia as feridas.

O esquadrão de Lando aproximou-se por baixo – a uma distância mínima – e isso impedia que o destróier usasse suas armas maiores. Também deixava os caças invisíveis até serem diretamente visualizados.

"Aumente a potência nos escudos defletores frontais", Lando falou via rádio com o seu grupo. "Vamos nos aproximar."

"Estou com você", respondeu Wedge. "Feche as formações, time."

Aproximaram-se em um mergulho em alta velocidade, perpendicular ao longo do eixo da nave imperial – quedas verticais eram difíceis de rastrear. A quinze metros da superfície, eles se retiraram em noventa graus e passaram num rasante pelo casco metálico, tomando tiros de laser disparados de cada uma das escotilhas.

"Começando a atacar o eixo de força principal", informou Lando.

"Entendido", respondeu Asa Verde. "Indo para posição."

"Fique longe das baterias frontais deles", alertou o Líder Azul.

"Tem uma zona de fogo pesado bem aqui embaixo."

"Estou no alcance."

"Ela está bem avariada à esquerda da torre", Wedge observou. "Concentrem-se naquele lado."

"Estou com você."

Asa Verde foi atingido. "Estou perdendo força!"

"Afaste-se, você vai explodir!"

Asa Verde caiu como se estivesse montado em um foguete, dentro das baterias frontais do destróier. Explosões tremendas sacudiram a proa da nave a bombordo.

"Obrigado", falou calmamente o Líder Azul na direção do incêndio.

"Isso abre caminho para nós!", gritou Wedge. "Reduza. Os reatores de força estão dentro daquele compartimento de carga."

"Sigam-me!", Lando convocou, dando uma guinada tão brusca que pegou o pessoal do reator de surpresa. Wedge e Azul seguiram o padrão. Todos fizeram sua pior loucura.

"Tiro direto!", gritou Lando.

"Lá vai!"

"Arremeter, arremeter!"

Eles arremeteram com firmeza e velocidade, enquanto o destróier era envolvido em uma série de explosões cada vez maiores, até parecer, por fim, uma pequena estrela.

Na sala de comando da nave dos rebeldes, a fumaça e os gritos invadiam o ar.

Ackbar contatou Calrissian no comunicador. "O bloqueio foi interrompido. Temos uma leitura do escudo."

"Ainda está ligado?", Lando perguntou com expectativa desesperada na voz.

"Temo que sim. Parece que a unidade do general Solo não conseguiu."

"Até eles terem destruído nossa última nave, ainda haverá esperança", respondeu Lando. Han não falharia. Não podia falhar – eles ainda tinham de destruir aquela irritante Estrela da Morte.

Na Estrela da Morte, Luke estava quase inconsciente sob os ataques contínuos dos raios do Imperador. Atormentado além do racional, tomado de uma fraqueza que minava sua essência, ele não esperava outra coisa, a não ser se submeter ao vazio para o qual estava rumando.

O Imperador sorriu com sarcasmo para o jovem Jedi enfraquecido, enquanto Vader lutava para ficar em pé ao lado do mestre. "Jovem tolo!", Palpatine vociferou para Luke. "Apenas agora, no fim, você entenderá. Suas habilidades infantis não são páreo para o poder do lado negro. Você vai pagar o preço de sua falta de visão. Agora, jovem Skywalker, pagará até a última gota. Você irá morrer!"

Ele gargalhava, como um maníaco; e, embora não parecesse possível para Luke, a profusão de raios saindo dos dedos do Imperador de fato aumentara em intensidade. O som retumbava pela sala, o brilho cruel dos flashes era esmagador.

O corpo de Luke desacelerou, enfraqueceu e finalmente definhou sob o ataque horrendo. Ele parou de se mover por completo. Por fim, parecia totalmente sem vida. O Imperador sibilou com malevolência.

Naquele instante, Vader pulou e agarrou o Imperador por trás, prendendo os braços de Palpatine. Mais fraco do que nunca estivera, Vader tinha ficado parado, quieto, nos últimos minutos, reunindo cada fibra do seu ser para aquele ato único, concentrado – a única ação possível; sua última, se falhasse. Ignorando a dor, ignorando a vergonha e a fraqueza, ignorando o ruído esmagador dentro da cabeça, ele se concentrou única e cegamente no seu desejo – na vontade de derrotar o mal encarnado no Imperador.

Palpatine lutou para se livrar da força insensível do abraço de Vader, suas mãos ainda atirando raios de energia maligna em todas as direções. Em seu descontrole selvagem, os raios ricocheteavam pela sala, acabando por acertar Vader. O Lorde Negro caiu novamente, as correntes elétricas crepitando por baixo do capacete, sobre a capa, dentro do seu coração.

Vader tombou com o peso do Imperador até o meio da ponte sobre o abismo negro que levava até o centro de força. Ele segurou o déspota sobre a cabeça e, com um esforço final, lançou-o para dentro do abismo.

O corpo de Palpatine, ainda emanando raios de luz, girou fora de controle no vazio, debatendo-se para a frente e para trás nas laterais do fosso enquanto caía. Por fim, desapareceu; mas, em seguida, poucos segundos depois, uma explosão distante pôde ser ouvida, bem no fundo do núcleo. Uma corrente de ar jorrou para fora do fosso até a sala do trono.

O vento sacudiu a capa de Lorde Vader, enquanto ele cambaleava e tombava na direção do fosso, tentando seguir seu mestre até o fim. Contudo, Luke engatinhou para o lado do seu pai e puxou o Lorde Negro para longe da beira do abismo, por segurança.

Os dois estavam caídos no chão, presos um ao outro, fracos demais para se moverem, emocionados demais para falar.

Dentro da casamata em Endor, os controladores imperiais observavam pela tela de visualização principal a batalha dos ewoks que acontecia lá fora. Apesar de a imagem estar ruim pela estática, a luta parecia perder o impulso. Já era hora, pois inicialmente tinham dito que os nativos daquela lua eram seres não beligerantes, inofensivos.

A interferência pareceu piorar – provavelmente outra antena danificada durante a luta –, quando, de repente, o piloto de um blindado walker apareceu na tela, acenando de forma frenética.

"Acabou, comandante! A rebelião foi contida e os rebeldes estão fugindo com os ursos para as florestas. Precisamos de reforços para continuar a perseguição."

A tropa na casamata comemorou. O escudo estava em segurança.

"Abra a porta principal!", o comandante ordenou. "Envie três esquadrões para ajudar."

A porta da casamata se abriu. As tropas imperiais correram para fora apenas para se verem cercadas de rebeldes e ewoks, olhando para eles de forma sanguinária e malvada. Os soldados do Império se renderam sem lutar.

Han, Chewie e outros cincos correram para dentro da casamata com cargas de explosivos. Instalaram dispositivos temporizados em onze pontos estratégicos dentro e ao redor do gerador de força, e então correram para fora o mais rápido que puderam.

Leia, sofrendo muitas dores por conta dos ferimentos, estava deitada na confortável proteção de alguns arbustos distantes. Ela gritava ordens aos ewoks para reunirem os prisioneiros no lado mais distante da clareira, longe da casamata, quando Han e Chewie chegaram, correndo para se proteger. No instante seguinte, a casamata foi pelos ares.

Foi uma exibição espetacular: uma série de explosões criou um paredão de fogo que se projetou por centenas de metros no ar, causando uma onda de choque que atingiu cada criatura viva nas redondezas e carbonizou todo o verde que recobria a clareira.

A casamata fora destruída.

Um capitão correu até o almirante Ackbar com a voz trêmula. "Senhor, o escudo ao redor da Estrela da Morte perdeu sua força."

Ackbar olhou para a tela de visualização; a grade gerada eletronicamente havia desaparecido. A lua e a Estrela da Morte flutuavam no espaço escuro, vazio e desprotegido.

"Eles conseguiram", sussurrou Ackbar.

O almirante correu até o comunicador e gritou no canal multifrequência de guerra: "Todos os caças – comecem o ataque ao reator principal da Estrela da Morte. O escudo defletor está desativado. Repito. O escudo defletor está desativado!"

A voz de Lando foi a próxima a ser ouvida. "Estou vendo. Estamos a caminho. Grupo Vermelho! Grupo Dourado! Esquadrão Azul! Todos os caças, sigam-me! Han, você é o cara. Mas agora é a minha vez."

A Falcon mergulhou em direção à superfície da Estrela da Morte, seguida por hordas de caças rebeldes, por sua vez acompanhadas de perto por uma série concentrada mas desorganizada de caças imperiais TIE. Enquanto isso, os três cruzadores rebeldes partiam na direção do imenso superdestróier imperial, a nave principal de Vader, que parecia estar tendo dificuldades com seu sistema de orientação.

Lando e a primeira onda de caças X-wings partiram para o setor inacabado da Estrela da Morte, deslizando baixo sobre a superfície curvada do lado cuja edificação estava concluída.

"Voem baixo até chegarmos ao lado não concluído", Wedge falou para a sua esquadra. Ninguém precisava daquela instrução.

"Esquadrão de caças inimigos vindo..."

"Asa Azul", chamou Lando, "reúna seu grupo e atraia os caças TIE para fora..."

"Farei o que puder."

"Estou pegando interferências... Acho que a Estrela da Morte está nos bloqueando..."

"Mais caças vindo a dez horas..."

"Lá está a superestrutura", disse Lando. "Procurem o túnel do reator principal."

Ele se voltou com tudo para o lado não terminado e começou a ziguezaguear de forma impressionante entre as vigas projetadas, as torres pela metade, os canais labirínticos, os andaimes temporários, o brilho ocasional dos holofotes. As defesas antiaéreas quase não estavam desenvolvidas – eles dependiam totalmente do escudo defletor para se proteger. Portanto, as principais fontes de preocupação para os rebeldes eram os impedimentos físicos da própria estrutura e os caças imperiais no seu encalço.

"Estou vendo... o sistema de canalização de potência", comunicou Wedge. "Estou entrando."

"Também estou vendo", assentiu Lando. "Aí vamos nós."

"Não vai ser fácil..."

Passaram sobre uma torre e embaixo de uma ponte – e, de repente, estavam voando a toda velocidade dentro de um túnel profundo, largo o bastante apenas para três caças com as asas emparelhadas. Além disso, era perfurado em toda a extensão, retorcida por uma miríade de tubos e dutos de alimentação, bifurcações alternadas e cavernas sem saída. O túnel ainda por cima estava abarrotado por um número alarmante de obstáculos *lá dentro*: maquinário pesado, elementos estruturais, cabos de força, escadarias flutuantes, barreiras de meia-parede, entulho empilhado.

Vinte caças rebeldes fizeram o primeiro desvio no eixo de força, seguidos pelo dobro de caças TIE. Dois X-wings perderam-se do grupo, adernando na direção de um guindaste para evitar a primeira descarga de lasers.

A caçada havia começado.

"Onde estamos indo, Líder Dourado?", Wedge gritou. Um raio laser atingiu o eixo acima dele, lançando uma chuva de fagulhas sobre seu vidro.

"Encontre a fonte mais forte de energia", sugeriu Lando. "Lá deve estar o gerador."

"Asa Vermelha, fique alerta. Podemos ficar sem espaço em breve."

Rapidamente eles se estenderam em fila única e dupla, quando começou a ficar óbvio que o túnel não era apenas salpicado com aberturas laterais e obstáculos protuberantes, mas também ficava mais estreito a cada curva.

Os caças TIE atingiram outra nave rebelde, que explodiu em chamas. Então, outro caça imperial atingiu uma peça do maquinário, com resultado semelhante.

"Consegui rastrear uma obstrução maior do túnel adiante", anunciou Lando.

"Acabei de perceber. Vai conseguir passar?"

"Vou ter de me espremer."

Teve mesmo de se espremer. Era uma parede de calor obstruindo três quartos do túnel, com uma inclinação no mesmo nível que abria um pequeno espaço. Lando teve de girar a Falcon trezentos e sessenta graus enquanto subia, caía e acelerava. Por sorte, os X-wings e os

Y-wings não eram grandes. Ainda assim, mais dois deles não conseguiram passar na inclinação. Os caças menores se aproximaram.

De repente, estática branca e espessa cobriu todas as telas de visualização.

"Minha tela sumiu!", gritou Wedge.

"Reduza a velocidade", preveniu Lando. "Algum tipo de descarga elétrica está causando interferência."

"Mudar para varredura visual."

"É inútil nessa velocidade, teremos que voar quase às cegas."

Dois X-wings cegos atingiram as paredes quando o túnel afunilou-se novamente. Um terceiro foi destruído pelos caças imperiais que se aproximavam.

"Líder Verde!", chamou Lando.

"Prossiga, Líder Dourado."

"Separem-se e voltem para a superfície. Base Um acabou de pedir um caça, e vocês podem atrair alguns deles para fora."

Líder Verde e seu grupo saíram da formação para fora do túnel de força, de volta para a batalha de cruzadores. Um caça TIE os seguiu, atirando continuamente.

A voz de Ackbar soou no comunicador. "A Estrela da Morte está se afastando da frota. Parece que está se reposicionando para destruir a lua de Endor."

"Quanto tempo até estar na posição?", perguntou Lando.

"Ponto-zero-três."

"Não dá! Nosso tempo está acabando."

Wedge interrompeu a transmissão. "Bem, o túnel também está acabando."

Naquele instante, a Falcon passou raspando por uma abertura ainda menor, dessa vez danificando os propulsores auxiliares.

"Essa foi por pouco", murmurou Calrissian.

"Gdzhng dzn", assentiu o copiloto.

Ackbar encarava com olhos arregalados o painel à sua frente. Ele observava o convés do superdestróier estelar a apenas alguns quilômetros de distância. Incêndios ocorriam pela popa inteira e a nave de guerra imperial estava adernando muito a estibordo.

"Nós eliminamos os escudos dianteiros deles", Ackbar disse no comunicador. "Atire na ponte."

O grupo do Líder Verde precipitou-se para a parte de cima da Estrela da Morte.

"Será um prazer dar uma mãozinha, Base Um", assentiu o Líder Verde.

"Atirando torpedos de prótons", avisou Asa Verde.

A ponte foi atingida com resultados caleidoscópicos. Uma rápida reação em cadeia teve início: uma estação de força de cada vez, e assim por todo o terço central do imenso destróier, produzindo um ofuscante arco-íris de explosões que inclinou a nave no ângulo certo, fazendo-a girar como um cata-vento na direção da Estrela da Morte.

A primeira explosão da ponte levou o Líder Verde com ela; o percurso descontrolado subsequente esmagou mais dez caças, dois cruzadores e uma nave de armamentos. No momento em que todo o conglomerado exotérmico finalmente chocou-se com a Estrela da Morte, o impacto foi poderoso o bastante para sacudir a Estação Bélica, provocando explosões por toda a sua rede de reatores, munições e corredores.

Pela primeira vez, a Estrela da Morte estremeceu. A colisão com o destróier em chamas foi apenas o começo, levando a diversas panes nos sistemas que, por sua vez, causaram a fusão do núcleo de vários reatores. Isso fez com que a tripulação entrasse em pânico e abandonasse seus postos, ocasionando mais avarias e instaurando de vez o caos total.

Fumaça por toda parte, estrondos substanciais vindos de todas as direções de uma só vez – e as pessoas corriam e gritavam. Incêndios elétricos, explosões de vapores, despressurizações de cabine, interrupção da cadeia de comando. Além disso, os bombardeios contínuos dos cruzadores rebeldes – sentindo o cheiro do medo no inimigo – simplesmente aumentavam a sensação de histeria que já era generalizada.

Pois o Imperador estava morto. A principal e poderosa maldade, a força que mantinha o Império, terminara; e quando o lado negro ficava assim, difuso, sem direção, ele simplesmente rumava para isso.

Confusão.

Desespero.

Medo opressivo.

No meio da balbúrdia, Luke conseguiu, de alguma forma, chegar ao compartimento principal de ancoragem – onde tentava carregar o gigantesco peso morto do corpo enfraquecido de seu pai na direção da nave imperial. Na metade do caminho, contudo, suas forças terminaram e ele desabou com tanto esforço.

Lentamente, ele se reergueu. Como um autômato, levantou o corpo do pai sobre o ombro e cambaleou na direção de uma das últimas naves restantes.

Luke descansou seu pai no chão, tentando reaver as forças uma última vez, quando as explosões aumentaram ao redor deles. Fagulhas chiavam nas vigas; uma das paredes se abaulou e a fumaça vazava através de uma fissura que se abria. O chão sacudia.

Vader chamou o jovem Jedi para mais perto de si. "Luke, me ajude a tirar esta máscara."

Luke sacudiu a cabeça. "Você vai morrer."

A voz do Lorde Negro era fraca. "Nada poderá impedir isso agora. Deixe-me ver você sem ela. Deixe-me olhar para você com os meus próprios olhos."

Luke teve medo. Medo de ver seu pai como ele realmente era. Medo de ver como a pessoa poderia ficar tão sombria – a mesma pessoa que era pai de Luke e Leia. Medo de conhecer o Anakin Skywalker que vivia dentro de Darth Vader.

Vader também temia – deixar seu filho vê-lo, retirar a máscara blindada que ele usava há tanto tempo. A máscara preta, blindada, que fora a única maneira de ele existir por mais de vinte anos. Fora sua voz, sua respiração e sua invisibilidade – seu escudo contra todo contato humano. Mas agora ele a removeria para ver seu filho antes de morrer.

Juntos eles ergueram o elmo pesado da cabeça de Vader – dentro de parte da máscara, um complexo aparelho de respiração precisava ser desembaraçado, um modulador de voz e a tela de visualização destacada da unidade de força atrás. Mas, quando a máscara foi finalmente desconectada e deixada de lado, Luke observou o rosto do seu pai.

Era o rosto triste, benigno, de um idoso. Careca, sem barba, com uma cicatriz enorme correndo do alto da cabeça até quase a nuca, ele tinha olhos escuros, dispersos, profundos, e sua pele era branca leitosa, pois não fora tocada pelo sol por duas décadas. O velho sorriu, fraco; as lágrimas vitrificaram seus olhos. Por um momento, não parecia muito diferente de Ben.

Era um rosto cheio de significados, que Luke lembraria para sempre. Arrependimento, era o que ele mais via. E vergonha. Memórias poderiam ser vistas passando por ele... memórias de tempos bons. E de horrores. E de amor também.

Era um rosto que não havia tocado o mundo por uma vida. Pela vida de Luke. Viu as narinas ressecadas se torcerem, quando tentaram sentir, hesitantes, um primeiro cheiro. Viu a cabeça tombar de forma imperceptível para ouvir – pela primeira vez sem a amplificação auditiva eletrônica. Luke sentiu uma pontada de remorso porque os únicos sons que seu pai podia ouvir naquele momento eram os das explosões; o único cheiro, o do pungente incêndio carregado de eletricidade. Ainda assim, era um toque. Palpável, não filtrado.

Ele viu os olhos envelhecidos concentrarem-se nele. Lágrimas queimavam o rosto de Luke, caindo nos lábios do seu pai. O pai sorriu com o gosto.

Era um rosto que não se viu por vinte anos.

Vader viu o filho chorar e sabia que devia ser pelo horror do rosto que o garoto contemplava.

Aquilo intensificou, momentaneamente, a própria sensação de angústia de Vader – aos seus crimes, agora, ele acrescentava a culpa da repugnância imaginada de sua aparência. Mas então aquilo levou à sua mente o jeito que ele costumava olhar – impressionante, e grandioso, com um erguer irônico da sobrancelha que denotava invencibilidade e compreendia toda a vida com uma piscadela. Sim, era sua aparência no passado.

E essa lembrança trouxe uma onda de outras lembranças com ela. Lembranças de irmandade e de lar. Sua querida mulher. A liberdade do espaço profundo. Obi-Wan.

Obi-Wan, seu amigo... e como aquela amizade havia se transformado. Transformou-se, ele não sabia como, mas foi injetada, apesar de tudo, com alguma virulência negligente que se deteriorou até... terminar. Essas eram recordações que ele não queria, não agora. Lembranças de lava derretida, subindo pelas costas dele... não.

Esse garoto o resgatou daquele fosso – aqui, agora, com aquele ato. Esse garoto era bom.

O garoto era bom e tinha vindo *dele* – então, pode haver algo de bom *nele* também. Ele sorriu novamente para o filho e pela primeira vez o amou. E pela primeira vez em muitos e muitos anos ele também voltava a se amar.

De repente, sentiu o cheiro de algo – inflou as narinas, farejou novamente. Flores selvagens; era isso. Simplesmente florescendo. Devia ser primavera.

E havia trovoadas – ele inclinou a cabeça e aguçou os ouvidos. Sim, trovões de primavera para uma chuva de primavera. Para fazer as flores desabrocharem.

Sim, era... ele sentiu um pingo de chuva nos lábios. Lambeu a gotícula delicada... mas espere. Não era água doce, era salgado, era... uma lágrima.

Ele se concentrou em Luke novamente e viu que seu filho estava chorando. Sim, era aquilo, ele estava provando a dor do seu garoto – porque ele parecia tão horrível; porque ele *era* tão horrível.

Mas ele queria mostrar o melhor para Luke, queria que Luke soubesse que ele não era realmente feio daquele jeito, não por dentro, não completamente. Com um sorrisinho consciente de sua aparência, ele balançou a cabeça para Luke, explicando a fera horrível que seu filho via. "Somos seres luminosos, Luke... não esta matéria bruta."

Luke sacudiu a cabeça também para dizer ao pai que estava tudo bem, para dispersar a vergonha do velho, dizer a ele que nada importava agora. E tudo importava, mas ele não conseguia falar.

Vader falou novamente, ainda mais fraco – quase inaudível. "Vá, meu filho. Deixe-me aqui."

Nesse momento, Luke encontrou sua voz. "Não. Você vai comigo. Não vou deixá-lo aqui. Tenho que salvá-lo."

"Você já salvou, Luke", ele sussurrou. Desejou, por um breve momento, ter encontrado Yoda para agradecer ao velho Jedi pelo treinamento que deu a Luke... mas talvez ele visse Yoda logo, agora, na união etérea da Força. E com Obi-Wan.

"Pai, eu não vou te deixar", protestou Luke. Explosões sacudiam o compartimento de ancoragem, despedaçando uma parede inteira, despedaçando o teto. Um jato de chama azul foi expelido de um bico de gás nas proximidades. Bem abaixo dele, o chão começou a derreter.

Vader puxou Luke para bem perto e falou em seu ouvido. "Luke, você tinha razão... e tinha razão sobre mim... Diga a sua irmã... que você tinha razão."

Após essas palavras, ele fechou os olhos, e Darth Vader – Anakin Skywalker – morreu.

Uma tremenda explosão encheu a parte de trás do compartimento com fogo, jogando Luke ao chão. Lentamente, ele se reergueu; e, como um autômato, cambaleou para uma das últimas naves remanescentes.

A Millennium Falcon continuou sua corrida ziguezagueante através do labirinto de canais de força, aproximando-se cada vez mais do centro da esfera gigante – o reator principal. Os cruzadores rebeldes descarregavam um bombardeio contínuo na superestrutura exposta e inacabada da Estrela da Morte, cada impacto causando um tremor ressonante na imensa estação de batalha, e uma nova série de eventos catastróficos dentro dela.

O comandante Jerjerrod estava sentado, taciturno, na sala de controle da Estrela da Morte, observando tudo ao redor dele ruir. Metade da sua tripulação estava morta, ferida ou havia fugido – onde eles esperavam encontrar refúgio era incerto, se não insano. O restante perambulava de forma ineficaz, ou lamentava sobre as naves inimigas, ou disparava todas as suas armas em todos os setores, gritando ordens ou concentrando-se desesperadamente em uma única tarefa, como se ela fosse salvá-los. Ou, como Jerjerrod, simplesmente remoía.

Ele não conseguia compreender o que fizera de errado. Fora paciente, leal, inteligente, fora rígido. Era o comandante da maior estação espacial jamais construída antes. Ou, ao menos, quase construída. Odiava a Aliança Rebelde, odiava com um ódio infantil, destemperado. No passado, ele a amara – era o garotinho que ele podia intimidar, o filhote enfurecido que ele podia torturar. Mas o garoto crescera agora e sabia como contra-atacar de maneira eficaz. Tinha rompido as amarras.

Naquele momento, Jerjerrod a odiava.

Ainda assim, parecia haver pouco a se fazer nesse sentido. Exceto, claro, destruir Endor – ele podia fazer isso. Era um ato pequeno, um símbolo, na verdade – incinerar algo verde e vivo, gratuitamente, de forma maldosa, sem finalidade alguma além da simples destruição devassa. Um ato pequeno, mas deliciosamente satisfatório.

Um ajudante correu até ele. “A Frota Rebelde está se aproximando, senhor.”

“Concentre todo o fogo naquele setor”, ele respondeu de modo distraído. Um console na parede mais distante incendiou-se.

“Os caças na superestrutura estão se esquivando do nosso sistema de defesa, comandante. Não deveríamos...”

“Estourem os setores 304 e 138. Isso deve atrasá-los.” Ele arqueou as sobrancelhas para o ajudante.

Aquilo fazia pouco sentido para o ajudante, que tinha um motivo para questionar a compreensão da situação pelo comandante. “Mas senhor...”

“Qual é o fator de rotação para o campo de tiro na lua de Endor?”

O ajudante verificou a tela do computador. "Ponto-zero-dois para o alvo da lua, senhor. Comandante, a frota..."

"Acelere a rotação até a lua estar na mira e então atire ao meu comando."

"Sim, senhor." O ajudante puxou uma bancada de interruptores. "Rotação em aceleração, senhor. Ponto-zero-um para a lua no alvo, senhor. Sessenta segundos até o campo de tiro. Senhor, adeus, senhor." O ajudante o saudou, deixando o interruptor de tiro na mão de Jerjerrod quando outra explosão sacudiu a sala de comando e correu porta afora.

Jerjerrod sorriu calmamente para a tela de visualização. Endor começava a sair do eclipse da Estrela da Morte. Ele afagou o botão detonador na mão. Ponto-zero-zero-cinco para a lua no alvo. Gritos irromperam na sala ao lado.

Trinta segundos para atirar.

Lando mirava no eixo nuclear do reator. Apenas Wedge havia sobrado, voando bem diante dele, e Asa Dourada, logo atrás. Vários caças TIE ainda os perseguiam.

As curvas centrais mal tinham a largura de dois caças e viravam bruscamente a cada cinco ou dez segundos na velocidade que Lando estava alcançando. Um caça imperial explodiu contra a parede; outro derrubou o Asa Dourada.

E então restaram apenas dois.

As metralhadoras traseiras de Lando continuavam a fazer os caças TIE desviarem no espaço estreito, até finalmente o eixo do reator principal entrar no campo de visão. Eles nunca tinham visto um reator tão incrível.

"É grande demais, Líder Dourado", gritou Wedge. "Meus torpedos de prótons não vão nem lascá-lo."

"Vá até o regulador de força na torre norte", Lando instruiu. "Eu fico com o reator principal. Estamos carregando mísseis de concussão, eles devem penetrar. Mas, assim que eu lançar, não teremos muitos tempo de sair daqui."

"Estou pronto para sair", exclamou Wedge.

Ele lançou os torpedos com um grito de guerra corelliano, atingindo os dois lados da torre norte, e se afastou, acelerando.

A Falcon esperou mais três perigosos segundos, então soltou seus mísseis de concussão com um ronco poderoso. Durante outro segundo, o brilho foi intenso demais para ver o que aconteceu. E, em seguida, o reator inteiro começou a explodir.

"No alvo!", gritou Lando. "Agora vem a parte difícil."

O eixo já estava desmoronando sobre ele, criando um efeito túnel. A Falcon manobrou pela saída serpenteante, através de paredes de fogo e corredores móveis, sempre à frente da cadeia contínua de explosões.

Wedge arrancou da superestrutura próximo à velocidade da luz, reverteu a direção ao redor da tangente de Endor e pairou no espaço profundo, reduzindo a velocidade aos poucos em um arco suave até a segurança da lua.

Um momento depois, em uma nave imperial desestabilizada, Luke escapou do compartimento principal de ancoragem assim que a seção começou a despedaçar-se completamente. Sua embarcação vacilante também seguiu para o santuário verde próximo dali.

E, finalmente, como se fosse cuspido das chamas da explosão, a Millennium Falcon partiu na direção de Endor, momentos antes de a Estrela da Morte incendiar-se no esquecimento resplandecente, como uma supernova fulminante.

Han colocava uma atadura sobre o ferimento no braço de Leia em um pequeno vale de samambaias quando a Estrela da Morte explodiu. Chamou atenção de todos, onde quer que estivessem – ewoks, stormtroopers prisioneiros, tropas rebeldes –, a destruição derradeira, turbulenta e reluzente que incandesceu o céu noturno. Os rebeldes comemoraram.

Leia tocou a bochecha de Han. Ele se inclinou para a frente e a beijou; então recuou, vendo os olhos dela concentrados no céu estrelado.

"Ei!", deu-lhe um empurrãozinho. "Aposto que Luke saiu daquela coisa antes de ela explodir."

Ela assentiu. "Sim. Eu posso sentir." A presença viva do irmão tocou-a através da Força. Ela tentou se comunicar para responder ao toque, para garantir a Luke que ela estava bem. Tudo estava bem.

Han olhou para ela com um amor profundo, especial. Pois era uma mulher especial. Uma princesa – não pelo título, mas pelo coração. Sua bravura surpreendeu-o, ainda que se mantivesse tão graciosa. No passado, ele a queria, de qualquer maneira, para si – queria porque queria. Agora ele queria tudo para ela. O tudo *dela.* E ele podia ver uma coisa que ela queria carinhosamente: Luke.

"Você realmente se importa com ele, não é?"

Ela concordou com a cabeça, examinando o céu. Ele estava vivo, Luke estava vivo. E o outro – o Sombrio – estava morto.

"Bem, olha só", Han continuou, "eu entendo. Quando ele voltar, não vou ficar no caminho de vocês..."

Ela olhou para ele com olhos apertados, sabendo de repente que eles estavam numa linha cruzada, tendo conversas diferentes. "Do que você está falando?", ela perguntou. Então percebeu do que ele estava falando. "Ah, não. Não", ela riu, "não é isso que você está pensando. Luke é meu *irmão*."

Han ficou, ao mesmo tempo, surpreso, envergonhado e exultante. Aquilo deixava tudo bem, tudo *muito* bem.

Ele a envolveu num abraço, deitando-a de volta sobre as samambaias... e, com cuidado extra por conta do braço ferido de Leia, deitou-se ao lado dela sob o brilho minguante da estrela em chamas.

Luke estava numa clareira da floresta diante de uma grande pilha de lenha e galhos. Deitado, imóvel e paramentado no topo do monte estava o corpo sem vida de Darth Vader. Luke fez uma tocha com gravetos.

Quando as chamas envolveram o cadáver, a fumaça subiu das aberturas da máscara, quase como um espírito obscuro finalmente liberto. Luke observava a combustão com uma tristeza profunda. De forma quase inaudível, ele disse seu último adeus. Apenas ele acreditava na centelha de humanidade restante em seu pai. Aquela redenção erguia-se, naquele momento, com aquelas chamas, no meio da noite.

Luke seguiu as brasas acesas enquanto elas rumavam para o céu. Misturavam-se, na sua visão, com os fogos que os combatentes rebeldes acendiam na celebração da vitória. E estes, por sua vez, mesclavam-se às fogueiras que salpicavam a floresta e a vila ewok – fogueiras de felicidade, conforto e triunfo. Ele conseguia ouvir os tambores baterem, a música ondulando à luz do fogo, os vivas do bravo reencontro. A vibração de Luke era muda, enquanto ele fitava o crepitar de sua vitória e de sua perda.

Uma imensa fogueira queimava no centro da praça da vila ewok para celebrar aquela noite. Rebeldes e ewoks alegravam-se à luz quente no meio da noite fria – cantando, dançando e rindo, na língua comum da libertação. Até mesmo Teebo e R2-D2 haviam se reconciliado e estavam fazendo uma dancinha enquanto outros batiam palmas no ritmo da música. C-3PO, com seus dias de rei acabados naquela aldeia, estava contente por sentar-se perto do pequeno droide giratório que era seu melhor amigo em todo o universo. Agradeceu ao Criador que o capitão Solo tivesse conseguido arrumar R2-D2, sem mencionar a princesa Leia – para um homem sem protocolo, Solo teve os seus momentos. E novamente agradeceu ao Criador por aquela maldita guerra ter acabado.

Os prisioneiros foram enviados nas naves para aquilo que restara da Frota Imperial – os cruzadores estelares rebeldes estavam cuidando dessa parte. Lá em cima, em algum lugar. A Estrela da Morte extinguiu-se.

Han, Leia e Chewbacca estavam um pouco distantes dos convivas. Ficaram perto uns dos outros, sem falar; às vezes, olhavam para o caminho que levava até o vilarejo. Meio esperando, meio tentando não esperar; incapazes de fazer qualquer outra coisa.

Até que, por fim, sua paciência foi recompensada: Luke e Lando, exaustos, mas felizes, cambalearam pelo caminho, da escuridão para a luz. Os amigos correram para recebê-los. Todos se abraçaram, comemoraram, pularam, caíram e, finalmente, se juntaram, ainda sem palavras, contentes com o conforto do toque uns dos outros.

Logo os dois droides também se aproximaram para ficar ao lado dos seus mais queridos camaradas.

Os ewoks peludos continuaram a festa amalucada noite adentro, enquanto aquela pequena companhia de corajosos aventureiros observava de longe.

Por um momento evanescente, olhando para a fogueira, Luke pensou ter visto rostos dançando – Yoda, Ben e... aquele era o seu pai? Ele se afastou dos companheiros para tentar ver o que os rostos diziam; eram efêmeros e falavam apenas para as sombras das chamas e, então, desapareceram por completo.

Aquilo causou uma tristeza momentânea em Luke, mas Leia tomou sua mão e o levou de volta para perto de si e dos outros, de volta ao círculo de ternura, camaradagem e amor.

O Império estava morto.

Vida longa à Aliança.

DE FÃ PARA FÃ

Em 1977, George Lucas revolucionou a indústria cinematográfica com um filme que chegaria ao Brasil sob o nome de *Guerra nas Estrelas*. A saga atravessaria gerações, convertendo espectadores de países e culturas distintas em fãs.

Os mais experientes se lembram com carinho de quando seus pais os levaram ao cinema para assistir às aventuras de Luke Skywalker na tela grande. Em algumas salas de exibição, personagens em carne e osso recepcionavam o público em suas viagens a uma galáxia muito, muito distante.

Novas gerações cresceram com o mesmo entusiasmo pela obra de Lucas. Fãs de todas as idades compartilham um único desejo: que aquele universo fantástico exista, ainda que por duas horas numa sala de cinema. Ou em casa, adornada com livros, jogos, quadrinhos e todo o tipo de objetos colecionáveis.

Mas não basta ser um fã, sozinho. A riqueza de *Star Wars* provoca a interação entre pessoas ávidas por discutir detalhes de personagens, criaturas, planetas, armas e naves que sequer existem de verdade. Mas que nunca deixaram de povoar nossos sonhos.

Em 24 de agosto de 1997, impulsionado pelo relançamento da saga original, nascia o Conselho Jedi Rio de Janeiro, o primeiro de muitos grupos de fãs de *Star Wars* no Brasil, responsável pela Jedicon, a celebração máxima dos fãs no Brasil. Logo surgiriam outros, como os de São Paulo, Minas Gerais, Distrito Federal, Paraná, Rio Grande do Sul, Bahia e Rondônia.

Star Wars é capaz de evocar sentimentos tão amplos e complexos como o universo em que vivem seus personagens. Nas páginas deste livro, você certamente encontrará essas emoções mais uma vez. *Uma Nova Esperança*, *O Império Contra-Ataca*, *O Retorno de Jedi*. Aqui estão todas as histórias originais, do jeito que foram idealizadas por George Lucas.

Já estava na hora de se aventurar novamente, Jedi.

A Força está com os fãs, sempre.

Brian Moura
Presidente do Conselho Jedi Rio de Janeiro

Dedicado a todos os Conselhos Jedi e fã-clubes Star Wars do Brasil

GEORGE LUCAS é produtor cinematográfico, roteirista e cineasta. Criou a Lucasfilm em 1971, responsável pelas franquias *Star Wars* e *Indiana Jones*, além de filmes como *Loucura de Verão - American Graffiti* e *Tucker: Um Homem e Seu Sonho*. Foi na Lucasfilm, em 1979, que surgiu a Pixar, então Graphics Group, divisão responsável pela criação de softwares de computação gráfica e de efeitos visuais em colaboração com a Industrial Light & Magic.

DONALD F. GLUT é escritor, diretor e roteirista. Autor de roteiros de séries infantis para a TV, como *Shazam!*, *Homem-Aranha*, *Transformers*, *Duck Tales*, *Tarzan*, *G.I. Joe* e *X-Men*.

JAMES KAHN é médico e escritor. Adaptou para os livros outros clássicos do cinema, como *Os Goonies*, publicado pela DarkSide® Books, *Poltergeist* e *Indiana Jones e o Templo da Perdição*. Escreveu para seriados de TV, como *Star Trek: The Next Generation*.

STAR WARS

UMA NOVA ESPERANÇA

GEORGE LUCAS

TRADUZIDO POR ANTONIO TIBAU

Originalmente intitulado

Star Wars: From the Adventures of Luke Skywalker

THE EMPIRE STRIKES BACK

O IMPÉRIO CONTRA-ATACA

DONALD F. GLUT

TRADUZIDO POR ALEXANDRE MATIAS

Baseado na história de George Lucas
e no roteiro de Leigh Brackett e Lawrence Kasdan

RETURN OF THE JEDI

O RETORNO DE JEDI

JAMES KAHN

TRADUZIDO POR ÉRIKA LESSA E PETERSO RISSATTI

Baseado na história de George Lucas
e no roteiro de Lawrence Kasdan e George Lucas

SITH ERA	PREQUEL I, II, III	CLASSIC IV, V, VI	NEW REPUBLIC	NEW JEDI ORDER

STAR WARS™

A DarkSide® Books agradece aos fãs,
de todas as gerações, da saga estelar
mais emocionante de toda a galáxia.
Que a Força esteja com vocês!

OUTONO.2019

DARKSIDEBOOKS.COM

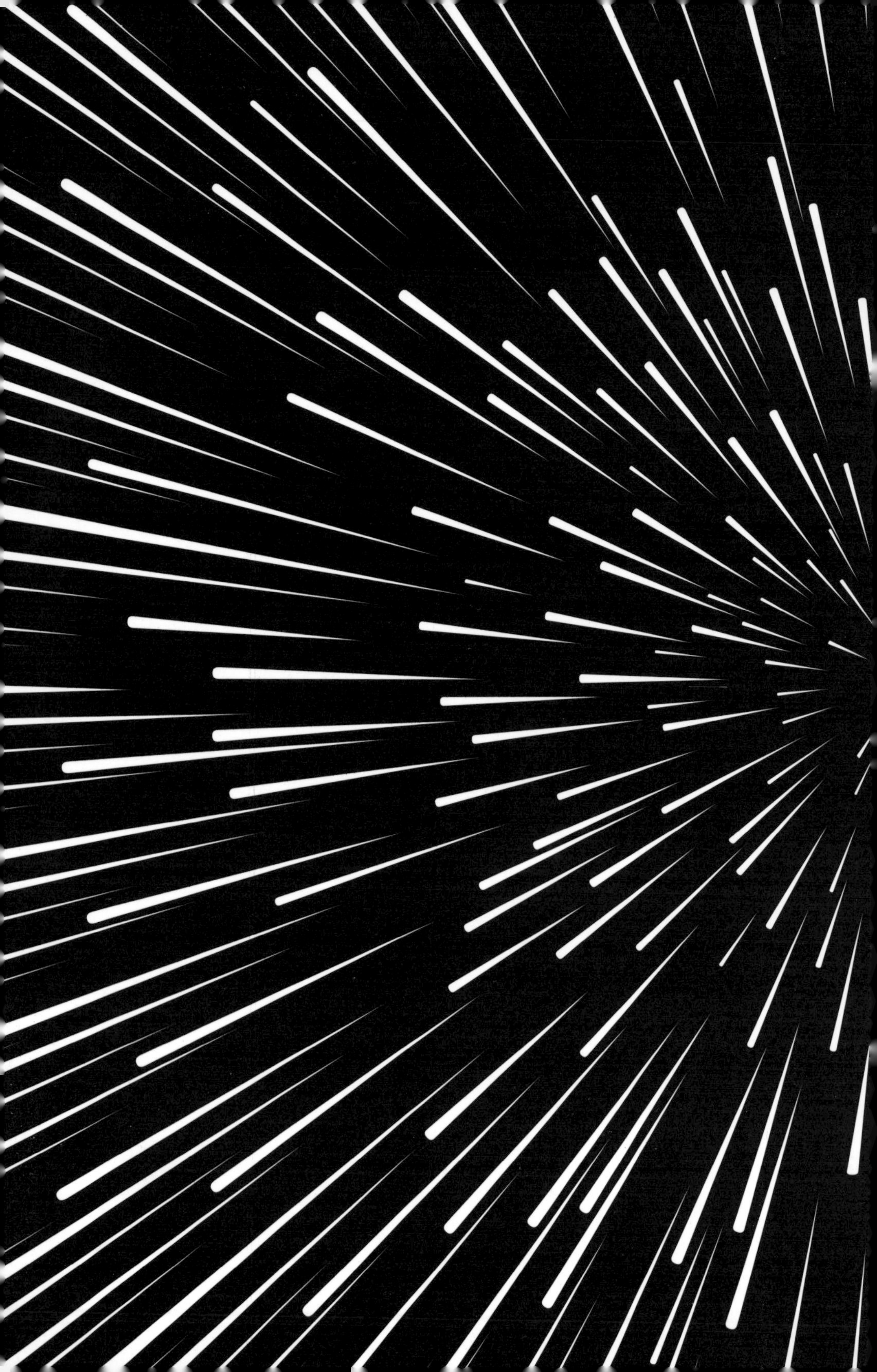